小说中的北京

新北京人

张莉 主编

北京出版集团
北京十月文艺出版社

总序：百年文学中的北京

张　莉

“百年文学中的北京”是一套紧贴北京的文学作品集，它致力于收录百年来一代代作家笔下的北京故事、北京声音和北京风景，展现新的北京气象与北京风貌。本套图书由《小说中的北京》《散文中的北京》《诗歌中的北京》三种五册组成。其中,《小说中的北京》以“京城风景”“北京故事”“新北京人”为副标题分为三册，共收录中短篇小说四十七篇；《散文中的北京》收录散文作品二十七篇;《诗歌中的北京》则收录了六十位诗人的诗作。所收录的作品遵循生动、鲜活、好看、常读常新的原则，努力做到兼容并包，丰富多样，既有深入人心的经典作品，也有广受关注的新锐佳作。

如果说百年文学史是奔流不息的长河，那么《小说中的北京》所展现的是与北京有关的鲜活人物与故事，那是属于长河的浩荡与旖旎;《散文中的北京》收录的是有声有色、有趣有味的北京风情与风物，那是属于长河的波涛、海浪与猎猎风声;《诗歌中的北京》所收录的则是北京的诗情与诗意，是长河的气息、浪花与粼粼波光。无论是小说、散文还是诗歌，我们都能从中领略北京的百年风貌，品味不同时代作家对北京生活的书写和理解。

阅读“百年文学中的北京”的过程，是重新领略“北京为何如此迷人”的旅程。我们会深刻认识到，北京是有着深厚传统和文化底蕴的古城，但同时也是国际化的现代都市，新时代的风带来新的氧气，也带来新的生机，今天的北京越来越充满活力，这座城市孕育着无限可能。北京为一代代作家提供了丰厚的创作滋养，作家们则以笔墨建设着它的诗情、它的文心、它的文学气度、它的文学气象。“百年文学中的北京”，见证着北京一路繁荣、一路盛景。

北京为何如此迷人？答案就在这百年小说、百年散文、百年诗歌中。

要特别说明的是，编纂“百年文学中的北京”的三年多来，我深刻意识到，书写北京的文学作品数量庞杂而编选篇幅却总是有限的，作为编者的遗珠之憾终究无法避免。好在，关于北京的书写是“正在进行时”，那么，编纂北京文学作品的工作也势必永无止境。同时，我也期待更多同行参与到这项工作中来，不断摸索、开拓，将更多优秀的北京文学作品纳入视野，共同助力北京文学的蓬勃发展。

作为“北京老舍文学院导师讲义书库”，“百年文学中的北京”获得了北京市文联文学艺术创作扶持专项资金的资助，感谢北京文联陈宁书记、老舍文学院周敏老师的帮助与信任，这些帮助与信任是我编纂此书最坚实的保证。感谢北京十月文艺出版社韩敬群先生和李婧婧女士的出版统筹工作，没有他们的敬业与耐心，就没有这套图书的如期出版。感谢我的研究生团队，作为新一代研究者，他们文学触觉敏锐、视野开阔且深具行动力，和他们在不同场合的讨论推动了本书编选工作的顺利展开。

何为真正的北京味道

——《小说中的北京》序言

张　莉

《小说中的北京》收录了百年文学史上关于北京的中短篇小说佳作四十七篇，从鲁迅、郁达夫、老舍、沈从文、林徽因、汪曾祺等现代文学史上的重要作家开始，直到正在当代文坛活跃着的80后、90后作家；从《伤逝》《微雪的清晨》《九十九度中》《断魂枪》到《组织部来了个年轻人》《辘轳把胡同9号》《安乐居》，从《顽主》《贫嘴张大民的幸福生活》《永远有多远》《手上的星光》到《如果大雪封门》《世间已无陈金芳》，这里有烟火气十足的胡同日常，有熙熙攘攘的都市生活，有外省青年的奋斗与拼搏……北京城里最为热气腾腾的生活在这些小说中留存，那些鲜活可爱、栩栩如生的人物引起代代读者长久的共鸣与共情。

按作品发表时间顺序，我将四十七篇中短篇小说分为上中下三部分。“京城风景”所收录的是1919年至1986年间关于北京生活的重要中短篇小说作品十九篇；“北京故事”收录的是1986年至2005年间的中短篇小说十一篇；“新北京人”则收录的是2005年以来的中短篇小说十七篇。从中可以看到，尽管这些小说的艺术风格及文学追求各有不同，但都讲述了发生在北京的那些难忘故事，讲述了人与城、城与人之间如何互相塑造、互相成就。

阅读这些有关北京生活的小说，其实是与一座伟大、历史悠久但又日新月异的城市不断相遇，是与一个个朴素平凡、亲切生动的北京人相见与相识的过程。事实上，这里收录的诸多作品不仅是书写北京的代表作，也是中国当代文学史上的经典之作，它们引领着不同时期文学写作的潮流与方向。

当然，阅读这些作品的过程，更是不断辨认何为北京味道的阅读之旅。一些小说中，北京味道的主要特征在于北京话与北京风情，一如京味传统的作品；一些小说中的北京味道则与北京城里的故事有关；当然，还有一些作品的北京味道体现在叙事上，一如强烈的北漂叙事——外省人如何来到北京奋斗、拼搏，成为新北京人。某种意义上，京味传承、北京故事与新北京人的际遇构成了百年小说中的北京味道。

京味浮沉与新变

老舍先生开启了京味文学的写作，他以庞大而深具影响力的作品为北京话建造了文学的城堡，这里的北京话洪亮、清脆、好听，有迷人的节奏感，同时也有强烈的平民特征和民间气。《小说中的北京　京城风景》收录的是老舍发表于20世纪30年代的短篇代表作《断魂枪》——它以北京话及北京俚语书写了传统武艺与传统武者的命运。某种意义上，老舍笔下的人物和他所使用的语言形成了水乳交融的关系，他建立起了自己独特的语言地标。

20世纪80年代的京味文学，是中国当代文学史上的重要文学现象，它引领着读者对何为京味的理解。陈建功的《辘轳把胡同9号》用地道的北京话刻画了一个深具传奇命运的北京普通市民形象；邓友梅的《寻访“画儿韩”》聚焦老北京文化，凝视旗人后裔及民间艺人；林斤澜的《头像》追求“到达纯精神的高度”，关注古都平民的心灵世界；张洁的《“冰糖葫芦——”》则以“京片子”来叙说一位残疾人脑海中闪过的一系列思绪；赵大年的《西三旗》用北京话书写了旗人后裔佟二爷夫妇在时代之变中的际遇……这些作品共同构成了80年代京味作品的新风貌。

王朔的《顽主》书写的是三位玩世不恭的北京“顽主”形象，他们调侃一切主流生活方式，消解虚伪。王朔从北京话中提取了一种戏谑、浑不论，以及不驯顺的气质，这是他对北京话内在精神的重新挖掘，这样的语言方式为当代文学带来了关于北京文化、北京人的新认识。在《贫嘴张大民的幸福生活》中，“贫嘴”是张大民的生活方式，也是他的生活态度，他以“贫嘴”为乐，也以“贫嘴”表达爱恨，更以“贫嘴”的方式稀释劫难，度过人生困苦。由“贫嘴”入手，刘恒继承了老舍语言中的平实、质朴、乐观，也为这种语言提了速，从而更突显了北京人生命中的韧性和达观。刘恒挖掘了张大民身上独有的属于民间百姓的精气神儿。

铁凝的《永远有多远》是当代文学史上深刻探索何为北

京味道与北京精神的重要作品。生活在驸马胡同的北京姑娘白大省热情、宽厚、待人真诚，以忍让仁义为美德，但却面临着一次次背叛与失去。小说将这位北京姑娘的故事与北京城市风貌之间进行连接，完成了深具文化意味的相互映照。小说思考的是以胡同文化所代表的仁义精神在全球化时代里所面临的处境，思考的是今天的我们如何理解传统，如何承续传统。叶广芩的《梦也何曾到谢桥》以女童视角回顾民国时期以来旗人世家金家的家族故事。胡同生活与世家故事糅杂在叶广芩的文本里，构成了京味文学的新变。石一枫擅长以地道的京腔将故事讲得引人入胜，能敏锐触摸时代脉搏，《世间已无陈金芳》书写了一位北京土著对北漂女性陈金芳际遇的观察与思考。

一代作家有一代作家对京味的理解，一代作家有一代作家的聚焦点，正是因为他们对何为京味的不同捕捉，才有了京味故事的新声与新变。

北京都市故事的多声部叙述

京味语言是百年小说北京味道的显在特征，另一些潜在的北京味道则体现在作品的字里行间。林徽因的《九十九度中》以“窗内”与“窗外”相结合的视角，讲述了20世纪30年代酷暑中的一天，不同阶层人的生活；林海音的《惠安馆》以女孩视角写下与北京城南有关的天真且复杂的往昔记忆；李陀的《七奶奶》写下的是胡同生活发生变化后给普通百姓七奶奶带来的心灵变化；刘绍棠的《小荷才露尖尖角》书写的是京东运河两岸的风物与人情；肖复兴的《叉路口》以叉（岔）路口为取景器，写下一些被人遗忘的城市角落；刘心武的《公共汽车咏叹调》关注一辆公共汽车在西单站从停靠到再次发动，将之视为日常生活的“咏叹调”；汪曾祺的《安乐居》则凝视“安乐居”里的酒与菜，从食客们的言与行写起，为每一位普通人物立传；徐小斌的《黄和平》以月季花“黄和平”为引，讲述几代女性成员之间的相处；徐坤的《午夜广场最后的探戈》将女性广场舞的体验从私人空间推到公共空间，舞者的着装与探戈舞本身，都成了都市女性自我意识的一种表达载体……

市井生活之外，是作家们对人的精神世界的探索。史铁生的《老屋小记》以“我”的视角回忆与老屋有关的普通人的人生；刘庆邦的《泡澡》讲述了老李穿梭在北京街巷，他希望找到合适的泡澡地点，却遇到了困难；李洱的《悬铃木枝条上的爱情》讲述了来北京参加学术会议的知识分子“我”、妻子艾伦和好友王菲之间的交往诸事，关乎北京城里的知识分子生活；宁肯的《火车》则聚焦于20世纪70年代北京大院里的少年玩伴们和女孩小芹，叙述了少年们当年在琉璃厂到永定门火车站这一空间的漫游。

与前辈作家相比，年轻一代写作者的故事显现出新的情感困扰。乔叶的《至此无山》中，讲述了一对昔日的恋人在八大处公园散步，观寺庙、喝茶、爬山、聊京剧，那是属于中年人的情感际遇；刘汀的《老灵魂》中，三十多岁的北京男人老洪过着普通、平庸的生活，在工作单位与家庭之中都受到压抑；淡豹在《女儿》中，追溯“他”与“她”之间的相处，随着记忆之门慢慢打开，当年的情感考验逐渐袒露出黯淡样貌；笛安的《我认识一个比我善良的人》中，写下的是房东如何与两位合租的年轻房客之间结成都市情谊的故事，那是当代青年在困境中互相贴近彼此照亮的时刻；90后作家杜梨的《故国逢春一寂寥》书写“我”和同事在颐和园工作的日常相处，那是当代青年人与古典皇家园林之间的精神相遇；梁豪的《亮马河》则借老聂的眼睛看亮马河，这条河的过去与现在、旧与新都变得可亲可感，一个人的变化与一条河的变化相互呼应。

以上小说没有一眼可辨的京腔京调，但城市地标（如颐和园）和城市空间（如大院、地铁）都潜在地提示读者这些作品里的北京味道——写下北京城里那些具体而微的生活，是小说家们为百年北京共同弹奏的优美动听而又别具质感的时代变奏曲。

北漂叙事与新北京人

北漂叙事是百年小说中的重要脉络，这些作品书写了外省人如何在北京扎根、如何融入北京的际遇。从鲁迅、郁达夫、沈从文再到邱华栋、徐则臣，这些作品写的是来自四面八方的青年在北京如何与贫困搏斗，如何融入城市成为其中一分子，又或逃离北京的故事。

也许，应该把鲁迅的《伤逝》作为北漂叙事的缘起。小说创作于1925年，写下的是外省青年涓生和子君之间爱情的幻灭。吉兆胡同里的点滴最终磨损了爱情，“爱要有所附丽”成为《伤逝》的主题，——困顿之下，爱情如何时时更新，这是一百年前青年面对的爱情难题，在今天依然有现实性。《微雪的早晨》中郁达夫关注的是青年学生在北京求学的苦闷，沈从文在《生存》中所写的是外来青年吴勋的内心困境。今天看来，这些作品可以算作是一百年前的北漂叙事。

邱华栋的小说《手上的星光》书写了一群“无名之辈”怀揣着野心与梦想来到北京的故事，尽管理想破灭但手上依然有星光，小说写下了20世纪90年代的北京都市图景，更展现了“北漂”青年的精神状态；梁晓声的《烛的泪》关于外地年轻夫妻留在北京过除夕的故事；荆永鸣的《外地人》关于异乡人在北京生活的种种磨难与痛感；付秀莹的《花好月圆》关注来到都市后乡村青年女性内心的震动；马小淘的《毛坯夫妻》则聚焦那些留京的年轻人，一起面对生活压力，一起过日子相互取暖的状态。

2000年以来，徐则臣书写了一系列外省青年在北京的故事。《如果大雪封门》中，跑步的“我”和等待一场大雪的打工人林慧聪，其实都是怀揣着梦想来到北京的青年，在北京生活是他们的美好愿景与奋斗目标，小说书写了“北漂”青年们的精神世界。文珍的《有时雨水落在广场》写的是一位丧偶老人从湖南老家来到北京加入小苹果广场舞队的故事；孙睿的《抠绿大师》中，“我”和宝弟是影视行业的“北漂”，他们在不同的剧组之间来回奔波；蒋在的《外面天气怎么样》则讲述了月光族室友、在洗浴中心打工的女技师等“北漂”青年拮据的日常。

和上述“北漂”生活不同，王蒙的《组织部来了个年轻人》并不凝视漂泊而关注青年人的困惑，小说呈现了富有思考力的干部林震的成长，写下了生活在新中国的青年的品质与信念；浩然的《喜鹊登枝》则以一对青年男女自由恋爱的故事贯穿始终；宗璞的《红豆》关于解放前夕北京校园里大学生恋人江玫与齐虹之间的爱情抉择。来到2000年，我们的青年生活发生了何种变化？孟小书的《深秋北京》关于电台DJ、摇滚乐评人、影视编剧等新兴职业的青年生活，关于青年男女热烈但又多歧的情感，那是属于当下青年情感世界的斑驳；马亿的《莫兰迪展》以即将开幕的莫兰迪艺术展门票售罄为契机，书写了年轻男子陈衡与一位哺乳期女人在夜晚相遇的故事……

将百年北漂叙事与青年叙事并置会发现，青年如何在大城市里立足成为百年来作家们共同关注的主题。这些作品刻下了一代代青年在这座城市的苦闷、彷徨、怅惘以及理想。而来到北京的青年人则为这座城市带来了新气质、新气象，他们成为一代代新北京人。事实上，这些青年人的生活状态和精神状态隐在地说明北京何以庞大与多样，也隐在地说明这座城市何以深具活力，何以深具无限可能。

阅读这些作品会让人想到一座伟大城市与写作者的关系。城市塑造着在这里居住的小说家们，影响他们的写作趣味和写作见识，同时，小说家们也以写作的方式为城市赋形，书写着这座城市的味道、气质、气度，勾勒着这座城市的形象。

在百年作家笔下，何为真正的北京味道呢?

北京有它地道的烟火气、都市气，那味道是纯正的、澄明的、清澈的，是由伟大的传统所构建的；北京也有它的辽阔、浩大、日新月异，那味道是丰富的、驳杂的、生生不息的，——北京味道永远不只是北京的味道，它是中国的，也是世界的。

感谢我的研究生胡诗杨、易彦妮、刘淥德所做的搜集文本及撰写背景介绍工作，在工作中，他们展现出了新一代文学研究者的敏锐、细致与行动力。作为工作助手，胡诗杨同学的协调和统筹减轻了我的工作负担。感谢北京文联陈宁书记、老舍文学院周敏老师的帮助与信任，她们为这本书的出版提供了必不可少的帮助。感谢北京十月文艺出版社总编辑韩敬群先生和责任编辑李婧婧、田宏林女士的工作，没有他们的敬业与严谨，就没有这本书的如期出版。

2024年8月10日

目　录

花好月圆

付秀莹

这家茶楼，藏在一条胡同的深处。生意却是特别的好。沿着胡同一直走，走出去，就是车水马龙的大街。来过的客人都称赞说，这真是一个好地方，闹中取静。

桃叶也喜欢这地方。算起来，来这家茶楼，已经有半年多了。茶楼的工作并不累，无非是端茶续水，迎来送往，洒扫抹擦，对于年轻的女孩子，尤其相宜。桃叶呢，性子又娴静，终日在淡淡的茶香中来去，真是再好不过了。当然了，还有音乐。多是一些古典的曲子。桃叶听不懂，可是却喜欢得很。有时候，桃叶听得痴痴的，不免想，这世上，竟真有这样好的东西。

晚上，是茶楼最忙的时候。人们吃完饭，来这里喝茶，聊天，也有打牌的，下棋的。比较起来，桃叶更喜欢下棋的。打牌的太闹。喝茶聊天的，就更安静了。三两个人，沏一壶茶，静静地聊天，闲适得很。城里人，可真会享受。哪像乡下。想到乡下，桃叶就轻轻叹一口气，然后也就笑了。这是北京城呢。真是。

渐渐地，桃叶注意到。这些客人，大都是茶楼的常客。

他们在这里存了茶，不定期地来这里消费。其中，有一对客人，也是这里的常客。他们的茶室，几乎是固定不变的，最里面的那一间，在一株硕大的植物的掩映下，门牌上垂下长长的流苏，上面写着：花好月圆。这是一间小茶室，最适于两个人对饮。装饰也不俗。迎面窗子上，挂着半月形的竹编，又别致，又清雅。墙壁设计出叠层，高高下下摆着竹筒，半只的，整只的，青色宜人，有的甚至还带着活泼泼的枝叶。另一面墙上，是一幅画。画上的物什，桃叶都认得，南瓜、葫芦，一只大石榴，咧开嘴，露出里面鲜红的籽实。这幅画，让桃叶感到亲切。每一回来这里清扫，桃叶总要对着这幅画看一回。也许是因了这幅画，桃叶喜欢这间茶室。名字也好。花好月圆。又吉祥，又悦耳。更巧的是，这间茶室，正好在桃叶的分工范围之内。桃叶管小茶室。私下里，她们管小茶室叫鸳鸯房。通常情况下，来这里喝茶的都是成双成对的人。两个人，在幽静清雅的小茶室里，一坐就是半天。有时候，桃叶不免想，他们，在做什么呢？桃叶十七岁。十七岁的女孩子，已经懂事了。想着想着，桃叶就有点心神不定。然而，大多时候，桃叶什么都不想。茶楼里的规矩，服务生要知情识趣。在该出现的时候出现，在该消失的时候消失。每一间茶室，都有呼叫器，服务生要应声而动，不可擅入。这些，在最初来茶楼的时候，桃叶都一一牢记在心里了。

桃叶发现，往往是那位男客先来，然后，大概十分钟之后，那位女客才姗姗来迟。也有相反的时候。总之是，这一对客人，极少同时来到。每一回，那男客来了，桃叶就过去照顾。通常，桃叶会问一下客人，是点新茶呢，还是喝先前存的？这一对客人，也是在这里存了茶的。普洱，十年的普洱。他们一直喝普洱，几乎从来没有换过。桃叶烫茶壶，烫茶杯，洗茶，一遍，两遍，三遍。这种陈年普洱，总要至少烫三遍才好。客人坐在椅子上，颇有兴味地看她沏茶。逢这个时候，桃叶就格外紧张。心怦怦跳着，手下也失去了分寸，一不小心，茶水就溢出来。桃叶偷眼看一下客人，却见他并不曾留意，就把心神定一定，专心做事。眼角的余光，却无意中扫到了客人的一双皮鞋，擦得锃亮，闪着凛然的光。沏好茶，桃叶躬身退出来，替客人把门带上，方才轻轻舒了一口气。

对于这位男客，桃叶她们几个都悄悄议论过了。怎么说呢，这位男客，在客人里面，是显得太出类了一些。不单是容貌，只那神情气度，行止之间，就有一种慑人的风仪。私下里，几个女孩子会拿他开玩笑，彼此打趣一番，说着说着就追逐起来，嘴上骂着，脸上却是朝霞满面。这类玩笑，桃叶几乎从来不参与的。桃叶是一个端正的人。在人前，最是懂得自持。这一点，临出来的时候，娘已经细细叮嘱过了。然而，有时候，桃叶也会暗自猜测。这个人，是做什么的？多大？还有，那位女客，是他的什么人呢？想着想着，桃叶就有些入神。看样子，这男客一定是一个学问很大的人，念过很多书，在堂皇的大楼里办公。在北京，多的是这种堂皇的高楼，亮闪闪的玻璃墙幕，傲慢而矜持，让人不敢直视。年龄嘛，桃叶看不出。三十多？四十？或者，五十出头？男人的年龄，真是似是而非的一个问题。在这方面，桃叶尤其没有天赋。至于那个女人，桃叶一直不大愿意去想。用小白她们的话，什么人？情人嘛。若是夫妻，怎么会老是在茶楼里幽会？桃叶不爱听这话，虽然也觉得有理。私心里，她倒宁愿相信他们是夫妻，般配，恩爱，罗曼蒂克。周末，出来喝喝茶，放松一下。她也知道，这愿望的不可靠，然而，她还是禁不住这样想。桃叶是一个执拗的人。莫名其妙地，她认定，这样一对人物，神仙一般，必是完满的。他们本该幸福。他们不该有别的。

这家茶楼，外面看并不起眼，进得门来，倒是一派朴野之趣。一段小桥，一泓清泉，几块石头随意散置着，篱笆后面，是几竿竹子。灯光照过来，竹影子映在墙上，一笔一笔，仿佛画出的一般。桃叶正冲着那影子发呆，听见有客人来了。细看时，却是那女客。桃叶赶忙上前去，引着她去那间茶室。不料她却把手摆一摆，示意不用了，自顾袅袅婷婷而去。桃叶看着她的背影，竟莫名其妙地生出几分失落。女客的身姿很美，一头鬈发，往常都是披下来，今天，却被松松地绾起来，在颈后绾成一个髻，倒越发增添了几分娇慵之美。女客穿一件奶白色开衫，长裙，淡淡的石绿色，浮着荷花的断梗，裙摆宽大，走动处，偶尔有零落的花瓣，飘飘洒洒，满眼秋意。桃叶在后面简直看呆了。正怔忡间，那美丽的背影已经隐在花好月圆的门后。怎么说呢，对这女客，几个女孩子心情复杂。公正地讲，这女客是一个顶标致的美人，薄施粉黛，自有一种动人的风姿。尤其是，这女客的衣裳，令女孩子们暗暗叹服。桃叶记得，几乎每一回，都是不重样的，多是裙装。长的，短的，宽的，窄的，素淡的，缤纷的。也有旗袍。桃叶记得，其中有一袭，她最是喜欢。紫色，阴戚戚的，盛开着一朵一朵的淡白的花。有时候，她不免想，这样的衣裳，穿在自己身上，会是什么光景？阳光从窗子里照过来，晒着她的半个背，暖暖的。她低头瞅一眼身上的工作服，很不好意思地笑了。这工作服，是浅茶色的衣裤，配了雪白的兜肚围裙，一色的船形包头，两端尖尖翘起，说不出的干净俏丽。初来的时候，对这服饰，桃叶真是喜欢。她把自己关在卫生间里，在镜子前左顾右盼，心里有一种难言的快乐。她盘算着，在电话里，该怎么对娘描述这新的衣裳。还有杏儿。当初，杏儿本要同她一起来的，因为杏儿爹的病，只好耽搁了。看见她的样子，杏儿会怎么想呢？她一定会眼红吧。可是，后来，对这工作服，桃叶的看法渐渐改变了。喜欢还是喜欢的，然而，却多了很多无端的憧憬。桃叶低头把围裙上的一些褶皱慢慢抚平，很黯淡地笑了。

有音乐细细地传来，缥缈，清婉，仿佛一个辽远的梦。茶楼里点一种香，淡淡的，不十分浓郁，却有一种沁人肺腑的气息，让人迷醉。桃叶立在地下，看着那间茶室门上的牌子，花好月圆，四个字瘦瘦的，眉清目秀，很受看。长长的流苏披拂下来，微微荡漾着，闪烁出丝质的光泽。门的上端，是磨砂玻璃，一丛兰草图，在灯光的映衬下，起伏有致。桃叶看了一眼那灯光，柠檬色调，温馨，神秘，让人莫名地心乱。墙壁上的钟当当响起来，十点钟了。算起来，那一对人，在茶室里，总有四个钟点了。茶楼里，依然热闹。棋牌室里传来麻将碰撞的声音，泼剌剌的，很清脆。下棋的呢，则安静得多了。托着脑袋，一脸的严峻，一脸的风霜，他们是沉浸到另一个世界里去了。走廊上，偶尔有人走动，把木质地板踩得吱吱响。几个女孩子站得乏了，忍不住相互说说话。却不能凑在一处，担心领班或者老板看见了。她们各自站在原地，用神情示意。小白把嘴巴冲着花好月圆努一努，又抬起下巴指一指墙上的挂钟，做出一个很暧昧的表情。桃叶知道她的意思。

在这几个女孩子当中，小白算是元老。据说，早在茶楼开业之前，就追随着老板南征北战。关于小白同老板的关系，茶楼里的人都讳莫如深。桃叶隐隐约约听到，这个小白，是老板的旧情人。十几岁来京城闯荡，认识了现在的老板。老板是有家室的人，同小白，是露水的鸳鸯，稍有风吹草动，就只有散了。小白呢，究竟年幼，对世事还远不曾看破，她原是一心想修得正果的。老板是何等样人物？近五十岁的人了，经历了风雨无数，早洞穿了其间的山重水复。权衡之下，索性就把小白介绍给了一个朋友。怎么说呢，小白是这样一个水性的女子，流到哪里，都是随遇而安。岂料那一个人，也是使君有妇。直到如今，小白依旧是妾身未名。私下里，人们都说，这个小白，怕是命该如此。最近，也不知为什么，放着安闲的外室不做，小白执意要来茶楼做工。老板呢，碍着多年的情分，当然也有朋友的面子，就只有把这颗定时炸弹留在身边，却自此对她敬而远之。据说，小白是对老板心有不甘。当然，这些都不过是传说罢了。以桃叶的眼光看来，小白称得上风姿楚楚。在京城磨炼既久，妩媚之外，身上自有一种风尘和沧桑。言谈间，却似乎是天真未凿的。这令桃叶很惊诧，同时也感到暗暗的宽慰。或许，只有小白这样的女子，才适合在京城里左冲右突，攻城略地。桃叶把目光跳开去，看着窗外。此时的北京，一城灯火，远远近近地闪烁着，把夜晚的天地映得明明灭灭。廊檐下，一只红灯笼，在夜色中摇曳不已。小白终是忍不住，已经同另一个女孩子凑到一处，哧哧笑着，咬耳朵。桃叶过去不是，不过去呢，也不是，迟疑了一时，只好去卫生间避一避。在这家茶楼，小白是无所惧的。在她，不过是寂寞之余的游戏，或者叫作娱乐也好。桃叶却不同，她必须兢兢业业。这份工作，对她非比寻常。

从卫生间出来，一眼看见洗手池前站着一个人，却是那女客。此时，她正对着镜子，很仔细地补妆。桃叶慢慢地洗手。一面偷眼看镜子里的女人。她发现，女人脸色微酡，有一种掩不住的春色。她的头发已经纷披下来，流泻在肩头，她正用嘴衔着一支发卡，慢慢地整理。大概觉出了旁边的注视，她微微侧转过身。桃叶赶忙低头洗手，匆匆往外走，却同迎面而来的小白几乎撞个满怀。小白说，桃叶，正找你呢——花好月圆——

植物硕大的叶子在灯光中招展着，把婆娑的影子投在地上，大片大片的，掠过来，森森的，满蓄着风雷。桃叶立在门外，对着一地的影子看了半晌。门已经合上了。花好月圆。牌子底下的流苏还在微微颤动。方才，她犹疑了一下，才轻轻叩响了门。男客已经站起来了，慢慢踱到窗子旁，很专注地欣赏那幅画。桃叶把电热壶里的水续满茶壶，重又把各自杯子里的残茶倒掉，斟上新茶。把托盘里的果壳清理好，换上干净的烟灰缸。男人自始至终背对着她。他可真是挺拔。站在那里，仿佛一棵蓊郁的大树，沉默中透着一种说不出的英气。不知为什么，桃叶感到这房间里有一种莫名其妙的气息，黏稠，热烈，微甜，却又是暗流汹涌，让人止不住地心旌摇曳。男人慢慢转过身来，朝这边看。桃叶感觉自己的心像惊慌的马，跳得动荡。慌乱间，她碰翻了一盘开心果，白色的果实撒落下来，骨碌碌滚了一地。桃叶慌忙弯腰去拾，抬眼却看见那男人的皮鞋，闪着凛然的光。桃叶越发慌了。正手忙脚乱，她感到一片阴影覆盖下来，心里一惊。男人立在她身旁，居高临下地看着她。这令她感到一种莫名的威压。正无措间，门开了。女客回来了。男客重又踱到窗子旁边，认真地看那幅画。女人呢，则在沙发的另一端坐下来，端起茶杯，看桃叶收拾。一时无话。收拾完，桃叶躬身退出来，把门带上。花好月圆的牌子轻轻摇晃了一下，就平静下来。桃叶立在影子里，想着方才的事。几位客人从走廊的另一端走出来，打着长长的哈欠，准备离去了。还有一位，从深处的茶室里踱出来，擎着手机，絮絮地说着，忽而，纵声笑起来，看看周围，赶忙又捂住嘴巴，冲着手机窃窃地讲着，一脸的莫测。一位女客在走廊上慢慢走着，忽然，高跟鞋就趔趄了一下，她一惊，赶忙把心神定一定，更添了几分小心走路。桃叶看着这一切，仿佛看着一场乱梦的碎片，一时收拾不起。她感觉手里的电热壶越来越重，像铅一样，令她整个人都坠下去，坠下去。

窗外，夜色迷离。偶尔，有一辆汽车疾驶而过，在灯光的河流里，溅起闪亮的浪花。小白正在低头发短信，发着发着，忽然就哧哧笑了，掩着口，一脸的是非恩怨。世间，或许真有这样的女人，她们感情丰沛。对异性，永远怀着缥缈的幻想，永远心神激荡。这一阵，小白同一个男孩子过从甚密。这个男孩子，桃叶是见过的。看样子，顶多刚满二十，穿着牛仔，脸上是稚气未脱的神情。同小白站在一起，简直是悬殊得无理。当着人，男孩子叫小白作白姐。小白携着男孩子的手，很欢喜地介绍道，这是我弟弟。说着，朝着那弟弟飞去一个媚眼，弟弟就红了脸。小白咯咯笑起来。桃叶从旁看着这一切，心头忽然涌上一种说不出的忧伤。又有一拨客人走出来，在门口，相互道别，挥手，不知说到了什么，都笑起来，在这安静的夜里，显得格外响亮。小白还在低头发短信。那几个女孩子，都已经乏了，站在那里，神情倦怠，目光恍惚。小白的手机唱起来，她让它响了半晌，方才接听，懒懒地问道，喂——那边不知道在说什么，只见小白的眉头慢慢蹙起来，蹙起来。渐渐地，声音里就有了柔情的哽咽。良久，那边显然是在极尽曲折地逢迎，这一端，容颜也就渐渐展开了，倏忽就笑了一下，骂道，去——很娇嗔了。小白脸上还带着泪珠，却已经开始冲着手机的那一端吹气了，轻柔的，一脸小孩子的天真，还有小女人的风情。桃叶把眼睛看向窗外。

茶楼对面，是一家时装店。此时，早已经关了门。一对恋人相拥着走过，在不远处的灯影里，忽然就停下来，抱在一起，热吻。小白的电话还在继续，只是，早已经变成含混的呢喃，还有轻笑。桃叶立在窗前，感觉自己背上出了一层毛茸茸的细汗，痒兮兮的，很难受。这一带，路的两旁，多的是槐树，叫作国槐的，深秀繁茂，很老了。夜色中，老树枝叶模糊，黑黢黢的，沉默着，仿佛隐藏着无尽的秘密。一辆摩托车飞奔而过，风驰电掣一般，转眼就不见了踪影。墙上的挂钟当当响了，桃叶吃了一惊，方才把心思慢慢收回来。小白已经打完了电话，此刻，正在忙着发短信。几个女孩子，在走廊里慢慢走动着，为着能够及时给客人服务，当然，也为着不让自己犯困。正在放着一支古筝的曲子，低低的，百转千回，仿佛一只蝶，美丽而哀伤，在茶楼的每一个角落里细细地游走，停停落落。桃叶很入神地听着，轻轻叹了口气。真的。也不知从什么时候，桃叶喜欢上了叹气。有时候，桃叶自己也觉得难为情。有什么可叹气的呢？想想从前，还有乡下，父母，还有，杏儿。为什么要叹气呢？桃叶黯淡地笑了。

植物硕大的叶子静静地绿着，在地上投下森森的影子，一片一片的，形状有些夸张。桃叶对着门上的牌子看了一会儿，花好月圆，四个字瘦瘦的，很好看。柠檬色的灯光透出来，把那丛兰草映得格外生动。桃叶看着那灯光，忽然心里有个地方细细地疼了一下。

直到后来，桃叶也不知道，事情究竟是什么时候发生的。清场的时候，那一对客人，被发现双双卧在沙发上，拥抱着，已经没有了呼吸。地上散落着几只竹筒。这种劈开的竹筒，有着锐利的棱角。茶具却是完好的。茶几上，两只茶杯相对，静静地打量着对方。那幅画还在。还有画上的物什，南瓜、葫芦、大石榴，咧开嘴巴，露出里面鲜红的秘密。

日子一天天过去了。茶楼照旧热闹。那件事，人们议论了一时，也就渐渐淡忘了。花好月圆的茶室，一切如旧。只是，桃叶却有些变了。她喜欢站在茶室外面，站在那一株茂盛的植物下面，默默地看茶室门上挂的那个牌子。一看就是半晌。花好月圆。这几个字瘦瘦的，眉清目秀，很受看。

付秀莹的《花好月圆》发表于《上海文学》2010年第3期。付秀莹的小说依循着从芳村到北京的“进城路线”，从乡土世界触发观照都市的过程中，她敏锐地捕捉到进京务工者内心发生的异动与变化，小说主人公桃叶正是如此。男女客人、小白和老板之间的关系，对于桃叶而言都充满了暧昧的气息。但小说并不讲述这些情感纠葛，更着墨于桃叶在目睹一切之后所发生的变化。进京打工的桃叶，对于北京起初怀有好奇、向往，然而茶楼里的事情给她这个外来者带来了强烈触动。小说语言细腻灵动，生动展现了进入都市后女性心事发生的隐秘变化。

——刘涞德

毛坯夫妻

马小淘

一

雷烈看着熟睡的温小暖，觉得她越长越像猫，五官集中，表情散漫而诡秘，是因为和猫待在一起时间太长了吗？他亲了亲小暖的脸颊，她发出含混的两声“哼哼”，翻了个身。温小暖一只脚露在了被子外，红色的指甲油已经有些脱落，让人难以判断这女人是爱美的还是邋遢的。雷烈把小暖的脚塞进被子，经过四只熟睡的猫，越过满地杂物，上班去了。每天都是这样，不到七点，雷烈起床上班，而刚刚躺下三四个小时的温小暖正处在昏天黑地的黄金睡眠阶段。

雷烈要倒两班公共汽车上班，大概三十公里路，一个多小时的车程可以到达公司，公交车是走高速的。车很挤，一早必须精神焕发去讨生活的上班族，谁也不让谁地捍卫着自己的立锥之地。但雷烈总是有座，因为他们家在终点站。他住在城市的最东边，虽然去哪儿都不是太方便，但唯一的好处是占了终点站的便宜，漫漫长路不必立正，可以坐着稍息。

他简单洗漱，七点准时出门，上班前到公司楼下的早餐铺吃饭。包子、馄饨、饼、豆浆，早餐铺只有四种产品，却火爆得像跨国连锁的多种经营，吃饭还得跟那山东口音、永远拉着脸的服务员赔笑脸，好像在求什么长生不老的仙丹。原本雷烈是在家吃早饭的，温小暖比他早起半小时，睡眼惺忪折腾着各种厨具。两人共进早餐，温小暖总是半睡半醒地眯着眼，动作迟缓，雷烈怀疑她随时会有昏迷的危险。吃完饭她送他出门，继续睡回笼觉，到中午日上不止三竿才正式起床。早餐总是精致得骇人：鸡蛋会煎成心形，黄灿灿的蛋黄是那颗心的心；三明治切得整齐规范，培根、火腿、西红柿低眉顺眼地被码在里边；土豆泥是小猫的脸，椭圆形外加两个三角耳朵，上边点缀着两个象征眼睛的葡萄干；热狗肠被开膛破肚切成花形，两个一组开怀大笑地穿上牙签。天！谁能想到在这城市东郊的陋室，还隐居着一个技艺精湛的大厨啊！第一次见到这般化腐朽为神奇的早饭，雷烈简直激动得要吐血，他在温小暖未洗的脸上深深一吻，传递着对早餐的感谢和敬畏。然而，几天下来，雷烈就郁闷了。天天煎蛋、三明治，西式早餐日复一日。另一边温小暖愈加走火入魔，土豆泥小猫已经精益求精变成了更名贵的波斯猫——绿色、紫色的葡萄干大小相同，炯炯有神。他几乎不好意思破坏温小暖精心打造的艺术品，不知该先咬掉小猫的耳朵还是先破坏它的双眼。一顿家常的早饭有太强烈的仪式感，让雷烈不知所措也不敢吃得全力以赴。而且他纯中国北方的胃，根本受不了这不知是法国南部还是美国西海岸的早餐。一次两次新鲜新鲜是可以的，可长期下来，他简直怕了这五星级酒店般的眼花缭乱，发自肺腑地渴望哪怕是路边摊的包子、馒头、咸菜、稀饭。他一看到温小暖披头散发在厨房忙活，就心头一紧，琢磨着如何面对一桌子花里胡哨的外国饭。雷烈体恤地告诉温小暖，不要这样起早贪黑地忙碌了，他心疼她。温小暖善解人意地说没事没事，为了她亲爱的他，睡眠不足也是心甘情愿的。最后在雷烈的一再坚持下，温小暖才甜蜜地答应不再起床做早饭了。雷烈摸摸她的头，心想终于可以和那些玩具早饭说再见了。

小笼包的笼屉反复使用早有些脏了，盛馄饨的碗边也有两处缺损，雷烈对着粗糙的容器吃得心满意足。这才叫早饭嘛，质朴实在，吃得人额头微汗。饭后，他清了清嗓子朝公司走去。雷烈在一家制作公司上班，说是公司，其实更像作坊，里里外外十几个人，连他这个刚来不到两年的，都已经进入了核心阶层。公司主要制作音频，偶尔也接一些脚本、视频类的业务，虽说夹缝中求生存，但业务倒是不少。雷烈去年从某集团内部的电视频道跳槽到这里，放弃了稳定安逸的主持工作，只为能赚得多些，尽早还完贷款。内部电视台之前，雷烈在一家手机资讯台做主播，那地方僧多粥少，几个主持人斗得你死我活；手机咨询台之前，雷烈在体育频道配音，同事多半是上学时的同学，合作愉快赚得也多，可惜收视率研究室下达了“病危通知”，节目被毙，栏目解散，雷烈丢了饭碗。毕业六年，换了四份工作，如今正兢兢业业配音、剪片子，外加联系业务。

雷烈是广播学院播音系毕业的，上学时因为业务突出，是播音系七匹狼之一。每有去外校会演、接待外国友人、去中央电视台演出的机会，总是少不了他们七个。一群高大威猛的男生，面容俊朗声音洪亮，清一色黑西装，那场面现在想起来也真是风光无限。如今这七人有的春风得意成了电视台新闻主播，有的退出江湖成了居家过日子的孩子爹，有的天马行空做起了忽然暴发忽然困窘靠配音吃饭的棚虫，而雷烈则朝九晚五，虽没有太远离专业，却做了太多专业以外的内容，他觉得自己几乎成了个边缘人。

温小暖是雷烈的师妹，两人是在播音系学生会认识的。那时雷烈刚刚升入大四，而温小暖是初入校门的新生。雷烈作为体育部部长在报名的新生里挑选干事，温小暖戴着个粉红的棒球帽，染着金黄的头发，脚上是一双浅粉色平底船鞋，两条麻秆般的细腿戳在鞋里。花哨的打扮和过于纤细的腿，雷烈觉得她像一只轻佻的彩色鹦鹉。按照惯例，雷烈问了报名者几个问题。无非是为什么要进体育部啊？如若进来了有什么工作计划？新生都怯生生的，答得自然也没什么新意。轮到温小暖的时候，她乍看也是一副任人宰割的怯懦模样。雷烈问她为什么要进体育部，她却啰里啰唆回答得没完没了，说外联部总出去跑太疲劳，学宣部又要海报又要组织竞赛太琐碎，文艺部挺出风头但自己实在算不上能歌善舞，想来想去好像只有体育部可以打入敌人内部。雷烈听着她把自己的部门说得好像白吃饭的地方，又问她如果进来打算干点什么。她翻了翻白眼说，我竞选的是干事，不是部长。部长叫干啥就干啥，面朝黄土背朝天，没那么多高瞻远瞩的想法。雷烈被她逗乐了，琢磨着这姑娘倒是快人快语，招进来活跃气氛得了。于是温小暖大摇大摆进了体育部，每天大呼小叫跟着雷烈忙东忙西。后来，雷烈觉得她虽然有点二，但也挺可爱的。再后来，七匹狼中的另一匹相中了温小暖，系学生会外出野餐时他唯温小暖马首是瞻，殷勤献得旁人都不敢看。温小暖哭丧着脸黏糊在雷烈部长身后，拒绝着那匹狼的好感。野餐归来，那匹狼告诉雷烈别装大尾巴狼了，摆明着温小暖中意他，该出手就出手吧。彼时雷烈感情空窗已经两年有余，虽然不是芳心，但也的确寂寥。雷烈想想那姑娘虽然不够低调，但还是挺本分，于是打算一顿饭就把她收编。结果刚刚开餐，雷烈才开门还没来得及见山，温小暖就两眼发直脸色惨白呼吸困难地从椅子上出溜下去了。倒霉的雷烈抱起她冲出饭店打车奔了医院，特意穿的白衬衫被她吐得像垃圾一般，特意塞满的钱包付完餐费挂完急诊立马瘪回了原点。又是洗胃又是打点滴，折腾一番，还阳的温小暖终于脉象平稳。原来，她还是个过敏体质——花生过敏。餐前的小点心里放了花生酱，不知情的温小暖吞了两块就付出了急救的代价。满身污秽的雷烈焦灼地守在床边，还没怎么样呢就得替她操心。两个小时后，温小暖少气无力地睁开双眼。雷烈恨恨地说，我没抱过女生，你做好准备以后可能得嫁给我。温小暖说，那先当你女朋友慢慢准备着吧。说完没搭理雷烈翻身睡觉了。一段说起来简直草率的关系，就那样确定在了病床前。

谈恋爱没多久，雷烈毕业了，他搬出宿舍在学校附近与人合租了房子，温小暖没事就往他那儿跑。两年后，隔壁房间的人退租，雷烈干脆租下了那套两屋一厨，温小暖也就顺理成章地搬了过来，开始了同一屋檐下的相看两不厌。这下约会倒是省钱了，不去饭店电影院，窝在家里看碟看书打游戏，饿了就食堂的干活，刷的还是温小暖的饭卡。开始雷烈以为温小暖懂事体恤知道勤俭持家，后来发现她就是懒，不爱出门不爱动，偶尔出去不把兜里钱花个精光绝不踏上归途。

二

“师哥，周末露露他们要来吃饭，你有空吗？”温小暖在电话里叨咕。下午一点，看时间她该是刚睡醒，听声音也还带着梦的余温。

“周六还是周日？”雷烈问。

“啊呀！他们没说，我问问再跟你联系。挂了啊，师哥。”

“晚上回家再说。我应该没什么事，你要好意思就让他们来吧。”

“我有什么不好意思的？好好工作吧你，别工作时间修理媳妇了。晚上早点回来啊，我煲牛尾汤。”

在一起六年多了，温小暖还是叫雷烈师哥。雷烈对这个称呼很受用，他觉得很像武侠小说，一般师妹嫁给了师哥，也不会改口叫相公，依然师哥师哥地叫着，带着系出同门的近乎。雷烈挂了电话继续吃着外卖凉面，心想着晚上的牛尾汤，露出了满意的笑容。

原本温小暖是不会做饭的。上大学之前，她甚至连水都没烧过，虽不是什么富家千金，却也被惯得四体不勤。有一次她大张旗鼓拎着两袋子东西去雷烈的出租屋做饭，忙活了一个多小时，端出了三个碗，一碗汤泡的饭或者水放少了的粥，总之那一碗大米干湿程度介乎饭和粥之间；一碗切得整齐的香肠，似乎是蒸过的，因为冒着热气；一碗西红柿黄瓜胡萝卜，拌了沙拉酱，中间还捣碎了一个煮鸡蛋。雷烈表情绝望地接过三个惨淡的碗，心想这样的女人真娶回家可怎么办！偶尔改善伙食，都是雷烈掌勺，温小暖游手好闲地站在一边看。后来，温小暖赋闲在家无事可干，才大器晚成开始了料理生涯。

那是温小暖大学毕业的第二年，她和老板大吵一架愤而出走，只留下一张字条写了一行“老子不干了”，就收拾行李回老家散心了。雷烈回到家看到满地狼藉的卧室和四只喵喵乱叫的猫，真想把那些猫一个个拎起来放血。这个好逸恶劳的温小暖，招呼也不打就拍屁股走人了，还留下四只流浪猫添堵。当晚温小暖在火车上来了电话，她上了火车才觉得不告而别不够仁义，特意打电话跟雷烈道歉。雷烈抓狂地嚷嚷了几句，温小暖却自顾自地讲起了老板的不是。

她从毕业开始就一直在那家公司，一天八小时，随时接受任务录彩铃、搞笑段子、鬼故事，邮件一到或者电话一响，她就得及时出现在录音室。一个月底薪两千，根据录音的量拿提成。其实工作也还算有趣，咿咿呀呀装神弄鬼不是难题，就是那每天九点准时打卡的制度不合温小暖的意。她从没出过国却按照欧洲时差生活，无论何时非得比北京时间落后几小时。别人睡的时候她正精神，别人起的时候她正犯困。每天闹钟响起，她都五官扭曲地把它关掉，杀人不过头点地地打算再眯一会儿。雷烈为了叫她起床花了不少心思，他简直搞不懂平时没什么脾气的温小暖怎么那么贪睡，一叫她起床就翻脸。他用手指插她鼻孔，靠阻碍换气打断她；他把手机开成震动放在她肚皮上，弄得她做梦也只能梦到拖拉机。每天他拽着满脸倦容的她走向车站，开始新一天的工作。偶尔他实在不忍心，或者她实在太强悍，温小暖就彻底睡死过去翘了班。每个月，她都因为里出外进的出勤被扣掉不少钱。温小暖从不检讨，而是致力于控诉公司的克扣，底薪才两千，可是一次缺勤就要扣掉一百元，迟到也要扣五十，难不成我一个月不去还得倒找他们钱吗？在那个告别了春困秋乏夏打盹的冬天，温小暖屡屡翘班，一个月下来，工资加奖金只拿到九百元。她捏着那薄薄的一沓钱，骂了老板，卷了铺盖，从此成了新时期的待业青年。

先是回老家住了一个月，反正怎么睡也没人扣钱，吃穿都有爸妈照顾，温小暖神清气爽乐不思蜀。雷烈苦苦哀求，父母苦口婆心，她也没扒拉回去的算盘，直到雷烈恶狠狠下了最后通牒，不回来就弄死那四只猫，绝不食言。她知道雷烈没有恶从胆边生的行动能力，却还是装作就范地跑回了北京。一出车站，四目相对，没有浪漫煽情的拥抱和眼泪，两人推推搡搡，你给我一拳我撞你一膀，哥们儿般回到了出租房。倒是看到那几只猫时，温小暖眼神温柔笑容温存，她检查了猫粮猫砂，对雷烈露出赞许的笑容。等温小暖跟猫亲热完，才轮到雷烈靠前。

其实雷烈不喜欢那几只猫，它们肥头大耳好吃懒做，在不大的房子里闲庭信步东抓西咬，什么也不干。但是他没办法，温小暖不要钻石玫瑰，不爱华服美裳，唯独爱猫如命。那四只猫没一个名贵品种，两只是从街上捡回的流浪猫，两只被消息灵通的前主人特意托付于此，从温小暖大三开始，陆续安营扎寨。温小暖本来还打算对楼下新来的流浪猫敞开怀抱，被雷烈疾言厉色地劝诫，才噘着嘴打消了念头。四只已经是极限了，满屋子都是它们上蹿下跳的身影，满耳朵都是它们不管不顾的叫声，原本都是风餐露宿遭人嫌弃的家伙，却摇身一变成了温小暖的掌上明珠。美眉食欲好像不太好，牛丸最近在褪毛，村上又欺负钢蛋了……温小暖满嘴猫经，几乎把自己也当成了一只猫。有一次村上从开着的窗户里跳了出去，活不见猫死不见尸，温小暖两天没正经吃饭，瞪着血红的双眼盼望着浪子回头的瞬间。雷烈假模假式宽慰着温小暖，心想少一只就少操一份心少一点麻烦。晚餐时间，他带着绝食两天的她到楼下小饭馆吃饭，她哭丧着脸，用筷子扒拉着碗里的饭，好像需要吃饭的是筷子不是她自己。郁郁寡欢了三四天，却一下子听到了熟悉的猫叫，楼门口的雨挡上，那臭无赖的猫站在灯火阑珊处。温小暖大喜过望，静悄悄靠近着村上，好像怕它不是真心想回来，自己态度粗暴再吓着它，颇费心思地指挥雷烈回去取猫包。雷烈拿着猫包认了命，这祖宗玩了几天失踪又恬不知耻地把家还。

作为挣钱的男人，雷烈要养着辞职的温小暖还有她的四只猫。不工作的温小暖一身睡衣打天下，天天吃了睡睡了吃，不是万不得已不出门。可她一点也没胖，还是身材细长，像纸片一张。闲来无事，她开始研究做饭了。她煞有介事地买了好几本菜谱，又大张旗鼓张罗了全新的厨具，出租房寒酸的厨房里，她的锅碗瓢盆闪闪发光。雷烈看着她严肃认真的样子真怀疑她会不会再买一顶厨师帽，还真是干什么都不拿自己当业余的，刚上手就摆出了食神的架势。那时候，每天推开房门都有日新月异的怪味，味噌汤、红酒梨、烤鲅鱼、奶油烤杂拌……京鲁川粤古今中外，温小暖甚至到批发市场寻找模具，试图做出《红楼梦》里贾宝玉吃的那种莲叶汤。雷烈本以为可以天天吃上热乎乎的家常饭，却没想到每天都要硬着头皮试新菜。其实，味道都是不错的，雷烈也承认温小暖的确有这方面的天赋。只是他受不了她痴迷过度的花样翻新，也承受不了那些价格不菲还总被浪费的食材，在家做顿饭，简直跟在外边吃的价格差不多。

三

周六，露露他们果然来了。温小暖电话指挥遥控路线，露露开车载着一干人终于找到了北京的东边。露露是温小暖大学同寝室的姐妹，车里另外三个男男女女也是温小暖的同学。他们抬着一箱饮料，热热闹闹进门来。

“师哥，你们家真够偏的！再开几十米就出北京的收费站了吧？”露露冲着雷烈抱怨。温小暖正在厨房忙活着，留雷烈一个人在客厅招呼同学。

“就是，我终于感受到北京有多大了！”一个男生说。

“我的天，老温，你们就住这儿？”还没等雷烈就房子的偏远接茬，露露就又发出了高分贝的呼喊。

一干人随露露的叫喊开始打量房间，每个人的表情都不同，但显然他们都在惊骇之中。面对雷烈和温小暖的新家，他们除了大呼小叫，大概也只能哑口无言。

毛坯房。是的，雷烈和温小暖住在毛坯房里。墙壁上没刷任何颜色，地上铺着地板革，照明设备是节能灯泡，餐桌是一个掉了漆的折叠桌，里里外外哪里都是钢筋水泥的本色。客厅、卧室里不见一件正经家具，不知哪来的旧沙发上裹着床单，三十块钱的塑料布衣柜，一人一个一共两个，床边放着个简易鞋架，上边堆满了温小暖的护肤品。怎么看也不像一个有人住的房子，倒像是精神失常的主人早已走丢，忘记了自己凌乱的家。

“我说雷哥，你们也太狠了吧？潇洒得令人发指啊！”先前半张着嘴的男生，终于开口了。

“我们没钱。交完首付，我们的钱只剩一点点。我精打细算勉强把厕所和厨房给装完。”温小暖端着两个盘子从厨房出来，带着香喷喷的气息解释着房子的欠缺。

“精打细算？你们别听她胡说八道！就她贴厕所墙的瓷砖，一小块就九十多块钱。我劝她买简单朴素点的，省省钱，她非说淡粉的碎花瓷砖她早就相中了十几年，终于有了自己的房子，打死也要往家里搬。结果卫生间的墙砖，一不小心花了七千。你说她不精打细算，还不得两万啊？”在一起这么多年，雷烈始终弄不懂温小暖为什么总觉得自己挺会省钱。她这种错觉是打哪来的呢？

“这个你不懂！女人一定要有个舒适的卫生间！”没等温小暖开口，露露接下了话茬，跟温小暖说的一模一样。真是天下乌鸦一般黑，女人有什么了不起，怎么就非得有一个贴着暴利墙砖的卫生间？

去年，出租房即将到期，房东说会稍稍涨价。当初雷烈是因为约会方便才租下那房子，温小暖已经毕业两年，他们其实没必要一直在学校旁边。温小暖在犹豫要不要忍痛加价和房东续约时，雷烈却从长计议有了买房的打算。温小暖说买房是痴人说梦吧，我们两个穷光蛋。彼时她已经失业超过了一年。房价只会越涨越高，你现在觉得贵得离谱，以后就会后悔现在为何没当机立断。雷烈已做了不由分说的决断。

当然不敢考虑什么二环三环四环，那不是勒紧裤腰带就挤得进去的地方，中彩票之前，他们和那里沾不上边。第一次看房，两人精神百倍来到了五环边。一听报价，信心就被挤到了天外边，还是在温小暖的坚持下，雷烈才蔫头耷脑地看完了样板间。五环外，五环外五公里，五环外十公里，终于他们一步步退到了东五环外十五公里的城市边缘。价格合理，房子漂亮，有温小暖喜欢的落地窗和卫生间。远是远了点，可是不远的地方确实掏不起钱啊！于是，两人拿出了几年的积蓄，又各自回家请示了一笔住房基金，首付交上，再贷款二十年。辛辛苦苦几十年，一下子回到了解放前，终于成了有房的人，但再也拿不出一点闲钱。装修怎么办？家具怎么办？没有钱，只能一切从简，挑主要的办。雷烈说，先把卧室弄一弄吧，反正睡觉是最主要的。温小暖说，你安心上班，装修的事情交给我来办。于是雷烈战斗在配音的第一线，温小暖穿梭在建材市场和新房之间。

其实雷烈是不放心的，他们唯一的贵重物品——房子，怎能让异想天开没头脑的温小暖经管！可是不这样又能怎样？自己必须天天上班，要是光靠周六周日，搬家还不得拖到下一年！反正那是一个毛坯房，温小暖手头也没多少钱，总不可能把窗户拆了吧，后果再坏也不会太震撼。

一个多月，温小暖满面尘灰烟火色地操劳奔波着，甚至疲惫地不再热衷做饭，家里天天吃得简简单单。工程似乎不小，她找了包工队，又是杀价又是监工的，天天眉头紧锁早出晚归。她唯一透露给雷烈的，便是终于找到了梦想中的墙砖花样，其余的一切都是语焉不详。待到雷烈利用休息的周末去新房探班时，看到的依然还是原来那个冷清的毛坯房。原来，温小暖把全部的热情都投入了厕所和厨房，除此之外的地方，都保持着原样。还以为她拿那么少的钱打理了整个房，却没料想，她一直忙活的只是那么两块小地方。

雷烈欲哭无泪，看着自鸣得意的温小暖。温小暖却振振有词："厨房要做饭，厕所要洗澡要便便，你不能不装！要装就得一步到位。其他的都无所谓啊，有一张床，咱俩就可以同床同梦，幸福万年长！客厅啊，阳台啊，那都是装给别人看的，厨房和厕所才是咱们自己的。反正咱不是富人，就干脆别那么虚荣了，以自己舒服为主吧。我们已经完成了最艰难的部分，迈出了伟大的第一步，其他的以后有钱了再装！”雷烈一瞬间就被她的歪理征服了，他忽然意识到，他最看重的，便是温小暖的不虚荣。她对生活的认识既朴素又磅礴，宛如哲学家，永远怪异，又永远自圆其说。

“师哥，你们家门够酷的！我记得我几岁的时候，我们家门好像也是这样的！找这种门，挺费事吧？”温小暖的男同学望着各屋翠绿翠绿的木头门感慨着。

“呵呵，那是。”雷烈微笑着，想起那些几乎让他跑断腿的门。

温小暖的厨房、厕所竣工后，他们凑合着买了个大床，又在温小暖的坚持下铺上了老土的地板革，理由是怕猫着凉。原来房东跟他们相处愉快，就把那使用了多年的旧沙发给了他们。沙发随着塑料布衣柜、电脑、衣架等零碎物件迁移到了城市的东边。然而，入住的第一天，他们才反应过来，他们忽视了一个严重的问题——没有门。打开进户门，任何一个房间，都没有门。钱已经只够吃喝的了，不偷不抢是弄不到门了，温小暖要打电话寻求娘家资助，雷烈强势地制止了她。那个周末，他坐着公交车奔走在几个市场之间，终于在即将绝望的时刻，遭遇了那些80年代电视剧里和筒子楼配套的大绿门。说好看，确实谎撒大了，但说个性还是合理的，关键是那亲和的价钱。雷烈被预算支配，搬回了那些扎眼的门，温小暖欢欣鼓舞，觉得那门帅呆了，颜色正，还碰巧赶上了怀旧的风潮。

“别光羡慕我们家门啊！看看我们的超级小饭桌！”温小暖眉飞色舞端出个大盘子，转身回厨房掌勺去了。

桌子上已经摆了四个盘子：橙汁瓜条、芝士焗南瓜、黑椒牛柳、避风塘茄子。小饭桌上铺着报纸，按人头摆着纸杯，温小暖嚷嚷着让大家先吃，还有重头戏——剁椒鱼头和豆角焖面。中西合璧南北荟萃，露露等人被精致的菜肴征服，一个个谁也不让谁地挤在小桌边。雷烈看着满桌子大嚼大咽的师弟师妹，殷勤地给他们添饮料，内心涌起一种主人翁精神般的满足。

“你还在家窝着呢？”一个男生问小暖。

“是啊，下岗女工，每天含辛茹苦洗衣服做饭。有什么散活找我啊！我可天天都有业余时间！”温小暖轻描淡写，好像她一心想工作却处处面对艰难。

“你说你也算苦出身，怎么这么烂泥扶不上墙，没有革命的上进心！”露露边往嘴里塞茄子，边把头转向雷烈，“师哥，你们什么时候办？”

“怎么的？着急随礼呀？”

“虽说会破点财，但我实在想看老温正经穿一回婚纱！”

“那你问她。我说要办，她总是嫌麻烦。”

“民政局都批了，办不办有什么区别？又不是名人，还非得昭告天下我们正式成婚啊？办喜酒又操心又麻烦，我们先花一堆钱，然后再上你们那儿划拉点礼钱，不仗义啊！等我头发长点，去拍套婚纱照，就得了。”温小暖扎着围裙，把打牙祭的香肠放进猫的食盒子，又折回厨房端出最后的银耳羹，挤在了小桌前。

“我还真没见过你这样的！人家都是女的哭着喊着要穿婚纱摆喜酒，男的没心没肺懒得办！”一个男生说。

“我也没见过这样的。”雷烈看着闷头吃菜的温小暖。

搬进新家的第二个月，雷烈和温小暖就成了合法夫妻。虽说从交往的第一天雷烈就怀着结婚的心愿，但一想到尚算青年的人生阶段，竟与她相伴了六年，依然觉得百感交集。

“要不咱们结婚吧？”躺在毛坯卧室的大床上，雷烈说。

“行啊。这下称了我妈的心了。”温小暖在前边的电脑桌边，手没离开鼠标，头也没有回一下。

“那你的意思呢？”

“我听我妈的。”

“什么时候你这么乖了？”雷烈盯着她的背影看。

“我妈说女孩未婚同居有点丢人，结了婚就不怕人说闲话了。我这人比较仁义，不想让你背着个诱骗少女的坏名声，打算委屈委屈接受你的破名分。”

“我说，咱们谈论这么严肃的话题，你能转过来跟我面对面吗？”

“哎，我真怕一面对面审美疲劳地压根不想跟你结婚了！算了算了，反正我是一没工作的无业游民，就不跟你谈条件了。”温小暖扑向雷烈，双手扯着他的耳朵，目不转睛地与他面对面。

第二天一早，两人电话告知了双方父母，在不久后温小暖的生日那天登记结婚了。

“我说雷同学，以后要是你把我甩了，我可连生日也没法过了啊！这明明是我向世界报到的日子，你可别把它变成一段孽缘的纪念日啊！”

“呸！呸！呸！你能不能说点喜兴的？我都跟你一起堕落了六年，你以为还有别人能看得上我吗？我选你生日登记，不过是想省一份礼物。要不然结婚纪念日得送，生日也得送。这回俩好搁一好了，我也省得破费了。”

“不能跟岁数大的人好，真阴险！”

当天两人在楼下最体面的饭馆吃了饭，庆祝从男女朋友过渡到夫妇阶段。雷烈要了一瓶红酒，温小暖喝得小脸红扑扑的，在那顿饭的后半段，保持清醒对她来说很困难。他们情绪高涨，一直吃到打烊，才相互扶持走出饭馆。城市边缘是没有夜生活的，其实也就是十点，街道就已寂寥而森然。小区门口，几辆黑车的灯隐约地亮着。雷烈拽着有些踉跄的温小暖，她的胳膊那么细，捏起来像浮着一层水的木棍。他拍了拍她的头，叫了一声“媳妇”。

月亮只有一牙，薄得像缺钙人的指甲。月光下，两只流浪狗在垃圾箱附近吃饭。不知是好心人特意放下的剩饭，还是哪个协调性太差的家伙扔方便饭盒的时候偏离了垃圾站，反正两只狗正在狼吞虎咽。酒精让雷烈有些伤感。

“你看那像不像我们？我们就是两只流浪狗，在远离城区的一边。我每天到外边觅食，回来喂你，可你却怎么也喂不胖！”

四

毕业已经快三年了，温小暖自从炒掉了录彩铃的工作后一直没有正式工作过。开始她自己不想找，嚷嚷着太疲劳太亚健康，需要减缓脚步休养生息。后来模棱两可地说想出去工作，却怎么也找不到称心的。风尘仆仆跑了几天，就发现像原来录彩铃那样的活都不好找了。长江后浪推前浪，面对一茬茬应届毕业生，温小暖的优势渐渐被稀释。如果说当年是她感情用事放弃了工作，如今行业的发展已经几乎剥夺了她工作的权利。她迅速泄了气，大多数时候，她破罐破摔晚睡晚起，睁开眼就将无所事事继续。家里乱得像个废弃的厂房，空旷的水泥墙配满地鸡零狗碎。她和她的猫蜗居其中，布下天罗地网。以前在出租屋的时候，温小暖就不收拾不搞卫生。她常说等有了咱们自己的家我就利索了。可是显然，她压根就不是认真的，搬进新家了，她没改邪归正反而越演越烈，别人的房还有所顾忌，自己的还不是想怎么折腾就怎么折腾！三个饱，一个倒，温小暖不管白天黑夜，抱着猫躺在大床上。偶尔会出去做一些配音的散活，东边配个卡通片，西边主持个品牌展，虽说收入微薄，但也算拿出了补贴家用的态度。千斤的重担雷烈不得不一肩挑，周一到周五天天上下午，忙得屁滚尿流。月入四千多，还两千房贷，剩下两千吃饭、坐车、交杂费、买猫粮……月月所剩无几甚至精光。人生简直像无限循环的还债谜题，怎么除也除不尽。雷烈在疲于奔命中悄悄发胖，他无奈地发现自己越来越像个中年男人了，虽然三十的门槛刚刚迈过。

露露他们来吃饭那天，温小暖特别高兴。她提前两天便定了菜谱，周六还起了大早到市场采买。买回来便一头扎进厨房，亢奋地炮制着待客大餐。

他们一来就你推我搡，好像还处在磕磕绊绊的学生时光。吃饭时谁也没客气，风卷残云之后才腾出空笑语欢声。酒足饭饱驱车离开，温小暖依依不舍地送他们下楼，回来收拾碗筷时还依然带着明媚的笑容。雷烈喜欢这种气氛亲昵没有寒暄的欢颜，却在师弟师妹离去后有些失意。露露在卫视台做社教节目，虽没有大红大紫，却好歹天天准时亮相。另外的三个分别是体育频道的出镜记者、农业频道的当家花旦、移动传媒的新科主播。虽说提起工作来个个都叫苦连连抱怨不断，可显然他们已经按部就班地在轨道上运转。露露问起移动传媒的待遇、医保、住房公积金，体育记者说起上次报道轮椅篮球时的小播出事故，农业频道的姑娘预告自己上了《广播电视报》的第二版，整顿饭的后半段，他们的话题专业而热闹，并没有给温小暖插嘴的空间。雷烈知道他们不是故意的，大家都太忙了，都是好久不见，这些事业上守望相助的话题本来就该是聚会的热点。可是这些都和温小暖无关，她恍惚而懵懂地吃着饭，依然自顾自嘲讽着大学时大家最瞧不上的女生。露露他们只是象征性地笑笑以示敷衍，他们在职场摸爬滚打，早已有了小巫见大巫的更讨厌更看不惯的对象，学生时代的一切，如今和他们隔了一层毛玻璃，那青春而刚健的旧时光，在回忆里模糊得只剩美丽和温暖。而温小暖不同，她仿佛毕业就被冷冻，她的朋友都是大学同学，她的人际扇面狭小一如往昔。因为对社会的浅尝辄止，可供她厌烦的对象，依然存活在她历历在目的校园记忆里。她被隔绝在庞杂的现实外，躲进小楼成一统，昨天今天明天都一样，反正对于她，休息日总是无限延长。他想劝劝她面壁十年也该图破壁了，闭关太久小心被世界遗忘，却也知道她未尝没有焦虑，现在抢饭碗的太多，抢与不抢常常是照样挨饿，一个样！他想告诉她，放低身段，不行就做别的吧，看着她边哼歌边擦桌子的愉快模样，话到嘴边还是没有开口。算了，别找不自在了！每次一劝她转行，她就鼻涕一把眼泪一把："我除了播音什么也不会！你也是播音系毕业的，该知道咱们练发声，调气息遭了多少罪！凭什么你干着专业，别人都干着专业，让我干别的！"说完，还总是抽搭几声，俨然受迫害的播音精英。他比她大三岁，很多时候却觉得她比他小了十岁以上。

十点，雷烈洗漱完毕准时躺在床上。床的正前方，温小暖驼着背在论坛看着关于养猫的帖子。每天都是这样，上班族雷烈要按时就寝，家庭妇女温小暖却正在生物钟意义上的傍晚，看书看电视看网页，正在兴头上。雷烈已经习惯了，看着小暖的背影，在密集的敲打键盘声或是韩剧人物对白中进入梦乡。另外那个屋子压根没被动用，他们的主要活动都集中在这间卧室里。

“我睡觉了，晚安。你也别太晚!”

“快乖乖睡觉，明天还起早呢!”

——这是他们每晚的例行对话，处在不同时差的两个人体恤着对方的处境。

一个睡觉，一个继续上网，打字声伴随着均匀的呼吸，和每一天一样。

“不行……我还要赚钱!”

温小暖看看电脑屏幕上的时间，凌晨两点半。她回过身，见雷烈虚弱地翻了两次身，叨咕着同一个句子。她犹豫了一瞬，还是推醒了雷烈。她抑制不住自己的好奇，在一起这么多年，她第一次听到他说梦话。

“我梦到我生病了，所有钱都不够治病。还不了贷款，房子也被没收，我们露宿街头……”被摇醒的雷烈额头有细密的汗珠，他显然没有完全走出梦境，被幻象的疾病和潦倒震慑。

“你怎么那么文艺?”温小暖有点瞧不起地盯着自己男人惶恐的脸。

“我绝对不能生病，我要让你，还有美眉、村上它们都吃饱穿暖。”雷烈仿佛下决心，咬字坚定。

“师哥，你真大义凛然。”温小暖说这话时已经起身，预备回到电脑前。

她对雷烈的梦话已经丧失了兴致，这种梦境也未免太恶俗了，简直是日有所思夜有所梦，一曲气若游丝的生存悲歌嘛！然而继续上网的她却有点心不在焉，雷烈的梦强势地扎进她的脑子，莫名其妙地掺和进她的思维。

窗外一片漆黑，对面楼所有的窗子都是黑的，整齐划一的黑暗仿佛永远不会有灯火。东郊已经被称为睡城，住在这里的大都是城区工作郊区生活的上班族。大家早出晚归，把兢兢业业的工作奉献于繁荣的城区，再长途跋涉回郊区的家休养生息。所以，这里熄灯都早，好像军营一样，过了十点就噼里啪啦渐次灭灯。到十一点多，便是正儿八经的万籁俱寂了。温小暖像整个小区的守夜人一样，已经习惯了在这庞大的寂静里独自活跃。她和他们都不一样，她不操心今夕何夕，在好似一生都不用上班的日子里乐此不疲。可能客观地看他们的日子有点狼狈有点拮据，她温小暖却算得上养尊处优，因为有身后那个做梦都怕生病怕失业的男人，她的不着调总是不用面对最恶劣的结局。

“师哥，因为有你庇护，我虽然没工作，却没受一点委屈。”温小暖望着重新熟睡的雷烈喃喃地说。

告别了那个梦，又经历了几小时睡眠，雷烈翻过身，却发现温小暖没在身旁熟睡。他猛地起身，竟然发现，她依然坐在电脑前。

“媳妇，你这是睡醒了？”

“怎么可能？当然还没睡。”她盯着电脑，头也不回。

雷烈看着她骨瘦如柴的背影，却忽然觉得“死猪不怕开水烫”才是最好的形容。他刚想说点什么，却被温小暖抢了先。

“快来，快来，看这个好不好看?”温小暖指着电脑屏幕叫唤。

屏幕上是一件款式古怪的小西装，里三层外三层，凌乱到有些挑战智力。它结合了棉、纱以及说不出来的两三种质地，价值四十九元。从价格上看，倒是不枉这乱七八糟的手工和怪力乱神的用料。只是雷烈却怎么看怎么不顺眼，他不明白温小暖为什么整晚上不睡觉在淘宝上看这些无聊的东西。

“你不上班，还想穿成这样，干吗？上街游行啊?”

“你懂不懂啊？我不上班就不穿衣服了啊!”温小暖娇嗔，眼睛依然盯着屏幕，没有多余的精力理会身后的家伙，也没有发现他的不爽。

“你真是有点过了啊，整夜不睡!”

“还不是你大半夜说梦话，坏了我睡觉的兴致!”温小暖的确为雷烈的梦失了眠，他的压力在梦境奔涌，在深夜带给她巨大的哀伤。

那个梦太清晰了，他脆弱无力地躺在病床上，温小暖只剩痛哭的余地，吊瓶滴答滴答，纱布铺了一地。那种肃杀凋敝的气息仿若触手可及，让醒来的雷烈依然心有余悸。毫无疑问，这不是好兆头，自己这光杆司令一定要挺住，一旦有个什么三长两短，可是两条人命四条猫命啊!

雷烈注视着她的背影，这个和自己领了结婚证却连婚礼都懒得办的姑娘，以最无为的方式为自己套上了夹板，他每天铆足了劲，丝毫不敢懈怠，生怕有什么闪失，摔碎这本已微薄的幸福。而她自己，却竟然彻夜不眠在淘宝奋战，没完没了地关注着那些不华也不实的破衣服。这个人就是所谓的妻子吗？恐怕她更像他的女儿，可爱的、纯真的、任性的、让人恨铁不成钢的、心头一紧气不打一处来的女儿。

“你一辈子就这样了吗?”雷烈犯起了嘀咕，可话到嘴边还是咽了下去。

直到雷烈出门，温小暖依然兴致勃勃地坐在电脑前，既没有睡觉的意思，也对雷烈的存在熟视无睹，看起来她的全部注意力都在屏幕上，那里边一件件繁复却廉价的衣服牢牢牵引着她。而其实，她只是不想看雷烈，这没有睡意的一夜，她克制不住总是湿了眼眶。雷烈并不是悄悄离开的，却觉得自己完全被忽视。上班的公交上，他看到车厢里的年轻姑娘，忽然生出了敬意。那些或者精神抖擞，或者蔫头耷脑的姑娘，她们和太阳一起早早起了床，在拥挤混沌的公交车上朝着市区挺进。她们和温小暖一样，也是有起床气的吧，但是她们起来了，她们藏起困意，向公司、向老板、向各种始料未及的麻烦走去。雷烈忽然想起那个听起来有点复古，其实很口语，却很少说起的词语——劳动妇女。

五

温小暖睡得越来越晚了，或者，更严谨的说法应该是——越来越早。她睡眠的起点从后半夜逐渐推迟到了第二天的早晨。雷烈睁开惺忪的睡眼总是可以看到她孜孜不倦地坐在电脑前，甚至有一天，她不在那儿，她抱着入眠的猫呆呆地坐在客厅铺着破布的沙发上，那失神的样子，配上零装修的毛坯客厅，简直如同卖火柴的小女孩。雷烈问她为什么不睡，她说不知道，只是觉得夜晚的时间过得特别快，她只想稍微晚睡一会儿，就不知不觉醒着到了另一天。相应地，她起床的时间也跟着延迟，某天雷烈下班时正赶上温小暖在刷牙。她克服着满嘴的泡沫递给他一个雀跃的笑，她说回来得太是时候了，可以一起吃早餐。雷烈苦笑着回应，怀疑自己是不是自不量力，娶了个思维不在地球的月光女神。

他想起那天中午露露急三火四给他打电话，两人平时素无往来，每年联络一次——互发拜年短信。若她不是小暖的闺密，两人的交情不过是并不熟稔的师兄妹而已。

“师哥，能找到你家老温吗？她手机关机。”露露直奔主题。

“她在睡觉。”

“把你家电话告诉我。”

“我家没电话。”

“那我怎么能找到老温？”

“除非你使劲去按门铃。”雷烈苦笑着，中午当然找不到小暖，昼伏夜出的她已然成了幽灵，没有白天。

“怎么跟吸血鬼似的，你也受得了！你也找不到她？”

“嗯，谁也找不到。她白天要睡觉，只有周末会早起些，因为我在家。平时白天家里也就她一人，就是睡觉。”

“那算了，有好事也没她的了。”

原来露露是要找温小暖配音，他们节目打工的配音员不干了，露露琢磨着是个机会，可以让温小暖试试，可是时间紧迫，必须要当天下午去试音。无奈露露和雷烈都要上班，没人能以最原始的手段——敲门，把温小暖叫醒。如果没有能力托梦的话，大抵是谁也找不到她的，在白天的现实世界里，她已经缺席了很久。

下午，雷烈看到温小暖MSN的头像亮了，可是时间已经是二十四时计时法里的十六点，纵使温小暖已梳洗停当刻不容缓地出门，以他们家那东郊的地理位置，赶到露露她们台大概也该六点了。雷烈还是怀着侥幸拨了露露的电话，兴许还有机会呢！

“你们两口子也太精彩了！这都几点了，早挑上人了，现在活儿这么少，人这么多，老温还真睡得着！还想给她找个活儿帮着攒攒你们家客厅的装修钱呢，看来是不行了……”露露的话在意料之中，却还是有点伤了雷烈的自尊。他想起上学时小暖的专业是比露露好的。他曾经介绍她俩出去配音，试了几句人家就相中了温小暖，把露露晾在了一边。回来后温小暖总觉得过意不去，生怕露露不高兴，给两人的关系留下什么阴影。可是好汉不提当年勇，现在露露可不是专业比小暖好一点那么简单。如今露露在社会扎了根，温小暖却在家里雪藏，她们已有了天壤之别，待业青年和主持人，可以慨叹的无非是原来都在同一个班。

雷烈在MSN上跟小暖说着中午发生的事情。他以为小暖会多少有些懊恼，却没想到她倒是心平气和云淡风轻。她说她和这个活儿没缘分，说中午时她大概正在做梦，她好像梦到有人要教她烤蛋糕，但前提是她要先切一面板的洋葱。雷烈看着屏幕上弹出的关于切洋葱的啰里啰唆的梦境，不禁皱了皱眉，撇了撇嘴，泄露出一丝厌烦。烤蛋糕、切洋葱，她现在真是只知道吃，连做梦也是八九不离十。错过一个不错的配音机会，她几乎没有给出哪怕一点正常的反应，而是漠然地扯起了她庸常的关于蛋糕和洋葱的梦。

“你觉得这个怎么样？”

屏幕上来自温小暖的对话框给出了一个链接。雷烈其实毫无兴趣，却还是索然地点开了链接。弹出的是一件蝙蝠袖的帽衫，宝蓝色，不均匀地分布着红色的圆点。价格三十六块。

“挺好。你喜欢就买吧。”其实雷烈根本没有仔细看，那跳跃的颜色和剪裁让他烦躁。他想象得出温小暖坐在电脑前的样子，她一定是顶着被枕头压扁的乱发，还没有洗脸，起床就打开了睡前刚关上的电脑，津津有味地研究着衣服的细节。

“不买，我只是看看。”

“哦。”雷烈不知道该说点什么，他的妻子全部的注意力都在网上，匪夷所思的衣服、养猫的论坛、美剧，这些活色生香的网络生活塞满了温小暖的空闲时间，其实也就是全部的时间。他除了附和，似乎已经无话可说。她虽然那么无聊，却那么欢乐。他不能破坏这种欢乐，也怀疑自己是否有能力破坏，他在她的世界里吗？

“我去配音。你乖，自己玩哈。”

雷烈打出一行字，而后悄然对着屏幕发呆，其实他没有活儿。

“雷烈，别忘了明儿晚上的饭啊，让你家小暖也来。”MSN上冯雨的对话框弹出来。

冯雨就坐在隔壁，却也懒得过来说话，干脆活动手指以文字代替语言。他提醒的是第二天的聚餐。

“嗯嗯。”被温小暖那件宝蓝色蝙蝠衫闹的，雷烈连跟冯雨说话的兴致也没有了。他甚至有种不祥的预感，小暖大概又会有各种无厘头的理由推托，她越来越不爱出门。

公司里全是年轻人，虽也像所有单位一样难免有矛盾，大体上说关系都还不错。隔一段时间，大家就会一起吃个饭，一般来说也会叫上家属。之前温小暖还挺愿意去，隔三岔五还主动打听，有没有什么聚会饭局。可在家待的时间越长，她对外界的兴趣就越小，甚至能在卧室完成的事，她都懒得去客厅。没有什么十分强烈的理由，很难劝她出门。

果然，待到晚饭时雷烈和她提起翌日的饭局，温小暖不情愿地扭动着身躯，在头脑中搜寻着不去的理由。她知道雷烈想让她去，但是她不想一个人坐漫长的车去和他会合，不想跋山涉水只为以家属的身份吃一顿和自己关系不大的晚饭。

“师哥，我不去行不行？”

“行。”温小暖搜肠刮肚的发嗲和耍赖还没派上用场，雷烈就快刀斩乱麻地同意了。他忽觉索然，你又不是什么女皇，干吗找你一起吃个饭还要苦苦哀求？不想去就不去呗，随你便。

“你答应得好痛快啊，亲爱的。”

“我打算给你拨一笔经费，”雷烈调动着温和的表情，他觉得自己已经上了轨道，一进家门就自动扮演着和蔼可亲的父亲角色，“你去学点什么吧，不然老这么在家待着，人就废了。”

“你嫌弃我？”温小暖显然是在撒娇，脸上愠怒的表情带着欢愉的底色。

“我是怕你闲得难受。”

“不难受，我可舒服了。都是有你做后勤，我闲得再也不想忙了。”

“你早晚还是要去社会转转的，不然年纪轻轻就成了欧巴桑，以后会后悔我把你圈起来的。”

“以后的事情以后再说吧。”

“你考虑考虑，看有什么想学的，报个班，也好有个新兴趣。我每天看你在淘宝搜那些疯狂的衣服，看得都毛骨悚然了。”

“我考虑考虑。”温小暖做高傲状，仿佛勉强屈尊答应下级的建议。雷烈一直觉得她假模假式的样子可爱极了，如今也渐渐有些审美疲劳了。她要是假可爱也就算了，但她是真可爱，可爱得跟年龄不相符，简直让人疲惫。

第二天雷烈一个人出现在了聚餐的饭桌上。巧的是竟然这一次除了温小暖没有其他家属告假，大家都带着男伴女伴出双入对，唯独他这个正在发福的已婚男孤独地被圈在中间。

“嫂子呢？怎么没来啊？该不是你家猫又病了吧？”冯雨

的女朋友热络地问起温小暖。

“她不舒服。”雷烈如坐针毡。他后悔自己轻易地容忍了小暖的任性，应该直接告诉她，他需要她的出现。

“金屋藏娇啊！嫂子都不工作了，天天在家仙儿，还动不动不舒服!”冯雨的女人伶牙俐齿，搞得雷烈越发不自在。

“赶上了，本来她想来，我琢磨别大老远折腾了，就让她歇着了。”雷烈故作轻松地打着圆场，心里恨恨地怨起温小暖：上次吃饭，你推说要带美眉看病，一只流浪猫也搞得跟公主似的，其实就算真病了还不是早一天看晚一天看一样。全职太太都让你当了，你总该给点面子出来社交社交吧。难不成你把那毛坯房当成了世外桃源，真要一辈子享受自由和孤单。

那边厢温小暖却自在得可以。雷烈不在，她没有做晚饭的压力，干脆打了豆浆，再把豆渣做成豆饼，一杯豆子干湿两吃，解决了晚餐问题。她窝在电脑椅里，喝着豆浆看着《生活大爆炸》的第四季，雷烈不在干脆直接开音箱，不用蹑手蹑脚插着耳机。她不知道她老公正一边吃着火锅一边牙根痒痒地想着她的种种恶习，她不睡觉，她不起床，她不工作，她不学习，她不懂善解人意，她看不出眉眼高低，她压根不是成年人，她正在逆生长。

六

战争爆发是在雷烈发现信用卡副卡又新增了两千五的消费记录之后。那是中午，依照惯例，温小暖应该已从浅睡眠向深睡眠过渡完毕，正处在最酣畅沉醉的睡眠阶段。可雷烈的手机短信却提示，他的副卡被刷了一笔，那数目对他不算少，可以说是狠狠的一笔。副卡在温小暖手里，就是说，她破天荒不在睡觉，而是在消费。雷烈想拨个电话问问这笔消费是否合理，又觉得小暖婚后已然在原有基础上学习了开源节流，不该太吝啬，因为自己赚钱，就一定要了解每一笔。他忍住了好奇，决意下班回家再慢慢了解账单明细。然而，意外的是，下班时温小暖不在家，宅女出街，竟然到了晚饭时间还意犹未尽。雷烈已经习惯了进门就有热汤热水伺候着，猛地面对冷锅冷灶，还真有种被闪了的不适应。正思忖着要不要给温小暖打个电话，就听到了钥匙转动锁孔的声响。

“太对不起了亲爱的，我不知道晚上路这么不好走，堵了一路。”温小暖拎着萝卜和西蓝花径直冲进了厨房。反正客厅铺的是在现代家装中早已退出历史舞台的地板革，换不换鞋纯属对舒适程度的考量，与卫生整洁的关系不大。温小暖高跟鞋都没来得及换下，一副颇具责任心的主厨模样。

“你就是饱汉不知饿汉饥，当然不知道上下班时间的路多不好走，地面堵得跟什么似的，地铁倒是不堵，就是能把人挤成照片。上班的辛苦简直不是在工作时间，最严峻的考验在上下班的路上。”雷烈对温小暖不当家不知柴米贵的言论颇有些来气，又对她积极做饭的态度有些欢喜，“你干吗去了？赶上这个点回来，凑上班族的热闹。”

“我不是听从您老人家的建议，去扩大视野，去继续深造去了吗？以免和社会脱节，和您老有越来越不可逾越的差距。”

“逛街观察社会去了？”

“今天正好露露休息，我先去报了个班，而后和她逛了逛。”

雷烈听到“报班”两个字的时候，简直是两眼放光。他不曾料到，那旁敲侧击的规劝竟然真进了温小暖的耳朵，突兀地，她有了醒悟的趋向。

“我说中午信用卡信息怎么刷了那么一笔呢，原来我媳妇要开始充电了啊！”

“对呀，我还去试听了一下，为了把钱花在刀刃上，先尝后买呢！”

“我媳妇真是勤俭持家！”雷烈在小暖背后抱住了她。

“等我学完，就烤蓝莓蛋糕给你吃！”温小暖被雷烈的温存感染，停下了手里正在切西蓝花的动作。

“你说什么？”雷烈忽觉苗头不对，按住了小暖的肩膀。

“我说我学完就会烤蛋糕了啊，到时候给你做蓝莓蛋糕，你最喜欢吃的那种。”温小暖依然嘻嘻地笑着。

“你报的什么班？”

“烘焙啊！”

“你花两千五去报了个学做蛋糕的班？你确定你不是在开玩笑？”雷烈的青筋像两根蒜苗在脖子上暴出。

“是啊，我报了个做西点的班啊！不是你让我去的吗？本来我也不舍得的。”温小暖依然不紧不慢开始切萝卜，“还是你对我好！”

“你是不是脑子有病？播音系就业率几乎就是百分之百，你从毕业了就没正经工作过。我怕你闲时间长了变成废人，让你去学点什么有用的东西，你竟然脑子进水去学做蛋糕！两千五是我半个月工资，是咱家一个月房贷，你就轻轻松松塞给蛋糕师傅了！你学那玩意有什么用啊？你真以为你是厨子啊？看看咱们家，水泥地，破沙发，比工地还工地。唯独那个厨房，烤箱、饼铛、豆浆机，你比一般的小饭店都全乎！真以为自己吃饱穿暖了呢？还挺有闲情逸致！天天花样翻新做那些乌七八糟的东西，我觉得你无所事事，也就不管你了。现在你还走火入魔没完没了了啊！你是不是疯了？你……”雷烈完全控制不住自己的情绪，甚至在他看到小暖的眼泪时也没有心软。那一刻他觉得她很滑稽，什么都不懂，什么也不会，除了荒诞的做派，就只剩眼泪了。

“是你说你养我的！是你叫我培养新兴趣的！我就是这样的人，我就是没有斗志，我就是没有欲望，我就是懒，我宁肯不吃，也不想出去觅食。我和你结婚时候就是这样的，我一直是这样的。你干吗发那么大脾气？”温小暖也来了气，抬腿踢了雷烈一脚。

高跟鞋的硬度足够雷烈龇牙咧嘴，他觉得一切仿若幻觉。这个凶神恶煞大言不惭承认自己宁肯不吃也懒得找食的女人是自己恋爱了多年娶回家继续爱的女人。她二十几岁就恬不知耻过上了退休生活，自顾自以一种几乎是超现实的方式诠释着浮生若梦。他叫她出去学习，她竟然会神经错乱地报了个烘焙班。他说了她几句，她竟然恼羞成怒踢人。

“我出去走走。”他扫了一眼她被哭泣扭曲的脸，走了。

小区门口的烧烤店。雷烈要了啤酒和肉串，与有些寒酸的桌椅配套，他看起来像个失意的男人。事实跟看起来也并没什么出入，他就是失意的，一切都那么平凡，唯独媳妇不平凡，却让他感到厌烦。他不想六神无主地待在外边，对回家也充满着畏惧。那是温小暖的家，她时时刻刻待在里边，和凌乱、简陋，凑合着相看两不厌。而他，只负责早出晚归，对那个房子里具体的一切，只有极小的权限。他爱小暖，却抑制不住那种惶然的厌倦。她的随遇而安简直带着衰朽的气息，让他怀疑自己的人生是不是已经有了定论——在没有装修的房子里，和那个无欲则刚的女人做伴，搂着几只被遗弃的猫，老死。

“快回来吧，差不多得了，回来给你炒鸡蛋。”温小暖的短信适时响起，她不擅长生气，总是三言两语将矛盾冲淡。她花了两千五报了个学做废物点心的弱智班，却觉得炒个鸡蛋就能让他怒气消散。

雷烈怀揣夹生的愠怒打开了房门，他没能劝自己把她的幼稚看淡，又隐约觉得她已不可救药，再争执也不过是对着牛把琴来弹。掉了漆的小饭桌上放着一盘西蓝花、一盘鸡蛋，温小暖雷打不动地坐在电脑前，几只猫事不关己地吃着猫罐头，都已各就各位，就差躺在床上的自己了，一切如同昨日重现。雷烈无语地直奔被窝，看着那佝偻的背影，他的眼睛忽然有点湿，不知是喝了酒还是灯光晃眼。他找不到其他理由，那背影几年如一日在床前，早已成了习惯。眼泪怎么会不适应习惯？

七

争执过后两人别扭了几天，雷烈照常上班下班，温小暖还是洗衣做饭，无非话题少了一点。温小暖开始在每周一三五的傍晚出去上课——那个该死的烘焙班。她在被雷烈痛骂的第二天试图退掉报名领回学费，却被告知无法全额退款，如若确定无法出席，也只是将学费的百分之七十返还。她觉得没必要白白折了三成的学费，只得硬着头皮，在雷烈的白眼中学起了做西点。开始学的无非马芬之类的小蛋糕，温小暖之前自己也尝试过一点。她想自己花钱再节省些，等学会了那些华美的大手笔再给雷烈献上个大蛋糕露一手，她的烘焙学业就可以摘掉不靠谱的帽子了，到时候家里常有精致的糕点，雷烈一定又是心满意足小肚溜圆。

雷烈的一三五没了应时的饭，他要等小暖下课回家后才能吃上延迟的晚餐。一般来说他会比温小暖早回来一点，他已经几年不做饭，习惯了一有饥饿感就找小暖。他想起小暖还没毕业时，他们住在那个比现在还狼狈的房子里，总是他扎着围裙，她站在旁边。她甚至需要想一想，煮面条到底是先放水还是先放面。这样想，他忽然觉得，她也并不是一点没长大。她到底在厨房中成熟起来了，因为有她，心再烦的时候，他的胃也是满足而温暖的。所以当温小暖拎着课上做好的胡萝卜蛋糕进来时，他没忘在狼吞虎咽的同时掐了掐她的脸。这不是行凶，是表示亲善。一般来说，两人有了小摩擦总要经历一小段破冰阶段，彻底重归于好的标志除了搂搂抱抱亲亲等明显黏腻的身体接触，掐捏挠抓其实也算。

“你说周六你们同学聚会我做这个蛋糕怎么样?”温小暖很受鼓舞地问。

“你怎么知道同学聚会的?我还没来得及告诉你呢!”雷烈险些噎着，对温小暖消息的灵通捏一把汗。

周末有个小聚会，有个到异国读研并居留海外的家伙回来了，班里的几个人张罗了个小局。雷烈本是抱定主意要去，除了那留学的哥们儿，还有好几个也是好久不见。可偏巧事情被几个同学越撺掇越大，干脆和沙雪婷乔迁新居混到了一起。这沙雪婷不是别人，是雷烈大一时的女朋友，虽没什么往事不堪回首，却到底是相见不如怀念。更直白地说，雷烈压根没有一点怀念，他就是不想和她相见。

话说和这位前女友的恋情已经过了快十年，回忆起来无非开始的小小心动，最后的好合好散。两人从暧昧到分散加起来不到一年，温小暖进校前两年多，就已经一刀两断。分手时候好像还说了要做朋友的，可是两人都默契地井水河水互不侵犯。后续的大学生活里，雷烈不记得自己有没有和沙雪婷说过话，仿佛他们已经互相屏蔽了对方，走个对脸也如同看不见。

分手是雷烈提出来的。他受不了沙雪婷的拿腔拿调，对她精心营造的端庄形象，越是交往就越反感。比如他不喜欢她三伏天坚持穿黑丝袜，在满校园自然的光腿女生里，她扎眼地包裹着并不纤细的双腿，仿佛随时准备去走红毯。比如他应付不了她经常提出的“认识六周半烛光晚宴”“相恋九十九天惊喜”之类附庸风雅的恋爱桥段。比如他受不住她天天拿着时尚杂志问这个发型那个项链是不是很好看。她对幸福的设想无非物质上的贪得无厌，和对时尚杂志的背诵。她只看杂志，看不了没图的书，还动不动喜欢跟别人谈论阅读。是的，她绝不会说“看书”，她喜欢的词汇是“阅读”。雷烈觉得她的头脑总在没用的事情上高速运转，而里边的牛排、手包、小礼服统统与他无关。她有她强大的人生观，她说女人就应该雍容华贵，享受浪漫。然而雷烈从没想过这么宏大的问题，也隐约明了自己给不了她接二连三的雍容和一个接着一个的浪漫。他觉得她像个精装修的样板间，看房的时候还挺吸引人的，真住进去了，立马体会到各种不方便。

雷烈觉得说分手时沙雪婷也在掂量这恋情鸡肋地惹人厌，她当时掉了眼泪，只是转不过被甩掉的弯。她的痛苦不是分手，而是分手由对方提出来，自己没有华美地站在主动告别的那一边。如今听闻她已嫁作商人妇，那些琐碎而丰盛的人生理想大抵可以游刃有余地实现。想想也是几年不见，但雷烈对她全然没有好奇心，管它多少个此去经年。

“我今儿下午上MSN碰到蚊子师姐了。她说聚会让带家属，招呼我一起玩去。”师兄妹的好处就是原本就在一个生活圈，坏处当然也是这个小得可以的圈。

“我们去吗？”雷烈有些犹豫。

“不是吧？你有没有人性啊？你哥们儿从国外回来你也不见？你前女友喜迁新居你也不贺一贺去？”

温小暖知道雷烈和沙雪婷的旧事，她对过去的事情从不刨根问底，只是偶尔忍不住嘲弄沙雪婷丝袜里的粗腿。雷烈明了这不能归类为粗枝大叶，这其实是小暖的气度与格局。她从不设什么假想敌，亦不喜在与自己无关的细节上纠缠。

“你去吗？”雷烈并不希望小暖一起去。他可以想见小暖和沙雪婷的见面必然成为其他同学的看点，而且以沙雪婷的咄咄逼人和小暖的不甘示弱，场面上必然十分不好看。他不想她去，是出于保护，多一事不如少一事。

“你不想我去吗？”

“去吧。”雷烈想了想，还是没有表露他的担忧。这种时候，真理由听起来也像假理由，好像有什么事纸包不住火，自己正在救火一样。

“那做这个蛋糕怎么样？”温小暖没理会他的迟疑，注意力还在蛋糕里。

“行。”

周六的早晨，温小暖像往常一样靠闹钟提醒挣扎着在中午前醒来。她把这称为妇德，说自己克服着本该下午才苏醒的生物钟提早睁眼完全是为了陪相公。一般说，周末雷烈也会睡个懒觉，享受休息日的放纵。

小暖刷了牙就开始了做胡萝卜蛋糕的琐碎工作，一边打蛋一边琢磨，其实电动的打蛋器也就贵几十块钱。

“你穿什么出门啊，媳妇？”雷烈见她没有一点拾掇自己的意思，故作殷勤地询问。

“就身上这身啊！”温小暖半睁着眼，搅和着盆里的面。

她穿着一条买了好些年的牛仔裤，雷烈甚至怀疑当年她误食花生酱被送去抢救穿的就是这条。上衣是黑色的T恤，胸前有个褪了色的米奇图案。

“你再天生丽质，也别总蓬头垢面啊！你好歹也是师妹，比我们班那些大姐们该更青春靓丽吧！她们今天肯定花枝招展的，你不能太不讲究啊！”雷烈的记忆里，小暖一直挺爱打扮，上学时几乎全部的生活费都换成了各种穿戴，曾经为了一双靴子吃了一个月食堂里最便宜的饭。

“你还挺虚荣。得，我换一身，别给咱雷烈师哥丢脸，一会儿换。”

雷烈打开小暖的衣柜，忽然有点心酸。简易的拉门里，几件可怜兮兮的T恤，几条皱皱巴巴的裤子，寥寥几件乏善可陈。他想挑一件好的让小暖穿，却真没什么选择空间。

“你就这么几件衣服吗？”他对着厨房喊。

“我又不出门，穿睡衣就行了啊！”

“那你给我看那些乱七八糟的衣服干吗？”

“那是看。看又不花钱。”

小暖胳膊上沾了点面粉，一副自以为是的精明表情，好像看了那些几十块钱的奇装异服是占了把多大的便宜。

“喜欢就买吧。也不贵，咱们也不至于没有给你添衣服的钱。”

“你甭管，你甭管。”

“那你出门穿什么？”

“你翻翻，看下边是不是有件裸色的T恤衫。去年生日我妈给买的，据说挺值钱。”

“什么叫裸色？”

“就是好像裸体，好像没穿，肉的颜色。算了，你不懂的，一会儿我自己翻。”

温小暖洗了手翻出一件看起来可以定义为浅粉色的短衫。原来浅粉不叫浅粉，改叫裸色了。她套上那件裸色，显得笑容格外灿烂。雷烈连忙说好看，而后两人相顾无言。当年雷烈也有不少类似“他年我若为青帝，报与桃花一处开”的许诺，说待她好，说给她幸福，说带她走遍万水千山。现在他的媳妇，只有一个简易衣柜，出门找不出一件没褶子的衣服穿。

八

沙雪婷住的是别墅。纵使不知道具体有多贵，雷烈也知道这种四环内的联排必然要花大价钱。装修走的也是浮夸恢宏的欧式古典路线，各种皮质、木质家具都是真材实料，裱花、波浪、褶皱……所有麻烦的工序通通别省去。那种精雕细刻的修饰无法让人自然地产生家的联想，保护或者破坏才是下意识的念头——别乱动，尽量维持这精致的原样，或者砸个稀巴烂，弄皱整齐的靠垫，把屁股放在沙发上。硕大的吊灯、整齐的壁灯，这里的确需要很多灯，因为宽阔，一盏灯无法将夜晚照亮。房间里散发着来路不明的馨香，那气息强行触碰着雷烈的肺，味道跟沙雪婷很像，矫情而严肃，香得非常多余。沙雪婷披着披肩端坐主人的位置，表情威仪，让人产生一种怀念自己中学教导主任的联想。雷烈在这种宛若电视剧的场景里有点别扭，能听到自己的呼吸。她看见小暖把蛋糕递过去，沙雪婷只是扫了扫就使眼色让阿姨接过去。不过那场面并不让小暖尴尬，倒显得沙雪婷僵硬得过分，好像末流的演员在试戏。

男生在客厅扯着各种和生存压力有关的话题，他们说起上升缓慢的工资和步步走高的通胀率。沙雪婷作为导游带女生们参观她的领地，有女生在衣帽间发出赞叹的惊叫。“这简直太过分了！快赶上我们家客厅了！”雷烈有些心不在焉，不知道温小暖在沙雪婷肯定丰硕得骇人的衣帽间前作何感想，会不会为自己同为女人的命运悄悄发出叹息。他想起大一时候的一次演讲，沙雪婷背得不熟，忘了下边的词，故作镇定地重复了两遍“年年岁岁花相似，岁岁年年人不同”，而后还是没想起来，窘迫地站在台中央。

年年岁岁，沙雪婷还是没有变。那种严阵以待的庄严，那种气壮山河的矫情，那种永远像在朗诵的腔调，还是让人即使刚睡醒也很想打哈欠。几年不见，她真是没有面目全非，她顺利地按照自己的规划前行，走得很稳健。虽然她从想有很多钱，变成了真有很多钱，可是这没什么奇怪，无非脚踏实地人定胜天。雷烈忽然对她生出了一丝佩服，或许她从来不曾装假，一直是本色演出。他过去分手时对她失望，真是误会了她，觉得她做作虚伪不真实，而其实有些人生来如此，

DNA和细胞注定她过去现在未来都会持续地如此无趣。那种乏味便是她最大的真实。

饭是从五星级饭店叫的，装在镶金边的盘子里，放在蕾丝台布上。沙雪婷深情款款披着披肩抿着樱桃小嘴招呼大家进食。

餐后甜点当然也来自相同的饭店，其中有雷烈喜欢的蓝莓蛋糕。雷烈注意到小暖拿来的胡萝卜蛋糕自从阿姨接过去就没了消息。他瞄了瞄旁边的小暖，揣测她是否有点生气。小暖专注地品着蛋糕，忽然转过头对他说："我要学这个，这个真好吃！"

"这个蛮难做，我试了很多家，还是这家做得最棒。"沙雪婷略带蔑视地接过了话题。

"师姐，我在学做蛋糕呢，就以这个为目标了。"

"做蛋糕好辛苦，我就没那份力气！你尝尝这个花生酥。"沙雪婷指着蛋糕盘里的一种小方块，"这个很好吃，就这家做得最好！"

"我吃饱了，实在吃不下。"

"尝一口，咬一口扔盘里就得了。真是入口即化，我很挑剔的，对这个也是一见倾心哦。"沙雪婷坚持推荐。

"我不爱吃花生。"

"花生味道并不浓郁，很醇厚的奶油味，真的。"

"她真不爱吃花生。你这么喜欢你吃吧！"雷烈不知道小暖为什么不说自己对花生过敏，她哪里是不爱吃，她是吃了立马肿成猪头，甚至还有不省人事的危险。沙雪婷连性格也和当年一样，还是那么喜欢强人所难。

雷烈看着两人说话的样子，觉得沙雪婷简直像温小暖的小姨。那高耸的盘发、细致的妆容，甚至包括娇羞得很立体的声音，仿佛和这优质的房子来自相同的工匠。她与这一切已经融为一体，昂贵而俗丽，透着一种不便宜的庸俗气息。而小暖虽然穿着她最贵的衣服，在这房间里还是显得不够豪气。可那不是穷，不是寒酸，是一种更高洁、单纯的人的气场。他仿佛看见她额头上闪着青春的光，她不会属于这种暮气沉沉的房子，她不在乎眼前微薄的一点亮，她属于天空，属于梦想。

“我听说你们家住东五环外边，是吗?”显然是明知故问，沙雪婷话一出口，雷烈便感觉到满桌的蛋糕叉都停了下来，大家都佯装自然，却大概都明了沙女士的用意。

“是呀。不只是以外，过了五环打车还要三十多呢!”温小暖的情绪倒是正常。

“你们住那么远，怎么上班啊?”沙雪婷不依不饶，做天真状。

“我们起早贪黑，披星戴月啊!”温小暖扬起头好像在显摆一种谁都没经历过的好生活。

“真不容易。”沙雪婷又是摇头又是叹气，力道足得仿佛在抢戏。

“没钱，反正年轻，辛苦着呗。不是还有人在香港上班，天天过关回深圳住吗?想想心里就平衡了。”温小暖又吃了一口蛋糕。

“对了，我下月去香港shopping，你要不要一起？”沙雪婷热乎地问。

“啊？我们也不是很熟。我会不自在的。”

沙雪婷不尴不尬地笑笑，雷烈注意到她门牙上沾了巧克力酱。酱汁和笑容混搭，有一种不和谐的喜感。

“师姐，你牙上有酱。”温小暖的话引领着大家全部的注意力奔向沙雪婷的牙齿，听起来她的提醒真是一番好意。雷烈忍不住笑了，温小暖以不卑不亢接住了火力，没有想象的剑拔弩张，他媳妇以抡圆了的实在顶住了沙雪婷磨碎了的敌意。他不知道关于牙和酱的提醒，是否故意。

读大学时，沙雪婷就不放过任何一个给食物定性为低档的机会。即使在食堂那种三块钱吃俩菜一汤的地方，她也喜欢不合时宜地抱怨多了油少了盐，而后资深地说起为什么某个餐厅的牛肉七分熟吃起来像八分熟，不够专业，还在餐单上重点推荐。哦，她那时候不会说餐单，她说menu。她说：“好恐怖啊，我叫了七分熟，竟然上来有八分熟了，还在menu上隆重推荐。真叫我难以忍受！”

这顿饭应该算是高档了吧，从五星级的后厨端到装修与五星级饭店毫无二致的房间。可是雷烈没有吃饱，虽然食物的品种和数量都绝对足够，甚至有很多富余。可是雷烈没有食欲，他不想吃沙雪婷餐桌上那些配得上称为佳肴的东西，它们以一种没有人性的姿态出现，没法吸引他愉悦地吃下去。菜怎么会有人性呢？这要求会不会太滑稽。他的形容或许不恰切，他最真切的想法是想念温小暖的菜，想念那些带着实验性质，经常失败，有时候难看但好吃，有时候好看却难吃的“小暖制造”。他期盼着从这顿高档的晚餐中幸存下来，穿越半个北京，回家享用属于自家的手艺。

回家的路上，晚风吹起温小暖发黄的长发，雷烈有些陶醉地偷偷笑了。他喜欢她这副看起来像营养不良的模样，清瘦的躯体，不够黑亮的毛发。她想起她在病床上，好像很随便地说“那先当你女朋友慢慢准备着吧”。如今他们已经结婚几年了……

“亲爱的，你说我能做出那么好的蓝莓蛋糕吗?”温小暖打断了雷烈的浮想联翩。

“废话。你做得比那好吃多了!”

“你这是盲目崇拜啊!”

“我能问个问题吗?”雷烈忽然想起了什么。

“说。”

“你干吗不说你吃花生过敏，说不爱吃?”

“我干吗要告诉她我花生过敏？她谁啊？我凭什么把我的破绽告诉她！万一她拿花生害我呢!”温小暖挥舞着纤细的手臂，很有力量地比画。

“你被害妄想症啊?”

“那可说不准，你不觉得她对我很不友善吗?”

“你感觉出来了？我还以为你迟钝呢！话说你平时不挺厉害的吗？今天怎么还玩上暗战了?”

“我又不认识她，我跟她厉害啥！再说你看她装腔作势的，在屋里披个破披肩，这什么季节啊，这么暖和，又不是篝火晚会。这种显然不是正常人啊，要么就是太强大了，强大得都疯了，我可不想没事找事跑去招惹她；要么就是太虚弱了，我不向弱者开火，我有同情心！再说，我干吗跟你前女友掐，前人种树，后人乘凉，她不走，我能来吗？我属于接班人，不能太欺负人，是吧！”

雷烈被逗乐了，同时，也感觉到自己饿了。“媳妇，咱回家整点吃的吧，我都没吃饱！”

“啊？不是吧？人不怎么样，菜还是真不错！我做的你挑，人家这可是五星级的，你也挑啊？”

“我没觉得好吃，没劲。”

“你这可是心态不健康啊。人恶心归人恶心，菜好吃归菜好吃。别心眼那么小，该吃就吃。”

“早知道不该把你那胡萝卜蛋糕带去的，回家我自己就能都解决了。”雷烈想起了小暖被忽略的蛋糕。

“得，给沙大姐留着吧。你看她就吃那么一点，肯定等着咱们走了狂吃我的胡萝卜蛋糕呢！她一定很馋，不然她怎么长那么结实，肯定都是背着人偷吃的结果！”

地铁上人满为患，这城市人总是这么多，连不是工作时间的周末车上也是一个挨着一个。人潮汹涌中他握紧她的手，一阵温暖从掌心流过。

“你觉得他们家怎么样？”雷烈问。

“大得令人生畏，不撒点小石子简直找不到走过的路。而且，装修那么土。”

“可是我看到她在那么大的房子里，忽然觉得有点对不住你。”

“师哥，你真没诗意。她有咱们家的绿门吗?”温小暖在拥挤中摇晃了一下，接着说，“不过她的衣帽间真好啊！你没看见，像明星的一样，简直是很壮观。以后我们有钱了，我也整个衣帽间!”

“要是没钱呢?”雷烈故意扫兴地问。

“没钱就算了呗，连衣帽都没几件，还搞什么衣帽间啊!”

温小暖的淡定让雷烈如鲠在喉。沙雪婷也是全职太太，她每天的梗概无非是购物填充衣帽间，监督阿姨整理内务，或者还有打牌，或者还有看戏，雷烈对所谓的贵妇生存方式全无了解。温小暖也不工作，她厌烦竞争，憎恶压力，宁肯和几只猫组成自己的王国。他前几天还为她的不成器烦恼，今天却忽然觉得有些亏欠。虽然小暖和别的女孩不同，对好生活的定义更复杂也更简单。但是作为丈夫，他至少应该先给她一个装修过的卧室，再抱怨她浪费了多少个白天，或许过几天还是会嫌恶她的烘焙班，还是要找机会劝劝她出去找点事干，还是会冷不丁地发觉她窝着腰上网的样子有些讨厌，可是今天他仿佛看到了她若隐若现的翅膀，他看到她的灵魂轻盈而自由，他感受到她在飞翔。多年前他追她时她是这样，如今她还是这样，只要最本质的东西不变，她就是宝贵的。

出了地铁，离他们的家还有两站，雷烈提议走一走，小暖轻轻地点头。那仿佛没有出口的宽阔笔挺的马路，一直延伸到很远的地方，大概两公里处，有一个属于他们的毛坯房。

马小淘的《毛坯夫妻》原载于《大家》2011年第3期。《毛坯夫妻》聚焦那些留在北京的年轻人，直面他们在各种各样的挑战与压力下寻找出口的日常生活。恰如标题那样，雷烈和温小暖的状态正是紧巴巴的“一地鸡毛”，然而小说整体却是暖色调的——这对“毛坯夫妻”在现实夹缝中苦中作乐，发掘那些被忽视的爱与温暖。他们不被世俗束缚，自在活着，寻找面对生活压力的精神出口，也展现出深具当下性的生活景观。

——刘涞德

如果大雪封门

徐则臣

宝来被打成傻子回了花街，北京的冬天就来了。冷风扒住门框往屋里吹，门后挡风的塑料布裂开细长的口子，像只冻僵的口哨，屁大的风都能把它吹响。行健缩在被窝里说，让它响，我就不信首都的冬天能他妈的冻死人。我就把图钉和马甲袋放下，爬上床。风进屋里吹小口哨，风在屋外吹大口哨，我在被窝里闭上眼，看见黑色的西北风如同洪水卷过屋顶，宝来的小木凳被风拉倒，从屋顶的这头拖到那头，就算在大风里，我也能听见木凳拖地的声音，像一个胖子穿着41码的硬跟皮鞋从屋顶上走过。宝来被送回花街那天，我把那双万里牌皮鞋递给他爸，他爸拎着鞋对着行李袋比画一下，准确地扔进门旁的垃圾桶里：都破成了这样。那只小木凳也是宝来的，他走后就一直留在屋顶上，被风从那头刮到这头，再刮回去。

第二天一早，我爬上屋顶想把凳子拿下来。一夜北风掘地三尺，屋顶上比水洗得还干净。经年的尘土和杂物都不见了，沥青浇过的屋顶露出来。凳子卡在屋顶东南角，我费力地拽出来，吹掉上面看不见的灰尘坐上去。天也被吹干净了，像安静的湖面。我的脑袋突然开始疼，果然，一群鸽子从南边兜着圈子飞过来，鸽哨声如十一面铜锣在远处敲响。我在屋顶上喊：

“它们来了！”

他们俩一边伸着棉袄袖子一边往屋顶上爬，嘴里各叼一支弹弓。他们觉得大冬天最快活的莫过于抱着炉子煲鸡吃，比鸡味道更好的是鸽子。“大补，”米箩说，“滋阴壮阳，要怀孕的娘们儿只要吃够九十九只鸽子，一准生儿子。男人吃够了九十九只，就是钻进女人堆里，出来也还是一条好汉。”不知道他从哪里搞来的理论。不到一个月，他们俩已经打下五只鸽子。

我不讨厌鸽子，讨厌的是鸽哨。那种陈旧的变成昏黄色的明晃晃的声音，一圈一圈地绕着我脑袋转，越转越快，越转越紧，像紧箍咒直往我脑仁里扎。神经衰弱也像紧箍咒，转着圈子勒紧我的头。它们有相似的频率和振幅，听见鸽哨我立马感到神经衰弱加重了，头疼得想撞墙。如果我是一只鸽子，不幸跟它们一起转圈飞，我肯定要疯掉。

“你当不成鸽子。”行健说，“你就管掐指一算，看它们什么时候飞过来，我和米箩负责把它们弄下来。”

那不是算，是感觉。像书上讲的蝙蝠接收的超声波一样，鸽哨大老远就能跟我的神经衰弱合上拍。那天早上鸽子们的头脑肯定也坏了，围着我们屋顶翻来覆去地转圈飞。飞又不靠近飞，绕大圈子，都在弹弓射程之外，让行健和米箩气得跳脚。他们光着脚只穿条秋裤，嘴唇冻得乌青。他们把所有石子都打光了，骂骂咧咧下了屋顶，钻回热被窝。我在屋顶上来回跑，骂那些浑蛋鸽子。没用，人家根本不听你的，该怎么绕圈子还怎么绕。以我丰富的神经衰弱经验，这时候能止住头疼的最好办法，除了吃药就是跑步。我决定跑步。难得北京的空气如此之好，不跑浪费了。

到了地上，发现和鸽子们的关系发生了变化。它们其实并非绕着我们的屋顶转圈，而是围着附近的几条巷子飞。狗日的，我要把你们彻底赶走。这个场景一定相当怪诞：一个人在北京西郊的巷子里奔跑，嘴里冒着白气，头顶上是鸽群；他边跑边对着天空大喊大叫。我跑了至少一刻钟，一只鸽子也没能赶走。它们起起落落，依然在那个巨大的圆形轨道上。它们并非不怕我，我在地上张牙舞爪地比画，它们就飞得更快更高。所以，这个场景也可以被看成是一群鸽子被我追着跑。然后我身后出现了一个晨跑者。

那个白净瘦小的年轻人像个初中生，起码比我要小。他低着头跟在我身后，头发支棱着，简直就是图画里的雷震子的弟弟。此人和我同一步调，我快他快，我慢他也慢，我们之间保持着一个恒定不变的距离，八米左右。他的路线和我也高度一致。在第三个人看来，我们俩是在一块追鸽子。如果在跑道上，即使身后有三五十人跟着你也不会在意，但在这冷飕飕的巷子里，就这么一个人跟在你屁股后头，你也会觉得不爽，比三五十人捆在一起还让你不爽。那感觉很怪异，如同你在被追赶、被模仿、被威胁，甚至被取笑，你有一种莫名其妙的不洁感。反正我不喜欢，但他呼哧呼哧的喘气声让我觉得，这家伙也不容易，不跟他一般见识了。如果我猜得不错，他那小身板也就够跑两千米，多五十米都得倒下。他要执意像个影子黏在我身后，我完全可以拖垮他。但我停了下来。跑一阵子脑袋就舒服了。过一阵子脑袋又不舒服了。所以我自己也摸不透什么时候就会突然撒腿就跑。

第二天，我从屋顶上下来。那群鸽子从南边飞过来了，我得提前把它们赶走。行健和米箩嫌冷，不愿意从热被窝里出来。我迎着它们跑，一路嗷嗷地叫。它们掉头往回飞，然后我觉得大脑皮层上出现了另一个人的脚步声。如果你得过神经衰弱，你一定明白我的意思：我们的神经如此脆弱，头疼的时候任何一点小动静都像发生在我们的脑门上。我扭回头又看见昨天的那个初中生。他穿着滑雪衫，头发变得像张雨生那样柔软，在风里颠动飘拂。我把鸽子赶到七条巷子以南，停下来，看着他从我身边跑过。他跟着鸽群一路往南跑。

行健和米箩又打下两只鸽子。它们像失事的三叉戟一头栽下来，在冰凉的水泥路面上撞歪了嘴。煮熟的鸽子味道的确很好，在大冬天玻璃一样清冽的空气里，香味也可以飘到五十米开外；我从吃到的细细的鸽子脖还有喝到的鸽子汤里得出结论，胜过鸡汤起码两倍。天冷了，鸽子身上聚满了脂肪和肉。

如果我是鸽子，牺牲了那么多同胞以后，我绝对不会再往那个屋顶附近凑；可是鸽子不是我，每天总要飞过来那么一两回。我把赶鸽子当成了锻炼，跑啊跑，正好治神经衰弱。

反正我白天没事。第三次见到那个初中生，他不是跟在我后头，而是堵在我眼前；我拐进驴肉火烧店的那条巷子，一个小个子攥着拳头，最大限度地贴到我跟前。

“你看见我的鸽子了吗？”他说南方咬着舌头的普通话。看得出来，他很想把自己弄得凶狠一点儿。

“你的鸽子？”我明白了。我往天上指，“那群鸽子快把我吵死了。”

“我的鸽子又少了两只！”

“要是我的头疼好不了，我把它们追到越南去！”

“我的鸽子又少了两只。”

“所以你就跟着我？”

“我见过你。”他看着我，突然有些难为情，“在花川广场门口，我看见那胖子被人打了。”

他说的胖子是宝来。宝来为了一个不认识的女孩，在酒吧门口被几个混混儿打坏了脑袋，成了傻子，被他爸带回了老家。他说的花川广场是个酒吧，这辈子我也不打算再进去。

“我帮不了你们，”他又说，“自行车腿坏了，车笼子里装满鸽子。我只能帮你们喊人。我对过路的人喊，打架了，要出人命啦，快来救人啊。”

我一点儿想不起听过这样咬着舌头的普通话。不过我记得当时好像是闻到过一股热烘烘的鸡屎味，原来是鸽子。他这小身板的确帮不了我们。

“你养鸽子？”

“我放鸽子。”他说，“你要没看见……那我先走了。”

走了好，要不我还真不知道怎么跟他说少了的七只鸽子。七只，我想象我们三个人又吃又喝打着饱嗝，的确不是个小数目。

接下来的几天，在屋顶上看见鸽群飞来，我不再叫醒行健和米箩；我追着鸽群跑步时，身后也不再有人尾随。我知道我辜负了他的信任，我不知道他是不是也明白这一点。因为不安，反倒不那么反感鸽哨的声音了。走在大街上，对所有长羽毛的、能飞的东西都敏感起来，电线上挂了个塑料袋我也会盯着看上半天。

有天中午我去洪三万那里拿墨水，经过中关村大街，看见一群鸽子在当代商城门前的人行道上蹦来蹦去，那鸽子看着眼熟。已经天寒地冻，年轻的父母带着孩子还在和鸽子玩，还有一对对情侣，露着通红的腮帮子跟鸽子合影。这个我懂，你买一袋鸽粮喂它们，你就可以和每一只鸽子照一张相。我在欢快的人和鸽子群里看见一个人冰锅冷灶地坐着，缩着脑袋，脖子几乎完全躲进了大衣领子里。这个冬天的确很冷，阳光像害了病一样虚弱。他的头发柔顺，他的个头小，脸白净，鼻尖上挂着一滴清水鼻涕。我走到他面前，说：

“一袋鸽粮。”

“是你呀！”他站起来，大衣扣子碰掉了四袋鸽粮。

很小的透明塑料袋，装着八十到一百粒左右的麦粒，一块五一袋。我帮他捡起来。旁边是他的自行车和两个鸽子笼，落满鸽子粪的飞鸽牌旧自行车靠花墙倚着，果然没腿。他放的是广场鸽。我给每一只鸽子免费喂了两粒粮食。他把马扎让给我，自己铺了张报纸坐在钢筋焊成的鸽子笼上。

“鸽子越来越少了。”他说，又把脖子往大衣里顿了顿。

“你冷？”

“鸽子也冷。”

这个叫林慧聪的南方人，竟然比我还大两岁，家快远到了中国的最南端。去年结束高考，作文写走了题，连专科也没考上。当然在他们那里，能考上专科已经很好了。考的是材料加半命题作文。材料是，一人一年栽三棵树，一座山需要十万棵树，一个春天至少需要十三亿棵树，云云。挺诗意。题目是《如果……》。他不管三七二十一，上来就写《如果大雪封门》。说实话，他们那里的阅卷老师很多人一辈子都没看见过雪长什么样，更想象不出什么是大雪封门。他洋洋洒洒地将种树和大雪写到了一起，不知道从哪里找来的逻辑。在阅卷老师看来，走题走大了。一百五十分的卷子，他对半都没考到。

父亲问他：“怎么说？”

他说：“我去北京。”

在中国，你如果问别人想去哪里，半数以上会告诉你，北京。林慧聪也想去，他去北京不是想看天安门，而是想看冬天下大雪是什么样子。他想去北京也是因为他叔叔在北京。很多年前林家老二用刀捅了人，以为出了人命，吓得当夜扒火车来了北京。他是个养殖员，因为跟别人斗鸡斗红了眼，顺手把刀子拔出来了。来了就没回去，偶尔寄点钱回去，让家里人都以为他发大了。林慧聪他爹自豪地说，那好，投奔你二叔，你也能过上北京的好日子。他就买了张火车站票到了北京，下车脱掉鞋，看见双脚肿得像两条难看的大面包。

二叔没有想象中那样西装革履地来接他，穿得甚至比老家人还随意，衣服上有星星点点可疑的灰白点子。林慧聪吸溜两下鼻子，问："还是鸡屎？"

"不，鸽屎！"二叔吐口唾沫到手指上，细心地擦掉老头衫上的一粒鸽子屎，"这玩意儿干净！"

林家老二在北京干过不少杂活儿，发现还是老本行最可靠，由养鸡变成了养鸽子的。不知道他走了什么狗屎运，弄到了放广场鸽的差事。他负责养鸽子，定时定点往北京的各个公共场所和景点送，供市民和游客赏玩。这事看上去不起眼，其实挺有赚头，公益事业，上面要给他钱的。此外还可以创收，一袋鸽粮一块五，卖多少都是你的。鸽子太多他忙不过来，侄儿来了正好，他给他两笼，别的不管，他只拿鸽粮的提成，一袋他拿五毛，剩下都归慧聪。吃喝拉撒衣食住行慧聪自己管。

"管得了吗？"我问他。我知道在北京自己管自己的人绝大部分都管不好。

"凑合。"他说，"就是有点儿冷。"

冬天的太阳下得快，光线一软人就开始往家跑。的确是冷，人越来越少，显得鸽子就越来越多。慧聪决定收摊，对着鸽子吹了一曲别扭的口哨，鸽子踱着方步往笼子前靠，它们的脖子也缩起来。

慧聪住七条巷子以南。那房子说凑合是抬举它了，暖气不行。也是平房，房东是个抠门的老太太，自己房间里生了个煤球炉，一天到晚抱着炉子过日子。她暖和了就不管房客，想起来才往暖气炉子加块煤，想不起来拉倒。慧聪经常半夜迷迷糊糊摸到暖气片，冰得人突然就清醒了。他提过意见，老太太说，知足吧你，鸽子的房租我一分没要你！慧聪说，鸽子不住屋里啊。院子也是我家的，老太太说，要按人头算，每个月你都欠我上万块钱。慧聪立马不敢吭声了。这一群鸽子，每只鸽子每晚咕哝两声，一夜下来，也像一群人说了通宵的悄悄话，吵也吵死了。老太太不找碴儿算不错了。

"我就是怕冷。"慧聪为自己是个怕冷的南方人难为情，"我就盼着能下一场大雪。"

大雪总会下的。天气预报说了，最近一股西伯利亚寒流将要进京。不过天气预报也不一定准，大部分时候你也搞不清他们究竟在说哪个地方。但我还是坚定地告诉他，大雪总要下的。不下雪的冬天叫什么冬天。

完全是出于同情，回到住处我和行健、米箩说起慧聪，问他们，是不是可以让他和我们一起住。我们屋里的暖气好，房东是个修自行车的，好几口烧酒，我们就隔三岔五送瓶"小二"给他，弄得他把我们当成亲戚，暖气烧得尽心尽力。有时候我们懒得出去吃饭，他还会把自己的煤球炉借给我们，七只鸽子都是在他的炉子上煮熟的。

"好是好，"米箩说，"他要知道我们吃了他七只鸽子怎么办？"

"管他!"行健说,"让他来,房租交上来咱们买酒喝。还有,总得给两只鸽子啥的做见面礼吧?"

我屁颠屁颠到七条巷子以南。慧聪很想和我们一起住,但他无论如何舍不得鸽子,他情愿送我们一只老母鸡。我告诉他,我们三个都是贴小广告的。小广告你知道吗?就是在纸上、墙上、马路牙子上和电线杆子上印上一个电话,如果你需要假毕业证、驾驶证、记者证、停车证、身份证、结婚证、护照,以及这世上可能存在的所有证件,拨打这个电话,洪三万可以满足你的一切要求。电话号码是洪三万的。洪三万是我姑父,办假证的,我把他的电话号码刻在一块山芋或者萝卜上;一手拿着山芋或者萝卜,一手拿着浸了墨水的海绵,印一下墨水,往纸上、墙上、马路牙子上和电线杆上盖一个戳。有事找洪三万去。宝来被打坏头脑之前,和我一样都是给我姑父贴广告的。行健和米箩也干这个,老板是陈兴多。

"我知道你们干这个,昼伏夜出。"慧聪不觉得这职业有什么不妥,"我还知道你们经常爬到屋顶上打牌。"

没错,我们晚上出去贴广告,因为安全;白天睡大觉,无聊得只好打牌。我帮着慧聪把被褥往我们屋里搬,他睡宝来那张床。随行李他还带来一只煺了毛的鸡。那天中午,行健和米箩围着炉子,看着滚沸的鸡汤吞咽口水,我和慧聪在门外重新给鸽子们搭窝。很简单,一排铺了枯草和棉花的木盒子,门打开,它们进去,关上,它们老老实实地睡觉。鸽子们像我们一样住集体宿舍,三四只鸽子一间屋。我们找了一些石棉瓦、硬纸箱和布头把鸽子房包挡起来，防风又保暖。要是四面透风，鸽子房等于冰箱。

那只鸡是我们的牙祭，配上我在杂货店买的两瓶二锅头，汤汤水水下去后我有点晕，行健和米箩有点燥，慧聪有点热。我想睡觉，行健和米箩想找女人，慧聪要到屋顶上吹一吹。他很多次看过我们在屋顶上打牌。

风把屋顶上的天吹得很大，烧暖气的几根烟囱在远处冒烟，被风扯开来像几把巨大的扫帚。行健和米箩对屋顶上挥挥手，诡秘地出了门。他们俩肯定会把省下的那点钱用在某个肥白的身子上。

“我一直想到你们的屋顶上，”慧聪踩着宝来的凳子让自己站得更高，悠远地四处张望，“你们扔掉一张牌，抬个头就能看见北京。”

我跟他说，其实这地方没什么好看的，除了高楼就是大厦，跟咱们屁关系没有。我还跟他说，穿行在远处那些楼群丛林里时，我感觉像走在老家的运河里，一个猛子扎下去，不露头，踩着水晕晕乎乎往前走。

“我想看见大雪把整座城市覆盖住。你能想象那会有多壮观吗？”说话时慧聪辅以宏伟的手势，基本上能够观古今于须臾、抚四海于一瞬了。

他又回到他的“大雪封门”了。让我动用一下想象力，如果大雪包裹了北京，此刻站在屋顶上我能看见什么呢？那将是白茫茫一片大地真干净，将是银装素裹无始无终，将是均贫富等贵贱，将是高楼不再高、平房不再低，高和低只表示雪堆积得厚薄不同而已。——北京就会像我读过的童话里的世界，清洁、安宁、饱满、祥和，每一个穿着鼓鼓囊囊的棉衣走出来的人都是对方的亲戚。

“下了大雪你想干什么？”他问。

不知道。我见过雪，也见过大雪，在过去很多个大雪天里我都无所事事，不知道自己想干什么。

“我要踩着厚厚的大雪，咯吱咯吱把北京城走遍。”

几只鸽子从院子里起飞，跟着哗啦啦一片都飞起来。超声波一般的声音又来了。“能把鸽哨摘了吗？”我抱着脑袋问。

“这就摘。”慧聪准备从屋顶上下去，“带鸽哨是为了防止小鸽子出门找不到家。”

训练鸽子习惯新家，花了慧聪好几天时间。他就用他不成调的口哨把一切顺利搞定了。没了鸽哨我还是很喜欢鸽子的，每天看它们起起落落觉得挺喜庆，好像身边多了一群朋友。但是鸽子隔三岔五在少。我弄不清原因，附近没有鸽群，不存在被拐跑的可能。我也没看见行健和米箩明目张胆地射杀过，他们的弹弓放在哪儿我很清楚。不过这事也说不好。我和他们俩替不同的老板干活儿，时间总会岔开，背后他们干了什么我没法知道；而且，上次他们俩诡秘地出门找了一趟女人之后，就结成了更加牢靠的联盟，说话时习惯了你唱我和。慧聪说他懂，一起扛过枪的，一起同过窗的，还有一起嫖过娼的，会成铁哥们儿。好吧，那他们搞到鸽子到哪里煮了吃呢？

慧聪不主张瞎猜，一间屋里住的，乱猜疑伤和气。行健和米箩也一本正经地跟我保证，除了那七只，他们绝对没有对第八只下过手。

我和慧聪又追着鸽子跑。锻炼身体又保护小动物，完全是两个环保实践者。我们俩把北京西郊的大街小巷都跑遍了，鸽子还在少，雪还没有下。白天他去各个广场和景点放鸽子，晚上我去马路边和小区里贴小广告，出门之前和回来之后都要清点一遍鸽子。数目对上了，很高兴，仿佛逃过了劫难；少了一只，我们就闷不吭声，如同给那只失踪的鸽子致哀。致过哀，慧聪会冷不丁冒出一句：

“都怪鸽子营养价值高。我刚接手叔叔就说，总有人惦记鸽子。”

可是我们没办法，被惦记上了就防不胜防。你不能晚上抱着鸽子睡。

西伯利亚寒流来的那天晚上，风刮到了七级。我和行健、米箩都没法出门干活儿，决定在屋里摆一桌小酒乐呵一下。石头剪刀布，买酒的买酒，买菜的买菜，买驴肉火烧的买驴肉火烧；我们在炉子上炖了一大锅牛肉白菜，四个人围炉一直喝到凌晨一点。我们根据风吹门后的哨响来判断外面的寒冷程度。门外的北京一夜风声雷动，夹杂着无数东西碰撞的声音。我们喝多了，觉得世界真乱。

第二天一早慧聪先起，出了屋很快进来，拎着四只鸽子到我们床前，苦一张小脸都快哭了。四只鸽子，硬邦邦地死在它们的小房间前。不知道它们是怎么出来的，也不知道它们出来以后木盒子的门是如何关上的。喝酒之前我们仔细地检查了每一个鸽子房，确信即使把这些鸽子房原封不动地端到西伯利亚，鸽子也会暖暖和和地活下来的。但现在它们的确冻死了，死前啄过很多次木板小门，临死时把嘴插进了翅膀的羽毛里。

“你听见他们起夜没？”我问慧聪。

“我喝多了，睡得跟死了一样。”

我也是。我担保行健和米箩也睡死了，他们俩的酒量在那儿。那只能说这四只鸽子命短。扔了可惜，米箩建议卖给我们煮了吃。我赶紧摆手，那几只鸽子我都认识，如果它们有名字，我一定能随口叫出来，哪吃得下。慧聪更吃不下，他把鸽子递给行健和米箩，说，随你们，别让我看见。然后走到院子里，蹲在鸽子房前，伸头看看，再抬头望望天。

拖拖拉拉吃完了早饭，已经十点半，慧聪驮着他的两笼鸽子去西直门。行健对米箩斜了一下眼，两人把死鸽子装进塑料袋，拎着出了门。我远远地跟上去。我知道西郊很大，我自以为跑过了很多街巷，但跟着他们俩，我才知道我所知道的西郊只是西郊极小的一部分。北京有多大，北京的西郊就有多大。

拐了很多弯，在一条陌生的巷子里，行健敲响了一扇临街的小门。这是破旧的四合院正门边上的一个小门，一个年轻的女人侧着半个身子探出门来，头发蓬乱，垂下来的鬈发遮住了半张白脸。她那件太阳红的贴身毛衣把两个乳房鼓鼓囊囊地举在胸前。她接过塑料袋放到地上，左胳膊揽着行健，右胳膊揽着米箩，把他们摁到自己的胸前，摁完了，拍拍他们的脸，冷得搓了两下胳膊，关上了门。我躲到公共厕所的墙后面，等行健和米箩走过去才出来。他们俩在争论，然后相互对击了一下掌。

我对他们俩送鸽子的地方的印象是，墙高，门窄小，墙后的平房露出一部分房顶，黑色的瓦楞里两丛枯草抱着身子在风里摇摆。听不见自然界之外的任何声音。就这些。

谁也不知道鸽子是怎么少的。早上出门前过数，晚上睡觉前也过数，在两次过数之间，鸽子一只接一只地失踪了。我挑不出行健和米箩什么毛病，鸽子的失踪看上去与他们没有丝毫关系，他们甚至把弹弓摆在谁都看得见的地方。宝来在的时候他们就不爱带我们俩玩，现在基本上也这样，他们俩一起出门，一起谈理想、发财、女人等宏大的话题。我在屋顶上偶尔会看见他们俩从一条巷子拐到另外一条巷子，曲曲折折地走到很远的地方。当然，他们是否敲响那扇小门，我看不见。看不见的事不能乱猜。

鸽子的失踪慧聪无计可施。“要是能揣进口袋里就好了，”他坐在屋顶上跟我说，“走到哪儿我都知道它们在。”不怕贼偷就怕贼惦记，越来越少是必然的，这让他满怀焦虑。他二叔已经知道了这情况，拉下一张公事公办的脸，警告他就算把鸽子交回去，也得有个差不多的数。什么叫个差不多的数呢？就眼下的鸽子数量，慧聪觉得已经相当接近那个危险而又精确的概数了。“我的要求不高，”慧聪说，“能让我来得及看见一场大雪就行。”当时我们头顶上天是蓝的，云是白的，西伯利亚的寒流把所有脏东西都带走了，新的污染还没来得及重新布满天空。

天气预报为什么就不能说说大雪的事呢。一次说不准，多说几次总可以吧。

可是鸽子继续丢，大雪迟迟不来。这在北京的历史上比较稀罕，至今一场像样的雪都没下。慧聪为了保护鸽子几近寝食难安，白天鸽子放出去，常邀我一起跟着跑，一直跟到它们飞回来。夜间他通常醒两次，凌晨一点半一次，五点一次，到院子里看鸽子们是否安全。就算这样，鸽子还是在丢。与危险的数目如此接近，行健和米箩都看不下去了，夜里起来撒尿也会帮他留一下心。他们劝慧聪想开点儿，不就几只鸽子嘛，让你二叔收回去吧，没路走跟我们混，哪里黄土不埋人。只要在北京，机会迟早会撞到你怀里。

慧聪说：“你们不是我，我也不是你们；我从南方以南来。”

终于，一月将尽的某个上午，我跑完步刚进屋，行健戴着收音机的耳塞对我大声说：“告诉那个林慧聪，要来大雪，傍晚就到。”

“真的假的，气象台这么说的？”

“国家气象台、北京气象台还有一堆气象专家，都这么说。”

我出门立马觉得天阴下来，铅灰色的云在发酵，看什么都觉得是大雪的前兆。我在当代商城门前找到慧聪时，他二叔也在。林家老二挺着啤酒肚，大衣的领子上围着一圈动物的毛。“不能干就回家!”林家老二两手插在大衣兜里，说话像个乡镇干部，“首都跟咱老家不一样，这里讲究适者生存、优胜劣汰。”慧聪低着脑袋，因为早上起来没来得及梳理头发，又像雷震子一样一丛丛站着。他都快哭了。

“专家说了，有大雪。”我凑到他跟前，“绝对可靠。两袋鸽粮。”

慧聪看看天，对他二叔说：“再给我两天。就两天。”

回去的路上我买了二锅头和鸭脖子。一定要坐着看雪如何从北京的天空上落下来。我们喝到十二点，慧聪跑出去五趟，一粒雪星子都没看见。夜空看上去极度的忧伤和沉郁，然后我们就睡了。醒来已经上午十点，什么东西抓门的声音把我们惊醒。我推了一下门，没推动，再推，还不行，猛用了一下劲儿，天地全白，门前的积雪到了膝盖。我对他们三个喊：

“快，快，大雪封门!”

慧聪穿着裤衩从被窝里跳出来，赤脚踏入积雪。他用变了调的方言嗷嗷乱叫。鸽子在院子里和屋顶上翻飞。这样的天，麻雀和鸽子都该待在窝里哪儿也不去的。这群鸽子不，一刻也不闲着，能落的地方都落，能挠的地方都挠，就是它们把我们的房门抓得哧哧啦啦直响。

两只鸽子歪着脑袋靠在窝边，大雪盖住了木盒子。它们俩死了，不像冻死，也不像饿死，更不像窒息死。行健说，这两只鸽子归他，晚上的酒菜也归他。我们要庆祝一下北京三十年来最大的一场雪。收音机里就这么说的，这一夜飘飘洒洒、纷纷扬扬，落下了三十年来最大的一场雪。

简单地垫了肚子，我和慧聪爬到屋顶上。大雪之后的北京和我想象的有不小的差距，因为雪没法将所有东西都盖住。高楼上的玻璃依然闪着含混的光。但慧聪对此十分满意，他觉得积雪覆盖的北京更加庄严，有一种黑白分明的肃穆，这让他想起黑色的石头和海边连绵的雪浪花。他团起一颗雪球一点点咬，一边吃一边说：

“这就是雪。这就是雪。”

行健和米箩从院子里出来，在积雪中曲折地往远处走。鸽子在我们头顶上转着圈子飞，我替慧聪数过了，现在还勉强可以交给他叔叔，再少就说不过去了。我们俩在屋顶上走来走去，脚下的新雪蓬松温暖。我告诉慧聪，宝来一直说要在屋顶上打牌打到雪落满一地。他没等到下雪，不知道他以后是否还有机会打牌。

我也搞不清在屋顶上待了多久，反正肚子饿得咕噜咕噜叫。那会儿行健和米箩刚走进院子。我们从屋顶上下来，看见行健拎着那个装着死鸽子的塑料袋。

“妈的，她回老家了。”他说，脚对着墙根儿一阵猛踹，塑料袋哗啦啦直响，“他妈的回老家等死了！”

米箩从他手里接过塑料袋，摸出根烟点上，说：“我找个地方把鸽子埋了。”

二〇一一年十二月十七日，知春里

徐则臣的《如果大雪封门》最初发表于《收获》2012年第5期，2014年获得第六届鲁迅文学奖短篇小说奖。二十年来，徐则臣书写了一系列外省青年在北京的故事，影响深远。《如果大雪封门》是他的代表作之一。小说书写了一群从南方而来的“北漂”的精神世界，跑步的“我”和等待一场大雪的林慧聪，都是怀揣着梦想来到北京的青年，这些未曾落地生根的异乡人将北京作为美好愿景与奋斗目标。徐则臣用“鸽子”和“大雪”的意象缓解了现实生活的沉重感，又用“如果”作为未来生活的允诺，给北京的寒冬增添了几分诗意。

——胡诗杨

世间已无陈金芳

石一枫

1

那年夏天，小提琴大师伊扎克·帕尔曼第三次来华演出，我的“买办”朋友b哥囤积了一批贵宾票，打算用以贿赂附庸风雅的官员。没想到演出前两天，中央突然办了个学习班，官儿们都去受训了。他的票砸在手里，便随意甩给我一张：

“都是民膏民脂，不听也可惜。”

演出当天，我穿着一身体面衣服，独自乘地铁来到大会堂西路。正是一个夕阳艳丽的傍晚，一圈水系的中央，那个著名的蛋形建筑物熠熠闪光。苍穹之上，飘动着鸟形或虫形的风筝。穿过遛弯儿的闲人拾级而上时，我身边涌动着清一色的高雅人士，个个后脖颈子雪白，女士镶金戴银，一些老人家甚至打上了领结。检票进入大厅的过程中，我忽然有点儿不自在，感到有道目光一直跟着自己，若即若离，不时像蚊子似的叮一下就跑。

这让我稍感心神不宁，频频四下张望，却没在周围发现熟面孔。走到室内咖啡厅的时候，忽然有人扬手叫我，是媒体圈儿的几个朋友。他们凭借采访证先进来，正凑在一起喝茶、讲八卦。我坐过去喝了杯苏打水，和他们敷衍了一会儿，但目光仍在鱼贯而入的观众中徘徊。

“瞎寻摸什么呢？这儿没你熟人。”一个言语刻薄的秃子调笑道，“你那些‘情儿’都在城乡接合部的小发廊里创汇呢。”

这帮人哈哈大笑，我也笑了。片刻，演出开始，我来到前排坐下，专心聆听。琴声一起，我就心无旁骛了。

大师与一位斯里兰卡钢琴家合作，演奏了贝多芬和圣桑的奏鸣曲，然后又独奏了几段使他真正享誉全球、获得过格莱美奖的电影音乐。压轴曲目当然是如泣如诉的《辛德勒的名单》。一曲终了，掌声雷动，连那些装模作样的外行也被感染了。前排的观众纷纷起立，后排的像人浪一样跟进，当帕尔曼坐着电动轮椅绕台一周，举起琴弓致意时，许多人干脆喊了起来。

在一片叫好声中，有一个声音格外凸显。那是个颤抖的女声，比别人高了起码一个八度，连哭腔都拖出来了。她用纯正的“欧式装 × 范儿”尖叫着：

“Bravo（好极了）！ Bravo！”

那声音就来自我的正后方，引得旁边的几个人回头张望。我也不由得扭过身去，便看见了一张因为激动而扭曲的脸。那是个三十上下的年轻女人，妆化得相当浓艳，耳朵上挂着亮闪闪的耳坠，围着一条色泽斑斓的卡地亚丝巾。再加上她的下巴和两腮棱角分明，乍一看让人想起凯迪拉克汽车那奢华的商标。

初看之下，我并没有反应过来她是谁，直到她目光炯炯地盯着我时，我才蓦然回过神来。这不是陈金芳吗？

音乐会散场的时候，陈金芳已经在出口处等着我了。此时的她神色平复了下来，两手交叉在浅色西服套装的前襟，胳膊肘上挂着一只小号古驰坤包，显得端庄极了。虽然时隔多年不见，但她并未露出久别重逢的惊喜，只是浅笑着打量了我两眼。

“你也在这儿？”

“够巧的……”

说话间，她已经做了个“请”的手势，往大剧院正门外走去。我也只好挺胸抬头，尽量以“配得上她”的姿态跟上。出门以后她问我去哪儿，我说过会儿我老婆来接我。她看看表，表示接她的人也还没到，刚好可以找个地方聊聊。聊聊就聊聊吧，尽管我实在不知道能跟她聊点儿什么。

大剧院附近的茶室和咖啡馆都被刚散场的观众挤满了，我们步行了半站地铁的路程，才在劳动人民文化宫对面找到一家云南餐厅。走路的时候，她一直没跟我说话，高跟鞋坚定地踩着地面，回声从长安街一侧的红墙上反射回来。落座之后，她重新看了看我，然后才开口：

“你也变样了。”

“那肯定。都十来年了，没变的那是妖精。”

“不过你还真不显老。”她抿嘴笑了，“一看就挺有福气，没操过什么心。"

"还真是，我一直吃着软饭呢。"

"别逗了。"

"你不信？那就权当我在逗吧。"我略为放松下来，恢复了固有的口气，同时点上支烟。

她又问我："现在还拉琴吗？"

"武功早废了。"

"过去那帮熟人呢，还有联系吗？"

"也没了。他们看不起我，我也看不起他们。"

"这倒像你的风格。"她沉吟着说。

"我什么风格？"

"表面赖不叽叽的，其实骨子里傲着呢。"

这话说得我一激灵。类似的评价，只有我老婆茉莉和几个至亲对我说过，没想到陈金芳对我也是这个印象。要知道，我自打上大学以后就再没见过她呀。我不禁认真地观察起这位初中同学来，而她则毫不避讳地与我对视，两条小臂横搭在桌子上，那架势简直像外交部的女发言人。

很明显，陈金芳在等着我向她发问，比如问问她这些年过得怎么样，曾经干过什么事儿，眼下又在忙什么之类的。然而对于那些曾经生活在窘迫的境遇里，如今则彻头彻尾地改头换面的故人，我一贯不想给他们抒情言志的机会。倒不是嫉妒这些人终于"混好了"，而是因为他们热衷表达的东西实在太过重复。无非是"忆往昔峥嵘岁月稠"的顾影自怜，外加点儿"敢教日月换新天"的豪情，就算把自己"煽"得一把鼻涕一把泪，也藏不住他们眉眼间那恶狠狠的扬眉吐气。只要看看《艺术人生》或者《致富经》之类的节目，你就会发现电视里全是这些玩意儿。

于是，我故意说：“你现在不拿烙铁烫头了吧？”

她愕然了一下：“你说的是什么时候的事儿了？”

“上学的时候呀。那可是个技术活儿，我记得你在很长时间里只剩一条眉毛了。”

出乎我的意料，陈金芳既宽厚又爽朗地笑了：“你还记得呢？现在我也想起来了。后来我只好往眼眶上贴了块纱布，骗老师说是骑自行车摔的。”

她的反应让我很不好意思。那种失态的挑衅更印证了我的肤浅和狭隘，而此时的陈金芳则显得比我通达得多。接下来，我便不由得说出了自己原本不愿意说的话：

“你可真是大变样了……刚才我都不敢认你。”

“也就表面变了，其实还挺土的。”

“这你就是谦虚了，不知道自己在别人眼里已然惊为天人了吗？”我舔舔嘴唇，几乎在阿谀她了，“你究竟是怎么做到的？”

更加令我意外，陈金芳反而对自己避而不谈了。她简短地告诉我这两年“刚回北京”，正在做点儿“艺术投资方面”的事儿，然后就又把话题引回了我身上。她问我住在哪儿，具体在什么地方上班，又感叹我把小提琴扔了“实在是太可惜了”。我则被弄得越来越恍惚，也越来越没法把对面这个女人和多年前的那个陈金芳对上号。

我们有一搭无一搭地聊了许久，普洱茶第二次续水的时候，陈金芳的电话响了一声。她看了看短信说："我得走了。"

我也欠身站起来："那回头再聊。"

我给她留了自己的电话，而她则递给我一张头衔相当繁复的名片。我陪着她走到街上，看到路边停着一辆英菲尼迪越野车。这两年有点儿钱的文化人或者有点儿文化的有钱人都喜欢买这种车，前不久还有一位大脸长发的音乐人因为醉驾被抓了典型，出事儿时开的就是这一款。陈金芳走向副驾驶座的时候，已经有一个身材高挑、二十出头的男人下来为她打开了车门。那小伙子穿着一件带网眼的紧绷T恤衫，遭受过髌刑的牛仔裤里露出两个瘦弱的膝盖，看上去倒像某个高级发廊的理发师傅。他对陈金芳颔首，压根儿就没看我，重新发动汽车之后绝尘而去，气流搅得路边的落叶旋转着纷飞了起来。夜风渐凉，再下两场雨，就要入秋了吧。

过了十几分钟，茉莉恰好也加完班，从国贸那边过来接我了。回家的路上，她问我晚上的音乐会怎么样，我随口说"还成"。我又问她今天忙不忙，她说："这不明摆着吗?"然后车里就陷入了沉默。已经有很长时间了，我们之间没什么话可说。

借着立交桥上彩灯的光芒，我偷偷把陈金芳的名片拿出来看了一眼。刚才没有看清，现在才发现，她的名字也变了。陈金芳已经不叫陈金芳，而叫作陈予倩了。她的变化真可谓内外兼修呀。

2

我第一次见到陈金芳或云陈予倩，还是在上初二的时候。

那天刚下最后一节课，教室里乱糟糟的。大伙儿正准备回家，班主任忽然进来，宣布来了一位新同学。但我们往她身后张望时却空无一人。老师也有点儿诧异，又探头朝门外寻摸了一圈儿，喊道：

“你进来呀。在外面哨（愣）着干吗？”

这才从门外走进一个女孩来，个子很矮，踮着脚也到不了一米六，穿件老气横秋的格子夹克，脸上一边一块农村红。老师让她进行一下自我介绍，她只是发愣，三缄其口。老师只好亲自告诉大家她叫陈金芳，从湖北来，希望同学们对她多多帮助，搞好团结。

同学们随即一哄而散。在我们那所部队子弟学校，像陈金芳这样的转校生，基本上每年都能碰上个两三位。他们跟随家人进京，初来乍到时与这里的一切格格不入，好不容易熟悉了环境，跟周围人能说上话了，却往往又要离开。日子久了，我们这些“坐地虎”就学会了对这些学生视而不见。反正他们随时会从教室里消失，与其深交又有什么意义呢？交朋友也是要讲究成本的。

更何况这女孩一眼便知是从农村来的，长得又挺寒碜，不管从哪个方面说都非我族类。我们咋咋呼呼地从她身边涌过，就像绕开了一张桌子或一条板凳。班上的几个男生跑到操场打篮球，我则倚着篮球架子跟他们臭贫。自从一次打球戳伤手指，造成半个月不能练琴以后，我母亲就严禁我进行这种活动了。就这么消磨到夕阳开始下坠，半边操场都被染红了，我才拎上书包，跟朋友们打个招呼，往校门走去。

这时背后忽然传来一阵哄笑。我循着笑声回过头去，看见了陈金芳。她手上攥着一只印有“钾肥”字样的尼龙口袋，跟在我身后几米开外。当我前行的时候，她便迈着小碎步跟上来，当我站住，她也站住，支棱着肩膀，紧张地看着我。

面对陈金芳的亦步亦趋，我也有点儿不知所措。我本想呵斥她两声，让她离我远点儿，但又一想，那样可能会招来男生们更加夸张的起哄。于是我尽量让自己眼不见心不烦，加快速度回家。

20世纪90年代的北京，天空还相当通透，路上也没什么车。大部分机关职工都骑自行车上下班，前车筐里放着装满萝卜青菜的网兜，透着一股过小日子的家常味儿。我穿过当时的铁道兵大院儿，到长安街的延长线乘上4路公共汽车，经五棵松到达西翠路，下车后再往南步行十分钟，就能看见从小居住的那个家属院了。一路上，共有三尊毛主席塑像扬着手跟我打招呼。这天我的步伐格外快，还像个没规矩的坏小子似的挤到排队乘客的前面。看见院门口那几栋红砖板楼的时候，我的身上微微冒出了汗，而一回头，陈金芳仍跟在我身后。

我有点气急败坏地站住，等着她走近。陈金芳面无表情地朝我挪了几步，像直立的豚鼠似的两手捏着“钾肥”袋子，置于胸前。她突然对我开口："我们家也住这里。"

我"哦"了一声，她又补充道："我姐夫是许福龙。"

好一会儿，我才想起许福龙就是食堂里那个特会和面的胖子。他是山东人，靠着一手做面食的手艺，志愿兵期满之后又留在了我们院儿，而且还结了婚，把老婆也弄了过来。这么说来，陈金芳她姐我也见过，就是在窗口负责盛菜那位。那是个丰满的少妇，长着一对相当霸道的胸部，夏天不爱穿胸罩，两个乳头很显眼地从迷彩短袖衫里面凸出来。打饭的时候，我总听到后勤系统的人逗她：

"你的奶都要喷到饭盆里啦。"

遭受调戏的陈金芳她姐也混不吝，抡着勺子笑嘻嘻地和人打闹。由此可见许福龙两口子人缘不错。院儿里还有个段子，就是许福龙家里人口多，吃饭挑费（花费）高，许福龙便每天蒸出包子、花卷，先往肥大的军裤裤裆里塞上两斤，然后像鸭子一样火急火燎地跑回家里。天长日久，许福龙的生殖器相当于每天蒸一次桑拿，便被烫坏了，失灵了。这个段子的指向自然是陈金芳她姐，众人都认为她那胸部"可惜了"。而我面对陈金芳，却很想问问她，假如这个故事是真的，那么从裤裆里掏出来的热气腾腾的面食，他们又怎么能够吃得下去呢？

但这时候，陈金芳转头离开了。我家住在东边某栋红砖板楼的一层，她则要前往西围墙边上的那排平房。后勤系统雇用的临时工都被安置在了那里。

走之前，她还仿佛格外用力地盯了我一眼。

没想到，就在当天晚上，我又见到了陈金芳。那是在吃完晚饭之后，我父亲穿上军装去应付一个突然性的检查，母亲照例把我轰进自己的房间拉琴。到了初二时，我练习小提琴已经八年了，因为技艺进展飞快，在乐团工作的母亲已经不能再指导我了。为了不“耽误”我，她领着我在北京遍寻名师，并且替我做出了明确的规划，那就是先拿下几个重要的青少年比赛奖项，然后考进中央音乐学院。这个目标无疑需要旷日持久的苦练，我关上包了一圈隔音海绵的房门，站在窗前，将琴托架在磨出了一层薄薄的茧子的下巴上。

那天我练习的是柴可夫斯基的《D大调小提琴协奏曲》。1994年，大师帕尔曼首次来华，他热情地称赞过北京烤鸭之后，便在人民大会堂演奏了这首曲目，而那场演出的现场录音唱片已经被我听坏了好几张。此刻，头顶着被飞蛾搅乱的路灯灯光，我幻想自己就是坐在轮椅上的帕尔曼，而草坪上黝黑一片的颜色，则是如潮的观众们的头发和黑礼服。只不过一转眼，这种臆想就被隔壁老太太跟儿媳妇吵架的声音打断了。

也就是这时，我在窗外一株杨树下看到了一个人影。那人背手靠在树干上，因为身材单薄，在黑夜里好像贴上去的一层胶皮。但我仍然辨别出那是陈金芳。借着一辆顿挫着驶过的汽车灯光，我甚至能看清她脸上的“农村红”。她静立着，纹丝不动，下巴上扬，用貌似倔强的姿势听我拉琴。

也不知是怎么想的，我推开了紧闭的窗子，也没跟她说话，继续拉起琴来。地上的青草味儿迎面扑了进来，给我的幻觉，那味道就像从陈金芳的身上飘散出来的一样。在此后的一个多小时中，她始终一动不动。

当我的演奏终于告一段落，思索着是不是向她隔窗喊话时，一个女人近乎凄厉的喊叫声从远处的夜色中直刺过来。那是她姐在叫她呢。陈金芳嗖地一晃，人就不见了。

3

同学们是什么时候开始集体排斥陈金芳的？

她默默无闻地在我们班上耗了一年，尽管没交上任何朋友，却没像前两位借读生一样陡然消失，这已经算是个小小的奇迹了。一度，她的座位曾经空了半个月之久，大家都认为再也不会见到她了，不过也没人觉得遗憾；但某一堂课开始时，她又赫然出现在了那里，仍旧沉默无语，老师一开讲，她就趴到桌子上睡觉。

学校里的课程，她从来就没跟上过。但学习差并不是陈金芳成为众矢之的的原因，大家另有理由。

理由之一，是她家什么都吃。说这个问题之前，得先介绍一下这家人的人口构成。除了陈金芳及其姐姐姐夫这三个固定成员，那两间小平房里还不定期地住过陈金芳的妈、舅舅、叔叔婶子、表哥表嫂等人。暂居者的面孔虽然常变常新，但总的来说有一条规律，就是许福龙一直生活在外戚当道的局面里。那些亲戚有的是来看病，有的是来找工作，还有的号称什么也不为，就是见到别人“进了北京”，自己也想来

“看一看”。有那么一阵，我每天早晨上学的路上，都能看见一辆平板三轮从西平房的拐角驶出来。蹬车的是陈金芳的表哥，长着一个梨形脑袋，此人的前额被产钳夹得极其窄，窄得不到巴掌宽，头顶还被挤出了一个妙不可言的尖儿。车后坐着陈金芳的妈，她患有股骨头坏死，走路画圈儿；一旁跟着陈金芳的表嫂，作为梨形脑袋的妻子，此人脑袋的质量自然也不会太高，尽管形状无异，却有轻度痴呆的症状，爱流口水。这一支浩浩荡荡的队伍披星戴月，干的是收废品的营生。而这也是陈金芳家族在北京唯一能够立足的领域了，她的舅舅，一个仅有的看似聪明的亲戚，曾经雄心壮志地企图挺进代订火车票的市场，后来被一伙安徽人揍了一顿，连裤子都扒了，寒冬腊月里只穿一条秋裤，满脸是血地蜷在马路牙子上哆嗦。

关于陈金芳家人口之多之杂乱，还有一个很直观的说法，是我们班的班主任提供的。她装模作样地去家访过一次，回来感叹说：“窗台上只有一只刷牙杯，里面插着七八柄牙刷。”

同学们诧异：这样一来，怎么能分清哪支牙刷是属于哪个人呢？如果他们家人不介意混用，又何必七八把？一把足矣。但陈金芳一家迫切需要解决的问题还不是刷牙，而是吃饭。在春夏之交，我们看见陈金芳她妈沿着院儿里干道上那排杨树走到头，再走到尾，一边画圈儿，一边往塑料兜里捡嫩杨花。院儿东头那棵半死不活的槐树，也被他们家人薅得够呛。那些年的八一湖还不是封闭公园，水势也大，夏天男生常常下湖游泳，这时却看见陈金芳和她姐、她表哥赤脚站在滩涂上捞小鱼、摸螺蛳，甚至用竹签子扎青蛙。

客观地说，以当时北京的生活条件，再怎么困难的家庭，大米白面总还是吃得饱的，再说他们家还背靠着食堂，还有许福龙的裤裆这个秘密武器呢。他们的自力更生，主要是为了丰富副食。再也许，他们在老家就有这个习惯，只不过带到北京来就显得突兀了。

院儿里上了岁数的人感叹说："三年困难时期，也就这个吃法儿了。"

更骇人听闻的一件事，是我们学校门口总游荡着一只交配过度，乳头耷拉到地上的野狗，这狗忽然有一天就不见了，而陈金芳家里却飘出了少有的肉香。

排斥陈金芳的理由之二，就直指她个人了。班上的女生恍然发现，原来她还是一个爱慕虚荣的人。这个迹象是逐渐显现出来的。最初，陈金芳一年四季的换洗衣服不超过三套，一件洗了另一件可能还没干，必须穿着湿的来上学。后来衣服就多了起来，基本上来自她姐，因此不是红配绿就是粉配紫，怯得要命。有一次，她居然穿了一件带垫肩的双排扣西服来上学，那衣服的下摆直垂到运动裤的膝盖上，简直像个唱戏的。这衣服还没穿够半天，她姐就风风火火地追到了学校，劈头给了陈金芳一个嘴巴，然后夺过西服出门办事。而陈金芳脸上印着几道红印，还若无其事地对旁边人解释说，她姐也准备"下海"了，准备开一个酒店。过了两个月，"酒店"还真开起来了，是菜市场旁边的一个小门脸，主营包子馄饨，一群菜贩子坐在露天条凳上吃。

陈金芳还是班上女生里第一个抹口红的，第一个打粉底的，第一个到批发市场小摊儿上穿耳孔的。后来我揶揄过她的烙铁烫头事件，也发生在初三那一年。那段时间，她简直把自己的脸当成了一片试验田，什么新鲜事物都敢往上招呼。她还穿过几天高跟鞋，那鞋不知是从谁家楼道里捡来的，一只鞋跟高，一只鞋跟矮，这导致她走路的时候也深一脚浅一脚的，好像被遗传了股骨头坏死。

在同学们之前，老师已经看不惯她了。“陈金芳啊陈金芳，”我们班主任说，“你们家那么个条件，还穷嘚瑟什么呀？”

孩子的态度要比大人极端得多，那几乎可以称得上是一场逐渐升级的斗争运动。刚开始是班干部公然用“品质恶劣”“忘本”之类的词汇斥责她，后来是女生对她翻白眼儿，喝来斥去，再往后居然发展到了动手的地步。一些男生用跳绳抽她，用粉笔头掷她，还用扫帚把儿捅她的后脑勺。干这些事儿的时候，大家都义正词严的，但作为旁观者，我必须证明，陈金芳并没有招过谁惹过谁。时至今日，她每天在学校里说过的话都不超过十句。而说起虚荣，谁又没这个毛病呢？哭着喊着胁迫父母用半个月的工资给自己买一双“耐克”球鞋的大有人在。

对于一个天生被视为低人一等的人，我们可以接受她的任何毛病，但就是不能接受她妄图变得和自己一样。

“你们院儿的陈金芳”，这是别人对我提起她时常用的称呼。这么说的时候，他们挤眉弄眼，话里有话。有两个跟我关系不错的女孩儿遗憾地表示：“你呀你，怎么跟那人住一个院儿啊?”听她们的口气，陈金芳就是一块时时作痒的烂疮，谁要是跟她扯上关系，那可真是人生的大不幸。

我暗自庆幸，别人没有发现我和陈金芳之间的隐秘联系。自从见面的第一天，我们就把“演奏者”和“听众”的身份固定了下来。她会在晚上八点钟左右出现在我窗前的树下，我在拿起小提琴试音之前，也会望一望外面有没有那个痴痴愣愣的人影。随着我的手上功夫变得越发纯熟，陈金芳的面目不清的身影也在发生着渐进的变化。她的个头长高了，轮廓的弧线也有了明显的凸出和凹陷。如果仅看剪影，任谁都会认为那是一个美好的、皎洁如月光的少女。不知何时开始，我的演奏开始有了倾诉的意味，而那也是我拉琴拉得最有“人味儿”的一个时期。

试想一下，假如不是因为这点交情，我会不会也像其他学生一样欺负陈金芳，甚至因为她“是我们院儿的”而欺负得更狠呢？我可从来没在道德品质方面过高地信任过自己。

对干我的演奏，陈金芳当然无法做到每场必到。他们家人多活儿多，下了学，她还得到食堂帮助许福龙扛面粉，或者把她妈收来的垃圾分门别类装进蛇皮袋。最长的一次缺席，发生在初三的第二学期，当时陈金芳家里发生了一个挺大的变故：她在老家的父亲正在从鸡屁股里面往外掏鸡蛋，突然就一头扎在鸡窝里，没气儿了。按照城里人的知识推测，可能是突发性脑溢血什么的，但是村里人不计较死因，只在乎结果。他们描述，将死者拖出来时，脑袋上糊着厚厚的一层鸡屎，连头发都变成绿的了。陈金芳的父亲去世以后，她母亲也只好放弃了对股骨头坏死的治疗，打算回家侍弄那几亩水田，而他们家的其他亲戚也深感居京城的不易，决定集体还乡。就在这个时候，陈金芳却拒绝回去。她坚决要求留在北京。

这个要求不仅遭到了她妈的反对，连她姐也不同意。家里的田不能不要，活儿不能没人干，而眼下，陈金芳已经成了家里唯一的健康劳动力。从长远打算，母亲一定还指望着她结婚招婿，充当顶梁柱呢。况且，在姐姐姐夫这里寄人篱下，她又能有什么出路呢？留下来总不能马上到社会上去漂着，总得上学。但初中阶段属于义务教育，所以我们学校才不情不愿地接收了她这个借读生，而到了高中，别说学校不收她了，就是收，她也考不上呀。一个初中毕业生，在北京就和文盲一样的。

但是陈金芳听不进去。她像是吞了秤砣，铁了心了。家里人便开始围攻她、逼迫她，那些天里，西平房频频传来打、骂和砸东西的声音，那是一个人对抗一家人的战斗。也实在想象不出来，在学校里不吭不响的陈金芳，居然有着如此坚韧而泼辣的劲头。有一天我正打算练琴，邻居家的老太太过来还毛衣针，顺便拉着我母亲扯点儿闲话，三言两语就扯到了陈金芳身上。

“没见过那么狠的孩子。”消息灵通的老太太感慨地说，“都闹腾多少天了。他们家把她轰出去，她就窝在院儿里墙角睡觉……说是宁死不走。说来也是，外地人来了北京谁愿意走呀？在这儿受苦也比回家强……现在又打上了，窗户都砸了。”

我母亲假客气着敷衍几句，就关上了门，但我却不知为何坐不住了。那天白天，我还在学校看见了陈金芳，这时回想起来，她的脸和身上的确都格外脏，后背上还粘着黑乎乎的一块煤灰。这大概就是露天睡墙角的结果吧。

我随意拉了一段练习曲，便独自开门出去。母亲问我干吗去，我说擦琴弓的松香用完了，想到另一栋楼里一个练中提琴的孩子家借一块。出了门，我沿着白杨树的林荫道一路向西，很快就看见了陈金芳一家人租住的那两间平房。果然有块玻璃被打碎了，屋里的灯光像橘子汽水一样泼出来，同时还有他们家人七嘴八舌的喊叫。因为激动，所有人说的都是湖北土话，我只能听懂个大概。她妈说陈金芳“翅膀没硬就想飞”，还说她“忘本”；她姐的话更实际一点，表示已经供她吃、供她穿好几年了，以后不想再供下去，“不养吃闲饭的”。

陈金芳针锋相对地反击，指出自己一直都在干活儿，何来吃闲饭一说？又表示留在北京，她也不住姐姐家了，“死就让我死到街上，反正你们也不是没把我轰出去过”。她越说越激动，同样的意思颠来倒去地重复了好几遍，最后干脆变成了尖厉的叫喊。那简直是泣血的哀号，虽然站在远处，我只能看见她颤抖不休的身影，但我猜想，她的表情一定是目眦欲裂的，甚至仿佛从嘴里长出了獠牙。

她喊得最响的一句话，是用普通话说的：“你们把我领到北京，为什么又让我走？为什么又让我走？”

这么喊的时候，她好像把体内所有的气一口喷出，随时都会晕倒在地。而没过两秒钟，陈金芳就真的倒了。她姐姐抄起了一个擀面杖，像在食堂抡勺子一样抡起来，划了个完整的弧线，落到陈金芳的天灵盖上。

打完之后，她姐也傻了，擀面杖扑棱掉到地上。门外两个看热闹的邻居叫起来："出人命啦！"而这时候，还是默不作声的许福龙比较冷静，他弯腰抱起陈金芳，撞开门，往医务室跑去。一大群人沸反盈天地经过时，我不由自主地往旁边让了两步，同时看见陈金芳在她姐夫胳膊上起伏的身体弧线，看见她的胸脯大幅度地隆起、下降。我还看见黑红色的黏稠的液体顺着她的脖子流下来，稀稀拉拉地洒在地上。

此后的两天，在上学的路上，我都能看到陈金芳洒在水泥路面上的血迹。那些血滴还算新鲜的时候，被清晨的阳光照耀得颇为灿烂，远看像是开了一串星星点点的花，是迎国庆时大院儿门口摆放的"串儿红"。没过多久，血就干涸污浊了，被蚂蚁啃掉了，被车轮带走了。而那起家庭暴力事件的后果，则是陈金芳终于留在了北京。她继续沉默着出现在学校里，被同学们排挤、欺负，也继续在暗夜里来到我窗下，听我拉琴。

但自始至终，我也没有隔窗与她说过一句话。

4

再后来，我们就毕业了。凭借小提琴这个特长，我被圆明园那边的一所重点中学招收，开始了平时住校，假期才回家的生活。作为“金帆乐团”的首席小提琴，我有了许多相当正式的演出机会，参加过和国外学校合办的音乐夏令营，还跟不少“科教文卫”系统的头头脑脑握过手。我与陈金芳那拉琴和听琴的关系自然就此终止。那就像一个无关紧要的秘密，转眼就被当事人忘得干干净净。

在此后的日子里，我们仅仅见过屈指可数的几面。

记得有一次见她，是在高一结束，快上高二的时候。当时我刚参加完暑期的“全国青少年音乐联展”，带着一身海腥味儿从青岛回来。连着游了几天泳，再加上刚下火车，我疲倦得很，经过大院儿斜对面那一排小卖部的时候，一不留神踢倒了两个立在马路牙子上的啤酒瓶。啤酒是半满的，洒了一地白沫，我赶紧弯腰把它们摆正，但为时已晚。两个穿着灯笼般的大肥裤子、脖子上挂着大串金属链子的野小子追了上来，他们骂骂咧咧地推搡我，问我“这事儿怎么办吧”。

那些孩子大都是从丰台来的，有的是职高的学生，还有的干脆辍学在家。很多次，我看见过他们把老实巴交的中学生堵在墙角，一边抽嘴巴一边搜兜儿，连人家脚上的球鞋也抢。对于我们这些“大院儿”里的孩子，他们仿佛怀有先天的仇恨，只要碰上落单的决不手软。我话也不敢说，只是一味心惊胆战地后退，而这时，一条刺满了文身、龙飞凤舞的胳膊已经搭到了我的小提琴琴匣上。

“拿来我看看。”那人笑着对我说，嘴里露出一颗缺了一半的门牙。

这人我见过，是个赫赫有名的痞子，因为门牙的原因，外号叫“豁子”。那几年里，附近的恶性案件似乎都跟这人有关。更让我害怕的是，他对我的琴产生了兴趣。那是一把德国仿制的“斯特拉迪瓦里”，是我母亲托了不少人才买到的。

琴匣被粗暴地从肩膀上拽下来，我赶紧把它抱在怀里，同时弯腰蹲了下去。这是宁可挨揍也不撒手的姿势，痞子们果然被我的态度激怒了。他们骂着脏话，揪着我的头发，过不了几秒钟，拳脚就会准确有力地落在我的脸上、肋骨上。

就在这个时候，头顶上有个女声响起来：“你们丫撑的吧？”我保持着大便的姿势曲颈看去，望到了陈金芳的脸。

陈金芳穿着一双明黄色的塑料拖鞋，脚指甲都被涂成了艳红，它们星星点点地晃动，不知为何又让我想起了当初洒在水泥地上的血迹。再往上，是牛仔短裤下毕露无遗的大腿。她推开那两个小子，又把豁子拉开：

“算了算了。”

豁子似笑非笑地问她：“你认识这孩子？”

“说不上认识。”陈金芳干脆地说，然后加上了一句，“不过他是我们院儿的。”

听到她这么说，豁子不知为何露出了乏味的表情。他点上一根烟，鄙夷地踢了我屁股一脚：“滚蛋。”

我落荒而逃，连头都不敢回。跑到家里，心情渐渐平稳下来，我才开始诧异于陈金芳的巨大变化。让我诧异的倒不是陈金芳突然变得漂亮了，而是我当初从来没意识到她也是有可能漂亮的。她涂了透明唇膏，打了眼影，还染了一头耀眼的黄发，这样的装扮令她的脸棱角分明，甚至具备了西方人的立体感。她大面积暴露的肢体散发着蓬勃、咄咄逼人的肉感。更大的变化发生在她的眼神和表情上，过去那种食草动物一般怯弱、忍辱负重的神态早已无影无踪，取而代之的是肆无忌惮的泼辣与轻佻。再想起是这样一个陈金芳保护了我，我的耻辱感就更强烈了，那感觉比在音乐比赛上被技法更加纯熟的高手“盖”过去更加难以忍受。

当天晚上，院儿里的朋友在食堂的小灶为我接风。听说了我的遭遇后，两个虚张声势的小“顽主”先是号称要“灭了丫豁子”，但没几句话就把话题转到陈金芳身上了。在他们的描述中，陈金芳已经变成了一个著名的“圈子”，和公主坟往西一带大大小小的流氓都有过一腿。那些人中年纪小的和我们同龄，年纪大的有四十多岁，是“文革”时期遗留下来的“老炮儿”。她被豁子“带着”，也就是近两个月的事儿。与这次转手相伴的，自然又是一场血案，豁子曾经趁夜奇袭过陈金芳上一个“傍家儿”，用一头裹着布条的钢筋把人家的脚踝打碎了。

此时的陈金芳被塑造成了妖娆、轻浮的红颜祸水，同时还具有了莫大的传奇色彩。朋友们眉飞色舞地议论她的时候，已经忘了就在一年前，他们还把她当成一个土包子踹来踹去。她也早就不住在我们院儿的西平房了，而是被谁“带着”就大大方方地跟谁住到一起。这倒也实现了她当初对她姐姐说过的，“留在北京也不住你们家”的誓言。对于这个臭名昭著的妹妹，也不知她姐姐姐夫作何感想，也许他们管过陈金芳，但管不了，更也许，他们连管都懒得管。她姐的包子馄饨摊儿已经发展壮大，开始兼营给附近的小商铺送盒饭的业务，本来就忙得团团转。

在青岛那个啤酒之乡，我都没有偷偷从宿舍溜出去喝一杯，那天晚上却不知怎么就喝高了。朋友们还以为我遭到了欺负，还在闷头生气，便纷纷劝慰我说“君子报仇，十年不晚”。我没接他们的话茬儿，独自默默地回了家，坐在自己的床上，垂头看着窗外泻进来的斑驳的月光。

出了会儿神，我突然站起来，拿出琴来。我仍然有点儿晕眩，但竭力站稳双脚，让腰杆笔直，演奏了圣桑的《天鹅》。这是作曲家在1886年完成的《动物狂欢节》组曲中的一个段落，旋律凄美哀婉，叫人心碎。

如今想来，我颇为当时的自己感到不好意思：哪儿来的那一股子泛滥的纯情劲儿啊，简直像怡红公子一样，逮着个女的就能觍着脸对人家感时伤怀。我一边拉琴，一边抬眼望着窗外白杨树肃然的黑影，忧伤地寻觅着。我期待自己能像当初一样，发现陈金芳背手靠在树干上。如果这一幕出现的话，我会直视她早已大变的容貌，真诚地感受她浑身上下散发出来的少女的光彩。我还臆想着听我拉琴的时候，她那女流氓式的、满脸混不吝的表情也消失了，取而代之的则是一派沉静与专注……她的脸上甚至还会带着和我一样的忧伤。

可是很遗憾，那天晚上，陈金芳压根儿就没在我的窗外出现过。理性地想一想，她再也没必要来了啊。以豁子为首的那帮人刚刚向她拉开了新舞台的大幕，她不仅留在了北京，而且陡然意识到自己成了红人儿，晚上正是她忙得不亦乐乎的时候。我的朋友们声称在很多“上档次”的地方看见过她，比如说“民族饭店”旁边新开的那家韩国烤肉，再比如首体南路上的滚轴溜冰场，甚至还有崇文门外久负盛名的“马克西姆”餐厅。“带上”她之后，豁子还买了一辆二手的菲亚特“乌诺”轿车，这在当时的年轻人中，绝对称得上是石破天惊之举了。要知道，在20世纪90年代中后期，司局级干部才能坐上国家配备的老款“丰田”或者“尼桑”，而拥有一辆私家汽车，无论大小，都已经是典型的“成功人士”的标志了。

也就是说，变成了“圈子”的陈金芳再也不需要到我这儿来解闷了。我们演奏者和听众的关系就此宣告结束。想明白这一点之后，我终于停止了拉琴。我的心里突然涌上了被人抛弃的感觉，假如再矫情一点儿，我几乎要吟出一句“从此萧郎是路人”之类的屁话了。可是不得不承认，在此以前，我是从来没打心眼儿里看得起过陈金芳啊。如今人家不来了，我倒一厢情愿地煽起情来……我他妈什么玩意儿啊。

那也是我第一次意识到自己身上充满了虚伪的、专属于知识分子的恶劣脾性。也怪了，从这个角度认清自己之后，先前的羞耻感反而消失了。我几乎是如释重负地躺到床上，转眼就睡着了。

在那之后，我还见过几次陈金芳，都是在暑假或者寒假期间。朋友们对于她的传言，有一些在我这儿得到了证实，有一些则存在出入。比如说，豁子的确开了一辆“乌诺”轿车，带着她穿街过巷，但那车并不只是为了兜风而买的，他们还用它来拉货。万寿路南边有一个小商品批发市场，豁子使出泼大粪、扔砖头等一系列青皮手段赶走了几个浙江人，接管了人家的摊位，陈金芳顺势又摇身一变，成了一个老板娘，专卖广东生产的便宜服装。我到那市场去给谱架配螺丝时，曾看见她着装艳丽地端坐在摊位后面，豁子则满头大汗地跑进跑出，从停在门外的车里将鼓鼓囊囊的蛇皮袋扛进来。此时此刻，他们的形象就不是流氓和"圈子"了，而是像极了一对勤勤恳恳的小买卖人。尤其是陈金芳，她与顾客讨价还价时那副熟练、老到的口气，让人很难相信她连十八岁都不到。只是在有人问起她本人身上穿的、质地明显精致得多的衣服"有没有货"时，轻佻傲慢的表情才会回到她脸上。

"想买这个呀，那得奔'燕莎'。"陈金芳翻了个小白眼说，同时对豁子扑哧一乐。

看起来，陈金芳对眼下的生活状态充满了死心塌地的热情。按照这种趋势，她在此后几年、十几年中的轨迹几乎是可以想见的。比起现如今，当年的经济环境明显要宽松、公平得多，更关键的是机会遍地都有，只要能吃苦会算计，没有什么"背景"的人也能混得丰衣足食，甚至还能发笔小财，一跃进入暴发户的行列。陈金芳和豁子算不算得上情投意合谁也说不好，但起码，这俩人应该有一个共同点，就是都对金钱有着强烈的攫取欲；而在"兄妹开荒"的生涯里，他们的性格也会逐渐被磨砺得踏实、安稳。尤其是豁子，不大不小地吃几次亏，就能让他学会收敛自己的流氓习性和暴脾气。等到他们"姘"累了，会自然而然地结婚，繁殖后代，那时的豁子多半会梳上一个大背头，胳肢窝底下夹着真皮手包，整天忙活的事儿不是满嘴跑火车地谈生意，就是通宵达旦地打麻将；陈金芳呢，她的身体会发胖，她的皮肤和头发会一起变得干黄，她的手上脖子上还会戴个半斤八两的金首饰，她会满嘴脏话地骂丈夫骂孩子，但又随时随地琢磨着能为自家人占点儿什么便宜……

千万别认为我的这番形容有讽刺之嫌，告诉你，这就是那年头的男女“顽主”们浪子回头之后的典型形象。这也是我作为一个同学，对陈金芳报以相当务实的祝福了。

可是无须展望多年以后，仅仅才过了不到两年，陈金芳就证明了我对她的预期是错误的。与此同时，我还让我母亲对我的预期也落了空。高中毕业后，我没有进入音乐学院，而是被迫改投了一所综合大学。尽管我从小到大拿过厚厚的一摞获奖证书，却在最关键的“艺考”环节中被淘汰了。主持考试的教授对我的评价是：技巧有余但缺乏灵感，如同一座过早发掘殆尽的贫矿，提升空间极其有限。他们断定我无论再怎么苦练，也不可能成为一个真正的演奏家，顶多作为一个娴熟的匠人在音乐圈儿里混日子。平心而论，这样的认识不可谓不客观，连我自己都心服口服。

也许是不忍心看到我那么多年的琴白练了，两个好心的老师还把我推荐给了普通高校的管弦乐团，为我换来了几十分的特长生加分。尽管最终拿到了烫金的录取通知书，但我的心情仍然颓丧极了，整个人沉浸在漫无边际的失败主义情绪之中。我对小提琴也迸发出了一种近乎生理性的厌恶，几乎一看见那玩意儿就想吐——这也是许多专业琴手改行之后的普遍反应。上大学之前的那个暑假，家人不爱搭理我，我也不想跟他们说话，整天不是把自己闷在屋里，就是骑着自行车在街上闲逛。我黑了一圈儿也瘦了一圈儿，骑车的时候也不抬头看路，而是低头盯着柏油路面上的斑点如蚂蚁迁徙般涌向身后。我还会恶狠狠地诅咒自己：让车撞死才好呢。

有那么一次，我骑着骑着，便真的撞上了什么东西。很遗憾也很庆幸，不是迎面而来的大卡车，而是前方的一辆三轮车。骑车那老头儿也没有嗔怪我，而是像掏自个儿裤裆那样捏着车闸，伸着脖子朝马路对面看热闹。

那里围了一圈儿人，尖厉的叫声不时响起。因为正在垂头丧气，我没心思看热闹，便想绕过那辆三轮车，继续漫无目的地游荡。但又一声女人的叫喊传过来，令我像听到熟人的召唤一样，不由自主地扭头。我果然在人堆里看见了陈金芳。

她斜坐在地上，背对着一家门脸崭新的服装店，店面的两扇玻璃门上分别印着血红的大字，一边是“精品”，一边是“时尚”。阳光滑过红字照在她脸上，仿佛流得一头一脸都是血。而她脸上确实还附着着许多汁液，大概是眼泪、鼻涕和口水混合而成的。陈金芳捂着她的腰，大口地喘气，旁边的豁子却揪起她的头发，令她像某种水鸟一样伸着脖子仰面朝天，同时用脚狠狠地踩向她的小腹与胯骨，发出了扑扑的声音，很像在踩一只暖水袋。男人打女人本来就很刺激，何况是打一个蜜桃般的年轻姑娘，群众发出哄然的感慨，有人不凉不热地劝架，却没人真上来阻拦一下。而在挨打的过程中，陈金芳始终是一言不发的，她只是尖叫，嗷一声，又嗷一声。我突然想起来，过去遭到班上同学欺负时，她也是这个反应。她就像个一捏就响的橡胶娃娃，当疼痛转瞬即逝，她便会归于平静。

也不知是怎么了，血腾地充满了我的脑袋。我头晕眼花，四肢却几乎自主地运转了起来：下车，过马路，冲进人堆，照着豁子的肚子踹了一脚。我从来没有真正与人打过架，因此那一脚踹得很没威力，豁子条件反射地侧了下身，就轻易躲开了。但他还是不得不退开一步，与我对峙。我的表情一定是咬牙切齿的，心里却绝无英雄救美的豪迈气概，而是一片百草荒芜的颓丧。学琴不成、苦功尽废，对自己深深的失望在这一刻膨胀发酵，演变成了破罐子破摔的寻死欲望。陈金芳被打成什么样我才不管呢，我的真实念头，竟然是想借助豁子的手，让他一刀把自己捅了。

我的出现登时让旁观者们“哦”了一声，我猜，他们中的许多人一定把思路往情感纠纷上引了：俩小伙子为了个“圈子”当街动手，多么俗套又多么让人激动。而豁子果然挺配合我的想法，他嘟囔了一句“你丫作死吧”，眼眶里流出空洞的、狼一般的光来。他的右手则缓缓地向牛仔短裤的屁股兜儿摸过去。这种人出门都是随身带刀的。从他的眼里，我仿佛已经看到了自己的下场：血溅五步，像狗一样趴在水泥地上，四肢间或抽一下筋。这副耻辱的样子是多么适合给虚无的、没有意义的人生画上句号啊，十八岁的我盖棺论定地想。我的两腿开始打战，括约肌几乎失灵，费了好大劲儿才没让自己当众尿出来。这不是因为我怕死，而是我正在准备受死。

但只一转眼的工夫，那让人血脉沸腾、灵魂出窍的时刻就结束了。豁子插在屁股兜儿里的手刚掏出来，便被一个匆匆赶来的警察攥住。警察熟练地使了个绊儿，把他按倒在地，手反剪在背后上了铐子，然后一边擦汗，一边公事公办地询问怎么回事儿。

群众七嘴八舌，半天也没讲出个头绪。而此时，豁子却一反常态，露出近乎委屈的表情来。他撅着屁股，脸被按在水泥地上，斜着眼睛看向陈金芳，缺了个口儿的门牙发出嘶嘶的哨音来。

“你是不是不想过了……”他挣扎着对她说，口气与其说是质问，倒不如说像是哀求，“你还有什么不知足的?”

陈金芳呢，她仍沉默不语。她的手还捂在小腹与胯骨的交界处，但表情是淡漠的，近乎凛然。面对豁子被挤得变形的脸，她的眼神如同在看一个陌生人。无论是警察还是围观的人，都竖着耳朵等她说点儿什么，但陈金芳始终没开口。她就那么坐着，仿佛出神入定了。

“你还有什么不知足的?”豁子又叫唤了一声。

警察倒是一副见多识广的样子，他嗤笑一声，拽起豁子，塞进由微型面包车改装成的110巡逻车：“甭搁这儿散德行了，有话到所里交代去吧——那女的，你也得去。”

陈金芳便顺从地站起来，却没走向巡逻车，而是一瘸一拐地往店门里走去。这时警察又把注意力转向了我："有你事儿没有？"

我还没说话，陈金芳头也不回地甩过来一句："没他事儿。"

"哦，那你算见义勇为的？见义勇为也得讲究方式方法是不是？"警察晃了晃从豁子那儿缴获的三棱匕首，换了种推心置腹的口气对我说，"听我一句话，国家少了你照转，你们家少了你——不行。"

然后他拍拍我的肩膀，让我哪儿来的回哪儿去，"就没工夫给你写表扬信了"。在众人的注视下，我仍浑浑噩噩，却没离开，而是跟在陈金芳的身后，拐进了店面。这是个新开的服装店，刚装修好，地砖的缝隙还勾着白边儿，不锈钢衣架上空空荡荡的，尚未来得及罗列任何商品。店面后面，有个简易的卫生间，陈金芳缓缓走到带镜子的洗手池前，仔细地梳洗。她拿毛巾把脸上的各种汁液擦拭干净，又长久地凝视镜子里的自己。站在她背后，我看见她眼眶和颧骨上泛起的大块瘀青，也看见她正透过镜子看着我。

毫无预料地，陈金芳转过身来，像鸟一样张开双臂。我便如同受到了什么神秘的召唤，一头扎过去和她拥抱。论个头儿，我已经比她高出不少，但身体却不知不觉地越陷越低，直到单腿跪着，脸埋在她的胸前。在摩挲的过程中，我感到她已经膨胀得相当可观的胸脯反复蹭着我的面颊、耳朵。我把它们挤得变形，它们则让我险些窒息。这还是我有生以来头一次与女性如此密切地肌肤相亲，那种气息和质感只在我的春梦里出现过。但是此时此刻，我却毫无邪念，就连少男下意识的血脉偾张也没有发生。我心里很清楚，这是一个失意人和另一个失意人的拥抱。陈金芳散发着近乎母性的慈爱，而我则想要从她那儿得到安慰。我希望有一个人和声细语地对我说：没关系，你所经历的都是小事儿，不妨碍世界照转生活照过……然而没人说话。我只能箍起臂膀，把陈金芳的腰越勒越紧。

和她相拥的时候，我是不是没出息地哭了，蹭了她一前襟的鼻涕眼泪？这个细节我是真忘了。但陈金芳的气味和触感却像嗞嗞冒烟的烙铁，在我的感官中留下了真切、不可磨灭的记号。

过了些日子，我顺理成章地到大学报了到。我父母大概认可了我这辈子必将沦为一个庸人的前景，从此对我的事儿不闻不问，我呢，更是年纪轻轻便开始学习着用混吃等死的心态应对生活，并且成效斐然。因为脾气出奇地随和，谈吐又不令人生厌，我在脂粉堆里相当如鱼得水，很快就交上了固定的和不固定的女朋友。记得第一次和女孩在路灯底下拥吻时，那姑娘突然推开我，认真地问：

“你以前没和别人这样过吧？”

我居然无言以对。这让她失望极了，那副表情简直像美国宇航员阿姆斯特朗跨出“人类的一大步”后，蓦然看到月球上插着苏联国旗。再往后我就学精了。当外语系的系花茉莉问出类似的话时，我先考虑了一下自己是否真的爱上了她，得到肯定的答案后，我笃定地说：

“当然没有。一直守身如玉地等着你呢！”

“骗人吧你。”茉莉既欣喜又羞涩地埋下了头。啊，原来她们在乎的只是一个态度。

在此情此景中，我会不可遏制地想到陈金芳。这时我陡然意识到，以前把她视为无关紧要的陌路人，这是在骗自己呢。陈金芳变成了我记忆中诡异的存在，她不是我的初恋，却又恍若初恋，她没跟我说过几句完整的话，却又是我绝无仅有的倾诉对象。这样的关系，从她第一次站在我窗外听琴的时候，就埋下了种子。然而现在琴已经被我束之高阁，陈金芳也不知去向了。

周末从大学回家的时候，我曾经专门去过最后一次见到陈金芳的那条街。街道没怎么变样，但服装店的店门已经紧闭，挂着小孩儿手腕粗的链子锁，张贴着转租广告。许福龙倒是又在我们院儿的食堂干了两年，陈金芳她姐的馄饨摊儿则因为卫生不达标被取缔了。后来，这对夫妻也离开了北京，据说是回老家继续开饭馆了。至此，陈金芳和她的家人像是电线杆子上贴的小广告，拿高压水枪一冲，转眼就不留痕迹。对于北京这座城市而言，这也是大多数外来者的命运吧。

曾经“带着”陈金芳的豁子，倒是与我有过一次不期而遇。那是在我大学刚刚毕业的2002年，帕尔曼第二次来华，他先在上海音乐学院开设了为期三周的“音乐大师班”，然后在北京举办名为“贝多芬之夜”的专场演出。因为小提琴已经成了我的心病，那次演出我本来不想去听，但又恰恰因为心病，开演当天，我便开始坐卧不安。踌躇良久，我最终还是坐车赶往人民大会堂。这时票已售罄，各路神仙正飘然入场，一队蛮横又神秘的豪华汽车直接堵住了会场入口，穿黑西服的警卫簇拥着一个打扮得像绣球似的胖老太太走出来，并厉声呵斥记者：

“别瞎拍！”

我在台阶下的小广场上晃悠着，想等黄牛上来搭讪。几分钟以后，果然有一个男人凑过来，像电影里的特务接头一般掀开夹克衫的一角：“要票吗？”

“多少钱？”

“八百。”

“没那么多钱。”我说。这是实话，那时候我刚到一家国有事业单位上班，工资少得可怜，几乎每个月底都得到父母那儿蹭吃蹭喝。

那人转身就走，同时轻蔑地骂了一句：“操，没钱到这儿干吗来了？”

正是这个“操”，让我留意起这个在黑暗中面目不清的票贩子来。他的上舌音发得很不标准，听起来好像是漏气了。我跟上两步，借着一辆汽车的灯光，果然看清了豁子门牙上的那个洞。

他也认出了我，愣了一下：“你还好这口儿呢？”

我点点头，同时恍惚感到自己和他之间还有什么事儿没“了”。他不会再续前缘地捅我一刀吧？豁子却咧开嘴，近乎粲然地笑了，然后以亲热的口气跟我谈起生意来。他表示，看在“过去在一片儿混”的情分上，可以五百块钱把票转给我。

“这票我弄来也费劲，还得到‘中央院’找人去。”

但这个价格也超过了我的承受能力。我拒绝了他，索然地点上颗烟，望着远处影影绰绰的人民英雄纪念碑发呆。

又过了一会儿，演出正式开始了，广场上的人群稀拉了许多。豁子兜售了一圈儿，票仍没出手，便又绕回到我面前：

“一口价，二百。你还能听上上半场。”

我兜里的钱恰好还剩二百多。但这时我却改了主意：“算了。”

“别再往下砍了，这票进价就得二百。”他抬手看了看表，焦急地说。

我还没有答复他，却望见大会堂的工作人员已经在关闭正门了。十五分钟的最后入场期限到了，豁子的票彻底砸手里了。他的两个嘴角滑稽地撇了下去，既像哭又像笑，却什么也没说，垂头丧气地转身离开。

我却追上去，邀请他找地儿喝一杯。豁子诧异了一下，随后和我乘公交车来到西单电报大楼侧面的一家酒吧。两杯啤酒下肚，他的情绪好了起来，话又碎又密。我们聊到了过去“那一片儿”的几桩神人神事儿，发现共同认识的人还真不少。显而易见，豁子如今混得不怎么样，掏出来的烟已经不是“万宝路”，而是两块五的“都宝”了。他在追溯自己当年是如何挥斥方遒时，透出一种滑稽的英雄迟暮的气息。随着生活越发光怪陆离，那一代“顽主”的好日子终于过去了。而我则看准时机，把话题引到陈金芳身上。

“当初为了个‘婆子’差点儿跟你翻脸……用你们的话说，这就叫老鼠操猫×吧？”

“你跟她很熟？”

“真就是同学，在班上几乎不说话。你掏刀子的时候我差点儿都尿了。”

豁子爽朗地摆了摆手：“没必要害怕，其实我也是外强中干，就想吓唬吓唬你……再说后来警察不是来了吗？”

说到陈金芳的时候，豁子倒是心态平和。他歪着脑袋思考了半天，最后下了这样一个结论：“这女的，最大的优点就是——活儿好。”

“我没体验过……”

“那挺遗憾的。我前面‘带’过她的那几个人也这么说。”

至于其他方面，豁子对陈金芳其人的评价基本是负面的。他认为她没见识、上不了台面儿，脑子也笨，甚至还不讲卫生，“为了把丫身上的泥儿搓干净，那阵儿没少买老丝瓜”。他还后悔拿出本金来让陈金芳做服装生意，那买卖看似红火兴旺，实则由于不善经营，很快就赔了个底儿掉。而陈金芳呢，丝毫没为俩人的生计考虑过，手头已经很紧了，却还一个劲儿地逛商场、吃西餐，每逢北京有小剧场话剧、音乐会之类的演出，都会死磨硬泡地让豁子给她买票。他如今干的这生计，就是当年蹚出来的路子。

“她整个儿一傻×。刚进城的山炮儿我见多了，但就是没见过这么急吼吼地想要变成贵族的。”豁子越说越激动，索性既厌恶又懊恼地骂起街来，“我那时候真是色迷心窍，为了她跟老家儿都闹掰了，我妈干脆搬到我舅舅家住去了……就这样丫还不知足呢，后来居然偷偷把店里所有的钱都拿出去，说是想买钢琴。我实在寒了心了，索性抽了她一顿，让她滚蛋……你那时候也够没眼力见儿的，上来就跟我奓翅子，现在你评评理，那事儿换你你不跟她急？”

我莫名其妙地一激灵：“你说她要买什么？”

“操，钢琴。”豁子门牙漏气儿地说，“也不知道她在哪儿认识了个乐团退下来的辅导老师，人家说她手长适合学乐器，她就死活非要买那玩意儿。当时我们刚刚把摊儿盘出去，租了个门脸房，手里就剩两万多块钱准备到广东上货呢。我刚开始也好好劝她来着，我说就算你真喜欢‘音药’你能保证自己变成钢琴家靠它吃饭吗？顶多是一业余爱好，想买也得等挣了钱再说呀。可她就是不听，跟疯了似的，我把钱锁抽屉里她愣拿改锥撬开了……说实话，我到现在都不明白这人脑子里想的到底是什么……”

至此，我总算知道了豁子当街暴打陈金芳的前因后果。实话实说，仅论这桩事情，大部分人都能体会到豁子的委屈和苦衷。他浪子回头，对陈金芳仁至义尽，这样的故事简直像是从20世纪90年代的香港烂片儿里扒出来的——可惜遇人不淑，满腔热血奉献给了一条欲壑难填的白眼儿狼。但再想到陈金芳，我固然不能否认虚荣、肤浅这些基于公序良俗的判断，但仍然感到了一股难以言明的悲凉。她曾经像孤魂野鬼一样站在我窗外听琴，好不容易留在了北京，却又因为一架钢琴重新变成了孤魂野鬼。滑稽的是，力劝陈金芳买钢琴的那位“辅导老师”，我也是认识的。那人水平其实还算可以，给不少小有名气的美声歌手当过伴奏，只不过说话办事完全像个神棍。他有个副业，是充当一家日本琴行的“顾问”，说白了就是推销雅马哈钢琴，为了那点儿提成，每当遇上傻乎乎的妇女儿童，他都会摩挲着人家的手惊叹：

“这跨度，这力度，不弹钢琴就是暴殄天物。”

我自然还联想到了自己学习音乐的经历。与陈金芳相反，我自打懂事儿起，就被家人往脖子上安了一把昂贵的小提琴。我没有过选择爱好的权利，因此感受到了和陈金芳相同的、孤魂野鬼一般的寂寥。最戏剧性的，莫过于我们两人的结局：无论幸运与否，到头来都与音乐无缘。这么想来，当年我们那演奏者和听众的关系，又是多么的虚妄啊，虚妄得根本就不应该发生才好。

我那天晚上喝得酩酊大醉，自己的钱花光了，又揪着豁子的脖领子，抢了他的钱包继续买酒。豁子也喝高了，他嘴里吹着哨儿，把作废的帕尔曼音乐会门票掏出来，用打火机点着，和我对火儿抽了根烟。火苗把酒吧老板吓了一跳，他果断地把我们轰了出去。出了门，豁子犹在搂着我的肩膀抒情，含混不清地说“你这个朋友我交晚了”，我则把他甩在马路牙子上，头也不回地走了。

自从那次见过豁子，陈金芳在我的生活中便彻底断了音信。我到底没弄清她去了哪儿，也不再关心她去了哪儿。没想到，当我把她遗忘之后，陈金芳却又回来了。

5

在帕尔曼第三次来华的音乐会上偶遇后，我和陈金芳并没有马上建立起联系来。原因很简单，我本人陷入了前所未有的意志消沉。我离婚了。

离婚的责任当然在我，对于这一点，我从不讳言。经过多年的自我培养，我终于变成了一个彻头彻尾的混子。大学凑合着毕业以后，我父母对我尽了最后一次心，把我塞进了一家旱涝保收的国家单位，但只干了一年多，我就辞了职。打着“献身艺术”的旗号，我一边写着电影评论，一边做起了小剧场戏剧策划。在文化产业虚假繁荣的大背景下，我的几个创意还真被搬上了舞台，但很快，我就发现自己不是那块料。更要命的是，我跟几个编剧导演合股创办的那家皮包公司转眼就真的只剩了一只皮包，包里装着几部胎死腹中的剧本，此外还有一把欠条和两张法院传票。吃完散伙饭，我回到家，醉眼蒙眬地问我老婆茉莉：

“你在那个外企到底混得怎么样?”

结婚以后，这是我第一次打听她的收入，听到的数字差点儿把我鼻子气歪了——早知道守着这么个金矿，我还出去瞎折腾什么呀。进而，我潇洒地宣布：

“那我可开始吃软饭了啊。”

茉莉真是个侠骨柔肠的好姑娘。当初要跟我结婚的时候，他们家人就不同意，可她被猪油蒙了心，愣是谎称怀孕跟我把证儿领了。我辞职“搞文化”那阵，整天跟她云山雾罩地吹牛，而她却从来没跟我说过她早已经被提到了高级职员的位置。这是在照顾我那脆弱的自尊心呢。再后来，我连自尊都不要了，索性赖在家里吃她的喝她的，她也没表示过什么怨言。

“你这个人唯一的缺点，就是太不催人奋进了。”我曾经厚颜无耻地这样评价她。

她给我的回答则是：“那你呢，如果说还剩一个优点的话，那就是特别惹人心疼。”

我一想，她说得还真对。在我们那不长的婚姻生活中，她一直充当着半个老婆半个妈的角色，从身体到心灵全方位地呵护着我。不过人的忍耐力终究是有限度的，有一天，她犹豫地告诉我，那家跨国公司把她送进了美国的商学院，毕业之后将转到洛杉矶去工作。

我叹了口气，对她说：“那我就不拖你的后腿了。”

茉莉哭了，执意把存款都留给我。她的钱我本来没脸再要了，可她却说：“如果你不要，那就是你甩了我而不是我甩了你了。我是女的，我更需要自尊。”

我只好顺坡下驴：“嗯，那我就让你甩一次吧。”

我那早已像破抹布一样的自尊，居然卖出了如此丰厚的“包圆价”。离婚的事宜处理得非常快，我把茉莉送到机场，心平气和地勉励她：“祖国人民盼着你争光呢。”而把这事儿通知我父母后，他们的态度居然是基于恨铁不成钢的幸灾乐祸。

“活该，”我父亲痛快地说，“谁跟你过谁受罪，我坚决支持茉莉休了你。要搁三十年前，我还到居委会把你当盲流举报了呢。”

然后他们就把海南的房子装修好，到那边老有所乐去了。所幸，在一片众叛亲离中，和我臭味相投的大学同学b哥收留了我，将我聘为他控股的一份画报的“文化版副主任”。凭借这个施舍来的闲职和前老婆留下的积蓄，我的生计总算有了着落，而因为无人约束，我索性过上了昼夜颠倒的放纵生活。那一阵子，我成了好几个糜烂圈子里的“常委”，哪怕不是圈儿内的饭局，只要能拐弯抹角扯上点儿关系我也踊跃参加——坐下就开始灌自己，喝好了便天南海北地插科打诨。久而久之，我落下了个“散仙儿”的称号，半熟不熟的酒肉朋友如同过江之鲫。付出了酒精肝和大脑轻度缺氧的代价后，我终于成功地克服了那如影随形、让人几乎想要自杀的抑郁。

2012年刚入冬，一位小有名气的画家在“798艺术区”开办个人展览，凑了大批闲人前去捧场，也给我打了电话。这人的画风就像他的经历一样复杂多变：最早是宏大题材油画，入选过好几个省宣传部的“重点扶持名单”；后来山东那边的官场盛行拿国画送礼，他就现学了半年“大写意”，牡丹花倒也画得雍容富贵；这两年大量游资涌向当代艺术领域，他又笔锋一转，创立了“立体现实主义的政治波普”这个流派——代表作是发廊小姐光着屁股学“×××语录”，点睛之笔在于画中人的阴毛不是画的，而是不知从哪儿找了一撮真毛粘上去的。

“芬兰伏特加管够，糊弄完那帮人傻钱多的老帽儿，咱们在院子里铜锅涮鲍鱼。”画家热诚地撺掇我。

我打了个哈哈：“就怕喝高了被你雁过拔毛。”

“放心，有女眷就不会用臭男人的毛。我可是如假包换的现实主义画家。”

我粗野地与其对笑，挂了电话出门。天色阴沉，太阳在鸡蛋壳似的云层后面透出些微光来，半空中飘洒着零零星星的雪花。车开到东四环上，恰好碰上某国主子携娘娘访华，警察封路造成了大范围拥堵，当我好容易蹭到画展现场，那个废弃厂房里已经挤满了秃子、大胡子和冷天里混不吝地穿着旗袍的女人，众人像反刍的偶蹄动物一样来回踱步，煞有介事地交头接耳。

“盛况空前吧？”画家踌躇满志地搂着我的肩膀，给了我一个俄罗斯式的熊抱。

“嗯，大家装×都装得很在状态，就不需要我再煽风点火了。”

“报道也不用你写，美院俩学生会把通稿发给你。”他塞给我一只酒杯，把我引到休息区，“留点儿量别喝高了，一会儿还有几位有分量的人要来呢。”

我靠在沙发上，和几个点头之交的“画评家”聊着天，不知不觉混到了天黑。这时，展区的普通观众已经基本散去，画家也接受完了采访，却仍庄重地站在门口，片刻从外面迎进一小队人来。

这就是所谓“有分量的人”了。领头那个我在新闻里见过，是个什么协会的副主席，他身后跟着的，则是几个艺术品投资商和画廊老板。在队尾，我赫然看见了陈金芳。她今天穿着一件纯白的雪貂短大衣，头发像宋氏三姐妹似的在脑后绾了个鬏儿，正热络地和一个核桃般满脸皱纹的男人聊天。上次开车接她的那个小伙子侍立在陈金芳身后，眼馋似的东张西望。

我站起来，对她扬扬手。陈金芳却对再次偶遇并不吃惊，她对我笑笑，继续与人说话。画家忙前忙后地招呼这群人，又开了两瓶“正宗的波尔多”。看画的过程中，一旦谁提出什么问题，他立刻会出现在那人身旁，详尽地解释自己的“创作动机”。一时间倒好像在七仙女中使了分身法的猢狲。

要客并不久留，副主席祝贺完画展圆满成功，就带着秘书翩然离去了。投资商们预订了几幅并不贵的作品，也集体告辞。只有陈金芳没走，她说自己公司恰好没事儿，回去路又堵，索性留下来蹭饭。

画家豪迈地挥手招呼工作人员：“摆桌，支锅子。”

晚宴是在厂房一侧搭建的玻璃棚子里举行的，四面都是一片飘飘荡荡的雪景，大马力的空调暖风却让女客们脱了外衣，露出白晃晃的膀子，视觉效果相当奇异。有个风雅之士掉书袋，说《儒林外史》里也有异曲同工的赏雪亭。我端着酒杯坐在一只铜锅对面，陈金芳也凑了过来。她从包里拿出化妆镜，审视了一下自己的容貌，我给她倒了小半杯红酒。

这时她才跟我说话，上来就是嗔怪：“你怎么也不跟我联系呀。”

“知道你现在是忙人。”

陈金芳嘟着嘴，攥起拳头打了我一下：“你这人最没劲了，不就是不爱理我嘛。”

看到她跟我一派烂熟的模样，旁人不免对我有了几分艳羡。画家来到我们身后，搂着我们的肩膀往一块儿挤：“你们以前认识啊？怎么也不告诉我？”

“……多少年的交情了。”我含糊着搪塞。陈金芳则面无表情地给自己夹着醋拌裙带菜。

“那我就省事儿了。”画家用力拍着我说，“替我照顾好她。要是人家有什么不满意，我拿你是问。”

话虽这么说，吃起来之后，画家还是殷勤得紧，屡次三番绕回来向陈金芳敬酒，并要求她一定要尝尝听音乐长大的雪花肥牛：“嚼没嚼出勃拉姆斯的味儿？”他的举动很好理解：即使不是作为席间仅存的“要客”，陈金芳也称得上在场女性中最出彩的一个了。她不疏不密地笑着，坦然接受主人的恭维，显得仪态万方。

我有点儿坐不住了，站起来要给画家腾地儿：“要不咱俩换换，你坐我这儿？”

陈金芳马上拽了拽我的袖子：“咱们还有好多话没说呢。”

对面的两个人挤对画家“不识趣儿”，弄得他有点儿尴尬。陈金芳便主动跟画家碰了下杯，宣布自己已经跟柏林的一个基金会达成了合作意向，准备把中国“有创造性的”艺术家集体打包，推出去一批，名单上一定会有他的名字；假以时日，海外画展也是水到渠成的了。画家正忙不迭地表示自己“也不是那么在乎虚名”，陈金芳又随意指了指那个跟着她来的小伙子：

“这是胡马尼，虽然没上过美院，但是一个挺有才华的民间画家。现在他在我那儿帮点儿忙，以后还请你多提携。”

“名字挺有意思，”画家跟小伙子握手。

“不不，艺名。”胡马尼双手递上名片。

他们寒暄的时候，陈金芳又扯着我嘀咕起来：“这人你觉得怎么样？”

我瞥了瞥画家：“你说的是人还是作品？”

“假如把人当成作品包装一下呢，唬不唬得住人？”

“没准儿吧……不过像这样的，宋庄那边一抓一大把，价钱都比他低。你要真签了他，最好让他再多说点儿过激言论，外国人喜欢这个调调。”

“那自然。”陈金芳很内行地与我相视而笑，再往下聊开去，口气就真像是贴心贴肺的“自己人”了。她说她刚转行做“艺术品”这个行当，虽然颇受几个半官方行会头目的赏识，但毕竟在圈子内人脉还不够熟。我说可以帮她介绍一些人，提了几个名字，果然让她大感兴趣。然后她又拉着我去给桌面上的其他人敬酒，倒把胡马尼撂在了一边。几杯下肚，我也孟浪起来，说了几个半荤不素的笑话，逗得那群人直拍桌子。

一顿饭吃完，已经近夜。雪下得越发大了，外面路灯下的空地亮如白昼。我果然喝多了，不能开车回去。打电话叫代驾，人家嫌天气不好不愿意来。画家劝我索性在展厅楼上的办公室凑合一夜算了，陈金芳却有个提议：她开我的车送我回去，胡马尼再开着她的车到我家门口接她。我说太麻烦了没必要，她却不由分说地从我手里抓过了车钥匙。

一行人出门上车。胡马尼钻进那辆英菲尼迪时，我分明看到他向我投来气鼓鼓的眼神。这让我有点儿惴惴的：谁知道那小伙子跟陈金芳是什么关系呢？每次都看见他们出双入对的。于是我对陈金芳说：

“不合适吧？那么使唤人家。”

“你说谁？那孩子？”陈金芳说，“不使唤他使唤谁呀——他以为他是谁呀，一天到晚地不知天高地厚。”

我倒不知道胡马尼到底怎么“不知天高地厚”了，却明白，就像陈金芳过去的生活我不便再提，她如今的状况我也没必要多问。但是不问过去也不问现在，我和陈金芳眼下的这种熟稔，就像是无凭无据的空中楼阁了。我有点索然，把车窗打开条缝，呼吸了两口新鲜、刺激的空气。她的技术显然不大应付得了雪地，再加上我那辆咯吱乱响的雪佛兰很不好开，因此刚开始并没什么话，只是瞪着眼谨慎驾车。但没过一会儿，车驶上紧急撒了一层融雪剂的环路，陈金芳便开始喋喋不休地独白起来了。

我很难抓住陈金芳的谈话思路，那几乎就是杂乱无章的呓语，跳跃得堪比风行一时的“意识流写作”：上一句还在抒发她在事业上的雄心壮志，下一句就开始说她喜欢某家餐厅的装潢。对我的态度呢，也一会儿是孩子气的亲热，一会儿又变成混杂着傲慢的满不在乎了。总之颇让人有错乱感。

但比之过去，她已经不再是一个内向的人了，而是变得很热衷于自我表达，并且对自己的生活相当满意。

就这么她说我听，车子开到了公主坟西边那个大院门口。离婚以后，我就搬回了父母的旧房子。陈金芳说："你还住这儿？"

"对，没怎么离开过。"

她忽然沉默了，门岗放行后缓缓开了进去。老家属院早已车满为患，连便道上都停得密密麻麻，我指挥她把车子横在了一块斑秃的草地上，然后立起领子，将她送出院门。

走过尚未拆建翻新的食堂时，陈金芳凝望了两眼，感叹道："都多久没回来了。"这自然让我想起了她姐和许福龙。然后，她又扭头往西望去，找了找过去那片衰败、杂乱的平房，可惜未果——"西平房"在几年前就被拆除了，如今变成了一栋租给保龄球馆和歌舞厅的综合性建筑。

"你可真是锦衣夜行了。"走回院门口，我低头看着她那亮得夺目的雪貂皮大衣，一半恭维一半取笑地说。

陈金芳一笑："说得跟我多想显摆什么似的。"这时胡马尼已经把车停在路边候着了，他正敞着窗子抽烟，也不嫌冷。陈金芳上了车，突然又探出头来，向我做了个打电话的手势："你要不愿意找我，我可找你了啊。"

我挥手和她作别，慢慢往回走去。晚上喝的酒有点儿上头，我的太阳穴一跳一跳地疼，脚踩在积雪上也深一步浅一步的，有两次险些滑倒。拐到某条岔道上，我猛然看见雪地表面上散落着稀稀拉拉的一串红色，第一反应居然是血，而且错乱地以为是陈金芳当年洒在地上的血。这个想法让我心惊肉跳，幸亏走近了，才看清是一只被扯得稀烂的超市购物袋。谁家狗又撒欢儿了。

6

那次以后，陈金芳果然主动约了我两次，一次是在东四十条的“大董”烤鸭店设宴为某个刚从国外回来的摄影家接风，另一次则是她公司开办的新年聚会。在第二个场合上，我说到做到地为她引见了几个文化口的记者和在绘画圈子里“相当有分量”的研究者，也见识了她的公司：地点在北五环外一个区政府开设的“创业产业园”里，三层小楼的一层和二层分租给了咖啡馆和书店，第三层是通透敞亮的办公场所。陈金芳在自己房间的墙上挂满了与各路头面人物的合影，不知是买来还是别人奉送的画作与雕像则杂乱无章地摆在外面的大厅里。一眼就可看出，她的公司还没有正式运转开来，地毯和墙面还散发着化学材料的味道。而在这个园子里，如此这般大大小小的公司起码不下二十家。

她那儿干活的人很少，除了永远在场的胡马尼，其余就是两三个大学还没毕业的实习生。不过这也符合这种公司的特点：人手并不必多，只要路子够宽，手头的现金充裕，便可以游刃有余地低买高卖。事实上，这也正是陈金芳给人们留下的印象。她与任何人都能自来熟，盘旋之间挥洒自如，俨然“摆开八仙桌，招待十六方”的社交名媛。三言两语涉及“业务”的时候，她嘴里蹦出来的不是百八十万的数目，就是那些如雷贯耳的名号。

“这位女士是什么来头，你清楚吗？”端着高脚杯分头闲聊时，一个报纸副刊的编辑问我。

“其实真说不上熟，是她非想认识你们，我才招呼你们来的。”我说。

“像她这样的人，基本上逃不出两种可能性。”那位编辑沉吟片刻，一副见多识广的样子，“一是外地哪个土财主的外室，再不就是领导干部的家人。这种买卖投资未必小，赚钱却不见得有保障，有这些资金，开个饭馆要稳妥多了，所以一门心思钻进来的，不少人都是阔小姐开窑子——纯图一乐。”

我望了望大厅中央穿着小礼服的陈金芳，饶有兴致地问：“那你看她是哪一种呢？”

“都像，也许两者都是吧。”

我笑了笑，不再多嘴，独自走向大厅角落里的那台“山水”音响。音箱上的实木架子里，竖插着好几排古典音乐CD（激光唱盘），种类相当全：莫扎特、贝多芬、门德尔松、西贝柳斯……我挑了张帕尔曼演奏的柴可夫斯基《a小调钢琴三重奏》放进唱机。在这个版本中，与他合作的钢琴家是同样声名赫赫的阿什肯纳齐。但乐声刚一传出来，我便意识到自己的选择很不妥。那旋律太凄凉了，尤其是小提琴部分，简直是在眼泪汪汪地哭诉。事实上，这首乐曲是柴可夫斯基为悼念鲁宾斯坦而写的，是一首不遮不掩的挽歌。《日瓦戈医生》里也提到了这部三重奏，一曲未了，女主人公拉拉就得知了母亲死去的噩耗。

而眼下的场合可是新年聚会呀。满堂的红男绿女都被笼罩在一层古怪的气息里，两个敏感的人狐疑地朝我看过来。我慌了下神，赶紧把那张CD拿出来，随便换了张维瓦尔第的《四季》。直起腰来，我的眼前炸开一片繁花似锦的视觉效果，陈金芳笑盈盈地站在我面前。

因为兴奋，她的脸上直泛红光：“谢谢你啊。”

我知道，她指的是我带来的那几位“有用的人”。方才她与他们应酬得很成功，没准已经预约下好几个版面的专访了。对于一个名大于实的行业而言，“牛皮能吹多大，舞台就有多大”，这是早年成功者的经验之谈。我不好意思地笑笑，谦虚道：“真别客气，具体哪块云彩能下雨，还得看你善不善于挖掘了。”

“没看出来你成天无所用心的，其实能量还挺大。”陈金芳举起喝香槟用的郁金香形杯子，跟我碰了一下，“真是朋友多了路好走，我要是早点儿碰见你就好了。”

我意识到，我们之间的谈话正在向特别没劲的方向发展，便没接她的茬儿，掏出烟来点上。她却伸出两个指头，轻巧地从我的烟盒里捏出一根叼在嘴上，等着我为她点火。

不远处的胡马尼又在不满地盯着我们了，此时他的眼神简直是凛然而愤怒的，让人想起刚撒尿划完地盘就被主人轰出去的小狗。这副模样反倒激起了我挑衅的欲望，我故作温存地笑着，响亮地拨开金属打火机的盖儿，欠身为陈金芳把烟点上。她轻轻吸了一口，在过滤嘴上留下了鲜红的唇印。我敢说，她夹着烟横置于脸颊一侧的姿态，多半是从奥黛丽·赫本在《蒂凡尼的早餐》里那张著名的海报上模仿来的。

“跟你说真的呢，我挺想感谢你一下的。”陈金芳又开腔，“你眼下缺点儿什么，不妨告诉我……”

“第一缺德，第二缺性伴侣——忘了告诉你我前一阵刚离婚。”我条件反射似的打断她，“头一样你帮不上忙，第二样我不大好意思找你帮忙。咱们毕竟小时候就认识，杀熟的事儿我不爱干。”

她仿佛被我的流氓口吻小小地惊着了，半张着嘴一愣，但眼里涌出更多的笑意。随后，她斟酌着措辞道：“你这是跟我客气的吧？我看得出来。虽然我知道跟你说这些挺俗的，但眼下我并不缺钱，而你呢，看起来手头又不那么宽裕……”

“真不是客气。”我索性直抒胸臆，“比起你我肯定是一穷人，可我也没觉得自己过得有多凄惨。用崔健的话说，‘反正不愁吃，我也反正不愁穿，反正实在没地住就和我父母一起住’，比起那些狠捞人间造业钱的主儿，我宁可把自个儿的欲望尽量降得低一点儿，当个无伤大雅的寄生虫，这也是一个混子、一个犬儒主义者最起码的道德标准了——我的普通话你听懂了吗？”

“你这话有点儿偏激。”

“就算是吧……难道你认为我活成这样儿是通达的结果吗？”

陈金芳晃了晃手里的烟，表示不想与我争辩。但没过两秒钟，她又换上了一副真诚而又单纯的表情，对我说："我真觉得你不再拉琴特别遗憾。"

"没什么遗憾的。我在那方面其实没什么过人之才，成不了真正的演奏家，顶多就是一'伤仲永'……"

"你又在钻牛角尖了。"这次，陈金芳打断了我，"拉琴就是为了成为演奏家吗？你这么自诩脱俗的人，怎么考虑起这件事情又那么功利。难道你现在不还是喜欢音乐的吗？音乐完全可以成为你的爱好呀。"

我居然被陈金芳说得哑口无言。这是她头一次对我使用尖刻的语气，而说实话，她句句捅在了我的软肋上。气氛登时有点儿僵。我捏着行将熄灭的烟头，佯装四下找着烟灰缸。她舔了舔嘴唇，往回找补了一句：

"再说了，别人觉得怎么样我不管，对于我来说，你已经拉得美极了。"

这话让我再次恍惚，仿佛回到了从前，她站在窗外听我拉琴的那个年代。记忆中树下瘦小的人影，竟然与眼前这个仪态万方的丽人重合了起来。这时，前几天宴请过我们的那位画家凑了过来，热情地揽住陈金芳的肩膀，说有一件"神秘的礼物"要送给她。

"你猜是什么？"画家挤眉弄眼地问陈金芳。

"你还能拿出什么，无非是一幅画——她的画像。"我随口说。

"跟聪明人混在一块儿就这点不好。"画家哈哈大笑，"想卖个关子都那么难。"

我近乎恶毒地打趣：“也不知道你给她粘了一撮什么样的毛。”

那幅画倒不是画家独创的“立体现实主义”，而是传统的人物静态油画——文学杂志“封二”上常见的那种风格。画里的陈金芳穿了件纯白的连衣裙，侧坐在带靠背的木椅子上，背后是一扇阳光倾泻的落地窗，表情相当恬静。我认出那背景就是画家在小汤山附近的画室。看来这段时间里，他们也打得火热。

在众人的簇拥与恭维下，陈金芳直面画里的自己，夸张地拿手捂住两颊：“你把我画得太漂亮了。”

“你是批评我画得不像喽？”画家说。

“那怎么可能。”

“这么说，你就是承认自己漂亮了。”

其他人也不遑多让，我带来的那几个朋友纷纷发表见解，主题无一例外，都是借画捧人。最初陈金芳还有点儿不好意思，但听得多了，便开始两眼熠熠闪光，浑身上下的每个毛孔都焕发着能量，使她的真人比画像更加璀璨。

“胡马尼，你看看人家——还说自己也是画画的呢，你画什么了？翻来覆去就是你们村儿那两头牛。”她还不忘对远处的胡马尼撇过去一句。

这时我发现，我和胡马尼都被甩在人圈儿外面了，我们一个守着音响，一个斜靠吧台，像棋盘上不尴不尬的两枚孤子。我又观察了一下那小伙子的脸，居然读出了类似于忍辱负重的意味。我并不是那种在哪儿都要充当焦点，受不了半点儿冷落的人，但还是对眼下的气氛感到不舒服。于是我趁没人留意，到门廊找到自己的大衣，匆匆溜走了。

新年聚会以后，陈金芳有两个多月没联系我。我想，可能是她觉得我的不辞而别很失礼，或者是对我那天谈话时的话里带刺儿感到不舒服了吧。如果是前者，我固然承认自己不够周全，但要是因为后者，我却不觉得有什么需要反省的。说真的，身处于如今这样一个环境、这样一群人中间，我还认为不能随时随地破口大骂是压抑了自己呢。而这样的心态，也可被视为自己“仍然年轻”的表现吧。在那个千年极寒的冬季里，我照常到单位点卯，照常被拉去赴各种各样的饭局，照常往海南打长途电话“问阿玛、额娘的安”。我逐渐适应了有序却杂乱、热闹却孤单的离婚生活。

在一些有艺术圈儿朋友到场的饭局，我越来越多地听到人们提起陈金芳。当然，他们说的那个人名是“陈予倩”。关于她的传闻正在向离谱的方向发展，有人说她是某个国学兼房中术大师新收的入室女弟子，还有人说她靠和“异见分子”同居，从国外反华组织那儿骗来了大笔经费。根据我和陈金芳的接触判断，这些当然都是谣言，但也说明她混得越来越风生水起了。要是再有机会见面，我真应该恭喜她才对。

到了春节临近时，场面上的事儿就少了下来。我的狐朋狗友不是回了老家，就是陪着亲戚准备过年了，只有我因为懒得到海南听我父母训话，继续孤零零地晃荡着。各个单位还没正式放假，但北京已成空城，大街上的汽车少得让人发瘆，天空中零星绽放着急不可待的焰火。全球性的经济衰退已经持续了两年多，各国股市哀鸿遍野，国内许多产业举步维艰。赵本山和他的弟子也宣布不再参加今年的春晚，四面八方的气氛倒显得消停了不少。

大年二十八那天晚上，我正给一家报纸赶稿写着“贺岁档”的电影评论，突然接到了陈金芳的电话。她问我过年怎么打算，我说预备了一些速冻饺子。她扑哧一笑，让我赶紧到民族饭店旁边的一家老牌韩式料理来：“说得这么可怜，给你补补油水吧。”

我三笔两笔敷衍完稿子，开车沿复兴路向东，很快找到了那家餐馆。让人意外，陈金芳并不在包间里，而是一个人坐在大厅中的一张散台后面。她穿了件领口开得很低的洋红毛衣，薄呢子短大衣搭在旁边的座椅靠背上，脸似乎瘦了一圈儿，眼睛都被撑大了。

我向她招了招手走过去，问她：“别人还没到？”

她说：“没别人，就咱俩。”

我更意外了：“连胡马尼也不来了？”

“回老家了。”陈金芳不以为意地瞥瞥眼睛，“再说他又不是我什么人，干吗到哪儿都带着他啊。”

听这口气，她和胡马尼之间或许有了点儿龃龉。但我知道，这是我没必要感兴趣的事情，就是感兴趣也不合适问。于是我坐下来，呷起了大麦茶，陈金芳让服务员上菜。尽管饭就俩人吃，但她仍然安排得很丰盛，点了大块牛排、腌牛舌、羊纽约克、鳕鱼和肥瘦参半的五花肉。我还多要了两盘餐前小菜里的辣椒烧牛肉，并评价说：“跟过去大院儿食堂做的一个味儿。”

我眼花缭乱地看着服务员操练各种兵刃对付炉火上的肉，间或抬头和陈金芳对视一眼。我发现自己看她时，她也总在看着我。我问她前一阵忙什么去了，她说就在北京“处理点儿事”，另外还到香港参加了一个规模不大不小的艺术展。“总之忙得马不停蹄的，刚回来就找你来了。”假如她说的是真的，那么可以判断，我上次的不辞而别并没有得罪她。

“在香港又有不少斩获吧？”我说。

她仿佛强打起精神，说自己又见到了哪些人：香港电视台一个新闻评论员，说话时假牙总有喷出来的风险；20世纪90年代流窜出去的一个气功大师，现在还在给人看风水；几个艺术策展人，其中有一位正忙活着往维多利亚湾里放一只巨大的吹气儿鸭子。她还说自己住的地方就是当年“哥哥”跳楼的那家酒店，时至今日还有不少矫情男女前来烧纸。

随后，她立刻露出乏味的表情：“也没什么大意思。”

她已经下了定论，我也就不好再品头论足了。我们一边吃饭，一边转而说起家常话题。我问她过年怎么也不回家，她说没有回去的必要了，反正家里也没人了。我说你姐和你姐夫呢，她随口说了句“也做买卖呢”，便扯回我的身上，问我为什么离婚。

“人的忍耐都是有限的，没跟你说我一直吃着软饭呢吗？她能坚持这么久已经难能可贵了。”

“作为朋友，我真替你们可惜。”陈金芳像电视剧里的女配角那样贴心而诚恳地说，“而且我觉得错儿主要在你。人家当初跟你结婚，肯定既不是图你的财又不是图你的色，而是真喜欢你这个人——你们是有感情的。”

我说：“你就别往我的伤口上撒盐啦，我已经对所有熟人都承认自个儿是一混蛋了。”

“你这样的男人呀，”她说，“优点在于敢于贬低自己，这显得很有自知之明；缺点则在于你总是觉得贬低完自己，就有资格去伤害别人了。”

“你让我无话可说。”我对她的判断心服口服，并再次惊诧于陈金芳对我这个人的认识程度。那感觉，就好像她跟我共同生活了许多年，而且一直在观察我、琢磨我。这不由得又让我想起了当年。难道那隔窗而奏的琴声在我们之间建立了心有灵犀的默契，使得我本性中的懦弱、卑琐在这个女人面前暴露无遗？这近乎玄而又玄了，也说明所谓“知音”并非仅限于那些高山流水的典雅情操。

沉默半晌之后，陈金芳又对我提起了那个老话题：“你现在真的不碰琴了吗……哪怕一个人的时候？”

“嗯。”

“听我一句劝，没必要跟自己较劲。假如你想通过这种方式来否定自己以前的生活，那么也只能说明你还没长大。哪怕没机会当一个真正的演奏家，那也没什么呀，换个角度想，你毕竟掌握了一项特别的手艺，这已经让你比别人活得丰富多了……我挺羡慕你的。”

这一次谈到小提琴的事儿，陈金芳的话没有激起我的逆反情绪。我掩饰性地笑了笑，但自己明白脸上的效果一定是皮笑肉不笑。好在陈金芳也没有再接着说下去，而是又把话题转到了别人身上。她说起那个“立体现实主义”画家，毫不避讳地痛斥那人“太功利，太庸俗了”，但说到具体的事儿，却又语焉不详。据我的猜测，好像是画家想从她那儿预支一笔钱来租一处更好的画室，还催她赶紧把国外画展的场租费交了，然后安排他跑一趟欧洲。

“可是做这些投入之前，我总得先做个评估，搞清楚他有没有被国外那些人认可的潜质呀。这么火急火燎的，反而让我觉得他把我当成冤大头，只想从我这儿捞一票。”陈金芳皱着眉头抱怨说。

我跟那画家也不熟，便和了句稀泥：“你得理解那个岁数人的心态，他们总觉得自己错失了许多机会，因此想要在各个领域拽住青春的尾巴。”同时，我忽然有点儿纳闷：难道陈金芳专门把我约出来，就是为了跟我闲聊天，扯这些不咸不淡的话题吗？

这个疑惑在晚饭结束后才被解开。炉火渐渐冷下来，铁板上嗞嗞冒泡的油脂凝结成了白色斑块。我和陈金芳起身出门，来到昏暗高耸的前厅，几个穿得像韩国电视剧人物的服务员双手护裆，向我们鞠躬告别口称“斯密达”。我正不熟练地往脖子上捆着围巾，陈金芳半踮起脚帮我系好，又用戴小羊皮手套的手抚了抚我肩膀上的皱褶，突然道：

“还有个事儿想向你打听一下……具体说是想找你帮忙。”

“你说。”

“你是不是认识一个叫龚绍烽的商人？”

龚绍烽也就是我大学时期挚友b哥的本名，此人堪称我们这个时代特有的奇人，身上同时具有猥琐与超脱、唯利是图与理想主义等诸多相互矛盾的品质。上大学的时候，他就一边眼泪汪汪地给女同学抄录“妹妹你是水……无愁地镇日流”之类的滥情诗歌，一边为了每天中午多吃二两排骨把食堂的胖大婶给搞了；毕业以后他没找工作，依次干过书商、倒卖狂犬病疫苗、冒充领导亲戚等勾当，最终靠经营一家把发廊妹包装成“性感女主播”的准黄色网站发家致富，而在他穷得到处蹭饭的日子里，也仍然负担着河南老家一窝儿穷孩子的学费；现在他的公司养着一群三流女演员和平面模特，但比起跟那些女孩睡觉，他更热衷于把她们集中到自己的会所里高唱《国际歌》……而这个名字突然从陈金芳的嘴里冒出来，不免令我猝不及防。

我问她：“你怎么知道我认识这人的？”

“你上班的那家画报，幕后的大股东不就是他吗？”陈金芳意味颇深地淡淡一笑。我猜她已经知道了我和b哥的交情，更联想到她已经把我的“人脉”摸了个底儿掉，不免稍感心慌。

“你找他有事儿？”我说。

“我手里有笔闲钱，跟他达成了合作的意向，不过还没最后敲定。”陈金芳说，“你要是跟他说得上话，帮我打探一下他怎么想的。”

对于她的要求，我的第一反应是畏难和犹豫。在和有钱的朋友们打交道时，我一向有个原则，就是只当帮闲，不做掮客，即把关系限定在吃吃喝喝、清谈务虚的层面，绝不靠给他们搭桥牵线来牟利。这么做，一来有利于维系自己那点儿虚幻的尊严，二来也是明哲保身——真出了什么娄子，我可担不起责任。尤其是b哥，据我所知，他近年来从事的都是些本大利高、游走于灰色地带的投机生意，比如充当"标头"组织人合股买矿之类。而陈金芳能跟他这样的人搭上，也证实了我先前隐隐的预感：她所涉的"水"相当之深，绝不仅仅是一个在文化圈儿打转的小富婆。

但也不知怎么搞的，在陈金芳的注视下，我没能拒绝她。她的眼里透出一股不容置疑、招魂摄魄的光芒来。我不由自主地点点头。

我的郑重神态倒逗得陈金芳咯咯一乐。她立刻轻松得像没事儿人似的，打开英菲尼迪的后备厢，从里面拿出两瓶洋酒给我："最好的苏格兰单一麦芽，三十年陈酿，我从香港带回来的。"

"贿赂我？"

"这还叫贿赂啊？我跟你那朋友的事儿要是能成，肯定还会重谢你——我说真的。"

我耸耸肩和她告别。开车回到家之后，我把那两瓶酒开了一瓶，端着方杯坐在沙发上出神。酒的味道的确醇厚、清澈，但度数也高，不知不觉间就让我飘飘然了。我飘浮在麻木的潜意识中，产生了不知今夕是何夕之感，并抬头看向衣柜顶上那早已束之高阁的小提琴。有多少年没摸过它了？伴随着这个想法，我站起来，踉跄着走过去，踮起脚摸向乌黑的木制琴匣。但刚碰到琴匣的把手，我就像挨了烫一样把手缩了回来，一声叹息地把自己拍到床上。

第二天醒来时，我看见几根手指上沾满了灰，连床单都蹭脏了。

7

过了半个多月，春节假期结束，北京重新热闹了起来。一些朋友过完年就突然消失了，把以前的债主和“情儿”们坑得叫苦不迭，另一些人则像闷热天气的蘑菇一样冒了出来，精神百倍地四处蹬路子。对于我来说，生活基本照旧，只是心态越来越疲沓了。机票便宜下来之后，我到海口看了一下父母，顺便弯到三亚会了会仍在猫冬度假的b哥。他弄了辆敞篷车，又叫上俩野模，带我去大东海下了两天饺子，然后去牛岭隧道以北的一个镇上吃“肥得把壳儿都撑裂了”的和乐蟹。在此期间，他还用电话遥控着北京和南方两个城市的生意，时而与人称兄道弟，时而破口大骂，净说些我不懂的黑话。

折腾了两天，我们都因为摄取了过多的蛋白质而消化不良，便又回到了海滩上，臭屁滚滚地晒太阳。附近有出租四轮沙滩摩托车的，两个野模跨上一辆，叫嚣隳突地驰骋，浑身的蒜瓣肉波光粼粼。b哥躺在长椅上，以极度猥亵的眼神打量她们，一只手伸到裤裆里挠痒痒。

总算有了单独聊天的机会，我便跟他提起了陈金芳的事儿。

b哥坏笑着打岔："你跟她很熟？又找到新的软饭了？"但还不容我辩解，他突然显露出商人特有的狡黠和谨慎，反而向我盘问起陈金芳的底细来。

他这一问，我倒含糊了。虽然圈子里都把我和陈金芳看成交情深厚的"自己人"，但我知道，自己对她远谈不上知根知底。举个最简单的例子，我一直搞不清楚她的钱是从哪儿来的——她不像正经做过买卖的人，也没有傍上哪个财大气粗的"瘟生"的迹象。假如以前不认识她也就罢了，但恰恰见证过陈金芳那寒酸窘迫的少年时代，她的发迹对我来说益发成了一个谜。

我只好向b哥粗略介绍了陈金芳目前的状态——当然是我了解的那部分。听到她是做艺术投资的时，b哥眉毛一扬，眼里透出两点贼光。像他这样的人，自然不会对艺术真有什么兴趣，不过开画廊、办展览倒是个洗钱的好渠道。我说完以后，b哥也和我交换了一下对陈金芳的印象：

"这女的我以前根本没听说过，是两个做'老鼠仓'的操盘手引见过来的。说实话刚一见面，我还真被她的风韵小迷惑了一下，只不过咱们是什么人啊？平日圈养着那些莺莺燕燕，为的就是修炼定力，别在正事儿上被荷尔蒙给害了……当然这是题外话了。那些操盘手说她很有道行，一旦看准机会就特别敢下手，建议我让她在手头的项目里加一磅，毕竟现金越多，和政府那边谈判时就越有话语权。我当然不能光听那些人的，自己也要对合作伙伴进行评估，不过也确实有点儿拿不准她。她在大多数情况下都显得底气十足，甚至还有点儿深藏不露的劲儿，但不经意间，又会暴露出新手的弱点来——最主要的表现就是着急。她托你来找我打听，这就是典型的沉不住气，甚至让人猜测她根本没有宣称的那么大财力和门路，只想靠着虚张声势在大买卖里掺和一把，搭个投机取巧的顺风车。”

我向来佩服b哥的识人之术。他在那些冷酷的、尔虞我诈的行当里搏杀多年，眼光自然要比我毒辣得多。不过也得指出，我和他看人的标准是不一样的。除了对我这样的旧故，他对所有人的判断都是基于“经济人”的利益标准，我则保持着孩子气的任性，仅以“有劲”或者“没劲”来决定是否与人深交。也就是说，即使以同一个人作为话题，我们也说不到一块儿去。我完成了陈金芳的托付，这就算仁至义尽了。

“总之你看着办吧。”我站起来抖抖沙子，对野模们挥手，“我就管传个话儿，你们之间那些具体的勾当，我可管不着。”

我向海滩走去时，b哥在我身后沉吟了一句：“先耗她一阵儿。我过些日子要跑一趟江苏，回北京再接着跟她往下谈。”

又盘桓了两天，我独自先回了北京，陈金芳到机场接我。天气还是料峭的倒春寒，她却早早穿上了羊绒筒裙，靴子上方露出小巧圆润的膝盖。一见面，她就撩开我的外套往里看看，嗔怪我“一点儿也不知冷知热”，然后从大号坤包里掏出一件新买的“杰尼亚”毛衣，不由分说地让我穿上。

回去的路上，她和我挤在后座上不停地说笑，聊着北京这边朋友们新的趣事儿。透过后视镜，我看见开车的胡马尼脸色铁青，面部肌肉不时神经质地抽搐，简直让人想起北野武扮演的那些即将被剁手指的黑帮打手。

接下来的一段日子，陈金芳又开始约我参加各种饭局和聚会，频率比以前还要高，几乎是三日一小宴，五日一大宴。如今不仅是我，就连那些真正八面玲珑的货色都承认她"的确挺能混的"：同时和好几条脉络上的人打得火热，许多圈子之间原本互相排斥，但提起她却都颇为认可；不管在哪儿，她一出场就能成为核心人物，几乎不用抢，风头就自然而然地转向她了；在她有意无意搭建的"平台"上，不少素不相识的人成了朋友，甚至原本有罅隙的人也能尽释前嫌。而这时距离我与陈金芳重逢，也才半年多的时间。能够开创大好局面，究其原因，除了作为一个单身女人同时具备漂亮、热情、大方等优点之外，还有一个关键之处，就是她切实地做到了"喜新不厌旧"，不会因为攀了高枝而忽略先前的朋友。哪怕是一直充当"碎催"的胡马尼和那个见风使舵的画家，也一直享受着元老级别的优待，虽然心有怨言，但又总能通过显示和她"关系不一般"而在另一些人眼里抬高身价。总而言之，陈金芳仿佛是在由衷地享受着人的社会属性，很多时候简直像个刚爱上幼儿园的孩子——和她相反的则是一些老资格"社会活动家"，那种人貌似人缘很好，但只要一不在场，就会有人将其鄙夷为"势利眼"。

"小陈这个人交朋友，如同韩信将兵——多多益善。"这是某个上过《百家讲坛》的三流大学教授对她的评价。

既让我虚荣也让我别扭的是，她如今对我更亲热了。不光是一同出现时常要挽着我的胳膊，而且还要在大庭广众之下和我咬耳朵——明明说的就是不咸不淡的套话，但非得摆出一副秘而不宣的表情。难道她看不出来，胡马尼宰了我的心都有了吗？而那个画家倒相当“现实主义”地承认了争宠失败，许多阿谀的媚态转而投向了我，并总拐弯抹角地打听陈金芳准备什么时候资助他去欧洲办个展。

“时间不等人，谁知道‘政治波普’能流行几天啊，等到风向一转，我这几年的工夫不又白搭了吗？”画家焦虑地说，“她这人怎么这样，老放空枪也不动真格的……这话我也就跟你说说，别让她知道啊。”

画家的悄悄话揭示着这样一个真理：没有真金白银的利益链条作为支撑，那些鲜花似锦、烈火烹油的繁华都是他妈的扯淡。他在抓耳挠腮地等着陈金芳表态时，陈金芳一定也在等着b哥那边的消息呢。谁都有被拿在别人手里的地方。从海南回来没两天，陈金芳曾经包了她公司楼下那个咖啡馆，叫了一群人来品尝“不多见的葡萄牙红酒”，我在席间偷偷把她叫到窗边的角落，将b哥的态度转告了她。

“跟那种生意场上的老油条打交道，越急越没用。”我说，“他既然说了让你等着，那就说明相当有戏。”

听了我的话，陈金芳面无表情，甚至连头也没点一下，只是抬起手来，抓住我的手腕摇了摇。这样的举动她常对我做，但这一次我有明显的感觉，她格外地用劲儿，细瘦而坚硬的指骨硌得我都疼了。

在此以后，她就再没跟我提过投资方面的事儿。时间转眼而过，当那些老单位破败的大门口挂出“欢度五一”的横幅时，在南方兜了一大圈儿的b哥回来了。陈金芳不知从哪儿得到了消息，打电话让我再牵一次线。我正在单位跟电脑下五子棋，顺手抓过座机，拨通了b哥的手机，把陈金芳的意思说了。

这次b哥没再多说什么，只回答了一句“我让底下人约她”。我立刻又给陈金芳打了过去。这个传声筒的任务搞得我挺烦躁，鼠标点错了地方，转眼通盘皆输。

陈金芳那边显然很兴奋，连呼吸都重了。她又对我说：“这几天别安排别的事儿了，等他找我的时候，你也一块儿去吧。”

我一边退出游戏一边说：“你们俩资本家共商大事，非拽着我一流氓无产者干吗呀？”

“帮忙帮到底嘛。”陈金芳坚持说，“再说，你也是我们共同的朋友呀。”

我犹豫了一下，但还是拒绝：“还是算了吧……西门庆和潘金莲搭上以后，王婆就别跟着裹乱了。这点儿眼力见儿我还是有的。”

陈金芳笑了：“再胡吣，看我不撕了你的嘴。”

她说完就挂了电话。照我的理解，无论是她先前说的“一定要重谢我”，还是刚才非要让我作陪，都是嘴上的客气话而已。她不想造成把我用完就甩的印象，但事实上，我本来也没想通过帮她的忙而得到些什么。出于本能，我甚至不愿在这种事情里搅得太深。

又过了两天，我刚下班，正打算一个人去随便吃点儿什么，陈金芳的电话又打过来了。她让我火速赶往b哥在东四的四合院。我再次推托，她却说：

“叫你来，纯粹就是为了吃饭。你放心，事儿我们都谈完了，再不会麻烦你了。”

一旁的b哥也接过电话帮腔：“谈事儿你不来，吃喝玩乐你也不来，这就太不像一个称职的帮闲了。”没有办法，我只好掉转车头前去赴宴。b哥那个地方很好找，就在团中央下属的一家出版社附近，是整条胡同里最具地主老财气质的宅院：朱门之上常悬着张艺谋风格的大红灯笼，左右两边各立一只汉白玉狮子。只可惜家里没人的时候太多，狮子上已被贴了不少“一针见效，三针痊愈”的小广告，还有不知谁家孩子稚嫩的书法作品“×××我操你妈”。穿堂过院，随处可见雕梁画栋，整套鸡翅木圈儿椅散落在树下任它日晒雨淋，不知从古代哪位显贵坟上偷来的石碑旁，趴着好几只没屁眼儿的蛤蟆。对于这些荒谬的摆设，b哥自有他的解释：

“蛤蟆是招财的，这个大家都知道。至于那个碑，我也不嫌它不吉利——雍和宫那边一瞎子说这宅子过去是一贝勒府，而我祖上贫寒，恐怕镇不住它，得请进一位有身份的帮忙压压场面。”

来到正厅，我看见b哥的某位姨太太正穿着大红苏绣旗袍，指挥丫头老妈子摆酒上菜。陈金芳和b哥也从厢房里踱了出来，脸上都挂着不甚自然的笑。我故意不提他们买卖上的事儿，见面就说起了废话，而他们也会了意，笑嘻嘻地东扯西扯。不过从陈金芳那如释重负的表情来看，她对这次约谈的结果很满意。

她又没带胡马尼一起来，所以偌大的八仙桌旁只坐了四个人。席间，b哥偕其姨太太频频举杯，刚开始还是分别敬我和陈金芳，后来就是同时敬我们两个人了。那位姨太太脑袋有点儿糊涂，甚至说出了“两口子敬两口子”这样的话，弄得我好不尴尬。后来她到卧房去“补补妆”时，我忍不住刻薄了一句:“没一对儿是明媒正娶的。”

“我就喜欢你这张缺德的嘴。”b哥已经喝高了，哈哈大笑地再次举杯,“那就狗男女敬狗男女好了。”

陈金芳居然面不改色，端起仿古鸡缸杯跟我们碰了，优雅地一饮而尽。随即，我感到自己的胳膊被她狠狠地掐了一下。再往后，她和b哥又不自觉地谈起了生意细节，我也被迫听懂了他们那桩合作的来龙去脉：近些年来，欧洲各国对清洁能源投入很大，造成了我国的地方政府迫切地上马相关工程，从而也给一些闻风而动的投机分子留下了运作空间；b哥在北京聚拢了一些人的游资（陈金芳也是其中之一），到江苏控股了一个中等规模的市属企业，并放出风声，号称将其从塑料制品转型为太阳能光伏产业；他们真实的目的当然不是投产之后出口创汇，而是利用这个噱头拉到更多的银行贷款和风险投资，从金融领域套取暴利。听到这里，我不由得偷偷瞥了陈金芳一眼。b哥从事的勾当我早有耳闻，而眼看着陈金芳也“玩儿”到了这般境界，还是忍不住让人瞠目结舌。我对我们民族妇女的判断，也在她这个活生生的例子身上得到了印证：她们除了特别能吃苦特别能战斗这些传统美德，而且在每个时代、每个环境中都有着极强的适应能力和进取心，只要一有机会，她们必定会勇敢、果断地站到浪尖儿上。比起她们，大多数男人都应该感到汗颜。再说句不恰当的话，要是恢复母系社会，由妇联代行国务院的职责，没准儿中华民族的伟大复兴早就实现了。

而看着陈金芳那“花媚玉堂人”的样子，我也不知不觉地陷入了恍惚。在社会上混迹了这么些年，我曾经见过很多改头换面的成功者，但他们无论身份、相貌乃至举止发生了多么彻底的变化，终归无法将最初的模样完全抹掉。举个最近的例子，就是我对面的b哥。他如今已经贵为生意场上的大鳄，但我每次看见他，都会清晰地回忆起当年在大学宿舍里，他靠玩儿牌作弊骗我香烟的猥琐模样。而陈金芳不同。面对着现在的她，我已经无法想起十来年前站在我窗外听琴的那个女孩了。当年的她仍然在我的记忆里存在，但现在的她却获得了某种决绝的能力，把自己生命中的两个阶段完全割裂了——那类似于动物界的“变态发育”，人们都知道蝴蝶是毛毛虫破茧而出的结果，但有谁看到花蝴蝶时，第一反应是毛毛虫带来的恶心呢？在我的潜意识中，“过去的她”和“如今的她”已经变成了毫无瓜葛的两个人。当着外人的面，我会叫她的新名字陈予倩，并且叫得越来越自然，根本无须通过“陈金芳”这个旧代号转译了。

因为无须和不相干的人敷衍，那天的晚饭大家兴致都挺高，喝完一瓶白酒，b哥又叫人开了两瓶红酒。不知不觉到了晚上九点多钟，忽然发生了一个意外事件。院儿外发出一声闷响，好像有什么东西碎裂了，接着，一个中年妇女操着字正腔圆的京腔骂起街来。

b哥问是怎么回事儿，片刻保姆进来回话，说是“咱们的客人”停车时把隔壁大杂院儿门口的咸菜坛子给撞了。大家跟着b哥踱出门去，只见陈金芳的英菲尼迪斜着停在胡同里，前保险杠底下散落着一摊乱瓦。在浓郁的咸菜味儿里，胡马尼正笨嘴拙舌地向那妇女解释着。看起来，他是为了躲避那俩石狮子，才制造了这起小事故。

那中年妇女倒很有不惧权贵的气节，看到b哥来了，益发跳脚儿乱骂。直到姨太太给她塞了几百块钱，她才心满意足地胜利而归。而这时，陈金芳则不好意思地向b哥抱了个歉，然后把胡马尼叫到几丈开外的墙根说起话来。

俩人都压抑着嗓门，因此声音里带了一种紧张感。陈金芳好像在责怪胡马尼不请自来，胡马尼却一反常态地跟她争辩起来，说的是一嘴湖北土话。话赶话地戗戗了几个来回，陈金芳的声调高了起来，指着胡马尼的鼻子说：“你管得着我吗？也不看看自己是谁！”

受了呵斥，胡马尼僵着脸回到车上，咀嚼肌被咬得凸起来一块。陈金芳则吁了口气，笑盈盈地回到我们面前，对b哥解释：“真不好意思，给你们添麻烦……这孩子一直跟着我，怕我喝多了回不去，就自作主张接我来了。”

“人家也是好意，精神可嘉。”我在一旁打了个圆场。

b哥就势宣布晚餐结束："反正正事儿也谈完了，往下咱们都上着点儿心就行了。"

陈金芳郑重地和b哥握了握手，忽然又凑近我，低声说了句"我肯定得好好儿谢你"，然后便娉婷地转身回去，上了胡马尼的车。他们驶走以后，b哥让姨太太赶紧泡上茶，要留我再坐一会儿。从正厅转移到一蓬郁郁葱葱的葡萄架子底下，我忽然察觉到b哥的脸上变了颜色，不再是一派虚伪的随和，而是三角眼里带着几分货真价实的关切了。在这般年纪看到他这副表情，我都有点儿不适应。

他拿出烟来递给我时，开门见山地来了这么一句："你跟那女的什么打算？"

我一激灵："你什么意思？觉得我们俩合伙儿骗你钱吗？"

"不不不，我说的是你们俩之间的关系。"

我像受了冤枉似的扬声道："没关系呀。你是不是看谁都有奸情啊？"

"我看你对她也挺有感觉的，眼神儿都迷离了。"

"我迷离的时候多了。"我顿了顿，低声说，"不过眼下的自在来之不易，我才不愿意再跟谁'绑定'呢。"

b哥的脸色缓和了一点儿，笑了："那就好。我就是提醒一下你，哪怕她对你有意思，也别轻易上套，她跟一般人可不一样。"

我不想问，但又忍不住："你从她身上看出什么来了？"

"那当然。下午谈生意的时候，我已经把她的道儿给盘出来了。她对我说以前在广东办过服装厂，现在转到北京做艺术品投资，那些一听就是假的。她虽然说得天花乱坠，但关键性的地方全都含糊其词，骗骗外行或许可以，在我面前可耍不了花枪……不过这也不妨碍我允许她入股手头儿的这个项目，反正坐庄的是我，想跟进的必须拿出现钱来。让我有点儿拿不准的，恰恰是她在这桩买卖上的态度——她的赌性太大了。我已经看出她没什么钱了，东拼西凑能拿出来的，统共也就那么一千来万，而她竟然想要把这些老本儿全都押进去。你知道，这种投机生意的风险很大，从坐庄的到跟庄的，没人把身家性命全扔里面，大家用的都是闲钱。亏了就伤元气的人，说白了根本不配跟着我们玩儿。我已经提醒过她了，可她坚持要参与进来，这几乎可以称为疯狂了……”

b哥的话让我倒吸一口凉气，但我没再说什么，醒了醒酒就告辞了。此后的几天，陈金芳没再联系我，我也尽量不去想她。她是一个突然冒出来的旧相识，跟我谈不上什么真正的交情，我帮过她一点儿忙，但帮过了也就算了。这是我和她之间关系的理性总结。哪怕她一意孤行，我也没有规劝她的义务，更没有干涉她的权利。

然而某天在办公室划拉着手机玩儿，我却又鬼使神差地拨通了陈金芳的电话。对方接了之后，首先传出来的是沸腾一般的嘈杂之声，远处还有大喇叭播放着雄壮的音乐。

陈金芳拐到一个安静点儿的地方，才对着手机喊话：“有事儿吗？”

“也没什么事儿，”我的嗓门也随之高了起来，“就是问问你和b哥那个事儿进展得怎么样了。”

“非常顺利，”陈金芳喜气洋洋地说，“合同早就定下来了。”

她接着告诉我，看在我的面儿上，b哥许诺给她相当高的回报率。眼下，他们这些股东正在江苏出席和政府的签约仪式，她刚和一位副省级干部握过手。我没想到他们的行动有这么快，此时再劝她什么也是白搭的了。于是我简短地说了些祝贺的话，就要挂电话。

“你放心，该谢的人我一定要谢到。”她叮嘱似的说。这话突然让我觉得非常不舒服。她不会认为我是在讨赏吧？

8

后来陈金芳的确“谢”了我。

她是在即将入夏的时候回的北京，此前据说和一起“做项目”的人又跑了趟广东，还乘着某个低调富豪的游艇到海上钓了几天鱼。再次见到陈金芳时，她果然黑了一些，肩膀和胳膊被晒成了小麦色。画家叫上我和另外两个熟人，在什刹海那边的一家越南菜馆给她接了个风，然后以陈金芳为中心的各种聚会便重新展开了。

如果说新一轮的声色犬马比之过去有什么不同，那就是越来越奢华了。无论是酒的档次还是菜的品类，都有了大幅度的提升。她曾经把新侨饭店的大厨请到公司里，现场为大家制作法式铁板烧，有两次在“天伦王朝”顶楼餐厅请客的豪阔之举，更是让我们这些耍笔杆子的人咋舌。作为聚会的主人，陈金芳依然挥洒自如，在不经意之间，又流露出了比原先更坚实的底气。和报社领导、画廊经理这些她本该奉承的人谈话时，她依然客气，不过骨子里已经有了隐隐的傲慢意味。这些变化都说明b哥那边的项目进展顺利，并且很可能已经让雪球滚动了起来，股东们开始坐地分赃了。人人都看出陈金芳发了一注横财。

以前对她颇有怨言的画家早就转了口风，即使私下与我聊天时，对陈金芳的溢美之词也令人肉麻。我听说他的欧洲画展已经正式排上了日程，陈金芳还付给他一笔订金，预订了他此后五年的全部作品。至于对我，陈金芳仍然是带着几分表演性的亲昵，倒也看不出和过去有什么不同。这倒让我揶揄着猜测：她五次三番说要“谢我”，该不会也是我们这个圈子里通行的空头支票吧？

一个偶然的发现让我知道自己想错了。随着天气越来越热，我那辆老旧雪佛兰频频报警，终于在马路上开了锅。汽修厂的人告诉我得更换好几套元件，我只好回家找出工资卡，到附近的自助提款机上取钱。

因为日常开销靠零七碎八的外快就能应付，那张卡我很少用到，也知道每个月卡里都不会有多少进项。然而一查余额，吓了我一跳：陡然多了一个整数，足顶得上我几年的工资了。单位的会计自然不会抽风，我不由自主地想到了陈金芳。既然她认识了b哥和给我开过稿费的几个编辑，弄到我的账号当然很容易。我又到柜台对了下明细，那笔钱果然是在她从广东回来的第二天打进来的。

在这段时间里，我们见了好几次面，她不仅没跟我提过，就连一点暗示也没有。这份“感谢”来得既慷慨又得体。然而我没怎么做思想斗争，就做了一个决定。我把那笔钱转存到另一个折子里，前往她公司还给了她。

之所以这么干，当然不是因为我有多么高风亮节。还是我常年坚守的那个原则起了作用，也即，宁当帮闲，不做掮客。我理想中的人生状态是活得身轻如燕，因而不愿与任何人发生实质性的利害关系；我知道我们这个时代的“辉煌事业”是通过怎样的巧取豪夺来实现的，而自己纵然无耻，却也还有迈不过去的坎儿。此前帮助陈金芳在她和b哥之间传话，已经几乎突破我的底线了，我不想因为这笔钱彻底改变我这个人。人哪，活了三十多年，得知道点儿好歹。

假如还有其他原因的话，那就要具体到陈金芳这个人了。我尤其无法接受自己和她之间发生现钱交易的勾当。那么，我究竟想和她成为哪种关系呢……这我倒还没想好。

当我站在陈金芳面前，把折子放在办公桌上时，她抬着头，直勾勾地凝视着我。我没说话，她也没说话，我们大概都在等对方先开口。但这时候胡马尼突然进来了。自从陈金芳的项目敲定，这小伙子的打扮也越发光鲜了，此刻穿的是新款的迪奥卡腰小西装，头上的发胶抹得狗舔过似的。他没有好声气地跟我打了个招呼，装模作样地拿着一份材料，请陈金芳审阅。我手指一滑，将存折塞到一本画册底下，转身走了出去。

在这以后，陈金芳照常会给我打电话闲聊，我呢，继续参加她召集的聚会。关于那笔钱，我们都没再提起过。按照我的想法，她已经尽到了“感谢”之心，可惜我不识抬举，这事儿也就可以作罢了。然而没过多久，她便有了新举动，这个举动才真正刺激了我。

那是六月中旬的一天，我中午就接到了她的电话，让我下班后换身正式点儿的衣服，到她公司去吃晚饭。我问她又有什么装 × 盛事，她笑着说自己过生日。

“哟，你今年三十几了……咱俩是同岁吗?”

她娇嗔着抗议：“别说这么扫兴的话行吗？弄得我都不敢过了。”

“你也不早点儿通知，我都没时间给你准备礼物。”我说，“只好两袖清风带张嘴过去了。”

下班以后，我先回家换了件干净衬衫，又想到以陈金芳如今的风格，过生日一定也会搞得煞有介事的，便从柜子里找出条西裤穿上。走到复兴路上打车之前，我还在大院儿门口的花店买了束花。很快赶到了她公司的楼下，我抬头望望，却看见三层的办公室黑着灯。

一楼咖啡馆的落地玻璃窗里传出轻轻的敲击声，我扭过头，看见陈金芳正坐在靠窗的座位上呢。她一个人，穿一条很显身材的黑色长款连衣裙，髋部以下的曲线被包裹得很像一条美人鱼。夕阳的光辉以几乎平行地面的角度投射进去，将她的脸与长长的脖子照得金光璀璨。我拐进咖啡馆，把花递到她手里。

陈金芳眯着眼睛端详了我几秒钟，随后扬手向服务员打了个招呼。两个小姑娘推着辆餐车过来，将沙拉、蔬菜汤、鹅肝酱配面包端上桌，冰桶里还斜插着一瓶香槟酒。

我诧异地环顾四周："其他人呢？"

"叫其他人干吗？就咱俩。"陈金芳说，"平常净应酬了，这日子口儿还不能图个清静了？"

"我受宠若惊。"

"别跟我玩儿虚的了。我知道你最不把我当回事儿了，所以我过生日还得讨好你。"

我打哈哈地笑了笑，没再说什么，开始吃饭。起初的气氛倒也颇为融洽，我主动举杯，说了些祝贺的话，她也回敬了我。片刻，主菜端了上来，我们挥舞刀叉，专心致志地对付起了牛排。在这两厢无话的空当，我忽然感到陈金芳一直在看着我。当然，桌上只有我们两个人，她也没别的人可看，但我明显感到落在自己身上的目光与平日不同。她既像饶有兴致地揣摩我，又像暗藏着什么机锋。

她在卖着什么关子？随后，在我头脑里冒出来的居然是一个自作多情的想法：她不会打算向我示爱吧？但我却并不紧张，只是静观其变。而事后想起来，假如那天陈金芳真的如我所想，把我们已然近乎暧昧的关系再向前推进一步，那么我也不会有后来那些失措的反应。我们都是没有法定伴侣的成年人，男欢女爱一下没什么大不了的。尽管b哥曾经告诫过我"她和一般人不一样"，但我也并不担心。这倒不是我自恃聪明，而是因为我预感到，自己即使和陈金芳真发生点儿什么，充其量也是即兴而发的露水情缘。在那种游戏里，谁又能真伤得了谁呢？

但我又一次错估了陈金芳。直到饭吃完了，她仍然没什么话，我只得茫然地抽起了烟。等我把烟掐了，她抬起手腕看看表，说："咱们上去吧。"

"还有节目？"我心里又生出隐隐的遐想来。

陈金芳颔首一笑，翩然走在前面。我跟着她上了三楼，却发现她公司的灯已经亮了，柔和的橘色的光从磨砂玻璃门里渗出来。陈金芳拉开门，对我做了个请的手势。

大厅已被清理干净，家具以及那些雕塑画框都被挪到了墙角。一览无余的空间里站着十几号红男绿女，画家、胡马尼和我常见的一些人都在场。他们中间围着的，是六位身穿黑西装、坐在木椅子上的男人。他们都是洋面孔，两人手持小提琴，另外四位则是中提琴和大提琴。标准的弦乐六重奏的配备。居中那个四十多岁、稍有些秃顶的看起来很面熟，我忽然想起他是一位法国演奏家，前几天的报纸还报道过他带队在国内几个音乐院校巡回演出的消息。

"这是马泽尔·法克先生。"陈金芳介绍说，"刚到北京，我就把他约来了。"

"一听这名字就有贵族血统。"我恭维着和演奏家握手，有点惶然地退到一边。

陈金芳对室内乐团点点头，演出正式开始。曲目是柴可夫斯基的《佛罗伦萨的回忆》，旋律奔放而缠绵，各声部之间配合得极其默契，马泽尔·法克先生的手法更是堪称精湛。尽管学过十几年的琴，但我还是第一次在如此近的距离欣赏这么高水准的演奏。看着人家的运弓和指法，我又一次为当年的自己自惭形秽。与此同时，我的左手指尖也不可遏制地颤抖了起来。

那首曲子很短，不到二十分钟就结束了。余音未了，观众们便爆发出热烈的掌声。比起大剧院里只能远观的交响乐，室内乐虽然单薄，却更有现宰现吃的生鲜味儿。画家尤为激动，一边鼓掌一边凑到陈金芳身边，赞赏她这个点子"太有腔调了"。陈金芳却没理会他，径直从背后绕过室内乐团，对一个翻译模样的人耳语了几句。

翻译把她的话转述给了演奏家们。马泽尔·法克先生忽然看向我，腼腆地笑笑，他身边那位年轻点儿、一头卷曲的金发的演奏家则把手里的小提琴递给了我。我下意识地接过琴，愣在当地，疑惑地看向陈金芳。

她熠熠生辉地笑着，对我说："你不是还没送我礼物吗？"说完抱起胳膊肘，做出预备聆听的姿态。

旁边那些闲人弄懂了她的意思，惊喜地掀起新一轮掌声。大部分人都不知道我还会拉琴，交头接耳地议论着，早有两个人搂着我的肩膀，把我架到室内乐团的成员当中。马泽尔·法克先生叽里咕噜地对我说了句什么。

翻译问我："还是柴可夫斯基，《D大调第一弦乐四重奏》？"

大提琴和中提琴演奏者里，已经各有一人将乐器放到了一边，他们和那位将琴给了我的小提琴手一起走到观众群里。演奏席上只剩下了两把小提琴，大提琴和中提琴各一把。而马泽尔·法克先生所提议演奏的那首曲目，几乎是所有专业学过琴的人都烂熟于心的，它的旋律柔美之至，难度又不大，特别适合即兴演奏。当年在金帆乐团的时候，我与人合作演出过这首曲子不下十次。

马泽尔·法克先生对我扬了扬眉毛，率先拿起琴，奏出“如歌的行板”里的几个小节。那是柴可夫斯基这首曲子里最脍炙人口的段落。然后，他用对待孩子的目光启发性地看着我。

然而我却仍在发愣。脑子里乱成一团糟，耳中嗡嗡作响，心脏在胸膛里咚咚跳动。那一刻，我简直不知自己身在何方。我感觉到自己正在出冷汗，新换上的衬衫都被浸湿了。

观众们又开始议论，他们大概是认为我太久没拉琴，因为技艺生疏而怯场了吧。陈金芳仿佛也有了一丝紧张，但眼神仍是期待的。

“你过去不是常拉这首……”我听见她对我说。她唇红齿白，嘴部动作如同慢镜头，一个字一个字地把话钉到了我的耳朵里。我突然感到意识深处有什么地方在疼，在流血。我确凿无疑地受伤了。

接下来，我的举动在众人眼里一定显得非常决然——把琴放在木椅子上，将他们甩在身后，走出了大厅。一楼的咖啡馆里空无一人，服务员们正靠在吧台上聊天。夜风清凉，从楼梯口直灌进来，却没能让我醒过神来。我的头脑就像锅盖下的滚水，正在反复沸腾，但又处在巨大的压抑之下。背后有人在叫我，当然是陈金芳了。

她的高跟鞋发出咯噔咯噔的回响，转眼间把我拦在建筑物外的林荫道上。因为跑得急，陈金芳半张着嘴喘气，眼神竟然是含情脉脉的。

“你怎么了?”她问我，同时把手搭在我的胳膊上划拉着，“我还以为这么安排会让你高兴呢……我是真心想谢谢你，那不是空话。”

我没出声，木然地打量眼前这女人。天上难得有轮大月亮，她在银光下闪闪发亮，妙相庄严，简直像某种贵金属雕成的塑像。

见我没说话，陈金芳便锲而不舍地安慰着我，语调已经接近呢喃了:“我知道你常年不拉琴，手生了，但这没什么要紧的，又没人会笑话你……再说就算别人不爱听，我也爱听，真的。现在也不知怎么搞的，岁数越大，我就越觉得小时候特别美好。我多想让过去的情景重来一遍呀，那样才算这么多年的辛苦没白受……我也一直特别替你可惜……”

她说着，手便慢慢地攀上来，揽住了我的脖子。我不由自主地把头低下去，再低下去，像寻求保护一般往她怀里扎过去。我几乎被她搂在怀里了，她身上的气味像潮水一样涌上来，上面一层是香水味儿和昂贵服装的布料味儿，下面一层就是陈金芳特有的气息了。那味道我曾经狠狠地嗅过，历经岁月竟然没变。就像她说的，我们多想让过去的情景重来一遍啊……

但转眼之间，我心里那迷乱的柔情便灰飞烟灭了。我像奋力游水的虾米一样直起躯干，将她的手弹开——这还不够，我的手也伸了出去，推了她一个踉跄。

“你有什么了不起的?”我咬牙切齿地说。

“你说什么?”陈金芳瞪大眼睛，惶然又委屈地看着我。

“我说——”我心里充满把什么东西碾碎的快意,“你有什么了不起的?”

她如遭电击，不认识似的看着我。而这正是我想要的效果。我冷笑了一声，头也不回地走了。

对于那天晚上的事情，我毫无悔意。我觉得自己做了一件特别不情愿，但又必须去干的事情。权且抱着自我剖析的态度分析一下失态的原因吧：我感觉受到了莫大的屈辱，与之伴随的，还有古怪的自我厌恶。把名气很大的国外乐团请来“唱堂会”，还让他们给我充当陪练，这样的手笔不可谓不豪迈。而陈金芳一掷千金，想要制造出怎样的效果呢？无非是：她以她汪洋恣肆的爱和善良拯救了我——一个消沉的半吊子琴手。这个模式像好莱坞电影一样俗套，她扮演的简直是他妈的圣母。她哪里知道，小提琴演奏对于现在的我来说，已经成了一段发炎的盲肠，只能凭空增加痛感。在我看来，她让“过去的情景重来一遍”的愿望也代表了某一类中国人特有的狂妄：他们自以为吃过苦中苦成了人上人，就有资格操控身边的一切，甚至敢于让时间倒流。

不能让他们如愿！我既恶意又理直气壮地想。与此同时，我突然又想到了我的前老婆茉莉。她当初心甘情愿地给我提供软饭，会不会也是出于某种自我奉献的表演欲呢？只不过后来她演腻歪了。而我同意跟她离婚，是否并非出于爱，而是出于某种自己当时都没意识到的恨呢?

这个发现让我悲哀极了。对于生活，我只剩下了一项权利，那就是破罐子破摔。

从那以后，我就没有再联系过陈金芳，陈金芳也没有找过我。我们闹掰了的消息一定很快就在圈子里传开了，各路人马都主动与我疏远，就连我介绍给她的那些朋友也开始假装不认识我了。趁此机会，我重新整理了生活，每天准时上班，下班回家自己做饭，有了空暇就用于锻炼身体和闭门读书。从华而不实的应酬中脱身之后，我迅速瘦了一圈儿，但人却变得紧实了，精神也安稳下来。活像个洗尽铅华的从良妓女。

日子就那么过去。再次听到陈金芳的消息，又是半年以后了。

那天晚上十一点多，我已经洗完澡上床，正锲而不舍地啃着一本艰深晦涩的外国小说，手机突然响了。是那个“立体现实主义”画家。

“我都睡了。”听到那个久违的声音，我有些不知道该怎么和对方打招呼。

画家则明显喝多了，连舌头都大了一圈。他口齿不清地重复：“就是想跟你聊聊……我就在你家附近呢。”

又威胁我：“你要不出来，我就钻车轮子底下去。”

我只好披上衣服出门。又是一个冬天来了，长安街沿线路旁那些白杨树都落尽了叶子，树梢上却沉甸甸地耸动着大片黑影，原来是晚上来此栖息的乌鸦。夜风像飞溅而来的冰碴，吹在脸上，似有什么东西融化。我在翠微商场附近的十字路口找到画家时，他正抖擞着朝一根电线杆子撒尿。

看到我来，画家一边提裤子，一边凄然地说："兄弟，我他妈让人骗了。"

我把他拽到商场一楼夜间营业的麦当劳，要了杯咖啡让他醒酒。画家的确没少喝，五次三番拿脑袋往塑料桌子上撞，毛衣前襟上挂满了亮晶晶的口水。旁边两个谈恋爱的中学生像看戏一样打量着我们。我有点儿不耐烦，打着哈欠威胁画家：

"消停点儿，要不我也管不了你了，只能打电话叫收容所的人。"

"别走别走。"画家挥舞着双臂拉住我，适时地停止了借酒耍疯，然后朝我倒起苦水来。他所说的上当受骗，指的还是陈金芳替他到德国办画展的事儿。她吊了画家一年的胃口，不仅没有兑现，而且还以"缴纳策展担保费用"为由，把以前付给他的定金都拿了回去。画家心里越来越虚，终于忍不住向陈金芳摊了牌，得到的答复却是德国那个基金会倒闭了，合同只能作废。画家一气之下想打官司，却被工商部门告知那个"艺术品投资公司"的法人代表不是陈金芳而是胡马尼，现在胡马尼已经不知道跑到哪儿去了。

说起来，画家在这桩买卖里并没有吃什么实质性的亏，他只是感到自己偌大年纪还被人耍得团团转，很丢面子。而作为一个艺术工作者，这人也挺有自省精神：

"其实也怪我自己，太想在国外折腾出点儿名堂来了，艺术这个行当又没什么理性可言……结果糊涂油蒙了心，一点儿也没防备……"

我心里疑窦丛生，但嘴上也只能敷衍着劝他：“也没什么，您还可以继续画，机会别处也有。”

画家捂住脸：“要是别的地方看得上我，我也不至于被那娘儿们牵着鼻子走……我都这么大岁数了，估计也不会有什么起色了。”

然后，他又把手张开，好像对小孩儿做了个“变脸”的游戏：“还是你聪明。你早就看出她是在招摇撞骗了吧？”

“那倒真没有……”

“她有没有管你借钱？听说她找不少人借过。”

“有人借她吗？”

“那当然不会了。那帮孙子都比猴儿还精。”

我忽然想到：如果当初没跟陈金芳断绝联系，画家会不会把我也看成她的同伙呢？如果是那样，现在的局面就不是他找我诉苦，而是跟我玩儿命了。我的心里忽然充满厌烦，冷冷地对画家说：

“那你往后也学精点儿呗。”

画家向我转述的那些情况，自然让我联想到了陈金芳与b哥的合作项目。回到家后，我本想给b哥打个电话，但想了想，还是作罢。没过两天，报纸上的新闻就证实了我的猜测。欧盟突然启动了对我国太阳能产业的“双返”调查，他们认为中国政府大量补贴某些光伏厂商，以超低价格垄断市场。欧方扬言对中国产品征收高额的惩罚性关税，而在这个消息正式公布之前，走漏出来的风声已经掀起了轩然大波。主要的影响是在金融方面。银行和风险投资纷纷逃离，许多在建项目所在地的政府也打起了退堂鼓，不久前蜂拥而入的投机分子变成了退潮后晾在沙滩上的鱼。

几天之后，我突然接到了b哥的电话。他嗓音干哑，说话出乎意料地简短，只是让我赶紧到四合院来一趟。一进正厅，我便看到红木家具都蒙上了厚厚的棉布罩子，b哥正在给保姆和厨子分发遣散费。他的脚下立着一只巨大的旅行箱。

“看见没有？哥哥我要跑路了。”b哥不动声色地说。

“我会帮你照顾姨太太的。”为了缓解压抑的气氛，我开了个无聊的玩笑，“回来等着抱儿子吧。”

“丫跑得比我还快呢，早不知道哪儿去了，临走还顺走我好几样古玩。”b哥坏笑了一下，“这帮女的就是这样，平常办事儿磨磨叽叽，大难临头各自飞的时候比谁都利索。她哪儿知道，我也想趁机甩了她——我告诉她这次玩儿砸了，倾家荡产了，没准儿还得坐牢，其实远到不了那个地步。江苏那个项目我只是牵头，自己根本没往里投入多少，玩儿的基本上都是别人的钱，等到风头过去之后，照样是一条好汉……”

“那你跑什么路啊？”

“那帮人玩儿不起啊。我给他们分钱的时候都美着呢，现在亏本儿了，一个个跟死了亲妈似的，堵着家门口管我要钱，还有号称要找人卸我一条腿的……有这么不讲理的人吗？投资有风险，入市须谨慎，这话我当初不是没提醒过他们，是他们非追着我要参股的，这时候翻脸不认人了……”

我木讷地听他骂着街，明白自己再说什么都是废话了。b哥拽起箱子，扔给我两串钥匙：“这是我这院子的钥匙，车你也先开着。隔三岔五过来给花儿浇浇水，不怕麻烦就找人保养保养家具——碰上要债的就说我死了。”

我开着b哥的“捷豹”，把他送到了机场。临下车，他拿出烟来，跟我凑了个火儿，歪着脖子吧嗒吧嗒地抽。

“对了，还没说你要去哪儿呢。”我问他。

“恕我不能明言——这是原则。跑路就得有个跑路的样子嘛。”

我迟疑了片刻，终于又开口问:“陈金……哦不陈予倩，她找没找过你?”

“没有。项目出事儿以后，她就再没露过面。”b哥突然叹了口气，语调也低沉下来，“假如我没看错人的话，她要承担的后果是最惨痛的。别人拿出来的都是闲钱，只有她，很可能把什么都押上了……还是那句话，我们这样的买卖，本来就不是她能玩儿的。”

我默默地把烟头扔了，没接他的话。b哥又说了几句“等我南霸天回来”之类的豪言壮语，然后就戴上墨镜，缩头哈腰地跳下车，很像那么回事儿地跑路去了。自从机场高速改为单向收费，回城的那个方向总是很堵。还没到五元桥，车流干脆就停止不动了，前面的司机纷纷下车，伸着脖子张望着是不是出了事故。我溜了个边儿，开着“捷豹”从应急车道拐上了一座高架桥。

出了收费站前行几公里，便看见了熟悉的景色。那片地方恰好是五环外的“文化创意产业园”附近，陈金芳的公司就在不远。我恍惚了一下，把车拐进了产业园正门。那栋三层小楼像没事儿人似的矗立在树荫里，楼上的灯却全灭了。我停车上楼，不出意料地看见了玻璃门上挂着的链子锁，还有一张简短的封条。物业公司声称，因为陈金芳的公司拖欠租金长达数月，已经收回了房屋的使用权。而就在几乎一眨眼以前的日子里，我们曾经在那扇门里觥筹交错、装疯卖傻、口吐莲花。那里面似乎永远有酒，有音乐，有不知忧愁为何物的红男绿女。在和陈金芳重逢的一年多里，我看着她起高楼，看着她宴宾客，看着她楼塌了。

凝视着封条和链子锁，我突然又回忆起了她在豁子的资助下，开过的那间服装店。虽然陈金芳早已改头换面，但最近的经历，只不过是把她的当年重复了一遍而已。在那个服装店里，我曾经狠狠地拥抱过她；在眼前这个公司楼下，我又像混蛋一样把她推开了。我曾经从她身上找到过安慰，也曾经把郁积在心里的怨气没头没脑地撒在了她身上。如今，我只能躲着楼下咖啡馆服务员狐疑的眼神，在暮色的掩护下匆匆离开。

我最后一次见到陈金芳，是在大约两个月以后。

那时天已经彻底转冷，但离过节还有段日子。中国与西方的多项贸易谈判还在胶着地进行，毫无进展。受此影响，很多原先呼风唤雨的大人物都破了产。加入跑路队伍的商人越来越多，b哥仍然不见踪影。面对经济领域的困局，国家高层发出了“共度时艰”的号召。

那天我正在办公室写稿，手机忽然响了。是个从来没见过的号码。我以为是推销房产或者保险的，便不耐烦地拒接。

过了几分钟，电话又打了过来。我没好气地问："谁呀？"

"是我。"陈金芳的声音传了出来。

我的心往上吊了几寸："你……还好吧？"

"不好。"陈金芳停顿了一下，接着说，"我可能快死了。"

"别开玩笑了。"我说。

"真的……我以前骗过你吗？"陈金芳说，"我现在实在找不着别人了……"

她的口气让我不由得恐惧起来。我迅速问了她在哪儿，然后请了个假，开车出门。

陈金芳所说的那个地址，在东四环麦子店附近的一栋筒子楼里。那儿的房子十分老旧，租住的都是刚来北京不久的年轻人。逼仄的土路两旁摆满了小摊，生锈的自行车横七竖八地堆放着。离楼门洞还有半里路，b哥那辆"捷豹"车就再也过不去了，我只好步行。上楼梯的时候，我差点儿和两个香喷喷的姑娘撞了个满怀，她们翻开二两重的人造睫毛，用东北话问我"大哥咋不看着点儿呢"。

陈金芳所说的房间在三楼走廊尽头。我推了推门，门没锁，四十瓦灯泡的光亮稀薄地渗透出来。屋里除了一桌、一床、一张塌陷的沙发，就再也没有其他家具了。家具上端坐着陈金芳，她腰背挺直，在昏暗的背景中，脖子的曲线像某种水禽般宛转。

我叫了她一声，她像睡着了一样没吭气。这时，我才看见她的脸上有大片的瘀青，明显是被人打的，嘴唇都肿了起来。我还看见了沙发腿之间的那摊积血。血是顺着她的左手流下来的，把长筒袜都浸透了，并且还在以肉眼不易察觉的速度漫延着。

我随即看见了她腕子上的伤口——半寸来长，下刀想必非常果决，皮肉都被劐开了。而陈金芳这时才意识到我来了，她睁开眼，歉意地对我笑笑。

“本来想自杀来着，不过我没有自己想象的那么胆儿大，一看见血就害怕了，不敢死了。”她说，“只好再麻烦你一趟了。”

我心里翻涌着，说不出话，弯腰一把揽起她。抱着她往外跑的时候，我感到她的体温比正常人低了许多，但搂在我脖子上的那条胳膊却还是那么有劲儿，手隔着外衣，抓得我的肩膀都疼了。跑过楼外那条小道时，熙攘的人群自动散开，人们瞠目结舌地围观着。在余光里，我看见陈金芳的血不间断地滴到地上，在坚硬的土路上绽开成一串串微小的红花。这么多年过去了，陈金芳仍在用这种方式描绘着这个城市，然而新的痕迹和旧的一样，转眼之间就会消失。

我把她送到了最近的一所医院。过了晚饭时间，医生终于结束了工作，出来告诉我“抢救基本成功”。又有一个工作人员催促我去补办住院手续。

等到一切忙完，天已经黑了。我踱进陈金芳的病房。她的邻床是一位在小诊所刮宫造成大出血的女人，一直在满嘴脏话地喊疼；而陈金芳则紧闭着双眼，咬着嘴唇一声不吭，脸白得几近透明，连皮肤底下的筋络都浮现了出来。

但她的听觉却变得灵敏多了，迅速从女人的叫骂声中分辨出了我的脚步。她睁大眼睛，侧头朝向我，眼神像锥子一样。

“谢谢你啊。”

“没什么。”我舔了舔嘴唇，忽然脱口而出，“上次那么对你……实在是对不起。我太不识抬举了。”

陈金芳笑了一笑，也许是失血过多的缘故，她的脸上出现了许多纵横发散的皱纹：“你又没说错，我是没什么了不起的。”

“不不，比起我你已经……”

“当然你也不怎么样。咱们半斤八两吧。”她又接上一句。

我们有气无力地相视一笑。旁边那个女人的声音又高亢了起来：

“我操你妈的。”

“我操你妈的。”

“我操你妈的。”

我在医院的走廊守了一夜。第二天，医生说陈金芳的情况已经稳定了下来，我才回到单位去上班。这以后的两天，我每天晚上会到病房看她，但她大部分时间都在昏睡，醒了也闭着眼睛，仿佛仍在虚弱地苦挨。我自然也不好跟她说什么。

到了第三天，我才走进病房走廊，就看见长椅上并排坐着两团人——的确是“团”，一男一女，身材都矮而肥胖，穿着鼓鼓囊囊的棉大衣。尽管多年不见，但我立刻反应过来，他们是陈金芳的姐姐和姐夫。

他们的模样也大变了。许福龙不再是那条精壮有力的汉子，他佝偻着腰，缺了几颗牙，连嘴唇都瘪了进去。陈金芳她姐呢，那对引以为傲的大乳房早就垂到肚皮的位置上去了。他们面无表情，脸上笼罩着脏兮兮的沧桑，一看就是常年都在干体力活儿。

我在他们面前站住脚，陈金芳她姐半张着嘴，打量了我半天，也没认出我来。我只好自我介绍是陈金芳的“朋友”。

陈金芳她姐的第一句话就是：“她没欠你钱吧？”

得到否定的回答后，她的表情却变得恶狠狠的了：“她坑的全是自己人。”

接着，这两口子便围住我，倒好像我是个能解决问题的大人物，东一嘴西一嘴地痛陈起来。他们的讲述解开了我长时间里对陈金芳的疑惑。

她从来就没正经八百地有钱过。十多年前离开北京后，陈金芳便南下广东，先是在服装厂里做工，后来又到了深圳。在那几年里，她先后和好几个男人姘居过，一直在尝试着做买卖，又一直在亏本。每次经营失败，她都要靠男人去还债或者积累下一轮本钱。“这和卖没什么不一样。”村里人说。她让她的家人长期抬不起头来。但不知从什么时候开始，陈金芳的形象就变了。她开始开着轿车回老家，有时还带着一两个西服革履的合伙人来“考察”。她翻修了老房子，给姐姐姐夫家添置了全套家电，母亲过世后还举办过十里八乡最辉煌的葬礼。花出去的可都是真金白银哪，亲戚朋友们又顺理成章地对她刮目相看，大家都觉得她如今是一个“能人”了。

几乎是凑巧，没过两年，她的老家掀起了一场浩大的造城运动。经历了反复的说服、恐吓、群殴、威胁自焚，村里的土地终于被一个工业开发园占用，乡民们被搬迁上楼，拿到了或多或少的补偿款。那些钱却成了乡亲们新的难题。本地民风勤勉，大家自知不能坐吃山空，但想要做点小买卖，又往往不得要领。有年轻一些的到县里去开过杂货店和录像厅，很快就铩羽而归，还染上了吃喝嫖赌的劣习。这个当口，陈金芳又回来了。她宣称自己和人在深圳那边搞项目，大家可以把钱交给她去投资，一分五的高利率，不出几年就能翻番。刚开始，人们将信将疑，入股的人不多，只有她姐姐和几个堂兄弟，交给陈金芳的钱也很有限。但不出半年，返回来的“分红”就让越来越多的人动了心。又有人到陈金芳在深圳的公司去打探过，传回来的信息是她真成了大老板，办公室比镇长的还要大。

“那时候哪知道她是非法集资……现在又被警察定性成诈骗。”陈金芳她姐痴愣愣地陈述道，“她给我们的分红都是拿自己那份拆迁款垫付的，办公室也是临时租的。”接下来，村里人争先恐后地到陈金芳那儿去“入股”，连村干部都加入了进来。有个民办教师还要求陈金芳把自己的儿子招进公司里，“学着做点事”——这么做，当然有监视她的成分在里面。有文化的人心眼儿是要多一些。但一个刚从大专院校毕业的愣头青又怎么是陈金芳的对手？没过两个月，这个叫胡马尼的小伙子就被她收拢了过去，成了她的同伙兼新一任姘头。

陈金芳带着胡马尼，又在广东晃荡了两年。他们过得花天酒地，用乡亲们的钱投资过工厂，也炒过股票，但始终没有折腾出大名堂来，还被更“聪明”的人骗了不少。寄回村里的红利不能减少，募集来的本金则日益捉襟见肘。眼看着就要走到绝路，陈金芳决定最后一搏。她改了身份，离开深圳来到北京，一心开拓更“高端”的人脉，做些一本万利的大买卖。在此之后，她的生活就是我亲眼见证的了。她混进了天花乱坠的艺术圈子，又搭上了b哥那样的专业投机客，貌似有了逆转局面的机会，但最终彻底崩盘。

陈金芳把事情“搞砸了”以后，胡马尼突然悔恨万分，正义感也冒了出来。在藏身的筒子楼里，他代表全村人民怒斥了这个女骗子，将陈金芳推到沙发上，狠狠地揍了她一顿，然后就浪子回头地回村报信去了。

陈金芳她姐把话说完，便站起来走到病房门外，透过窗子呆滞地往里望着。因为身材矮，她需要轮番踮起脚，重心一会儿压在左脚上，一会儿压在右脚上，好像在跳芭蕾舞。我不知道陈金芳是否也在从里面看着她。又过了一会儿，警察就来了。两个老家市局的，一个北京派出所的协办人员。他们向医院的人出示文件，说明情况，一个老警察对许福龙吆喝了一声。然后，陈金芳的姐姐姐夫便走进去，把陈金芳的移动病床推出来，走到走廊门口。那里停着一辆外地牌照的依维柯警车，还放了一副担架。

陈金芳被抬上担架的时候，我意识到告别的时刻到来了，便默默地走了过去，从上往下看着她。陈金芳眯着眼，仿佛被太阳晃到了。

我局促了一下，说：“再见。”

“再见。”她的声音出人意料地清脆，还有种一切都安顿好了的踏实的感觉。

这样的道别倒也平和，甚至还称得上有几分洒脱。然而被抬进依维柯的后备厢时，陈金芳突然欠起身来，直勾勾地盯着我。

“我只是想活得有点儿人样。”这是她对我说的最后一句话。这话让我震颤了一下，连车子开走都没有意识到。等我醒过神来，眼前已经空无一人。我的灵魂仿佛出窍，越升越高，透过重重雾霾俯瞰着我出生、长大、长年混迹的城市。这座城里，我看到无数豪杰归于落寞，也看到无数作女变成怨妇。我看到美梦惊醒，也看到青春老去。人们焕发出来的能量无穷无尽，在半空中盘旋，合奏成周而复始的乐章。

石一枫的《世间已无陈金芳》最初发表于《十月》2014年第3期。小说从北京人“我”的视角展开，生动地讲述从外地来到北京的女孩陈金芳的人生，她“只是想活得有点儿人样”，却在物欲横流的时代浪潮里丢失了自我。石一枫成长于北京大院，他以地道的京腔将故事讲得引人入胜，并敏锐地捕捉了时代情绪，写出了北京大院子弟与北漂青年两类人群的心理差异。小说2018年获得第七届鲁迅文学奖中篇小说奖。

——胡诗杨

老灵魂

刘　汀

老洪这是第三次从梦中醒来了，不是噩梦，是美梦。

老洪从美梦中醒来，不是受了什么打扰，而是他一旦做梦做到最美好、最关键的时刻：一个大猪蹄子就要啃到嘴里，一个美丽的姑娘就快吻上他，彩票就差最后一个数字就能全部对上中几百万，每到这时候，老洪就会不由自主地发出一声轻蔑的笑声，醒过来。上大学时，老洪旁听过心理系的课，老师讲过做梦是人的无意识的活动，是不受意识控制的。老洪对这一点有所怀疑，许多次美梦中醒来让他觉得，自己不相信好事会降临的意识，总能轻易击破无意识。就算是做梦，老洪深深地知道，这些好事绝不可能发生。常常，老洪从美梦中醒来，会陷入沉重的悲哀里，不过很快又会睡着，做梦，再醒过来。

第三次醒来后，老洪看了看墙上的石英钟，凌晨四点，旁边的老婆小路睡得很熟，张着嘴巴，喘出来的气体仍残留着晚上吃的大蒜味。不知道为什么，就算是小路吃完大蒜刷牙，嚼口香糖，用漱口水，吃茶叶，可她的呼吸还是有着浓浓的大蒜味，到第二天中午才会变淡。老洪说，这是因为小路的食管和胃是直筒的，胃部的气息能毫无阻拦地冲上来。老洪在面对小路时，常常会想她如果一张嘴，就能像蛇吞食一只羊那样把他吞掉。有几次，老洪确实梦见自己被小路吞掉了，他在她的胃里，和碎而黏稠的大蒜紧挨着。老洪感到痛苦，他想醒过来，但偏偏醒不了，直到他就要无法呼吸，猛地一挣。

老洪看了看小路，确信她睡得很熟，又听了下隔壁女儿小红，没有声音，便悄悄坐起来，从床垫子下摸出一根烟，蹑手蹑脚地到了厨房，打开煤气灶点着烟，狠狠地吸了一口。老洪连打火机都没有，小路说不安全，容易被女儿拿着玩，或者高热爆炸引发火灾。

老洪美美地吸了一口烟，笑了，这是他一天中最舒适的时刻。

在之前和之后，他所要面对的都是巨大的阴霾一般的人与事。在单位里，老洪已经算是老人了，人人称他为老洪，虽然他实际上还不到四十岁。那些刚毕业的大学生，把他看成和收发室分发信件的大爷同一辈分，常常说："洪老师，您看起来真成熟。"老洪会很自然地嗯嗯啊啊，说："你们这些年轻人啊，什么都不懂。"

老洪想起前几天自己陪领导去泡温泉的事。这机会让很多同事羡慕，老洪很开心，一是表示领导的信任，二是可以摆脱家务几天。老洪和领导换好了泳衣，进到了温泉中心，从头到尾一个池子接一个池子泡。领导今年快五十岁了，看起来比老洪还年轻，而且因为喜欢锻炼，身材一直保持得比较好。倒是老洪，大腹便便，脸上也是一堆赘肉，一笑起来，那堆肉瞬间就挤成一个字。这个字，有时候是“好”，有时候是“行”，有时候是“忍”，总之不会是“不”，更不是愤怒或者暴躁这类。老洪几年前就搞明白了，如果说生活要摧残你，你最好就是放宽心承受，很快就过去了，越挣扎反而越难受。

领导每隔一段时间都会来泡温泉，最喜欢的就是那个有小鱼的池子。但那天老洪跟领导泡的时候，有小鱼的池子一直挤满了人，领导没耐心，去别的池子泡，让老洪在这等着抢空位。眼看有人要走了，可因为一直在池子边站着，凉飕飕的，老洪来了一股尿，憋不住只好去厕所，等他再回去，池子里又人满为患了。领导很不满，说老洪擅离岗位，不堪大用。老洪脸上的肉又挤成了一句话：领导批评得对。自己也是，早不来尿，晚不来尿，偏偏这时候来，坏事，早知道尿在腿上也不能离开。老洪想要去跟池子里的人打个商量，让领导去泡泡，可转悠了半天，也不知道怎么开口。领导的兴致也没了，冷着脸带老洪去了红酒池。

泡在红酒池里，领导跟老洪科普为什么一定要泡小鱼池。领导说，这些小鱼呢，是专门养的，它们在池子里，在你身体上游来游去，把身体上死去的皮屑都吃掉，让你的皮肤新陈代谢，保持一种活力。老洪的脸上和嘴上，非常一致地显示出：领导说得对，领导你懂得太多了。领导拍打着自己的大腿，遗憾地说，上次来就没泡上，这次又是，特别是自己的脚，常年有脚气，只有让这些小鱼吃一吃，才能舒服点。说着，领导的脚似乎就痒起来了，脚指头在水池子边上蹭来蹭去。可越蹭越痒，领导的全部精力都用在和脚气斗争上了。老洪不由自主地俯身过去，但又停住了。领导看了他一眼。老洪想，领导的意思已经很明白了，自己也明白他的意思，但……老洪脑子还在考虑，手已经温柔地握住了领导的脚，像捏脚的小妹一样，给领导揉搓起来。领导有些吃惊，但舒服地笑了，身体更加放松地靠在池子边，两只脚都搭在了老洪的腿上。老洪似乎得了表扬，两只手郑重其事地给领导搓，从大拇指到小拇指，再到每个指头缝。

这次出行领导很满意，回去的路上，特意让老洪坐到了副驾驶，还跟他唠家常：老婆在哪工作啊，孩子多大了，工作有什么困难。老洪有点受宠若惊，一一回答。老洪想，其实吧，你以真诚待人，别人一定会以真心对你，就算是领导也一样。老洪不由想起自己刚工作那会儿。那会儿的领导还不是这个领导，而是一个五十多岁的女领导。有一次，单位组织去坝上草原玩，其中一个项目是骑马。但又不是简单的骑马，景点说这是御马，要给游客皇上娘娘们一般的待遇。同事每个人都领了一匹马，自己上了马，到了领导这儿，领导说："娘娘哪有自己上马的。"老洪赶紧和另一个同事去扶领导，可领导甩开他们，说，不是这样，我看电视上完全不是这样，都是有一个人跪在地上，娘娘踩着背上去的。老洪和同事对看了一眼，同事比老洪早来了一年，瞬间就搭话说，领导说得是。示意老洪赶紧跪下，老洪很不乐意，说，我去找个凳子吧。老洪去找凳子，等回来发现领导已经坐在马上了，同事的膝盖沾着草和土。领导说，老洪，我们去骑马，你别去了，在家看东西吧。老洪只好诺诺答应，一整个下午，都蹲在车轱辘下跟大巴车的司机一起抽烟。

老洪后来反思了，是自己不对，领导不就是要踩你一下吗？领导踩你，那是对你的信任，你不接受领导明面的踩，那领导背地里踩你，可就不这么简单了。果然那年老洪转正的时候，费了好大的劲儿，差点没转成。这之后，老洪一直等着再有机会去坝上草原，领导骑马，给领导踩一踩，可没多久，这个领导就病了，办了病退。老洪再也没机会了。

把烟头灭了，老洪摸了摸内裤的夹层，那儿是老洪特制的一个兜，兜里放着昨天快递送来的那张相声票。老洪捏了捏硬刮刮的票，心里一阵激动，尽管这张票一整天待在阴暗的角落，还一不小心硌到他的老二和蛋，但每一次捏捏，老洪都要笑出声来。老洪想，老婆再能耐，也有疏漏的时候。老洪的每一件衣服，都是小路买的，每周换两次，周三和周六，雷打不动，都是老婆用洗衣机洗干净，熨好叠好放在柜子里，老洪只要按时换就可以了。只有老洪的内裤，老婆是从来不管的。第一，小路说，内裤很脏，不能放在洗衣机里和别的衣服一起洗；第二，内裤是你的隐私，我不干涉你的隐私。其结果就是老洪要自己手搓内裤。老洪本来很不满，但现在反倒感激起内裤来，穿什么内裤老洪自己决定，这是老婆对他全面管辖的唯一法外之地。老洪内裤上缝了一个兜，用来装他冒着生命危险攒下来的几块私房钱。因为这个，老洪又许多次在心里感谢了老娘，十五年前，他从陕西一路坐火车进京上大学，老娘就是把五千块钱的学费和生活费，缝在了自己的内裤里的。老洪感激老娘的发明。

老洪又打开煤气灶，把烟蒂放在火上，烧成了灰，然后抖落在地上。老洪不敢把烟蒂放在厨房的垃圾袋里，小路随时能看到它，这种教训已经有过很多次了。内裤里的相声票，又硌了老洪的左蛋一下，老洪打了个激灵，耳朵里就响起了郭德纲的声音。

老洪其实也说不清，什么时候成了郭德纲粉丝的，大概是工作三年，结婚一年之后，他开始听郭德纲的相声，然后就成了“钢丝”。老洪自己分析过，生活压力工作压力太大了，他总得想点办法放松一下。只有听相声，又可乐，又便宜，网上到处都是。老洪一直有个愿望，就是去现场听一场郭德纲的相声。最便宜的票价是一百八，老洪有好几次都要攒够了，可这笔钱又突然没了。有一次，他攒到了一百五，还差三十，这时候女儿小红在学校把别的小朋友脸抓了，到医院去包扎、买药，花了一百四十九。还有一次，老洪攒到一百七十元，再有十块钱就成了，却不小心自己洗内裤的时候把钱洗了，放在冰箱上晾干，就晚收了五分钟，被小路发现充公了。老洪有点绝望，他想自己永远都攒不够一百八十块了，除非在马路上捡到钱包，或突然间中一注彩票，否则等郭德纲封台的时候，他也不能去现场听一次。

但世事难预料，昨天下午，老洪去合作单位某大学送文件，回来的路上，遇到了几个女大学生。女大学生拦住老洪，请他填一个测试单。老洪很不耐烦，随手要扔掉，但其中的一个女学生说，先生，我们这个是有报酬的。老洪立刻来了精神，仔细一打听，原来她们是在做一个当代城市白领精神状况调查，做完了测试题可以得五十元。老洪认认真真填了测试表，接过了女孩递过来的五十元，又是摸又是弹，对着太阳找金线。女孩看老洪的样子，笑着说，先生我们是学生，不会骗你的。老洪有点尴尬地收起钱，诺诺地说，是的是的。

揣着天上掉下来的五十元，老洪有点激动，因为他清楚地知道，马上就要过中秋节，单位每年都会发两百元的节日补助。据跟他关系比较好的财务小宋说，今年因为上面一层新换了大领导，可能是发三百元。老洪完全可以提前截留一百元，现在有了五十元，加上他之前在单位卖废品的三十元，完全够买一张相声票了。老洪还想到，上个月，他参与了单位组织的义务献血，很快也能发下来一百块的补助。

老洪兴冲冲回到单位，却被领导劈头盖脸骂了一顿。老洪在单位，主要是做数字做表格的，他每天要把单位成千上万的各种数据整理归类运算，然后把结果报给领导。老洪干了十年了，每天从早八点到晚五点，都是和这些阿拉伯数字和各种算法打交道。老洪不知怎么，昨天的数据搞错了一个函数，领导上午拿着去汇报，被批评了，回来冲老洪发了一通火。老洪心里很沮丧，想着领导的脚白捏了，可他碰到兜里的五十块，心情又好起来。他等了很久的机会来了。

老洪在网上查了查，这一轮专场的售票日期截止到今天。他赶紧去找小宋，让小宋用他的网银给他买了一张票。小宋是老洪在单位最好的朋友，而且小宋有钱，还讲义气。但小宋帮老洪不是因为有钱讲义气，而是老洪有一次意外撞见了小宋和单位的女同事小刘一起从某个宾馆出来。小宋比他小一点，但也结婚好几年了。老洪跟小宋暗示过，他什么都没看到，小宋很知趣，经常给老洪买盒烟，请他吃顿饭。久而久之，老洪甚至成了小宋和小刘约会时的保护者，比如老洪和小宋一起去办什么事，都是老洪自己去，而小宋却和小刘到某处幽会了。老洪之所以这么做，首先当然是他只能这么做，其次是老洪确实贪图小宋的烟酒，后来，老洪半夜醒过来时看着老婆张着嘴往外喷大蒜味的时候，也不免幻想起女同事小刘。小刘毕竟是年轻的，细皮嫩肉，而且长得十分精巧，不像小路那种肉墩墩的结实。老洪以为在自己的想象中，能和小刘发生点什么，但后来发现自己的身体毫无反应，老洪有点悲哀地想，他的前列腺提前二十年衰竭了。但老洪又想，幸好有小宋，小宋不但是为了他自己，还是在替老洪在跟小刘相好。

老洪就拿到了相声票，看着票面上的德云社三个字，老洪十分激动，跑到厕所去把票放进了内裤的口袋里。

天已经放亮了，老洪没有去洗脸，直接拿起锅来淘米煮粥，他今天必须积极表现，免得小路找碴。他知道，上午和晚上，女儿各有一个兴趣班，自己晚上的时间刚好去听相声。兴趣班最开始都是老洪带着女儿去的，但后来小路经过调查，发现老洪总是和同去的其他孩子的女家长很热络，便不再让老洪去了。

吃早餐的时候，老洪埋头喝粥，十岁的女儿突然喊爸爸爸爸。老洪抬起头，问什么事。女儿又喊：妈妈妈妈。小路说干吗闺女，快吃饭，吃完咱们得走了。女儿看了看他们，低头用筷子戳煎鸡蛋。尽管老洪很仔细，很小心，今天的鸡蛋还是煎得有点煳了，女儿本来就不爱吃，现在更不想吃了。老婆看着煎煳的鸡蛋，叹口气，老洪心里就一沉。幸好小路没说什么，只是劝女儿把粥喝掉。女儿突然说，爸爸，你的手怎么了？老洪一愣，去看自己的手，不知道什么时候，右手手背起了一块硬币大小的疱。小路皱了皱眉头，说：煎鸡蛋时烫的？老洪没答话，他吃惊烫了这么大一个疱，自己怎么会一点都没感觉到。小路站起来，说你整天想什么呢？行尸走肉形容你最恰当不过了。老洪习惯性地夹紧了双腿，相声票硬挺挺地硌了他一下。每当老婆骂他的时候，他都会夹紧双腿，因为有一次，老洪跟怀孕四个月的老婆一起去游泳，在游泳池里看到了一个丰乳肥臀的姑娘，老洪的那儿不合时宜地硬了起来，小路看见了，使劲一巴掌就拍了下去。老洪疼得咬牙切齿，可是又不敢叫出声。回到家里，小路让他光着屁股站在面前，一通骂，边骂边拍老洪的那儿。老洪想反抗，可一看到老婆日渐隆起的肚子，他念头就打消了。只能怪自己，偷着看美女就看吧，怎么还就硬起来了呢？让人抓现行，活该受罚，不应该有怨言。

老洪偷瞄了一眼墙上的钟，六点半了，他知道再有十分钟，老婆肯定会闭嘴，因为她得带小红去赶七点钟的公交车。

老洪忽然很想笑，不知道为什么，他很清楚这时候笑不合时宜，但就是想笑。因为他脑子里，像是溅起的水珠一样，不停地有郭德纲的经典段子涌出来，逗他，胳肢他。小红说，爸爸你怎么了？老洪说没怎么。小红说，爸爸你是不是不舒服，你看你的脸都拧巴了。小路听了，去看老洪，有点紧张地问：你是不是病了？老洪捂着肚子，说肚子有点疼，我去厕所你们快走吧，一会儿赶不上公交车了。老洪急忙忙进厕所，厕所门把老婆的话生生夹断了。但老洪知道她说的是什么，她说："你可千万别生病啊。"小路关心老洪，不是担心他生病，而是担心他生病要花钱。小路对医疗保险设定的只有费用超过一千八百元以上的部分才报销意见重重。她经常说："一千八，这要多大病，我才能花一千八？要是一下子花到一千八，我看也不用治了，直接拉走烧了吧。"当然这话主要是针对老洪说的，如果是小红病了，或者是她自己有个头疼脑热，小路甚至会挂特需的专家号。老洪最开始有些愤愤不平，但经过小路的多次教育，也就接受了。比如，小路说：你一个月挣四千七百九十块钱，我一个月一万一千元，你病了和我病了能一样吗？你请一天假扣三十块钱，我请一天假少拿八十块钱。孩子更不一样了，她病了我就得请假照顾她。算算账嘛。

老洪心算了一下，老婆说得有道理，他拼命想着自己能加薪，超过老婆，可就现在看来差距越拉越大，没有指望了。

老洪坐在马桶上，听见老婆在客厅里给小红整理衣服，拿书包，他使劲嗯嗯了两声，显示出自己肚子不舒服，而且正努力把这不舒服排泄出去。很快，老洪听见了门关上的声音，老洪回手摁了下水阀，马桶哗啦啦地把今早的一切都冲走了。

老洪推开厕所的门，家里现在只有他一个人了，他喊了一声，喊完却脊背一凉。然后静静待了两分钟，确信屋里确实只有自己，才躺在了沙发上。手伸进裤裆里，摸索着把那张相声票拿出来，弹了弹，还是硬刮刮的。老洪放在鼻子下闻了闻，有一股汗臭和湿湿的骚味。

我来了，纲哥。老洪喊。

下午四点多，老洪到了天桥附近的德云社外。

老洪有点饿了，他进了一家老北京小吃店。来听相声，这家店也是必来的，老洪早就在网上做了功课。他要了一碗炸酱面，看见柜台旁边还有一个大罐子，写着豆汁半价，也要了一碗豆汁。这玩意儿老洪没喝过，据说很不好喝，但老洪一定要尝尝，而且，半价，不喝就像亏掉了一样。豆汁刚端上来，老洪就有点恶心，闻起来不怎么样。老洪捏着鼻子，用喝汤药的方式喝了一大口，就再也喝不下去了。老洪有点后悔，不过又想，听了传统相声，喝了豆汁，这也才般配嘛。

老洪进去，在最远的一个犄角旮旯找到了自己的座位，只有把脖子向右歪十五度，他才能看到完整的舞台。节目开始，就听说今天郭德纲不来了，全是他的徒弟。老洪急了，我就是来听郭德纲的，一百八十块钱容易吗？可不来就是不来，老洪着急也没有用。这相声听起来就没了意思，而且今天的主角，是郭德纲徒弟的徒弟。老洪有些愤怒，站起来要喊几句什么，可周围的人都在乐，拍巴掌。老洪问旁边的一个青年："你觉得好笑吗?"那个青年上气不接下气地乐着，说："这他妈逗，这帮孙子，可笑死我了。"老洪悻悻地想，你们这些人欣赏水平太低，笑点太低，和我不是一个档次。

后来，徒弟的徒弟们开始说郭德纲的一个老段子《我这一辈子》，老洪听了几百遍了，两个青年在台上说，老洪闭着眼睛，脑补郭德纲亲自演绎的画面。正听得高兴处，老洪被人杵了一下子，立刻睁眼："什么事?"是旁边的青年，青年一脸搞不懂的样子看着他，说："大哥，你这是怎么了，旁边人听相声都在乐，你怎么哭了。"我哭了？老洪有些吃惊，我没哭啊，可他一摸眼眶，满手的湿。我听相声怎么就听哭了呢？老洪赶紧解释，这两天上火，眼睛干，这眼泪都是乐出来的。

老洪不想听了，没意思，起身，过森林一样迈过一排腿，从剧场出口出去。

天已经黑了，老洪看了看点，八点了，他得回去了。

老洪进门的时候，心里有些忐忑，他知道老婆和女儿都回来了，见他没做饭，一定不高兴。当然老洪提前几天就想好了理由，说是单位有急事，让他去车站送一个老客户。但老洪走进屋里的时候，看见小红正在跟一个黄头发青年翻箱子，厨房里有炒菜的声音。黄头发青年一回身，老洪认出来，是他刚上大学的小舅子小水。

来了，老洪说。

小水从箱子里举起一摞书来，说："我靠，姐夫，真没想到啊，知人知面不知心。"

老洪头皮一紧，他记起小宋曾给过自己一些花花公子杂志，自己看完塞箱子底了，这要是被他翻出来……正担心着，小水大声说："没想到啊没想到，姐夫你竟然还喜欢小四。"

老洪一愣："谁是小四？"

"郭敬明啊，"小水说，"别抵赖了，你看看，这不是郭敬明的书吗，从第一本《幻城》一直到他的杂志。这上面还写着字呢，叫什么：小四，我崇拜你，哈哈哈哈。"

老洪哦了一声，又去了厕所。坐在马桶上，老洪想起来了，高中的时候，自己确实很迷恋郭敬明，他的书每本都看了好几遍，上了大学还看过一段时间，毕业后不再看了。往事不堪回首，谁还没有年轻的时候，老洪想。

这天晚上，一切照旧，但老洪心里有深深的失落。很长一段时间，他都是靠去听郭德纲的相声这个美好的想法支撑下去了的，现在这个愿望变味地实现了，他有些不知所措。晚上睡觉的时候，女儿拿了一板创可贴给他。他说，干吗？女儿说，爸爸，你手上早晨烫的地方，贴上就好了。老洪说，是妈妈让你来的吗？小红摇摇头，说我自己来的。老洪心里一酸，想自己还是有牵挂的。小红给老洪的手贴上创可贴。老洪说红，晚上爸爸陪你一起睡，好不好？小红说不好。老洪说为什么。小红说，我有小熊维尼。小熊维尼是她最喜欢的玩具。老洪笑了一下，说那你再给爸爸一块创可贴吧。小红又撕下一块创可贴，说，你还有哪儿烫了吗？老洪说，是啊是啊。老洪掀开衬衫，把创可贴贴在了心口上，说，爸爸这里有点不舒服，贴一下。小红说，哦，爸爸你是老了吗？老洪说老了？小红说，就是呀，妈妈说外公心脏不好，就是因为老了，人老了心脏就不好了。

老洪摸了摸女儿的脑袋，说快去睡吧，小熊维尼等着急了。

女儿亲了一下他的脸，走了。

老洪去揭贴在胸口的创可贴，这不过是跟孩子开的一个小玩笑。老洪一使劲，疼得叫了一声，他感觉有什么东西，从自己的心脏内部，被连带着扯走了。撕心裂肺，然后就彻底空了，轻了。从这天起，老洪再也不做美梦了，老洪甚至不做梦了。

一周后，老洪跪在了家里的地板上。

老洪被小宋忽悠了，小宋说今年过节费发三百块，多了一百。可实际上还是只发了两百，小宋直接扣掉了老洪借他的一百，老洪只好拿着一百块钱给老婆交差。老婆自然不干。而且，老洪内裤上的那个藏私房钱的兜也被老婆发现了。

小路骂他："你是不是在外面养了小三？"

老洪冷笑一下："我自己都没钱花，还养小三。"

小路说："被一个富婆包了，也没准。"

老洪说："我倒是想。"

老洪跪了半夜，心里觉得好没意思，就起来，坐到电脑前，给单位的每个同事发了条消息，说的是小宋和小刘的事。老洪觉得小宋太不地道了，他想报复一下他。

第二天上班，老洪看见小刘哭着从领导办公室出来，他又去找小宋，小宋干脆没来，以后再也没来。若要人不知除非己莫为，老洪想；纸终究包不住火，老洪想；兔子尾巴长不了，老洪想。

一个月后，老洪在晚上加班回去的路上，被人捅了一刀，正捅在心脏上，送到医院不久就没气了。行凶者没抓到，但单位都传言，不是小宋，就是小刘，或者小刘的老公。得知老洪被杀，小路一直没哭，她脑子里都是警察介绍情况时说的一句话："毫无抵抗。"警察说，根据现场的情况看，老洪一点都没反抗，甚至还很配合。小路骂他，这么大个人，竟然一点反抗能力都没有，窝囊。在医院里，小红拿着创可贴，要往爸爸的伤口上贴，说贴了爸爸就好了。小路说没用的。女儿还要贴，小路就发火了，冲女儿吼了几声。

小路他们把老洪送去火葬场的时候，小水说：姐，你说我姐夫，怎么就从一个郭敬明的粉丝，成了郭德纲的粉丝的，这才几年啊，老得。小路不说话，眼睛肿得像个充满气的鱼鳔，一个人不哭，眼睛也可能肿起来。

到了火葬场，他们交了钱填表，工作人员说现在是绿色火化，你们可以在电脑屏幕上看着火化炉的情况。小路吓了一跳，说我们不看了。工作人员说，看看吧，别到时候说我们随便拿点炉灰糊弄你们。工作人员打开了电脑，炉子里的火几乎要从显示屏里烧出来。小路想不看，可是眼睛就是挪不动，她看见老洪被送进了炉子。小路突然想起那天早餐，老洪手上的那块烫伤。工作人员突然咦了一声，然后扭动了一个什么按钮，炉子里的火大了许多，可是老洪好像还是很不情愿燃烧，像一块被雨淋湿的木头。工作人员跟另一个人说了句话，老洪被从炉子里撤出来，然后有一个喷头哧哧往他身上喷了些液体，又被推进了炉子里。

这回老洪欢快地燃烧了，火焰是亮红色，噼噼啪啪的声音像毫无节奏的快板声。工作人员说好了，然后关掉了电脑屏幕，转头让小路再补交五十块钱的汽油钱。小路问：凭什么？工作人员说，凭什么，我在这干了这多年，从没见过这样的尸体，怎么烧都不着，只能在他身上多淋了一斤汽油，很少有这种情况。小路说你们往他身上淋汽油了？工作人员说，淋了，以防万一还多加了半斤，你们得补钱。小路突然掉了眼泪，说，他最讨厌汽油味了，一闻就吐。

小路号啕大哭，哭得快上不来气了。

小水安抚了半天，小路不哭了，却开始不停打嗝，对面的工作人员本能地捂了捂鼻子。

补钱吧，工作人员说，交完钱我才能把你老公给你。

小水掏出五十块钱递给工作人员。

不一会儿，工作人员用袋子装了一小撮骨灰给小路。

小路掂了掂：就……呃……这么点？

工作人员说：是不太多，老人嘛，骨头轻。

小路说：什么老……呃……人，我丈夫才三十多，他可是有一百……呃……六十多斤呢。

工作人员一愣，说：是吗，三十多？可他烧起来，跟八十多岁的人一样，干巴巴的，身上一点油水都没有，像烧一团铁丝。

小路把老洪装在准备好的盒子里，抱着往外走，边走边说：老洪……呃，你走好，反正活到八十岁，也还是一……呃……样，人家说了，你现在就像八十多的。

刘汀的《老灵魂》最初发表于《山花》2016年第2期，2017年收入刘汀的短篇小说集《中国奇谭》，更名为《炼魂记》。小说《老灵魂》聚焦于北京一个三十多岁的男人老洪，他过着普通、平庸，甚至卑微的生活，在工作单位与家庭之中都感到压抑。老洪最终死于非命，冶炼灵魂的结尾让他的死亡增添了几分荒诞的色彩，显出底层小人物的辛酸、无奈，也让小说增添了几分虚实相生、荒唐怪诞的色彩。

——胡诗杨

至此无山

乔　叶

1

他还是决定和她进到八大处公园里。酒店里没有散步的地方，两个人待在房间里，也不是那么回事儿。要是实在尴尬，还可以爬爬山。到这里半个月以来，总归每天都要爬山的。

二十年呢，毕竟。若不是他的电子邮箱还一直用着，相隔着二十年，她怎么可能找着他呢。

见见也好。

乍一出楼，热浪袭人。走上几步，适应了一下，就觉出这热有点儿虚张声势。应该是楼里的中央空调凉气太足，两相对比太强烈的缘故。进了八月，上礼拜都立了秋，酒店又在这半山腰上，即使是这饭点刚过的正中午，又能热到哪里去呢。

一出酒店大门，他就看见了她。不自觉地，他小跑了起来。他很快意识到了这一点，随即缓成了正常步调。有多久没这么跑过了？对于他而言，跑已经很不适宜了。这一脚一脚踩出来的，不是地面，是仪态。一跑起来就会丢了仪态。如今，仪态这东西，他怎么能随便丢呢。

她在槐树底下的石头上坐着。树叶绿得深浓，枝丫间还累累垂垂地开满了槐花，衬着几盏红灯笼，让整棵树显得很中国。她穿着白裙子，戴着白帽子，低头看着手机。身形看着一点儿也没有发福，恍惚还是以前的样子。

喂——他喊。

她站起身，一脸灿烂的笑。太灿烂了，顿时陌生起来。

马路上正连续过车，他站在路这边，和她对视着。白帽子下，看不清楚她的眼睛。在车和车的间隙里，他们对视了几个回合，眼神似乎都有些闪烁，他便做出东张西望状，像是在看车。

终于没有了车。他慢慢地过了马路。

她似乎比以前还瘦了一些，头发也理得这么短。

抱歉，久等了。

什么久等。就一小会儿。

热吗？

不热。心静自然凉嘛。

吃饭了吗？

吃了。

那，找个地方坐坐？他指着她身后的公园：里面有茶馆。

好。

他掏出两张卡，递一张给她。公园收费，每张票十块。酒店和公园签有协议，每个学员都有一张红通通的门禁卡，对检票员亮一亮这张卡，就可以免费进。

满耳蝉鸣。一条很宽的直路铺在脚下，也很长，像是可以无边无际铺下去似的。右手边是个小荷塘，还有零零星星的荷花在开着。两个人的脚步此起彼落，扑踏，扑踏。论起来，这么多天来，还是第一次有人陪着他在这里散步。

该说些什么的。从哪里说起呢？二十年的体积过于庞大，切口还是小一些吧。

这些天在忙什么？

看戏。

什么戏？

豫剧。这个月你们豫剧进京展演，我可看了不少。

能听懂吗？

当然能。有听不懂的地方也不打紧，有字幕呢。前儿是最后一场，唱的是《大登科》，那个角儿，我以前就听过他的戏，唱得好。

哦，那个人。他有个外号，叫洗面帝。

这是哪里来的说处？他给洗面奶代言了？

有一年，新上任的省委书记接见豫剧名家，他发言的时候说，您来了之后，我们文艺界的春天就来了。我听了您关于豫剧的指示后辗转反侧，夜不能寐，激动不已，以泪洗面。媒体把他这些谄媚话都曝了光，他不是演过皇帝吗？网友们就叫他洗面帝。

这倒霉催的，肯定是得罪过记者。

他着意地看了看她：还以为你会说他活该呢。

他又没说错话。

难道不觉得很浮夸？

有时候，有些事，还真需要有人这么说。他那么一大把年龄，又是唱老生的，还是团长，这些话他不说谁说？由他说出来，总比一个唱青衣的年轻旦角说出来更合适吧。如今这么个大形势，戏剧这件事，必须靠领导。领导要是不扶持，怎么可能维持得下去。她自顾自地说着：就是不知道领导听了是什么感觉，会不会骨酥肉麻。也不知道有多少人对他这么说过，他会相信吗？要是不相信，那岂不是叫人家白说了？我担心的是这个。

他无声地笑了笑。她以前可不这么随和。

那些话，肯定不会白说。虽然领导嘛，也不会相信。

你又不是领导，怎么会知道——哦，我忘了，你现在也是个领导了吧。什么级别？

他顿了顿：厅级。

厅级，比处级高吧？

厅级嘛，就是客厅一级的。他笑。天忽然变得格外热，他汗水涔涔。茶馆在哪里呢？三处还是四处？虽然每天都进来散步，他的记忆却突然模糊起来。

2

一辆三轮车停在十字口的东北角，依着一棵槐树。一个男人坐在旁边的长木椅上打盹儿，头一点一点的，像是在梦里也附和着什么。扇子掉在了地上，扇面上画着大剌剌的梅兰竹菊，落了几朵真槐花。车斗子里是荷苞，一扎一扎的，全是直挺挺的花骨朵儿，齐刷刷地扎在白色的水桶里。怪不得荷塘里的荷花那么少，敢情全都在这里呢。还有莲蓬，也是一扎一扎的，摆在旁边。荷苞粉嘟嘟的，莲蓬翠生生的。

她把头趋向荷苞，使劲儿地闻着。

要一把吗？

不要。可是我想拍个照。她说着把手机递给他。

把帽子抬抬。

取景框里，她原本有些黄黑的脸被粉嘟嘟的荷苞映衬着，也有些红润了。她如今这么爱照相了，居然。

年轻时不爱照相，觉得自己太丑。等到又老又丑的时候才想通，你跟美的东西照相，难道是想跟它比美吗？那你怎么能比得过？美这个东西，就是用来欣赏的，贴近的，服从的，不是用来较劲的。这么想着，它就能来滋润你，营养你了。

听着她这番飘着鸡汤味儿的话，他只沉默。她的话，比以前稠得多了。

上了一个大坡，就进了灵光寺。灵光寺是二处。寺里有一座佛牙舍利塔，在离寺很远的地方都能看到。他每次走到这里都会顺时针转塔三圈，早就背熟了这塔的来历。不待她问起，便像个导游似的对她解说，这塔名为佛牙舍利塔，自然供着佛牙舍利了。二层是舍利阁，阁内有一座纯金的七层宝塔，供奉着释迦牟尼的一颗灵牙。据说释迦牟尼的舍利有八万多颗，以佛牙舍利和佛指舍利最为珍贵，佛牙全世界只有两颗，其中一颗就在这里。

这塔……她仰望着。

他也跟着她一起仰望。天蓝盈盈的，有云慢慢地飘过，似乎是塔在动。

这塔……这半截子话，她又重复了一遍。这让他觉得有义务接一下，便告诉她，是八角十三层密檐，有五十多米高。

她说，觉得这塔有点儿新。他说这塔是建国后起的，才四五十年，可不是新吗。佛牙舍利原本供奉在另一座塔里，那塔叫招仙塔，是辽代建成的，人都叫辽塔，立到1900年，被八国联军的炮火轰废了，只留下了一个塔基。

这塔，她又说，我怎么不记得了呢?

脑子就那么大的地方，总得腾旧进新，哪能什么都存放着。

也是。

要不要转转塔?

好。

她的脚步细细碎碎的，慢慢走在他后面。他假装看手机，把脚步放得更慢，让她超过了他。跟在她后头，他看着她的背影。她的肩膀，还是那么窄小。

三圈走完了。

再走几圈吧。她说。意犹未尽的样子。

他们走了九圈。她在塔前的蒲团上跪下，磕了三个头。他在一边看着。待她起身的时候，他本想拉一把的，却只是虚虚地伸了一下胳膊，然后指了指左后方，说，去看看辽塔吧。

辽塔不是塔，但总不好叫它塔基。也是奇怪，它分明只剩下一个塔基了，却似乎比新塔更像一座塔。偌大的塔基分出了三层，第一层和第三层都是实心的石雕，第二层镶嵌着镂空的佛龛。在第一层往第二层收势的砖阶上，摆着许多观音像，大多是白坯底儿的瓷，有的镀着金粉，有的勾着金边，有的描着青花。也有些别的质料，黑的像是陶，黄的像是泥，还有的泛着铁锈绿。有的观音是孤单单站着，有的是几尊并排。有的旧些，有的新些。有的放在佛龛里，更多的，就是立在砖阶上。这么多的观音像供在一起，按说是有些俗气的。可聚在这斑驳的塔基上，却反而既清新又温暖，相称极了。西南角上有一棵葱葱茏茏的菩提树，树枝斜下来，给观音们搭出一片婆娑阴凉。

那个，她远远地指着一尊观音：是送子观音吧？

不认得。

这些观音，又静又美，跟张火丁似的——你知道张火丁吧？

话题这么跳脱，倒像是以前的她了。

好像听说过——那边池塘里有鱼，去看看吧。

她跟着他走过来，仍然在说张火丁。她的《锁麟囊》你应该看看，说不定你会成为她的脑残粉儿。她有很多脑残粉儿。别误会，我可不是。我是王君安的脑残粉儿，君安也有很多脑残粉儿。只要有君安的戏，就会有好多粉儿从美国、加拿大专程回来，千里迢迢，万里迢迢，打个飞的，无非就是为了看她一场戏。

她认识你吗？

认识。这么多年了，她的搭档都认识我了。你也应该看看君安。看她的现场。我跟你说，看戏一定要看现场。这就跟看足球赛似的，一定，一定要看现场。

……

君安，那真是个好角儿。她的戏，真是角儿的戏。看戏看的是啥？就是角儿嘛。看戏看戏，谁是戏？谁有戏？就是角儿嘛。从古至今都这样，角儿是戏的灵魂，是整个舞台的主心骨儿。不把戏演得炉火纯青，那也不能叫角儿。唱戏的人有多少？能出来的角儿也就那么几个。张火丁，王君安，都是个顶个的好角儿。

张火丁，这名字……

有点儿怪是吧？据说原本是要叫灯的，不知怎么的，就把灯拆开了。不过，火丁比灯更有意思呢，是吧？她的粉丝，都叫灯迷。

她的戏，好在哪儿了？

好像他的问话层次太低，简直不知该从哪里答起，她寻思了好一会儿，方才开始循循善诱：你知道程砚秋程派吧？程派怎么来的你也知道吧？是程砚秋的嗓子坏掉了，成了烂嗓子，他在自己嗓子的基础上创立了程派，所以程派的特点就是曲折婉转，缠绵低回，柔韧深沉。张火丁是女人嘛，女人的嗓子都会亮一些，她要唱程派，就得往下压。她就把嗓子搁在了这儿，喏，搁在喉咙这儿，就搁成了音箱的效果，醇厚得很。也不光是这，她的小腔也处理得讲究，字字精心，句句贵重，人称“程腔张韵”。不过，她的唱只是她成就的一部分，她更好的是做。

做，就是水袖吧？

水袖只是小小的一部分做。张火丁嘛，水袖功夫自然是极好的，可这种明显的花活儿，对于大气磅礴的京剧来说，还不是最要紧的本事。最要紧的本事在更细节的地方。比如眼神，张火丁的眼神，那真是好得没法子说。所以啊，你可一定要看看《锁麟囊》。

……

前面就是翠微茶社。

喝茶？他问。

再往上走走吧。回来再喝。

好。

3

他每天都会走到六处。每天都是晚饭后。晚饭是五点半开始，一般六点钟左右能吃完，大家就三三两两地进了公园。来回一趟，快些的话五十分钟，慢些的话一个小时。第一天爬，他就算好了时间。

他都是独自走。爬山的时候结伴而行，说说笑笑，打打闹闹，他已经很不喜欢，或者说很不习惯了。爬山就是爬山。

他一开始就打定了主意，要一个人，慢慢地，心无旁骛地，苦行僧一样地，爬。

其实也不太容易。这个时辰，学员们除了有应酬的和贪小酒的，大多也都会来到这里散步。也都是一把年纪了，谁不念叨着健身养生呢。前前后后，便都是熟面孔。起初逢到有人企图和他并行聊天，他还会找个接电话上厕所之类的小借口，后来便不需要了。拒人千里的气息虽是无形，一旦散发出来却也是一道铜墙铁壁。谁是傻子呢。

越来越独。这是从他当了一把手后开始的吗？自从当了一把手，他前呼后拥的时刻越发多了起来，他也越发明白了什么叫作孤家寡人。与其假模假式地前呼后拥，还不如这样干脆利落地孤家寡人。回环往复的山道上，慢慢地走着，听着自己呼哧呼哧的喘气声，他由衷地觉得，这挺好。

坡度不大，却也还是很吃力。他们一点一点爬着，一会儿就满身大汗。好在路边总有树，摇曳出一片一片的阴凉，不怎么晒。路中间也常常会出现一棵树，这种树的待遇比较特别：石块砌成一个圆筒，把树高高地围起来，里面堆着满满的土，长着稀稀拉拉的狗尾巴草，埋了一大截子树干。到处都有蝉的踪迹：蝉蜕在树上挂着，路面上也会有死蝉，蚂蚁们正绕着忙上忙下。

那次来的时候，也不记得有这么些树。她说。

二十年里，有多少树不能长啊。她自己又哂笑。

不时有树根从山石缝里凸鼓出来。他们仔细瞧了一番，树是从石头砌的墙面上硬斜出来的，也不知道是先有墙还是有树。如果是先有树，砌墙的人能够特意留这么一下，自是一份善心。如果是先有墙，树在这墙上扎下了根，也是一股子狠劲。

他给她在树根下拍照。她气喘得厉害，整个上半身跟个小风箱似的，拍照正好可以让她缓一缓。

还住在窦店?

嗯。

属于良乡?

房山。离良乡不远。

地铁开通了吗?

要是开通就好了。

我记得，挨着了河北。

嗯，离保定近。

保定……不对吧?

让我想想，哦，是涿州。

你看看你。

唉，涿州和保定差不多嘛，涿州过去就是保定嘛。

那保定和郑州还差不多呢，郑州和西安还差不多呢。哈哈哈。

八里庄那边，近些年又去过吗?

前年有个什么事路过了一次。那条河修得很好了。那边房子都七八万一平了。青年路那边有个大悦城，周边的房子也有六万多。

还是你有远见，买房子还是值。

什么值不值的，不过是有个地方住罢了。

你那个房子，有一百平方米?

北边阳台那里搭成了一块厨房，算起来有一百一了。

你弟弟，还跟着你住?

他早就在隔壁小区买了房子。我一个人住。

一个人住，还行吗?

没什么不行的。

想怎么样就怎么样，倒是随意自在。

才不是。我很自律的。你想不到吧?我把自己安排得满满当当的。每天六点，有时候甚至更早，五点半，我就会起床。最晚不过六点半，我是肯定起来了。起床之后开始打扫卫生，擦玻璃，擦地板，把屋子搞得一尘不染。八点钟吃饭，八点半雷打不动地喝茶，喝到九点半。边喝茶边听戏，边看手机，或者看看书。九点半坐到电脑边，开始工作。公司虽小，好歹也是个公司嘛，再怎么垂帘听政，多少也得操点儿心。我弟弟那脾气，你知道的，可不能全由着他。十一点半，开始做饭。十二点半吃完饭，收拾一下，一点睡觉，三点起床，又开始喝茶，听戏，再处理点儿工作……七点钟左右肯定把晚饭吃完了，九点钟之前上床睡觉。

没听到你锻炼身体的环节。

可是我很勤劳地打扫了卫生呀，也能置换成锻炼身体了吧。哈哈哈。

可以买一个跑步机。

买了，太占地方，我干脆把它靠南窗放着，天好的时候用来晒被子。哈哈哈。

我记得，房子里有一棵树。

当时设计得不合理，开发商硬是把一根管子戳到了屋子中间，没办法，装修的时候只好用东西包了一下，做成了一棵树。

很大的树呢。

对，很大的树。

那树，还有吗？

有。

我记得，还失了一次火。

是啊，那次火。……天这么热，不要说火了吧。

4

越发热了。蝉嘶鸣着，像是夏末的绝唱。本来听着焦躁，这么一想，倒是心平气和了。他本想把这点儿想法说给她听，再一想，又罢了。这么多年，他咽回了多少到嘴边的话，也不差这一句。况且，她已是这么热闹。这会儿，她的手机里正放着王君安，也正说着王君安。

我现在对戏，你知道懂到了什么程度？比如君安，她哪里有一丁点儿错，都逃不过我的法眼。他们每一场演完，不都要开一个总结会吗？我一定会出席，他们都拿着一个小本子，我说一条他们记一条，我说两条他们记两条。

戏这么熟，得一遍遍地看吧？不烦？

一听你就是外行。怎么会烦呢，越看越有意思。像我这等看戏的人，谁看故事呢。故事会有多复杂？早就炖烂到心里了。一场场地看，是对角儿的感情，是对戏本身的感情。戏到哪儿该怎么演，角儿到哪儿该怎么唱，我们在意的是这个。

……

有一回，我们在上海看君安的戏，有一段，她该跪着唱的，可是不知道怎么了，她就站着唱完了。一般观众哪里看得出来呢？还有一回，她演贾宝玉，黛玉死了，宝玉不是去哭灵吗？有一个动作，是贾宝玉要扑向灵床，然后抚床哀唱，可是君安扑到灵床那里后，突然不唱了，只是哭。乐队正伴着奏呢，突然听不见她唱了，也不知道是怎么回事，大家都纳着闷，也不敢停，就只好把这一段再拉一遍。拉到第三遍的时候，君安才开唱。你说，这种情况，一般观众哪里看得出来呢？

怎么回事？忘词了吗？

忘词她也有过，不是这回。这回是她扑向灵床的时候动作太猛，狠狠地磕住了腿，太疼了。当时我就看了出来。演完后我们去后台看她，一问，果然是。她说是疼到了极限，不用哭灵眼泪都刹不住。

呵呵。

戏里演女人出嫁，新郎不是要挑盖头吗？剧团的道具嘛，有时候不大好。盖头都有流苏，用的时间长了，难免挂得丝丝缕缕的，有时候挑到一定程度就挑不下来，就会挂在那些假珠翠头饰上。君安不是唱小生吗？常演新郎。她有时候很乖，唱着唱着，就自然而然地绕到新娘身后，替新娘把盖头摘利落。有时候呢，她就不那么乖，就不管新娘，新娘没办法，就只好自己把盖头摘利落。

呵呵。

小生的戏装你注意到了没有？掩襟不是在这里吗？有个扣子系着。她有时候甩袖子甩得太用力，就会把这个扣子甩开，那个襟就会耷拉下来，就会很难看，这个她也犯了不止一回。还有一个就是忘词。她忘词的时候哼哼唧唧的，那个样子……唉，我们君安就是这样啊。

然后呢？你们很不满意吧？

怎么会不满意呢？我们很满意。看来你根本不知道什么叫脑残粉。所谓的脑残粉，意思就是，她怎么样我们都很满意。尤其是对着外人，我们会齐心协力地维护她。对于她，我们就是溺爱，毫无原则毫无底线地，溺爱。有时候，我们只是假装不满意，其实很满意。小处不满意，整体很满意。

可是，她这么多毛病，也太要命了吧？

要什么命嘛。对有的角儿是要命，对有的角儿就不是。角儿嘛，一般都是先天足加后天补，有的是先天不足后天大补，君安呢，属于先天十足后天不怎么补的。我们君安，十一岁就考进了福建的芳华越剧团开始唱戏，十六岁唱红上海滩，二十六岁的时候，一任性，想要去美国留学，一拍屁股就去了。学的专业和戏曲一点儿都不沾边儿，你根本想不到，是经济金融。在美国待了十年，才又回来唱戏。你听听，这就是她干出来的事。要不是凭着胎里带的灵气慧根，还真说不准美国那十年能把她的戏丢到哪儿。不过，话说回来，要不是那十年，她的戏也唱不出现在的味儿。我刚讲的这些也都是很久以前。现在，我们君安可不这样了，比起年轻时候，她可是懂事多了。现在的她也才算是真正成了角儿了。我跟你讲，但凡是角儿，那一定是人戏合一的。所以，人太年轻的时候是很难成角儿的。他们可能会名声很响，很红的样子，但离真正成角儿，还远着呢。就像胡歌，你说他二十来岁的时候就已经是全民偶像，成角儿了没有？似乎是成了，其实没真成。直到他经历了车祸，经历了那生死之间的一晃荡，才真成了角儿。那以后演的戏，才是角儿的戏。角儿，总得世上的事一件件地来磨，磨够了，才成真角儿。

……

不过，话再说回来，磨得太过了，也能把角儿磨废。黄梅戏的严凤英，评剧的新凤霞，都是这。新凤霞那个疙瘩腔，真是风情万种。她老公是谁你晓得吧，是吴祖光呢，开玩笑。哎呀，你听，这鸟叫的，也不知道是什么鸟，还有点儿疙瘩腔的意思呢。

……

一段平路之后，右拐，上一道大弯，大弯尽头是一座小亭子，往前过了“至此无山”碑，再左转过一座小桥，桥那边就是六处香界寺了。

5

在一串巨大的葫芦中，“至此无山”碑并不显眼。葫芦全是大红底儿錾着金纹，每个葫芦上都写着一个字，依次念去，是：福，禄，寿，喜，财，吉，运，顺。“至此无山”在福和禄中间。

她又要求照相，他便给她照。然后，他们便看那碑。“至此无山”四个大字是红漆隶书，左侧的跋是小字，黑漆行书，跋上说，这是出自乾隆题八大处的诗句“西山至此更无山”。

以前没有这葫芦和碑吧？

没有。

至——此——无——山——，怎么就无山了呢？这不都是山吗？口气这么大，好像也是在说这山是最高的似的，可这山一点儿也不高。她说。

他们走到碑后，碑后是一个长木椅，他们坐下。这一处山体是凹进去的，围栏之外就是悬崖。眼前无遮无挡，进入视线的全是山下的房子和道路，恢茫浩大。右下方的苍翠里，那座佛牙舍利塔高高地立着。离它不远处，就该是那座招仙塔。虽然看不见它，可是他们都知道，它就在那里。

哎呀有蚊子！

我这里有风油精。

她开始涂风油精。在胳膊上，手上，腿上，脸上，只要是露出来的地方，她都一遍遍地涂，像上油漆似的。风油精的味道很快在周遭弥漫开来。

有喧嚣声越来越近，原来是几个嘻嘻哈哈的小年轻，有男有女。他们是上面下来的。他们在“至此无山”碑拍着照，议论着这是到了几处，有人说这几处几处的说法好像政府机关似的，也不知道每个处有几个处长副处长。有人说这是官迷才会这么想，看到处这个字，自己想到的就是处男处女，惹得一群人爆笑。

他看一眼她，她的嘴角也挂着笑。

这人，跟你那时候一个德行。她说。

他笑了一下。

累不累？还往上走吗？

不走了。

好。

他们一起朝山顶那里看去。好像能看见什么似的，其实也看不见什么。沿着香界寺的外墙是一溜儿石阶，据说有三百多级，这些石阶爬完，就是七处的宝珠洞。宝珠洞再往上就是山顶了。在山顶的三岔路口，沿着朝北的路一直走，就能走到香山。香山和八大处之间的界有一道矮墙。当年，他们几个人就是翻过了那道矮墙，从香山进到了八大处。

那个三岔路口，也不知道还在不在。她说。

在呢。路口这东西，谁有力气搬走呢。

时间呗，它有的是力气。多少繁华的水陆码头，到现在都荒了呢。她说。

他沉默。他只在第一天走到了山顶，三岔路口的西北角上有一栋小房子，房子前有个冷饮摊，他坐了一会儿，喝了一瓶“北冰洋”。跟黝黑健壮的老板娘聊天时知道，这个路口原来是有名字的，叫一片石。

山风徐徐吹来。顿时清凉。

艾春，你们现在还有联系吗？

有，断断续续的。去年倒是见了一面。我到哈尔滨办事，给她打了个电话。她正放暑假——真想不到，她那样的坏脾气，也能当老师——非得让我去玩，我就拐了个弯。

你这个弯，拐得可真够大的。

她有个亲戚承包了一片安达草原。她带我去那里玩。我们坐着个小拖拉机进到了草原里，你可不知道，想到草原深处，非得坐那样的拖拉机不可。草原嘛，你看着天苍苍野茫茫的，很好进是吧？实际上一下雨，那里面的淤泥可深呢。是手扶拖拉机，轮子特别特别大，淤泥就拿它没办法。对了，还见到了艾春女儿，很漂亮，比艾春漂亮多了。

……

艾春又给我包了一顿大馅馄饨，酸菜馅的。也许是我心里作怪，总觉得没有那时候好吃了。那时候总是饿，吃什么都香。

你在坛子里泡的辣椒，真辣。

你才吃了几个？每次都是我从你的盘子里拣出来吃掉的。

还是不喜欢吃肉吗？

嗯。

那时候，你唯一爱吃的肉，就是鸡脆骨。

现在也是。

小钟……

艾春说他们早就断了音信，是死是活都不知道。

他闭了闭眼睛，试图想起小钟的样子，却是徒劳。艾春和小钟是一对，他和她是一对。四个人一起爬香山时，艾春和小钟已经挑明了，他和她还糊涂着。艾春和小钟爬得飞快，一直和他们拉开着距离。他们嫌他们碍事。他们不知道，他们也嫌他们碍事。就是在香界寺外墙的石阶路上，他哄她有蛇，趁着她惊慌，抱住了她，第一次亲了她。后来他们真碰上了蛇，他吓得跌了一跤，她倒是比他镇定得多。

那一天，下完香界寺的台阶，天色已经暗了，两对人便开始喊山。这边喊，那边应，唱歌一样。

那天晚上，也是他们的第一次。

下山也不轻松。小腿一直紧绷着，免不了酸痛。他在网上搜过一些小窍门，说上下山的时候走“之”字会让肌肉稍微放松一些，不易疲惫。他还一直没有试过。这会儿，倒是想试试了。

好啊好啊。她欢欣雀跃地积极呼应着。

这么走是不好并排的。要么她在左，他在右。要么他在左，她在右。偶尔的一刻，他和她才会同步在左或在右。寂寥的山路里，他们这么走着，像两个玩游戏的孩子。

咱们喊喊山吧。在靠东端的一个拐角处歇息的时候，他说。

好。

一、二、三！

哎——

哎——

你的声音比我长。

我是男的嘛。

回声并不悠远。他还想再喊一次。可又有喧嚣声靠近，也便罢了。

走“之”字还有一个好处：不用说话。他在心里数着“之”字，数着数着就忘了。待到走到翠微茶社的时候，到底也不知道走了多少个“之”字。

6

翠微茶社里没几个人，很静谧。他们在廊厦下坐定，点了一壶白茶。在等茶的工夫，他们酣畅淋漓地落了一阵子大汗。等大汗落尽，开始喝茶的时候，便又开始出汗，这汗却是小的，细细密密地往外渗着。蝉鸣离得远了。其实蝉并不远，只是有树一重一重地隔着，便显得远了。

翠微，这个词，你知道从哪里来的吗？她问。

他犹疑了一下。当年，如果他说李白有句诗是“却顾所来径，苍苍横翠微”，她会撇着嘴巴说：“就你有学问啊。”如果他说不知道呢，她还撇着嘴巴说：“怎么连这个都不知道啊。”那个时候的他，话比她稠，却常常被她冷不防地一拦，就噎在那里，脸红脖子粗。

不知道。你知道？

我也不知道。知道这个做什么？管他呢。她说。

又说起了茶。服务员说是已经放了三年的福建白茶。她感叹说安吉的白茶也很有名。他说春天刚去过湖州，到了那里才知道安吉白茶跟这个白茶是两码事。安吉白茶其实是绿茶，也就是春茶，是一年也放不得的。也只有这福建白茶才跟普洱一样搁得住放，一年是茶，三年是药，七年是宝。这茶，刚好成药。

药要有这么好吃就好了。她斜睨他一眼，你这厅级领导对茶还挺懂的，到底是为人民服务还是为人民喝茶？他笑笑说，也不知道方才是谁夸口，一天雷打不动喝两巡茶来着，连常识都不懂，也好意思。

茶香淡淡地萦绕着，风油精的味道还在。

身体怎么样？

肩膀今年开始疼了。

五十肩嘛，可不是该疼了。她说。

有这说法？

也是常识。四十八，花一花。说的是眼。五十肩，粘一粘，说的是肩膀活动受限，就是肩周炎。

六十呢？

六十耳。

耳什么？

耳聋呗。

孔子不是说六十耳顺吗？

聋了，什么是非闲话都听不见了，可不就顺了吗？没错的。

他转脸去看旁边的水牌。牌上贴着翠微茶社的招聘广告，待遇是一天一百五十块。如此按天来招，想来也是不好留人的。

空气这么好。我来这里做几天零工，怎么样？你可以天天来蹭茶喝。她说。

好啊。

就是钱太少了。我还是在自己家里喝吧。在我家的树下喝。

……那棵树，失火之后，也得再整一下吧？

基本还是原来的样子，稍微变了一点儿。有一次，一个小朋友过来，对我说，屋子里有树不好，假的也不好，还这么大。树还吸阴，尤其对女人不好。老人们讲故事的时候不是常说，去地里干活儿回来，天已经黑了，在村外的大树底下看见一个什么什么东西站在那里……

多小的朋友？

八〇后。

男的女的？

男的。

哦。

哦什么哦，有什么好哦的，我跟他没啥。怎么可能有啥呢。他一直跟着曾祖母长大，那老人家今年都九十多了，知道得特别多，跟个民俗博物馆似的。他问了老人家，按照老人家的意思，给我买了一块很漂亮的吊幔，迎着门遮了一下，算是有了玄关。还在树上给我装了一盏小灯，挂了个念经机，循环播放着佛歌佛乐，这么着，就把这个问题解决了。

那次失火，到底是为什么？

……跟弟弟置气呗。那一天中午，准备吃饭的时候，又跟他吵了一架，把他撵出了门，我也在卧室哭，灶上烧的菜都忘了。

抱歉。

你抱歉什么。命中注定的。

……

其实说到底，还是因为买了这个房子。要是没这房子，可搁哪儿失火呢？

歪话。

话歪理正嘛。他跟着我在北京打拼，也不容易。如果算钱，倒是好说。我多少他多少，明明白白，干脆利落。可是买成了房子，那么大一个物件摆着，又那么贵，再买一个不知轮到哪年哪月了。他虽有女朋友，可是排到婚嫁，我又比他大，怎么也该先紧着我。这些心思他又不能明说，一来不占理，二来面子上也挂不住——他总还是个大男子汉的，怎么好跟亲姐姐争。这么掂量掂量，只好挑你的不是。我再能干，也只是个女儿，二老自然要向着他这个宝贝儿子，就任着他要死要活地胡搅蛮缠……这些个，我捋了好几年，才捋明白。

也是因为我穷。号称停薪留职北漂下海，却没挣着什么钱。要是当时挣着了钱，买个房子……他沉吟着，卡住了。

那就不会有现在的厅级领导啦。她笑道。

他也只好笑起来。

她说，弟弟成婚后，先是一起住了两年，隔壁新小区开盘的时候，他们的首付正好也凑得差不多了，就给弟弟又买了一套两居室。接着就是弟弟有了孩子，二老又从老家过来帮着带，也是住在她这里。上了年纪的人，免不了病的痛的。二老照顾孩子，她照顾二老。父亲先走的，是脑溢血。三年之后，母亲又走，是心梗。给母亲办完后事，她也住了一段医院，也是心梗。

这里放着两个支架呢。她拍拍自己的胸，说：进口的，贵得很。

他跟着她的动作，眼神在她胸口停留了片刻。

你这年纪，太早了些。他说。

知道自己的病以后，我就明白了上天的深意。我这种身体，怎么配有孩子。

他沉默着，不知道该说什么。

幸好，你的厅级也没被我耽搁。

他更不知道该说什么了。

你这仕途，也算春风得意吧？我都没顾上问，家里一切都好？

他点点头。也只能点头。他的这些年，可怎么跟她说呢？头婚，二婚，大儿子，二儿子……没办法说的。至于明晃晃的进步路上垫下的那些：陪过多少桌酒，送过多少回礼，熬过多少个夜，拜过多少家门，每一份任命文件里交叠着多少封告状信……这一切，怎么能说呢。没办法说的。还是听她说吧。

不止一件事，让我知道，上天，真是自有深意。你记得吧？你送过我一个红色的钱包。给妈妈办后事的时候，当时我不知道怎么想的，可能是觉得亲切，也可能是觉得好玩——你知道，冥币的面额都是上亿的——我留下了一张，装在了那个钱包里。没多久，我就也心梗了。我出院后，那张冥币不见了。

他当然记得那个钱包，是真皮的。他买了两个，他黑她红，总共花了四百多，对于当时的他来说，算是大手笔了。两个钱包里各放着一帧他们的小合影，是他们特意去影楼拍的，红底儿，两寸，两张粉扑扑的脸——他们都化了淡妆——准备往结婚证上贴的。他的钱包和照片早就没有了。

还有一件事，就是大概四五年前，有一段时间，老有人给我说媒，让我相亲。我也见了几个，虽是没有中意的，可也有些纠结，想着自己就一个人过一辈子吗？心里就乱乱的。一个下午，我坐在阳台上，闭着眼睛晒太阳，晒着晒着，一睁眼，看见右手边的地上，盘着一条大虫子。不是蛇，跟小蛇差不多大，盘成了一个圈，是碧绿色的，晶莹剔透，很好看，也很诡异。我的汗毛都立起来了。

你把它怎么样了？

找了一张纸，把它撮到了纸上，从阳台上丢了出去。

不是幻觉吧？

不是。现在跟你说起来，我还能很清晰地记得它的样子。我想了很久，想着那个虫子意味的到底是什么。听信佛的人说过，在佛祖前面打坐到一定境界的时候，你闭上眼睛，意念里就会有很多东西从蒲团下面跑出来，什么蜘蛛啊，蟑螂啊，蜈蚣啊，蝎子啊……我翻来覆去地想啊想，后来我终于想明白了。那条虫子啊，它就是——

她故意停顿在那里。他知道不能让她扫兴。

什么？说啊。

它就是我的青春，我的荷尔蒙啊——

这口气，有些像吟诗了。她可能也有些不好意思，夸张地拉长着尾音，试图营造出一点儿戏谑去冲淡这份臆想中的矫情。

从那以后呢，我就再也不想成家这回事了。

……

真的，再也不想了。

你这一辈子，还有很长呢。

也可能很短。没死之前谁知道。

不要这样讲。

我已经，活得够长了。

他把茶杯贴近脸，茶水的热气和眼睛里的水汽氤氲成了暖暖的一团。

你下午，还有课吧？

嗯。

几点？

没关系。

怎么会没关系。你都是这么高级的领导了，得守规矩。几点？

四点。

该回去了。

还能再坐一会儿。

紧前不紧后，走吧。

7

到大门口不算远，可走起来也有一些些长。他们默默走着。正午的公园空空荡荡。两个人的脚步此起彼落，扑踏，扑踏，扑踏。

她又放起了戏。她说，这是张火丁的《锁麟囊》开场。待嫁的薛湘灵正跟丫鬟在那里挑剔鞋要什么样的：

> 那花样儿，要鸳鸯戏水的。鸳鸯么，一个要飞的，一个要游的。不要太小，也不要太大。鸳鸯要五色，彩羽透清波。莫绣鞋尖处，提防走路磨。还有呢，要配影需加画，衬个红莲花，莲花用金线，莲瓣用朱砂……怕流水年华春去渺，一样心情百样娇。

手机里的女声婉转曲折，似乎游走到了每个地方。念白兀自飘散着。

她边听边默默地笑。

他也默默地笑。

临近公园大门时，一批人涌了进来，像是旅行团，中老年人居多。男的都戴着遮阳帽，女的都打着遮阳伞。他们在商量着是不是爬山，分几路爬，应该去什么景点。有人不想爬，说鞋子不行。还有人是嫌热，唠叨着说，爬山爬山，这山有什么可爬的。

他回头看了一眼那山。一片浓翠里，自然不见“至此无山”，只有那一串大葫芦艳艳地红着，红得似要破了一般。

出了公园的门，她叫了一辆滴滴。他们在槐树底下等车。有槐花随风碎碎地飘下来，落在她的肩上。

你这项链是金的吗？

铜的。

吊坠上是什么？

弥勒佛。

我看看。

等我摘下来。

不用摘。

他按住她的手，靠近她的胸口。风油精味道依稀还在。他能感觉到，自己的头发，扫到了她的下巴。

车很快来了，是一辆黑色的别克。他突然发现，别克好像总是黑色的。

那，我走了。

再见。

她上了车，摇下车窗，朝他摇了摇手机。

这个号码，你删了吧。

怎么了?

没用了。

他还没来得及再说话，她往下拉了拉帽子，车启动了。他下意识地挥了挥手。车不疾不徐地驰离了他，像一枚巨大的从容的子弹。

乔叶的短篇小说《至此无山》发表于《中国作家》2019年第1期。人到中年搬到北京工作的经历，为乔叶笔下的北京带来一种新鲜而切近的视角。她关注当下北京生活里那些传统与现代交织的日常经验，擅长捕捉具体细微的生活细节。《至此无山》是“她”与昔日的恋人相约一起去八大处公园散步的故事。从逛公园、参观寺庙、喝茶、爬山、聊京剧，小说在流水般的日常对话里写出两人分手以后遇到的种种困苦，以不疾不徐的速度，书写了一场属于中年人的告别。

——易彦妮

女　儿

淡　豹

他不在乎是什么样的亮光，只要有光。起初在一轮轮近于床榻击剑比赛的搏斗与躲避中，他以为她害羞，或者对身材不好意思。两三年后，经过了她种种的要求、谈判、协议、皱眉、崩溃、甜美、撒娇、胁迫、提醒、暗墨色的生活考验之后，在一个夏天闷热的傍晚，她没开灯，靠在家里沙发上，说很累了，手指灵巧地翘起，在电话屏幕上滑动，找当晚她愿意去的餐厅。大多数餐厅真是不堪忍受，最近格外流行黑黢黢色调的装修，或许是想要仿效工厂式的艺术空间，却更像年久失修的庙宇，而且工厂与艺术恰恰是两样让人缺乏食欲的事物，这阵风潮恐怕很快会过去吧，想到要出去就觉得烦，然而非得出去不可，不然又能怎么办呢？起承转合，听在耳中像充满修辞和情绪的外国电影，她越说越似乎心神不安，手指划出一条条俏丽的短弧线，手腕尖出一角如弹琴。

我去洗手间，他说。要从同事中走开，可以拿起手机，“去接个电话”，拿起打火机，“去抽烟”，走向通道尽头的打印机，“去取文件”。在家使用这些借口，会换来狐疑或禁止令，继而是争吵。他经常长久待在洗手间，冬天打开浴霸就成为家中最温暖的所在，热带一座私人岛屿，夏天打开通风扇则成为僻远而异常宽舒畅快的地方，让他想要连续不断地抽烟，肺张开如大海。

在那个夏天闷热的傍晚，家中唯一没有空调的房间，他在马桶盖上坐了许久，透过洗手间门上雾气蒸腾的小块玻璃，客厅的树枝形分叉蜡烛头铜吊灯终于暖黄地亮起，贴在玻璃外的明信片大小的缩印欧洲电影海报，在他这一侧看是灰白色的长方块，四角嵌进她画的心形，玻璃左上角贴着两位芭蕾舞女演员高挑窈窕、只勾勒出轮廓的侧像，相对着伸展出手臂长长地跳舞，两只来自遥远国度的翠鸟。在这傍晚将要变成夜晚的时候，他认定几年以来在床上对灯光的挑剔和在卧室内点起蜡烛的执着恐怕与害羞或拘谨没有关系，只是她装腔作势的一部分。或者，“追求的生活方式”。无花果、冬天的乌木桃子、青柠檬罗勒与柑橘、麝香、晚香玉，她向他广播过的蜡烛味道像草本植物的百科全书。“你喜欢草莓味道吗?”她问，他说喜欢，挺喜欢，一直挺喜欢吃的，还行吧。她顿一顿，不过草莓香得太甜了，不合适。当时他也同意，在床上闻到草莓香味，他猜自己会觉得饿吧，会走神吧。那时他觉得她说得都有道理，至少挺有意思。可是在厌烦了“应当”之后，他是不同的人了。杂志上说迷恋期短则三个月，长则一年半，他想他对她有激情的时期比长则还要更长，那或许是爱的明证，愿意给予迷恋以化成承诺的理由。他没有后悔过，甚至庆幸自己曾想要并提出过要与她结婚，不像有些男人会说结婚终结了感情，会说若不结婚怎么能安安心心地和别人去谈恋爱呢，然后碰杯，喝一杯酒，会说结婚前妻子还是女朋友时总在和自己争吵，要求关注和宠爱，女人啊总是不懂见好就收，而结婚后她们就失去了理由，至少他们不再有必要忍耐，就可以把她们提出的理由视为借口，能认为自己在婚姻里过得惨淡，男人啊才是心甘情愿又忍辱负重受婚姻的压迫。他不那样想。在等待结婚的那个时期，他没有强忍着或是哄够了，那段时间倒是延长了他的迷恋，有一种确定的亲近在他和他不完全能摸透的她之间诞生，让他感觉安全，赞叹她的挑剔，只要挑选、犹豫、标准不太给他带来麻烦。

但终究过去了。摸不透的女人褪下她姿态和话语的光环，成为仅仅是在挑剔的女人，雅致得空洞，激烈得做作，抒情得多此一举。他失去了不断去猜想在她心中什么属于“应当”的那种想要令她高兴，至少令她从焦虑与纠结和偶尔的抱怨中平静下来的冲动。他逐渐相信，比起他自己，灯光和香气才是她在床上的对象。蜡烛胜过台灯，筒灯照射下的面部会有点恐怖，吸顶灯多数看起来廉价，如果卧室要安装白炽灯则堪称残忍。松木也许最好，草莓不太好，“不合适”。他想起自己在最初的最初曾如何猜想她害羞，因此怜爱她，而今他觉得睡眠也是舞台和战争场所，她是装扮成含羞草的姿态。他没有自己设想得那么男人，那么令人因惧怕和想要取悦而富有技巧地躲闪，他并非揭幕者，他只是受了操纵。

他走出洗手间。将近八点，夏日鼎盛时的漫长白昼正逐渐隐没入夜，百叶窗隔断的斜晖向她脸庞投下两三道宽窄不同的阴影。白炽灯算什么呢，他想，衰老是真正的残忍，有些姿态只能搭配有些面容。衰老是选择性的，白炽灯只是片甲不留。她抬起头，似乎要向他说点什么，又低下头。她不大愿意叫外卖，不像样，叫来后她会把饭菜倒进碗碟重新摆盘，边沿汁水清理干净，吃过还要洗碗。因此他向来同意她的主张，不如出去吃。他走近，她躲了一下，更深地蜷起腿，把自己塞进沙发角落，手臂防备一般夹住沙发靠垫，有点厌烦地低下头，嘟着嘴看屏幕，与其说是在挑餐厅，不如说是在检查餐厅。

这是许多他认为自己容忍了她的时刻之一，就像有时在烛光中那样，他看到她耳边与长发相接处仿佛笼罩在一团微温的黄雾中的柔细汗毛，觉得心动。回忆里细微的温存总是难以想起其具体的发生过程的，史前的琥珀，躲在那些公元后的起落之下成为一抹遗存物，光亮、暖和、抓不住，像喝醉时头顶的路灯耀眼，那么光亮，那么暖和，毛茸茸亲切的光晕一团。温存在回忆里这样抽象动人，便不可能真正原样保持在回忆里，硬要回望时就显得如同人造。酒醒后，还不至于觉得自己可笑或者受了骗，可人会清楚地知晓当时的自己无疑是喝醉了，也就决不愿去那罩内无疑爬满飞蚊的路灯下方重走一程。重温是个自我否定的词，重温是不可能的，是由令自己都意外的冷冰冰的感觉彻底掐灭原本还有的温暖幻觉的过程。反过来，争吵与导致争吵的缺陷则琐屑得明确，连尸体都具体，回溯事件时环环紧扣成为清晰的证据链。

不过是要等到再后来，他才会觉得这个夏日夜晚也是最后的好时光。终究出门吃了一餐平平常常的晚饭，不好吃，也不算难吃，已经不易得，毕竟是在北京，回家后他在客厅窝到深夜，戴着耳机看了一阵视频，第二天起床迟，她已经上班去了，他在洗手间里发现了扔掉的验孕盒，一两天前他见到过同样的粉蓝盒子被丢弃掉，当时没有留心，此刻包装上那急于要降临人世一般拱起笑脸的喜悦的婴儿从垃圾桶里注视着他，他脑中轰然作响。不是响亮的一声，是唢呐嘈杂，时而低微，时而震天扰人，连续不断的咚咚锵的不肯让人活的锣鼓，没节奏的不成曲调的无尽的交响。去地铁站的路上，他强迫似的始终在考虑究竟是从什么电影里看到过这样的乡村丧礼，全部穿白的一队人行进着，鼓吹出这样的伪装成音乐的响声，这样的未知能娱乐谁人的愚弄，这样扼住人的脖子，将观者统统压倒的胁迫，其中似乎还有军号在炫耀。乡村乐手应是戴高帽子的，他记得那镜头，更深刻的印象是镜头中乐队途经的村民脸上赞赏的或是浑然不觉的表情，有个老头背手站着，一座旧蜡像，有个妇女斜着脑袋拱起肩膀夹住一把黑底碎花伞，手臂别着伞柄，站在雨中嗑瓜子，有个人罩着带领子的衬衫，衬衫大几号，像借来的，不似衬衣而更似衫袍，没系扣子，里头是背心，缩着手在屋檐下抽烟看着乐队经过。他们都不怕。

他早该知道前一天晚上要出事。一切好像都是普通一个夏天闷热的傍晚，但都不对。那晚他本来要待在公司，他供职的旅行网站的航空公司合作方将从深圳飞过来，被当地的晚来大雨挡住，航班推了又推。他没有加成班，傍晚楼间群鸟飞起，密得像苍蝇。到家时她已经以少见的、近于不体面的慵懒把自己展开铺在沙发角落，见到他进门，她动也没有动一下，表情和姿态都凝住了，她说，今天真热，我觉得有点儿难过。

唢呐响久了，两个耳孔之间打通一条隧道，嗡嗡嗡的回声让他发痒，运送疼痛的火车黑漆漆自东向西一趟趟开，分秒也不停。他坐上地铁，进入隧道之中，声响一拍拍逐步参与进地铁的低鸣，反倒有了节奏，渐渐他的心跳成为这丧礼乐队的一部分。到公司后，邮件让人平静一些，开放式办公和长工作台这时显现出不得不与他人相联结的好处。他调整了即将上线的活动，忙起来，便真的搁置了。到午餐时，又无法不想起它，走在同事身后落了单。如果能删除今天，如果从平地飞升起。到下午他敢于问了，她说，现在看是没事，可能我猜错了，等几天看。他在凌晨两点到家，她已经睡着了。

一周半后确认，没事，没有什么孩子将要光临。她说她恐怕是最近工作太累了。他想他幸存了。

后来，在分手几个月后，她夜里还曾打电话来，有一次说她孤单，有一次说卧室暖气管突然裂了，水直喷到枕头上，她一个人没有办法。两次他都在外地。他真正抱着歉疚拨回去说，确实在出差。他让她先找布条缠起水管，等天亮就上网搜索上门维修工，肯定安全，百分之百，不用害怕，在那些公司下单经过线上登记和线下背景调查，比旧时候在街巷里小区边找熟悉的师傅其实还安全些，你要控制情绪，相信逻辑。孤独与恐惧都是非理性的化身，本不应当存在，信任科技就注定会获得安全，这是他给她的最后一个承诺，决然地像褪黑素一样喂给女人治疗黑夜与失眠，比从前那次半年后宣告流产的求婚更为笃定。他不知道她说孤独的那一次是如何解决的，也不确定如果自己不是在出差又会怎样对待她的要求。只是，假如没有出差，也许他早就睡了，根本听不到这些午夜打来的电话。两次电话时他都在酒店附近的足疗馆里。

他曾试图跟父母讲分手原因，但确然说不清，无法用他们能够理解的语言说清楚。对于她，第一个正式宣告要结婚的女友，父母比他更多期待。钱吗？她不想要孩子吗？你不想要孩子吗？房子吗？什么样的吵架至于彻底分手，婚都不结？年轻人太冲动了。是她的父母吗？是因为我们吗？我们的礼物，我们还觉得送得很好。有什么不方便讲的原因呢，母亲洗菜时语气随意地问，严厉的眼睛从发丝间隐秘地斜觑他，老夫的女人故作轻松时也像老鹰。确然无法说清，那个早晨脑中轰然时他涌起的不是紧张而是反感。他相信如果从验孕棒中生长出真正的小孩，她会希望送去双语幼儿园，给它起名叫罗斯玛丽或者爱洛伊丝。不会是简，不会是珍妮，不会是露西。他意识到自己带着讽刺想这一幕，完全不觉得那也同样是他的孩子。这对他自己也是一个新发现，在那恐慌而无法具体化的想象中，那个婴儿或者幼童始终是个小女孩。大约他认为必定会是她的拷贝而不是他的，和她一样令人疲累，和他相隔不可弥合的差异，必定从根本上与他无关。

他不能推开她，但他急切地、毫无疑义地想推开与她有更多、更复杂关系的想法。这时他觉得是需要离开了。他对自己说，不得不，难道还有别的办法吗。他也这样对她说，难道还有别的办法吗。她带着激愤，有一次也带着悲痛说，男人总是等着问题自己解决掉。Let it go，let it be，男人懦弱的独特方法是说懦弱是唯一的办法，就像女人忍耐的独特方法是说忍耐是唯一的办法。而激愤让他害怕，悲痛让他疲累。确实没有别的办法了。以前也想过离开，许多次，总有不情愿或不甘心，而今则像诗里说的，彼此甘心无后期。像诗里说的，随着别离，我们的世界便分成两个，身边感到冷，眼前忽然辽阔。

然而后来，在分手之后许久，在电话都停歇了以后，他读到韩文中有这样一种说法，“甚至衣襟裙边相擦也能在人与人之间形成因缘”。多么奇妙，工作居然能给你领来这样奇妙的话。他早已不再看自己的单位，旅行优惠网站上罗列出的信息，那些留住用户轻浮眼珠的内容不是他工作的对象，不过公司遭遇了一场公关危机后，号称要学习硅谷，做新形态的互联网企业，设起员工甜品角，开放式会议室，还有周五下午的啤酒时刻，以及群发给员工的趣事汇总邮件。很少有人对同事急于去茶水间取零食摔跤的记录和团建聚餐亮点照片真正有兴趣，下一秒就要进入垃圾箱，只可惜来自人事部门的邮件不能直接标记为垃圾，却让人在这个周五中午，在业绩奖和办公室笑话集锦外，读到环球语言锦囊栏里这样的句子，目的地介绍确实应当由用户自主上传而不是由网站来提供，多好的例子，印证了提案。他查了向内容页提交这句话的旅行者ID，“爱狐狸的熊”，在韩国、日本、七八个东南亚国家、澳大利亚和土耳其的版图上盖过旅行章，喜欢在咖啡店垂直向下拍摄杯碟与桌面纹理，除了这句话以外贡献的其他经验都平平无奇。

Inyeon，因缘。中国人喜欢说十年修得同船渡，百年修得共枕眠，就好像缘分一定要前有某种长久的关系，后缀某种自然的结果，持续的时间累积是在确认某种无论走到哪条道路上都无可逃避的因果关联，生命是在反复加深同一条下划线强调重点。他逐渐不那样想了，生命很可能是一场场无因的，向空洞处的遭遇。

在她之后，他又分手过几次，不同的情况不同的原因，有一次他写分手信息，发给一名已婚女性，“我对你不是没有感情，但我现在想要平静的生活，对平静的渴望战胜了情欲冲动”。发出前删掉了“情欲”，免得像弗洛伊德或茨威格，像老人。在那之前十几天，二人还曾为亲热在电梯检修时爬上十一层的公寓楼梯。还有一回，他开车带一个女孩出去散几天心，总好像在伺候她，满足其意愿、平息其焦躁，向左转，在环岛公路边的水果摊停下，他已经发现他对不爱的人更有耐心。路过一座庙宇，他问：“要停吗？”“停停。”女孩说。他愣了一下，这两个音是当年她的小名，他几乎以为是在喊她。女孩看出来他一瞬心事重重，以为他不情愿服从号令，二人因为错误的原因吵了一架。他非常愿意服从指示，他不在乎。逐渐地，他发现自己到了一个可以约会任何年龄的女性的年纪。三十八岁的女性不算太老，二十一岁的不算太小，只是有点麻烦。在他自己二十七岁时会显得惊世骇俗，或者即便没有人关心也没有人知道，也会让自己突然后怕起来的那些事，如今是风险控制的对象之一。

也有一次他遇到了挺喜欢的女孩子，觉得亲近和熟悉，几乎也逼近结婚，到头来又因为其他难以向父母说清的原因而分手，但他不得不做对比，觉得当年与她在一起两年余，住在一起一年多，险些就要结婚，倒从未感觉像对新女友这般熟悉过她。那些被理解为邂逅或一见钟情而命中注定的故事恰恰是偶然的故事，有些是因为落入命中，能够长生，不再可以切断，才去回溯补齐注定的因果。那些他人与她人会有的，起因既稀薄又偶然，结果却相伴长久的因缘，也就是凑巧会化为姻缘的那些东西，也许就像两件睡衣一时相擦后慢慢习惯了静电。她则不喜欢相擦，不喜欢摩肩接踵，不能觉得拥挤中有美感或因缘，她宁愿六点半起床，提前上班，避开拥挤的地铁时段，在洗手间玻璃贴上跳跃的芭蕾舞女郎和一把小提琴，关上家门和她想要亲近的一切暂时待在一起。可这就是我们身边的现实啊，有限的氧气中布满烟尘，跃动着小石块撞击人的脸颊，飞虫直冲到人的眼睛里去，吵闹混浊，总像在采石场的附近。她想要到高处去闻清新的东西，而并跳不高，他看着平平凡凡的她一再朝着优美跳跃，最初他带着好奇，其后他反身退却，不去扶她，不愿在众人中被看出她与他有关。这退却一度像他晚来的青春期逆反，硬要带着警惕拒绝她的生活观念，如临大敌去抵抗一场唯恐会降临于他的改造，甚至不愿意她拉住他的手沉入她所安排的，并不需要他费力的生活中的小小优美之中。到分手前他已经在对自己不断重复这些判词，做什么不都一样吗？所谓格调不可笑吗？高雅难道不是最俗气的吗？太虚伪了吧。不想鄙俗的人难道不是最粗鄙吗？你不同样也是中国人吗？你不是也没有走吗？你也走不成吧？你有没有享受国家崛起带来的繁荣呢，是谁让你可以网购？你不曾因为害怕马路上的治安而不敢去上班吧？要懂感恩。你也吃肉也放屁也排泄也便秘的吧。要不太真心然而大声地说出我就是庸俗之一，我比谁都要粗鲁，于是没有人能嘲弄我，伤害我。她在他的眼中从有趣的不同的人变成一桩他出于怜惜才没有大笑出声的笑话。他成了普普通通的对她残忍的下一个人。

她对他讲过巴赫，或者说是一个关于想象巴赫的故事。她转述一位没有得到足够承认的大提琴手的话，说我们生活于其中的安逸时代让我们难以体会巴赫时代的人精神世界有多敏感。巴赫的二十个孩子有十一个死在他前面。在那种艰辛而对生命缺乏安全感的时代，人们会强烈地、敏感地、始终地追求精神生活。他记不大清了，大概就是这样，他记得这个故事的原因是二十个孩子与十一个孩子，具体得太惊人，这些孩子会是发色各异的吧，金黄的火红的灰褐的吵嚷，像课本里马克·吐温的《竞选州长》，或者像明里暗里享受环球多妻制度的富豪家庭，堪配航空公司会员俱乐部的名称，“寰宇一家”。总之有这样多的孩子不应当贫穷，贫穷似乎关乎克制与艰辛，多子是无节制与丰裕的象征。不，那是现代人，她说，巴赫是古代人，有精神生活这本身是一种古典的生活方式。他当时几乎不得不计算一下生出二十个孩子需要多少年，暗暗佩服古人的活力。巴赫活了多少岁？这二十个孩子是几个母亲生的？他记不清她是否对这些问题给出了答案，不过他记得在转向绯闻与逸事之后，他不得不被她拉回到故事本身，面对她急切的眼睛，他说，仓廪实知荣辱，也许天才与世人不同，世人总要先过日子，穷人其实是麻木的多。他还开了一个唯物主义的玩笑，关于苏联和面包的，他刚刚从网络上看来。或许欧洲有宗教传统吧，总之中国，他所熟悉的中国，不是那样。你首先要做个唯物主义者。太敏感是在中国生活最要命的缺点，那令别人比你更累，没有人能承担想太多。我们要让别人舒适啊，对不对，那是做人的一部分，这无关性别差异也无关特定文化，谁都是这样，要做人。

可能她想把自己变成一个欧洲人。想去做整洁的罗斯玛丽的母亲，却不得不在群众中生活。人群中的小摩擦与难辨善恶的因缘让她更脆弱，不是更坚韧，然后他放弃了，隔离掉她，搬家时她的脸留在灰色防盗门后面，他若有所失也确切地感到自己是幸存者。

后来的后来他才想到，他没有考虑过也没有问过那个夏日夜晚她是怎么想的。在那几天之中她期待过什么吗？她曾预料到他会像他后来真正做的那样做吗？成为对她残忍的下一个人。她没有考验过我，也不试图掌控我，我从不需要在掀起马桶圈后再放下去，他想，到最后的最后她也没有认为我卑鄙，她说我软弱。她做错过什么呢，可述的最大罪过是有名从前的男朋友长得像一位民谣歌手，她有时连续播放那歌手眼神飘忽、姿态造作的演出视频，他觉得唱得差极了，像冒牌歌手胜过差歌手，生气于她看得难以制止，无止无休，有时她不承认那人跑调，有时表示跑调不重要。到了他坚持要分手，一次次和她谈话，要她提出分手条件他来满足，而她不肯提，说提不出来，他有时夜里不再回家的那一两个月里，她有时恸哭，有时也能和他说笑，有个周末她拿起花露水，对他说，看，我们要六神无主了，他起初没明白，片刻后意识到此前在说好要结婚的那段时间里，她曾经爱娇地在朋友面前几次管他叫“户主”。那个周末是他对她最后的心动，不过，反过来，她还能开玩笑，这岂不是说明他确实不必太过害怕和担心，确实可以友好地离开？这让他轻松。到最后的最后，他说，我做不到那么浪漫，我讨厌那些蜡烛，全都有烟。她像放弃了一般，说我要的不是浪漫，你没有了解过我。他能了解她什么呢？他觉得她从工程师变成图片设计师值得佩服，可爱的改行。他没有想过要了解她工作的内容，一定要回忆的话，他知道她一直想要办个人作品展览，她说过自己是模仿某位、某位、某位摄影师的风格，他眼中她拍的照片普遍有一种灰灰绿绿的、阴湿的、苔藓式的色调，她借在广告公司上班的机会去拍过许多城市的海岸线，出差时常因此晚回家两三天。她喜欢看电影，说对自己工作有帮助，视觉上共通，不过只愿意在大银幕上看。就这些吧。他清楚她在替谁拍照，沟通过程中有多少磨损怨气，出差去哪里，他没有想过要了解那些照片，提起她的工作，他能联想起来的比他闻到属于她的香味时要少得多。她的白天是他的阴影。有关观念，有关二人的关系，她讲得太多，他从熟稔仔细的倾听者变成愈来愈质疑她想法的真诚性与意义的怀疑主义分析师，开始认为所谓她在想的无非是她想要说的，观念是为了表达和操纵，无关紧要，唾上的沫。在最厌恶她时他想，她喜欢的仅仅是气氛。在几年后，最厌恶自己时，他想，而我喜欢的仅仅是句子。我的人生繁忙于引用，来不及考虑就携带着感受落入听过的读过的现成说法之中，有些诗句，有些俗语，有些恐怖片。譬如，总起于无限度的无端的迷恋，总终于无尽头的无由的烦躁和反感，他以为这就是婚姻的本质，长期同居也是一样，至少一代代男人的叙述都是如此，可能中间夹了几位与众不同者，但《浮生六记》能够如是，岂不是正如包办婚姻制度能够维持的原因，恰恰是因为那个年代易于纳妾和嫖妓，便不必换妻？何况沈复也说："劝世间夫妇，固不可彼此相仇，亦不可过于情笃。语云：恩爱夫妻不到头。"沈复也这样说女人，"虽叹其才思隽秀，窃恐其福泽不深"，像有意早早准备了悼亡，像等着她死，死在自己身前。对女人的情深回忆总在她们死以后，十年两茫茫地从远处观望，枇杷树亭亭如盖之时。悼亡是男人的文体，这点我们都知道，男人写诗歌、信件、整卷史书、广播讲话、战时演讲、赋、《斯巴达克斯》、政治哲学，一步步精美了悼亡，将死亡丧葬和其后的追忆从一次性的生活事件发展为一种生活方式，由此肚子不是增长或累积，是对腰的悼亡，情人是对妻子的青春年代的悼亡，由此悼亡奔跑的速度、活力、才能、好睡眠、初恋、黑头发、头发、领袖、前世的自己、帝国的余晖。从来都要在某一个时刻，在某一个具体的生活事件之后，经历过丧母、秃顶、出轨、阳痿、腰椎间盘突出，再成为真正的彻底的男人，一位悼亡者，获得了年龄感也懂得了历史与时间，开始铺展以悼亡来连接追忆与新生的生活方式，一种倒转，一种发展，一种又伤感又油滑又自我怜惜的哲学，在提出要与女人分手之前，或者逼迫女人提出分手之前，先悼念那个完美的她与自己那深刻的爱的衰亡。难道这不是惯例吗，在某一个时刻感到十分需要——极其想要一个女人，有时只想要这唯一的女人，觉得她特别，The One，而终究会厌烦她，厌烦其苛刻、专制、挑剔、洁癖、禁烟、对忠诚的无限要求、好管事与好插手的脾性，像妈妈一样无趣，像女儿一样幼稚，像国家一样情绪化，像暴民一样喋喋不休。一代代女人不都是那样吗，新的女人恐怕必定有某项毛病与历史上女人的毛病相同，历史总是相似的，这是男人对历史的总结，而作为历史的主宰者与撰写人，男人决定让眼中的世界与昨日的世界相同。历史上的男人又多少次述说过，男人的爱情解决于婚外情中，性欲安放在从宋明钱塘江畔到今日北京郊区的按摩院里。如今在被时代赐予了缔结和瓦解婚姻的自由后，男人说，所有男人都暗地里恐惧婚姻，婚姻意味着束缚，是女人和老人的需要，他们把男人拽进婚姻里去，男人的求婚背后多半隐然有女人的迫使或恳求，某一个时刻他再也扛不住期待，肩膀塌方，跪倒在地，举起一枚戒指，而男人能真正决定结婚，多半是靠冲动，取决于自己是否在迷恋期间因为某项可能是出于怜惜也可能是出于脆弱的偶然，一时间突然打定主意。也有时结婚是由于懒惰，一种向死而结的放弃，或者依据自己的生活需要在某个时刻决定去下单一桩保险，现在得找个人结婚了，举目四望半晌，拉起身畔最近的那只手。历史上的男人始终是这样叙说的，说真正的联结只有孩子，真正的矛盾只有出轨，男人与女人有根本的差异，你爱母亲的胸脯与娼妓的阴道，你爱纯洁无瑕的鹅蛋脸和悠长的大腿，迷恋与反感一体两面，是为文明及其不满。悼亡真正是男人的文体，类似的啊，反恐是男人的战略，男人区分服从者与不服从者，有用者与无能者，男人先决定粮税的需要，便可再去决定谁是叛军，不愿不能纳粮纳税者自然即是叛乱状态须受清除，说你反则你不可能不反。男人多么容易不安啊，一眼看去那与自己不同的地方不同的人，信不同神的、穿不同衣服的、使用不同货币的、有自己需要的能源却并不听从自己定价的，就令他不安，就成为恐怖主义阵地，是敌人也是女人，是女人也是敌人，单个看是极端组织，放在一起是有轴心的邪恶。男人喜爱交易而害怕依赖，喜爱服从而害怕不同，想要女人而害怕同化或改造，害怕界限的消失或自我的模糊，害怕自身的需求变成一种臣服一种归顺一种被动，于是在威胁到来之前先已感到受了威胁，真真切切地看到那神秘的、破坏力无限的、要灭绝自己的生化武器，谁要说它子虚乌有就不免和它同样邪恶，必须尽快对其作战，定位敌人，定位叛乱，定位邪恶力量与邪恶轴心——女人！作战时总挂着自我保护的旗帜，却要比受威胁的程度更强烈千百倍地打击回去，小规模渗透和破坏、封锁、制裁、攻打、清扫、灭绝、屠杀，男人在灭绝人口时叫喊得比女人在生育人口时要响亮得多，侵略总被称作是预防性的进攻，是对敌手存在自身的惩罚，没有敌人就没有自我，没有敌人就没有男人。他没有想过需要去了解她。当激情进化或者退化成依恋时它也就催生了抵抗和侵略，当迷恋冷却下来时它也就凝结出了反感以及对自身的捍卫，他觉得，果然，是时候了。在恐惧之外他并没什么动真格的失望，幸存后的逃亡中他也没有考虑过面对婴孩的那一天她是怎么想的，直到他逃到远得无法触及的安全的所在，经过几番休息与新绿洲，新饱足与新饥渴。理解是晚来的情书、眼泪的催化物。如果情信曾被错投，衍生出不同的故事，晚来重新投递一番的情信恐怕也没有意义了吧。他想起在相恋的最初，在迷恋具体可感、既甜且香、香不可闻、让人醉得想要吐的那些日子里，他看好些句子都仿佛有色情意味，叫上她能一起笑上几番。比如“花径不曾缘客扫，蓬门今始为君开”，比如“舍南舍北皆春水”，比如“问渠那得清如许，为有源头活水来”。

后来的后来的后来他在餐桌上听到她的消息。当年因合作认识，她在乙方广告公司，给他公司的项目做图册剪视频，一起打过交道的其他人都转行了，或者辞职在家，走在从生出孩子到养育的路上，那条路那样长，也可以很辛苦，倘若不想上班就永远都可以有理由不上班。或者搬去了空气好一些的城市，搬去国外的人说，国内压力太大了呀，混不下去呀，说话时带着隐秘的得意，几年后有时也带着隐秘的失意。而搬去国内东南或者西南小一些的城市的人，总是在谈论北京房产的价格。

他与她的黏合延长过她与这些人的社交，没有变成友谊，他相信在他告别她后，她不会和这些人有多少联系。他以为他已经把她丢失了。然而恰恰是从这些脱发或者忙于养育孩子的老相识那里他听到关于她的事，“过得超级幸福啊”，一惊一乍，简短的情节里太多语气词，反而不像真的。一瞬间他怀疑这关于她近况的消息是他们在饭桌上专门递送给他的，小广告印千百份，只为某个特定的人路过时有一份能顺势塞进其手中。

但似乎又并非如此，吃饭时他们像已经忘记了他与她曾交往过，把她放在一连串旧同事名字构成的序列中谈论，是在提起他们的故人，不是他的。或者他们清楚他与她的交往，清楚二人曾准备结婚，一个历史事实也是一个社会事实，但不知道他与她相爱过，一个秘密。

当晚他走回家的一路上树影摇动，树叶沙沙，也是夏天，阴影像一场不停息的大雨。他想起那个致命又平淡的夏日夜晚，雨在遥远的南方不停歇，令此刻此地暂时的计划和安稳的生活不可继续。全是启示，他检视那些似乎无用的碎片，想起有一段时间，从冬天到春天，她做过一个短暂的、无疾而终的个人摄影项目，拍摄在北京各处遇到的街头游戏场景，包括滑板少年、下象棋的老人、什刹海的游泳者、站在树旁掰手指的环卫工人、靠在便利店货架上打手机游戏的女孩，还拍过许许多多的家庭。平素她拒绝去商场里的餐厅，他觉得方便，吃完饭刚好去地下超市，而她说商场太压迫，吵吵闹闹，又有无限的霓虹灯、橱窗灯箱、音乐、广告牌，甚至室内舞台和表演，统统要扑到人的脸上来，她总想低下头快一些离开那里。那段时间是例外，她常和他去商场吃饭，顺路去拍往往开设在高层的室内儿童游乐园，动物园的理想版本，充盈着欢乐肉体性的场所，飞跑和喧闹连他都受不了，她则饶有兴致，观望“泰迪熊乐园”，一张票二百五十八元；“蹦床角”，疯狂的幼儿在其中无邪地尖叫，每五分钟坐在旁边的父母就去补缴费用。需要父母陪伴的那些游戏，常常是一方进去陪玩，另一方在外面等待，过一阵子轮换，或许是为了节省门票。她拍下坐在游乐园外的长椅上或者对面的餐厅等位座椅上打手机游戏的百无聊赖的父亲，年轻父母相互吵架，与老人赌气催促。她也在节假日去拍布满英文标牌的有机农产品集市，不像菜市场，像旅游胜地或者礼品店，麦芽棒棒糖摊子旁边是用布条和纸张装饰布娃娃的参与式游戏区，“每一块布都由青海高原农妇手制，在右下角你能看到她的签名”“可回收”“捐款将帮助云南楚雄建起一个慈善超市”，字体稚拙，中英双语，露出的牙齿都很白，未曾匮乏也没受过伤。孩童有的懵懂，有的相当高傲，警惕性很强，和父母形成一个礼貌的气泡，草坪的另一边飞翔着许多滑步车。还有高级小区里建在健身中心旁边的社区游乐设施，周末下午，宽阔窗台上坐一个紧盯着手机敞开腿的父亲，几个寂寥的小孩在滑梯上一遍遍安静地滑下，秩序井然，笼里蹬脚踏车的静默的小鼠。在关系刚开始时，甲方与情人参半的状态中，他给她看视频，是公司列出的“奇异旅行目的地”，预计做成自营线路的背景资料，多半是噱头，实际在表面的奇异之外都是安全而适合婚纱照或者模仿美人鱼潜水留念的地方，正满足东方新富起来的国家旅行者的需求，但其中一个目的地深深吸引了他。那是美国阿拉斯加州西南，北太平洋的脖颈处，阿拉斯加湾港口深处的一个小镇，叫作惠蒂尔，“二战”时一度是战争堡垒，美军硬生生在山里挖出一个凹陷的基地，又填海建起像厂房一样紧实的军官宿舍楼，仅只两栋。如今军人和他们的家属离开了，基地成为城市，公寓楼废弃到只剩一栋。那里冬天冷极了，十月开始下雪，火车每年只在夏季三个月间通行，而开车必须要经过一条漫长的无垠的隧道，北美第二长的公路隧道，整整四公里阴暗的狭管，才能从外界抵达那里。整个城市无非是一栋住宅楼，所有居民全部住在一栋楼中，体育馆、游泳池、学校、杂货店、酒吧、旅馆、市政厅、警察局、甜甜圈店、影碟店、教堂，一个镇子就是一个城市，城市里一切的一切又都在这栋楼中，你想想，不必出门，城市交通意味着坐电梯，交通堵塞意味着等电梯。公寓楼里住二百一十四个人，城市的全部人口，你认识每一个人，在这里上学的小孩无法摆脱那同班的三两个同学与那教所有科目的同一位永恒的女教师，齐肩红发耀眼闪亮像打过蜡。那隧道晚上十点就上锁，从外面回家若来不及开进去就要把车停在隧道口外在车里睡一夜。有的人整个冬天都不出门，夏天出海捕鱼，九月天开始变冷时去大城市购齐杂货，在楼内封锁自己整个冬天直到来年五月。有人从游泳池的面积大过平地的迈阿密搬迁到这小镇，来到几千英里之外的北方，决心要放弃尘世的欢乐。有夫妻带着两个孩子来到这里，不做机械师了，成为教士，再生出三个孩子。有从前是艺术家的人搬到这里，学捕鱼，冬天在空荡荡的室内篮球场里组成两个人的乐队向空气演奏乐曲，有70年代在街头做反战游行的女人离开纽约到这里成为剪纸者，也做钩针编织，如今在视频采访中发型凌乱，又显得至为慈爱，没有孙辈可是已自行进化为一尊祖母。这大楼不同于那种恐怖的你生于斯长于斯而无法从中离开的几百人相互议论又观察着彼此的村庄，这里没有你祖先的墓地，它是一种自愿的孤立，成年后你选择皈依的新宗教。它不像你出生于其中的那种家庭，更像结婚。加州也有一个小镇叫惠蒂尔，是阳光普照的胜地，与阿拉斯加的完全不同，如果你去google Whitter这个地名，先跳出来的会是加州的那个，你看，就连在打探一切照亮一切的搜索中这个地方也在设法隐藏它自己。在海外网站看那些视频，几次重新设置连接，一个视频结束了另一个自动转上来，从晚上八点看到将近十点，比一场电影还要长，肩膀酸了，坚果壳堆满桌上的烟灰缸，他抱住她，在热恋的情意中他愿意舔她的脚趾，愿意为她打毛衣，他说，真想我们住在这样的地方啊，真正人迹罕至的地方，不是什么都市里的庙宇、坦桑那种为富人划出边界的专属狩猎地，我可真不希望这个地方列进自营线路，还是留给咱们俩。不出门，就我们两个人，植物养在窗台上，整年积攒太阳能用来洗澡，每天牵手去坐电梯。他又想一想，如果我们有小孩，就看那个老师水平怎么样，其实我们可以在家自己教，夏天我们去工作赚钱，随小孩的便，什么都随便一点，让他去玩，其他三个季度我们在家看碟，一起教小孩。真想和你相依为命啊。我理科不行，你想必能教，你那么会考试，精仪系毕业生。我可以教小孩背诗，画画，还有打球，这里有室内篮球场，就在地下室。夏天游客很多，参观冰川的邮轮天天抵达，也可以捕鱼，工作一个季度休息三个季度，人生拉长三倍，怎么样。她挣脱出去，转过头来，看着他说："不好。"视频的背景音乐仍然在欢快播放，她脑后的屏幕在微亮中变换，有夏季的鱼从她发丝间跃出，转瞬又下起大雪，显得鬼魅。

而在婴儿发来警报说将要降临的那晚，她是怎么想的，他最终也无法确定。她在想什么，在那段时间，那个闷热的夏季夜晚，当她说她觉得热。有一点伤感？她为什么不把自己的怀疑更早告诉他，独自去等待结果，又不去医院更早确认或者剥除疑虑，在那等待的一周之中她是在逃避什么？他以为她期待和他产生更深的联结，但是否有可能她害怕那些？出于男人的自大，他始终认为是他在醒悟后骤然离开了她，弃而后逃，之后因此而长久陷在负罪感中，虽然那并没有阻拦他在生活中寻找新潜能的脚步，向前进已经成为时代赋予人的自我律令，只是每次想起她时自己总像在落潮时游泳，每一下手臂动作都令沉浮中的身体离海岸更远。背叛应当是男人的专利，抛弃也是男人的特长，这些是他暗藏于心并以为自己理当匆忙实践的句子，在惊恐之后他想是该“解决问题”和“处理关系”的时候了，冲动中捋出运营逻辑，站远几步像开办战略咨询公司。我不是已经在反感她了吗？在反感中他此前对她的迷恋显得幼稚，还像一场骗局带来的附加损失，有如一个女伪装者伤害了天真无邪的男人，直到两方分别露出老于世故与头脑简单的马脚，如果女人天真而男人老练就不像是错，完美搭配，反过来就都足堪致命，男人最担心自己没有长大。在生怕被戳破的恐惧和自我否定之中，那时他真想要告别，想要忘掉那个自认爱她的自己。对于那个只在意念中存在过数日的婴孩，他急于写下历史记载，“是我先不要的！”也许那是另一种孩子气。

跌跌撞撞，怀着抱歉之心踯躅过许久，以英勇的反恐计划为蓝本一再重写过悼亡书，此刻他推不开那个侧影，她不带犹豫地说“不好”。是否她讨厌家庭，那一片荒芜，她反感男人，不充分的父亲。他一直以为她更爱他而他更爱自由，他以为是他先逃走，忍耐卧室的烛烟已经太久，不再留恋傍晚时分打亮脸庞侧影的光线，一个普通男人，“不太负责任”。而现在他无法不去想，在那一夜以及之前的几天，为什么她在疑虑和担心中没有和他讨论过，直至他自己发现后去问她。以及，女儿是真的从未发生，还是被她默默驱赶而去，妥善“处理”。现在回忆起这段关系，那个夏日夜晚比之前的求婚要更清楚也更难忘，求婚那一天似乎是于她，于朋友和亲人重要，对于他则是拧开水龙头，也自然，也被迫，而那个夏日夜晚如今成为他回忆起整段关系时最中心的一天，纪念碑般的纪念日，墓碑般的夜晚。当时在迷恋与反感之后，分手过程中立即占据他的是负罪感与怜惜心和保护欲，他从需要背负起一个婴孩的不谨慎的受害者摇身自塑为站在高处向下隔着一臂距离安抚她的小神祇，分手时她的不舍与分手后的宛转逗留让他更相信在最末那一刻是由他去俯身向下对她，带着恩宠也带着忍耐，“我比较宽容”。他至今也有时这样说。经常如此，在关系中从某个时刻开始他会认为自己是一家被压抑的教育培训机构，有太多的话可说，忍住不说。他多年来相信自己走在历史上男人的鞋子踏出的脚印里，女人比男人更想结婚，男人比女人更想弑婴，男人举步向前朝荒野去而女人在身后拽着他们的衣角，想把他们拉回到某种泥泞的正途之中，即便是骄傲的女人，最初不那么乐意爱他们的女人。而历史上的男人也是自大者，新的年轻的男人踏在前人自大的脚印中，是否他没有看到是她先在内心中离开了他，带着忧愁与焦躁，是否她并不想要什么罗斯玛丽，至少不想和他，或许她厌恶所有的装模作样的父亲，而当他说出自己要走时，尊严感与震惊把她扣在历史上女人的脚印中，暂时扮演又一个心碎的女人。她爱他什么呢？他始终不完全清晰。最初相识时他和她似乎喜欢类似的东西，明朗的，遥远的，和办公室不同的，他很快厌烦了那些，开始以说笑话为乐，模仿他所见过的最讲求实际的人，谈论市民的生活智慧，展示游刃有余的技艺，讲起谁都是好朋友，我对朋友最讲义气了。面对潜在的投资人时，他将自己缺乏印象、多年来未联系过的同学，舒适地称为发小，那曾使她惊奇。究竟谁是小资产阶级？讲究格调和情趣的不甘心的那个，还是雅致地粗俗，奋力去展现舒适，对他人目光无比在乎的那个？也许都是，不同的程度不同的形式，他们二人确实不太一样，不过在相爱时她曾经有一次这样说，简单而轻易而神奇而甜地中止了争吵，“人应该停止辩论躺到一起”，大意如此。等到关系的中段，让她能那样说的时机和让它能奏效的时机已经过去了。人不再想要躺到一起，它也就不再是解决方案。而到分手时，她为什么有那些仿佛伤透了心一般的动作？当时这在时间上略微拦阻了他的步子，又让他更下定要尽快离去的决心，他害怕情绪化与纠缠，他说我原本以为你是孙悟空，如今发现你更像唐僧。她擦拭泪水，没擦尽，有一滴挂在下巴上，眼睛很亮，咄咄逼人，你也并不真正喜欢孙悟空，你只是宣告，向往，憧憬。当你过沙僧的生活，你想要远方的经书和白龙马和伴侣孙悟空，走上征途后你想回家，我能住帐篷可你必须住电梯公寓，不然也得是“野奢”，活在好物业的安全围墙里一番人造景观，保证晚上十一点到十二点之间打开水龙头有温水刷牙。我不想和你结婚，但你更不想和我结婚，最势利的是男人，我渐渐发现男人最势利。他回应，何必呢，尖锐什么呢，不嫌做作吗，这不是多么特别的论点，更像揭开一个算不上秘密的小罐子，你说的也许是真的，但难道指出我们的伪饰、失望、自我欺骗，就能让我们不结束吗？你做作天真而我代表人民的意志，要吃饱，要稳定，再要舒服。别太挑剔，和光同尘不是一种选择而是我们凡人我们常人我们必死之人的命运，你不是人民吗？记得要同流啊朋友，重要的是要对自己诚实。你不是文明人吗，分个手怎么这样不利索呢，你得接受命运，我也一样。在胜利的语言中他感到非分手不可，感到更想要分手，感到讲到这一步后也没可能不分手了，而这时她居然一再挽住他，哭过很久的憔悴样子真不好看，她说，我只是舍不得你。那些突然而徒然的疯狂的眼泪印证了那想象中的婴儿令他恐惧的核心，难以摆脱的累赘，需要终身为之负责的非理性的麻烦，无法控制的东西。他甚至觉得是她的挽留终究使他对她彻底失望，你所谓的自尊呢，你自诩的自我呢，如此虚弱和脆弱，这样一个过度依赖他的女人几番崩溃又总是在质问和流泪。而现在，在长久的负罪感后，在中年即将来临之前的新鲜的衰老感带来的自轻自慢与自贬中，他开始怀疑那个夏日夜晚，是否有可能，他是她眼中自己不得不身处其中的污浊世界里她不舍得丢弃的烟尘石头，可爱的脏东西。在这一刻，他尚且没法辨认这些怀疑是迟来的醒悟还是他对自我犯下的另一桩罪行，是解脱还是过度解释带来的新负担。他只能沿着回家的路先走下去，在夜晚的两排挡住了混沌的大气给人世剩下的不多的星星的杨树之间，临着渐凉的晚风，酒意渐醒，他清楚地听见自己略嫌粗重的呼吸，走在无数男人女人曾走过的人行道上。

二〇一七—二〇一九年，北京，洛杉矶，旧金山，北京淡豹的《女儿》发表于《小说界》2019年第1期，收录于2020年出版的小说集《美满》。从非虚构转向虚构写作，淡豹的小说试图将性别、代际、家庭等一系列具有公共性的话题置于人们流动的心灵世界之中展开观察，而都市生活的社会现实则作为观照人物心灵褶皱的背景。《女儿》写的是在北京城里发生的一次恋人分手事件，小说从一位中年男性的视角重新追溯“他”与过往那位追求浪漫生活的恋人“她”之间的相处时光，随着记忆的慢慢打开，彼时的情感考验逐渐袒露出黯淡的生活样貌。

——易彦妮

火　车

宁　肯

1972年意大利人安东尼奥尼拍摄《中国》时，我们院几个孩子走在镜头中。安东尼奥尼并没特别对准他们，只是把他们作为一辆解放牌卡车的背景，车上挤满蓝色人群，我们院的孩子只停留了十几秒钟便走出画面，向城外走去。

城墙已经消失了，护城河还在，过了河就是铁路，庄稼地，二道河。二道河是污水，河汊纵横，是我们院孩子抵达最远的地方。他们通常就在铁道上玩。从后来才见到的片子看，他们是五一子、大鼻净、小永、大烟儿、文庆、小芹。小芹是唯一的女孩，但是跟男孩差不多，一个颜色。还有一个人是谁呢？他比别人都矮了一大截，落得有点远，好像不是和前面一伙的。但是没有他一切都无从谈起，四十年后我在镜中看着他，他也老了。别以为侏儒不会老，照样会老，满头银发雪山似的，照耀着短小的藕节似的身体。

他们——当然也可说我们——过了桥。

桥是南城的永定门桥，普通得不能再普通，要不是有简易栏杆，几乎看不出是座桥，桥上也依然铺着柏油反着光。桥边永远有人在打鱼，冬天凿开冰也要打，每天打得上来打不上来鱼都要打，网抬起落下，像钟一样准确。总有含着长烟袋一动不动的老人围观，就是说不管这个城市已走了多少人，总有闲人。街上也还有人，公共汽车空荡荡的，但算不上空驶。偶尔车后面跟着辆自行车，汽车多快，自行车就多快，没任何原因。阳光不错，路面反光，汽车、人、自行车，像在镜子中。

护城河泾渭分明，映着城市、农村、环城铁路，火车慢慢悠悠，汽笛声声，大团的白雾飘过河来，被坚硬的城市吸尽。白雾在田野上要飘很久，这也是我们喜欢河对岸的原因之一。我们在铁路上奔跑，追着白雾。铁路本是麻雀的世界，麻雀起起落落，重复飞翔。我们的奔跑没有重复感，我们只是几个孩子，并且奔跑的原因不明，与食物无关。枕木的排列节奏决定着我们的奔跑，只要踏上枕木，不跑不行，直到有人带头卧下才全都卧下。没人教我们倾听，只是一人俯耳大家就都跟着——好多事都这样，然后竟真的听到了轻轻的震动。尽管就课本学习而言我们是白痴，但本能异常聪明。火车来了，尽管在远方，但是来了，远远地来了，简直有音准。虽然我们不知道音准但已听出来，声音越来越高，越来越密，越来越响，然后我们一哄而散……

火车从来轧不到麻雀，也轧不到我们。

黑色的火车，红色的曲臂，喷着热气，一下将我们吞没，什么也不见了，只见红色曲臂那样奇怪地来回转动，好像原地打转，但却在走。我们跟着热气大声呼喊，听不到自己的声音，只看到同伴的口型。火车过去了，我们依然跟着尾车跑，向尾车扔石头，歪戴帽子的押车员不为所动。

我们从没扔过绿皮车，看都看不够，窗口都是陌生人，他们看我们，我们也看他们，我们追着窗口跑，有人扔下东西，一包垃圾，或梨核儿，我们也不在乎。我们太喜欢陌生人，远方的人，每次都追出很远，客车走了看不见了，我们还在铁路上走，不知为什么。有一次走得太远，突然意外地远远发现许多黑皮车，无数平行又交叉的铁轨，闪闪发光，一个我们从未见过的陌生世界。

我们一时不知道这是车站，要是绿皮车我们自然会想到是车站，这么多的黑皮车把我们看傻了，或者不如说更兴奋了。我们猫着腰穿过铁轨，神神秘秘爬上了一列列安静的列车，从此这里成为我们的乐园。我们跳进涂着沥青的车厢，进入闷罐车厢，从火车尾到车头，扳动拉杆，发出“呜——呜——呜”想象中的声音。在方帽形尾车上，我们扶着简易的铁栏，站在押车员常站的地方招手，望远方，模仿那叼着烟的姿势，从里面手扶门边只露半个身子，挥舞帽子。

我们看到了工具箱、大衣、帽子、暖壶、杯子、饭盒、工作服，偶尔发现有的工具箱竟然没上锁，随便就打开了，里面有显然可以拿回家的锤子、改锥、钳子、扳子、轴承，这太让我们兴奋了。我们戴上工帽，穿上工作服，拿着扳子拧这儿拧那儿，好像工作了一样。我们不再是简单的孩子，货车站让我们像竹子拔节一下长了一大截，我们走路都和过去有点不一样，这一点甚至从安东尼奥尼的影片中也可以看出：我们不再是散散漫漫，而是步履匆匆。

那天是周二，下午没课——通常星期二都没课，由于课本的原因，我们头脑简单，但本能并不简单，一吃过中午饭本能就活跃起来。我们在大门洞外等了一会儿小芹，每次差不多都是小芹最后一个出来。烟色条绒上衣，烟色的猴皮筋儿，猴皮筋儿将两条烟色硬辫勒得很紧，整个看去小芹在我们之中是最接近麻雀的，干脆说就是一只鸟。五一子打了个榧子。

我们住在南城中轴线偏西一点，即和平门与宣武门之间，西琉璃厂附近的前青厂胡同，我们院在北京也是数得着的有上百户的大杂院。我们甚至有三个门，正门、旁门以及更远的后门，从我们院前门儿进去后门儿出来，要穿过曲折如迷宫的夹道，一出来差不多就到了宣武门。已经不能说几进几进，三进五进都不止，院中有路，路中有院，有夹道、小巷、角门、垂花门、豁口，有的角门紧闭，里边丁香，亭子，甚至一段小河闪闪发亮。小河没出院就在墙角消失了，好像通着地下暗河。具体到我们这院中院，不到十户，是大杂院中最普通的小院，虽青砖墁地，但是房子低矮，就算正房也比别的院的矮一截，据说是早年间的牲口棚。

我们等小芹倒不因为她是女孩，我们没有什么性别意识，以为所有人几乎都是一样的人。主要是小芹在别的方面和我们不一样，她有零花钱而我们没有。小芹不和父母住，从小和姥姥住我们院，小芹父母住在北京的西城社会路，是中科院的工程师，过去节假日她父母老来我们院，去了干校后来得少多了，听说最近又去了新疆。小芹有一个姐姐在内蒙古插队，还有一个弟弟跟着父母，北京、五七干校、新疆到处跑。关于小芹我们也就知道这些。每月小芹都有固定的零花钱：五块钱呢。我们一年的学杂费才五块，这笔钱由姥姥掌握着，小芹因此恨死姥姥了。

我们从大院里出来，穿过门前的前青厂胡同，这是我们梦游都不会走错的胡同，前面不远过了北柳巷十字路口就是琉璃厂。我们的学校就叫琉璃厂小学，不在街面上，在小胡同内，穿过九道弯、小西南园、铁胳膊胡同都行。过了铁胳膊胡同是荣宝斋，荣宝斋对面是琉璃厂唯一的一座西洋建筑，四层带白廊柱，顶部刻有：一九二二年。老辈人说中国的第一部电影《定军山》就诞生在这座楼前，但这是我们每天的必经之路，对它已经视而不见。直到南新华街与东西琉璃厂交叉的十字路口才稍稍陌生一点：大街对我们这些孩子永远都有些陌生。这里有两趟公共汽车，一趟是14路，一趟是15路。14路在这里的站不叫琉璃厂，叫厂甸。厂甸到永定门一共七站：厂甸、虎坊桥、虎坊路、太平桥、陶然亭、游泳池、永定门。我们无比熟悉这些站牌，倒不是因为坐车，而是每次都数着站牌走，一站一站，比坐车还熟悉这些站牌。

只有小芹坐过一次车，坐完就后悔了。小芹在永定门等了我们好久，在桥上吃了三根冰棍儿，喝了两瓶汽水，差一点就坐车回头找我们。那以后小芹每次都跟我们走，但每次五一子都别有用心地鼓动小芹坐车。开始我们还不太明白，后来就一块帮腔，结果终于等到小芹一句话：要坐大家一起坐。不用说，小芹请我们坐车。但五一子还有幺蛾子。小芹自然统一买票，五一子偏要让把钱给他，说他自己上车买。小芹给了五一子一毛，这样我们都要自己买，小芹也没说什么，给了我们每人一毛。七站地七分，售票员要找三分，找回的三分说好了要还给小芹。我们都上了车，五一子最后一个，没想到车门刚要关上，五一子突然跳下车。五一子说他不坐车了，他跑着。我们立刻明白了。五一子像匹小马奔跑起来，一直在我们后面，车快他也快，车慢他也慢，有时他变得只是一小点了，但路口到了，五一子又追上来，甚至超过我们。那时每一分钱对我们都是宝贵的，因为就算一分钱我们兜里都没有，小芹没想到快到第四站时我们每人花了四分钱买了票，到太平桥纷纷下车。

小芹也下了车。

五一子傻了眼，问我们为什么下车。我们都不说话。我们坐了四站花了四分钱，省了三分钱。小芹先没理五一子，先朝瘦得跟刀螂似的大烟儿要，大烟儿给了小芹三分，小芹不干，让把钱都拿出来。大烟儿看五一子，磨蹭半天，嘟嘟囔囔，说后面三站他也跑，意思是三分钱他可以留下。小芹毫不客气一把夺过大烟儿手里的三分钱，大烟儿心虚没躲，看五一子。大家都看五一子。接下来是大鼻净、小永、文庆，小芹只是伸手话都不说，他们张开手，但没主动送上钱。小芹一一从张开的手心里拿走了钱。到我这儿稍迟疑了一下，我主动把钱放到小芹手里。

小芹朝向五一子，伸出手。

五一子拍拍兜，说钱丢了，可真说得出。

“那我翻了？”小芹说。

“翻吧。”五一子梗着脖子说。

一个女孩子搜一个男孩子的身，我们都没想到。虽已是春天，五一子仍穿着脏得发亮的土黄棉袄，并且是空膛儿的，下面穿了一条单裤。五一子跑了四站地，棉袄系在腰上，光了膀子，像小一号他装卸工的爹。小芹一点不犹豫，翻了五一子腰上的脏棉袄，解下来翻，五一子光着大板儿脊梁，肩头晒得发红。小芹在五一子身上翻了个遍。

我们挺佩服小芹的，主要是我们把钱都交了，也希望小芹翻出钱。

“把他裤子脱了！”大烟儿说。

“藏裤裆里了！”大鼻净说。

我们太了解五一子了。

“我脱了？”五一子主动说。

“脱了。”

“你脱吧。”如果马有流氓的表情，那就是此刻的五一子。

小芹伸手便要去脱，五一子拿出了钱，变魔术一般。

小芹妈妈每月从远方寄来一次生活费，姥姥把给小芹的零花钱换成一毛、五分，分成了三十份，每天视小芹的表现发放一次。哪怕三天一次，两天一次也行。但是不。小芹姥姥不。早晨小芹睡得迷迷糊糊便听见姥姥唠叨，催着快起床，数落昨天小芹的错误、“不是”，鸡毛蒜皮，嗡嗡嗡嗡，小芹堵上耳朵，姥姥给扒开。姥姥也真会挑时间，平常小芹根本不听，吃饭都端着碗到邻居家吃，我们院倒是也兴这个。或者姥姥说一句小芹顶一句。小芹同姥姥的关系就跟中苏关系似的，一直都十分紧张。上学都快迟到了，姥姥还没完没了，越说越气，钱捏在手里不放，有时小芹忍无可忍背起书包就走了，姥姥便追上去把早点钱摔给小芹；最气时不追，早点钱也不给了。第二天姥姥继续数落昨天的事，讲得不算太长便给了钱。小芹拿到钱，问昨天的呢？姥姥没办法，要是吵起来小芹会把钱放下便走，继续不吃早点。这种事不是没有过。

小芹的零花钱包括早点钱，每天一个油饼，八分钱，另外的七分钱才是零花。粮票可以兑钱，或者也是钱，油饼要是交一两粮票可以省两分钱。为了这一两粮票，小芹跟姥姥打了好长时间，粮票按月定量供应，每人一份，每月都有粮店的人到院里来发。“发粮票喽！”一嗓子就行，全院人都出来了，拿着户口本，就等着这天呢！小芹姥姥死活不给属于小芹的这一两粮票，“买粮食都用了，哪儿有你的粮票，你都吃了”。小芹不服，“我早晨也得吃呀，粮票包不包括早晨，你要说不包括我就不要”。“不包括。”“包括。”小芹给妈妈写信，讲理，控诉，妈妈寄来了全国粮票，问题才算解决。我们院谁家都没有全国粮票，看着可是新鲜了，全国粮票也叫全国统一粮票，到哪儿都能花，比一般粮票大，硬挺挺的像新钱票一样。但我们还是希望小芹把全国粮票花掉，别攒着，换成钱，攒几张就行了。每次出门远行小芹都会给我们买冰棍儿，去时一根回来一根，还买过汽水呢。汽水一毛五分钱一瓶，当然不是每人一瓶，五六个人一瓶，你一口我一口分着喝，喝着喝着我们就打起来。这时就算五一子是我们的头儿我们也照样会跟他急，扑上去撕咬，只有小芹能像有电棒一样将五一子分开。小芹姥姥最恨的就是五一子，最瞧不上的也是五一子，老太太总能一眼就看穿五一子，每次我们筋疲力尽从铁路回来，小芹的姥姥都像定时炸弹，是我们预料之中的。“你们还回来？怎么不让火车撞死！”

我们四散奔逃，五一子更是缩头乌龟。说起小芹姥姥我们都不怕，但一见小芹姥姥还是怕，就像说起炸弹不怕，一响可就另外一回事了，我们都像着了弹片被炸飞了一样，跟电影上的鬼子似的。倒是小芹充耳不闻，像没看见一样，从姥姥身边走过。她们家门敞着，弹簧都被临时卸掉，只等看着我们进院。小芹也不客气，进了屋使劲把屋门拉上，拉上弹簧，就差插上门。小芹姥姥本来冲着我们，立刻停了，无比愤怒地拉开门，哐当卸了弹簧敞开房门，跺着脚将小芹和我们一起骂。小芹躺炕上堵耳朵，有时一跃而起，摔门而出，跟长征似的好不容易回来，重新走到街上。

我们毫无同情心，没有一次到街上看看小芹。我们都在挨家长骂，那么大声，我们听得出这也是让小芹姥姥听的。小芹姥姥在我们那片是个很特殊的老太太，既不像有文化的老太太，也不像没文化的老太太，更不像是有着工程师女儿和女婿的老太太，瘦，脸上皮包骨，抽长烟袋，黑牙。出身不好，头几年还挨过斗，可是我们院邪行，一直没怎么有社会上比如工厂机关学校那一套，红卫兵的哥哥姐姐倒是闹过一段，但很快都给轰乡下去了。说不迷信那也就是嘴上说，事实在那儿摆着，我们院大人就是这心理。

我们院也就小芹不怕她姥姥，每次从铁道回来零花钱至少停三天，就是那七分钱不给了，只给早点钱。上铁道是大错，小芹也不争，而且没了零花钱小芹也有办法，早点不吃了，省了，就像五一子、大烟儿、小永——我们都不吃早点，就没吃早点的习惯。这当然是农村人的习惯，但我们院大多以前都是农村人，还保留着许多农村人的习惯。我就不一一列举了，还是说小芹，习惯了早点的小芹没了早点非常挂相，中午放学回来狼吞虎咽，一点吃相没有——吃相历来是老太太教育的话题。

“是不是没吃早点？”

“吃了。”

“撒谎。”

小芹姥姥跟踪了小芹，戳破了小芹的谎言。

“我的早点钱，我愿吃就吃，不愿吃就不吃，你管得着吗？有本事别让我吃早点，别给我早点钱……就不滚，我妈的钱我干吗滚？”

“我是你姥姥！”

“你不是我妈。”

我们走在细长铁轨上，伸出两手，排成一线，晃晃悠悠，不时弯腰捡起一块砾石扔向远方。铁轨与枕木是天然的一对，像一对老人。铁路已太老了，连石头都老了，带着深深的油泥污渍。但比起这座城市它依然是现代的钢铁世界。信号灯闪耀，路轨反光，在这盛大而又迷幻的货车站，还有这几个孩子，安东尼奥尼拍不到这里不等于这里不存在。它一定会存在。我们轻车熟路地穿过纵横交错的铁轨、道岔，划过弯曲的扇面打开的钢铁之光。在红色信号灯处我们低下头猫下腰，不像麻雀，麻雀做不到这点，避开扳道工，来到了货车丛中。这里是一个无人的世界，大多是黑色车，也有个别好久不开的绿皮车。这里是我们的街道，我们的王国，我们的胡同，随便上到一辆尾车上，像以往一样，像一种固定的仪式，所有人的头习惯地凑到一起。

“海外来人了。”

“第三次世界大战就要打起来了。”

“联合国军已经登陆。”

《铁道卫士》印象深刻，已深入我们的骨髓，五一子扮演方化，那手势我们太熟悉了，眼睛直直的。接下来的次序不固定，有点乱，大鼻净与大烟儿总是抢话：“可我那二百垧地？”大家一起喊：“给你弄个师长旅长干干，不比你那二百垧地强?!”大家笑得前仰后合。

小芹从不参与，看着我们，这时她的确是女孩。直到有一次五一子给了小芹一支烟，是的，五一子已开始卷大炮，偷他爹的。五一子给小芹卷了一支，小芹叼起来，大鼻净一副谄媚的样子给点上。别说，这时候小芹表情还真有几分女特务的样子，特别是小芹自行把硬辫子松开，头发弄得松松垮垮。我们都看傻了，有种非常陌生的东西，我们觉得好看，但谁也没说。

说不出来。我们的表情像镜子一样，小芹肯定看到自己。我们围着桌子。尾车空间不大，两边各一张铁凳子，中间是铁架做的桌子，两边的铁窗相对。靠里有个铁炉子，烟筒伸到车顶外。一般火车其实有两股烟，一股是白烟，一股是黑烟。浓浓的黑烟就从这里飘出车顶冒着，比白烟更长久，更让我们心驰神往。有时桌上还会有马灯、信号灯、信号旗，随便放着简单的行车记录，以及搪瓷缸子、饭盒、水壶、圆珠笔。椅子下面是工具箱，工具箱上面卷放着被子、大衣，都脏得要命，和煤堆在一起。我们拿着信号灯照来照去，不敢拿到外面。信号旗拿外面没问题，可以在尾车栏杆处乱晃，不会被发现。从一辆尾车到另一辆尾车，总是乱串，我们不会停留在一辆尾车上。那天发现了一副扑克牌。扑克牌又脏又破，满是油污，但仍让我们兴奋不已，就像玩惯假枪见到了真枪。

我们一有清晰记忆就赶上了“破四旧”，脑袋像归零一样，当插队的哥哥姐姐带回扑克牌，我们无比惊讶，世界上竟有这种新鲜玩意儿，神奇极了。我们当然玩不上，一向被世界忽略。但这并不妨碍我们创造自己的世界。我们撕了作业本，裁成五十四张同样大的纸，写上红桃、黑桃、方块、梅花和数字，写上大猫，再写上小猫，也成了一副牌。我们玩大百、小百、升级、争上游、憋七，甚至带到火车上玩。我们坐在两边铁椅子上，像开会一样，非常神秘，一点也不觉得那些破纸可笑。发现真正的扑克牌！那堆烂纸立刻被我们扔到窗外，随风飘散。五一子和小芹一头，大烟儿和文庆一头玩起对家，小永和大鼻净围观，替补。五一子让我把门关上。这不用说，我负责警戒，从来如此。

汽笛声声——远处总有，尽管这次是我们的车发出的，但七十多节的车厢距离太远了，因此任何汽笛声可忽略不计，我们都习惯了。就算屁股底下“哐当”一声火车动了，通常也不太慌张。稍不同的是那天我把门锁上了，这也不打紧，还有窗户，我去开门，大家纷纷跳窗而出，以前就算开着门也有人成心跳窗。小芹和五一子收牌，收了最后几张五一子翻身跳窗。铁门打开了，毫无疑问小芹会跟着我，这都不用说。车很慢，我下到铁台阶最后一节一跃跳下。当然摔在了地上，我太小了。果然小芹跟着我出来了，到了栏杆处，却没下台阶，迟迟没跳。我们追，喊“快跳，快跳”，几乎拉到了小芹的手，小芹却没动。小永摔倒了，大烟儿也摔倒了，在枕木和砾石上。

小芹扔下了扑克牌，我们每个人都捡到了，一边追一边捡，一边捡一边追。我这个罪魁祸首落在最后，远远追着，也捡到了一张。我不能说扑克牌是罪魁祸首，而是一种命运，哪怕它经常用来算命，但我也恨死了扑克牌，我觉得我就是扑克牌。我们散散落落停下了，五一子从我们手中一一收走了牌。五十四张，一张不少。小芹没有一次扔下，一张一张扔下，不然我们也不会追那么远。火车消失了，我们又追了好一阵。

牌与小芹都重要，这是真的。的确，在迷茫中，牌仍然是一种快乐，一种无法言状的东西。一年以后我们见到了小芹，无论牌和小芹，都已被成长太快的我们忘记。当然，牌要早得多，很快那副本来就很烂的牌被我们彻底玩烂，变成了碎片。确切地说，我们见到小芹是一年零五个月之后，也就是在那个春天过去后又过了一春一秋，小芹来到我们院，在午后的阳光中打开尘封已久的门。院里老人的匣子正在批判《中国》，义正词严。居然抹黑中国，却又不明白那个叫安东尼奥尼的怎么来到中国的？谁请他来的？这部纪录片就是这样和我们有着扯不清的费解的关系。以往的批判都是鲜明的，极易理解，唯独这次像个天外来客。大家都已经上了中学，除我之外。五一子、文庆、大鼻净甚至都已开始上初二，所有人都长高了半头一头，除了我。

我们几乎已不认识小芹，但一看就知道是小芹。小芹也不认识我们，从我们身边走过，旁若无人。我们正在防空盖上打乒乓球，星期二，下午没课，就如小芹消失那天。小芹也一样，长个了，不再是辫子而是短发，脖子显得有点长，对一切都不陌生，熟视无睹，好像从没消失过。她们家的门锁显然锈住，她开了半天也没开开。我想下去帮她，开个锁什么的我手到擒来，是我的强项，可那时我正在房上玩扑克牌的碎片，是我自己的拼图。还是她自己开开了，一股灰尘飞出来，她毫无感觉迎着进了屋，掸都没掸一下。但进去后把弹簧顺手卸下，打开门放空气。她不是不敏感。她穿了一件稍短的瘦削红黑格子上衣，下身国防绿裤子，遮住脚面，背着军挎，自行车后座夹着一个棕色有拉锁的手提包。车是八成新永久二六，支在门口。说不出她从哪儿来，不像外地，也不像北京。

小芹失踪后，她爸妈连着来了两次，一次为小芹，一次是前来奔丧，相隔不到三个月，从新疆来可不是容易的事。让我们惊讶的是，这两次小芹父母穿的都是军装，领章帽徽，四个兜儿。彼时全民皆绿，但真的国防绿很少，有也只是两个兜儿，下面空空如也。四个兜儿可不一样，馒头扣都比两个兜儿大一号，这些我们分得可清了。而且四个兜儿的神秘在于连级到军级都一样，连毛主席都穿得一样。不过小芹父母来自偏远的新疆，我们的惊讶有点打折扣，要是在北京可不得了。另外两人都戴着白眼镜，像兄妹，连神态都像，和解放军简直无关。所以关于小芹我们还是那句话：她没和我们在一起，那天我们去铁道没有她，不知她去哪儿了，和我们对小芹姥姥说的一样。谎言有个奇妙的作用，一旦说出，特别是集体说出，就会连自己都相信，会变成石头，我们因此从没怀念过小芹，一分钟都没想到过报案或找铁路上的人报告，收走扑克牌之后，五一子便提出小芹没和我们在一起，我们不知道小芹去哪儿的谎言。我们的恐惧，我们心里的石头，一下落了地，于是一致赞同。小芹在这一刻真正消失了。我们统一了口径，攻守同盟，五一子使劲扔出一颗铁路上的砾石，挥舞着好像一下长大的拳头说谁要是说出去，绝不放过，会整死他。

“对，”我们随声附和，“整死他！”好像说的不是我们自己，一路上大家越来越高兴，越来越振奋。小芹姥姥定时炸弹的巨响让我们第一次觉得可笑，全不当回事，也没有四散奔逃。小芹姥姥骨碌骨碌转动皮包骨的眼睛，不相信我们所说，我们的异口同声事实上反而暴露了我们在撒谎，街坊四邻其实也都听出来了。

“好啊，你们说小芹是不是给火车撞死了？是不是？是不是？我告诉你们，小芹被撞死了你们谁也别想跑，都得给我偿命！”这当然是气话，恶狠狠的话，威胁的话，但并不老让人相信的话。这么说痛快，不过验证了自己过去所教训的。但是当小芹真的没出现，我们的谎言由于不断地重复完善，越来越像真的，越来越具体，越来越无情，小芹姥姥收起了嚣张。

“真没和你们在一块？”

“没有，真的没有，真没有，向毛主席保证没有。”

“我们出门时还看见她，她往另一边走了。”大烟儿说。

“她去菜市口照相馆了。”最可信的文庆说。

“是，是，是。”

成功，是我们最成功的一次，小芹的消失甚至成为我们的高兴之源。直到小芹姥姥夜晚撕心裂肺的哭号才让我们的心一紧，但也很快就过去了。

“小芹，你个死嘎嘣儿的，你上哪儿去了，你还不给我回来，你说你到底跟他们去没去，是不是撞死了，你去哪儿了呀，我怎么向你妈交代呀……我不活了……你快回来吧……回来吧……”

一夜哭号，寻死觅活，非常恐怖，但直到三个月后才死去。

不是残酷，不，这是事实。

三个月后，小芹父亲再次问到小芹，找了我们每个人，并保证不把我们讲的说出去。他们本来就是做保密工作的，让人特别可信，可我们也在保密呀。我不知道别人说出没有，反正我没说。我相信大家都没说。如果说上一次小芹父母来，我们还能看到他们白色眼镜片后面的那种怀疑，那种静默让我们的心还怦怦跳，那么三个月后，我们在他们的眼睛里什么也没见到，特别干净，因为我们干净。

小芹插队的姐姐也回来了，还有新疆黢黑的弟弟，全家人都带着外地人的面色，边疆诚实的风霜。新疆的风霜和内蒙古的还不同，新疆的面孔更暗一些，连男孩的都显旧，反倒是靠东北的内蒙古的面孔上，风霜十分鲜亮，那区别好像秋梨与苹果。全家人一样的是：都没什么悲伤，我们觉得至少红苹果似的姐姐应当大哭一场，眼圈儿是红的，但是没有。他们处理了房间里的大部分东西，临走上了一把大锁。没必要上那么大的锁，好像科研成果，生锈了很难开的。

要不是小芹旁若无人的样子，我想我们一年半后见到小芹会很惊喜，但她的神态提醒了我们。我们惊讶，但无话可说。而且今非昔比，我们都不是孩子，都长大了甚至有点走样儿。大烟儿像刀螂，大鼻净脸上湿乎乎的面积更大了，小永唇上起了一层茸毛。变化最大的是五一子，更像马了，说不清脸更像还是手臂更像，背部油黑油黑的，好像刷得很亮。总之所有人都有点牲口的特征，何况他们现在都是我哥哥的徒弟，每天晚上跟着我的流氓哥哥举重，劈哑铃，盘杠子，个个表情生涩。

小芹进进出出，收拾屋子，晾被子、毯子、枕头，到水管子处打水，从我们身边走过。我们对小芹慢慢收起好奇，像看陌生人一样。

“够牛 × 的。”大鼻净湿乎乎地说。

“那裤子估计是她爸的。”文庆说。

“傻 ×，她妈的。”大烟儿内行地说。

“肏，你才傻 ×，”文庆说，“我还不知道她妈也是解放军？可你瞧那裤子绝对是她爸的。”

“你们傻 ×，国防绿不分男女，都是男式。”

声音就在小芹身后，尽管压低仍会让小芹听见。倒是五一子一直没说什么，像马一样地沉默，马一样的目光凝视着小芹，管接管送。至于我，我在房上，我的样子倒是和下面这些牲口有一种呼应。虽然当初主要因为我锁门才出的事，我的责任最大，但我又是无法怪罪的。我干了什么别人都不奇怪，因此我可以跟小芹打招呼，问这问那，毫无障碍，但我也没动。

倒是院里的爷爷、奶奶、大爷、大妈见了小芹格外惊讶、亲热，问这问那。小芹对他们倒也正常，露出我们熟悉的淡淡的笑容，回答了我们遗忘已久不可思议的问题。回答得十分轻松，小芹到了新疆见到了父母，并且早就见到了。这还不算，不久便又和父母一起回到北京。这些变故早就发生过了，只不过我们一点都不知道。

小芹不用成心，很自然就戳破了我们当初的谎言，我们院大人都知道了小芹原来是和我们在一起的，一起去的铁路，老人们眼珠不动了，多皱困惑的脸与其说是惊讶不如说是麻木，瞪着我们，也瞪着小芹，一动不动。小芹说她一直想去找父母，那天正好就去了。正好我倒没想过，可我一直认为她的确可以跳下来。只是再蠢不过的五一子他们竟然好像没听明白小芹的话，我不知道五一子他们这会儿的聪明劲儿哪去了，逢到真正需要智力时五一子的脸与晒黑的手臂、膀子、大腿没什么区别。

小芹在西城月坛北街铁二中上学，搬到我们院并没转到附近的四十三中，她骑着男式二六车每天早出晚归。她干吗搬回来住谁也不知道，肯定不是为了我们或街坊四邻。她有时回来得早，下午没课中午一吃过饭就回来了，晚上吃剩的。我们胡同好多人也认识小芹，但也像我们一样对她感到特陌生。除了凡人不理，肥大的国防绿裤子、二六车也特扎眼，彼时没中学生骑车上学的。还有军挎，刘胡兰式的短发，和所有人都不一样。肯定有人拍她（拍婆子），只是不知道什么人能拍她。反正我觉得我们这片人都没戏，也就朝她瞎吼一嗓子。

他们都觉得五一子有戏，毕竟他俩过去关系不错，便鼓动五一子。但五一子一见小芹就脸红，真的像马一样出汗。和谎言无关，小芹事实上也并没特在乎，五一子就是有一种畏惧，正如对小芹当初扒他裤子的畏惧。连五一子都不敢，大鼻净、大烟儿、小永更不敢，大家干脆完全放弃，就像完全不认识小芹。

有一天我敲开了小芹的门，我早可以这么做。与别人无关。那天我和猫、鸽子相隔不远坐在房上，她推着二六车进院，不知怎么向上瞥了一眼，并没与我相视便过去了。通常谁进院也不向上看，谁都是低头看门道、脚下，或平视，反而是我可以看任何人。她中午之后回我们院多在周日，有时周六。偶尔星期一，星期三，这两天全天都有课。而那天是星期三，所有人都上学去了，她的红黑格瘦削上衣划破阳光，瞥了我一眼后穿过防空洞盖、小厨房过道，屋门口支上车，没锁车，掏出钥匙开门。她的短发真的不是圈子式，很阳光的。

当然，她见了我还是很惊讶，如同我对她房间的惊讶：房间竟然如此简单。

“有事吗？”

“没事。”

我到她的腰部，她的惊讶有拒绝的内容，但是随着俯视地打量，慢慢缓解下来，一贯的表情消失了。我的惊讶稍长一点，四下看了一下，房间只一张桌子，一把椅子，几块铺板，一点生活用品。以前的八仙桌、太师椅、自鸣钟、大黑柜都没了。四壁空空，桌上有课本、笔、作业本、书包，几本没皮的不知什么书。只有墙上的主席像，窗台上的石膏像是过去的。

“你不上学了？”她先问了我个问题。

“我想知道，”我没回答她的问题，而是单刀直入，“你有三个月时间没找到你爸妈，到哪儿去了？怎么找到了新疆你爸妈？还有，你那天说正好，真是正好吗？”

停了会儿，我说：“我不会对别人说的。”

憋了太长时间，尽管我的问题多，但我觉得她应该回答我，因为她应该相信我，凭我每天坐在房上。结果，事实的确不简单，她看到铁门锁了，希望把大家都拉走，结果都跳了车，从窗子跳出的。

“你希望我不跳车吗？”我问。

“不希望。”很干脆。

她不想跳。爱拉哪儿拉哪儿，她当时就是这种感觉。她承认以前想过藏在尾车去新疆，但也就是想想。

“可你明明说那天就想去。”

“就那么一说。”

“真的不怪我？”我问。

她没说话。我讲了那天为什么锁门，关上门很好玩。你们玩真的牌，关上门好像开会学习。也真怕有人来，好不容易有一副真牌。我并没把门锁死，很快就打开了。

“你要打不开我就跳窗户了。”她认真地说。

“为什么？不愿我在？”

我们有一句没一句聊着，都没有坐，靠在空荡荡的墙壁上。上面是毛主席去安源像，我离得远，她顶到了。对面是落满灰的石膏像。外面封死的窗台上，里面可以放东西。

“你一个人在车上不害怕？”

她没回答，将我赶走了。她这人很没准儿，不知哪句话就惹着她了。我们聊得还行，甚至有点像朋友，但她依然对我们的“友情”没任何顾忌。另一次同样的场景，还是靠在空墙上，她回答了我上次的问题。她说她一点都不怕。我觉得她没说实话。她说她觉得火车说不定会把她拉到新疆她爸妈那儿。这感觉不错，干吗要赶我走呢？

她睡着了。火车半夜停了，上来一个人。一个提着信号灯的人把她照醒了。这是个煤矿小站，押车员是个好人，答应帮她找车去新疆。她的运气可真不错，一上来就碰上了好人。我们这些常在铁路上玩的人对押车员并不陌生，大多脏兮兮的，叼着烟，歪戴帽子。不过我还是愿意相信她的话，碰到了好人。外地和北京可能不一样。

小站叫阳泉，已是山西地界，我们对山西不陌生，院里好几个插队的哥哥姐姐都在山西，我们甚至还听说过阳泉。押车员是位大叔，小芹坐的是拉煤的车，拉煤的车一般都不去新疆，押车大叔说只有拉石油的车才会从新疆过来过去，得等拉石油的车。再有就是坐客车。新疆可是远了，什么车到新疆都得一个星期。坐客车要很多钱，最好还是拉石油的车。大叔有办法，铁路上有很多朋友。

“那你怎么那么长时间才到新疆？”我忍无可忍。

油罐车不是天天有，她在大叔家等。

“你住他家了？”我吃惊地问。

“是呀，怎么了？”

居然没把我赶走，我有点庆幸。小芹的脸上写着一切费解的不可思议的东西，一些即使不真真假假也是费解的东西。

阳泉站在一条大沟里，四周是黄土，押车大叔还不住在大沟里，住在另一条支岔的沟里，人家不多，散散落落着一些窑洞。窑洞我觉得很正常，院里插队的人也有住窑洞的，听说冬暖夏凉，毛主席都住过窑洞。押车的个子不高，戴着一顶新的蓝帽子，那帽子蓝得就算在北京的大街上也难找。但我对那么蓝的帽子感觉并不好，有点不祥之感。小芹讲话就有不祥之感这个特点。小芹说大叔有口音，但是能听懂，有老婆、孩子。

我一下放心了，什么都相信了。

我一高兴，小芹又把我赶出去。

押车员的老婆是个盲人，但他女儿的眼睛明亮。女儿十一岁了，没上过学，是妈妈的眼睛，帮妈妈干家务活。女孩想上学，有本、铅笔，自己有时写写画画。小芹说她还教了女孩写字、认字、画画，画青蛙和小鸟。小芹在窑洞住了一个多月，没等到新疆的油罐车，每天帮盲女人和小妹编草编。这哪是小芹干的活，可小芹不仅干了，还干得非常麻利，出活，荆条没了还到塬上去割荆条。盲女人和小妹妹与她一条心，三个人加劲干，小芹说着说着眼睛红了，把我赶走了。

编草编挣车票钱？即使不是胡说八道也差不多。说好的油罐车呢？两个月都没一趟？就算攒车票钱，一个运煤小站怎么可能有客车？如果一切都是子虚乌有，押车员是个大坏蛋，小芹怎么不跑呢？押车员来来去去，小芹完全可趁他不在家逃跑。但是好像没有，她竟然还叫他大叔。我在房上和众多麻雀在一起的时候，怎么也想不明白。真有盲人老婆？

我用小石子投猫，猫连躲都不躲，毫无反应，躺在房脊上睡大觉。投向鸽子，鸽子飞走了，又飞回来。再投。我站起来，大黄猫才懒洋洋伸了个懒腰，跳下屋脊，走了。

另外，就算一切都是真的，问题是再怎么说也三个月呢，她怎么过的？但我再怎么单刀直入也没用，被赶出来多少次也没用。她说了能说的，自相矛盾，她说押车大叔在另一个城市把她送上火车，这是对的，但另一个城市是什么概念？忽然想到她为什么总是穿肥大男式的国防绿裤子？几乎没见她换过，能感到腿在里边旷荡，一阵风刮过来时就像旗子裹住了旗杆。安全是安全，但不也很扎眼吗？这一片的顽主都比较土鳖，不敢怎么样，铁二中那边就难说了，听说铁二中有许多响当当的顽主，我总是在房上不由得想象小芹在铁二中操场走过的样子：昂首挺胸，短发一动不动。

有一次我问小芹想她姥姥不，按理这事完全犯不着将我赶走，我不过是靠在墙上没话找话，结果她将我“请”了出去，就是揪住耳朵，拉开房门，一下将我甩了出去。我的耳朵几乎掉下来。这样的“请”当然不是第一次，而且主要很顺手，稍一俯身即可。但这次与往次不一样，往次通常都很慢，慢慢牵着我送出屋，这次很快。她太恨她那无法言说的姥姥了，过了那么久还是那么恨，完全是雷，不能碰这话题。我从没偷窥的毛病，但那次的哭声——“呜呜”的深长的大哭，让我踮起脚看到雨一样的她。

她想姥姥？

我从没见过那么混乱的脸。她有太多的谜。

我在房顶上看着太阳落山。越过海浪般的房顶，北京真的是可以看见山的，而不仅仅是随口一说。那时的北京西边只有工会大楼、民族饭店、民族宫几座高层建筑，站我们院房顶一马平川都看得见，像在海上看见个别轮船一样。发出金色哨音的鸽子不断掠过前方，整个房顶都是金色，哨音让我抬头，猫也在抬头，像我一样慢慢摆头，我的眼睛毫无内容，但猫不同，永远是警觉的，你能从它的眼睛里看到什么。

警察的出现最初反映在猫眼睛中，大黄猫一动不动，跳了两下又不动了。我其实并不特别意外，真正让人意外的是小芹的“罪行”。

不是警察来找到的小芹，而是小芹带着警察来到我们院。一共三个蓝制服警察，长得都一样。一个就够了，不知干吗要三个？小芹垂着头，短发有些乱，挡住了部分眼睛。没戴手铐，两手仍交在前面。此前在哨音中我已听见摩托车声，当然不知上面坐着小芹。哨音由远及近，掠过屋脊，摩托车突然停下，还“突突”响了一会儿。我立刻随着猫越过房脊跨到临街一边，两个警察押着小芹已进院，还有一个警察锁车。车是挎斗摩托，俗称挎子，就是后来在“二战”影片里常见的黑色的那种。

三个着装完全相同的警察随小芹进了屋，很快出来了一个，在外面警戒，也像“二战”电影。打火机“啪”的一声点烟，很帅，长长地朝我们院上空吐了口烟，看见我立刻警觉地摸什么，随后撇了下嘴角。我们院男女老少都出来了，没人敢靠前，吱一声，问声怎么回事，倒也都不是特别意外。

没多一会儿小芹出来了，头更低了，并且戴上了手铐。

《曼娜回忆录》或者也叫《少女之心》被搜出来了。这个让我非常意外，怎么也想不到，我觉得也不该，她做出什么我都理解，唯独这事不可思议，抄什么不行，怎么抄的是这个手抄本？自然没有不知道这个手抄本的，即使我这个已放弃学业的整天在房上的灵长类都知道。我记得马脸的五一子还拿到过两页，来到房上和大鼻净、大烟儿、文庆、小永围在一起神神秘秘地看、念，忽高忽低，高时都向后动一下。五一子特别主动地招呼我过去，肯定是想冒坏，我太了解他。当我听到大烟儿读“表哥的××进入了我的××”时，我的脸都绿了，我从没听到过那样的术语，力量也就更大，更惊人。五一子看着我哈哈大笑，并低头看我的裆。那破破烂烂的两页纸不是作业本，是信纸，有红线格的那种。

小芹抄的是全本，家里竟然还有一本。

铁二中看来就是不一样，我们这片就是几张纸，大家瞎抄来抄去，要抓得有好多人抓起来，但好像一直没什么大事。抄整本就不同了。小芹留给我最后的印象就是她戴着手铐低头走的样子，永远停在了这一刻。而且这次还不像上次，小芹出事后她们家的房子易主，房管所调配来了新的住家，一对在琉璃厂荣宝斋工作的老夫妇，膝下一女，据说是抱的。我们以为老头与小芹家有点关系，结果一点关系没有。关于小芹的传言也是瞎传，有的说小芹给判了三年，有的说五年，也有的说是强劳，反正都差不多。我们之中有人骂五一子脓包，说小芹不定被人铆过多少次，五一子早该对小芹下手，如何如何。我觉得就算小芹像人们说的那样，五一子也没戏。小芹和小芹家与我们院完全断了音信，这次我们倒没很快忘了小芹，好长时间都兴奋地谈论，分析得很细，都和性有关。但时间抹去了一切，时间层层叠叠，时间太长了，想不到四十年后我还活着，镜中的白发完全像雪山一样，或者我就是雪山。

这事没想到没完，小芹的父母现在竟然都是院士，照片都在百度百科上。小芹父母都还是白边儿眼镜，加上白发，一看竟是那么亲切，感觉就是我们院的人，虽然院子早已不存在。费尽了周折，有一天终于打通小芹父亲的电话。小芹的父亲不知道我是谁，我具体描述了当年的自己，然后听到了小芹母亲的声音。小芹母亲接过了电话，给了我小芹的号码。

这天晚上，我拨通了小芹的电话。

宁肯的短篇小说《火车》发表于《收获》2019年第5期，是“城与年”系列小说之一。宁肯是在北京胡同长大的作家。《火车》具有浓郁的怀旧气息，这篇小说聚焦20世纪70年代北京大院里的少年玩伴们和女孩小芹，叙述了他们从琉璃厂到永定门火车站这一块空间里的漫游生活。在《火车》及“城与年”系列小说中，宁肯将个人的成长史、心灵史嵌入了北京城中，既追溯了自我的来处，也复现了记忆中的北京城南生活。

——胡诗杨

深秋北京

孟小书

深秋，距北京市政府供暖还有十天。屋里比外面冷，而且越坐越冷，手脚冰凉，会流清鼻涕。穿多少都缓不过来。苏玲儿和孙闯闯缩在沙发上，裹着被子。孙闯闯的房子是阴面，所以更冷。因为这事，他前妻每到这时都要对他进行一番埋怨，埋怨了四五年，终于搬走了，再也不回来了。现在，孙闯闯身边换了一个捧着热水袋的人。

电视里放着孙闯闯最喜欢的电影《野猪遍地跑》，这是盗版碟，我国台湾翻译的名字。也不知道是为什么，内容和名字一点也对不上号。故事背景建立在玛雅时期，满画面充斥着血腥与暴力。男主人公以及他所掌管的部落，为了反抗玛雅帝国的统治进行了一次又一次的战争和逃亡。从某种角度来说，这被翻译过来的片名，倒是也有几分贴切。苏玲儿看得眼花缭乱，加上昨晚彻夜失眠，让她在温暖的被窝里迅速睡着了。

这是孙闯闯第五次看这部电影了，原因是他手里刚接了一个剧本的活儿，网剧。根据制片方的要求，他要在一个星期里写出一个两千字左右的大纲，内容是一群美少女逃离一个被僵尸霸占的荒岛。他要再看一遍这部电影来获取灵感。

他边看边记，起初还时不时跟苏玲儿聊上几句，后来干脆就不说话了。孙闯闯刚一闭嘴，苏玲儿就睡着了。苏玲儿刚一睡着，就被孙闯闯发现了。这是他的一大技能，永远都能第一时间发现身边的人是否在认真地与他一起欣赏或讨论某个艺术作品。但凡有人走神、心不在焉他会立刻察觉到，更不用说睡着了（孙闯闯认为，这是对艺术和他本人极大的不尊重）。但凡被他发现，他就会大发雷霆，当然了，也仅仅是在心里。可对苏玲儿就不一样了，他一下把她拍醒了：

"你怎么就睡着了？"苏玲儿惊醒，还没反应过来，孙闯闯起了身，"你赶紧回家吧。"

苏玲儿不明所以，也大怒了起来："你是不是有病啊！"孙闯闯把电视关了，没告诉她自己为何生气，回了房间把门锁上了。苏玲儿觉得他这人简直莫名其妙，想吵架都不知从何吵起，穿上了衣服，憋着一肚子的委屈回家了。

苏玲儿和孙闯闯是在一个面馆儿里认识的。那天夜里，有个叫"学校"的live house有演出。演出结束后，是后半夜了，"学校"所在的小胡同儿里瞬间挤满了散场的年轻小朋友。附近只有这一家面馆儿是二十四小时营业的，里面挤满了人，队排到了外面去。孙闯闯哪儿都有熟章儿，有人给占地方。苏玲儿和张依依在店门口排队，冻得瑟瑟发抖。孙闯闯捅了一下费主席，费主席是个插画师，按理说他和音乐圈的人搭不上关系。但曾经，他是孙闯闯的粉丝，喜欢他的作品。于是就这么玩到一起去了。

“你看门外面那俩姑娘怎么样？”

费主席抬头看了看：“不行，太柴了。”

“我觉得挺好，你再给我找把椅子去。”

孙闯闯起身向外走，拍了一下苏玲儿：“哎，你们进来吧，我这有位置。”

苏玲儿大喜：“真的啊！”说着她就拽张依依要进去，但显然，张依依并不是很情愿。

“我们不在这吃，买完了就走。我们还是再排一会儿吧。”张依依道。“打包回去，面全坨了，没法吃。我们就坐在里面。”孙闯闯用下巴指了指费主席坐下的那桌。

苏玲儿又说：“就是，面怎么打包？快进去吧。”张依依还是被苏玲儿拉了进去。

几人坐下后，孙闯闯为大家点了豌杂面。直到现在，每当苏玲儿回忆起这个晚上时，都会觉得很恍惚。每当吃起豌杂面的时候，都能想起孙闯闯。苏玲儿听孙闯闯的音乐访谈节目已经三年了，是他的头号粉丝。只是当时她被冻得快抽筋了，一门心思只想快点进面馆里坐下，才没有第一时间将孙闯闯认出来。

经过了一番盘道儿，苏玲儿激动得快控制不住自己了，说了很多遍：“你真的是孙闯闯！”孙闯闯的心中大喜，遇上个姑娘居然还是自己的粉丝。孙闯闯和费主席两人开始聊起了音乐圈的陈年旧事和各种八卦消息。每当说到敏感词汇或敏感的人时，都会向四处望望，并将声音压低。

面终于端上来了，张依依饿坏了，自顾自闷头吃面。苏玲儿听着孙闯闯口中的奇闻逸事，着了迷，偶尔才低头吃一口。苏玲儿每次低头吃面，孙闯闯就会闭嘴，等她抬起头的时候才继续讲。这一低头抬头，孙闯闯就迷上了苏玲儿。他觉得她低头吃面时候的样子特别好看。

凌晨四点，张依依终于坐不住了："我不行了，眼睛睁不开了。"

"哎，再聊一会儿吧。等五点了，我带你们去吃早点，看日出。"孙闯闯极力劝说着。

"不行，我八点还有事呢。"

"我发现你做人就是太紧张了，为什么不能放松一点呢？你看，这也没几个小时了，回去你也睡不着。"

张依依站了起来："我真回去了。"

苏玲儿见她真要走，自己也站了起来。

"成吧，既然都要走那咱们改天再聚。"孙闯闯迅速和苏玲儿交换了电话。

临走时，孙闯闯说："我明天打给你。"

路上，张依依问她："那人是谁啊？那么会吹牛逼的人，我还是头一次见。"

苏玲儿只顾傻笑着："是吗？可能是职业病吧。他是一个音乐访谈节目的主持人，主持人都特能说。"

"反正你离他远点，看着不像什么正经人。"

"我倒觉得他挺有意思的，跟平时在节目里时一样。"

张依依是个白领，离这些文艺青年八丈远。在她眼里，他们都是不务正业的年轻人。苏玲儿是她的同学，从初中到大学，她们的友情不是一两句话能概括的。

整个晚上，苏玲儿脑子里全是孙闯闯，又把关于他的所有信息和做过的节目复习了一遍。就连梦里也全是他。孙闯闯在告别之际，说今天会联系，她就一直等着。从早饭等到了午饭，午觉睡过，电话还是没响。苏玲儿坐立不安，整个下午都在回忆昨夜的事，准确地说，是今日凌晨。一切变得似乎又不那么真实，但孙闯闯口中的那些人与事，又是那么生动。夜幕悄然而至，这一天终于接近了尾声。今天是周末，除了两个快递的来电，再没有其他人找她。人家毕竟是名人，名人的话怎能当真呢？

孙闯闯和白露分居已经三个月了，随着时间的推移，他越来越相信白露这次是认真的。往常，白露也会闹脾气回娘家，但也就是三两天的事。等她气消了，自己想通了，就会讪讪地回来。白露想离婚，孙闯闯也是无话可说，他曾想过挽留，但话到嘴边又不知如何开口。白露搬出的三个月里，他最大的收获就是认识了苏玲儿。这段时间，他一档节目也没做，收入全无，靠着昌平一套小两居的房租过日子。可就在遇到苏玲儿的当天上午，白露拎着两个大箱子回来了。孙闯闯心中一动，但仍旧假寐。白露没说什么，进了卧室，开始收拾自己残留在这儿的东西，一样不留地全塞到了皮箱里。孙闯闯见动静有点大了，就说：“你这是干吗呢？”

“收拾东西。”

孙闯闯赶紧嬉皮笑脸地抱住她：“行了，行了，差不多得了。待会儿咱俩吃火锅去。”

白露一把将他推回了床上："你是不是以为我跟你开玩笑呢？我告诉你，你现在这副嘴脸，特别让我恶心。"

"还没想明白呢？"

"没什么可想的，离婚协议昨天夜里已经发给你了。"

孙闯闯赤裸着上身，坐在床上。面对衣冠楚楚、义正词严的白露，气势全无。他根本就不会明白，白露为何如此坚定。临走前，她看了一眼孙闯闯说："其实你从来就没爱过我，对吧？"之后便把钥匙留在门口，走了。

其实，这三个月里，孙闯闯并没有特别思念白露，只是觉得日子过得十分没劲。不再会有人等他回家，不再会有人与他一起深夜看电影、吃消夜，更不会有人跟他拌嘴。当他看见离婚协议时，心烦意乱。婚前与婚后财产分得很详细，字里行间透着股无情与无望。

"这么锱铢必较的干什么！"又过了两天，两人速战速决地把离婚证领了。

从民政局里出来，阳光烤在身上暖洋洋的，他忽然想去动物园。当即给费主席打了一个电话，费主席没接。他又翻了翻电话簿，想起了苏玲儿。

两个人到动物园时，临近傍晚。家长们带着孩子开始纷纷离园，所以人并不多。孙闯闯带着苏玲儿往里走，开始介绍，这是什么动物。苏玲儿从小就不爱去动物园，觉得动物园里的动物都特别惨，但这次不一样。

孙闯闯自顾自地说："小时候，我爸每个周日都带我去动物园。小时候走不了多少路，而且中午得睡觉，晚上去补习班，所以每次只逛半个园。”

他们晃晃悠悠地走到了长颈鹿馆，栅栏上的牌子写着“严禁私自投喂”。但还是有人围着，把生菜、饼干之类的食物从包里掏出来。孙闯闯也从布袋子里掏出一小把胡萝卜条，分给了苏玲儿几根，看样子是有备而来。苏玲儿不敢喂，怕长颈鹿咬她。孙闯闯就攥着苏玲儿的手，慢慢将胡萝卜条喂进长颈鹿嘴里。也不知道苏玲儿是真害怕，还是装的。总之，两人自从喂完长颈鹿之后，手就牵在了一起。此刻的苏玲儿觉得孙闯闯很可爱，她觉得喜欢动物的男人都很善良。孙闯闯今早与朝夕相处四五年的媳妇儿离了婚，除了动物园，他哪儿都不想去。

晚上，孙闯闯带着苏玲儿去吃了牛肉拉面。孙闯闯对牛肉拉面有一种说不清的痴迷。在家附近四公里以内，有三家牛肉拉面，他只去在公交车站不远的这家，是清真的。他说这家店不仅卫生条件好，而且汤熬得讲究，这拉面最大的功夫是在汤上，不仅要一清二白，还要有味道。这“一清”指的是清汤，“二白”是白萝卜。这三红四绿是辣椒油和香菜。单看都挺不起眼儿，但你别小瞧它们，凑在一起就不一样了。不信你尝尝……

苏玲儿听完孙闯闯这一大套的讲解，对拉面又有了新的认识。孙闯闯又要了两个鸡蛋和三两肉。苏玲儿刚要下筷子，又被孙闯闯喝令制止了，说：“不是这么吃的，你得先把鸡蛋剥好了，分两半泡在汤里，再把肉片压在面底下泡着。这样凉鸡蛋就能焐热了，肉也软了。”苏玲儿照办了，一边吃，孙闯闯又说:“这牛肉拉面看着简单，其实这学问大了。越简单的吃食，学问越大。”苏玲儿从此对这“看似简单的牛肉拉面”有了一种崇敬之情。但说来说去，也不过是一碗牛肉拉面而已。

饭后，孙闯闯自然而然地带着苏玲儿回家了。他家在天通苑，抬头望去，是密密麻麻的窗户。苏玲儿想着到底哪扇窗户是他家。在楼群中，两人拐了几个弯，终于到了。电梯间贴满了小广告。一只灯泡一闪一闪的，散着微弱的光。那光暗到不足以看清孙闯闯的脸。

孙闯闯的家倒是很有艺术家的范儿。CD架上还摆着一摞小卡片和刻有他名字的杯子，他说那些都是粉丝送给他的。苏玲儿继续参观，发现了很多绝版唱片，也发现了他与白露的合影。白露的长发被风吹了起来，飘到了孙闯闯的面前，让他的脸变得隐隐约约。

孙闯闯说:“来，挑个唱片听吧。”

苏玲儿在一张张地翻看着，终于选定了一部盗版碟。

孙闯闯:“别听这个了，我给你推荐一张。”

孙闯闯一边将CD插进播放器里，一边说:“今天别走了。”

“那不行，我什么都没带。”

“你需要什么，我这就去买。”

“我需要的东西可多了，而且这个点商店都关门了。”

两人又争辩几句，最终苏玲儿还是同意留了下来。

第二天一早，苏玲儿在孙闯闯的怀里醒来。孙闯闯没有拉窗帘的习惯，他说睡觉挺浪费时间的，这样可以早点起床。可今天早上，两人起床时已经临近中午了。孙闯闯感叹着："你说，在北京像咱俩这样能在工作日睡到自然醒的人多吗？"

"不多吧。"

孙闯闯心中一阵暖意，他突然抱紧了苏玲儿。看来白露那一篇儿算是翻过去了。他又伸了个懒腰，起床了。孙闯闯的声音又从厕所里传出："你今天干吗？"

"好像也没什么事，就是晚上要去个刺猬乐队的新专辑发布会。"

"哦，他们也叫我去了。"

"那正好晚上一起去呗。"

"没劲，我给推了。"

"那我回家了。"

"你怎么总是想回家。"

"我得回家换身衣服。"

"对了，你跟你父母住？"

"对呀，怎么了。"

"那说白了，你就是还没断奶。"

孙闯闯从厕所出来的时候，苏玲儿已经换好了自己的衣服。

"什么叫还没断奶，我自从工作后就没再管家里要过钱了。"

"那还不是吃住都在家。就承认了吧，你就是那种饭来张口的小女孩儿。"

"我还不走了。"说着，又把衣服脱了，换上了苏闯闯的大短袖。

孙闯闯家的客厅一侧摆着一张巨大会议桌，能坐下十个人左右的样子。早饭过后，苏玲儿挑了一张唱片，可在挑唱片时，她又看见了那张合影，两个人各坐一边。苏玲儿写新闻稿，孙闯闯写最近新接的一个剧本的活儿。无论从哪个角度看，两个人都很合拍。孙闯闯一边写，一边和苏玲儿讲着、讨论着。每写完一段，都要给她看看。光看还不行，必须要讲点自己的意见，才算罢休。孙闯闯的剧本写得倒是顺利，可苏玲儿的稿子却一篇也写不出来。苏玲儿心里觉得别扭，可又不知怎么开口。

到了晚上，孙闯闯又试图将苏玲儿留下来，苏玲儿一口回绝了，随便找了一个借口就回家了。她走出孙闯闯家时，长长地舒了一口气，有种被释放的感觉。回家的路上，苏玲儿给张依依打了一个电话，她有一肚子的话要说。

"终于出现了，你都消失一天了。看来你俩发展得不错啊？"

苏玲儿在电话一端笑而不语，自己也不确定这样的发展是否"不错"。

"你们约会都去哪了？"

"先去了动物园，之后又去吃的……"

"吃的什么？不会又是重庆小面吧？"

"吃的牛肉拉面，可高级了。而且我俩都爱吃面条。"

张依依懒得再追问，说："我告诉你，这种人你得离他远点。你看他长的就是一副不靠谱的样儿。"

“我现在就特别不爱跟你聊天，以貌取人，‘俗’这字就说你呢。而且，这话你已经跟我说过了。”

苏玲儿对张依依的话，似乎有点无力反驳。

自从苏玲儿走了，孙闯闯又独自守着空房。他其实是一个不怕寂寞的人，内心丰富的人都不怕寂寞。但这晚不知怎么了，苏玲儿的离开让他心烦意乱，彻夜无眠。他坐在桌前，泡了一壶茶，洗了洗手，准备继续完成剧本。但一个小时过去了，仍然枯坐在电脑前，没有丝毫进展。他在房间里四处游荡，看见了书架上的合影。他把照片拿起来，仔细端详着曾经的他们。这是在哪拍的？像是苏州。他忽然想起来，那次在苏州的旧书店淘到了两套连环画，它们去哪了？自从买回来就再没见到过，他把灯打开，四处寻找。孙闯闯拉起了床垫子，那两套从二手书店买的连环画确实在此，与此同时，他当年与白露照的婚纱照也在。相框都镶好了，愣是没让白露挂上去。照片中的孙闯闯是那么不情愿，白露是那么幸福。他觉得婚纱照很俗气，白露也很俗气。但白露在的日子，他又觉得特别踏实。

太阳逐渐升起来了，终于有了一丝困意。他合上电脑，昏沉地睡去了。这一觉睡到了下午，是被一阵吆喝声吵醒的。他们这个小区是回迁房，园区不大，五六栋楼的样子。不知是否因为回迁房的缘故，小区的物业形同虚设。单元门口的那一小块地，被各家的大妈占用了，用来晒五谷杂粮。小区里的树与树之间挂上了铁丝，用来晒被子或床单。无论年轻人怎么抗议，最终都拗不过老同志。白天，大爷们在院里会凑成一堆儿下象棋。隔三岔五的还有收废品的在小区里大声吆喝。乍一看，一副欣欣向荣的景象。像这样充满市井气息的居住环境，城里基本见不着了。孙闯闯就是被收废品的吆喝声吵醒的。他伸了个懒腰，寻思着，醒了也好。

他简单地洗漱后随意吃了些饭，便又坐回那张巨大的书桌前，准备开始这一天的工作。三天后，就是与制片方约定的截稿时间。目前来看，进展还算顺利，只差一个结尾就可完成。他看着屏幕，思路逐渐清晰，刚要开始打字，又一声吆喝打断了他。孙闯闯起身，想冲楼下喊一嗓子，但又憋了回去，关上了窗户，重新酝酿。刚准备再次下笔，吆喝声又肆无忌惮地透过窗户传到了孙闯闯的耳朵里。他拍案而起，穿着拖鞋冲下了楼。在下楼的过程中，他发誓一定要将那人暴揍一顿。可真遇着那收废品的人，一下又屎了。

“你能不能小声点儿?”

“不能，小声别人该听不见了，我还怎么收废品?”

“你……这是扰民，懂吗!”

“这是白天，又不是晚上。”收废品的人继续吆喝着。

“你怎么不去别的小区?”

“别的小区不让我进啊。”

“那你怎么才能走?”

“我得把今天钱挣够了的。”

“多少钱算挣够?”

“二三百吧。”

“挣够了的话，明天还来吗?”

“当然来了，这是我固定点。”

“得……你等着。”

孙闯闯以最快的速度冲回了家，从衣柜的最下面放袜子的抽屉里拿出了一沓子钱。数了数，一共三千，是上回给人家公司写歌词的稿费。他拿了出来，又数了五张一百的放回了抽屉里。攥着剩下的钱，又冲下楼。那收废品的还在吆喝，他把一沓子钱放到板儿车上。

“今年别再来了。”

那收废品的人呆住了，半天没说出话来。“跟你说话呢，今年能不能别再来了？”

“今年？离年底还好几个月呢。这点哪够？”

“不要算了。”

孙闯闯刚要把钱拿走，却又被收废品的人按住了。

“行行，听你的。我今年不来了，我再去别地儿转转。”那人跨上板儿车，一边吆喝着一边走了。直到声音消失得一干二净后，他这才上楼。

天地倾斜，他睡死了过去。

剧本总算完成了，核对了两遍后，迫不及待地发给负责审核剧本的徐总。以防万一，还给他打了一个电话，告知剧本已经发到他的邮箱里了。一个星期过去了，对方杳无音信。孙闯闯终于按捺不住，给徐总打了电话，询问剧本的进度。徐总很客气，说是剧本看过了，但还不是很理想。孙闯闯就问，那预付款什么时候可以打给他。徐总又说，这得改到他们满意才行。孙闯闯又说，可合同不是这样写的。徐总不耐烦了，说，少拿合同说事。孙闯闯急眼了，你们怎么能这么办事？翻脸不认人呢？徐总也急了眼，说，不写拉倒，有的是人写。孙闯闯一下蔫儿了，说，不是这个意思，当然还是要写的，肯定会让公司满意的。孙闯闯最后的结束语是“修改意见能告诉我吗”，徐总说：“等有了修改意见会发到你邮箱里的。”说罢，便挂了电话。但这封邮件，孙闯闯迟迟没有收到。

剧本的活儿结束了，苏玲儿也被气走了，放在抽屉里的存款也给了那个收废品的。他一时想不出来还有谁比自己更惨。孙闯闯坐在桌上，郁闷了两分钟，忽然一下又想开了。剧本这个活儿结束了，还有下一个。苏玲儿只是走了，却没分手，钱没了可以再挣。想到这儿，他豁然开朗。首先打给了苏玲儿，此刻的苏玲儿正在宠物医院，她家的狗在院子里被另一只狗抓伤了眼睛。对方态度很好，说一定会负责到底。苏玲儿在医院里跑前跑后，没看见孙闯闯的来电。

给苏玲儿打电话没接，孙闯闯心一下又凉了。想着她一定是不准备再见他了，这是为什么？只吵了一次架而已。

对于剧本的事，孙闯闯还是不死心，他又等了两天，还是没等到修改意见。他决定再给这部戏的制片人秦总打一个电话。但从语气上判断，秦总似乎已经忘记了孙闯闯这个人，并说他们已经更换了编剧。孙闯闯急眼了：“换人了？你们怎么能这么办事！”

“孙老师，您先别激动，这也不是我的个人意思。我们就您的剧本开了好几次会，换编剧也是我们制片方和影视公司一起决定的。”

“那之前说给我修改意见，是什么意思？”

“修改意见？我不知道这个事呀。当时是谁跟您联系的？”

“你们负责剧本的徐总。”

“徐总？我听说他好像离职了，我现在也找他呢。好多事没交接就走了，你说他这人也太不靠谱了。”

孙闯闯脑子嗡的一下，冲着石板凳狠狠踹了两脚。一位大妈过来了：“小伙子，不能损坏公物啊！”说完，瞪了他一眼就走了。

孙闯闯被大妈一打岔，好像冷静了些，也在这一刻接受了换编剧的事实。

“那我们的合同怎么处理？”

“合同？什么合同？”

“你们当初跟我签的编剧合同。”

“那个合同我不清楚，可能也是徐总跟你签的。”

“那我上哪找他去！”

“这个我就不知道了。谁跟你签的合同，你就去找谁。这事儿跟我们一点儿关系也没有。”

孙闯闯心中憋着的火堵在了嗓子眼，说不出来话，也发泄不出去。

“我这还有别的事，就先这样吧。”说完，秦总就把电话给挂了。

这时候，孙闯闯电话又响了，是苏玲儿。苏玲儿家的狗已经进了手术室，她这才看见孙闯闯的来电，心中有了一丝安慰。她想着孙闯闯也不是那么不讲道理和蛮横，他一定认识到了自己的错误，等着给她道歉呢。可此刻的孙闯闯是一肚子火。

“你干吗呢？刚才打电话怎么不接？”

“我家狗的一只眼睛受伤了，我在医院呢。”

“你晚上干吗？要不要一起吃饭？”

“晚上我得弄我家狗，它刚做完手术。”

“不吃拉倒。”

孙闯闯把电话挂了，又踹了一脚石板凳子。大妈又及时出现。

“你怎么又踢凳子啊！”

“我就踢！”

孙闯闯回到家，电话又响了一声，苏玲儿发来了微信，说晚上一起吃饭。孙闯闯说，不是不吃吗？苏玲儿回：晚上我把狗送回家里，再去找你。孙闯闯心中又是一阵不快，难道自己比不上一条狗重要吗？但最终，还是与苏玲儿约了晚饭。

孙闯闯在家里实在待不下去了，电脑里的那个剧本文档像是不停舞动的皮鞭，正在一鞭一鞭地抽着他。他总觉得哪里不对劲，这似乎不是一个合同或一个剧本定金的事。孙闯闯对钱没有太多概念。他觉得自己是个手艺人，既是手艺人，就要靠手艺吃饭。人家没看上你这手艺，不给钱，这也说得过去。更何况，孙闯闯对物质没有过多的需求，他现在身上穿的，是当年他奶奶给他爷爷织的毛衣外套。爷爷过世了，他就拿过来继续穿。偶尔隔三岔五和朋友去看个演出，如果还能带上个喜欢的或长得好看的姑娘，就已心满意足了。

既然不是钱的事，那究竟是哪里不对劲了？算了，不想了。他看了眼时间，决定先和苏玲儿去吃饭，说不定苏玲儿能让他想明白。

苏玲儿比约定的时间晚到了二十分钟。孙闯闯不喜欢等人，尤其是在饭馆里等人。一方面，他觉得对方不尊重他；另一方面，等人的样子看上去很傻。这二十分钟里，孙闯闯几次想走，但屁股始终也没抬起来。无论怎样，他还是想继续和苏玲儿把关系处下去。况且，他今天遇到的事，得找个人聊聊。他曾想过跟费主席聊，但又一想，这么丢人的事还是不说为好。想来想去，竟无人诉说。他想见到苏玲儿，而且从未如此急迫地想见到一个人过。他如坐针毡，不停地环顾四周，生怕被别人认出来似的。菜单被他翻了又翻，为了遮掩自己的尴尬，他不停地找服务员倒水。苏玲儿的迟到，使他愤怒。但他又能怎样，只好愤怒、尴尬地继续等待着。等待一位可以诉说的人。

苏玲儿终于来了，还牵着她那条眼睛受了伤的狗。饭店不让宠物进门，只好给它拴在了饭店门口的电线杆子上。苏玲儿不紧不慢地坐下了，身上带着一股好闻的香水味儿。孙闯闯见到苏玲儿一刹那，瞬间又释怀了，又是一个全新的自己。孙闯闯立刻叫来服务员，点菜。为了迎合两人的喜好，又点了两碗面当主食。他不想让点菜占用他们过多的时间，他要立刻进入主题。苏玲儿一边脱去外套，一边碎碎念着自己狗的伤情和抱怨北京的堵车。在苏玲儿喋喋不休中，菜逐渐上齐了。孙闯闯对苏玲儿的琐事毫不关心，那些都跟他没关系，于是便粗鲁地打断了她。

“你家那狗不是刚做完手术吗？”

“是啊，我没时间给它送回家了，就带来了。而且狗的恢复能力强，我看它精神头挺好的。”

“我那剧本的事儿你还记得吗？”孙闯闯说。

“记得啊，怎么样了？”

“黄了。但我就是特别不理解，剧本有问题为什么不直接来找我，让我去改呢？哪有一次就合格了的剧本，再说，换人也不跟我说一声。”

苏玲儿在医院忙活了一天，饿了。只顾埋头吃面，半天才抬起头，问：“然后呢？”

“还要什么然后？”

苏玲儿又继续吃面。

“你是不是觉得这是正常的？”

“是啊，没什么不正常的。换人，换编剧都很正常。”

苏玲儿想着，你写得不行，人家没当面跟你直说，算是给你面子了。难不成还让人当面说出来？但这话也只是她想想而已。

“这也太不尊重人了。”孙闯闯说完，立刻明白自己心里的那道坎儿在哪了。没错，是“尊重”的事。

苏玲儿想劝劝他，可是又不知道该怎么说，只好一直听着孙闯闯抱怨。孙闯闯一直期待着苏玲儿能安慰自己几句，可迟迟没有等到。最后，孙闯闯和苏玲儿又是不欢而散。苏玲儿再也不想见到他了，孙闯闯心里对苏玲儿也挺失望。两人以吃面结缘，又以吃面结束。也算是一场有始有终的缘分了。临出门的时候，孙闯闯蹲下来看了眼她家的狗。一只眼睛被纱布蒙着，另一只被路灯照得闪闪发亮，黑黝黝的眼仁闪着红色的光。两人就此别过了，孙闯闯独自走在回家的路上，心里空落落的。

太阳照常升起，又是全新的一天，孙闯闯这么安慰着自己。可是即便是全新的一天又能如何？他心里的问题和过不去的坎儿还是照旧的，依然无法越过去。他颓丧地坐在小区院子里，被下围棋的大爷、晾晒杂粮菜干的大妈、遛狗的中年人和推着婴儿车晒太阳的妇女所包围。他觉得特别温暖，就想这么一直坐在人堆里。一开始，他不敢再回味这件事儿，想尽快把它忘记。可秦总的嗓音总在耳边徘徊着，再后来，眼前似乎出现了他的面容，以及那副蔑视的神情。终于，他开始仔细回想，越想越觉得自己委屈，越想越生气。孙闯闯突然站了起来，朝着小区大门方向走去。他站在马路边上等出租车，脑子里想着他要一手拽着秦总的领子，另一只手狠狠地再挥到他脸上。趁着他踉跄的时候，再冲他肚子上踹一脚。他的肾上腺素开始飙高，以致错过了几辆空车。

孙闯闯站了许久后终于拦了辆车。司机问他去哪儿，他激动得支支吾吾说不清楚。拿出了手机，翻出跟秦总的聊天记录，查到了地址。他又翻看聊天记录。秦总起初对自己是如此的尊重，态度又是诚恳和谦逊的，前后又以“孙老师”称呼着。孙闯闯怎么也想不明白，其间到底发生了什么，才让他有了如此巨大的转变。他仔细翻看着，就是不明白。他一路思索着，很快就到了公司大楼前。他带着股杀气进了楼，前台把孙闯闯拦下了，说秦总还在开会呢。孙闯闯转身又下了楼，决定在一楼大堂等他。随着时间的推移，他心中的怒火逐渐消减了。何必和他动气呢，见面还是尽量保持冷静地把事情问清楚了。他一直在劝说着自己。他眼睛直勾勾地盯着旋转门，生怕错过了秦总。半个小时过去了，秦总终于从电梯中走出来了，与他同行的还有他的女助理。孙闯闯看见秦总，一下子就扑了上去。

“秦总!”孙闯闯的声音有点颤抖。

秦总定住了脚，仔细看了一眼孙闯闯，终于认出了他。“我是孙闯闯。”

“哦，我记得你，孙老师。”

“那件事，您能不能给我一个合理的解释?怎么就突然不用我了?”

“这没什么可解释的，这也不是我一个人能定下来的。”秦总一边说着，一边向前走，女助理紧跟其后。

“您等一下。”孙闯闯向前拉住秦总的胳膊。这是他们第一次的身体接触。秦总看了一眼孙闯闯的手，毫不客气地甩掉了。

“您今天必须得给我一个解释，不然我过不了这道坎儿。”

“孙老师，我再跟你说最后一次，这事不是我一个人决定的，是公司决定的。”

“你知道我写这剧本花了多少时间和心血吗?你们换人连

说都不说一声，是不是太拿我不当人了？”孙闯闯越说越激动，甚至声音里都连带着哭腔。

秦总继续往前走，想尽快摆脱这疯子。但这更激怒了孙闯闯，他这次把秦总的胳膊拽得更用力了些。“你要干什么？快放手！再不放手我叫保安了。”

秦总挣扎着，旁边的保安不请自来了。保安认识秦总，一下就把孙闯闯架了出去，轰出大门。这情景与他脑海里——把秦总狠揍一顿的画面大相径庭。面对秦总，他准备随时打出的那一拳，还是被某种东西和情绪给压回去了。他站在大楼的旋转门外，被两个保安阻拦着。秦总没出来，应该是从地下停车场离开了。

孙闯闯咽不下这口气，琢磨了一个晚上，写了篇文章发在了网上。在临发表前，他还是把秦总和该影视公司的名字给替换了。很多网友看了很有感触，表示都遭遇过相同的事情。也有网友表示孙闯闯太自负，自己笔下功夫没练好，人家换了编剧，再正常不过了。也有的人只点了“赞”。

苏玲儿知道这件事，不是因为看到了这篇文章，而是从别人那里听到的。后来，才去网上搜索到了文章。朋友一边说着，一边吐槽，说没见过像孙闯闯这么愣的人。有谁会跟他们一般见识？一看就是刚入行不久。可也奇怪了，孙闯闯在音乐圈出道也算早，在社会上也混过这么些年了，怎么还这么的……缺心眼儿呢？朋友继续说着，苏玲儿心里有种说不清的滋味儿。苏玲儿频频点着头，就是说不出话来。朋友又说，他就是太拿自己当个人了。话音刚落，苏玲儿瞪了他一眼，说：“怎么这么没有同情心呢？”说完便走了。

苏玲儿急迫地找了一个没人的地方给孙闯闯打了电话。孙闯闯熬了一宿，现在正睡觉呢。苏玲儿等不及了，直接冲到了孙闯闯家里。她要马上见到他。拍了许久的门，孙闯闯终于愤怒地把门打开了：“有病吧！有这么拍门的吗！”待他睁眼一看，是苏玲儿，半天才从梦中醒过来。他很惊喜，也很想她。

“你怎么来了？”

“我就是来看看你。”

“进来吧。”

这是苏玲儿第二次来他家，她不经意间又看了看书柜。孙闯闯和前妻的那张合影不见了。他前妻的蛛丝马迹也全部消失了。

孙闯闯进了厨房，烧水，想给她沏茶。

“不用忙了，我就是过来看看你。见你没事儿就好了。”

“坐会儿吧。”孙闯闯端出来一杯茶，递给她，“我能有什么事？”

“就是我听说……”

“这破事传得那么快？放心吧，是金子总能发光的。”

苏玲儿把杯子放到桌子上，说：“我相信你。”随后就走了。

从这以后，孙闯闯再也没见过苏玲儿。

这天，关心他的人很多。费主席在晚饭时也出现了，但比苏玲儿出现得更直接，他有孙闯闯家的钥匙。曾经有过一段时间，孙闯闯总是喝得不省人事，间歇性失踪。为了防止他死在家里，费主席强行拿了一把他家的钥匙。费主席开门进了屋，家中似乎没人，很暗，很安静。费主席探头探脑地往里走，开了客厅的灯。看见了孙闯闯坐在沙发上呢，这倒是吓了他一跳。

“我 ×，你丫吓我一跳。”费主席说。

“你擅闯民宅，你还吓我一跳呢。”

费主席把手里的啤酒和三把烤串放在了茶几上。

“今天真是逗了，怎么都跑来了？”

“还谁来了？”

“没谁。”

“那个小记者吧？”

孙闯闯把音乐打开了，放了一张摇滚唱片。

“我看苏玲儿对你挺上心的，你真不再考虑考虑了？”

“没心思考虑。”费主席知道他说的“没心思”是什么意思。孙闯闯不主动说，费主席也不会主动问。他来孙闯闯家里不是给他解决问题来了，就是觉得他此刻身边应该需要个人。毕竟，遇到这事儿，而为此伤心的可能也只有孙闯闯一个人。

“你是不是还没从上次的失败中走出来？”费主席问。

“我都这样了，什么失败没尝试过？”

“那你畏畏缩缩的，在怕什么？”

“怕的是相爱和结婚。”

“你就是想得太多了。感情的事不能犹豫。除非你不喜欢她，喜欢的话就得有个义无反顾的劲儿。”

“哪有那么多的义无反顾和不计后果，那只不过是给幼稚、冲动一个冠冕堂皇的说辞罢了。都快活到不惑之年，早过了那岁数。”这话题就此结束了，关于爱情和事业的话再没说过什么。两个人听着许多年前的摇滚乐，聊起了许多年前的人与事儿。最终费主席率先倒下了，这漫长的一天总算是过去了。

又是一个深秋的早晨，孙闯闯在一个煎饼摊前排队，前面还有三个人。他无所适从，东张西望，看见远处驶来一辆黑车，左边尾灯罩旧得发白，右边是崭新的红。这让他想起了苏玲儿家那只瞎了左眼的狗。她现在在干什么呢？他突然很想她。孙闯闯深深地吸了一口气，只有这凉凉的空气才能将这悲伤抑制。

孟小书的《深秋北京》发表于《芒种》2019年第9期，收录于2021年出版的小说集《业余玩家》。身为一位文化背景多元的青年作家，孟小书的写作多注目于生活在当代都市边缘地带的那些从事电台DJ、摇滚乐评人、影视编剧等新兴职业的文艺青年生活样态。当一位与世界格格不入的文艺青年孙闯闯在深夜面馆里邂逅粉丝苏玲儿，他们之间的恋爱故事成为推动情节演进的主要线索。以深秋时节北京这座城市的微凉气息作为背景，小说通过书写了青年男女热烈而多歧的情感状态，勾勒了当下青年心灵世界的斑驳图景。

——易彦妮

我认识过一个比我善良的人

笛　安

从前，有一个人，她比我善良。可是这又有什么奇怪的，比我善良的人很多。说恒河沙数那是夸张了，但是车载斗量应该是不错的。只是，这些比我善良的人，大隐隐于市——要遇到他们，也没有想象中那么容易。

我骨子里是个刻薄的人，所幸我知道这个。有时候，我不打算帮助别人，或者给别人行个方便，并不是因为我有没有同理心，只是因为，我怕麻烦。比如，我的房客已经拖欠了十个月的房租，我却依然若无其事，因为我不知道赶走一个活人要怎么操作，难道真的像电视剧里演的，趁他不在，把他的东西打包丢在楼下吗——一个已经租住了这么些年的人，打包他的所有家当，工作量太大了。于是电视剧里的画面至今没有发生。不过我的房客，章志童，他是个要脸的人。在第十个月零一周的某个晚上，他给我发了一条语音信息："橘南姐，实在不好意思，我搬去朋友家借住一阵，押金你先留着，欠你的房租我一定会还的。"

他很体贴，没有直接打电话给我，这样就避免了双方的尴尬——他害怕我说"不行"而引起的等待的沉默，或者我因为害怕他为恳求我做出不得体的举动，而不得不说“那好吧”。于是我在半个小时后打了一行字给他：你当时交了两个月的押金，所以你还欠我八个月的房租总计是 × × 元，没问题的话，你写个欠条给我。先拍张照发过来，然后快递到我家。

我知道即使拿着这张欠条，也没有什么用，可我总不能什么都不做吧。章志童当然不是那种业内有名字的编剧。他经常会遇到的情况是：辛苦工作了几个月，好不容易写好了一份大纲，然后这个戏不打算开机了，他已经写完完整的十集剧本，却只能拿到最初的那点定金。或者是：他耗费了一年的时间，算是跟着各位“老师”写完了一个戏，而播出的时候“编剧”那栏里没有他的名字，你会在“联合策划”之类的分类下面看见“章志童”三个字，他还不一定收得到尾款——过去的那十个月里，一定是连这样的工作机会也没了。

房屋中介只用了四十八小时，就替我找到了下一位房客。过去签合同的路上，我想到了章志童，也不知道那个朋友能收容他多久，也不知道这个朋友是否真的存在。其实他不是一个多事的房客，如果不是我近来很需要钱，我可以再等等他。三个月前，我的老板正式通知我们几个，接下来的半年里，他每月只能付给我们一半的薪水，想辞职的他会理解，愿意留下来挨过这段日子的——就挨着吧，谁还需要他的感谢呢。我没有跟徐丰说起过这件事，三个月来，照旧用我减半了的薪水负担家里原本归我负责的那些开销，不够的部分用我自己之前的存款来补。我甚至没告诉他章志童拖欠房租的事，跟自己的老公，为什么不能说呢——总之我就是没说，我没想刻意隐瞒，也一直没找到合适的说出来的时候。

租给章志童的那套小房子，在花家地。听起来跟名震江湖的美术学院处于同一个街区，但其实，我买下这里八年了，从不知道美术学院究竟在哪。小公寓一室一厅，不到六十平方米，在十五层。八年前，我站在狭小的厨房里，远远地看到“宜家”的黄色字母，觉得这一带怎么这么荒凉——那时我还年轻，八年前这一带的房价也还没有后来那么夸张。我相信用不了多久，这里会变成一个像CBD一样有城市样子的地带；我还相信，这间不到六十平方米的小公寓不过是我繁花似锦的人生的第一步——还月供很艰难我知道，可是我在这么年轻的时候就拥有自己的第一个物业了，往后的日子只会有各种各样想象不了的好时光在等我，不会出什么岔子的。

八年过去了，当初相信的两件事情，都没有发生。

房产中介小哥姓梁，他站在章志童留下的书桌旁边：“孙姐，这就是咱们新的租户。”我其实特别讨厌他叫我“孙姐”，但是我一时也想不出该用什么称呼来取代这个。那女孩坐在小客厅的一角，可以打开变成床的沙发明明空着，她却坐在地板上，一只小小的箱子在她身旁。她穿着一件很普通的粗花呢外套，牛角扣子散着，我的第一感觉是这姑娘会不会在发烧，因为她脸上的红晕看起来很突兀。她是那种谈不上漂亮但也绝对不是难看的长相，留给人深刻印象的便是脸颊上的红晕以及开口说话时候的某些颠三倒四的造句方式——让我以为她在发烧的，也许是她讲话的习惯。小梁指指摊在桌上那两份见惯了的租房合同，招呼她过来签字，她像是没听见那样直直地看着我，然后一笑："房东姐姐，房租一定要年付不可吗？可不可以先付半年的？"

她笑起来的样子像只猫。可惜我不喜欢猫。

小梁有点窘迫了："您看，年付房租是说好的，您也没有跟我表示过不同意……您不知道，这位孙姐是吃了上一任租户的亏——那个人连着十个月都不交房租，您换位思考一下——"她又笑了，一只五官端正的杂毛花猫突然成了精："你真幽默，我哪好意思想象自己在北京做房东——怎么换位？"我就看着她，静静地看了两三秒钟，问她："你签还是不签？"她收起了笑容，站起身来，不作声地走到桌边——还算识相，不过，她怎么会这么瘦，我甚至怀疑她那条牛仔裤会不会是童装品牌，她拉开书桌前面唯一的那把椅子，坐下，研究着合同上面的条款，然后把我的身份证拿起来，慢慢地端详。见她已经侧过脸来仰视我了，我不由得稍稍后退几步——她想在仰角的视觉里把我的脸变得庞大臃肿，不能叫她得逞。她这一次的语气里是真的好奇："你是一九八×年的……真看不出来，房东姐姐你好美呢。"

为了少付两万多块钱，不惜昧着良心到这种程度，并且毫无障碍，这样的年轻人——我扫了一眼她的身份证——这个叫洪澄的年轻人不能小看。"没问题就在这儿签字，还有这儿……"小梁的脸红了，我知道他不知道该如何应付这莫名其妙的对话，于是我也配合着小梁，问："章志童的这些家具确定不要了是吗？"

门开了——刚刚我进来的时候没有把门带上——像是现世报一样，章志童出现在门口。十个多月困顿和窘迫的生活也并没有让他瘦下来，那件我见惯了的绛红色冲锋衣下面，依旧勾勒出那个略微悲凉的肚子。他身上带着一点户外深秋的清寒，那副黑色圆框眼镜的镜片蒙了一点雾气，他也不管，径直地望住了我："橘南姐，我现在有钱了！去年那个制片方终于给我结了一半稿费，你看……"他突然安静了下来，惶恐地看着两个陌生人，然后立刻明白发生了什么。我看到小梁放在桌面上的那只手暗暗地攥起了拳头，人们比较容易对一个失望的大块头心生警惕，也是没办法的事。章志童像过去那样懂事，一言不发地，把一沓簇新的现金放在桌上："十个月的房租。"他没有直视我的眼睛。大家安静了片刻，我真害怕那个洪澄此刻说出几句让他更尴尬的话，于是我抢着说："要不要数一下，我看着，这一沓……好像多了点？"他恍然大悟地抬起头，额头已经渗出一层细密的汗珠，章志童的额头格外宽阔，把他的眉毛眼睛都逼得挤在一起瑟瑟发抖："哦，我忘了，这里面本来还有我打算给你的下半年的房租……既然这样，就……"像是放弃了寻找合适的词，他开始颤抖着手指想从那一沓钱里拿走一部分，但是他不知道该不该一张一张地数，于是他只能试探性地拿起几张，放进衣兜里，再估算着下一次能不能多拿几张。他庞大的身躯弯了下来，为了避免尴尬，他的头快要磕到桌面上去了，冲锋衣的后背上有个巨大的"蜘蛛侠"，"蜘蛛侠"的身体跟着他隐隐地晃动着。

“用不用我帮你啊？”洪澄试探性地问。章志童充耳不闻，费力地一张张拈着钞票，洪澄果然笑了，一边笑，一边看了小梁一眼，嘲笑同盟就这么轻而易举地达成。小梁没有笑，但是却不得不看着洪澄年轻而生动的脸。若是换个场合，不是在这个空荡荡灰扑扑的小公寓里，而是在某个光线暧昧的酒吧——洪澄对这个男孩子的摆布就已经完成得七七八八了。内向的人总得接受生活的教育，无论男女。

“喂，这样好不好？”章志童似乎听出了我这句话是在对他说，立即抬起了头。我流畅地从那沓钱里数出来三个月的房租，放在他面前。然后我看着洪澄：“你不是只想付半年的吗？现在可以，你的房租减半了，原先一年的房租你只需要给我一半。但是前提是，你和他合租。”洪澄和章志童的眼神立即对撞到了一起，像是同时被吓坏了。“你考虑一下。”我看了一眼放在章志童眼前的那点钱，“你身上不能不留一点过日子，房租减半了，原来三个月的现在变成六个月的，半年以后，你再转给我另外六个月的。”

“凭什么他就可以只付半年的，我还是得年付？”洪澄嘟起了腮帮子，一看便知这个的确有媚态的小动作她早已烂熟。“因为他租我的房子好几年了，可是我不认识你。”我知道我的语气酷似一个令人生厌的教导主任，但是吧，管用，“——章志童，你把卧室让给女孩子，你睡客厅，反正你需要书桌工作。至于怎么轮流打扫，怎么摊水电费，你俩自己商量。”

他俩依然面面相觑，洪澄把腮帮子鼓得像是含了两只乒乓球。但是我知道，问题已经解决了。我把章志童迟来十个月的房租收进随身挎包里，心里盘算着如果徐丰今天不需要加班，就跟他去吃一顿我们都喜欢的寿喜锅。可以考虑告诉他这笔钱是奖金，好让他相信我们公司一如既往。果然，小梁如释重负地叹气：“你们真是碰到了好人。”当我走到电梯口的时候，洪澄和章志童一起出来与我挥别的样子，像是一对不那么般配，却有人愿意真心祝福的小夫妻。

这就是故事的开始，我，和那个比我善良的人。我知道，根据每个人对“故事”的经验，这个人要么是洪澄，要么是章志童，只有很少一部分人会以为是小梁——当然不是，我们后来谁也没再见过他了。别笑，这其实是一件非常残酷的事。在任何一个场景，一个事件，或者一个片段的画面里，我们大多数人，一望而知就是配角。但问题是，有的时候我们知道这个，有的时候未必。十一年前，当我第一次看见雪夜，她也就是像今天的洪澄那样坐在出版社那张老沙发的一角。说回眸一笑百媚生那是有点不要脸了，但你就是明明白白地听见了，在她开始微笑的时候，满室寂静了下来。寂静也是可以被听到的，有点像一种自然现象。她好奇地看着桌上一个牛皮纸的大信封，那上面的收件人是我，她的眼睛有一瞬间的迷离：“孙橘南——你的名字真比我的更像个作家。”那是我们所有人好运的开始——我成了雪夜的责任编辑，从文字校对，到销售方案，完整地跟完了她的第一本书。然后就在某个毫无准备的时候，知道自己做出来了一个畅销女作家。一个如她一般的人物，算不算是绝对的主角了呢，你猜。

雪夜的文字水准其实很烂，人物形象的塑造也是一塌糊涂——当然还是有“但是”，在她那个你读完了未必好意思讲给别人听的故事里，却有一种非常真实的激烈，和一种看似偶尔为之却恰到好处的冷漠。她的性格里确实有那种把激烈和冷漠巧妙地糅合在一起的能力，这会有效地传达给看她书的人一个信息：那些扁平的地方，那些糟糕的描述，那些不知所云的桥段，全都像是故意为之，她一边深爱着这个故事，一边又真心蔑视着这些人物。她的作品能让你相信——真的可以写得又糟又动人的。当年那家出版社很多老编辑不愿意做她，就是因为不相信这回事。于是，运气就留给了当时刚刚工作两年的孙橘南。不，有一个人不动声色地赌对了，就是我当年的直接领导，我们那个选题小组的负责人，他就是我现在的老板。

雪夜的第一本单行本刚刚下厂的时候，他从那家老牌出版社办完了离职手续，不知从哪里扎来了一笔钱，开办了我们现在的文化传媒公司。当众人回过神来之后，才发现他已经带走了雪夜，还有我。雪夜成了我们的第一个作者——她的第二本缔造销量神话的小说集，和第三本略显颓势但依旧表现很好的长篇小说都是我们做出来的，其中第三本卖给了一个如今已销声匿迹的网游公司。也就是在那几年，我存够了花家地小屋的首付。然后——就没有然后了，八年下来，我们看似不断地壮大，却再也没遇到一个像雪夜那样的作家。更要命的是，就连雪夜自己——第四本的滑铁卢之后，她想必也知道，运气既然来得莫名其妙，那它要走的时候，与其百般努力还不如含笑目送——于是这四五年她不肯再写一个字，宁愿去视频平台那些没人看的美妆节目当嘉宾，也拒绝再写新书。虽然老板咬牙切齿，但从我内心深处，却觉得，她也许不是一个天生的创作者，却能凭着直觉在命运面前不撒泼，也不抵赖，也是种功德。

当然，有时候也真的很想有个人能替我揍她，吊起来拷打的那种都可以。那天下午，我坐在她的客厅里，耐心地给她解释我帮她找到了一个我认为非常不错的机会。一个跟我关系很好的制片人说，他们想要做一个纯爱电视剧，我提出来能不能让雪夜根据她大概的想法和人物关系先写一个小说，这个小说的影视改编权可以用一个合理的价格卖回给他们公司——反正他们手上一时找不到原创能力过硬的编剧，而且，有了雪夜的名字，至少能保证她的一部分忠实老读者对这个戏的关注。对方正式同意了，我还在为这个计划兴奋不已的时候，雪夜轻松地拒绝了我。

“我对这种纯爱的故事已经没兴趣了。”她坐在我对面的地毯上，抱紧了膝盖，一脸无辜的神情。

“你感兴趣的那个题材不好卖，乖，这几年行情不好，先把这个写了，你自己想写的那个小说可以慢慢来。”

“你怎么知道不好卖？而且那些影视公司会从一开始就干涉故事的情节，这还有什么自由？”

我总不能说“你写得那么烂还要自由干什么”，因为从法理上讲她的确有这个权利，于是我只好换一个说辞：“是这样，你知道你现在想写的这一本麻烦在哪儿？读者想要的是，他面前的那个故事能告诉他：他是无辜的，他没有任何错，错的都是别人是社会是什么什么……你还不能直截了当地跟他讲，必须得巧妙设置一些困境让他自己得出这个荒谬的结论——可是你的这个故事满足不了读者的这个需求……”一边说，我一边在心里请求神明别拿我的话当真，对于真正有才华的人来说，上述那些完全不能成立。

“算了吧，橘南，”她轻松地冷笑，“你要是真的知道读者们想要什么，你们公司还能做成现在这个鸟样吗？”

谈话结束。

就是在这个傍晚，洪澄热烈地邀请我去跟她和章志童吃晚饭，在一腔怒火的驱使下，我立即回复她：好。

我顺便在路上买了瓶酒。

珍惜地把酒瓶抱在胸前，迈进小区的时候，正好赶上黄昏。童年时我就觉得，在天冷的时候，那种漫长下午的末尾，行走在户外的所有人，身上都带着一种“不想再活下去”的气息。小时候，黄昏总是让我如芒在背，我为我自己“还有一点想要活下去”而感到不好意思。我总是自我安慰，快了，很快就过去了，夜晚马上就会来，夜市、大排档、烧烤摊冒起来的带着肉味的青烟，二楼阳台上的炒菜声，临街小酒馆有人划拳——当这些声音降临，“尘世”与“坟场”之间便又重新泾渭分明。

然后我惊讶地察觉，已是初冬。我抱紧了怀里那瓶酒，在它温暖我之前，先温暖它。

“晚来天欲雪——”章志童坐在一个冒着白气的砂锅后

面，给他自己夹了一只鸡翅，他开始吟诗的时候通常是发自内心的惬意。“能能能。”洪澄挥挥手截断了“白居易”，“你都不知道给橘南姐盛个汤，有点眼色没有?”“拜托——”我做出求助的手势，“你能不能不要这么说话，你现在太像他老婆了。”章志童非常憨厚地一笑：“那怎么行，怎么行。”

“洪澄，”我认真地说，“我给你科普一个关于你室友的背景知识，他的意思是说，你配不上他。”

“我懂我懂，”喝了一点酒以后，洪澄的眼睛变成了浅浅的湖水，“我住进来的第二天，就听他讲过他女朋友的事儿了。”

“你真客气，那算什么女朋友。”我笑了。

“我总不好意思说，是打飞机时候的幻想对象吧——”洪澄清脆地说了出来，没听出有任何的不好意思。章志童的脸已经涨得通红，快要染红他面前的白色瓷碗了，于是我们三人用力地碰杯，反正暂时没有别的去处。

章志童的“女朋友”，是一个奇妙的存在。起初我完全不相信的，但是经过他多年来反复地提起与描述，我开始觉得也许不全是无稽之谈。章志童和我相识于七年前，那时候我一个人还月供实在有点吃力，就拜托朋友们帮我找个知根知底的人，把客厅租给他，能替我分担一部分。第一个房客就是章志童，第二个房客洪澄——是七年后，不久前的事情。七年前章志童就在这张宜家书桌上熬夜伏案写剧本——虽然他多半情况下写的都是大纲或分集大纲，我自然会应他邀请，试读他的各种作品或半成品——那个时候我就知道，章志童如果想在他的行业里出头，不是完全没可能，但估计会很艰难。他写的故事里，该有的都有，起承转合乍一看都挑不出来什么硬伤，可是也真没有什么令人印象深刻的地方。往往，像他这样的文字从业者，最看不起的就是雪夜那种人。在他们眼里，就是因为雪夜们这些欺世盗名的货色的存在，才阻碍了他们前进的道路。你无法让他们彻底明白事情并非完全如此。

那是章志童最让人讨厌的一段时间，刻薄，激愤，但是对任何事情的批判都不得要领。若不是因为他的房租的确让我的生活轻松了下来，我一定将他扫地出门——基本上，每隔七十二小时就要闪一次这个念头吧。我想那是一个夏夜，我站在窄小的厨房里思考究竟是切一半西瓜还是切四分之一，章志童突然非常激动地叫我："橘南姐，橘南姐，你来看，快来——"我从没听过他如此特别的语调，就好像他在欣喜地宣布房子要塌了，不得已，我只好举着菜刀冲进客厅。电视屏幕上在播一个我至今说不上名字的武侠剧，章志童像个烟囱那样矗立在画面前面，顺着他微颤的手指，画面上正在播放一群人在树上翻着跟头顺便拼一拼剑法的画面，我不明所以，直到下一个画面，一个姑娘扭曲着一脸勉强算是焦急的神情，问反派："师兄，你有没有受伤？"

"就是她。"章志童讪讪地看着我，"算是我的——女朋友吧。"

我一言不发，转身回去切西瓜。章志童不甘心地跟了进来："我是说真的——好吧，不算是那种确定关系的女朋友，但是——她偶尔会到我这儿来，我们是中学六年的同学，自从来北京以后——有时候会见见——她有时候，留我过夜……”他的声音羞涩得像个小媳妇，“我也知道，这个事，反正就是她有空了就给我打个电话，她有男朋友了就通知我，我不会去打扰她，反正她都谈不长，反正她分手了会来找我……”

我默默地切完了一整个西瓜，出于对弱势群体的同情，打算请他一起吃。

那个武侠剧里的小师妹——我们姑且叫她郑小姐吧，对于章志童描述的郑小姐的故事，我一直都没有完全相信——我知道同班同学肯定是真的，偶尔留他过夜也不是没有可能——但是这个故事依旧有一些难以置信的部分。直到有一天，章志童不声不响消失了三个星期，回来的时候人居然开天辟地地瘦了一圈——郑小姐正在拍的一个玄幻戏，已经进组了才知道剧本根本无法如期完成——于是郑小姐紧急把章志童叫到横店去，三个星期，那个狗屎一样的电视剧终于有了狗屎一样的后十五集——章志童的名字第一次被打进“剧本统筹”那个分类里，第二年这个戏播出以后，他强迫我和他一起收看，尤其是最后十五集。

在剧组里，章志童当然，必须，只能是郑小姐的一位临时救火的“老同学”，就像在片尾名单里，他只能是“剧本统筹”一样。

再后来我和徐丰要结婚了，我搬了出去，我和徐丰的住处在海淀，离他上班的地方近一点。那几年，拜“剧本统筹”

的最后十五集所赐，章志童接工作的运气一直还可以——至少我打算搬走以后，直接把他的房租翻倍了，他也愉快地接受。收拾行李的那些天，我总是跟章志童说，这下好了，当郑小姐偶尔宣他进宫的时候，可以把地点定在花家地。他不置可否地笑，玩笑开得次数多了，我自己也有点当真。

当洪澄终于在此刻正式分享了这个秘密时，郑小姐已经从武侠剧里的女四号变成了偶尔也能在热搜上看到的女明星。所以，我能想象，当洪澄听说章志童的“女朋友”是郑小姐的时候，感受到的震撼远远胜过我当年。这些年里，据章志童说，他依然被紧急召唤去替郑小姐改过几次惨不忍睹的剧本，有一个是电视剧没拍，另一个剧是还没播出。还有一个是播出了并且播得还很不错的网剧，章志童那一次被分到的title是“策划”，那个戏的“策划”，总共有七八个人吧。

“章志童，你知道我觉得她哪里不地道吗——”洪澄已经醉意蒙眬了，但是说话的逻辑却比平时清晰，“她已经是个大明星了——就算你是她的碎催，是她的奴隶，是她的杂役都好——她至少能给你争取一个‘编剧’的名头吧？这有什么难的……又不是让她承认她和你睡过。”

洪澄这个才搬来没几天的局外人，说出了我这几年来一直想说的话。

“你一个姑娘，”章志童放下了酒杯，“别张嘴闭嘴就是睡过呀打飞机呀这些粗话。”

“好，文明一点。”洪澄托着腮想了想，“那她现在还临幸你吗？”

“她的意思是问，你醒着的时候……”我加了一句。

章志童回答什么完全不重要了，反正已被淹没在洪澄一连串笑声里。她笑起来的声音很好听，像个八九岁的小男孩。章志童尴尬地一转身，一个小小的酱油碟子被他庞大的身躯带得飞了起来，再无力地落在地上。我冲进厨房去拿抹布，不期然地，闯进一片橙色的灯光里。

厨房的灯泡应该是已经换过了，这个光线前所未有的舒服，无论是煤气灶旁边的架子，还是窗台，还是冰箱旁边那张矮凳，都满满地填上了调味品、水果、成串的大蒜、盛满了泡菜的罐子和不知放着什么的粗陶瓶子。就连那个瓷砖已经裂了缝的洗手台，被这满满的家当簇拥着，都有了股娇羞气。洪澄在门边探了个头，我发自肺腑地对她笑了一下。

“章志童怎么会有这么好的运气，”我关上了水龙头，“能时不时被女明星临幸，家里还搬进来一个田螺姑娘。”

“不会啊，平时都是我做我自己的饭，我吃的时候他看着。”洪澄打开了冰箱——冰箱里当然也是一幅井然有序的盛况，“这盘中午的泡菜炒饭可好吃了，你要不要尝尝，我可以在微波炉里热一下下。”

“你是哪儿人？”我问。

“小地方，不值得一提，说了好多人也没听过。”她不太愿意谈论自己，即便是在半醉的时候。

章志童已经伏在一堆剩菜之间睡着了，脸上有种幸福的神情。

2019年的春节，章志童和洪澄两个人都没有回家。我嫉妒他们。因为去年春节，徐丰已经跟着我回父母家了；所以按照约定，今年我必须跟他回去。随着启程的日子渐渐逼近，我每天几乎是一睁开眼睛就想去花家地跟他俩混在一起——那会让我产生一瞬间的错觉，我可以跟他们一样，哪儿都不用去。北京这个城市，一年到头，就是春节那几天最让人舍不得。整座城都空了——只要你不去庙会，如果那个关于"年兽"的传说是真的，那这头巨兽该是多么自由地奔跑在东三环或者三环辅路上，长驱直入，耳边掠过的风声遮盖了炸裂的鞭炮。

那晚我脸上敷了一张蜗牛面膜，靠在床上刷手机。徐丰坐在书桌前面，也刷手机。这样的安静其实挺好，我不在乎结婚五年来我们已经渐渐地没什么话题可说。朋友圈里，我爸和我婆婆几乎同时转了同一篇营销号的养生科普文，我给我爸留言"别信这些，都是胡说八道"，然后给我婆婆点了个"赞"——反正他俩并没有加对方为好友。

"你看这个，"徐丰笑了，"有个社会新闻——一个医院的副院长，也是心脏外科专家，被他女儿举报了——因为他常年吃回扣，医院进的心脏支架好多质量都不合格……这都叫什么事儿，"他笑着摇了摇头，"这个王八蛋养出来一个可怕的女儿，也是报应。"

"我们公司状况不好，这几个月薪水都减半了，一半人辞了职。"我若无其事地说。

"实在不行你也别耗着了，该走就走，在家休息一阵子，我还养得起。”我听见他手指间的鼠标按键隐隐地响动。

“没事，工资减半，工作量减了一多半，正好休息。章志童的房租按时交着呢，没什么大问题。”

“明年我这边状况要是能好一点，咱们把花家地那里卖了吧——就能买个大点的——我是烦死咱们现在这个房东了，三天两头的，一点破事就要来敲门。据说她周一到周六，每天去不同的房客家里敲门。”

“咱们要是真的把房子换了，你妈就更得催着咱们生孩子。”

“说得也是，还是算了。不过好久没看见章志童了，他怎么样？还能接得到工作？”

众人都说行业惨淡，但章志童还真的接到了一个活儿——可能是因为他便宜吧，各家都在压缩预算，于是更容易地想到了他。他的工作内容是把一个原本长度为七十五集的剧本压缩成四十集，更妙的是，他现在有了个助手，就是洪澄。洪澄不工作，也几乎不出去玩，没有任何称得上社交的行为——因此，除去做饭，她这些日子以来就成了章志童的第一读者，以及，兴致来了她会照着章志童的剧本，一人分饰几角地演一遍，用力嘲笑写得过于尴尬或者荒诞的台词，章志童会默默地拿回去修改。洪澄好像突然发现了新玩具，热情异常，除了自愿帮忙试演，还主动提出建议，比如哪条情节线可以压缩乃至删除——当然，她的建议全部被制片人骂了回去。

“你不工作，靠什么生活？”有一次，章志童问她，彼时我正坐在地板上打开外卖比萨的纸盒。

“以前也存了点钱，从家里带出来了一点，花完了，就去死。”洪澄的语气像是在说，如果明天有太阳就去晒晒被子。

“你有没有想过试着学学写剧本？”章志童小心翼翼地问。

“等你名满天下了，如果我还活着，你招我到你这里来打下手吧。做你徒弟。前提是——我还活着哦。”

“你这么讨人嫌的人，才不会早死。”章志童悻悻地结束了对话，“喂，你过来，你把这场给我读一遍……”

“喂，要是节前他们不给你结算工钱，你怎么办？是不是得我来帮你买春节的新衣服？”

把这样的两个人丢在北京过年，我很放心。

令人欣喜的事情偶尔也会发生。徐丰他们公司春节假期内需要有技术人员值班，负责后台的维护，徐丰被安排在初五，所以我们初四就可以如释重负地上高铁。临出发前我迫不及待地打电话给洪澄，告诉她我老公初五会加班至凌晨，我们三人可以在花家地“破五”。

“好呀，吃饺子。”她笑嘻嘻地，“哎，我真的给章志童买了件过年的衣服。”

“速冻的就行，楼下超市应该开门。”

“这叫什么话！”洪澄像是在维护受损的自尊，“我会包，你不用管。”

那是我第一次看到洪澄出现在室外，她戴着一顶灰色的贝雷帽，裹着巨大的橙色围巾，在小区超市的门口极力地冲我挥手，脸上全是惊喜的笑意：“橘南姐，先别上去，咱们在这儿埋伏一会儿，看看等会儿从楼里出来的人是不是郑小姐。”

小超市里没有顾客，老板娘漠然地看着电视，电影频道在放一部喜剧片，可是老板娘完全不笑。我们站在一排货架后面，一人买了一罐加热过的雀巢咖啡，无所事事地盯着落地窗。

“章志童求我出去转两个小时再回去，还要我转告你晚两个小时再来——你不知道他都快给我跪下了。”洪澄瞬间就把脸上的表情调成一副可怜巴巴又有点迟钝的样子，惟妙惟肖。

我笑出了声音。

“你没看到有人进去吗？”

“章志童那个人鬼头鬼脑的，说人已经在咱们楼里了，非要我坐电梯下去以后，才放人进去——而且还亲手给我按了电梯——所以咱们在这儿等等，能看见咱们的楼里都有什么样的人出来……”洪澄皱了皱眉头，“女明星真的会自己一个人出门吗？我刚刚也没看到长得像保镖那样的人过来开道……”

“章志童肯定也给你看过那张照片吧？”我问。

“初中毕业集体照。”洪澄用力地点头，“可是那张照片上的姑娘——怎么说，说是十五岁时候的郑小姐我相信，可是你说她不是，我也相信……”

漫长的等候可以让一切目标都失去意义，十五分钟以后，我已经开始完全不在乎郑小姐会不会走出来；半个小时后我开始产生幻觉，觉得推开单元门走出来的那位大妈一定是郑小姐乔装打扮的，反正她是个演员。洪澄已经离开了落地窗，到货架的另一端去打开了冰柜的门，她悠然叹了口气：“没办法，都怪郑小姐，真的只能吃速冻饺子了，不过还好——我提前三天就做好了吃饺子用的那种醋。”

“还存在那种东西？”我大惊失色。

“我用醋把蒜瓣泡起来，有点像腌咸菜那样，泡几天，蒜的味道全都进去了，到咱们的饺子上桌的时候，可以剁一点姜末进去，再加上一点点辣椒油……”

除了食物的烹制方法，她从来没有提过她自己的生活，只有在像对牛弹琴一般给我们解释什么菜怎么做的时候，我才能从她不小心的措辞里听出一点她往日的痕迹——做关东煮的时候她提起过她的大学宿舍，煲汤的时候解释过她吃过的最美味的火腿来自实习的时候办公室里一个可爱的姐姐的家乡……诸如此类，我和章志童早已有了默契，不再追问细节，比如“你学的是什么专业”“你在哪儿实习”——章志童是害怕她尴尬，而我则已经习惯了，就当她是《聊斋》里来的。一阵寒风从我身体的侧面袭来，超市的门开了，老板娘不满地朝这边看了一眼，在埋怨来人破坏了好不容易积攒起来的一点热气。洪澄专注地盯着冰柜里那些色彩缤纷的袋子，无视那对走进来的中年男女。

“请问一下，这儿的物业——”男人的普通话比较标准，听不出来是哪里的口音，他身边那个女人的声音立即就把他的声音拦在了半路：“澄澄——这么巧？还正想着怎么找你住在哪个楼呢……”洪澄静静地关上冰柜的门，转身就跑，动作娴熟得就像她已经在脑子里演练过很多次。我呆呆地看着那个冰柜，柜门附近盘旋着隐隐约约的几缕白气，中年夫妻来不及反应，愣了片刻才想起来追出去，那个女人一边奔跑，一边叫喊，导致声音有种奇怪的凄厉："澄澄，澄澄，你等一下——"我没能从落地窗那里看到郑小姐，却能看到轻盈得像只小鹿的洪澄，那两个追赶她的人完全不是对手，只是快要跑到小区门口的时候，洪澄自己停下了，鲜艳的围巾滑了下来，胡乱搭在她身上，那两个人笨拙地靠近她，我无法知道她脸上究竟是什么表情。我看着他们三人上了小区门口的一辆出租车，洪澄没有抗拒。老板娘继续面无表情地看电影频道，好像每天都会有顾客这样仓皇地从她的冰柜旁边跑掉。我不知道该做什么，于是重新拿出来那几包洪澄选好的速冻饺子，过去付了账。

那是一个漫长的夜晚，我和章志童一起等着洪澄回来，而我们也没什么话说。我终究没能看到郑小姐从我们的楼里出来，章志童说，她应该是直接摁电梯下了地下停车场——我和洪澄太笨了，果然不适合盯梢。

"那两人是什么人？"章志童一边煮饺子，一边问。已经快要九点，我们决定不顾礼数先吃完我们那份——洪澄也不是计较这些的人。

"我觉得是她家的人。"我靠在冰箱门上，不小心碰掉了冰箱贴。

"我一直都怀疑，她是从家里偷偷跑出来的。"章志童笑笑，"不过这个小孩的厨艺真好，比好多主妇都厉害太多……”

我认为他是在暗讽我，不过我不在乎。

“郑小姐今天来干吗?”我故意认真看着他的表情，“又是有剧本紧急要你救火，顺便临幸一下?”

他静静地把饺子捞了出来，摆满了几盘，我故意不过去帮他——因为此时装作我什么都没问过地帮忙摆桌，也太尴尬。章志童按照洪澄的配方把酱汁调好，终于抬起头招呼我：“趁热吃吧。你要不要香菜?她是来找我改剧本的——不过实话和你说了吧，我的女朋友不是郑小姐。”

我也不好催他，只好看着他一连串吃了六七个饺子之后，再开始跟我讲来龙去脉。那个多年以来偶尔出现，常年奴役他的女孩确实是他的初中同学，那几个叫章志童去写的剧本也的确是真实存在的，只不过——女孩是郑小姐拍动作戏或者危险场景时的替身——俗称“武替”。仔细想想的确如此，章志童被叫去参与剧本的那几个戏，要么是古装仙侠，要么是民国谍战，还有一个是当代缉毒警——总之，都存在武打、格斗、爆炸这些场景，所以——这也解释了为何章志童总是不能正大光明地挂“编剧”的title，如果真是郑小姐推荐的“老同学”，怎么说也得给个面子——可是武替小姐只能凭靠自己多年来与制片人或者执行制片人相熟的关系，引荐一个物美价廉的熟人，能否顺利拿到这个工作，就全靠章志童自己。

“所以，你俩在她介绍你去干活儿的时候睡了两次，也是真的了。”我今天带来的“松竹梅”很甜，完全是照顾洪澄这种不懂酒的小女孩的口味——可是，这个小女孩在我眼前消失了。

他的眼睛四处搜寻着酒瓶，不看我。

“所以，原来不是她利用你，是你需要她。”

“也不能那么说，”他取下眼镜，额头上又是一层细密的汗粒，“她已经是郑小姐固定的武替了，她们长得确实还有点像——她是这么想的，如果剧本能有信得过的人来调一下，郑小姐的戏份出彩了，对她来说也是好事。你想啊，郑小姐越来越贵了，她的价钱也会跟着稍微涨一点的，我愿意为她做这些，没有关系——你知道吗今天她过来，是郑小姐本人要她来找我的——这是一个电影，郑小姐是女一号，郑小姐觉得一个纯粹的动作片里，她这个角色太花瓶了，所以才想找我，把这稿剧本润一遍，给她加两三场有点意思的戏就好……这是我第一次与电影……”

“你想跟她结婚吗？”

章志童看着我，我知道他被吓了一跳，然后他把眼镜戴回去，动作缓慢得像个老人：“她想嫁个更好的人，她也应该嫁个好点的人，我也这么看——不过她眼光其实挺高的，也没那么容易。”

“你这家伙，表面老实，其实蔫坏的。”我笑笑，“骗我这么多年，你是大明星的男宠——”

“没有！”他急了，“你还记不记得那时候我跟你说让你来看她，在树上飞来飞去挥剑的那个确实是她！你出来的时候镜头就给到郑小姐脸上了，你第一时间先入为主，我也就……没有纠正你。”

其实我知道他为什么将错就错地撒谎这么多年，因为如果那个对他招之即来、挥之即去，弃之如敝屣，想起来的时候才打个响指——如果那个女人是郑小姐本人的话，这个情节，听起来，或许就能合理一点，或者说，听起来会让他好过一点。这么想着我心里很难受，我对他伸了伸右手：“烟，也给我一支好了。”

“不好吧。”他为难的眼神特别像动画片里的小熊，“不是要备孕?”

“备你妹的孕。我养得起吗?”

于是他就乖乖地从烟盒里拿了一支给我。那支烟由他的手指传递到我的手指间，然后我就看不见它了，周遭突然一片漆黑，我只是凭借着手指间的触觉以为我还看得到那支烟在何处。章志童从桌子边上起身的时候带起来阵阵噪声：“可能是这一层跳闸了。”他往门边走。我坐在彻底的黑暗中，摁下了打火机。

这其实是我一直以来不敢说的梦想——我希望世界末日能如此干脆利落地降临，就像是停电那样，一片漆黑突如其来，不要给任何人向任何人告别的机会。要是能有运气，给我多出来两三分钟的时间，我就安静坐在那片永恒的黑暗中，珍惜地呼吸一口自由的空气。若有一支烟就更好了，抽一半，我就去死，绝对不讨价还价。

章志童回来了，我听见门口那张凳子又被碰出了巨响。“橘南姐?”他像是要确认我是不是已经融化在了黑暗里，“应该是楼上某家人，不知道用了什么电器——很快就能恢复了，跳闸。”然后他默默地坐回桌前，我们二人的眼睛已经逐渐适应黑暗了，他拿起手机的手电，另一只手倒满了两个酒杯。我们静静地碰了个杯，谁也没再和谁说一句话。

我隐约听见他又开始吃东西了，我靠在椅背上把眼睛闭上，此时的寂静让我感觉真好。“章志童?”我的声音很轻，“你有没有幻想过，要是认识你的人全体一起死掉就好了，你就自由了?”

他不回答。任何正常人都不会回答这种神经病的问题吧。因为这静默，我觉得室内的空气都开始清新了起来。几分钟后，灯亮了，冥冥中，像是有声音在提示我：十分钟的休息时间结束，现在你该回去好好活着。

眼皮上弥漫着一种橘子皮的颜色，我总算不情愿地睁开眼睛，章志童面前的那盘饺子已经空了，他死死地望着那个一片狼藉的调料碟子，脸上全是眼泪。

“我想过，”他用力地拿左手的手掌在脸上胡乱抹一把，“有段时间，我每天都想。”

“你想过什么呀?”一个突兀的、清亮的声音，犹犹豫豫地从门那里进来。洪澄慢慢地靠近我们，“门怎么半开着?”

章志童这个笨蛋刚刚忘记了把门带上，洪澄在空椅子上坐了下来，没脱外套，浑身寒气，看起来就像是刚刚在跋山涉水。

“没什么，他喝多了。”我站起身，“我去给你再煮一包热的。”

“不用，这个就行。”她也不拿筷子，直接抓起盘子里一个冷透了的饺子，狼吞虎咽，“过完年，我可能就得搬家了，橘南姐。”

“咱俩的这个戏还没写完呢，你搬去哪儿？”章志童傻傻地问。

“是因为今天那两个人找到你了？”我问。

“那是我舅舅和我舅妈，他们坐明天一早的航班回去。”她舔了舔手指，又抓起另外一个，“你们——这几天，有没有看过一个新闻？有个医院的副院长，他拿了不该拿的钱，用的都是质量不合格的支架给病人——然后这个人被他女儿举报了？”她再舔舔手指，热烈地一笑，“那个女儿就是我。”

有一天晚上，我们认真地讨论过，在我们三个人里，谁是最善良的，或者说，谁比自己善良。

章志童把他宝贵的一票投给了我，因为他觉得在今天的北京没有第二个房东会忍耐他拖欠那么久的房租，洪澄啐了一口：“这票是因为钱，不算数。”但是洪澄又把自己的票投给了章志童，因为她觉得章志童对武替小姐的爱恋太惨了，惨到她已经不好意思再去羡慕武替小姐。最后轮到我了，他俩一左一右，认真地盯着我，洪澄补了一句：“请珍惜你手中神圣的权利。”我想了想，做了比较艰难的决定：因为章志童欺骗了我很多年，并且他的所作所为客观上已经影响了女明星郑小姐的名誉，所以他扣分很多，洪澄胜出。我们三个人难分胜负，各自得了一票，于是只好碰杯，一饮而尽的时候洪澄突然含了眼泪，当她哭起来，脸上没有半点委屈的神态，让人不知该如何对待她。她用力眨眨眼睛，说：“除了你，已经没有人觉得我是好人了。”

那个刚过去没多久的春天，真是一言难尽。

洪澄没有搬走，因为她的问题已经不再是需不需要躲着家人。二月末的时候，一篇字数很多的“深度报道”突然之间席卷了我的朋友圈，那个作者用一种将煽情遮掩得很巧妙的冷静笔法描述了新闻里的那对父女。在那篇文章里，他采访过很多人，除了洪澄本人——他倒是澄清了社会新闻里的各种谬误，比如——洪澄并没有主动去举报她爸爸，而是在公安局开始调查取证的时候——说出了她看见听见并且知道的事情，其中包含着一些实质性的证据吧。如果你真的相信这篇文字里的一切，那个父亲是一个常规的在小城市获得一席之地的中国父亲，那个女儿是一个随处可见的叛逆且人生挫败的中国女儿（所谓挫败指的是高考失利，然后无法适应父母给安排的工作）——父亲和女儿之间缺乏必要的情感交流，他就差直说出来巨婴女儿需要做点什么来引起父亲的注意了，但是字里行间已经表达得很清晰。父亲的奋斗与折戟酷似《红与黑》里的于连，女儿的反叛与弑父酷似某位我没记住的日本作家笔下的谁谁，文章的最后结尾落在女儿的母亲身上。“我问她：如果女儿明天回家了，你能不能原谅她？她什么都没说，她在流泪。”——非常好，他没有捏造任何事实，只是，他已经不需要捏造了。

我急急地发信息给章志童，想让他阻止洪澄去看这篇东西，可是已经来不及了。随着这篇文章的迅速扩散，那个“举报父亲的女儿”成为微博的热门搜索词条——身后没有任何团队的运作，凭自己本事上了热搜，也算洪澄人生里的一个勋章。至此，就连特稿作者亲自出来写声明说“我从来没有说过这个女儿是主动去揭发父亲的”都完全无用。各家自媒体已经开始就这个“举报父亲的女儿”推送了各种角度的解读；粉丝将近千万的大号痛心疾首地质问今天的年轻人为何跟几十年前那群疯狂的年轻人越来越像；为“女儿”辩护几句的人立即在社交媒体被打成众矢之的，然后咒骂“父亲”的人和咒骂“女儿”的人在任何帖子下面都能迅速撕咬起来，就像两群野狗；洪澄旧日的照片、成绩单都被人肉了出来，万幸的是他们没有人肉出来花家地的地址……

我让洪澄当着章志童的面，把她的手机交给我，寄存三天。我们把花家地小屋的路由器拔了，章志童也兴高采烈地放下了剧本，除了外卖小哥，我们约好不给任何人开门。那个星期徐丰出差去杭州，我躲进花家地的防空洞里，无限自在。网线一拔，哪管外面洪水滔天。自从薪水减半之后，我们公司原有的将近三十个员工已经只剩下了七个——到九月，办公室租约到期，我们要么搬到一个小一点的地方，要么原地解散。我的意思是说，我无故缺席几天完全不是问题，反正我已经很久没有看到老板了。

我跟洪澄反反复复地保证，只要熬过这三天，最多一个星期，就能一切平静，因为那时候自然会有其他的热点供众人喧嚣，为了让她相信我，我拖着她出了一次门，我们到楼下那间小超市去采购，老板娘一如既往地没有表情地看综艺节目，对我们的出现无动于衷。只是对于洪澄来说，这样的无动于衷就是极为珍贵的馈赠。所以她一高兴，把冰箱里剩下的RIO全都买走了。每种颜色三瓶。

“姐姐，你有没有像章志童爱武替小姐那样，爱过什么人？”不知从何时起，洪澄对我的称呼从“橘南姐”“房东姐姐”，直接变成了“姐姐”。她抱紧了膝盖，蜷缩成一个球体，膝头那两块凸起的骨头，正好盛放她的下巴。

“她肯定没有，”章志童不知为何像是在跟谁生气，“她那么厉害，一看就是从小就一直有男生被她差遣得像狗一样的。”

“我有。”承认这个可真是有点叫人羞涩，但是我决定对洪澄说实话，“是我初恋。”

“我二十四岁了，”她把笑容埋在手肘里面，“我从来没爱过什么人，也从来没有跟谁谈过朋友，有时候我也想——谈恋爱是不是就像小时候去游乐场一样，是一件长大以后回忆起来也许没什么，可当时就是特别特别高兴的事儿。不过，像我这样，出卖爸爸的人——以后的日子没有特别特别高兴的机会，也是正常的吧？”

“这么说——你还是处女？”我恍然大悟地看着她。

“哎呀，很丢脸是吧？”她一边笑，一边脸红了。

“处女，大义灭亲，亲爹化为恶龙于是手刃他……太厉害了，这简直是‘冰与火之歌’。”章志童一条一条地数，滑稽地伸着三根手指头，“童贞女洪澄，请受在下一拜。”

“你怎么不去死啊！”洪澄顺手拿起一张坐垫冲着章志童的脑袋丢过去，我在一旁笑得肠子扭成了一团。他俩喧闹的厮打持续了一会儿，突然安静了。我试着直起身子坐好，看到章志童头发很乱，神情茫然地在四周的地面上寻找着他的眼镜，洪澄像是一下子断了电，双手交叉着举过头顶，舒展地躺在地板上一动不动，感觉就像一只猫，在伸懒腰的时候突然被放倒了做成了标本。她用一种犹疑不定的语气，继续问我们：“那，你们有没有看见过，一个人在你眼前，从活着到死掉，全过程不超过一分钟，那种死法，你们见过没？”

章志童诚恳地摇头。

“我就见过。”她的眼神恍惚，像是野营的孩子在看星星，“那个人是我初中同学的婆婆，我小学里的老师，只不过没有教过我，我三年级的时候她教的是一年级，在我们那儿，好多人都能间接地搭上点关系。五六年前她找我爸做过手术，装了两个支架。她不知道那两个支架不好用。那天我们小学同学聚会，我那个初中同学送她过来，聚会的酒楼是我舅舅开的，那时候还是寒假里，没到正月十五，酒楼每天都很火爆——我就让我舅舅给她们专门预留了一个车位，怕她们找不到，我就到那个停车场去等。我同学倒车的手艺很差，歪歪扭扭倒不进去，那个老师也不急，她把车窗放下来看着我，她说哎呀澄澄都多少年没见了你长这么大……然后她的眼睛就突然睁得好大，说不出话来，脸孔颜色也深了，一只手死死地抓着车窗好像是想让我去拖她出来。我那个同学，阵脚全乱了，哭着让我赶紧打120，然后她就忘记了拉手刹，她的车慢慢地滑，慢慢地撞在了一根柱子上，那个老师的手就从车窗上垂下来了，那个时候我脑子里只有一件事——她还没问我后来去哪读了大学呢，她一定想要问的。”

章志童的手机屏幕闪亮了起来，他把这通电话摁掉了。那个人再打，他又摁掉了。

“那个写稿子的人说得不对。”洪澄笑笑，“我不恨我爸爸，我跟他的关系不好不坏，很多人跟自己的爸爸都是那样的——我知道他爱我，我也从来不觉得我从小到大被人忽略，我本来就不喜欢别人特别关注我……我就是觉得，就是觉得一个人不应该像那样死在停车场里。她以为自己已经治好了，她根本没怀疑过，让她那样去死，是不对的。”

“我懂你想说什么。”我深呼吸了一下，“你想说无论怎么样，导致她这样去死的那个人都该付出代价，即使那个人是你爸爸。”

她用力地点点头，然后像是困倦袭来了那样，闭上了眼睛。

那天晚上有月亮，我和洪澄坐在飘窗上面，盯着那轮四分之三的月亮看了好久。远处“IKEA”的灯光亮着，月亮把自己的身体慷慨地借了四分之一给它们，好让它们切割出来这几个字母，月亮满意地打量着这片夜晚中幽暗的大陆，很久很久以前，有人问过她：江畔何人初见月，江月何年初照人？这个声音传递得很慢，当月亮听到的时候，已经是几百年后了。月亮淡淡地笑一笑，自言自语：能不能别烦我？也是在那天晚上，我第一次教洪澄尝了龙舌兰的味道。她有些紧张地伸出舌尖，颤巍巍地舔了舔，随即一愣，完整喝下去第一口的时候，难以置信地笑了。

“你记得，”我告诉她，“等你有天真的谈恋爱的时候，你脸上的表情，就会跟现在一样。”

章志童终于打完了那个长长的电话，从厨房里走出来。飘窗已经没地方了，他顺势坐在那张用来睡觉的沙发上，捡起身边那瓶被洪澄喝掉了一半的RIO，紧紧地捏在手里端详着。然后他跟我们说：“那个电影不拍了。就是郑小姐演女主角的那部。”

刚刚进入四月的时候，章志童死了。那个早晨我在半睡半醒间看见了窗帘缝隙透出的一缕阳光，我想今天的天气应该不错。然后徐丰推门冲进来，把手机塞给我：“这个人已经给你打了六个电话，可是你静音了。”他语气里带着埋怨，我知道他是嫉妒我现在可以睡到十点再慢吞吞起床去办公室。那一端，洪澄的声音带着奇异的颤抖：“姐姐，你快点来。警察来了，章志童在卫生间里，警察说他已经死了。”

非常简单明确的“自杀”的结论，章志童把自己吊死在了浴室里。一个阳光明亮的日子，我和洪澄一起坐上了高铁，去往一个我们都没去过的城市，是章志童的家乡，我们去参加他的葬礼。我也是因为章志童的死，才获得了一些新知识——比方说，北京是不允许任何人将遗体带出北京的，一个死在北京的人，必须就地火化。所以，章志童这个家乡的葬礼，其实就是埋葬那个小盒子。

第二个新知识就是，葬礼也有司仪，而且葬礼司仪就像婚礼司仪一样，有一些套路的发言和串场词。我和洪澄都没哭，因为置身于四周此起彼伏的悲声中，我就突然间麻木了。章志童的爸爸——那个循规蹈矩的人事科科长，在众人没有准备的情况下，突然走上去抢走了司仪的话筒，司仪瞠目结舌地看着他，他白发苍苍，穿了一身簇新的中山装，清了清嗓子："今天我非常感谢大家来给章志童送行，所有的殡仪馆的同志，你们也都辛苦受累了。"他朝向司仪深深鞠了一躬，导致司仪更加尴尬，然后他继续："下葬之前，我有几句话要说，我非常惭愧，我的儿子给诸位添了这么多的麻烦。他是个一事无成的人。对社会没有任何有益的贡献，对自己的小家庭甚至做不到承欢膝下给父母送终，需要我们白发人送黑发人，他没有勇气面对生活的困难和波折，才走出来这懦夫的最后一步。我作为父亲，深深地感到抱歉，是我教育的失败……"

"我操你妈！"洪澄像个饱满的弹簧那样轻盈地弹了出去，我只好追在她身后抱住她，她奋力地挣扎，嘴里喊出来的话我已经完全听不清楚，我只记得周围人都用一种打量瘟疫患者的眼光看着她，那个司仪更加不知所措，保安好像冲过来了。我的耳朵里像是灌进了水，有一种奇怪而遥远的，隐隐的浪涛声。我记得我那时候翻过章志童的朋友圈，他总给他爸爸的书法作品点赞。那是他爸爸退休之后最大的嗜好。他说过，他爸爸最喜欢写的是陈寅恪的两句诗：“一生负气成今日，四海无人对夕阳。”这两句新鲜的行草就像是幻觉那样在我脑子里闪过，配合着耳边的浪涛声。一生负气成今日，四海无人对夕阳——你是认真的吗？你也配。

我应该是没有把这句心理活动说出口吧，我也不确定了，但我知道我的脸上露出了非常诡异且真诚的微笑，于是保安把我和洪澄一起赶了出去。章志童的妈妈和姑妈悠长的号啕声给这场混乱结了尾，我和洪澄狼狈地跌撞着出了墓园的大门，一走到外面，洪澄就恢复成为一个神色正常的人，我的听觉也渐渐地回来了。火车上我们没怎么聊天。洪澄靠着椅背假寐，在我从洗手间回来的时候，她和我说：“姐姐，我爸的案子下个月开庭，检察院那边希望我上庭做证。”我说：“嗯。”她接着说：“我真的该搬家了，我不想让我家的人三天两头地找到我，也不想让他们麻烦你，我一个人待一段时间，我到底去不去出庭，我还没想好。那天我还想着，这个事情我得和章志童商量一下……可是我忘了。”

隔了一会儿，她又轻声细语地说：“章志童那个家伙，最后留给我的信，就写了那么短的几行，可是给你写了那么多，不公平。”

章志童把几封遗书整整齐齐地放在客厅的书桌上。给他爸妈的那封只有一句“对不起”。给我的那封，写了满满两页纸，他的字很好看，他若能活得到退休，估计也会练习书法的。

橘南姐：

真是不好意思，不辞而别，给你添麻烦了。

有些话我只跟你一个人说。我不是一时冲动想要这么做的。早在我一直没法付房租给你的那十个月里，我就想做这件事了。我实在拿不出钱，我也没办法从拖欠我稿酬的制片方那里要到钱，最重要的是，我确实没有勇气再这样下去了，那个时候，我跟你说我去朋友家住，是谎话，我去了一个很破的小旅馆，我打算死在那里。

事情就是这么巧。我坐在那个又脏又臭的地下室里思考用什么办法去死痛苦最少的时候，有一个垃圾号码给我打电话，告诉我不需要任何抵押，就可以借到钱。我知道这后面都是陷阱，可是那个时候，看着我空了很久的账户真的一下冒出来几万块钱的时候，我感觉是有什么东西在鼓励我，要不要再努力尝试一下？不然就把欠橘南姐的房租还完再去死吧。然后我又去找到了过去带我工作过的一个编剧老师那里，跟他说能不能借我一点钱周转，我以后可以免费给他干活儿来还——就这样，一个本来打算去死的人，带着两笔借来的钱又回到了花家地，然后就遇见了洪澄，就有了咱们三个人那段非常愉快和开心的日子。

那个贷款公司当然是高利贷，但是，没有几天，我就接到了一个工作。跟洪澄合租的这大半年时间里，我的运气突然就好了起来，我一直能有刚刚够的钱来还贷款公司每个月的额度，我也替那位老师免费干了一些足够抵债的活儿，利息肯定是越滚越多的，我早就想好了，等到我还完我当初借的本金以后，我再去死，虽然他们是坏人，可是他们毕竟——算是救了我一命。

我不停地工作，洪澄也帮了我很多，这段日子可能是我成年以后过得最幸福的一段时间了。但是剧情居然还有反转——跟命运相比，我这个编剧真是输得心服口服。春节前，好像就是除夕的前一天，那家借给我钱的公司老板跑路了，好像有很多人去报了案，总之，我的债，到此结束。看到这个消息的时候我第一个念头居然是：我已经还完当初的本金了，我也还了不少利息，虽然还没达到他们的标准——那么，对于那些买了这家公司产品却损失惨重的人来说，我应该也不算是坏人，对吧？那么好像，留住我必须活在这个世界上的理由，又少了一条。

我把我最后的那个电影剧本也留给你，我觉得这是我写过的最好的作品。原本只是要求我帮忙加两三场戏，结果我不小心重写了一整个剧本。本来我还想好好润色一下，但是电影不拍了。武替小姐今后要怎么样才能活得更好，我也真的帮不了她什么了。更重要的是，这个电影不拍了，像是一个信号，在提醒我，生命里这段美好的福利时光差不多了。不要贪婪。谢谢上帝或者魔鬼，他老人家帮助我拥有了这么一段回光返照的日子，谢谢你和洪澄，当然我也得谢谢我哥——有他在，可能我爸妈那里会好过一点。

如果这是我自己写的剧本，我会让主人公在经历了和你和洪澄这段相依为命的生活之后，重新获得活下去的勇气。但是吧，世事难料，我从你们身上，获得的是此刻——因为忠于自己最初的选择，而带来的平静。

再见啦，你要幸福。

还有一件事，冰箱里的那瓶龙舌兰，还剩下一半，你把它拿走，洪澄这个熊孩子好像是对它上瘾了。

章志童

2019年4月8日

但是他写给洪澄的那封，却只有寥寥数语。

洪澄：

你现在深呼吸一下，数到十，再打开卫生间的门，然后报警。

以后千万别动不动就说你想去死的话了。你看到了，死是很可怕的。

请你相信，我永远都会支持你的，要勇敢一点，你一定会遇到更好的人和更有意思的事情。

不要和橘南姐学喝酒。

章志童

2019年4月8日

回到北京的第三天，洪澄就搬走了。然后那个临时的号码也停了机。我再也没有她的消息。我想要把她在我这里的押金退给她，但是微信转账的时候，发现我已不再是她的好友。于是我把那笔钱通过银行转到了她写在合同上的那个账户，并没有被退回来，这让我稍稍放了心，她至少能安然无恙地活一阵子。

还有一件事我必须要去做，那个倒霉的，需要章志童从七十五集压缩到四十集的剧本，章志童和洪澄一起完成了它。我已经通过我所有的关系，知道了这个电视剧的制片方是谁。我会一直地，不停地，非常有耐心地替章志童讨债，然后把这笔钱转给洪澄，这一定也是章志童希望的。

初夏降临的时候，我们公司奇迹般地迎来了一点转机。七年前，我们把雪夜的一个短篇小说卖给了一个导演，在这个六月，电影公映了，获得了非常好的票房和口碑。制片方赚到了钱，男主角据说一定会获得某个电影奖项的提名，而我们的雪夜，也重新开始抢手。我们仅剩的七个员工，再加上老板，一共八个人，今年唯一的任务就是把雪夜小姐伺候开心了，能换来一些为我们赚钱的机会。雪夜最终同意了我去年跟她提出的那个计划，她已经开始跟对方的制片人一起开了几次会，要着手写那个以拿去卖钱为目的的小说。

导演邀请了雪夜参加自己的私人庆功Party，我被雪夜拖着一起参加，对外的身份是雪夜的经纪人。导演住在顺义，天竺一带的某个别墅区。一栋说是托斯卡纳风格的三层小楼，我倒觉得，说是温泉度假村风格，也可以。但是那个小小的庭院被导演设计得很有味道。晚饭之后，人们三三两两地开始社交了，我就拿了一杯香槟，独自坐在那个日式小灯笼的旁边，离人群略远。哦，对了，导演的夫人已经非常热心地科普过，这个严格地说只能叫起泡酒，因为并非来自香槟产区——管他的，其实我有一点眼馋那几个男人分享的威士忌，好的威士忌喝下去，耳边真的听得见风的呼啸声。于是我想起章志童对洪澄的叮嘱：不要和橘南姐学喝酒。

来宾里也有郑小姐，因为是非常私密的场合，她的经纪人也没有紧盯着她。她此刻坐在离我很近的一把铁艺椅子上，对我一笑，遥遥举了举杯子，然后我们不约而同地拖动了身下沉重的椅子，坐得靠近了一点。

“雪夜的新书在写什么?”她问我。

“跟以前的也差不多。明天我把雪夜的全套书都寄到你工作室去。”

“好呀。”她笑了，轻巧如尘埃的飞虫慢慢地在我们身边的灯光那里聚拢，“导演的下一部电影正在跟我谈合作，不过我自己很希望有一天能演雪夜的作品——她的女主角都写得太可爱了。”

“我们求之不得。”我回答，“其实——我认识一个姑娘，她是您的武替。”

“武替?”她脸上的困惑倒不像是装的，“我拍的好多戏都有替身，她们来来往往的，我都记不得谁是谁。”

日式灯笼里的灯灭了，一片绝对的黑暗突然降临。我听见导演洪亮的嗓音从某处传来："没事没事，诸位少安毋躁，一定是哪里跳闸了……"

日式灯笼突然闪烁了一下，映亮了郑小姐娇艳的侧脸，然后熄灭，然后重归黑暗。在黑暗中，我喝光了自己的杯子。好啦，章志童，我不问了行不行？反正郑小姐根本不记得她——我原本是想把你最后那个剧本拿给郑小姐本尊看看，算了算了，话题到此为止，我知道，你要面子的。

那晚我的睡眠很浅，天色微明的时候便睁开眼睛，身边的半张床铺已经空了，徐丰已经在浴室里开始盥洗。我能趁这短暂的几分钟躲到阳台上去抽一支烟。淋浴喷头的水声让我的意识表层逐渐模糊，我愣愣地凝视着指间那一缕烟雾，我问自己，洪澄究竟有没有回去出庭。真是太不像话了，就连章志童都知道用一片黑暗和突然闪烁的灯笼来给我报个平安，她一个活人，却能销声匿迹到这个程度。洪澄你这样真的好意思？

浴室里"嘭"的一声，随后徐丰隐隐地在叫我："橘南，橘南——"我厌烦地深呼吸了一下，继续吸了口烟，然后水声停了。"橘南——橘南——"这一次他的声音里掺杂着痛苦。我慢慢地吸完最后两口，细心地把烟蒂掐灭丢进垃圾桶，然后转身走往浴室，直到推门的那一刻，才开始让自己的声音里带上惊慌："怎么啦？出什么事了？"他半坐在浴缸里，手捂着肋下，费力地吸气："没事，我摔了一跤，可能肋骨磕坏了，你别慌啊，扶我一下。"

医生拿着他的X光片告诉我们是肋骨骨裂的时候，我开始流眼泪，医生狐疑地看着我，可能是觉得这个家属的戏未免太多。走出诊室，我扶他坐下，我说我去药房拿药，眼泪持续不断地往外涌，我用力地拿手臂蹭了蹭脸颊。

“媳妇儿，你看你这是干什么……”徐丰的表情被疼痛撕扯得有点扭曲，我想他一说话可能会更疼，“别哭啊媳妇儿，没事的，大夫都说了没事儿，我正好休息两天不用卖命了，你看你这么傻——”他的语气虽然夹杂着因为疼痛导致的呼吸的混乱，可我听得出，充满了幸福与满足。

“对不起，我忘了把浴缸里那个垫子放回去，对不起。”哭泣的欲望像一头横冲直撞的小野兽，在我的身体里胡乱地奔跑着，想要找个出路。

“我媳妇儿是心疼我，我知道——”

对不起，我不爱你了。我的初恋，我的如意郎君。对不起，我永远不打算让你知道这个。

初秋的某日，雪夜打电话给我，她非常直接地说：“把你花家地那个小房子卖给我，怎么样？”

“你还看得上那个小破屋子啊。”

“便宜啊，已经是凶宅了，我知道你连租都租不出去，已经空了快半年了吧？我跟你们那里的房产中介打听过，凶宅比正常的市价便宜三分之一还多。我不怕凶宅，那个章志童我以前也见过的，不是坏人。”

“我替他谢谢你。”我笑了。

“我漂了这么多年，乱花了好多钱，现在打算安定下来了，你不应该祝福我吗？而且，就算按凶宅的价钱卖给我，跟你当年比，也还是赚的。”

“那好吧，找个时间跟中介约一下，我也不大了解这些手续。”

“我会好好把它装修一下，找真正有名头的设计师，装修成那种能上杂志的蜗居——不过这么一折腾，我可真的没钱了。必须努力写作。”

“非常好，”我心情顿时愉悦了起来，“好像是尼采说过的吧，人一生最幸福的状态就是保持适度的贫困——我不确定是不是尼采说的，可是我觉得有道理。你只有没钱了，才能安心地写好作品。”

“别提尼采，跟海德格尔那种真正的大师相比，尼采最多算是个豆瓣写书评的。”

怎么回事？肤浅的雪夜小姐偶尔也有金句。

我愿意把那个小屋转手给她，因为万一某日，洪澄回来了，开门的是雪夜，她也不会觉得惶恐，她知道雪夜是谁，她也能轻易地通过雪夜找到我。

可能天道如此，有人命中注定要在决定去死的那一刻才不再卑微，有人命中注定要辱没门楣，还有人命中注定要假装依然爱着她的初恋，他们最终都要回到那个身边全是陌生人的城市。这城市需要祭品的时候，会毫不犹豫地从他们中随机抽取一人，可是，也真的是他们最后的容身之处。所以我相信，洪澄一定会回来的，她必须回来。

我希望雪夜住在那里，最终会进化成一个比我善良的人。所有住过花家地小屋的人，都应该比我善良。

笛安的《我认识过一个比我善良的人》发表于《花城》2020年第1期。在近年来的创作中，她关注在北京漂泊的年轻人“此刻”的情感状态，观察这些有着迥异过往的都市青年如何在孤独境遇中生出一种共通的归属感。小说写的是房东孙橘南与合租的两位年轻房客章志童、洪澄之间结成都市情谊的故事。通过缓缓绕经三位年轻人内心深处的秘密，笛安写下当代青年在困厄中重新理解生活、互相贴近彼此的闪亮时刻。

——易彦妮

亮马河

梁　豪

亮马河，西接北护城河，东入坝河，终归北运河。亮马河全须全尾地流淌在北京的地界上。

早年的亮马河，寓动于静，奔流在城门外，有点三不管的意思。如今，亮马河身居东四环以里，坐三望二，城里的生活废水借道奔东，沾着四九城的油污味和烟火气，在一派繁华热闹中，取着那么一点水的静意。

老聂，家住东直门，彻头彻尾的北京人，自然跟亮马河亲。刚会走道儿就在河里头呛过，嘴冒喷泉，底下也不带蹿稀的。20世纪80年代搞过一番整治，亮马河上游重新绿了起来，腥味可忍。三不五时，尤其到伏天，老聂照例下水，就是头不大敢往水里戳，探出大半颗脑瓢，泳姿颖异。岸上有人发话，老聂游着像王八。老聂一只耳朵捕到了，回道，我看你像绿豆。

眼前老聂下河少了，他开发出了新的爱好。

在新源里一带，岸上总懒散着好些共享单车，车架上晾着已身在河心处的老头的白背心和大裤衩。旁边的长凳得荫，引来零星的闲客，或坐或躺，松领解扣，汲取一点水波的灵气和树荫的舒爽。除去三三两两亮闪闪的人头，河里偶尔也有京巴和泰迪，相看两不厌。南北两岸疏疏落落列开钓鱼的长者，屁股摁实在马扎上，一待就是大半天，脚边搁着人吃的盒饭和鱼吃的饵料。

老聂便窝在其中。

老头们的身后往往傍着代步的机动三轮，带篷儿的就显阔气，主人身板能看出些端倪，眼见享了好些年的福禄。也有附近餐馆的小伙来钓蛙，往水草密处凑，手臂一抖一抖，人站得随性，看着不够安分。

老聂的坐骑属于没篷儿的，支棱个骨架，随主人。这几年身骨懒了，这才贴了点儿腥膻。当初年轻时候，老聂长得五积子六瘦，走街串巷，甭管便衣还是戴了盖帽的，碰着了总上前拦老聂，连带翻兜查包。青年老聂说，您轻点儿，我烟都不抽，祖上还带头禁过鸦片呢。警察摸出一包利群和身份证，问，这是口风琴？聂征姓林？老聂陡然来了架势，管不到对方头衔，说揣兜里孝敬我爸的，敢情就知道个林则徐，林诗音听过没？于是，老聂就被拧到了派出所。

河南岸相隔一条道，就是一线排开的使馆区。铁栅栏里头，耸着各色的国旗，大多时候都皱着，偶尔风过，招展出些波状。使馆的黑牌车开得猛，老聂仗着后生时喊过“反帝反修”，偏不让道。吵过几回，老聂骂人家司机是汉奸。后头有人告诉老聂，这一溜儿多是第三世界的，是咱中国人民的穷朋友、黑朋友、老朋友。老聂这才不吭气，该横冲直走的时候，依然故我。老聂说了，什么叫世相，世相就是人拿捏人，老子不惧，所以你们觉得我不讲人情。其实，我比你们都懂，我是揣着明白装糊涂，这才是大世相。

有相熟的邻居跟人打小报告，老聂的老婆，早年跟一老外跑了，犹太人，移民去了那以色列。老婆能耐大，老聂软蛋，儿子没上小学，也给弄到了以色列，估计讲不来汉语了。所以，老聂一不信洋教，二对洋人的态度不够友善。老聂倒不回避，说没少崇洋媚外的，放他们出去，互相伤害。洋鬼子嘛，有时候是人，有时候是鬼，就是不能封神，这不是我的意思，是历史吹过来的枕边风。唉，就是苦了孩子，在那什么死海边上，够晦气。

别人说，老聂，你怎么把儿子放走了，不是姓着聂吗？老聂捏拢两边的手肘，思忖片刻，嘴皮子嚅动了几下，实诚人啊，只有被欺负的份儿，不说了。回头再补一句，到底还是姓聂的，就算改了洋名儿，血管里淌着的，还是聂家的汁儿，馊不掉。老聂突然起了一声笑，好像占到了大便宜。另一人说，当年你净泡在假胳膊腿儿里，就不晦气？老聂眼睛旋过一道弯儿，说，我那叫博爱，博爱之谓仁，你懂个屁。

老聂原先在假肢厂做活儿，收尾一环，负责包装封箱。当年专做假肢的厂子少，供不应求，利润放得高，老聂从中嗅到了商机。私下成本价购入，囤家里，再按市场价七五折放出。老聂悄悄吃过几年的好酒好肉，到最后，让吃惯苦的工友给举报了。从此，老聂在厂里就有些抬不起头，厂长后头给办了早退。老聂嘴上不服，心下松了一口气。再要不了两年，大家伙儿的活法越发五花八门，倒是四平八稳的假肢厂，闷不吭声地，彻底歇菜。旧址如今成了南三里屯商圈寸土寸金的一块宝地。

退了休，可算自由了，自由的老聂更显凋零。老聂素来跟家里不亲，无事不来往。父亲在世时，把俩哥哥弄进了国字头单位，他老聂没赶上时候，多少怨老父亲的气断得早，落下他月月年年，只能赚一吊子的血汗钱。

老婆远走高飞后，老聂过了一段不爱红装爱武装的日子。蹲家里，港产警匪片、黑帮片兜兜转转反复观赏，碟机滚烫，人跟着热血沸腾。喝了三两红星，走夜道，专找嗅蜜戏果儿的顽主碴架，不能说见义勇为，狗咬狗吧，喷着脏话，舌头也不打卷儿了。可老聂注定不是这号子人，严打的风声刚放出，老聂就文质彬彬起来，到哪儿都说您客气。

有热心的工友过问，打铳不得劲儿，再娶一房呗？老聂正色道，该操心的事儿海了去了，巴以冲突了解？宝岛同胞啥时候能同步收看《新闻联播》？脑子里净装着那点屌事儿！工友忙从兜里捏出一根大前门，老聂拦出手，尖着嗓门儿说，天干物燥，小心火烛。等他背手走远，工友们交头说，老聂要争当三八红旗手。众人大笑，老聂回头，不知所以。

老聂现在戒了烟，不代表以前没馋过。硅橡胶贵，不值当，当年厂里的假肢多用塑料。那回老聂值班，弹烟灰，人盹着了，结果燃起了一片火光。好在十米远就有一个水龙头，到底没闯出大祸。就是老聂的左臂烧出了一道歪歪扭扭的长疤，至今封存完好，警钟长鸣。老太太那会儿还健在，厂里骨灰级的元老，老聂便是内招进来的。厂领导不看僧面看佛面，批评赔偿写检讨，这事儿就这么过去了。终归是拉了胯儿，从那之后，老聂真把烟给断了。其实老聂告别的不是烟，是从头到脚的一身痞范儿。

那年除夕，老聂难得回了一趟大哥家。不等守岁，没在裉节儿上吃那盐豆、烙饼和藏了钢镚儿的茴香猪肉馅饺子，陪老太太看完赵本山的小品便说您多保重、咱回见，任凭来年可能嘴巴不严、翻不了身、财源萎靡，也抵不过这一宿的瞌睡和孑然一身的清静。开春时节，人来车往，路上的雪融成一道道逶迤的黑线，老太太就是那会儿两眼紧闭，没喊一句疼，走了。

只要河面没冻上，不刮大风下暴雨，眼下的老聂每天都去亮马河放鱼线，由此结识了不少新朋友。从农展馆退休的，姓付，大伙儿都喊他付馆长，甭管正的歪的，把他心里美得直冒烟儿。以前杂技团的门卫狗三儿，打小爱看女生的大腿，也就这点德行，现在不知道又给哪家单位看门去了。对岸那个大秃脑袋，吃房租的，家里的门面儿开了一家酒吧，客人多是洋老外，跟殖民地没分别。老李，稻香村的面点师傅，老聂说，见着他，我才明白北京的甜点为何如此倒胃。当年我去中英街搞水货的时候，人家的点心，那才叫精致可口。这下大伙儿通晓了，老聂当年还跑过深圳，走私BP机。

亮马河边的老聂，把自己捯饬得颇像个正经人，终日手持一把十六方的文人扇，大栅栏里淘的。没事儿扇扇风败败火，用扇柄挠挠后背的一点痒。小扇一面为荷鱼图，一面上书四句诗：坏机仍成机，枯鱼还作鱼。栖心浴日馆，行乐止云墟。别人爱听老聂发挥，问，老聂啊，您是不是还会吹尺八？老聂翘起一边脑袋，说，音乐细胞肯定长了的，只是套着膜儿，等哪天我摘了。

午饭后，不少附近单位、公司的人爱到河边走两步。遇见老聂钓鱼，偶尔站在背后观望。感兴趣的问，现在都不挖蚯蚓做饵了？老聂晃晃胯下的两瓶白罐子，里边的颗粒，看着像鸡精味精。老聂说，这多省事儿啊，不脏手，文明，还香。来人凑前说，我闻闻。老聂断然拒绝，说迷糊过去，算你碰瓷？

钓鱼钓的是耐性，有时撑乏了，左右两边搭搭话茬儿，彼此散困。大家都感叹，三里屯的变化不是一般大。就他老聂嗤之以鼻，说不就那么回事儿，换了个戏台子戏班子，戏还是老戏，第一人五人六，第二浑水摸鱼，逃得出框来？

大家都觉得老聂说得七分在理，就是不愿搭理他，索性聊老婆子和孙子的事儿，让他插不上嘴。但老聂有街坊四邻，街坊四邻有的是典故，堵不住的。老聂说，我见我那邻居家的娘们儿，大晚上跑去跟别的老头儿跳探戈，又是勾指头，又是抱来扭去的，我的心窝子啊，不知是喜是悲。这下大伙儿都静音了，接着盯紧水面的浮漂。

付馆长刚开始不知底细，问老聂，您还是童蛋子吧？老聂笑出满嘴烟熏的黄牙，说我孙子眼下跑得比你还快。没办法，种好，混了洋墨，但芯是中国芯。老李说，哟，没想到您是当世张宗昌啊。老聂不知这人啥属性，没有回嘴。后头到家查过，背地骂了半宿脏话。

老聂倒还真写些诗。

文联大楼就在南边不远，老聂骑车往亮马河放钩，偶尔会顺道先去大楼里放稿。杂志社、报社、出版社，一溜儿摁着电梯上去，门敞着的都放了。他从不说是来投稿的，只说我把稿子放您这儿了，再在门边站上那么一小会儿。好像有点效果，退稿信收到过几封，也来过几通电话，跟瓶盖儿里的谢谢惠顾差不多。好在老聂平心静气，下回照去，一脸和蔼的笑。这时候的老聂，是寻着理想中的诗人形象去的。

他在楼里放了好多年的稿子，以前是手写的毛笔小楷，现在学会了打印，他一直放到很多熟脸面都退休了，该来灵感的时候，他还是放。老聂自己说，有诗云，行人不见树栽时，树见行人几回老。别人问，您是树？树人树人，没成妖呢，十年树木，百年树人。老聂说完，兀自笑得像个瘦弥勒。

老聂那回钓鱼，碰上一外地来的大学生，手里抓着笔记本在记着什么。老聂有了谈话欲，把脑袋支过去，说，古时候啊，东来进京的马车队入城前，都得在这条河里给马浸浸水，洗净后将马拴在河边的大柳树下，待晾干后才进城，相当于给自个儿接风洗尘。所以，这条河被称为晾马河，晾是日字旁一个京。后头嫌俗，文化成了现在这样式。亮倒是够闪亮的，但就像西餐，少了点儿锅气。

没承想人家是搞民俗学的，正跟导师跑北京河道的课题，甭管识不识趣，张嘴道来，其实另有一个版本，自古亮马河一带水草丰茂，明永乐年间，皇家的御马苑就设在此处，遂将邻近的河称为牧马河。每次皇家用马前，马匹都要在这里洗净晾干，所以这河又被称作晾马河。

老聂耳朵都听竖了，嚼巴两口唾沫，说我最能耐的时候，钓上过五斤重的大红鲫鱼。大学生愣了愣，说咱不是说着河吗？老聂说，对呀，河里有鱼，其名为鲫。

按北京土话讲，老聂爱跟人蛋㞞，估摸是一个人的日子给闷的。

平日里到河边散步的，看见老聂哥几个，视察状居多，往后绑住胳膊稍息一分半钟，见竿儿还耷拉着，人就飘远了。那天来了位小伙子，朝老聂的红塑料桶探了探脖子，说都是小白条啊。老聂不拿正眼瞧，就晓得是上回嗅饵料的那位小爷。

老聂的余光向来毒。二〇〇〇年初，春节前夕社区连环遭窃，警方在公告栏贴出嫌犯的素描，模模糊糊的一个人头。老聂当即就认出是隔壁单元楼老胡媳妇老家的外甥。元宵的汤圆还没下锅，人就给逮着了。这小鬼去年过年，来老胡家借宿了几晚，估摸着混熟了地形和作息。小伙离开的时候，老聂正走了一圈大运把家还。胡同一条道，老聂喊一句，过年好呀，哪儿去？小伙子埋头踩雪，没接话。老聂的余光狠狠地记住了这人的长相。往后老聂当着老胡面也说，做人不礼貌，早晚现世报。为此，老聂当时差点被厂里派去值夜班。

眼前这小兄弟的说话方式，老聂同样不很待见，晃着扇子说，你看的是桶里，我看的是河里。小伙子笑了，说大爷您这话在理，我目光短浅。老聂听出了外地口音，仰起一边眉角，问，南方人？小伙回，老家安徽，从小吃鱼，也爱看人垂钓。

老聂来了兴致，咿呀一嗓，说我其实下里巴人一个，最不讲究，可到底地地道道的北京人，要说寒碜，能寒碜到哪儿去？老聂的舌尖逐渐把不住边儿。老房不拆，是大家伙儿恋旧，哪天真动了地基，我也就天天往床榻一躺，听人给我念报。别看我搁这儿钓半天一身脏汗，不还是消遣，连带着忆苦思甜？甭管钓上多大的，一律放生，到这岁数了，得积德。小伙子赏脸，说哟，您这跟姜太公老爷子，差之毫厘啊。边上的狗三儿忍不住了，说老聂啊，你上回不是说做了一锅酱烧的，吃不完，放冰箱里，坏了三分之二强？老聂赶紧抢白，记淆了记淆了，狗三儿，你记性怎么那么差了，吃生命一号吧，比脑白金强。

这位小伙子姓栾，隔三岔五，下午上班前总赶来看老聂钓鱼，说是当作午休。老聂说，栾姓好字，栾树认得吧，黑豹乐队的键盘手，窦唯走后做了主唱，那味儿合我意，粗粝里边见清澈。以前我总买他们磁带听，外放，来劲。我后生那会儿，也蓄过长发，带烫的，后头被家里人抓去单位报到，党委书记亲手给我铰的辫儿。嘿嘿。得，没辙了，老实了，也革新了，就跟捅掉衙门府上三片瓦的清朝巡抚一个样儿。

老聂后来不仅知道小栾姓栾，还得知他在东欧某国的驻华使馆里端洋饭碗。老聂感觉多了趣味，不再言简意赅揣着了，尽管抻长了白话。你说南斯拉夫那会儿多好啊，铁托同志，够硬，纳粹不服，苏联不服，老美不服，较真儿起来，估计连自己都他妈不服自己。就该这样儿。服了，可不就分崩离析了。小栾只笑，不答。老聂点头说，知道知道，领人俸禄，吃人嘴软。

那次小栾再来，发现老聂身边多了一把马扎。老聂说，坐，坐，生不了痔疮。往后小栾过来，会给老聂捎一瓶矿泉水，自己偶尔捧一纸杯咖啡，说是办公室现冲的。老聂的余光这时又起了作用，说怎么寒酸得总披一套西装，看来洋人给的待遇也不好嘛，东欧到底不景气。小栾挠挠头，说，工作服，备着三套呢，是雷同了点儿，换不出变化，到底吃人嘴软，身不由己。老聂抹抹嘴，难得一笑。

老聂问过小栾东欧到以色列的距离。以色列他还能说上几句。小栾滑了滑手机，啊了几声，说，中间就差一个土耳其，以前的东罗马帝国，算不上远，也不能说太近，跟我回老家差不多。怎么的?

老聂拿扇头戳脑勺，笑得零零碎碎，说家里有人在那头。我儿子，娶了个希伯来女人，眼骨碌跟猫眼儿似的，身段跟模特儿似的，给我生了个混血孙子，还是姓聂。小栾听得仔细，没有作声。

小栾现在也会聊聊自己的工作。

弄签证，一天上百通电话，很多不明就里的，就想着赶紧出去，出去就万事大吉了？到后头，不客气，摆脸色，也是人之常情。另外，给大使和大使十里八乡的亲戚、随从迎来送往、开关车门是常态，还得帮人家翻译《人民日报》和新华社的时政要闻，夸我用词考究，有政治头脑，他们也得学，知己知彼嘛。站岗的武警，见我进门也要敬礼的。我教了这些老外不少中国话，甭管文化参赞还是武官，地球人都一样，学语言先学脏话，还要各地的方言版。

讲点更有意思的，我曾为某任大使买过一辆单车，指定要凤凰老二八，我跑了好几家旧车行才给弄到。老头儿有事没事，就爱骑咱的国产古董。他还喜欢毛主席的诗词，能背《沁园春·雪》，感觉有点情结。另一任大使，年纪轻轻秃了瓢，跟英国那什么王子似的。这仁兄重口，无辣不欢，最爱四川盆地产的花椒，敢吃麻辣兔头和猪脑子，在西方人里绝对算狂野的。跟他们混熟了，也会送我欧洲的土特产。巧克力啦，原装书啦，还有李斯特的小雕塑，李斯特晓得吧？大钢琴家。我最喜欢他的《浮士德交响曲》。

说罢就闭眼，哼起一小段旋律。老聂点点头，打断说，放眼国际，我就喜欢《莫斯科郊外的晚上》和《田野静悄悄》，能压住我的躁性，刚柔相济不是？小栾想跟一句，看来洋人的把式，也不尽是糟粕嘛。思来寻去，再看一眼老聂刺出眉骨的两绺灰毛，作罢作罢。

收摊的时候，老聂问了小栾的年纪。老聂算了算，说比我儿子小三岁，跟流掉的小女一般大。该谈对象了，有了吧？小栾的脸晒得辣红，摆弄一下喷过发蜡的发尖，说，先拼事业。老聂说，不耽误，买不起房先租着，哪个姑娘非得要房要车，撂高儿打远儿，一秒的好脸色都别给，早晚留不住，留住的也不是心，是欲。小栾说，所以，这不还单着。老聂跨上代步三轮，罩起墨镜，努嘴说，单着也好，抓瞎钓鱼作诗，爱干吗干吗。嗐，话都被我说尽了，走喽，回见了您哪。

老聂后来请小栾去过一趟家里，风风火火地搭起一锅羊蝎子。老聂吃得满意，脸色柔而慈祥，问，很久没回家了吧？小栾笑得磕绊，说通常过年回去一趟，离得远，也暂时还没飞机落脚的地方。

老聂的老福利房里流动着浓重的老聂身上的味道，不算难闻，有点像庙里的檀香。家里摆设，无足道哉，倒比平常人家多了一层淡泊。小栾吃得汗流浃背，说我还以为您住四合院呢。老聂皱眉，嘬两口牙花子，说匣子里多憋屈啊，还没隐私，解手都得跑官茅房。我是从里头搬出来的，迟早要进匣子，不急这一时。别看这房子老，隔音效果真不赖，邻居小吵小闹、磨牙打呼，或者过夫妻生活，全听不见。

肚子瓷实了，老聂的嘴巴闲出来，说起远在约旦河西岸的儿子。

六岁以后就再没见过活人，孩子他妈念着我当时放人利索，每年孩子生日会给我一张照片。从前是邮寄，现在邮费都省了，直接手机发的电子版。我想看能动带声儿的视频，她不让，说大维不让。姥姥的，不喊正名儿，也不说我儿子，讲什么外国番号。对了，我给你翻翻，儿子跟我简直一副相貌，特别是两股浓眉，洋牛奶没给他喝稀了。

照片主体是一匹溜光水滑的乌黑骏马，老聂儿子骑在马背上，头上裹着头盔，五官看得不够真切。老聂说，儿子平常好这口，马术，想着以后争取参加奥运会。这个我是支持的，骑马是爷们儿的本事。你知道我是什么家世吗？如假包换的正白旗。正白旗，你百度查查去。说回马术，马术还多出好些技巧，是动脑子的花活儿。但我就希望，他能代表咱中国出征。

小栾仔细瞅了两眼，说像，但比您英俊，您也不是以貌取胜。老聂把牙缝里的肉丝笑绽出来，说别看孩子他妈黄皮白心，脸蛋是俏脸蛋，像倪萍。我当时就是按着倪萍的路数物色的，我指的是《综艺大观》那会儿的倪萍啊。

那一晚小栾啥时候走的，老聂不记得了。他们只喝了半瓶二锅头。

接下来的两周，老聂在亮马河边左等右盼，愣是不见小栾的人影。他突然有点空乏。第一周，老聂生了点儿小气，感觉小栾像是不辞而别。每每瞥见车上那把额外的马扎，就越发觉得小栾不成体统。第二周，老聂改成了忧心，莫不是小栾的小身板害了病？

第三周的礼拜一，老聂一大早给小栾去了电话。是小栾回拨才接通的。小栾在手机里说，假期要到了，办签证的人扎堆，被迫赚取加班费，回头再到河边，陪您静看鱼忙。老聂这下笑得美滋滋，说还以为上回那餐饭把你吃怕了，放心，没让你回请。小栾也笑，说那我就放心了，这半月，开水兑白饭过来的。

那周末，小栾又来给老聂递矿泉水了。上身换了一件格子polo衫，底下配的蓝牛仔，鞋子是阿迪达斯的。

那天老聂冷不丁对小栾说，我想去巴勒斯坦转转。小栾确认了三遍。

老聂在马扎上伸开双腿，缓缓道来，不是有个圣城叫什么耶路撒冷吗？那么多人，那么些年了，争来抢去的，里头肯定有名堂。我就想去实地感受一下，看看到底是个什么气氛。小栾说，你是想去以色列吧，耶路撒冷如今归犹太人使唤。

老聂的眼珠子溜达来去，接着跟人念秧儿，说我还记得那位阿拉法特，老头儿总披一顶马赛克样儿的头巾，《新闻联播》的下半拉老见他，整天战火纷飞的，我都替他着急啊。也不知道他身子骨还硬朗不？小栾说，人早没了，据说可能是被人下毒。老聂就不断叹气，说作孽啊，真是作孽。小栾有点不耐烦了，说，去不去吧，去哪里？

都去呢，趁现在两头歇火，你能给办到吗？老聂舔润自己紫红色的下唇问。小栾的嘴角微微一拱，说，等我消息。

浮漂这会儿猛地蹿跳，一扬竿，还是白条，老聂面不改色。撇过脑门又问，你说我能找着儿子吗？人家会不会不许我见？

小栾哈哈大笑，说不就想儿子了呗。这样，不然我休个假，陪您一起，正好我也没去过。要不咱再顺道去一趟东欧，那地方我熟，落魄得十分讲究，挺值得一逛。

老聂蹬起身子，说好哇，这辈子还没出过国呢，说出去嫌丢人，要去，来他娘的一打。挨边儿的那次，是到鸭绿江的断桥旁，我们一家三口跟朝鲜那头灰不溜秋的山脉咔嚓了一张。

转天小栾打来电话，说出国得办签证，办签证得备钱，现金的，账上的，必须齐活儿了。巴勒斯坦虽然宣称建国了，但咱们面儿上还没认，先办以色列签证，过去再说。还有申根国的签证，外加来来回回的机票跟住宿，都需要料理一下。老聂抱怨道，经济成那屎样了，还那么多门道，有没有一锤子买卖的？小栾说，您要信得过我，我给咱俩一块儿兜圆了。老聂这边跷上二郎腿，说，等的就是这句话，你办事儿，我还不放心？

近几晚，老聂的诗情画意就跟泉眼儿似的冒，忙得他夜夜奋笔，将情思誊到稿纸上。他攒了几首人物组诗，一首写给阿拉法特，一首写给铁托，一首写给李斯特，还有一首献给伟大领袖。这回的稿件他锁定了目标，就放到文联大楼七层的《人民文学》杂志编辑部。喝完一位年轻同志递来的茶水，报出几个年轻人也没听过的社里老前辈的大名，老聂的鼻腔里就哼出一曲《莫斯科郊外的晚上》，下楼转场到他的亮马河根据地。

这天儿真好，老聂心头宽亮，对着沿岸的一众新朋旧友放话说，我想养一匹马，哪天去趟呼伦贝尔，寻一匹有缘的良马。有人就笑，说老聂你如今讲话咋吞字呢，是马子吧？

庸俗了那么些年的耳洞，突然就进不得太荤的话，老聂有些置气，又觉得实在没必要，别真成了三八红旗手。于是，给钩子补饵料，将鱼线呼啦一声，抛得贼远。老李问，为啥呀，怎么养，来干吗？老聂说，不为啥，骑呗，既当交通工具，也当宠物，就许你养八哥讲人话？这下一排的钓客，都哼哼哈哈地笑了起来。老聂自己也笑。

往后，马没就位，老聂先在亮马河一带多了个外号，圣僧。

圣僧老聂前前后后，替自己，也替小栾，交的交，垫的垫，又是手续费，又是保险、住宿费，还帮衬说是资金周转不灵的小栾，预付了栾父割掉坏肾的手术钱，拢共转走了近十万。

老聂寻思，总可以敲定个大致日期吧，好让他决定何时动身北上，真去一趟大草原。小栾那边的答复是，年末，去那边过圣诞，腊八前就回来，两头都顾上了。老聂连说好好，你办事儿，我心踏实得很。

小栾已经很久没来见证鱼上钩了。老聂试过一趟钓上三条麦穗，没舍得放生，自己回家醋熘了吃，开着小差，陈醋倒猛了，酸得他牙疼，心里直窝火。小栾说了，在老家呢，得照顾父亲一些时日。老聂体谅，祝好。每天醒来，他把自己盘到蒲团上，不忘给小栾父亲也念几句吉星高照、早日康复。

这程子的天候，一日赛一日阴冷，河里的鱼越游越稀，老聂干脆收起钓竿。皮包骨冻不坏，每天清早到河里泅水，感觉自己像一条鱼，只消轻轻一拨，身子就哗啦哗啦往前弹。他试着将头埋到水里，睁开眼，他感觉此刻的自己，正在用腮换气。等河面冻透彻后，老聂依然驾着车来，先到灌丛里抖尽一泡尿，然后换上冰鞋，纵身一跃，在冰面上拐开一圈又一圈自成一派的冰操。冷风激得整张老脸麻掉，清鼻涕流了一嘴，但这是老聂最近难得的感到舒畅的时刻。

老聂对小栾的语气，是逐渐严肃起来的。再到严厉，以至于刻薄。小栾一路闪转解释，到最后，就剩了一句“您所拨打的号码已停机”。

老聂犹豫了半个月。北京深冬的雨滴，决绝得像冰雹子，淅淅沥沥砸在窗面上，再拉出锯齿状的雨丝。老聂的心横了又横，终于摁下那三个按键。拨出。老聂感觉自己像一只老鸟，好不容易把泥土、叶子、石块一点点衔到树枝上筑巢，结果一场不大不小的风，就能让一切顷刻间化为乌有。不止这一次了。窗外，雨混着呜呜狂叫的风，下个没完。

事情没有任何转机，小栾很快归案。

人还在北京。

小栾姓张。

老聂那天从派出所出来，说来也怪，就想抬头往天上瞅。霾将至未至，云和天都很生硬。云在走，老聂以为是楼要塌，心里一慌，赶紧拔腿。身旁的路人见状，也莫名跟着跑。更远处的人看见了，咯咯直乐。

警方搜集到的信息是，小张在一家星级酒店的后厨打荷，人前人后，喊一位老主厨师父。师父当年在某东欧国家驻华使馆里做烹饪，照料过五任大使的肠胃。退休以后，被酒店高薪聘请。小张在山东学了一年的烹饪工艺美学，掌握了一些发面揉面的技巧，跑到北京，白案红案都干，从小餐馆混到茶餐厅，再到这家酒店。认识小张的人都说小张好。小张干活不喊累，小张嘴甜，小张有眼力见儿。

小张在酒店里，负责站在砧板和炉头的中线，将切好的食材分类递送，把炒好的菜品装饰摆盘。闲暇时，烟茶伺候好了，嘴乖些，师父会多授一点经验，也能余出好些闲篇儿倒嚼。上了年纪，肚里攒了一辈子浪做的水，兴头起了，滔滔不绝。多为馆里的事儿，亲历的听来的，洋气又风光，也说到过瞎胡闹的年纪碰上瞎胡闹的岁月，往班主任身上扔过石子，啐过口水。反正到他小张这里，都是二三手的资料。小张那时垂着眼帘对警察说，蛊人，够了。

小张还说，去了趟老聂家，有些不落忍了。倒是老聂开始不依不饶。转念一想，谁又体谅过我呢？干吧。就想图个衣锦还乡，到北京那么些年，比待家里还不像话，那跟犯罪也没啥大差别了。

这些老聂都不得而知，也不想知道。他去派出所主要是谈自己的事儿，说了很久，说得口干舌燥。警察没拦着，不时往他杯里添热水。

老聂据实交代，媳妇临产的时候，没守在身边，人都不在北京。儿子出生在半夜三点，那时我正陪一群各省来的BP机经销商，还有一个香港“老细”，在深圳的一家迪厅里喝酒唱歌。后来赔大发了，没给货，前期都是钓饵。“老细”是赝品，一个游手好闲的潮汕佬，据说祖上跟李嘉诚沾点边儿，五官倒是有点贵人相。都管我要钱，不得已，逃去东北，在丹东避了小半年的风头。媳妇就是那会儿小产的，托人验过，是个闺女。儿子上学，我没接送过一回，那会儿我老爱跟几个好抽烟的女工一块抽烟，撩骚呗，下班后再下个馆子，接着嘻嘻哈哈，自行加班加点。算了，不展开了，净是瞎闹。

当年我嫌儿子是个累赘，主动签了字。我甚至觉得自己即将开启美好人生的新篇章，我以为我压根儿就没心没肺。是不是男人年轻时候都这样，啊，警察同志？

这以后，亮马河岸边放钩的人堆里就缺了老聂。没人知道缘由，因为老聂的脸色不像会回答问题的脸色，老相识们都识相。

他偶尔还会到河里浮水。岸上有人交流，实话实说，老聂游泳，真像王八。老聂的一只耳朵捕到了，冲岸上喊，我看您像菩萨。

稻香村的那位老李后头对听众们说，老聂这人吧，有点怪，之前嚷嚷要养匹马来骑，说亮马河怎么能没马，旗人怎么能不会骑马？哪天他真牵出一匹马到这儿洗马虱，我也不称奇。不怪，谁会妻离子散孤独终老？但要说他遭人骗，还真是个稀罕事儿。老聂虽怪，但鸡贼，一个铜板能掰成两面使。那小子我们都见过，皮鞋还裂着缝儿呢，他老聂怎么愣是没瞧出来？说到底，怪老头一个。付馆长接过话，不能说怪，我看是圣，宅心仁厚，圣僧不是？有新来的挤进一句，老话不是说，厨子不偷，五谷不收，这下老聂家可不得丰收成灾啊。众人哄然大笑。

小张，也就是小栾，他那位在使馆待过的师父的父亲，以前是位钢琴家，据说某节庆日，还给上面的领导奏过节目，凭着黑白键上的十指，游走出一家老小的布衣蔬食。“文革”时期，打成了走资派，没能扛过去，走了河。当时没有高地给人跳，只能把自己走到河心，顺水而没。他走的是亮马河。

师父年少时跟着父亲学钢琴，能流利弹下《波尔卡舞曲》。父亲走失后，师父再没碰过琴和谱。终究逃不脱十指谋生的命数，手巧，做了掌勺的，转而司职哄妥老外的舌尖子。师父倒是依然钟情李斯特，父亲在他小时候，经常弹奏李斯特的曲子。当其时，父亲恍如李斯特附体，全情投入像个疯子，但疯得十分可爱。后来，父亲回家就不是很爱动了。他静静地坐在空荡的书房里，两只缠着白绷带的手掌垂在双腿之间。他变得一点也不可爱。

这都是小张出来以后，亲口告诉老聂的。

老聂今年六十又一，戴着墨镜，晃着扇子，又横冲直突地，到亮马河钓鱼来了。

梁豪的《亮马河》发表于《中国作家》2020年第1期。身为新北京人，梁豪用新鲜的眼光打量着他工作生活的亮马河。这篇小说聚焦亮马河畔的“土著”老聂，从他的家庭变故和垂钓爱好讲起，串联起他和周围人的鲜活日常。无论是和相熟的邻居、工友，还是和假扮使馆工作人员的小栾，老聂和不同人的交往里，梁豪都在梳理着都市生活的线头。小说借老聂的眼睛来看亮马河，它的过去与现在、旧与新都变得可近可感。

——刘涞德

泡　澡

刘庆邦

过了小寒，是大寒。过了小年，离大年就不远了。在大年到来之前，老李想去洗个澡。除旧岁时，除了要对屋子进行一番全面的扫除，个人的身体也要清洗一下。不然的话，把狗年的灰尘带到猪年就不好了。

老李家的卫生间安有电热水器，热水器的容积还不小，他洗澡完全可以在家里洗。在夏天天热的时候，他都是在家里洗，但电和电费是联系在一起的，水和水费也互相挂钩，为了省钱，在家里他总是洗得匆匆忙忙，只简单淋一下就完了。到了冬天，他就不愿意在家里洗了。他家的卫生间里没安取暖用的浴霸，他也舍不得通过长时间淋热水以提高卫生间的温度，卫生间里显得有些冷。他洗澡洗不好，再把自己冻感冒，那就不划算了。老李年轻时当过矿工，每天升井后，都要在热辣辣的大池子里泡一泡。他的皮肤似乎留有泡澡的记忆，一直怀念那种泡澡的感觉。在烫皮烫肉的水池里泡出一头汗来，那才叫痛快，那才是真正的洗澡。淋浴只是淋一下，湿了眉毛，湿不了汗毛，那叫什么洗澡呢，洗与不洗也差不多吧。那么，在自家的卫生间里安装一只浴缸不就得了，把门一关，一人一缸，想怎么泡，就怎么泡，想泡多长时间，就泡多长时间，泡得手指头发芽儿都没人管。可是，不行呀，普通居民的家庭里，安装浴缸的总是少而又少。一来是，卫生间空间狭小，安个吸水马桶，“卫生”一下还凑合，哪里有安装浴缸的地方呢！二来是，浴缸大张口，得放多少热水才能达到它胃口的要求啊，恐怕半立方水都不够吧！所以呢，在家里安浴缸的事老李连想都不敢想。皮肤痒得实在太厉害了，再不泡澡实在对不起自己了，他只好到外面的公共澡堂泡一泡。现在关于泡的说法比较多，除了泡脚，还有泡吧、泡妞儿等。去他大爷的这泡那泡吧，都不把人往好里泡，老李对泡澡以外的泡都不感兴趣，都持拒绝的态度。

泡的名堂多了，难免对泡澡构成了挤压。老李注意到，以前到街道的澡堂里泡个澡是很方便的，现在泡澡越来越不容易。大约在十几年前，老李所住的居民小区外面就开有一家澡堂。澡堂的门面临街，他下了楼，穿过小区的消防通道，往右一拐，不到一百米，就进了热气腾腾的澡堂。他觉得太好了，这跟在自己家里安浴缸有什么区别呢，没什么区别嘛！他想，这个澡堂子要是长期开下去就好了，他后半辈子就可以在这个澡堂子里泡澡，一直泡到老。他这样想，是他隐隐地有些担心，担心这个澡堂子说不定哪一天会关张。人喜欢什么东西，往往有担心伴随，喜欢花儿，担心花儿谢；喜欢鸟儿，担心鸟儿飞；喜欢这个澡堂子呢，就担心它不能永远存在。铁打的街道，流水的门面，澡堂子永远存在的可能性不大。花儿总是要谢，鸟儿总是要飞，担心什么就有什么，这个澡堂只开了两三年，就关门了。问起来关门的原因，是房子的租金提高了，水费翻倍了，去洗澡的人也越来越少了。人家开澡堂是为了赚钱，如果赚不到钱，还赔钱，澡堂何必继续开下去呢！

这家澡堂关门了，老李骑着自行车，转了好几条大街小巷，又找到了一个澡堂。这个澡堂离他家稍远一些，要横过安定门外大街，还要穿过一条小街，往西走一两公里才能到。澡堂门口打出的招牌是“花海洗浴中心”，却是一家旅馆开办的澡堂，以经营旅馆业为主，经营洗浴业为辅。凡是在旅馆入住的旅客，可以免费到洗浴中心洗浴。不在旅馆住宿的北京本地区居民想去洗澡也可以，花个三四十块钱，买张门票就是了。老李去花海洗浴中心泡过几次澡，就摸到了其中的一些底细，原来里面不仅可以泡澡、洗澡，还可蒸桑拿、蒸石火浴。这还不算，在洗浴中心洗完了澡，换上中心提供的软衣服，可以到休息大厅小憩，看电视，点饮料喝，让服务生为您捏脚，也就是足疗。当然了，喝饮料和接受足疗都是要付费的。在大厅里享受的服务还不是高级服务，高级服务的项目是按摩，须在旅馆的单间里关起门来一对一进行。按摩分不同形式和档级，有中式按摩、港式按摩，还有泰式按摩等，档级越高，价位越高，高到令老李一类的普通市民咋舌。老李到花海洗浴中心，不管有多少花样儿，他只泡澡洗澡就够了，顶多附带着蒸一下桑拿和石火浴，别的需要另外付费的项目一概不要。就连搓澡，他都是自己搓，从来不让所谓的搓澡师给他搓。他的胳膊够长，手指头也不少，身体各处都够得到，何必让别人给他搓呢！搓澡的价格也不低，与泡一次澡的门票价格几乎持平。有那搓澡的钱，还不如再去泡一次澡呢！还有，搓澡师问你往身上搓盐吗？搓牛奶吗？你稍有犹豫，稍有松口，大把的钱就被搓澡师“搓”走了。他坚持不搓澡，搓澡师就无法“搓”走他的钱。不过，他有时也有些心虚，觉得自己在“花海”的消费是不是太低了，贡献不够大，人家是不是不太欢迎他。老李平衡自己心理的办法，是在洗淋浴时尽量节约用水。他可以在大池子里尽情地泡，汗可以尽情地出，但在淋浴时，水能少用就少用。老李看见，有人在洗淋浴时，把水龙头开至最大，任淋水如大雨一样通过喷头往下流。在他们往身上涂抹浴液时，仍不关掉水龙头，好像不把水流够，就不够本儿似的。老李不干这样的事儿，他知道北京是缺水的城市，水是很宝贵的，让水白白流掉，太可惜了！

老李在这家洗浴中心泡澡泡得时间也不是很长，也就是两三年时间。秋天的一天，北风渐凉，老李打算去泡一个热水澡。在整个夏天，他一般来说不去泡澡，夏天天热，动不动就是一身汗，完全可以达到泡澡的出汗效果，去澡堂泡澡可以免去。到了秋天，秋风一吹，汗毛眼子开始闭合，出汗的机会就少了。据说人出汗是必要的，下面的眼子要排泄，汗毛眼子也要排泄，出汗就是汗毛眼子的排泄方式。汗毛眼子倘若老也不出汗，老也不排泄，会憋得受不了。老李骑车来到花海洗浴中心一看，整座三层楼外面搭起了用铁管子组成的脚手架，并用蓝色塑料布遮上了围挡，像是改造或装修的架势。老李一问，旅馆和洗浴中心果然是在装修，装修已经进行一个多月了。老李顿感失望，身上也有些痒痒。他问施工人员，洗浴中心什么时候才能重新开业？人家爱搭不理，让他自己看围挡上贴的告示。他把用白纸黑字打印成的告示找到了，告示上没说什么时候重新开业，只说因装修给顾客带来了不便，敬请谅解。老李估计了一下，当时离春节还有三四个月，春节前装修应该能完成吧。到了过小年那一天，老李才又骑车到洗浴中心去了。他远远看见，整座楼撤去了围挡，拆掉了脚手架，装修得焕然一新。老李心中一喜：终于又可以泡澡了，一定要泡他个痛快淋漓！然而，让老李再次感到失望的是，前台的女服务员告诉他，今后这里只开办旅馆，洗浴中心撤销了。这叫什么事呢？撤销洗浴中心为啥不早说呢？老李失望得有些生气，差点骂了他妈的。

偌大的北京城，难道找不到泡澡的地方了吗？难道泡澡的时代从此结束了吗？难道人们不需要再出汗了吗？老李不信这个邪。老李是退休之人，他有充裕的时间，可以到处寻找哪里有泡澡的地方。他骑着他的一辆旧自行车，转到东，转到西，转到南，转到北。他骑得慢慢的，一路骑，一路看街边门面上的字号或招牌，看到有“水”或者有“洗”的字眼，他都要停下看一看是不是洗澡的地方。他看到带“水”字的店面倒是不少，多是卖水果、水产品和纯净水的商店。他看到带“洗”字的店铺也不少，但不是洗衣服、洗鞋，就是洗车。他把附近的大街小巷转了个遍，没发现一处可供泡澡的地方。再往远处找，他就不骑自行车了，改乘公交车。他的年龄超过了六十五周岁，进入老年人的行列，居委会为他办了老年卡，在市里乘坐任何一辆公交车都可以免费。以前，他对众多的老头儿老太太坐公交车有些看不惯，觉得不少人有占便宜的心理，有不坐白不坐的意思。想想看，公交车的空间和座位资源是有限的，老年人坐得多了，就挤占了上班族年轻人的资源，年轻人还得为老年人让座，显然很不合适。现在，老李为了找到能泡澡的地方，他也要坐公交车了。不过，为了避免和忙于工作的人争资源，他绝不在上下班的高峰时间段去坐公交车，而是打时间差，估计上班的人都到了自己的工作岗位，他才从从容容地刷老年卡坐公交车。为了找泡澡的地方，老李有一次还闹了一个笑话。他透过车窗往外看，总算发现了一处门口上方标有“扮靓靓洗澡美容”的地方。他定睛再看，准确无误，上面的确有“洗澡”的字样。能洗澡就能泡澡，好嘞，总算又找到一处可以泡澡的地方喽！他赶紧下车，往回走了差不多一站地，才找到了那个叫“扮靓靓”的门面房。老李到房子里一问，顿觉很不好意思，意识到自己真的老了，跟不上飞速发展的形势了。怎么的呢？原来这里是给四条腿的宠物洗澡美容的地方，两条腿的人就免了。说白了，狗呀猫呀，可以到这里洗澡、美容，人就不要进来了。老李想起来了，最近流行的一个字叫“萌”，“靓靓”和“萌”是联系在一起的。“晒萌”也好，“卖萌”也好，“萌萌哒”也好，一般指的是娃，是少女，是宠物。一个大老头子，跟“靓靓”和“萌”还有什么关系呢！老李逃也似的离开了。坐在回家的公交车上，老李也有想不明白的地方，有动物洗澡的地方，却不让人进去洗澡，人到底还值钱不值钱呢！

老李最终找到可以泡澡之处，是在北五环之北一个叫“皇都水城”的宏大场所。据说那里的水是从很深的地下抽出来的温泉，温泉无须再加热，直接充到池子里，就可以泡澡，洗澡。在那里泡澡，与以前在别处泡澡有所不同，在别处泡澡，那是单纯地泡，水里没有什么动静。在水城泡澡呢，在水里可以接受水按摩。水按摩分两种，一种是通过池底自下而上涌出的水流冲击身体，二是通过安在水池边的高压水龙头，把压出的水扯成扇面，锤打一样按摩人们的后背、腰椎和颈椎。除了泡澡、水按摩和洗浴，水城里还有游泳池，人们可以穿上泳衣，戴上泳帽，到游泳池里游泳。如果游泳游累了，可以到水城的餐厅吃一顿自助餐，以增加身体的能量。当然了，水城既然以“皇都”冠名，消费水平要高一些，进去一次，最低消费是一百三十八元。消费高就高吧，谁让他那么喜欢水呢，谁让他那么热衷于泡澡呢！他的退休工资每月有六千多元，妻子已经下世，花不着他的钱了。他的唯一的女儿也参加了工作，自己挣钱够自己花，从不跟他要钱。他有那么多钱不花，留着干什么呢！他已年近古稀，近年来身体又不太好，过一年，少一年，泡一次，少一次，说不定哪一天，他想泡都泡不动了。趁现在还有享受泡澡的能力，能多泡一次就多泡一次吧！

他才去水城泡了两次澡，人家就不让他进了，把他挡在了“城门”外。这又是为什么呢？原来有一位年近八旬的老人去水城泡澡，泡完从水池里出来时，脚下一滑，蹾坐在地上，蹾得髋骨骨折，顿时动弹不得。水城的服务员马上向老人要了他家人的电话，告知了他的家人，并打电话要了救护车，把老人送到医院去了。不料老人的家人把水城告上了法庭，说都是因为水城的地板太滑了，才导致顾客滑倒，造成骨折。原告要求被告承担老人骨折所发生的一切医疗费用，并对由此可能引发的一切后果负责。法院经过审理，驳回了原告的诉求。水城虽然赢了官司，但他们得到教训，从此在门口贴出了并不温馨的“温馨提示”：凡来本水城的洗浴者，如果年龄超过了六十五周岁，须有家人陪同，否则谢绝入内。敬请谅解！他把提示上的岁数看了一遍又一遍，不想承认也不行，他的岁数不但超过了六十五周岁，而且已经超过了六十七周岁。对于水城方面做出这样的规定，老李觉得可以理解，它不是对老年人的限制，更不是对老年人的歧视，而是对老年人的爱护。问题是，他好不容易才又找到了一个可泡澡的地方，现在又泡汤了。他想冒充不超过六十五周岁的人是不行的，前年大病了一场，他的头发差不多全白了。树老树叶黄，人老头发白。仅从他的头发看，恐怕人家以为他七十岁都超过了。还有，新的规定实行后，再买门票是要出示身份证的，他所出生的年月日都在身份证上标得明明白白，不可能瞒天过海。老李还是有些不甘心，他到服务台问值班经理，你们所说的家人陪同，家人主要指的什么人呢？

当然是您的儿子。

我要是没有儿子呢？

女婿也可以。

我要是连女婿也没有呢？

朋友也可以，只要年龄不超过六十五周岁就行。

对不起，我要是连朋友也没有呢？

值班女经理把老李看了一眼，目光里似有些不可理喻，仿佛在说，你怎么连个朋友都没有呢！女经理说的也是“对不起，那我们就没办法了”。

老李泡澡不成，只能原路怏怏而回。是的，老李没有儿子。他父亲生了他这么一个儿子，名曰“单传”。到了他这一辈，单传也没有传下去。如果传宗是传接力棒的话，接力棒在他手中给弄丢了。他和妻子先有了一个女儿，本打算再要一个儿子的，可计划生育的政策来了，一对夫妇只许要一个孩子。为了不违反政策，也是老李在职务上面临提拔，要在计划生育方面有好的表现，就把生第二个孩子的打算放弃了。年轻时没儿子，他并不觉得有什么缺憾，一个男人所能做的事情他都能做。老李早就听说过一句俗话，叫“养儿防老”。以前他对这句话并不认同，甚至有些笑话，养儿能防什么老，难道养了儿子自己就不老了吗！现在他才知道了，他以前对这句话的认识并不全面。人世间的许多事情就是这样，不到谁跟前，不到谁身上，就不会有深切的体会。摆在眼前的事实是，如果他有一个儿子，如果他让儿子陪他泡个澡，可以说是天经地义的、轻而易举的事。都是因为他没有儿子，老了连个澡都泡不成了，这是不是有点儿悲哀呢！

老李没有儿子，有个女婿也好呀。也是俗话说的，“一个女婿半个儿”。如果他有一个女婿，如果他让女婿陪他去泡一个澡，女婿想必也不会拒绝。然而遗憾的是，他的女儿都三十多岁了，至今都没有结婚，没有为他引来一个女婿。女儿并不是不想找对象，并不是不想结婚，只是态度不够积极，甚至有些冷淡。不知女儿从哪里听来的奇谈怪论，说女人发昏才结婚，结婚之后更发昏。受这种观点的影响，为避免发昏，还是不结婚好一些。有热心人给女儿介绍对象，在他和妻子的催促下，女儿也去跟人家见面，但见过一个又一个，不是女儿看不上人家，就是人家看不上女儿，反正一个都没有谈成。妻子生前天天为女儿发愁，愁得半夜半夜睡不着觉，以致身体突然出了毛病，六十岁刚出头就撒手而去。女儿是好女儿，只是女儿吃得有些胖，也显得比较老实。大概因为没有结婚，女儿的眼神还很单纯，像一个没长大的孩子。女儿的工作也不错，在一家国有银行的储蓄所当营业员，每月的收入比他的退休工资还高。这么好的一个女儿，怎么就嫁不出去呢？那么多男孩子，难道一个有眼光的都没有吗！

老李回家熬好了小米粥，烧好了豆腐小油菜，女儿李悦下班回来了。女儿是一路听着音乐回来的，两个耳朵眼儿里都塞着耳机。进门后，女儿摘下了一侧的耳机，喊了一声“爸”。女儿摘下的耳机垂在下巴那里，像一粒黑色的纽扣儿。

趁女儿脱下皮鞋换拖鞋的工夫，老李说，我今天去皇都水城泡澡，白跑了一趟。

为什么？

水城有了新规定，凡是六十五周岁以上的老人去泡澡，必须有家人陪同。

这是什么规定，简直就是霸王条款，你可以打电话举报他们！女儿换上拖鞋后，没在客厅停留，边说边向自己的卧室走去。他们家的房子是两室一厅，老李住东边的大卧室，女儿住西边的小卧室。女儿一走进自己的卧室，顺手就把房门关上了。他们家的房门是用新型复合材料压制而成的所谓“美心”门，封闭和隔音效果都不错。

当爸爸的还有许多话想对女儿说。女儿去年过春节去了日本，他想问问女儿，今年过春节还有没有出国旅游的计划。他还想以说笑话的口气，问女儿什么时候给他找个女婿呀！可女儿不给他时间，不容他多说，就对他关上了门。女儿每天都是如此，进家就关上自己的房门。他的房门对女儿是敞开的，而女儿的房门对他是关闭的。水城澡堂的门对他关闭，是因为他超过了六十五周岁。女儿的门对他关闭，他不知这是为什么。他的父母都去世了，两个姐姐，一个姐姐在外地，另一个姐姐也去世了。在北京，女儿是他唯一的亲人，可是，他觉得女儿跟他一点儿都不亲。虽说他和女儿住在同一个家里，但女儿不与他交谈，这哪里还有家的气氛呢！哪里还有家的感觉呢！这天，他还是追到女儿的卧室门口去了，隔着房门对女儿说，悦悦，爸爸今天熬的是你最爱喝的小米粥，还有口味清淡的豆腐烧小油菜，你吃一点儿吧！

我跟您说过了，我现在不吃晚饭。您是嫌我吃得还不够胖吗！

小米粥里主要是水分，没什么脂肪，喝了不会发胖的。

得了吧，我喝凉水都会长肉！女儿没有开门，父女俩就那么隔着房门对话。

老李没有马上走开，在门外又站了一会儿。他没有再说话，样子有些可怜巴巴。好像他多站一会儿，女儿受到感动，就会为他打开门似的。女儿说的是不吃晚饭，但老李知道，女儿自己躲在屋里吃零食，喝可乐之类的碳酸饮料。吃零食和喝饮料，其实更容易发胖。除了晚饭，早饭和午饭，女儿也极少和他一起吃。早上，女儿起床后，都是不吃早饭就上班去了，在路边随便吃一点。中午，单位供应免费午餐，女儿在储蓄所里吃。到了双休日，女儿总该和他一起吃饭了吧？可不管他想方设法做了什么好吃的，喊女儿出来吃饭时，女儿的样子都有些无奈似的，吃得一点儿都不香，吃一点儿两点儿就放下了筷子。有时女儿要老李不要管她，只管做自己的吃自己的就行了，饭对她来说一点儿都不重要，吃不吃都无所谓。老李不会的，不管女儿吃不吃，他做饭时都要下着女儿的米，做着女儿的菜。女儿不吃，他宁可在第二天、第三天吃剩的。让老李不能理解的是，他给女儿做好了饭，女儿不吃，有一次，女儿却用手机在网上叫了外卖。当外卖小哥提着一兜子用塑料盒装着的饭菜叫开门时，着实让老李有些吃惊，问，这是什么？外卖小哥把门牌号码又对照了一下，说，这不是你们家点的麻辣烫、小龙虾和叉烧包吗？这时女儿从卧室里出来了，说，是我叫的外卖。遂把一兜子东西接了过来。她问爸爸要不要尝一尝。老李说，我才不吃什么外卖呢，外卖难道比你爸做的东西更好吃吗！老李还说，晚报的记者调查过了，说不少外卖都是在小作坊里加工出来的，很不卫生。女儿说，偶尔吃一次，享受一下社会性服务嘛，没事儿。女儿把外卖提到自己卧室里吃去了。老李在女儿的卧室门外站了一会儿，看不到任何女儿为他开门的希望，只得一个人回到客厅。端起了粥碗，他突然想起了妻子，心里一阵酸楚，差点落下泪来。他把粥碗又放下了。

春节前不能泡一个澡，老李还是不死心。泡澡的强烈愿望，几乎成了他的一个心病，不泡一个澡，心病就难以治好。又好比泡澡是过年的一个前提条件，没有这个条件，整个年都没法儿过。也是有病乱投医的意思，他竟把目光投向了邮政局的邮递员小张。小张负责为他所居住的居民小区投递报纸、杂志、包裹、汇款单、挂号信等各种各样的邮件，差不多三四年了，他对小张已经很熟悉。报纸每天都要出，邮递员每天都要投递，邮递员的职业差不多跟报纸捆绑到了一起。天可以打雷，可以下雨，送报纸的事可以说雷打不动，下雨也不动。小张每天要送两次报，上午送一次，下午送一次。上午送的是晨报和日报，下午送的是晚报。老李订有一份《北京晚报》，每天都要把晚报看一看。如同每天都要吃晚饭，他每天都要看晚报，已经形成了习惯。他不订别的报纸，只订一份晚报。他退休前在一家报社当总编室主任，他不订那份行业报，只订晚报。退休至今，他连续订晚报已经多年。他所住的是一座高层居民楼的第三单元，单元楼门口一侧设有一座像一面墙一样的投递邮件专用邮柜，邮柜分成很多格盒，每户一个格盒，格盒的绿色铁皮门上，有用黄漆喷成的房间号码。老李每天下楼取晚报，用钥匙打开属于他们家专用的格盒就行了。也有晚报晚到的情况，老李打开格盒一看，里面还是空的。在这种情况下，老李暂不上楼，宁可站在楼下等一会儿。他是在等晚报，同时也是在等邮递员小张。他有时等的时间长一些，有时等的时间短一些，但不管等的时间长短，小张必定会出现在他的面前。当小张骑着绿色的电动邮车来到他跟前，他会说，小张，今天又晚了。小张会说，不好意思，今天要送的快递太多了，送晚报就耽误了一会儿。老李说，没关系，晚报晚报，晚一会儿没关系。小张停下车，把一份晚报先递给老李。老李拿到晚报，并不急着上楼，趁小张打开邮柜的大门往一个个格盒子投放晚报时，老李愿意跟小张交谈几句。交谈的次数多了，老李对小张的情况有了一些了解，得知小张不是北京人，是河北邯郸人，在北京打工，当合同工。据小张说，在他们邮局当邮递员的没有一个北京人，都是从全国各地来的外地人。北京人都是大爷，吃不了当邮递员的苦，只好招聘外地人来当。这些年，订报纸的、订杂志的、寄信的、汇款的，越来越少，寄快递的却越来越多。每件快递都要送到收件人家里，都要由收件人签字，都得楼上楼下跑，比以前麻烦多了，也累多了。别看邮递员的工作量增加了，工资一点儿都没增加，大家都很有意见。老李说，这些情况不听你说我还真不知道，看来你们当邮递员也挺不容易的。老李问过小张，你结婚了吗？小张说，还没有。李大叔给介绍一个呗。老李说，你小子蒙我呢吧，这么帅的小伙儿，找对象还不容易。小张脸上红了一下，笑了，说真的，真的。

晚报通常是下午两点之后才开始投送，这天下午还不到两点，老李就到楼下等着去了。他等到将近三点，朝小区的大门口望一眼，望一眼，才把小张望到了。他装作刚从楼上下来，问小张，今年过春节还回老家吗？

小张说，不回了，今年春节在北京过。

在北京过节挺好的，我每年过春节都不外出，赶那个热闹干什么！

我倒是想回家呢，邮局的人手不够，领导不让走，我也没办法。

那，最近这个双休日，你休息吗？

只星期六休息一天，星期日又要接着上班，整个春节长假期间都休息不成了。

那太好了！

小张看着老李说，那有什么好的，一点儿都不好。

我的意思是，趁你星期六休息，咱俩去皇都水城泡一个热水澡怎么样？辞旧岁，洗旧尘，洗了澡正好可以迎接新春。

我不去，我们邮局地下室的职工宿舍里有淋浴，我洗一下淋浴就可以了。

哎，小张，我希望你不要推辞。你一年到头工作很辛苦，算我代表楼上订报的客户请你的客，慰劳你一下。洗澡的费用我来出，一分钱你都不用花。

小张摇头，说，那我也不去。又是皇都，又是水城，我一听就有些害怕。那些地方不是我们打工的人能去的。

老李走得离小张近一些，并压低声音对小张说，不瞒你说，水城最近有了新规定，老年人超过了六十五周岁，去洗澡必须有家人陪同。我今年都超过了六十七周岁，人家就不让我进了。我邀你去一块儿洗澡，其实是等于让你陪同我，明白了吧！

您可以让您的儿子陪您去嘛！

我不是没有儿子嘛，要是有儿子还说什么。这都是计划生育闹的，闹得我连个儿子都没有。

没有儿子，总有女儿吧。可以让您的女婿陪您去嘛！

这个小张，你怎么一点儿都不明白呢，我女儿还没结婚，哪来的女婿呢！我要是有女婿，还开口求你干什么！叔叔是人民大学新闻系毕业，退休前是报社的总编室主任，正处级干部。叔叔以前可从没有这样求过人，现在老了，天不嫌老地嫌老，己不嫌老人嫌老，不求人有什么办法呢！

小张像是想了一下，说，那好吧。今天是星期四，后天我陪您去。

我就知道你一定会同意，那就谢谢你啦！说着向小张伸出了手，意思是把小张的手握一下。

小张大概没想到李叔叔会跟他握手，报纸、杂志在怀里抱着，他慌忙中一伸手，报纸、杂志就撒落在地上。老李要帮他捡，小张说，您甭管了，我自己来。

星期六那天早上，天上下起了雪。天气预报报的是小雪，下的却是中雪或大雪。大朵的雪花子开得漫天满地，眨眼之间，汽车白了，绿篱白了，小花园里的雕像白了，哪儿哪儿都白了。春节临近，小区里已挂起了不少大红灯笼，连红灯笼上半部也落了不少雪，看去一半红、一半白，白的像花托，红的像花蕾。下雪天，泡温泉，那是再好不过了。出发前，老李给小张打了一个电话，说下雪了，雪下得很好，下雪天最适合泡温泉澡。他打电话的意思，是打探小张的口气，担心小张因下雪会打退堂鼓。小张在电话里说，他很快就到李叔家的楼下了。老李说好的，他马上下楼。

在往温泉的汤池里下时，小张扶住了老李的一只胳膊，说，您慢点儿！

老李不想让小张扶他，他觉得自己完全可以照顾好自己。他说，你不用管我，我自己可以。

汤池外边有几级台阶，台阶上铺有防滑的红色化纤地毯。小张没有松开老李，坚持把老李扶上了台阶，送进了汤池。

有生以来，老李不知自己泡过多少次澡了，而被人搀扶还是第一次。当小张扶到他的胳膊时，他明显感到了小张的力量，并借到了小张的力量。好像在小张扶他之前，他并没觉得自己老，小张一扶他，他心里一软，脚下一软，感到自己真的老了。是的，以前他的脚是抓地的，近些年好像不怎么抓地了，走起路来有时会发飘，失去了平衡似的。以前他的脚是有根的，而且根扎得很深，每走一步都扎扎实实。这些年脚下似乎没有了根，有些悬空的感觉，似乎随时都会跌倒。司马迁说过，“人固有一死”。在固有一死之前，先是固有一老。看来人不服老是不行啊！

不管如何，他总算又下进汤池里去了，又泡上了热水澡。他的下半身刚进入水中，觉得皮肤一烫，顿时舒服得有些哆嗦。舒服，舒服，太舒服了！他舒服得真想喊出来，见在池子里泡澡的人比较多，就没有喊。在汤池里适应了一会儿，他就把整个身子慢慢缩进水里，一直淹到脖子那里。他对小张说，好了，泡一会儿吧。自己靠着池壁，微微闭上了眼睛。是他拥抱了水，更是水拥抱了他，他和水的拥抱是互相的。只是相比之下，他的怀抱有些小，抱不了那么多水，而水的怀抱比较大，一下子就把他抱进怀里。水对他的拥抱是全方位的，全身无处不抱到。水对他的爱抚是渗透性的，似乎连每个汗毛眼子都渗透到了。他想到了，人最初是从水中生出来的，人和水有着天然的亲情，人一辈子都离不开水啊！他想到了“享受”二字，人耽于享受美味、美色、美景等，岂不知，对水的享受，也是一种莫大的享受啊！他还想到了，不管享受什么，都需要能力，一旦失去能力，就享受不成了。趁现在他还保持着享受水的能力，就抓紧时间享受吧！

年轻人对泡澡总是缺乏耐心，小张只泡了一会儿，就到对面高举着的水龙头下面接受高压喷水按摩去了。外面雪还在下，隔着自上而下的落地玻璃窗，可见水城外面已变成一片银白色的世界。这时在老李旁边泡澡的一个老爷子问，陪您来的小伙子是您的儿子吧？

不知为何，老李没说实话，没否认小张是他儿子，他含糊其词地“嗯”了一声，说，舒服。

您儿子不错，对您挺孝敬的。

老李没有对老爷子说明，小张并不是他儿子，在这种场合，把话说得太明白，没有必要。他要是说了小张不是他儿子，老爷子会问他问个没完没了，那样会影响他专心泡澡。

一个当爷爷的，把孙子带到水城洗澡来了。小家伙五六岁的样子，白白胖胖，像是西方油画中的孩子，很是喜人。小家伙从饮水机那里取来了两个水杯，一会儿把其中一个水杯里挖满了水，往另一个水杯里倒腾，一会儿把两只空水杯都放在水面当船，看哪只“船”漂得更远。看见人家的孙子，老李难免联想到自己。他要是有一个儿子的话，说不定也会有一个孙子，他的孙子说不定也这么大了。可惜呀，因为没有儿子，他这一辈子都不会有孙子，永远都不会有孙子了。

中午，带着水城的手牌去餐厅吃自助餐时，老李与小张聊了几句，他问小张，你说你还没有结婚，是真的吗？

小张笑了一下说，我跟您说着玩呢，我不但结了婚，连儿子都有了。

我说嘛，你这小子，原来是蒙我呀！上次小张说他还没结婚，并让老李帮他介绍对象，老李一听就记住了，随后产生了一个隐秘的想法。这会儿听小张这么一说，他就把隐秘的想法取消了，心想，亏得他心快嘴不快，没把隐秘的想法说出来，倘把想法说出来，岂不是闹了一个笑话嘛！

但小张接下来说的话，却使老李隐秘的想法再次浮现出来。小张说，虽说他结婚了，跟没结婚也差不多。他老婆去南方打工后，他就找不到自己的老婆了，老婆的手机换了号，他跟老婆就联系不上了。老婆不光自己跑了，还把儿子也带走了，弄得不知去向，无影无踪。因他和老婆结婚时没办登记手续，没有法律证明，可不是跟没结婚差不多嘛！老李听了惊得长长地“啊”了一声，说，你们可真是挺逗的，不办结婚登记手续，怎么可以结婚呢，在北京绝对不会出现这样的事。

小张说，农村人嫌麻烦，也没什么法律观念，没登记就结婚的人有的是。

你这种情况，完全可以再找一个嘛，不存在重婚的问题。

小张的看法是难，越来越难。

小张在吃自助餐时，取来的食品很多，水煮虾、铁棍山药、韭菜炒血豆腐、炖羊排、饺子等，盛了满满一大盘。他对老李说，您想吃什么，我去给您盛。

老李说，你不用管我，自己放开肚子，吃饱吃好就行了。他对小张说，刚才在澡池里泡澡的时候，一个老头儿问我，你是不是我儿子。

您怎么说的？

我没搭理他。你不知道，凡是提起儿子话题的，都是他们自己有儿子，都是为了显摆自己的儿子，不显摆生怕别人不知道似的。

有儿子有什么稀罕的，我们家弟兄三个，上面还有一个姐姐，下面还有一个妹妹，都把我爸我妈愁死了。也是嘴边的话，小张问老李，您的女儿为什么不结婚呢？是不是她的眼光特别高呀？

老李的隐秘想法，后面隐藏的正是他女儿。他还没说到他女儿呢，小张先提到了。他问，你见过我女儿吗？

见过的。您忘了，那次我去给您送一件快递，您不在家，是您女儿替您签收的。

老李这才回答小张的问题，也不是她的眼光有多高，高和低都是相对而言。我的看法，她主要是没找到合适的，一旦有合适的，她并不反对结婚。

我听说，北京的不少女孩子选择当单身贵族……

还没等小张说完，老李就打断了他的话，说，什么单身贵族，我最不爱听这样的话。还有什么丁克家庭，我也不爱听。这都是西方个人主义的价值观，被个别鹦鹉学舌的人贩卖到我们中国来了，对我们的传统文化造成了冲击。

小张摇头，您说的这些我不懂。

老李问小张，你一个月能挣多少钱？

这个小张懂，他说五千多块。

还可以，反正比在农村种地强多了。

下午坐公交车往回返时，老李对小张说，下车后，你跟我去我们家吧。我弄两个菜，咱爷俩喝两杯。人家都说你是我儿子，这个儿子不能让你白当不是！

小张说，不行不行，那可不行。我中午吃了那么多，晚上一口东西都吃不下。

陪人陪到底。上午你陪我泡了澡，晚上再陪叔叔喝两杯嘛！再说快过年了嘛！

小张还是说不行，晚上回去晚了，他怕班长批评他。

老李说，要不这样吧，咱们把时间定在大年初三的晚上吧。这个时间你就不要再推辞了，再推辞叔叔就不高兴了。大过年的，你不能回到父母身边团圆，我们这些北京的老同志，总得尽一点地主之谊吧。不然的话，你们的父母该挑我们的礼了，说我们对你们这些从外地来的孩子一点儿都不关心。

小张说，谢谢李叔叔！到时候再说吧。

老李拿出了北京人的派头，说，听话，不要“再说”，就这么定了，一言为定。

回到家，老李把让小张陪他泡澡的事对女儿李悦说了。女儿说，那挺好的。老李又说，别人还以为小张是我儿子呢！女儿说，那就让小张给您当干儿子呗，以后您泡澡就不用发愁了。但是有一条，您要付给人家小张一定的小费。

什么小费，一说小费，就把人家看小了。

小费就是报酬，不过说法不同而已。

这个我知道，小张洗澡的门票由我买。

只买门票是不够的，您又不是不知道，现在请一个打扫卫生的小时工，每小时还要付给人家一百块钱呢！干儿子的说法是笑话，其实您和小张的关系是雇用和被雇用的关系，您雇人家陪您泡澡，人家就是您的雇工，您就得给雇工发工资。

你说的这些，都是资本主义的那一套说辞。我们是社会主义国家，人情还是要讲的。

资本主义怎么了，我看资本主义挺好的。

完了完了，我们这代人反了一辈子资本主义，最怕的就是资本主义复辟。人家说复辟资本主义的希望寄托在我们后面的第三代、第四代人身上，现在还没到第三代呢，刚到你们这一代，就开始为资本主义叫好了。

您不要给我上政治课，要讲实事求是的话，我们才是真正的实事求是。

你放心，我历来尊重劳动人民，不会亏待小张，一定会给他一些补偿。我跟小张说好了，到春节的初三晚上，我请他到我们家喝酒。

放着简单不简单，麻烦！

小张没有爽约，到了初三晚上，他果然到老李家里去了。小张是懂礼的，懂得过年串门不能空手。他没有给老李提过年的点心匣子，也没有给老李买酒，送上门的是一束鲜花。鲜花里有多种色彩的玫瑰，有百合花，还有一种说不分明的像星星草一样的红色小花。冬天里的鲜花，那是相当鲜艳夺目、香气袭人。小张怀抱鲜花，对打开房门的老李说，拜年啦李叔，小张给您拜年啦！

老李看见鲜花，眼前一明，脸上顿时乐开了花。他接过鲜花，说，谢谢！你这个小张，真够潮的。老李自己舍不得花钱买花，但他女儿可不吝，动不动就买一枝玫瑰回来，插在自己卧室里的小花瓶里。女儿说过，没人给她献花，她就自己给自己献花。她还把自我献花的行为说成是自洽。小张一下子送过来这么多花儿，女儿一定喜欢，他冲着女儿的卧室喊，李悦，李悦，你出来看一下，小张送来了好多鲜花！

李悦开门从卧室里出来了，看见鲜花，脸上果然露出一些悦色。

小张说，给李姐拜年！

李悦说，你不要叫我李姐，谁大谁小还不知道呢，你叫我的名字就可以了。

老李对李悦说，把这些花儿给你吧，插到你的花瓶子里去吧！

李悦说，我的花瓶那么小，哪里插得下这么多的花儿。您只管把花儿放在客厅里吧，花枝下面有泡沫塑料，里面含有水分，还有营养液，三天两天不会发蔫儿。说罢，又回到自己卧室里去了。

喝酒时，老李坚持把李悦从卧室里喊了出来，说小张是一个客人，客人来了，家里每个人都是主人，主人陪客人坐一会儿，是应尽的礼数。

李悦说她不会喝酒，到客厅里干坐着干什么！

老李说，不喝酒没关系，我们喝酒，你可以喝你的可乐。

李悦勉强答应了爸爸的要求。

老李把事情搞得有些隆重，显然是事先打好了腹稿，他举起酒杯，上来就说了对小张的三个“感谢”，一感谢小张天天为他送报，使他从来不缺精神食粮；二感谢小张在年前陪他泡了澡，洗去了旧岁的尘埃；三感谢小张来他们家做客，为他们增加了过年的气氛！好，让我们共同干杯！说着率先站了起来。他又解释说，我女儿从来不喝酒，她用可乐代替。说罢，就把一杯酒干掉了。

小张说，谢谢叔叔，这都是我应该做的。他也把杯中的酒喝干了。

老李夸小张还行，喝酒很实在。

李悦没有把可乐倒进杯子里，她象征性地把可乐瓶子也向上举了一下，喝了一小口。李悦的脸上带着微笑，她的微笑并不一定是觉得爸爸可笑，在微笑，是因为她一直在看手机，她大概在手机里看到了搞笑的节目，就禁不住微笑了。李悦的眼睛、眉毛、鼻子、嘴巴都在笑，似乎连耳朵也在笑。她的笑是无声的，像花朵无声地开放一样。李悦的微笑是很好看的，像是从内心自然而然生发出来的，充满真意。

对李悦抱着手机不撒手的样子，老李有些看不过，他说，你能不能把手机放下一会儿，老看那些垃圾信息干什么！

李悦的头没有抬，她说，垃圾是分类的。

不管分多少类，它也是垃圾，垃圾变不成美食，更变不成美酒。

李悦听见爸爸说话的口气有些重，这才抬起头来看了爸爸一眼，说，不会喝酒的人总是让人扫兴，对不起，我就不陪你们了，你们慢慢喝吧，希望你们喝好。说罢起身，边看手机边回到自己的卧室去了。

当爸爸的摇头，我这个女儿呀，什么时候才能变得成熟起来呢！

小张说，没事儿，没事儿的时候我也喜欢看着手机。说着，小张从衣服口袋里把手机掏出来看了一眼，说，才一会儿没看，就来了这么多信息。

酒对喝酒的人来说是有作用的，喝酒与不喝酒，收到的效果不大一样。小张喝得兴奋起来，也慷慨起来，对老李做出了承诺，李叔，哎，哎，您听我说，您以后泡澡的事就交给我了，怎么样？不就泡个澡嘛，小菜一碟！您什么时候想泡，我随叫随到！我的名字叫张北祥，北是河北的北，也是北京的北，您记住了吗？

老李把“张北祥”念了一下，说记住了。

您不要老是叫我小张小张，我也是有大名的。有一个地方叫大名府，就离我们老家很近。您什么时候想去大名府看看，我给您安排。

老李再次跟小张碰杯，说，好，效果不错，有好酒就要跟你这样有敬老之心的年轻人喝。

小张兑现了他在酒桌上所做的承诺，此后，老李想泡澡了，只要给小张打一个电话，小张就陪他去泡澡。小张有时白天上班没时间，就在晚上下班之后陪老李去泡澡。有一次在水城吃自助餐时，小张还买了酒，请老李喝。

老李一再在女儿李悦面前夸奖小张，说小张真是个好孩子，没想到他老了老了，遇见一个小张。直到这时，他的隐秘的想法还没对李悦说出来，还在继续做铺垫的工作。他的想法是，李悦跟小张谈一谈是可以的，小张做他的女婿，也没什么不可以。小张倘若真的成了他的上门女婿，就不仅仅是解决了泡澡的问题，更主要的是把女儿的终身大事给解决了，对妻子的在天之灵也算是有个交代。

春天到来时，趁女儿又给自己买了一枝春花，老李问女儿，你觉得张北祥这个人怎么样？

谁是张北祥？

就是小张呀，就是那个邮政局的邮递员呀！

您一说张北祥，把我说蒙了，我还以为是哪个电影明星呢！一个演过《盲井》的电影演员，好像就叫什么祥，我记不清了。

老李还是问女儿对小张的印象如何。

挺好的呀！

看来咱父女俩的看法是一样的。

你看着好就好呗！

得着机会，老李对小张说，我女儿对我说，她对你印象挺好的。

真的？

当然真的，我什么时候蒙过你。老李左右看看，压低了声音，对小张说，我看你可以跟李悦谈一谈。

那我可不敢。

你这孩子，那有什么不敢的！一个男子汉，在追求女孩子方面应该主动一些，勇敢一些，磨磨叽叽像什么话！随后我把李悦的手机号码发给你，你先给她发短信，自我介绍一下，然后再给她打电话。

李悦不会骂我吧！小张还是把李悦的电话存了下来。

和往年夏季一样，在当年的整个夏季，老李都不再去泡热水澡。在家里吃口热饭就是一身汗，通过吃饭出汗，完全可以代替泡澡出汗。加上北京过几天就是一个“桑拿天”，他足不出户，把门一关，就可以“桑拿”一把。他听见别的居民对“桑拿天”叫苦不迭，一再嚷热死了，热死了！他从来不说热，心说，免费洗“桑拿”，不是挺好的嘛！

女儿卧室里安了空调，一到夏天，女儿整夜整夜都开着空调，吹得连卧室的门似乎都变成了凉的。而他，从不在自己的卧室里安装空调。他说他怕冷不怕热，一吹空调就浑身不舒服。他还对女儿说，最好不要整夜吹空调，空调里制造出来的都是化学风，不是自然风，吹多了对身体不好。女儿不听他那一套，该怎样还怎样。

转眼到了中秋节，云彩白了，树叶黄了，天气渐渐凉了起来。天气一凉，老李又该去泡澡了。碰巧了，这年的国庆节和中秋节连在了一起。中秋节这天，天下起了小雨，不光是云遮月，还有雨遮月，月亮是看不到了。老李打着雨伞，提前下楼去等小张。单位发了月饼，他要送给小张两块，祝小张中秋快乐！同时，他要跟小张约定一个去泡澡的时间。趁和小张一块儿泡澡，他会顺便问一问，小张跟他女儿联系得怎样了，有没有什么进展。

送报的来了，却不是小张，换成了另外一个小伙子。老李问了一下小伙子，得知小张休假回老家去了。秋雨打在伞面上，老李在楼下又站了一会儿，才拿着晚报和未送出的月饼回家去了。回到家，老李对女儿说，小张休假回老家去了。

还说呢，没经过我的允许，您怎么能把我的电话随便告诉别人呢！

怎么啦？

您说怎么啦？这关系到尊重不尊重人权的问题。

老李的预感不是很好，他说，没那么严重吧！

“双节”过后，老李给小张打电话，问小张什么时候回北京上班。

小张说，他爸爸生病了，他在医院里陪护他爸爸，短时间可能回不去。

老李说，这个事情重要，好好照顾你爸爸吧。

又过了一段时间，急于去水城泡澡的老李再给小张打电话，小张的电话就成了空号。

刘庆邦的《泡澡》发表于《长城》2020年第4期，收录于2023年出版的小说集《踏雪之访》。刘庆邦的写作主要围绕乡村和矿区的生活经验展开，他笔下的北京生活是以新的视角回望故土记忆，以城乡之间迥异的生活习惯与文化记忆为契机，书写普通市民的深层情感心理。围绕着老李穿梭在北京城的街巷之间希望找到一个合适的泡澡地点的愿望展开，小说里的一系列波折显示着老年人在都市生活里所面临的孤独精神处境，在质朴的写作背后，也隐隐现出骤转的曲笔。

——易彦妮

有时雨水落在广场

文　珍

1

一开始老刘并不是小苹果舞蹈队唯一的男性成员。能光荣地成为万红丛中一点绿，广场舞娘子军的“党代表”，这事全起因于儿媳一句话。

儿媳孙尧尧一吃完晚饭总反复劝他出去走走散心，好像他在家里，就有一千一万个心被堵住了似的。也不知道堵的是谁的心，是老刘的，还是她孙尧尧的。

孙尧尧细眉细眼，皮肤白皙，是个河南姑娘，儿子工作单位的人介绍认识的，谈了快两年，去年年初终于分了房才结婚。老刘从老家来儿子家也才刚一个多月，这几十天和她相处得还算融洽，至少没有明面上的矛盾。孙尧尧的建议听上去也在情在理：“爸爸，您看看下面那些老太太每天跳得多起劲！您哪怕不爱跳，吃完晚饭后出门活动活动胳膊腿，对您也有好处。”

老刘坐在他老坐的那张藤椅上“唔”了一声，表示听到了。媳妇在房间里和儿子抱怨他不爱说话，他偷听到过一次。

其实主要是他一辈子没出过远门，口音重。要不是老伴去世了在家实在孤单，儿子又老打电话苦劝他过来，他才不会人老离乡。刚来每句话孙尧尧几乎都得“爸您再说一遍”，后来他在儿子家能不说话就不说话。今天媳妇话都问到嘴边了，不吭声到底说不过去了。

然而他没表态到底是去，还是不去。

孙尧尧只好再追问一句：“爸，您听到我刚才说的话了吗?”

时间是一个三月的周六，晚八点。《新闻联播》刚结束，儿子家在七楼，依然能听到楼下隐约传来的动感十足的乐声。他们家是小区最临街的一栋，据说靠里面的那些楼基本听不到声音。自从《北京市全民条例》出台以后，对广场舞的音量和地点都有了规范要求，基本就固定在地铁站附近那一小块空地。从音乐声判断，她们至少出来跳半小时了，而吃完饭老刘呆坐在藤椅上也快一小时了。客厅本来就小，儿子和媳妇挤在二人沙发上看电视，他就只能窝在这张藤椅上，倒并不是因为藤椅就比沙发舒服。黄金档电视剧马上开始了，但最近这部他不怎么感冒，也不好要求换台。他有点拿不定主意该怎么答，刚表示深思熟虑地又“唔”了一声权作缓兵之计，儿子先不耐烦了：“尧尧，早和你说过爸不跳，那玩意儿只有老太太感兴趣。你别老瞎出主意，想起一出是一出!”

儿子老这样。孝顺是孝顺，不过没准反让媳妇儿寒心，影响小两口关系就不好了。一想到这里老刘坐不住了，霍地从藤椅上站起来。

“爸，您干吗去?”

老刘终于开了口:“尧尧说得在理。我下楼转转，一会儿就回。”

他希望自己的声音别透着勉强，稍微高兴一点儿。但口音太重，也不知道儿媳能感受到不。不过没关系，儿子会翻译他的塑料普通话的。小两口难得能在家单独相处一会儿，没准儿想背着他亲热一下呢——他想着，越发慌不择路，身上没带一分钱就出了门。

关门的瞬间屋子里似乎有声音在喊：爸。爸。他假装没听见，头也不回地摁了楼道往下的电梯箭头。

孙尧尧的出发点虽然不好说，但老刘一天到晚闷在家里也的确是无聊。白天还能随便靠着打个盹，晚上就只能坐在藤椅上盯着电视发呆。当然也可以回自己房间——其实就是三面封上的小阳台——翻翻书看看报，从老家带过来的几本历史小说也快看完了。儿子媳妇都在的时候，他不好一直躲在阳台上，显得太孤僻；虽然就算在客厅也没话。偶尔偷偷打量儿子，那么高的一个男子汉了，眉眼还是有他妈的影子，老刘看着看着，就忍不住泪眼婆娑，只能趁人不注意偷偷擦掉。孩他妈刚走那半年，他在家也老是忍不住这样。少年夫妻老年伴，老伴在世时尽管吵吵闹闹，人一走，整个人的主心骨都没了，一天到晚往家里哪个方向看都是空荡荡的，又总觉得人还在，尤其厨房和卧室，是幻觉的重灾区。他还无意识地叫过好几回："素芳啊，素芳？"没人答应才猛地回过神，一阵鼻酸。

这次儿子带媳妇回乡过年，终于发现老父亲苗头不对，担心他在老家得老年痴呆或抑郁症，好说歹说才把他劝来了北京。可到北京又能怎么样呢？他们白天上班，他还是一个人待家里。而且一个孤老横插进二人世界，处处碍事。虽然孙尧尧脸上暂且还没挂相，但他有感觉。都说久病床前无孝子——他想，最多再住两个月，还是回家去吧。在老家一个人虽然孤单点，终究自在些。

老刘没日没夜琢磨到底回不回去、什么时候回去的事。他近年来也实在觉得自己老了，手上的力气也小了，稍微重一点的东西，拎起来就吃力。早上醒来胸口也总是闷疼。前两年做了心脏支架，此后每天至少要吃十多种药，有进口的，有国产的，他一开始总分不清哪种每天吃几片，饭前还是饭后。还是素芳老早前给他誊写的药单子，又在每个药瓶子上都贴了标签。但药总是会吃完的。再后来素芳也走了，就只能自己想办法记住那么多药分别怎么吃，快吃完还要记得按时去医院补。这边的医院还不太熟，还是儿子带他去了一次附近的医院，又重新领了一大堆药回来。

老刘有时忍不住想，没准这就是和儿子最后相处的时光了。因此总忍不住坐在藤椅上偷看他。儿子心大，没留神，可孙尧尧注意到好几次了，心里直发毛，觉得公公有毛病。她哪想得到老刘每天都在天人交战，暗自艰难地练习和他们道别？但他老拖着，越拖越开不了口——心事一天天越来越沉重，脸皮却被这说不出口的煎熬磨得越来越薄：世界上再没什么比觉得自己是个废物却一时半会走不成更折磨一个自尊心强的老人的了。

没了老伴，儿子就是他在这个世界上唯一的亲人。他终究还是舍不得。一个人孤零零老死在老宅，想想也凄凉。何况，又怎好因为自己一时任性最后陷儿子于不义——回头儿子得多懊悔，多难受！

最难受的时候老刘甚至想，要是儿子没结婚就好了。父子俩搭伙过，也挺好。虽然没女人，但也没人嫌弃他老子。除了湘乡话，他并不会说这个世界任何一种语言，普通话也只刚刚能听懂。在老家，在他待惯的那个世界，湘乡话就是最理直气壮的官话——离老家十几华里的韶山出了个红太阳，开国大典上还“中国‘银’民站起来了”呢！外地人听起来口音和自己完全是一模一样的，不是本地人听不出细微差别。

来之前乡党笑话他，“一句塑料普通话都不会讲就敢上京城”，他还这么理直气壮地反驳。当时觉得自己晚来有靠，再竭力按捺，眉宇间也都是自豪。可真到了北京就不同了。和偌大的北京城相比，他迅速意识到自己的乡气和渺小，肉身又笨拙得无处藏身。甚至一开口就听到了空气里哧哧的来自不知何处的笑意。

当然孙尧尧还不至于笑出声。

她后来终于不再“爸您再说一遍”了，再说几遍反正也听不懂；而改成一脸惊诧地瞪眼，挑眉，一眼一眼地瞅自己老公，意思很明确：快翻译。老公翻了，她却也没认真听，就“哦”一声，再也没别的话。

儿子没在意，老刘却样样看在眼里。

此刻他大步流星走出单元楼去。

2

出小区往南就是东四，往东几百米则是北京著名的簋街，号称二十四小时永不歇业的夜宵一条街——北京其他地界，据说一过九点就别想轻易吃着饭。他刚来北京那会儿，儿子媳妇还带他去那条街上吃过川菜，吃完好久肚子还像着了火，辣辣的，一直麻到胸口。

过两天他们又带他去吃火锅，这次回来足拉了两天肚子，一直占着卫生间。连孙尧尧都急了，在客厅大声问：“湘菜不也是辣的吗？爸怎么这么不能吃辣？”

“川菜不如湘菜层次丰富，就是个麻。”儿子没好气道，“我们湖南人吃不惯，再加上爸年纪也大了。”

老刘某个不好启齿的部位火辣辣地疼。谁说湖南菜都辣？马桶上腿都坐麻了的他此刻无比想念素芳做的小白菜芋头汤，颜色漂亮，味道清淡。还有油渣炒青菜，最多放一个干辣子，只为增加点颜色，没辣味。

但此刻正是饭点。簋街冲天的麻辣香气远远地飘过来了。

许是儿媳老让他跳广场舞，跳舞队又正好在他家楼下花坛旁的广场集结，老刘这次特地多向那群老太瞅了几眼。本来一直觉得广场舞折腾，吵人也闹心。仔细看看，一个个跳得还真一板一眼。一二三四,二二三四，前后左右，左右前后，左手这么一抬，右腿必定那么一踢，头前后转动，左右对称，边上几个老太手脚稍迟缓些就踩不准节拍。另两三个站中间的反而出挑，每下都合乎章法，不偏不倚，节拍当快时快，音乐当慢时慢，看得人浑身上下无一个毛孔不舒畅，像趁热喝了一碗芋头汤。居然还有道具——红绸扇子在三月料峭的春风里舞得虎虎生威，每张笑脸都笼在一团红云里。老刘不多时也乐了：这不就是村里的大闺女小媳妇逢年过节扭的秧歌吗？首都就是首都，小年轻二十四小时吃烤串，大妈们成群结队扭秧歌，喜庆。

他知道自己没带钱，背着手沿东四北大街走了一圈回来，发现那群老姐妹还在跳，遂忍不住停下来又看。

老刘个子高，腰板挺直，虽然头发全白了，可看上去还是一个很登样的老头。没多久，就有个跳得蛮有章法、尚且有余裕眼观六路的大姐注意到了他，下一节休息时专门走到他跟前招呼："大哥好，你也住这附近啊?"

老刘被这突如其来的热情吓一大跳，过一会儿才反应过来是和自己说话："哦，是的，我就住在这过（个）楼上。"

他被自己的塑料普通话窘住了。好像平时在家口音也没这么重，怎么一出来，那股子原汁原味的土气也跟着蹿出来了。脸涨得通红，好在有夜色遮蔽。

"那咱们是邻居呀，我也住附近。大哥贵姓?"那边倒毫不介意，而且显然听懂了。下一节音乐响起来了，她也不着急走进十几个人的队伍里去。

“我姓刘。刘长青。”

“听口音大哥是湖南的？”

“就是，湘乡的。老妹妹你呢？”

“知道，曾国藩家乡的嘛！我是四川德阳的，听过没的？离成都很近。”

“四川好，四川人好。”他连说两个好字，想不起来该怎么往下接。难道说四川菜比湖南菜还辣，所以好？

和他搭讪的大姐看上去也就六十上下，应该比他小。在湘乡可不作兴堂客随便找外头男人搭话。北京城就是不一样，作风大胆、活泼、开放——同时也严肃、紧张、团结。他尽可能像个城里人一样地得体地笑着，可手心捏着一把汗。

“老妹妹”自我介绍叫王红装。他试着问：“可是不爱红装爱武装的红装？”

她乐了：“刘大哥就是脑壳灵光哦，还不光是‘不爱红装爱武装’的红装——”

他也不知道哪来的福至心灵，接口道：“‘看红装素裹，分外妖娆’，也是它？”

红装大喜：“简直说对咯！好多年没遇到这么熟读毛主席诗词的人了！大哥，我们有缘啊。”

两个毛泽东诗词爱好者迅速地聊上了。红装说，夜里的簋街也是“红装素裹，分外妖娆”。他说，不，是“全国山河一片红”，到处挂上大红灯笼，外地人一来，还以为老过节呢。

这会儿老刘的俏皮话像气泡压不住似的直往外冒，连自己也意想不到。在家他可没这么活泛，经常一整晚上不发表一句意见。其实他还有个感想没敢说，怕王红装说他老不正经——旧社会一般是特殊行业才挂灯笼，北京城也不知作兴什么规矩，青天白日，怪模怪样。

聊了没多久，跳舞队就散了。有人招呼王红装一道回，她笑着答应，临走时问他："刘哥，你明天还来不来看我们跳舞?"

他说："好，好，还来。"

"那我们不见不散！明儿见!"

老刘没想到一散心还真就散出个四川妹妹来。楼道依旧漆黑，按了电梯升上去，心却从里到外都亮堂了。进屋看见儿子媳妇亲亲热热偎依在沙发上看电视，他冲他们点点头就准备回阳台。但这天晚上孙尧尧尤其关注他，他脸色一活泛立刻就注意到了："爸，您跟着跳广场舞了?"

"今天还没有，先看了一下。感觉还可以。"他一字一顿地说。以后普通话真要好好练了，毕竟认识了王红装。这么大的城，终于也有了一个"不见不散"的朋友。

说完，他继续慢慢迈着方步回了阳台。没看见儿媳和儿子悄悄做了个鬼脸。

老刘当天晚上并没做什么梦。但第二天白天打开电视机，却发现自己不自觉地开始学电视剧里的人说话。

好像说普通话也并没那么难。

3

除掉口音，老刘的另一块心病，是孙尧尧和儿子结婚两年了还一直没孩子。他作为公公当然不好催，更不好问。

他早看出来了家里主事的人不是自家儿子。儿子的确足够争气：打小成绩就是全班第一，一帆风顺地考了乡上的小学，镇上的初中，县里的重点高中，最后是北京的重点大学。在学校也刻苦，还当了学生会干部，毕业后很顺当地考取了公务员，过几年单位又分了房，一举解决了大不易的京城居住问题。否则怎么可能在二环里的北新桥住着，离最繁华的王府井才三站地？虽然面积小了点儿，才五十平方米，但儿子上班就在朝阳门，近。孙尧尧公司在国贸，坐地铁也不远。

饶是如此，孙尧尧还老动不动抱怨房子太小，回头生了孩子住不开。儿子则说，宁要城里一张床，不要城外一间房。现在房子小虽小，但胜在地段黄金，还是景山学校的学区房，回头小孩落户上学都方便。

小两口讨论这话题时老刘从不吭气。知道儿子理由一箩筐，其实归根结底还是嫌北京房子贵，买不起。他看报纸，经常被地产页房价跟着的一串串零吓一跳。也有的直接就说五百万、八百万、一千万。那些上千万的细看也并不是什么联排别墅，不过就是普通住宅。

他一辈子的积蓄连个零头都不够。

孙尧尧其他还好，就是嘴上没把门的。每次她抱怨房子小，老刘总不得劲，觉得指桑骂槐，是说给自己这没用的公公听的。他有一次忍不住说：“尧尧回头生了孩子，我来帮你们带。”

孙尧尧“哧”地一笑：“爸您带过小孩吗？回头教出一口湘乡话怎么上景山学校？还是让我妈从信阳过来吧。”

老刘心头一紧。本来一室一厅挤仨人就够憋闷的，回头再生个小的，再加个老的，自己更没有立足之地。他终于找个机会和儿子说：“我过阵子还是回去吧，好歹还有两间老屋——虽然村里好多人也都搬去镇上县城了，但几个老伙计还在。”

儿子一句话就怼回来：“爹你又来了。说好了你就跟着我，哪儿都不许去。”

老刘听了这话心像被熨开了一样舒坦，没两天却又皱巴起来：有天早上发现儿媳在吃叶酸。他知道现在人怀孕前都兴吃这个，说是对胎儿脑部发育好。趁他们去上班了，他对那瓶子发了半晌呆。儿子属虎，媳妇属蛇，眼瞅着都三十了。村里这岁数的，细伢早会打酱油了，按说也该要了。但细伢子来了，亲家母也来了。

就为这，老刘又添一段新愁。但目前孙尧尧还在吃叶酸阶段，他只能怪自己自私：就为了能和儿子住在一起，竟然不盼着儿媳添孙。

思前想后，他终于下定决心：细伢出生后他看一眼就走，换亲家母来。在照顾细伢方面，亲家母显然比他有用得多。毕竟是女人，有经验。真疼儿子，就得知好歹，有分寸，能牺牲。

此刻老刘更迫在眉睫的问题还是没地方去、没人可说话。

4

偌大一个北京城像个怎么都逃不出去的大牢房，去哪都谈不上方便，从北新桥去中医院拿药，地图上看那么近的一小段路，坐电车起码堵上一个钟头。每当这时他就格外怀念老家：一条主街从头到尾，十分钟走完。以前素芳还在的时候，两人都退了休守在一处，讲讲笑笑，吃完早饭商量中饭，吃完中饭睡个午觉，醒来看一会儿电视，香喷喷的晚饭又端上来了。他从没想过有一天会上北京和儿子儿媳搭伙过。最初一个月，但凡看到点什么新鲜物事，老刘总想起素芳来。想她一辈子跟他没享上什么福，也没见过什么世面，病了才有机会去省城，结果没俩月就死在了湘雅医院里——说是省里最好的医院，到头来还是没出省。儿子回来哭成泪人，在坟前就发了誓："娘你放心，您走了，我把爹接北京去，孝顺爹一辈子！"

老刘当时眼泪汪汪。来了才发现"树挪死，人挪活"纯属瞎说。一个人年纪大了，人也就老成了树，动一动都是伤筋动骨损根基的事。来北京第二个礼拜他就后悔了：这么小的房子，三个人错身都困难，他来添什么乱？

周末儿子也不是不带他出去。但大部分时间都花在来回路上，到景点还不够转一圈的。颐和园、北海、故宫……统统大得没有章法。北京城就是北京城，平民住的地方那么小，皇帝家却天大地大，一天都转不完。

看多了审美疲劳之余，更悔自己没早点带素芳来。那个才子词人白衣卿相柳永说得好："此去经年，应是良辰好景虚设。便纵有千种风情，更与何人说？"现在就成了"惟将终夜长开眼，报答平生未展眉"，要么就"十年生死两茫茫，不思量，自难忘"。

话说回来，要不是他在镇文化站工作，一辈子舞文弄墨，诗词曲赋都通点皮毛，儿子读书成绩可能也不会那么好。从小教他背唐诗三百首，也不知道现在还记得多少。他们白天都去上班了，晚上小两口边看电视边逗贫，什么坑爹啊，你妹啊。第一次听"坑爹"他耳朵都竖起来了，孙尧尧差点喷饭："放心，坑的不是您这个爹。"儿子也笑，笑得他心里直发毛，不知道他们还有哪个爹，就算是亲家公那也不能坑啊。

还有碉堡。他一开始觉得自己明白他们在饭桌上说的"碉堡"是什么，后来又不懂了，怎么就"碉堡"了？名词当形容词用？他好歹算是文化人，基层公务员，这种事不能瞎问，怕又白招媳妇取笑。

儿子给他换了老人手机，屏幕字大，让他没事给老家的亲戚朋友打打电话。他打过几次，发现彼此也没多少话，最多问问身体还好，媳妇抱孙了没。别人要也礼貌地回问一样的问题，他第二块心病却又犯了，心里更不得劲。渐渐地，也就不爱打电话了。

好在阳台朝南，光线还好。三面窗户封起来就多了一间玻璃房子，像温室。他夜晚就睡在这温室里，清早坐起来伸懒腰的同时正好看看楼下的车水马龙。白天经常一整天一整天靠床上看报纸，几乎每个版面都不错过，连招工信息和夹页广告都仔仔细细看完，结论是现在社会上什么节最后都过成了购物节。教育体制改革他不懂，三农问题北京报上也不怎么提——其实也早和他没关系了——他播报了一辈子国家大事，现在不怎么爱琢磨政策方针了，心累。

在三月和煦的阳光里他常不知不觉靠着被子昏睡过去。中午起来给自己下碗面，碗底卧两个蛋。又看报上说每天最好只吃一个蛋，否则胆固醇高，他就赶紧减了一个。切点儿葱花放进去，再加一勺子自己炼的猪油，香得要人命。周末他也给儿子儿媳做这种面，一开始孙尧尧说香，爱吃得不行，直到发现他加的是猪油。

“爸您从哪里弄来的这个？天，您不怕得三高？”

老刘当然知道三高是什么：高血糖、高血压、高血脂。报纸电视一天到晚普及，当然也是为了卖广告。他一承认，孙尧尧圆脸上立马写满痛心疾首：“就算不得三高，这热量也太高了！我还减肥呢——”

她今年比刚结婚那时是胖了些。他想，但也不全是猪油的错吧？

儿子立起眼制止了她继续唠叨下去。他过来后一直给他们做晚饭，自从发现那罐白花花的猪油后，孙尧尧对他整个饮食体系都产生了怀疑，老觉得油盐酱醋太重——倒不嫌外面的川菜火锅味道重——而且湘乡做法即便不放新鲜辣子，也总归要加一勺剁辣椒调味，她一吃就嚷上火。

“爸，北京不比湖南潮湿，天干物燥。您以后做饭能不能少放点儿辣椒？”

老刘想起她昨天打包带回来的川菜是干煸牛肉丝。基本上只见一盒子干红辣椒，不见几丝肉。但这话不能说，说了就像抬杠了。现在孙尧尧在备孕，将来肯定更不能吃辣，他最好现在就养成习惯。

白天没人，到晚上老刘也想和儿子多聊几句。单位里的事，或者亲戚二三。但儿子老是太忙，周末还经常出差。孙尧尧和他有语言障碍，但为表示亲善，他一过来就给他网购了个电动洗脚盆，他只用过两回，觉得第一太费水，一通电又按摩得脚底生疼，自己腰有旧伤，又不好老让儿子媳妇倒水，最后终于堆在阳台上他睡的行军床旁拉倒。这东西偏偏体积还相当大，不但落灰，进出关门都碍事。他有时觉得自己就和这洗脚盆一样。看上去好像还有点用，其实就是废物一个。

以前在老屋还练练字，到北京家里没地方铺开纸笔，也就搁下了。

可这下好了。认识了王红装。有朋友，也就有说话的人了。

日子有盼头了。

5

说好“明儿见”的第二天，老刘很早就到了老地方。早春五点来钟，天还亮堂着，他就独自坐在花坛旁边的长椅上看地铁站口人进进出出。下班高峰期还没到，年轻男女并不多。有一两对高中生早恋的，小女生紧紧拉着男生的手，踮高了脚在男生耳边说什么，说完哧哧地笑。他们手拉手地走远了，老刘巴巴地一直目送到眼光再也送不到的地方。年轻真好，还有说不完的话，还能找着说不完话的人。

除了轧马路的学生，大部分人都行色匆匆。渐渐下班回家的中年人多起来，大多脸色疲惫，左手夹包，右手提蔬果肉菜。还有些人边走路边打电话，声音很大。他想，这些人都蛮好，随时都能找到打半天电话的对象。

一直从五点等到七点，仍然不见舞蹈队的人。他五点做好饭匆匆扒拉几口就出了门，还没在人群里找到王红装，手机突然响了，不看也知道只会是儿子：“爸您去哪儿了？我们刚下班，您怎么没在家?”

“我就是在楼下逛逛，马上回来。饭菜都热在锅里，我吃过了。”

也不知道她们今天还来不来。人群里他谁都不认识，不便直接去周边打听。又坐在长椅上熬了十多分钟，儿子电话又来。终于绝了望，一步三回头地回了家。

第三天他就有经验了。在家六点半做好饭，儿子媳妇七点左右一回来就开饭，七点半左右吃完，再名正言顺地下楼“散心”。临下楼时眼角余光似乎瞥见媳妇冲儿子一笑——“爸散心还散上瘾了?”他装没看到，临出门交代了一句:“今天我晚点回来。”意思是别打电话再催。

今天王红装果然在下面。隔老远就在人群中看到了她，一日不见兮，如隔三秋。他差点没老泪纵横。只见她正和一大群老太太组成方阵跳得格外起劲。老远就听到歌词:

想去远方的山川，想去海边看海鸥
不管风雨有多少，有你就足够
喜欢看你的嘴角，喜欢看你的眉梢
白云挂在那蓝天，像你的微笑
你笑起来真好看，像春天的花一样
……

声音是从地上一台便携式录音机传出来的，机器看上去老旧了点，但外放声音还正常，歌词好懂，旋律也优美，光听那乐声都觉得喜气洋洋。老刘不自觉地满脸堆笑，随着音乐以旁人几乎注意不到的幅度伸胳膊动腿，再多听几遍，就情不自禁跟着无声地哼起来，“你笑起来真好看……”

头一曲结束了。王红装回头发现了他，笑着说:“刘哥来了?”

“来了，来了。”

“昨儿你怎么没来? 我们昨天开始迟了，我还到处找你呢。”

他没好意思说昨天他来早了，整整在这儿傻坐了两小时。只含糊道：“昨天家里有点事，下来转了一趟，没见人，就先回去了。”

“我就说嘛！老哥你不可能言而无信。怎么样，想好了参加我们舞蹈队没得？”

“啊？我要再想一想。”

“想啥子嘛！你老哥一人在屋头又不好耍。等天气好点儿了，我们北新桥小苹果队还要和美术馆队、朝阳门队参加东城区广场舞大赛，好耍得很！”

“可是，队里只有我一个男的……”

“哎呀，担心啥子嘛！就因为只有你一个男的，我们小苹果才有点睛之笔！回头我们这一队要跳交谊舞、水兵舞、探戈，就不用再安排人女扮男装了，至少有一个现成的男丁！”

王红装的热情像麻辣鲜香的川菜，热腾腾地扑上来，老刘招架不住：“那……好吧。”

“做啥子唧么勉强哟！好像我们会把你生吃咯！再好好说一遍，好还是不好？”她逗他。

“好！好！”

其他看热闹的老太太纷纷上来自我介绍：“刘哥你好，昨天听红装说过你。我姓张。”“你好，我姓罗。”“我应该比你大，叫我何姐就成。”

“老刘你好，我姓袁，是咱们队的领队。欢迎参加小苹果广场舞队！”一个身材苗条的大姐一直矜持地站在一旁，等大家都纷纷自我介绍过了，才颇有风度地慢慢走过来。老刘猜测她以前大概在哪儿当过领导，赶紧伸出手，袁大姐果然伸出兰花指让他握了握。光看手保养得就好，指尖还涂了红色的指甲油。脸却说不出哪里有一点怪，也许是拉过皮，紧致光滑得有点不真实。她笑的时候眼睛几乎没有笑意。

比起来还是红装好看，眼角鱼尾纹自然，笑得也更甜。老刘想。

“大家热烈欢迎刘大哥参加东四小苹果舞蹈队！”

在一片此起彼伏的欢笑声中，大家当真纷纷鼓起掌来。

“我姓刘，叫刘长青。”看见一大堆资深美女围过来受宠若惊，老刘赶紧一鞠躬，“请大家多多关照！”

大家一哄而笑：“这名字起得好！本来就是‘党代表’嘛！”

王红装在众老姐妹中间笑得最为开心。这“党代表”可是她从人群中慧眼发现的：如果老刘是洪常青，那她可不就是当之无愧的吴琼花？

袁大姐望了她一眼，微微一笑，说：“接下来的曲子是《酒醉的蝴蝶》。小罗，你去放一下。”

这支曲子又和之前那支截然不同，是个哀怨的男人唱的：

> 花开花时节／月落月圆缺／原来我就是那一只／酒醉的蝴蝶／怎么也飞不出／花花的世界／原来我是一只／酒醉的蝴蝶／你的那一句誓约／来得轻描又淡写／却要换我这一生／再也解不开的结……

老刘听得心旌摇荡。以前在文化站也放音乐，但放来放去都是《北京的金山上》《在那遥远的地方》，人老了，歌单也老了。好在也没什么人仔细听，否则肯定要取笑他尽放些老掉牙的歌。原来现在有这么多新歌，歌词虽然直白，胜在旋律朗朗上口，跟着哼容易，随音乐跟上动作却难。他站在队伍最后面，才发现之前还觉得动作不怎么样的那几个老太太，比起他来说已经堪称舞姿优美连贯了。最前面那几个，他看都看不过来，眼花缭乱。

等这一曲结束，袁大姐正待回头关照他，王红装在队伍中离得更近，三两步就走到了他跟前："怎么样，跟不跟得上？没那么难吧？"

"难。"老刘红着脸说，"真有点难，动作太快了。"

"没事，你先跟着伸伸胳膊腿，回去用手机下载视频再学，记住名字，第一支叫《你笑起来真好看》，第二支是《酒醉的蝴蝶》。接下来第三支，叫《美美哒》，都是今年最流行的新歌，旋律简单，动作基本也差不多。跳完这个，你先把这三支看熟了，学会了，就入门了。"

"好。《你笑起来真好看》，和酒醉的啥？"

"蝴蝶。"

"第三首呢？"

"《美美哒》。"

"什么达？"

"——哎呀你先别管意思。"音乐开始了，红装赶忙归位，"先跳舞！"

前面两首曲子他还能明白，到了这首，简直听不懂了：

清晨起来打开窗　阳光美美哒
看着蝴蝶闻花香　风景美美哒
你在远处看着我　笑容美美哒
我的心就像朵花儿　开得美美哒

等结束了他又问红装："美美达啥意思？我光知道有个汽水叫美年达。"

王红装笑得打跌："我的刘哥哎！这些都是网络流行词。你家小孩倒不说你老古板？加个微信，以后有什么不懂的，就问我。我回头把视频都发给你。"

那天晚上老刘回家很晚，差不多九点半才到家。要不是儿子还是忍不住打电话了，没准儿还会再多聊一会儿。到家后嘴里还念念有词："山也美水也美，美呀美美哒。"孙尧尧正洗漱收拾，见他回来了笑问："爸您真去跳广场舞了？"

他迅速停止默念，表情严肃起来："没，就是在一旁看了看。感觉还可以。"

儿子说："爸回头再去多穿点儿。春天早晚温差大，夜里还是冷。"

"知道了。跳起来就不冷了。"

他转过身背着手庄严地回到阳台，没发现自己的话前后矛盾。其实儿子和媳妇晚上下楼去了一趟超市，早就发现了他的行踪。两个人在他背后笑成两朵花。

6

第二天晚上再去就不好意思滥竽充数了。白天老刘一直在仔细研究王红装发给他的各种视频，还听她建议下载了App，她说那上面各种热门广场舞视频更多，榜单前十名她们小苹果都跳过，他也可以自己先在家练起来。

说得容易，可真开始跳，老刘才发现一点都不简单，只能站在客厅中央一遍又一遍听音乐，竭力跟上节奏。但老胳膊老腿就像锈住了似的，就算一样的动作，做出来也完全不是视频里小姑娘轻盈的感觉，反倒笨拙得像是刚进马戏团的狗熊。同一个视频总得看上十几次，才好容易勉强跟上节拍，再往下，就是死抠动作。手怎么这样甩出去，腿怎么那样拐过来，不一会儿工夫，老刘就折腾得满头大汗，最狼狈的一会儿，差点在客厅中央把自己给绊倒。

到下午，王红装的信息又来了："怎么样，刘哥学会一支舞了没有？"

没那么快，好像《酒醉的蝴蝶》稍微好学些，还在练。老刘没好意思和她说，练舞太上心，他连中午饭都没顾上做给自己吃。一直饿着肚皮练习步法，手法，节奏感。

"那肯定是刘哥喜欢这个曲子，兴趣是最好的老师。"王红装发了个阳光灿烂微笑的表情。

"什么时候要能跳得像你那样就好了。"他回。

"跳成我这样有啥子难！你每天早点下来，我也早点下来，教你。”

“好。谢谢红装。”

虽然老刘话说得谦虚，但毕竟跟着视频认认真真练了整整一天，胳膊腿的锈劲儿傍晚竟然也去得差不多了，而当天第一支曲子就正好是《酒醉的蝴蝶》，他下场一亮相，其他人都被他的进步神速惊呆了：才参加舞蹈队一天！他一边跳一边默记视频里看到的动作，并不管周围舞伴的节奏，反而却步步都踩在点上，尤其送胯踢腿和转身的动作做得格外潇洒自然，比袁大姐还像领队。说起来还是占了个子高腿长的便宜，加上动作准确有力，不拖泥带水，同样的舞步他跳出来，竟比女步更好看。有路人经过发现了，不免惊呼：“看那个大爷！”很快就有好几个路人一起停下来驻足观看，都说：“怎么一群广场舞大妈中间还多了个大爷？”“还别说，大爷跳得真好！”“那个领队也跳得挺好。”“还是大爷跳得好！”

老刘其实差不多每句都听到了，却不便接话，只面露得意继续一板一眼地跳下去。等一曲告终，又是王红装第一个跑到他身边来：“可以啊老刘！真没想到！你是跳舞的天才嗦！”

袁大姐一直在前面领跳，并不清楚后面的情况，只突然发现围观的人多了不少，人都是需要观众的，跳得也就格外投入，休息时才踅过来：“怎么了？”

“哎呀袁姐，这个刘哥简直是舞林高手。我才让他看视频学了一天！”

“你们加微信啦?”

“加了。”王红装说。

“那怎么不拉到咱微信群里来?”

“哦哦好。我这就拉。”

“就是嘛。回头舞蹈队几点集合，有什么活动通知，都要在群里说的。”

新的曲子开始了。袁大姐昂首回最前面了，王红装看着老刘吐了吐舌头，做了个鬼脸。这支曲子是新的，老刘没跳过，以前倒是听过——《小苹果》。

“这是我们舞蹈队的队歌，我们队就叫小苹果!”罗大姐站在他旁边，热心地告诉他。她跳得向来最不像样，但因为和袁大姐关系好，据说音箱也是她主动提供的，因此反倒站在第二排最外侧。王红装也在第二排，但在中间位置，不容易被看到。老刘被安排在罗大姐旁边，离红装还差了好几个人。

“《小苹果》我可不会跳。”

“没事你就跟着比画比画，大同小异。”王红装隔着几个人鼓励他。

大概被路人表扬了分外得意，老刘举一反三,一通百通，虽是第一次，竟也跟下来了。只可惜观赏性差了许多，围观的路人也就慢慢散去。但好些大姐的动作也都比平时认真，下力气。结束的时候大家都意犹未尽。

袁大姐高屋建瓴地做了总结陈词:“我认为，刘哥加入我们舞蹈队，对我们双方都是非常正确的选择。以往也有过路的人看，但都没有今天这么多，这么久，效果这么好。这证明群众看惯了我们一年到头在这里跳，也急需新面孔，乐见新变化，渴望新鲜感。刘哥不光是一个新加入的男同胞，还给我们小苹果队带来了崭新的面貌，展现了全新的活力。——怎么样，刘哥晚上回去再好好练练《小苹果》？这可是我们队舞，跳好它的意义相当重大。”

老刘赶紧说：“好的，好的。”

“太好了。到时候你练好了，我这个领舞的位置也不是不可以让贤的！”

“那不至于，不至于。”

这天临走时王红装悄悄跟他说：“我们队的《小苹果》和网上的视频比，袁大姐稍微调整了一两个动作，增加了一些自己的特色。明天你早点来，我教你。”

第二天老刘当真早早做好饭，提前了一个小时和红装碰头。罗大姐没来，自然也没有音乐，但《小苹果》那两个自创动作比想象中好学，才十几分钟他就彻底掌握了，两个人跳得都有些气喘，脸色也红润了不少。

说不清谁的念头先转过去的。他俩几乎同时说：“不然……”

“刘哥先说。”

“红装你说。”

“我的意思是，反正还有时间，要不就练练交谊舞？刘哥你会跳什么？”

“以前在文化站，就学过慢三，快三。华尔兹也练过，还可以。”

“你会跳华尔兹?”红装大喜，“这可是舞蹈之王！没音箱，用手机外放音乐也一样，那咱这就开始?”

附近的人们不久看到了这样一幕。时间是三月末某天下午六点半。太阳早落下去了，但今天天气好，白天有大朵的白云，到傍晚就成了镶着金边的晚霞。两个老人挺直腰轻轻相拥着，在并不大的手机音乐里跳着华尔兹。才第一次，竟配合得相当默契。两个人都舍不得停，一支舞曲结束好久了，还在倾斜、起伏、摆荡和转身，一拍跳一步，前进合并步，锁步犹豫步……重复了一遍又一遍。很快又有路人驻足，可能因为音乐声实在太小，这边厢沉醉地跳，那边厢众人也只是默默无声地望，只外围人越来越多。等他们终于跳完了，也不知道谁先带的头，围观的人都热烈地鼓起掌来。

他俩并肩站在人群中央，一方面跳得出汗，一方面也是突然发现自己成了路人瞩目的焦点，两个人都红了脸。老刘刚想开口，王红装却眼尖地在人群里发现了袁大姐，原来好些队员已经过来了，零星散落在人群中。他俩赶紧走过去：“哎呀，我们下来得早，就先热热身。”

“我昨天才说过要让贤，今天‘党代表’就这么积极啊。红装也积极。不过红装本来就跳得好，是我一直埋没了人才!”袁大姐今天好像格外打扮了一下，特意穿了一件元宝领贡缎收腰短袄，勒得腰间的肉呼之欲出，还盘了头。但这语气怪怪的，两个人听在耳朵里都有点不是滋味。

“袁大姐，是红装告诉我咱们《小苹果》有几个动作和视频不一样，所以让我早点下来学……”

“那两个小动作还值得提早这么久下来学？怕是‘党代表’和‘琼花’特意早点约会吧？”罗大姐快嘴道。

王红装笑道：“小罗，你这话就不对了，你以前不也老让我早点过来教你？只是后来你自己没坚持。”

罗大姐被说中了，嗫嚅着还想开句玩笑，张着口没说出来。

“不瞎聊了，都几点了，小罗快放音乐，大家归位，跳舞！”袁大姐突然不耐烦起来，三步并作两步走到最前面去。

这天放的曲子都是老刘没学过的。不过他也学乖了，就是尽量跟着跳，事后再问红装是什么名字，白天再在家里练习。多去几次，他却发现了别的问题：“袁领队这人怎么这样？站在第一排和边上那些人跳得根本没你好。你差不多是整个舞蹈队最靠里了。”

王红装笑笑：“没事，金子在哪儿都发光。何况让人看到有啥好的？不就是为了活动这老胳膊老腿？”

他俩微信发得越来越多。只是像第一次那样，约着一块提早下来的事再没发生过。有一天王红装回家后突然发微信：“袁大姐最近单独找过你没有？”

“她发过两次私信给我，问我最近有没有余钱理财。我说北京菜贵，我那点退休工资刚够买菜。本来也是。儿子有时候也给我点，不过他事多，老忘。”

“嗯，这么回答就挺好。反正无论她让你做什么你都咬定钱不在自己手里，要么就是贴补家用了，总之没钱。”

“怎么了？”

“你别多问了，也别说我提醒过你。”

王红装接着下一条发了个灿烂的太阳笑脸：“这就是我站在最中间的原因，老哥还没想明白？”

老刘似懂非懂地回了个“好的”。过几天袁大姐果然又给他发私信，问他想不想搭伙跟着一起买点理财产品，绝对稳赚不赔。他想起红装的话，仍是说没钱。其实那个月儿子倒是给了他两千块菜钱，他工资卡也还有一两万。之前好些年的积蓄都用来给素芳看病了，否则差不多也存了十来万。现在农村人根本生不起病，一病就一朝回到解放前。幸好还有儿子，养儿防老。

袁大姐再回语气就生硬多了：“你儿子对你怎么这么抠？你们湖南人是真没钱还是小气？我们这个跳舞队，没谁手头没存个几十万的？再穷，养老钱总得留点。”

他被噎得半天说不出话，过了好久才回：“我们老家工资低，儿媳备孕，儿子最近还在攒钱买房子。”

本来以为袁大姐会再回个“知道了，那刘哥忙吧”，或者再说点什么别的，哪怕关心一下孙尧尧备孕的事。结果那边从此再无消息。

因这番对话，第二天老刘再看见袁大姐就有点不大自然。本来也被她那句“真没钱还是小气”气着了，他脸皮薄，挂不住。但没想到人家对他却还是一如既往，甚至比平时还热情了一点:“刘哥下来了?今天好好跳,你可是咱们小苹果队的队草!”

伸手不打笑脸人。他本来已经想好了一番义正词严的话,如果她再呛他;这结果却意想不到。他晚上忍不住截之前的屏给王红装看,她好一会儿没回话,他以为她睡了,却突然间又收到一大篇:“刘哥,这是袁大姐的老习惯,你别上当。她就是靠对人忽冷忽热建立威信的,让人老猜不透她在想什么。小罗和张姐一开始都不想买,后来被她这样反反复复几次搞怕了,乖乖每人认购了好几万。”

老刘:“怪不得小罗跳成那样,还站在最显眼的位置。”

“刘哥总算开窍了!”王红装发了个龇牙乐的笑脸,“咱看破不说破,就只管跳自己的舞。袁大姐也不好意思太咄咄逼人,毕竟舞蹈队要出去比赛的,把跳得好的都赶走,她也抓瞎。”

7

接下来好一阵子都无事。时间不紧不慢往前淌下去。

老刘学跳舞学得飞快,而且胜在年轻时在文化站跳过不少交谊舞,遇到新动作总试图多加一点自己的理解发挥,只幅度稍大一点,要么甩出去快个零点几秒,要么在空中逗留时间长半拍,就显得格外舒展潇洒,且身材适中保养得宜,再加上万绿丛中一点红,总引得路人驻足。久而久之,整个小苹果队人气都涨了不少,别的广场舞也都知道了他们队有棵“队草”，堪称秘密武器，纷纷加紧了训练步伐。老刘不敢放松，每日勤练不辍。袁大姐接连受挫三次，私下不再给他发信息，看他也并不失落，知道他不吃自己这一套，平时见面也就淡淡的。老刘一开始如临大敌，之后也慢慢松懈下来，心思正好可以全放在练舞上。王红装因有他这个朋友，之前被袁大姐暗暗号召其他人孤立的处境缓解了好些，两个人自然而然走得比别人更近。

最近开始练交谊舞了，因为听说年底也有这个比赛项目。这天中场，王红装过去和老刘切磋动作，两个人进进退退比画了好几阵子。袁大姐转脸瞥见了，平时其实也是司空见惯的场景，今天不知怎的却分外碍眼。她从口袋里掏出一块质地考究的亚麻布手帕轻擦了下额上的汗，不紧不慢地翘起兰花指，对平素和她要好的几个老姐妹一笑，下巴一努：“你们看。”

其他人正三三两两聊天，这时全齐刷刷地望过去。这种事不专门关注还好，一特意打量，总觉得动作怎么看怎么暧昧，尤其一个下腰的动作，远看王红装仿佛半倒在了老刘怀里。有几个人当即捂着嘴哧哧笑起来。老刘和红装一开始还没察觉，待大家好一阵子不说话只在背后闷笑，才后知后觉地停下来，愕然地回过头。

“你们笑啥子嘛。”王红装用手擦擦额上的汗，嗔笑道，“一个二个又不是没跳过交谊舞，装什么老古板。”

袁大姐抿着嘴不语，还是一旁的罗大姐开了口：“当年看电影，就老遗憾洪常青没和吴琼花成一对，看来这遗憾要补上了哦。”

周围人集体消化了一下，随即哄堂大笑。队里什么省份的人都有，但年纪都在五六十岁上下，差不多都看过《红色娘子军》，这俏皮话人人都懂。

王红装涨红了脸：“说啥子嘛！都是一个队里头的人！”

袁大姐慢悠悠地说：“晓得晓得，晓得你家里还有个风度翩翩的老先生，回头要呷醋的。小罗你也是，这种风流玩笑不好乱开的呀。”

几个人声音不大，传到老刘耳朵里却是震耳欲聋。他这些天被吊得越来越高的模模糊糊的希望跌下来，摔得粉身碎骨。一直没问过王红装有没有老伴，就一厢情愿以为她和自己一样打单身。本来他还想就算孙子生了，亲家母来了，也要壮起胆问她愿不愿跟他回湖南看看……想得好长远，结果是个梦。

他老半天没说话，也不看任何人，只低头盯着旁边的花坛。

“哎呀老刘也生气了呢！真不禁逗！”罗大姐嘻一声。她是山西太原人，个头不高，矮胖敦实，格外崇拜杭州美女袁大姐。她儿子是做生意的，前年在和风相府买了套两百多平方米的房，八万一平方米，今年听说已经涨到十多万了。袁大姐也格外看得起她，一直让她站第二排最边上，用现在综艺的说法，这大概就叫“C位”吧？可C位是C位，罗大姐的舞姿却着实教人不敢恭维，经常大家往左她偏往右，练扇子舞半天展不开扇面，再一用力就甩到地上，哗啦啦一声并没有晴雯撕扇的风情，倒起到了把其他人吓一大跳的效果。加上离人行道最近，即便其他队员不说，驻足的路人也常指指点点地笑。她自己也有点不好意思，却依旧说什么都不愿意换到后排去。最近袁大姐提醒她跳舞的音箱旧了，她又花了上千块买了一套新的，四只大喇叭，仍是每天不辞辛苦地提过来提过去。王红装和其他人说要给她钱，她眼睛只紧瞅着袁大姐，死活不要。

“好好都别开玩笑了。”袁大姐等大家都静下来了，才不紧不慢道，“小罗就是心直口快，没别的意思。红装、长青，你们都别在意。”

王红装只能闷闷地“唔”一声。老刘也跟着“唔”。

但当天再跳舞，老刘胸口总憋着一股气，老觉得胳膊不是胳膊，腿不是腿。刚开始红装站在他后面看得真切，忍不住口头提醒了两次，中场休息却不好再过来纠正。他一着急却还是错误不断，终于涨红脸出了队，说家里有事，要先回去。

老刘在冉冉上升的电梯里突然想：要不然，明天就不来了。

也不知道这念头怎么蹦出来的，立刻就像抓住一根救命稻草似的，顺着自由自在地漂下去，很痛快。他甚至想红装以后再见不到他了不知道会不会遗憾。其他人他倒是无所谓，毕竟才去不到两个月，还根本来不及熟起来。尤其那个袁大姐，阴阳怪气，看到就不舒服。罗大姐也是，一点不慈眉善目，倒活像袁的打手，指哪打哪。

还真就在家整整憋了三天没下楼。刚好这一个来月白天都在家苦练广场舞没顾上看报，早积攒了一大堆没读过的旧闻。手机微信里也收藏了好多老朋友转的文章，不是养生鸡汤，就是各种近代野史，搞笑小孩视频，真看进去了，也能消磨一整个上午。中午随便弄几口吃的睡个午觉，到三四点钟起来，就可以做晚饭了，慢悠悠两三个小时过去，等儿子媳妇回来端上桌，三人一道吃完饭，再打开电视机。只八点到十点这两个小时稍微难过些，总忍不住侧耳听下面的点滴动静，老刘儿子家楼层高，在客厅里听，音乐就变得缥缥缈缈，像隔了千山万水的旧梦。他几乎坐卧难安，又不好回到阳台早早睡觉——阳台声音听得更真切。

等到一切结束了，清静了，洗漱上了床也接连在做乱梦。梦里有素芳，也有红装，还有跳舞队的其他人。老刘这才蓦然发现，广场舞这件事不知不觉竟已成了自己生活中绝对不可替代的重心。年轻时在文化站，也有个女干事和自己稍微谈得来些，素芳知道了还老大不高兴。但其实当时两个人真没什么，也就是经常凑在一起讨论广播内容，组织组织群众活动。现在他梦见了王红装，素芳还不知怎么生气呢！保不准会说他:“我在乡里又不是不跳广场舞，怎么从来没见你多看一眼?”要么就是:“一进北京就变心，靠不住的死鬼!”

他半夜惊醒过来，天还根本没亮，窗外的东四南大街白日繁华，此刻却阒无人迹，只有两排黄色路灯寞寞地亮着。他在半明半暗的光线中无比惆怅地笑了。现在连骂他死鬼的人都没有了。

王红装还是第一天晚上问了句他来不来。他简单地说家里有点事，她也就识趣地没再继续问。第二天，第三天，手机就好像彻底死了，他控制不住地老去看微信，却一条想看的都没有，看多了不免懊恼，把手机远远扔在一边，报纸铅字围成一圈跳舞，争相把他的眼皮合上，老刘果然看着看着就打起瞌睡来，等醒来天都快黑了。儿子媳妇马上就要回来了。

一整天就这么过去了。

到第四天，老刘白天继续强迫自己看了大半天报，看的时候还是直犯迷瞪。吃完昨天的剩饭躺下，打算好好在阳光里睡个午觉，却又翻来覆去睡不着，闭上眼就是广场舞的步法节奏。他鬼使神差地打开了App。

一开始看视频，腿脚就好像自动通了电，开始不安分地在木地板上抖动，不由自主地就站起来开始跟着跳。好几天没动换了，跳起来还是得劲。到六点半他方恋恋不舍地关了App去做饭，等小两口回家吃完，收拾碗筷去洗碗，又随手打开电视，《新闻联播》倒已经结束了，只赶上《天气预报》的尾巴。他两个眼睛紧盯屏幕，从北京一路看到海南岛降雨指数，好像生怕错过全国任何一个城市的天气。

儿子好像察觉了什么："爸，你这几天怎么没下去跳舞了？尧尧说你这两天老唉声叹气，没出什么事吧？"

"没事。"

"要在家不好玩，就还是下去走动一下。好不容易认识几个朋友。"

“也是。”

他收拾收拾立刻就出门了。正好八点不到，赶得上。

时隔三天，再看到那帮老姐妹，彼此都有一点生疏，更有一种久别重逢的喜悦。大家都仿佛比平时友善了好些，袁大姐还在领队位置，看见他只远远地一笑，罗大姐却格外热情地招了招手：“来啦？”他原来位置站的孙大姐，立刻识趣地挪开位置，让他赶紧进去和大家一起跳。

他刚开始站在外面没好意思多看，混进队伍里才回头冲王红装一笑。他知道她一直在后面笑眯眯地看他，只是没开口。就这么一回头，两个人目光一对视，倒仿佛沧海桑田似的。老刘胸口涌上不知从何处而来的一股热流。

这次他特别认真，基本上没错什么。只倒数第二支曲子是新的，以前没跳过。王红装在后面说：“这是袁大姐最新让大家学的。等中场我教你。”

他点点头，接着跳。现在他随便跟什么新舞都很轻松了。还真是应了那句话：“刘哥你是跳舞的奇才嗦！”

因为红装的特别关照，他脚下的舞步渐渐轻快了起来。

中场休息时大家却都没再提三天前发生的事，也没人问这两天去哪儿了，发生了什么，怎么突然间断了三天没来——后来他才知道，之前跳着跳着突然再也不来的队员也多的是。要么是生病，要么是搬家，也有其他原因的。这种松散的自发性群众组织，原本随时都做好了有人离队的准备。

此后老刘却天天都来。从三月到九月，只除了六月高考那几天，全市要求保障应考生休息，舞蹈队暂停几日外，他再没有缺过席。

8

除了舞艺与日俱增，老刘也渐渐和跳舞队其他人都熟悉起来。

张大姐老家在甘肃，孙子就在附近的史家小学分校上二年级，据说是朝内史家胡同小学的深度联盟学校，教学质量却天差地别。这变成她一块心病，没少和队员唠叨，说儿子那时就是被房产中介忽悠了，一听说是著名的史家学区，立刻拍板高价买下了北新桥二条的房子——入学才知道，此史家非彼史家，亏大发了。

宋大姐则是哈尔滨人，一开口就赛嘎嘣脆地往钢盆倒蚕豆，口头禅“简直了”“哎哟妈呀”，戏剧性和喜感皆强，人人都爱听她的东北脱口秀，但她却轻易不肯开口。跳得差不多能排上队里前三，按说这样一个灵魂人物，袁大姐理应收入麾下，但两个人却不怎么互相待见。她不是每天都来，听说常上别处跳。王红装偷偷告诉老刘，宋大姐也是明确拒绝购买袁大姐代理的理财产品的人之一。

还有一个北京本地的孙大姐更是真人不露相。听说她在朝内大街和东四交会路口的布店整整上了四十年班，顾客要几米布她基本靠目测，撕下来绝对只多不少，误差也就在两厘米以内。也因为在布店工作久了，她慢慢变成绸缎专家，什么螺纹平纹织锦缎贡缎，基本一过手，就能分辨材料等级，报出该品类近年的市场价。好几个人都问过她能不能踏缝纫机做点针线，她却笑着摆摆手："老了，眼睛全花啦。帮着扯扯布还行。"——袁大姐那中式夹袄的贡缎面料就是她帮着在以前的柜台买的，据说便宜了小一千。

和老刘说话稍微多两句的，还有一个常德的田大姐。口音没有老刘重，性情也爽利，平时爱抱怨和儿媳关系不好，说起来也不为别的，就是育儿理念老起冲突。但她也和袁大姐走得更近，所以和红装话并不多。要不是和老刘算湖南老乡，她大概也不会过来和"党代表"搭话。

老刘终于发现小苹果队十八个人，倒有十个算是袁大姐的死党，没事还经常一起约着打麻将、去茶馆喝茶——也不知道公用经费哪里来的，莫非就是袁大姐带她们买的产品分红？王红装显然不是这核心组织的成员。其他人有的保持中立，也有和王红装一样敬而远之的，比如宋大姐。

有人的地方就有江湖。好在他是男的，这些远近亲疏眉毛眼睛，装装傻也还能勉强混过去。反正他的作用很明确，除队草外，还相当于舞蹈队里的第二领队，后面被挡住看不到袁大姐的，就跟他跳。

老刘跳了整整五个月后，儿子媳妇都说他气色好多了。本来降压药每天都得吃的，结果有几天忘了，竟然也没事。孙尧尧最得意，因为最初去跳舞就是她的建议。

而他现在见儿媳每天吃叶酸，心里也不怎么难受了。他的注意力基本全在跳舞上。七八月份家里热闷，虽然跳舞也要出一身汗，但他还是愿意去。因这显著的示范作用，渐渐也有别的老年男性偶尔也参与进来跟跳几步，其中有个看上去颇像离退休干部的，是有一次买菜路过，被罗大姐积极发展进来的，却死活不肯说真名，只矜持地让大家管他叫林主任。林主任个子比老刘矮三四厘米，山东人，花白背头颇有派——背头又称干部头——紫膛脸色，说话声音洪亮，确实像是常在台上做报告的领导样子。虽然是罗大姐发展的人，他进队后却立刻搞清楚了谁是领队，对罗大姐特别敷衍。就为这，罗袁二人似乎都没有往常那么亲热了。有一次罗大姐还私下和王红装说："袁大姐让我买了近十万的理财产品，现在又喊林主任买。"

"那林主任买了吗?"

"我不知道。我这边也就头几期分红到账了，后来一直没动静，还在想怎么把本金弄回来呢，让林主任别买，听不听我可管不了。"罗大姐撇撇嘴，"看样子倒像个老干部，说是老婆死了一直想续弦，没准看上袁美女了呢！追求人家可不得花点血本!"

但林主任并不常来跳舞，据说倒是经常私下约袁大姐喝咖啡。

所以大多数时候，老刘仍然是队里唯一的"党代表"。

跳舞队在一起很少聊家里的事，每天就是按时集合跳舞，跳完便作鸟兽散。微信群里也都只是通知集合时间，要么就是转各种帖子。林主任比较关心政治，有段时间每天往群里发一大堆中美军事力量对比、贸易战内幕，基本全是“不转不是中国人”系列，袁大姐有次当众嗔怪了几句，他才慢慢不发了。但彼此再不提，互相多少也能了解一点各自的家庭情况，要么自己说的，要么就是其他人背后传的。唯独红装，看上去热情豪爽，对其他人的事也关心，却从来对自己家的事三缄其口。这大概也是好些人不喜欢她的原因，觉得她太注意保护自己的隐私，不够敞亮。

最近这阵她家里似乎经常有事，总托老刘请假，却也从不解释到底是什么事。再来时脸色憔悴了许多，甚至接连跳错节拍，脸上挂着两个黑眼圈，显然是晚上没睡好。

老刘想问，又总是不敢问。他现在倒是不怎么想将来的事了。他甚至想过回头等亲家来带孙子了，自己也可以在附近租个房子，这样的话，也能像袁大姐在家里招待那些核心成员似的，偶尔请红装去住处坐坐，好好喝喝茶，聊聊天。现在儿子家实在太局促了，客人进来都转不了身。他也不想让人知道他一直睡在阳台上。

他有一次忍不住说起这宏伟设想。红装笑道：“刘哥你退休工资多少？”

他讷讷地笑着，报了个数。

“你是不知道北京二环以里的房子租金多贵吧？你那点退休工资怕不够交租的！还是你儿子肯帮你出钱？”

他摸摸头：“儿子他们要买大房子，也没余钱。”

“那不租房子，万一孙子生下来了呢？你就先回老家去？”

“不知道。”他说，“只要想这些事就烦，不如不想。”

其实疑问也正在老刘嘴边挂着：“红装你家里到底出了什么事？”但这话就这么天长地久地悬在那里，仿佛永远没有脱口而出的一天。与其说他害怕影响“党代表”和“琼花”之间纯洁的革命友谊，毋宁说他其实害怕真相。

他就是不想听红装和他讲和自家先生有多好，多恩爱。

9

日子如离弦之箭，渐渐由夏入秋。黄昏不复盛夏的潮湿燠热，簋街吃小龙虾、烤串的少了，火锅生意却一天比一天红火起来。他们跳舞的那一小块空地离地铁站近，队伍倘若稍微站松散一点，总有没眼力见儿的人从地铁口出来直接穿过去，如入无人之境。音乐声被街头巷尾人潮市声一冲，即便有罗大姐的四个大喇叭也常听不清楚节拍。只能把声音放到最大，这样又常有路人侧目。

他们对于那些年轻人来说究竟是怎样一个存在呢？老刘偶尔也想。但他现在早学会了对路人的目光视若无睹，只有音乐、节拍、脚法和队友整齐划一的动作是真实的。到达这种境界的时候，老刘知道自己真的已经离不开广场舞了。

据袁大姐透露，到年底，小苹果队要和朝阳门广场的银河队、美术馆门口的沙滩红楼队一起报名参加东城区舞林大会——原来她还说要带大家一起去香港参加国际广场舞大赛的，但除了罗大姐林主任还肯响应，其他应者寥寥，终于没组织起来。而这方圆三公里，名号说得上响亮的广场舞队也就他们三家，消息一放出来，各自都加紧了练习的步伐。好在除刮风下雨，大家积极性一直都很高。有时哪怕七点多下了雨，雨停了，还有人约着八点多再下来跳。

就和高考一样，国庆那周说要阅兵，二环以里的广场空地都站了武警。所有室外文娱活动都停止了。那几天老刘无聊得只能天天在手机上斗地主。边斗边想，要是能发财就好了。真发财了，就能在这附近租套房子，就算生了孙子，也有个去处。但怎么发财呢？莫不是真要听袁大姐的买理财？这念头老刘反复想过，却从没和任何人说起。倒是儿子有一次和他商量再买一套商品房的事。他问："买房子是好，确实住不开——可钱从哪儿来呢？"

儿子含糊道："这些年我多少也攒了点，加上两个人的公积金贷款，应该够。"

"打算什么时候买？买多大面积，在哪里？我能帮上什么忙？"

"还不晓得，先提前看看，做好准备。爸，你卡里还有多少钱？"

"以前积蓄都给你妈看病了，这几年的退休工资，存起来只有两万多块。"

"这么少，还不够半平方米的。算了算了。"

等儿子失望地走开后老刘心事更重：要不要找袁大姐问问怎么挣钱？两万本金少不少？也就是那几天跳不上舞突然

想到的。但他想起王红装的一再提醒，终究还是忍住了。

等国庆过去，舞蹈队再见面，加上天气一天凉似一天，竟都有了久别重逢之感。罗大姐却没再来了，袁大姐说她可能确诊了乳腺癌，住院去了。现在罗大姐的位置上换了另一个叫张玉莲的南京人，今年九月新加入的，家里听说也极有钱，跳得并不比罗大姐好多少。

林主任也不来了，说是随在市委的儿子搬通州去了，买了大别墅，一家老小住在一起。

因突然有这么些人事变动，老刘就愈发珍惜红装的存在。每天晚上下去只要看见她还好好地站在队伍里，就仿佛一块石头落了地。他还没有和她提起自己也许很快就要回老家的事，最近一直想找个机会。她聪明，脑子活泛，总能帮他想想办法。没准她也肯和他说几句家里的事？他还是又想知道，又不想知道。家家有本难念的经，这么大年纪了，最好的相处方式，也许就是君子之交淡如水。

没多久的一天夜里突然下起了雨。豆大的雨点打在附近的车辆上，溅起不少泥点子。空气里满是水汽尘土的气息，眼看这舞是跳不成了，大家慌乱收拾四散的当儿，老刘瞅准机会，轻声对红装说："你晚上还有事吗，我们在附近走走？"

就这么简简单单的一句话，她永远都不会想到他预先练习了多少次，甚至好多次这句话差点就要说出来，最终也仍欲言又止，只眼睁睁地看着她和一大群人离开。

今天终于鬼使神差地说了，红装倒还是一贯的随和："好啊。"

他们故意落在最后面，等人都走完了，才拐进最近的一条胡同。雨虽然下起来了，却并不大，沿街房子的矮檐下就可以暂避。而东城这一带最有特色的就是胡同，胡同里最美的风物，除了四合院，就是参天大树。在这样的秋夜，雨水落在头顶的槐树叶子上发出沙沙声，有点像小时候养的蚕吃桑叶。间或有一两片湿透的黄叶落下，粘在胡同里停放的汽车顶上，慢慢拼成一大张色彩斑斓的落叶画。

老刘心底很乱。

他本来也想学林主任约王红装喝咖啡的，但实在不知道附近哪里有咖啡馆，之前也查过，还是分不清楚东南西北。就这样逛胡同还是太没仪式感了，他想。可咖啡馆里肯定坐满了年轻人吧？看到两个年龄加起来超过一百三的老人踅进去，又会怎么想？万一的万一，儿子儿媳经过看到了呢？问红装是谁，他又怎么答？

红装也像在雨夜很有感触似的，一直低着头。过了一会儿才说："刘哥好浪漫。"

"就叫我长青吧。"老刘说。

"好。长青。"

两人又没了话，只继续信步往前走。雨不知什么时候已经停了。要下大了，还不知怎么办好。早不是浪漫的年纪了，淋感冒了不是玩的。

"舞蹈队的人不会再下来吧？要不我们从另一个路口回

去。”红装说。

“应该不会——我老伴儿叫素芳。”走了好远老刘猛地憋出这么一句，“前年已经走了。一辈子跟着我，到老也没享过什么福。”

“嗯。”

“你也从没说过你家里的事。”接下来半句被硬生生吞掉了，“袁大姐说你先生……”

“我屋头那个已经老年痴呆好几年了。”王红装顿了顿，才仿佛无所谓地说，“比我大八岁，痴呆也有五六年了。在家里照顾他久了实在不安逸，胸头闷得慌，所以才老想出来跳舞散心。幸好还有小苹果。还有你们。”

“你们”其实就是“你”。老刘想，心底一热。

“老年痴呆这个病不好治。他总还认得你吧？”

“早不认得喽。儿子孙子老伴儿，统统都认不到。有时候对护工还比对我们亲些，媳妇也认得。糟老头子一辈子色迷色眼，到头来还是只认得乖妹儿，不认得我。”红装笑道。

“……接下来你打算怎么办？”

“都这个岁数的人了，还能啷么办？还不是只能一直照顾他，照顾到他死。”

“也是。这样的病又没法治。”老刘叹口气，“我明年就上七十了，你比我小好多吧？”

“今年六十四。也不小咯。”

“看着好年轻，才五十多岁的样子。”

“那是刘哥嘴甜，会哄人。”

“叫我长青吧。”

“噢，长青。对了，你晓得罗大姐咋个不来了，其实她不是得了乳腺癌。”

“不是癌是什么？”

“还不是袁大姐让她买什么理财产品，前前后后，从她手里买了总有十几万。国庆节还和我发信息，说要找律师告袁大姐非法侵占他人财产。其实我们队里好多人都买过，最后都血本无归，所以那些人慢慢地也就不来了。”

“你和我说过的。我就照你说的，钱都在儿子手里。”

“老姐妹们其实也可怜。一辈子经历那么多沟沟坎坎，一生都不宽裕，老了还被几个钱困住。其实老人能吃得了多少喝得了多少？无非是怕自己老了没用，想尽量多给儿子孙子留点儿。可钱哪有那么好赚的？我们早已经是落伍的人了，跟不上这个新时代了，除非像袁大姐那样的，可那样算计到死也没意思吧？长青，我们往回走吧，风有点凉了。”

“好。”

往回走的时候，老刘下定决心。

“红装，我其实一直对你……”

“别说了，我都晓得的。这都是命呀！谁让四十年前没遇到？一个在湖南，一个在四川。山长水远。”

“那时遇到也没有用。”老刘想，那时候我还有素芳呢。你家那位也还没有痴呆。虽然听起来那位似乎有点花心，想必两个人以前感情也不怎么好。

“红装，我可能快回老家了。媳妇怀孕了，就得换亲家母过来照顾。儿子家太窄，住不开。”

“我听你说过想在附近租房的。回老家？有人照顾你吗？”

“没有。租房也不现实。”老刘故作洒脱地笑笑，“回去还不是自己顾自己，没事。”

“能顾自己最好。总好过我，被老头坑了一辈子。早十年趁他还清醒离掉就好了，真的荒唐了好多年哟，外头一直有个女人。也怪我当时想不开。现在拉屎撒尿都成问题，女儿女婿不管，找了个护工也不得行，更甩不脱了。这些事我平时都不愿意讲，没啥意思。”

一层秋雨一层凉。胡同里的路灯像蒙眬的睡眼，地面全湿了，经年尘土、墙角杂草，都和刚落下的柿树叶子一起静静躺在冰凉的雨水里；否则两个老人并肩移动的影子应该可以长长地倒映在地上。多少可能发生的言语都在这样的雨夜静静消散了。但同时又有无限温情生长出来，在空气中变成看不见的恋恋的手。

到了胡同口老刘果真伸出手，王红装犹豫了一下，也向他伸过去。两只操劳了大半辈子的手握在一起，衰老，温暖，同时也密布岁月柔软的褶皱。她终于抽出来，对他笑着摆摆手。

“刘哥明天还来跳舞吧？快入冬了，多穿点。”

“你来不来？”

“来。不见不散。”

“不见不散。”

老刘那天晚上在阳台翻来覆去睡不着。梦里面还一直淅淅沥沥地下着雨。想到第二天还能见到王红装，他终于做了一个很安心的梦。他也知道彼此的时间不多了，要想多见，得争分夺秒。

但他不知道就在隔壁的房间里，小两口正躺着轻声商量。

“昨天你看到试纸了吧，算起来都快俩月了。最近就让爸赶紧回去吧。我这几天一直反胃，他做的东西实在不合我胃口，还得我妈来。”

“……好。我想想怎么和爸开口。前几天才和他说过可能要买房的事。”

“你和他说这做什么？他又没钱。”

“看他以后还愿不愿意来北京和我们住。都习惯了。”

“我想过了，现在咱其实也没多的钱，这房子真还不能换——小是小点，学区房人人抢，值钱着呢。回头真住不开要买房，最多也只能买得起远郊的，与其让爸一个人孤零零住在北京的郊区，还不如就让他在老家待着自在。反正我妈跟我们在这边挤几年没问题，离学校近，接送孩子方便。”

“嗯。都听你的。”

“回头我妈来了，估计也得跳广场舞——看爸这几个月还挺充实的，我其实一直担心他被骗。不是说好多老年人跳舞跳得倾家荡产？”

“嗯——主要他也没什么钱。”

“哎，让他回去没事吧？”

“就和他说先暂时回去一阵，回头再来。爸比我想象中身体好。刚来也老和我说想回，是我一直拦着不让。其实他老家熟人多，屋子也宽敞。”

“那你这几天就和他说。呀几点了，快起来，上班！”

“你今天感觉怎样？舒不舒服？”

“还好。就是直犯恶心。”

“小声点，别吵醒爸。”

“会不会他早醒了？不会听到我们说什么了吧？”

“不会，他睡得死。”

老刘确实还在沉睡。他梦见终于和王红装坐在东四一家装修精致的咖啡馆，下午三四点辰光，面对面羞赧地笑着，说了比以往任何时候更多得多的话。他们一生的雨水同时落了下来，而雨都是身不由己苍老的旧日水滴，属于那早已逝去的世界，被年轻的空气、阳光搬来搬去，有时落在田间，有时落入大海，有时落在广场上。

二〇二〇年六月四日

大郊亭路4号

文珍的《有时雨水落在广场》发表于《北京文学》2021年第1期。文珍的写作往往以幽深的切口进入时代生活的内面，以一种活泼的叙述调性书写“北漂”一族的情感际遇以及他们为北京这座城市所提供的新异生活风貌。《有时雨水落在广场》写的是一位丧偶老人刘长青从湖南老家来到北京与儿子儿媳同住以后，在一次偶然的契机下加入小苹果广场舞队的故事。围绕着跳广场舞这一夜晚相聚的时光，小说探索着当代都市生活里老年人情感世界的丰富面向。

——易彦妮

外面天气怎么样

蒋　在

一

她直起身来，走过窗子时身体带动了一下暗红色的窗帘，后面的纱帘透着比红色更暗淡的光，像洗胶片的暗室。她是023，我一直没有注意她的胸牌。我住在西坝河，每天上下班坐302公交，听到有人叫她023时，脑子里反应的是302。

每次下了302公交车走过天桥，可以看到“雅典娜”隐蔽在树荫里显出的字样，灰底黑字凭空无法想象它的经营范围。合租的室友在“雅典娜”包了年卡，他是个月光族，带我来过两次，他喝最好的水，用最贵的牙膏和洗发液，让捉襟见肘的我明白钱不是存出来的。室友给一家公司写电影剧本，白天睡觉晚上工作，收入高但并不稳定。跟他合租两年来，他换过好几次工作，有时候好几个月没有新的工作，照样白天睡觉晚上熬夜。我在一家公司给人做微信公众号，收入不高，每月交完房租后所剩无几。

023端进来的木桶上套着一次性塑料袋，下面的空气把袋子两边吹得鼓起，桶口和化学烧瓶的入口一样狭窄，一次只能下去一只脚。我轻轻地踩在水的表面，待皮肤完全适应水温后再放下去。她弯腰将塑料袋撕开一条小口，下面接触到空气，鼓起来的塑料袋才缓缓地耷拉下去。

她问我，今天外面天气怎么样。我看一眼严严实实的窗帘说，还好吧。她撸了一把汗朝前跨过木盆说，客人多，还没有空停下来。

我问她，你说的171今天不上钟？

她没有说话，依然蹲在一边从小工具箱里拿出指甲锉、精油，最后将一次性毛巾放在我坐的位置上。

171和你哪个高？你每次说她的时候感觉她的胸牌号就是她的身高。

023笑了一下，她戴着口罩，身材匀称，两只眼睛鼓在外面有红血丝，皮肤即使被口罩遮掉了大半，仍然能看出它的白皙。

我说，你不用戴口罩。

她朝后退了半步示意我把脚放平，她开始用力在水里给我搓揉双脚。她说你每次都爱用脚踩着脚，你知不知道这个动作透露出什么。我看着她问什么？她埋下头说你没有安全感。我不说话看着她往我脚上撩水，搓揉我的大脚趾。

二

太阳落在西坝河沿岸的树梢上。五六个老人坐在院子里的一棵槐树下晒太阳聊天。他们的头发在太阳里闪着银光，其中几个穿着睡衣坐在轮椅上的老人头耷拉在肩膀上，歪斜着认真地听别人说话。每次走近他们时，我都会加速脚步希望离他们越远越好，我惧怕暮气和病痛挣扎的绝望感。回到家室友正从卫生间蓬头垢面地出来，他摇晃着穿过走廊，旁若无人地回屋去了。也是过了很久我才习惯他有时候装作不认识我，有时候又像和我很熟的朋友，请我到他房间里喝茶。

我脱了鞋把钥匙放在鞋柜上，这样每次出门都不会忘了带。不带钥匙进不了门，室友即使醒着也不会来开门，他报怨敲门声会打断他的思路。起初我有点受不了他的粗鲁，趿着拖鞋从洗手间出来弄得走廊的地板上到处是水，而洗手间门前的地板早都泡坏了。他旁若无人地打电话，将一只肩抬得老高，苍白的脸上长满了粉刺。好在我的房间跟他的房间隔着厨房、卫生间和门厅，关上门就什么也听不见了。他住的是主卧，比我房间大一些，他的窗前还有一排树，我偶尔会看到飞来树上的鸟晃动树枝，看见他光着脚踩在地上对着窗外的鸟发呆。

我打开电脑坐在窗前，外面的树枝挡住了阳光。他敲敲门然后开了一条缝，头没有进来只是几绺头发飘在门上说，你要去“雅典娜”不？我请你。

我说我不去，我也包了年卡。我看到他笑了笑，一晃就消失了。他像是油盐不进，不懂得如何交朋友，也似乎不需要任何朋友。

有一天早上我一开门，他养的那只白色的猫哧溜一下蹿进来撞在我身上，它叫了一声我也跟着叫了。我受到惊吓的声音并没有影响到他，我朝着他的屋子跑去。他的门是虚开着的，我站在门口惊魂不定，张着嘴说不出话来。他翻身看了我一眼说，惊咋些什么呢？不就是一只猫吗？难不成它还能吃你。接着他又睡去。

我站在门口看着那只猫，它正从窗台上往我的床上跳，刺啦一声掉了下来，回头朝我喵喵地叫。它一闪身像个幽灵，它跟它的主人像极了，冷漠嚣张无礼。

三

171和你们住一块吗？我问。

171跟我们不一样，按摩脚的活收入太少她不愿意接。023说。所以她不可能住在这栋楼的后面，跟大家挤在十六平方米的小屋子里睡上下铺。

十六平方米，几个人睡？我动了一下脚，希望她换个部位按。她说不过是夜里睡睡觉，有的做通宵天亮了才回屋。我抬头看了一眼屋子里的空调，她问我要不要调一下温度。我说那夏天岂不是要热死人。她说我睡的地方离挂式空调很近，就像抱着它睡。我们同时笑起来，冬天盖夏被，夏天盖冬被。

你说的地方就在这栋房子后面？她点头。我执意让她拉开一点窗帘向外看，她指向一个我根本看不见的地方，你看就在那栋房子后面。我半抬起身子，看见有一道门用两把自行车的锁交叉扣在一起。

我问，你们的门就那样锁着？

她放下窗帘说，只有这样才能让人觉得里面没有人。

她一边按着我的脚一边说，以前店长经常会在早会的时候，走过来说这个店全靠171撑着，走过去又说我们全靠171养活，搞得大家都心惊肉跳的。

我问为什么会有这样的感觉。她说因为店长给我们传达的信号是，如果有一天171走了，我们的店就垮了。她按我的小腿时，我把脚弯曲着抬起来。我问她你有一次说171的包是奢侈品，她背着那样的包来这里上班？她没有说话，示意我翻过身去给我按背。

她把屋子里的灯又关掉了两盏，风把窗帘吹起来带进来一股清凉。

快入秋了，你要记得早晚加衣服。她说。

我想起室友前天抬着一箱啤酒回来，晚饭后他才开始工作。他也这么说，快入秋了。夜里他大概是写累了，在屋子里的过厅走动。我给023说起我的室友，当初我要重新租房想寻一个合租人，朋友的朋友就介绍了他。

023不以为意地说，两个人合租总会有问题。

我以为023会问我为什么不找个女合租人。她两只拇指同时用力往下按，我哼了一声。她说你不受力嘛。

我说，我跟女人很少有相处得好的，她们心眼太多。之前我是和一个女孩合租，她每次洗头的时候都偷用我的洗发水，而且用量很大，我觉得她在往墙上挤。有一次她告诉我她喜欢看泡沫纷纷下滑，我不明白她说的意思。

023说，都是这样的。

那时我刚来北京，工作还没有落实，跟我妈的关系很不愉快，手头很拮据。我撑起身子表示要喝水。023递过水来，我大概是太渴了，一股劲地喝完了杯子里的水。023对着耳机叫人送水上来，她继续弯下身来给我按背，这会儿她的用力点在肩胛骨，又酸又痛，我忍不住叫她轻一点。她说每个人从外地来北京都很不容易，我来的时候身上连钱都没有。

我放平身体闭上眼睛，她的手轻了些，我把手耷拉下来。我也很想告诉023我住的地方，记得我搬到它对面的居民楼里时，这个小区有四十几栋，黑压压的一片。虽说是南北通透，南面的窗户前是小区供暖的大烟囱，冬天会冒出腾腾的白汽，我经常看着那团白汽，特别想知道它究竟烫不烫手。可惜我租的房子在三楼离烟囱的顶部太远，摸都摸不着。

南面来的光基本上就被这个大烟囱挡住了，所以只能打开北面的窗户。北面是七圣路小吃一条街，人来人往，常见人划拳骂架，热闹声浮动街面，服务员熟练地从围裙里抽出一个袋，飞快地抖动着那张一次性塑料餐布，一盘盘热菜端上来。一拨客人来一拨客人走，车水马龙的热闹和我总像隔着很多年的光景，既遥远又让人心生向往。在一个人还没有落地生根之前，再美的景象都如同隔世的幻象，炫目的灯红酒绿缥缥缈缈。

我总是趁着室友下午出门吃饭的时候打扫房间。我把过道上堆的杂物清理出去，偶尔也会顺便拖一下他的地。他的房间里到处是烟头，桌子上乱七八糟地放着各种空了的饮料瓶，喝完的没喝完的啤酒瓶全堆在靠窗的地上。我不想让他知道我给他拖过房间，就没有清理那些杂物。他有时候还是知道我打扫了房间，会冷不丁地在走廊上问我，今天怎么没打扫房间。

我被问住了不说话，他走到门口转过头来说，跟你说话呢。之后他并不需要我回话，又自顾自地进门去，他要的是一种权威感。有时候我感觉他的存在像只蟑螂，在你开灯的时候突兀地出现在眼前一动不动，然后倏地躲藏起来。朋友到他房子喝酒，他就大声地喊我过去。我不知道他叫我做什么，走到他房间，他手一指让我坐下喝酒并不介绍。见我坐立不安就指挥我去烧水倒茶，如果我气不过起身离开，他就说她就这德行。他是想让朋友觉得我是他廉价的女友。

四

我不抱怨我室友的时候，023会埋着头一边给我按脚，一边慢条斯理地说171的故事。

171总是穿着高跟鞋来上班，老远就能听到鞋跟着地的声音，有点像马蹄。我们都笑了，这有什么不一样呢。是不一样，她的鞋一万多。你听过马走路的声音没有？我说没有记忆。马在山里走路的声音大老远地传过来，就像挂在墙上的钟。我又笑了，想象着171走路的样子，怎么也无法将她与洗浴这样的职业联系起来。

她说171从她们身边走过，隔着工作服也挡不住香水的气味。她经常坐着不同的豪车过来，车就停在路边柳树下，下车前她总是要在车里待上几分钟才下来，脖子上斜围着块小方巾，不知道的还以为她要去住宾馆。

我说，怎么从来没有见到171，哪天你约上她我们一块吃个饭。

023的耳机里哇哩哇啦地响，她用手将耳机按紧担心露出来的声音被我听见。我看见她脸上的表情慢慢地变得僵硬，然后她给我掖了一下被子就出去了。过道里传来别的对讲机的声音，像是在一条长长的深不见底的隧道幽暗的随风而散。

023回来的时候我睡着了。她像是不知道我睡着了，把我的身体往下拖了拖。我睁开眼睛问她是不是出什么事了。她笑笑说，来了个我的老顾客，没事已经有别人去了。我们刚才是在说171吧？171外面的房子原先是客人给她租的，后来好像她自己租了。她偶尔也会回来住进我们的房间，重庆人的性格火辣，走起路来一屋子都冒热气。夜里大家聊天，她喊一声闭嘴，房间里立马就鸦雀无声。

真的没有人敢再出声？我问。

023点头说是的时候，她的手轻快地滑过我的背脊骨，我哎哟了一声。她把手又滑回来反复地推按说我这儿堵得厉害。

我忍着痛问她，171做美甲怎么工作。

023停下手来站直身体叹了口气说，这个就是问题，她嗨热爱生活。

听到023冒出重庆话，我觉得亲切，就告诉她我也会说重庆话，重庆话嗨好学。

023并不接我的话，往我身上抹了精油说，171喜欢画画，高中毕业参加艺考，考川美专业分够了，就是文化分低咯。

023又冒出了重庆话。她的手在我肩胛骨那儿用力，我说痛，她说这儿是大肠经。我尽量放平身体，好让她方便舒通。

五

8月底，北京高温不退。蝉鸣比以往更响，类似一种精疲力竭的嘶吼，通过腹部的鼓膜和颤动的翅脉，蝉体现着它们向死而生的信仰，把余下不多的生命献祭给夏天的末尾。我听着023讲171的故事度过了整个夏天，在她的描述里面，171因为是重庆人才这么有作为，让我对重庆人似乎也滋生出了一种莫名其妙的好感。

171在023的口中是个传奇式人物的存在，她的勤劳让人尊敬。那时候我对171充满了好奇，好几次都想通过023把171约出来见见面，想要听听171的故事。但一方面理由不充分，另一方面023一直都在加班，没有时间出来帮我约上171，哪怕在“雅典娜”附近的饭馆聊一聊呢。其实也不完全怪她，赶上她放假的日子，我又出差或是有别的什么事就错过了。别说171了，我还真没有在除了“雅典娜”之外的地方见过023。她们就像店里壁橱里的一个玩偶，要花钱才能进去见着她们的面。

023有一天问我知不知道凡·高的《星夜》。她准确地说出了文森特·凡高的全名，并告诉我说他来北京了。

我说，你知道凡·高？她没有回答我，继续说，好像是6月22号来的。就在中国国家博物馆里。我说，那么这个月你休假的时候告诉我，我和你一起去看。

她说，请不了假，这个月有四个女技师回老家了，店里忙不过来，黄顾问不准她们请假，这个月业绩超不超得过于顾问，就看她们的表现了。她想了想后，又问我能不能替她去看看？

我拿起手机搜索，给她念这次展览的详细情况。在来中国前，这些画作分别在美国休斯敦、英国伦敦、荷兰阿姆斯特丹还有荷兰的南部小城丹博思展出过。然后来到了北京，接下去会到日本继续它的旅程。

我抬起头问她，知不知道休斯敦在哪？

她说，是不是澳大利亚？

在美国。

她笑了，凡·高原来是美国人啊。

我也笑了。

她说，宣传资料上写有九个展区，其中一个她特别想去体验。

我问她什么？

她说，好像是凡·高卧室，具体叫“阿尔勒的卧室”，是个VR，人可以躺在里面体验，很多人留言说，感受特别温暖。

我问她，这和凡·高的《星夜》有什么关系？

她诧异地问我,《星夜》没在那个卧室里啊？

六

我再去“雅典娜”的时候，发现我的茶杯被换了，从他们店里的共用的透明玻璃杯换成了她自己花钱在超市给我买的陶瓷杯。那个绿色的杯子杯沿镶着金边，据说有这种金边的杯盘，是不能放进微波炉里面的，不然会爆炸。

我看你从不用店里的杯子，知道你有洁癖，我重新给你换了个杯子，开水烫过了，里面泡了云南的花茶。她说。她把泡好的茶放在床边的茶几上说，上次和你交流，感觉你懂画？她小声地问我。她的动作轻柔，捏着我小腿和脚掌连接的位置。

我端起绿色的新茶杯，不看她说，略懂一点。

有时候023说自己出生在甘肃农村，有时候又说是陕西，我并不想追究到底哪个是真的。她说家里只有母亲一人，她最大的心愿就是接母亲来北京看看。我不说话，调高了墙上投影仪的音量，电视剧《小欢喜》中的主人公陶虹饰演的宋倩正堵着门不让前夫乔卫东进屋，嫌他看女儿的次数多了影响女儿的学习，心里有点小庆幸，幸好自己那时没有生在大城市，指不定我妈比宋倩还折腾。

我心不在焉地看着屏幕，遗憾自己并没有023那样的心愿。我想起来这几年与母亲的关系，像是一堵旧墙上原有的缝隙被苔藓遮住了，偶尔联系，彼此都很生疏。来北京的第二年，母亲给我发了条让我彻底放弃与她重归于好的短信，说她准备把家里的房子卖了重组新的家庭。

我看着023背过身去晃动在墙上的影子，产生了一种她并不存在的错觉。她说她往老家打钱了，妈妈每次收到钱都会托人转告说自己不要钱，叫我好好的不要惦记着她。023用手肘往上撸了一把头发说，下个月村子里通网了，买个手机寄回去，就可以每天打电话了，不然每次打电话都要先约好。

我闭着眼睛说，你妈爱你吗？

她停了一下。然后起身把床边的盆挪到靠门的地方，像是故意要延长说话的内容。她说，我们农村人不会说这句话。她整天干活，几乎没有话可以跟我说。小时候上学翻山过坎的，也不会想得太多。现在出来了，就总想着她过得苦。总想着有一天让她过上好日子，晚上睡不着的时候，脑子里全是她在地里干活的样子，砍猪草的样子。

你们家还喂猪。

喂。一年到头的猪油和家里的开销全靠那两头猪。

她打开了另一盏灯。屋子里的光线里暗红的颜色朝上投到一个角落，有一种纸醉金迷的隔离感。她见我又掀动了一次被子，把一只腿弯曲在床沿上。她说你吃点水果。我开始吃水果。她说，这里生意难做，我妈催我回去，我要离开这里。我把刚放进嘴里的水果吐到纸巾上说，你要去哪里？她说，先回老家。我说，西安那边？她点头。我说这样你的手机就可以不买了。手机是要买的，因为回去我肯定不会回乡下去，我会在城里找个工作。她说。

七

那天下午，我准备告诉023，我换了工作可能要搬家，以后就不住西坝河这里了，也不太能再来这里按摩照顾她生意了。没想到，她先我一步告诉我这里生意不再好做，很多时候都没有客人来，她妈也不停催她先回家，她只好先离开北京另做打算。

离开北京前，她还有一个愿望，就是去看香山的红叶。她问我，姐，不知道香山的红叶红了没有。

她要离开这件事出乎意料地打击到了我。后来我分析可能是因为她先提出来要走，以后再也见不到了。也许我先说这话，我的感受会要好一些。上一次凡·高的事有愧于她，我就自告奋勇地说，我去替你看看。

我坐了两个小时的公交车去香山看红叶。公交车路过一个广场，里面有一群学习轮滑的孩子。有一个在领头，后面的人跟着有序地律动，头忽高忽低，一会儿换右脚支撑，一会儿又换成左脚，像大雁的迁徙。想到023要离开，我也要搬离西坝河，心里有一种难以言说的不舍，还有那个重庆的女技师171我还没见过。023回到老家后，我们这辈子都难以相见了。萦绕在心里面的失落感像一层雾。

9月，香山的枫叶算是看到了，但还没有红起来。不仅是没有红起来，甚至和红都不沾边。大片大片的绿叶，让人怀疑这还能红得起来吗？我问大巴车的司机，北京的秋天什么时候才能到啊?

司机旋转着方向盘，看看后视镜笑了笑回答我说，北风一吹，下一场雨，北京的秋天就来了。

我回去告诉023，我说你再等一个月，一个月，香山的红叶就红了。

她笑了笑，告诉我说，没事，我等不到了。以后再来首都看吧。

我说，你在这里几年了。她说，好几年了，反正不到十年。我说，我们认识了多久了。她嘻嘻地笑，嘴里露出一颗小米牙说，老半年了吧。

临出门时，她包好我的绿色专用杯，说下次你继续用这个杯子，我给你烫好。我送了几个单位发的月饼给她，她站在门口对着我挥手。

八

再次去“雅典娜”已经时隔一年。我在西坝河站下车，站在马路对面，隔着行道树，“雅典娜”的外观还是老样子，但是“雅典娜”那几个半圆排开的字变得松松垮垮，浴字偏旁掉了一个点，看上去像一个人缺了一颗牙。玻璃外的霓虹灯招牌粘上了隔壁餐馆的油污，灯管接触不良，一会儿有电，一会儿又停了。隔壁明宫宾馆的搬迁已经严重影响到了“雅典娜”的生意。

我刚进门厅，前台就跟我上了楼，她用手势指引着我，这边请。并对着那个神秘的无线耳机说，楼上贵宾一位，请接待。为了确保不是记性出了问题，她回过头来问我，姐，你是第一次来？

我记着原来整个楼道是泰式装潢，前台的柜台旁边放着一尊佛像，头顶冒着水，顺着佛身流进下面的一个小圆盘里，其间伴随着哗啦啦的水声。让人觉得是谁在为了调温，而少量的在放洗浴水进木盆。走廊的脚下点着浓郁的印度盘香，像是为了掩盖一些其他的气味而特意点上的。现在前厅的装潢也变了，换成了日式风格的六扇木窗，窗前的瓶子里装着塑料樱花，高高地盖了一面窗。下面还有一个装上电池的招财猫不停地摇手。

我摇了摇头表示不是，问她，旁边在修什么东西？

她说原来这里是明宫宾馆，现在要改成如家快捷酒店。她的声音轻快，似乎对酒店的开业十分期待。她推开门说，罗马包房，您稍坐。技师马上到。

在房间里坐了一会儿，一个女孩敲了敲门，提着她的塑料工具箱就来上钟了。她从箱里拿出一次性纱布，撕开一截透明胶用牙轻轻咬断，把门上的小窗遮住，又把纱布多出来的部分塞进窗沿里面。

眼前的这个胖女孩，或许是因为矮，头发看起来特别长。她用皮筋把头发绑起来，那个长度能到她膝盖后的腘窝。她也带着一个神秘的无线耳机方便和前台交流，她歪着头听，就像在听什么歌曲。

我环顾了房间一圈，室内重新装修的气味没有散尽。大屏的投影仪幕布换成了大电视机，墙纸也重新贴了，不过里面还有鼓鼓的小气泡，弄了满墙的牡丹花的图案。

看我脚放不进去，她弯腰在塑料袋边撕开一条小口，鼓起来的塑料袋才缓缓耷拉下去。

我以前怎么没有见过你？我问。

她也不抬头，依然蹲在一旁从她的小工具箱里拿出指甲锉、精油，还有一次性毛巾。

姐，可是我见过你啊。她笑着把毛巾叠成正方形，放在一边备用。你总点023，023走了，现在换成我了。

你怎么称呼？

王莹。

我的意思是你是几号？

986，姐。以后您记着点986就行了。她指了指衣服上的胸牌，又把手放进水里。

你老家哪的？

和023一个地方的。她又补充道，我看您也不常来了。王莹继续埋着头，把手放在水盆里洗着。

023走后我是不常来了，来这里总会让我想到那段窘迫的时光，还有我当时咄咄逼人的室友。他也应该早搬离了西坝河吧？那之后我们就再也没有联系过。我想到023，想到她走之前给我买的那个绿色的杯子应该还在这里，顿然有种物是人非的感觉。

王莹，你有没有看到一个绿色的杯子？

什么绿色的杯子，姐。

我摆了摆手想着算了，估计杯子早被新来的人清理干净了。谁还会留下一个杯子呢？

姐，你说。

我讲话你耳机那头听得见吗？

听不见，姐，你说。

我想找一个绿色杯子。可能还在023的柜子里，你能帮我找找吗？

王莹迅速地对着耳机那头说，黄顾问，黄顾问，罗马包房的客人找您。

果不其然，黄顾问很快就上楼了。姐，您叫我？她推开门，盘子里装着一盘洗好的圣女果。她把盘子轻放在桌边说，姐，我刚查了您的卡，还剩下五百多，您今天充卡吗？充三千，送八百八十八。

我被她突如其来的话弄蒙了。不管您今天充多少，黄顾问说完这句话看我没反应，以为是自己诚意不够，她从门背后的挂袋里取出按摩价目表又说，今天我都再送您一个半小时推背。

我接过价目表单，放在枕头上说，我想请您帮个忙，帮我找个绿色的杯子。我看着黄顾问坐在另一张按摩床上，并没有挪动的意思。我又说，找到以后，充卡的事好说。

听到这句话，王莹也跳了起来。黄顾问对她说，赶紧立马去找杯子。

我叫住王莹，黄顾问你去就行了，她留在这里。再说还没到时间。

黄顾问一边往外走，一边又对着她耳朵上的耳机说，罗马包房的客人要找一个绿色的杯子，你们快在自己的箱子里找一找，有没有看到一个绿色的杯子。镶金边的。黄顾问又对着耳机重复了一遍我的话，要镶金边的。

九

我躺平身体，房间稍稍安静下来，我说王莹，你说香山的红叶红了没有？我转过头去看着她。

王莹像是被我吓着了，本来在给我推背的她，跨到另一张按摩床上，从她的工具箱里取出按摩精油，又倒了一些在手上说，姐，想啥呢？现在才8月份。

她把两只手掌合在一起，让按摩精油均匀地涂抹在她的掌心，又快速地搓动着，好让她的手不至于太冰凉。

她说，姐，今天外面天气怎么样了。

我不说话，看了看窗帘很严实。我感受到她暖和的小手放在了我的腰上慢慢地往下按，然后在那里开始使力。你是哪里人？手怎么这么重？我直呼让她轻点，腰椎受不了。

姐，不是刚给你说了嘛，我是重庆人，和023是一个地方的。

王莹似乎觉得我不相信她，她就用重庆话说，023就是重庆的区号撒，姐不晓得么？说完她哈哈大笑，用普通话又重新说了一遍，023就是重庆的区号，所以给你按的023才选了这个数字。

023是重庆人？也许我之前忽略了吧，不过也难怪，大家都只说是黄顾问的老乡，黄顾问的老家在哪里，我还从来没有问过。这样就能解释为什么023和171的关系好了，两人同一个地方来的。

你们旁边要开如家快捷酒店了吧？生意就更好做了。我把头埋在按摩枕里，那里面有一个中空的洞，但却什么也看不见。

她的手又恢复到凉凉的感觉了，她的双手放在我的肩颈部位又来回滑动。是啊，我们都盼着它开业呢。

开业了，023还会再回来吗？想到023当初是因为明宫宾馆倒闭生意不好才被迫离开，现在她就能有借口回来了。

她不会了，她换到总店了，离我们四五公里吧。虽然以前我们都靠她养着，但是做我们这一行的，每过一两年就得换一个地方，不然没人点了。男人嘛，都喜欢喜新厌旧。

我吃惊地问王莹，那171呢？

什么171？没有171啊，哪里的区号？

黄顾问推门进来，晃动着手上绿色的杯子，后面还跟了两个帮忙找到杯子的女技师。她小声地问，姐，再给您加点水吗？

蒋在的《外面天气怎么样》发表于《江南》2022年第4期。曾在海外留学，现今居于北京，多重地方经验让青年作家蒋在的北京书写具有新的目光。小说以节制的笔调叙述了月光族室友、在洗浴中心打工的女技师等北漂青年的生活片段，勾勒了他们拮据的日常、微妙的友谊与对理想人生的憧憬。而结尾的反转与留白，使得小说在虚虚实实的叙事之间富有弹性，也掀开了北漂青年心灵深处的一层褶皱。

——胡诗杨

抠绿大师

孙　睿

一

膝盖在燃烧。

我和宝弟蒙在绿布下，低着头，双臂抵着吉普车后备厢的钢板，下半身和腰腹协同发力，推动着一辆两吨重的吉普车向前滑行。

起步的那几下很费劲儿，使出的劲儿都被弹回来，构成膝盖的几块骨头咬合在一起，长到现在，它们从未如此亲密过。轮胎像一块尚未成熟的痂皮，紧贴地面，没有丝毫的缝隙。屏息凝气，双脚蹬地，继续发力，轮毂终于转动起来。

一旦动起来，就没那么费事了，想起速，仍要玩命推，胳膊会本能地使劲儿。意识到车并没有随着我们发力而加速多少后，使劲儿的部位会自动下移，提肛缩腹，前脚掌触地，脚指头也被带动着发力，腿肚子的肌肉膨胀欲裂。这并没有使我退缩，却让我身上其他部位的肌肉被调动起来，跟面前的这辆车死磕——有种一扇门挡在你面前，不把它推开，就会被闷在黑暗里的感觉。

车真的越来越快了。绿布下，眼前闪现出一道道光。我有点儿低血糖。

这时绿布外面喊了一声“停”，车里的人踩下刹车，宝弟攥着绿布的手心渗出汗，在吉普车漆面上一打滑，脸重重撞在后备厢外面挂着的备胎上，声音不大，还带了点儿反弹。

“没事吧?”我攥着绿布的另一角问。备胎是开拍前，导演让挂上去的，本来它平放在后备厢里，导演说还是挂在外面好，有气氛。不知道硬邦邦的轮胎和邦邦硬的铁皮，脸更愿意选择撞哪个。

“为了艺术，没事。”宝弟揉着痛处。

“停!”是导演喊的，随后他又说了一句，“能不能再快点儿?”

“试试吧。”我探出头说。

“什么叫试试吧……”

“能!”宝弟赶紧说。

“车回原位，再来一条。”

我和宝弟钻出绿布，跑到车前，把车往回推，推到起始位置，又跑到车尾，再次蒙上绿布，准备拍摄第六条。

“时间不多了，争取一条过!”绿布外面又在发号施令。

宝弟再次揪住绿布的边角，对我说：“马哥，你心里就喊：×你妈! ×你妈!然后车就能推快了。”

我往嘴里放了一块糖说：“我之前心里喊的是：你妈，×!你妈，×!”

“也挺好!”宝弟笑了。

我也笑了。笑完，我们身上又有劲儿了。

因为同期录音，我们不能把这话喊出来，否则车一定会推得更快一些。

“预备……”绿布外面传来声音。

我和宝弟双腿后撤，双臂抵住吉普车，和大地成四十五度夹角，拉开架势。小腿的肌肉一跳一跳的，跃跃欲试。

“开始！”

绿布随着吉普车移动起来，这是坐在导演那里看到的效果。到时候绿布这部分会在后期剪辑中被抠掉，包裹在里面的我们当然也就消失了，看上去是吉普车自己在往前开——用这种方法拍摄行驶中的吉普车，够酷吗？

二

得从这辆吉普车说起。车是峰哥的，他倒腾临期食品，就是即将到期的零食、饮料、奶、酱油什么的，超市和电商会在到期之前三四个月就下架，退给供货商，供货商则以想象不到的价格——超市价格的十分之一——再次批发出去，只求快速出手。峰哥专收这些货，再倒出去，赚差价。本质上也算倒爷，倒是倒了，离爷还远，利润极低。有一次他卖了三十米长的奶，只挣了四千元——一挂车十五米，卖了两挂车，一集装箱的奶挣两千元，合到每盒上就只挣两分钱。他也是快进快出，沾点儿利就走，还有更多种类繁多的临期食品堆积在上千平方米的仓库中等着被拉走。他老说，干了这一行，看着这些巨量的、即将被人类消耗的东西，感觉已经不是食品了，人也不是人了，怎么看怎么像饲料和鸡。

供货商的仓库通常建在城市远郊，峰哥每天都要去看货，必须有辆吉普车才能从那些沟沟坎坎、没有路的地方开过去，于是搞来这辆国产二手四驱车。它有一个催人奋进的名字：奋斗者。峰哥每天开着它，从河沟和草地上碾轧过去，把自己送到那些为了节约成本而临时搭建在野地的仓库前，喷满花露水，穿过蚊群，走进库房，为了一两分钱，跟老板各种套近乎。超市货架上的下一批退货随时都会到来，只要峰哥能拉走，老板也不死扛价格，你好我也好。峰哥对下线也是这个态度，特殊时期，能有买卖做，尽量得和颜悦色。

但有时候也会碰到杠头。有一次峰哥发一车巧克力，天热，特意配了冰袋，送到地方，卸完货，对方突然说不要了，因为保质期不是峰哥说的还差三个月，而是两个月。峰哥逐一查看，他也是被忽悠了，确实有差三个月的，但大部分是两个月。峰哥说既然已经卸了货，出现这种情况，索性不挣钱了，按成本价给他，并接通上家电话，说明日期的事情。上家说每天发这么多货，不可能一盒盒地检查，就是一大概日期，同时表示，愿意退款一千元作为赔偿。峰哥开着免提和上家通话，过程全透明，并说这一千元退款可以让给下家，雇车买冰袋也没少花钱，都不要了。其实三个月两个月，都是卖，但对方不知道哪根筋不对了，就是不干，坚决退货。你来我往说了半天也没用，最后几箱卸下的巧克力也没往仓库搬，就堆放在阳光下，正一点点儿变软、融化。大车司机着急回去，峰哥就让他先把车开走，拿货方挡着车不让走，要求必须把巧克力拉走，峰哥推开他，让司机先走了，说剩下的问题他留下来解决。

推搡过程中，那家伙不知道怎么就倒地了，然后报了警——纯经济纠纷报警没用，倒地为叫警察来解决此事提供了巨大便利，所以他一直躺在地上没起来，像一摊融化的巧克力。

那天是宝弟陪峰哥去的，峰哥的吉普车限号，宝弟就开着他的五菱荣光跟峰哥跑了一趟。峰哥和那人戗起来的时候，宝弟和那人的助手在一旁劝导，也都是奔着催成买卖别惹事的原则，哪怕警察到了后，当事双方也以为这事可以调解，无非是峰哥出点儿钱再退一步，让对方多挣点儿，落个心理平衡。没想到警察当场给他们都带走了，因为峰哥弄的这批巧克力里掺着假货，出警的警员也是位父亲，常给孩子买这类吃的，练就了一双慧眼，恰好被他发现。

到了当地派出所，进一步了解情况后，就让对方的人和宝弟走了。峰哥被扣，他的解释不管用："我犯不上卖假货，真货比假货还便宜，我成车成车地走货，不可能一包包细看。"等他再出来，已经是六个月后。他进去的时候，媳妇还有三个月就要在老家生娃了，完美错过。

峰哥出来那天，宝弟开车去接，我跟着。宝弟是开超市的，峰哥给他供货——一般峰哥不做散户，我们仨是一个镇出来的，还在同一所中学上过学。宝弟从峰哥那儿拿的货，若全卖掉，就有钱挣；卖不掉，则自己吃，省了生活费。总之，干这个，让宝弟在北京活下来，现在超市开到第三家，都设在城乡接合处，我们也住在这里，北京的边缘。

半年没见，峰哥瘦了，也黑了。接上他后，除了问想吃什么，我和宝弟没再多嘴，对峰哥在里面的生活避而不谈，只说外面发生的那些无足轻重的事。倒是峰哥主动介绍起每天都干什么，听上去很丰富，我和宝弟也有点儿向往了。我俩配合地笑着，同时琢磨着该如何把另一件事告诉峰哥：他停放吉普车的那条路变样了，车现在有点儿麻烦。

车平时停在一排刚建成尚未投入使用的小区底层商铺前，这排房子盖在土坡上，最近开发商修路，土路部分变成了石板路，以前是自然延伸到坡上，车能开上开下，现在土坡的两头被改成花岗岩台阶，有十几级。峰哥进去得太突然，修路时联系不上车主，车就那么一直停在坡上。我和宝弟也是看到修好的路后，才注意到被贴满一张张挪车通知的吉普车。我们去找开发商，得到的答复是只能自己挪车，为了这辆车，这条路已经晚动工半个月了。昨天我和宝弟揭掉车上的条子——开发商已做到仁至义尽，每天贴一张挪车通知，驾驶室一侧的玻璃都被贴满了，远看白花花一簇，随风翻动——免得峰哥看了受刺激，还拎来水桶把车冲干净，前后挡风玻璃上已经落满红绿相间的鸟屎，铲了半天。

现在宝弟把五菱荣光开到这道坡下，峰哥看懂了两侧的石阶和坡上的变化，一个跨步，跳上石坡，摸出钥匙，拽开车门，坐进车里，打着火。然后在我和宝弟猜测下一步会如何的时候，车从以前是土坡、现在变成台阶的地方，像只大号的铁皮青蛙，一蹦一蹦地开了下来——台阶下我和宝弟的头也跟着一上一下地颠了起来——停到我和宝弟身前。车窗落下，峰哥在里面说，上车，吃饭去。

我们仨都知道，吃饭的本意在喝酒。人均五瓶啤酒后，峰哥说，北京想把我的路堵死，但我开过去了，现在我要回家了。然后摸出车钥匙，推到我和宝弟面前说，车你们留着开，挣钱了，给我点儿折旧费就行。我和宝弟面面相觑，不解地看向峰哥。峰哥说十五年前他就想亲眼看看北京什么样，来了这儿，现在只想亲眼看看儿子什么样，得走了。宝弟说，跟儿子玩够了，再回来呗！峰哥说有家了就不能乱跑了，一度他待在北京的理由是给孩子挣奶粉钱，结果孩子出生的时候他却不在身边。一旦有了孩子，人生重要的事情就变了，现在他不觉得外面有多好了，说着唱起齐秦的那首《外面的世界》。我和宝弟用掰开的一次性筷子敲击酒瓶和酒杯，这是我们仨每次喝完酒的保留节目，曲目会随情绪而变。

唱完，峰哥说："钥匙收好，将来我儿子来北京，还得找你们。"

就这样，吉普车到了我和宝弟这儿。

车大部分时间是我在用。每当别人问我是干什么的时候，我都不好意思说我是搞影视的。我在剧组做过的最高职位是"副美术"，多的那个"副"字，代表我不可能直接接活儿，只能给别人做副手，甚至打杂。我不是专业院校出身，入行时间也短，所以不挑活儿，只要给钱或钱不多但能学到东西的组，我都去。有时候得出去找景，或选购美术道具，剧组爱找自己有车的工作人员，这样不用再派车了，报销个油钱就得了，于是峰哥的这辆车在我这儿派上了用场。每次干完一个活儿，我就给峰嫂——她也是我们镇的——转笔钱，并问问她和峰哥怎么样，每次得到的答复都是：还那样儿。那样儿是哪样儿，我也没再往下问。

从业的这几年，我没攒下什么钱，就留了一堆破烂——都是剧组拍戏用过的道具。它们是我的资本，当哪个小剧组没有道具预算的时候，我的优势就体现出来了，可以自带道具进组。为了存放这些玩意儿，我特意租了个农家院，两间房子用于生活，剩下的屋子堆满桌椅板凳和仿制的各个年代的瓶瓶罐罐。现在我和宝弟推吉普车的这个活儿，就是这么接到的。

我的一个也是做“副美术”的朋友，给剧组找道具，知道我手头有辆吉普车，想借用。我说车不是我的，我得替车主收点租金，按市价，每天两百。“副美术”说就用半天，拍一场戏。我说租车公司也是用一下按一天收费，行规。“副美术”说这组没钱，我说我得尊重朋友的车，那就别用了，再问问别人吧。“副美术”说塑造角色需要，主人公就得开国产吉普车，还得有些年头的，别的地方不好找，就当帮他一忙，回头请我吃饭。我说吃饭免了，你就给车主一百块钱吧，我也好有个交代。“副美术”答应了，给我发了位置，让我后天一早把车开到那儿。结果第二天一早，“副美术”来电话，说要不这活儿转给你吧，组里什么费用都没有，导演还要这儿要那儿，你那儿有囤货，能接就你给干了。我问是什么组。

原来是一个年轻导演，自掏腰包，要拍一条三分钟的竖屏短视频，参加平台举办的比赛，一等奖奖金十万元。导演为全片准备的费用是一万元，拍两天，用一万博十万，当然更是冲着博一个广阔的未来去的。即便没得奖，以后给别的需要拍竖屏视频的公司当样片儿看也可以。现在的导演，全都得懂点儿经济学。我很理解这事，问美术预算是多少，朋友说就六百元，片酬、道具费、租车费都在这里面。我说行，接。

不是为了挣这六百块钱。我很清楚这种事情往往费力不讨好，最后说不定还得往里搭钱。但拍出来，真得奖了，我也痛快，并抱有一点私心：这次干好了，万一导演出名了，以后拍大片也会叫上我。

六年前，我在老家那座政府大楼的办公室里实在坐不下去了，每天给相关部门设计网页，凡我用心想出来的，加点儿创意，就会被说“没必要”。工作了两年，每天面对的都是雷同的东西：一成不变的版式、用来用去的几种颜色、指定的字体……倒不是觉得做这些愧对我的专业，因为我本身也不是什么像样学校的像样专业出来的，是我脑子里那些被同事们认为稀奇古怪的念头，它们不甘悄无声息地生起又消散。一次我在网上看到外国剧组的拍摄花絮，一位男演员穿着奇怪的衣服在绿布前吊着威亚在飞，然后拍摄的画面导入电脑，一个戴眼镜的大胡子按了下鼠标，演员背后的绿布消失了，大胡子换了几套背景，有大海的，有沙漠的，有城市摩天大楼的，铺在刚才绿布的位置，画面看上去就是这个演员在这些地方飞过，酷极了。后来我在电影院看到这部叫

《蜘蛛侠》的电影，坐在影院的座椅上，黑暗中我有一个强烈的感受：这才是我想做的工作！于是来了北京。当然上火车之前，是艰难地说服家人和点头哈腰去辞职。

带着工作两年攒的一点儿钱，到北京我就报了一个后期特效培训班，学期三个月，在那个班上，我认识了后来的女朋友小艾。当时我住在宝弟那儿，他比我小四岁，早我两年来北京，通过宝弟，我又认识了峰哥。培训班毕业后，我在小影视公司上过班，也在同学的介绍下，进剧组打杂，凡是跟“美术”沾边的事，都干。细分起来，“美术”内部又分很多行当，比如特效抠图和场景搭建，完全就是俩工种，我都干过，为了生存。我也知道，我不可能在某一方面成为行业独领风骚的那种人，只能靠杂取胜——需要抠图的了，我上；需要锅碗瓢盆了，我也有。

此刻，我就蒙在一会儿要被我抠掉的绿布里，力争把吉普车推得让导演满意。两个小时前，我开着吉普车，宝弟开着五菱荣光——拉着我为这部戏翻腾出来的道具，赶到这里，今天开机。

全组一共九个人，导演为了省钱，说没有早饭，自己吃完再过来集合。我买了四张鸡蛋灌饼去找宝弟，给了他两张，他说一张就够了。平时我也一张就够，我的经验是，这种不太正规的剧组，饭都不会准时，吃饱点儿好。推完几趟车后，宝弟说：“幸亏早上听你的了。”

最近宝弟在追一个女孩，一直想约女孩来剧组玩，让我再进组时带上他，他只干活儿不拿钱，还能贡献面包车，力图在女孩面前为自己打造出一种神通广大业务繁多的人设，并不只是一个开小超市的。没想到开机后的第一场戏就出问题了，出在那辆吉普车上，拍完第一条后，它突然就打不着火了。

无论怎么鼓捣，就是不走。

导演有点儿急了——若不能按计划好的两天拍完，就要多花钱——说，什么玩意儿，哪儿找的破车！

我知道这话是冲我说的，任何解释都是苍白的，我窝在驾驶室里捅捅这儿按按那儿，宝弟也在一旁帮忙——他的五菱荣光坏过几次，都是自己鼓捣好的。

但这次奇迹没有出现。

二十分钟后，导演那边更难听的话传了过来。我灵机一动，跑去说："我蒙上绿布推，车就能走起来，后期再把绿布抠掉就行了。"

"没抠像的钱。"导演直截了当。

"我可以抠，问题出在我这儿，我免费抠。"

"能行吗？"导演不相信这事能这么办。

年轻的摄影师在一旁说："行不行也只能先这样了，要不然两天根本拍不完。"听语气，也是被导演忽悠来的，怨气扑面而来，我能分辨出这不是冲车，也不是冲我。

我掏出手机，把做过的抠像视频给导演看，没等看完，导演说："那就这么拍，赶紧的！"

于是我和宝弟钻进绿布。宝弟说多亏他留了心眼，第一天自己先来探探路，打算第二天再叫女孩来，如果此时女孩在现场，绿布下他的红脸，一定特别难看。

在我和宝弟的膝盖碎掉之前，总算拍出一条让导演满意的。

“这场过，下一场。”导演的话宛如天籁。

我开着宝弟的面包车，拉着道具，跟剧组赶往下一个场景。宝弟留下处理吉普车——先把它挪到停车费少或者不要停车费的地方——再去找我会合。

下午的拍摄还算顺利，晚上九点收工，入住快捷酒店，大家领了房卡，纷纷回屋休息。我从摄影助理那里拷贝了吉普车的视频素材，开始用笔记本电脑抠图，导演要早点儿看到效果。宝弟洗完澡从卫生间出来，躺在床上给阿双——他追的那女孩——发了明天拍摄的位置，又美滋滋地在手机上打了会儿字，然后跟我聊了几句，就没动静了。我扭头一看，睡着了，攥着手机。

抠像比我预料的复杂。抠不难，关键是抠完，吉普车屁股那儿就是一片白了，我得从吉普车的背景中截出图贴在那儿。按说这也不是啥难事，但是拍摄时太匆忙，没贴点儿，所以截取了周围画面再挪过来，老有点儿对不上。我便给车后面加上一层蒸腾的气雾，就是太阳曝晒时常能在公路和铁路地表看到的那种效果，有种氤氲的感觉，这样就遮盖了背景的瑕疵。也许观众看了会问，车的尾部为什么会喷出这样的气体呢？我都想好了导演这样问我时我该如何回答，我会建议导演：这是一种魔幻现实主义的效果，可以增强这部片子的表现力。

做完这些，快四点了，天已放光。我发到导演的手机上，头一挨枕头，便什么也不知道了。

三

我是被服务员的开门声吵醒的。睁眼一看，太阳已经越过树梢，宝弟还以昨晚睡着时的姿势蜷在床上，服务员拿着拖布进来，正准备打扫卫生。

“我 ×，十点了！”我赶紧推醒宝弟。昨天通知早上七点出发，我按亮手机，看大部队这会儿在哪儿，并纳闷为什么没人敲门叫醒我们一起走。

宝弟迷迷糊糊睁开眼，慢镜头般翻了一个身说：“浑身酸。”

他说完，我才意识到我也酸。微信的拍摄群里有几十条未读信息，我点进去，找到第一条未读信息，是导演早上六点发的。说今天不用出工了，昨晚他想了一晚上，既然这短片要参加比赛，就得对自己的要求高一些，现在的剧本需要完善，场景也有变化，所以原拍摄计划取消，他先回家改剧本，估计一周内能改好，如果大家那时候还有时间，再来一起完成创作，房钱已经付过了，睡到自然醒就各回各家吧。有人在群里问，那工钱怎么结？导演说下次拍摄的时候一起结。有人说下次不一定能赶上了，先把昨天的结了。导演说他已经先走一步了，回头再说。要钱的人说走了也可以发红包，然后双方开始扯皮。我没看完，赶紧通知宝弟，先别让阿双来了，戏不拍了。宝弟说："啊，为什么呀？"

收拾完东西，我和宝弟坐在宾馆狭窄的大堂，筹划着下一步该怎么办。我给导演发私信，没提日后还拍不拍的事，问他抠像的视频看了吗。等他回复的当儿，我把视频又看了一遍，昨天做的时候又困又累，觉得尚可，现在清醒些再看，有点儿汗颜。等来导演的回复，未对视频做评价，只说剧本会变，不需要主人公在此处开车这场戏了。我问昨天拍的视频怎么办，他说用不到了，你看着处理吧。我又问如果再拍，还会用到吉普车吗，是否需要尽快修好。他只回了俩字：待定。

在我询问导演的时候，宝弟告诉了阿双，场景临时有变，换到郊区拍了，太远，改天再来剧组玩。原本阿双打算中午来看宝弟，然后赶在下午五点前回去上班。她在一家精酿啤酒馆当服务员，工作时间是下午五点到凌晨两点。

宝弟问我，下礼拜真能继续拍吗，那时候叫阿双来玩也行。我说不要抱有幻想，剧组是世界上最不靠谱的组织，导演是世界上最不靠谱的人。宝弟不说话了。我说等我进别的组干活儿，你来帮两天忙，到时候再邀请阿双，就是未必会很快成行。宝弟想了想说也只能这样了，为了不露破绽，他决定今天去找阿双一趟，告诉她这部戏要转到外地拍了，等下回有北京的戏，再叫她来玩。然后又想起什么，说面包车里的那些道具他得用一下。

我开着车，宝弟指路，傍晚时分，我们到了阿双上班的精酿啤酒馆。车直接开到餐馆门前，那里立着一个类似讲台的东西，实则是工作台，后面站着一个女孩，穿着黑T恤黑裤子，戴着黑口罩，头发是黄色的，手持对讲机。车还没靠近，宝弟就指着告诉我，那就是阿双。

车子驶到工作台旁，坐在副驾驶的宝弟放下车窗，笑嘻嘻地问，双儿，有车位吗？阿双认出宝弟，从工作台后面走出来，往斜前方一指，然后颠颠小跑着带路，边跑还边回头冲宝弟笑。侧面能看到她耳郭上钳着两个银色的耳圈。

停好，宝弟下车，给我和阿双做了介绍，然后重点介绍这辆车，说是剧组的道具车，今天刚收工，后天要去云南出外景了，走一个月，特意来看看她，道个别，明天要收拾剧组的东西，没时间过来了。说完拉开面包车，让阿双看里面的道具。阿双的目光试探着落在里面的那些物件上，有风吹过，一股陈年的霉味儿飘了出来。宝弟在一旁解释，都是摆设，充样子的，不是实用物品，所以脏兮兮的，出现在画面里给特写时再擦干净。阿双指着一个台灯说，哇，这种，我小时候写作业就用这样的。又指着一套凉水瓶说，我小时候家里喝水的也是这样的。这时候阿双手里的对讲机响了，呜啦呜啦不知道在说什么，响完，阿双冲着对讲机回复：收到！然后把路边的三角锥放在一个没车的空位上，说有人预定了车位。

阿双把我和宝弟领进餐厅，宝弟选了一个临窗的位置，能看到门口的工作台。阿双拿来菜单，让我们先翻着，她叫服务员过来。阿双走到吧台，跟穿着白衬衣的服务员说了几句话，同时指向我们桌，说完便出去了，又站在工作台后面。

自始至终戴着口罩，也不知道她长什么样，给人一种麻利、勤快的印象。宝弟说，她上个月刚过二十岁生日。

我问宝弟，阿双为什么来北京。宝弟看着窗外说，肯定不是为了来当服务员，先磨炼磨炼也好，将来结婚后知道生活的不易。我问，她知道你要跟她结婚吗？宝弟笑了，说，我老来这儿吃饭，也许她知道，也许不知道。我说，男人，主动点儿，免得被别人抢先了。宝弟说他怕真挑明了，被拒以后更没机会了——所以得想方设法让阿双觉得跟他在一起的生活会是有意思的。

阿双为什么来北京这个问题，我也知道没必要问，但还是没忍住。阿双让我想起了小艾。我和小艾是三年前分的手，培训毕业后，我俩在一个小剧组又遇到了，一起在美术组做后期特效。那部戏结束后不久，我俩就在一起了。她是女生，不愿意做风吹日晒的工作，坐在电脑前抠像让她很满意。她那时候比阿双现在大不了多少。我为了让生活好一点儿，除了参与影视美术的后期，前期有活儿也去干。我和小艾就这么在一起了四五年，她家里开始催她结婚。我俩都知道，对两个北漂来说，婚后留在北京意味着什么，而不留在北京又意味着什么。

耗了两年，有一天，小艾说她想回老家了，我去过她家的县城，比我家的县城大不了多少。她说厌倦了，厌倦北京，厌倦这份工作——到现在我也不知道有没有厌倦我的成分。每天她的工作是把人物后面的绿色抠掉，替换上新亮的、华美的、奢靡的、梦幻般的，甚至魔幻般的背景，于是一个新的世界诞生了。而眼睛一旦离开屏幕，那个陈旧的、凌乱的、厚重的、落着灰尘的世界，又重现眼前。渐渐地，小艾发明了一个词：劣质的生活。

我没问小艾劣质指的是抠图这种伪饰现实的生活，还是从屏幕扭开脸后面对的生活。总之，她不想再创造劣质的生活，也不想再过劣质的生活，于是离开了北京，自然也就离开了我。我也不想过劣质的生活，所以我还留在北京。来北京于我，就像中国男足去世界杯上溜达一圈——说不去溜达，是认；费挺大劲溜达上了，也没好到哪儿去。

不知道阿双到了小艾那岁数的时候，会怎么想这些。菜上来的时候，阿双正在窗外拎着挪开的三角锥，指挥着司机倒车。我刚挂了4S店的电话，描述了故障，问修车要多少钱，他们说具体什么故障得检查完才知道，从目前描述的情况看，可能是变速箱坏了，换一个新的两万八千元。我问，换上新的，这车能卖两万八吗？接话员换了一种语气说，您最好把车开来，如果变速箱修修还能用的话最好。我说开不过去了，我琢磨琢磨吧。挂了电话，正好看到阿双经过宝弟车的时候，又巴头往里看了看。我又灵机一动。

“咱俩把这个短视频继续拍完吧？”我看着正在吃拉皮的宝弟说。

宝弟嘴边吊着一截半透明的浆状物，抬头望向我。

“你不是想让阿双来剧组玩吗，咱俩弄个剧组。”

“拍什么呢？”宝弟没有把那截拉皮嘬进去，而是吐了出来。

“就拍峰哥那车。”

“不是坏了吗?”

“我能抠图，剧情我想好了，这辆车就一直爬坡一直爬坡，咱们多拍几组车在行进的镜头。”说着我把给导演发的那段视频调出来，在软件里做了一个倾斜的效果，看上去车就像在爬坡，后面还跟着一团袅袅的尾气。

宝弟看了两遍视频说:“就是一直爬坡吗，不讲什么故事吗?”

“快结束的时候，给司机一个正面特写镜头。”我看向窗外说,“让阿双演这个司机，她不是想来剧组玩吗，索性客串全片唯一一个人类角色。”

“让她露脸有什么用意吗——我当然希望她能露。”

“你想，片子一上来，一辆笨重的汽车，尾部冒着奇怪的烟，吭哧吭哧地开，不干别的，就是一直往山上开，一般人都会认为这么各色的司机肯定是个老爷们，但是突然一亮相，原来是个年轻女孩——就让阿双穿现在这一身，口罩也不用摘，露一双眼睛足够了，保持神秘。”

“知道司机是女孩以后呢?”

“车又继续开，终于到达山顶，阿双下车，然后取走一个什么东西，不能是太沉的东西，也不能太贵重，在别人看来，为这么一东西爬上来，犯不上。”

“什么东西呢?”

“没想好，还有时间再想，大概就是这么一个意思。”

“那为什么开的是吉普车，不是骑个电动车呢?”

“这是人物的性格，就像阿双为什么来北京，为什么在这儿上班。关键是咱们现在只有这辆车可用，就地取材。”

宝弟沉静了几秒说：“有点儿懂了，又不是全懂，文艺片。”

“什么片不重要，想不想干？”

“干！”宝弟指着手机说，“那这地方怎么处理？”

视频因为向右倾斜，水平的路面也随之倾斜翘起，画面的左下角空了一块，宝弟问的就是那里。我说可以把那里填充上一些水，宝弟问为什么是水呢，我说那是地面以下，弄别的都不合适，弄点儿水就代表地下水了。

“那好看吗？”

“一种风格。”

“哪儿找摄影机去？”宝弟问。昨天拍摄用的是有摄像功能的相机，高清级的，摄影师给取景器做了遮幅，呈现出来的就是竖屏。

“就用手机。”

“能行吗？”

“行不行也得这么干！”

四

凌晨三点，我和宝弟把吉普车弄过来的时候，阿双正好收拾完店里的东西，可以走了。她摘掉了口罩，长得和小艾一点儿不像——本来也没道理应该像。

吉普车是用宝弟的面包车拖过来的，我俩弄了一根拖车绳，他在前面开车拉，我在后面的吉普车上控制方向盘。路上遇到警察查酒驾，也让我吹了，顺利通过。

宝弟已经把我的想法跟阿双讲了，阿双有点儿紧张，没上过镜。我说拍的时候，眼睛一直盯着前方就行，我会找角度的。

阿双和宝弟上了前面的面包车，我还操作后面的吉普车。我的车上有对讲机，平时工作常用到，我给前车放了一个，有事就用对讲机联系。宝弟拿着对讲机试了试，说真像剧组了，我说咱们就是剧组。

我决定先拍最后一场戏，山顶部分。我知道北京哪儿的山头好看，以前给别的组选景我都有印象，现在出发，这么开，到山顶正好天亮，说不定能赶上日出。拍完山顶，再拍吉普车各种行驶和阿双的镜头，便万事大吉。

阿双说她明晚五点还得上班呢，回得来吗。宝弟说肯定能回来，他还要回剧组收拾后天带去云南的东西呢。

我们出发了。

车行驶在下半夜出京的国道，完全就是另一个世界。路边是黑魆魆的杨树，耸立两旁，像一条隧道。宝弟的前车开着远光，前方高处的树被照亮。为了不晃到前车人的眼睛，我只能开近光，紧绷的拖车绳在灯光中一颤一颤，拉着我前行。

前面突然亮起刹车灯，对讲机里说：“有羊，绕开。”

宝弟打了左闪灯，我也跟着左打轮，从一只木呆呆站立在行车道上的白山羊身旁绕开。不知道它是没睡呢，还是已经醒了。不可理解的生命。

车窗微启，凉风灌入，不冷不热。四个气球在我的车里飘来荡去。离开阿双的餐馆，我和宝弟去拉吉普车的路上，夜色中，看到前方一个大叔，骑着电动车，后排挂满气球，被风吹得像舰船的尾浪，翻滚荡漾。大叔一味向前开着，气球顽强地向后飘飞。

面包车开到和大叔平行，我摇下车窗，问气球是卖的吗，他说嗯哪。

我们在路边停好车，买了四个气球，攥到手里。我突然有个想法，短片的结尾可以是阿双抵达山顶后，来到一棵树前，那儿挂着一个气球，她把气球解下来，全片结束。现在四个气球像四朵荷花，随风贴着吉普车的顶棚摇曳生姿。

天快亮的时候，面包车把我们——吉普车和三个人——拉到山顶。眼前的山脉还沉睡在青暗中，更远处的山蒙在一层雾气里，看不到城市景象，秋虫叫着。我下车拍了几张空境照片。

一直没合眼，阿双眼睛里泛起淡淡的血丝，我觉得可以先拍阿双的特写，这种感觉正好，一会儿血丝多了，过犹不及。

阿双坐到吉普车里，重新戴上口罩。我把手机嵌入支架，固定在车前的中控台上，我坐在副驾驶座上，用LED灯给阿双面部补光。宝弟在前面的面包车里等我的信号，我说开，他就会启动车，吉普车会跟着走起来，镜头里看上去，就是阿双瞪着微红的双眼在开车。

拍了两条，阿双一直瞪着眼睛，不敢眨，不知道该怎么演。我建议她不要想着在演，当成真实地在开车就好，眼睛酸了可以眨，甚至挤眼睛都行，在剧情里，你已经不知道开了多久的车了，可能三天，也可能三个礼拜。

又来了两条，越来越好。再后来拍到一条阿双想打哈欠又憋回去的，状态恰好，可以拍下一场了。

我选定了山顶的一棵树，把气球挂在阿双踮起脚勉强够得着的地方。然后告诉阿双调度线路：先下车，不用关车门，抬头看一圈，发现气球，走到树下，摘下气球，揪住绳子，拉着气球回到车里即可。

吉普车前的拖车绳被宝弟卸去，这个镜头拍车停下后发生的事情，能少抠一点儿就少抠一点儿，抠像不是什么美差。

开始走戏。前面阿双都准确照做，走到树下后，犹豫了一下，然后才踮起脚尖。我提醒她，这里不要犹豫，要坚决，表现出很强的行动力。阿双说，能不站着够气球吗？她想爬树。太能了，我说，先爬一个看下感觉。

阿双说爬就爬，抱着树，胳膊腿一起使劲儿，虽然不专业，但能感觉到她敢爬。宝弟在树下出主意，告诉她抓哪儿，蹬哪儿。折腾一番，阿双掌握了爬上去的路线，还想再熟悉一遍，我说不用了，实拍，剧情中你是第一次爬这棵树，需要一点“生疏”。

气球系到阿双刚才攀爬的路线上。我在阿双下车这侧支好手机，开始。

阿双依照之前的设计，走到树下，又抬头看了一眼，突然蹿起，抓住一根侧枝，同时借助脚，蹬了一下树的主干，身体升起，摽在树枝上。稍作稳定，仰起上身，伸胳膊揪住垂下来的气球绳，然后看了一眼树下，直接蹦下来，落在草厚的地方，身体借势一倒，坐到地上，胳膊一直举着。跟试爬的那次完全不一样，但很完美。

阿双站起身，也没掸土，抬头看着气球，一松手，气球飘走了。阿双想够，蹦起来抓，已经来不及了。气球越来越远，眼看着变小，山顶显得很低。

我还一直拍着，镜头对着飞远的气球。

“没事，还有呢！”宝弟去取那三个气球，都是白色的，多买就是为了备用。

阿双羞赧道：“拍起来，脑子里一片空白，全忘了，忘了爬树该蹬哪儿，摘完气球，我也不知道该怎么办，下意识就松手了。”

“很棒，比我设计得好。”我停掉手机说。

“再来一条吧！”阿双说，“拍一个气球不松手的。”

“还是松手好，来吧！”

宝弟把另一个白气球钩在合适的位置。第二遍开始。阿双上了树，够到气球的绳子，往身前一拽，“砰”的一声，爆了。气球刮到了树梢。

“还有。”宝弟举着另一个气球跑来。俨然一位合格的道具师，他再次将气球放到合适的位置，并指导阿双如何避开树梢。

气球爆炸的时候，一滴水珠落在我的头上，我以为是气球里的。现在第二滴也落下来，我意识到是下雨了。出发前，我查过天气预报，没说有雨。现在下了，也不意外。

阿双也感受到了，抬头看天。

“没事，抓紧时间，能把这条拍完。”我又启动了手机摄像。

阿双又用另一种方式爬上树，也是原生态风，我摇动手机，配合着她的动作。阿双落地，气球飞走，我仰起手机。气球飞至恰到好处的时候，一滴雨水落在镜头上，像把画面扔进水里，多了一种味道。我觉得可以了。

雨滴越来越密。下开了。肉眼可见，雨珠落在山上。

我们进到面包车里避雨，我坐在后面的道具中。宝弟拿出三桶泡面，他刚才已经用酒精炉烧好开水。我们撕开包装，泡了起来，车里充满面香。

等面熟的时候，宝弟问我：“马哥，有一事，这片子万一得奖了，奖金怎么花?”说完不好意思地笑了。

这个问题我早就想过，正因为这点儿念想，才让我有了拍个片儿的想法，当然并不全是，占三分之一吧。我说：“先把峰哥的吉普车修好。”

“要是没得奖呢?”宝弟又问。

“那就等于少挣了十万块钱，钱对咱们来说一直不好挣，也正常。”我说。

“我想好了，没得就明年再拍一个。”宝弟掀开一个桶盖，递到阿双面前。

雨越下越大。

吃完面，阿双和宝弟在前排玩着气球，你打给我，我打给你。我又冒出一个想法，片子结尾可以放在雨中，阿双下车，爬树摘下气球，看着它在雨中飞走，然后上车，继续往前开。我打开手机，先拍了一个雨刷器不停摇摆的镜头，想等雨小点儿，出去重拍爬树那组镜头。雨却不见小，甚至愈演愈烈。我查看天气预报，此时已显示为“暴雨”，还发布了泥石流预警。

这次预报得很准。没一会儿，车窗外已成一片瀑布。像正经历一个失控的泼水节，雨珠噼里啪啦落在车顶，仿佛直接打在头上。

我翻看之前拍的素材，看见刚到山顶时拍的那两张照片。前后不到一个小时，同样的一片山，完全是两种面貌。我在手机上做出第三种面貌，给远处的山脉抹去，添上一些加了光效的楼宇，在调成亮橙色的天空下，像刚刚洗过的蔬菜。然后给虚空中放上一道彩虹，跨越苍穹，充满画面，将远处的楼和近处的山，罩在一个安全、祥和的世界里。直觉牵引着我这样做。

照片被我发到朋友圈，取名“雨后·北京”。我经常这样发图，但也不同于那些一定美颜过才发自拍的人，有时我还特意把画面调得脏旧，虽然失真，其实更真。

这场雨让北京的一天提前开始了，我看到不少人在朋友圈里说，雨太大了，被吵醒或被吓醒。

在我继续翻朋友圈的时候，宝弟突然冲我身后大喊：

“我 × ！”

说罢打开门就冲了出去。我回头一看，侧后方停的吉普车正缓缓后退，我也拉开车门跑过去。微倾的山坡上，砖石地面已经存了厚厚一层水。

宝弟跑在前面，捡起地上的拖车绳，试图拉住吉普车。但无济于事，车仍倒退着拽着宝弟往前蹿。我跑到宝弟身前，也像拔河一样拉住绳子，车速放缓了，近乎停下来，但还在缓慢移动，因为我和宝弟的脚无法待在原地，在一点点儿蹭着前移。阿双也补过来，双手拉住宝弟身后的那段绳子，同时一只手薅着气球。

车彻底停住，绳子抻得笔直。汽车在绳子的那头，处于低处，我们在绳子这头，位于高处，我们的头顶是悬浮的气球。从远处看，也许是一种奇怪的视效：吉普车被气球拉住了。

气球确实在帮我们拽住即将滑落的吉普车，尽管这力微弱，那也是向上的力。

只要不撒手，气球就不会飘走；只要不松手，汽车就不会滑落。这是峰哥的车，车牌还挂在上面，将来他儿子来北京还用得着。我们就这样卡在山坡的边缘，像定了格。

地面湿滑，我们不知道能坚持多久。雨没有停的迹象。

“报警！”我喊道，“110，119，120，都行！”

“我不能松手。”宝弟在我耳边大叫。声音穿越水柱，像从很远的地方传来。

“我的手机没电了。”阿双已经破音。

“用我的，右边兜里！”我扭动身体，露出右半侧。

阿双松开手，来掏手机。绳子又传来车的拉力。

“密码多少？”阿双拿出手机，举到我面前。

“1235789。”

阿双的手指在屏幕上划出一个“Z”，仿佛佐罗驾到，手机解锁。刚才我看到一半的微信界面映入眼帘，在修过的那张照片下面，挤满好友们的头像，我收获了使用微信以来最多的一次赞。

顷刻间，雨水已让屏幕看不清。我仍清晰地看到最上面的一行留言：这是北京的哪儿，想去！

孙睿的《抠绿大师》发表于《上海文学》2022年第8期。《抠绿大师》中，“我”和宝弟正是影视行业的“北漂”，依靠一辆旧吉普在不同的剧组之间来回奔波，最终决心拍出自己的短片。孙睿以本地人的视角看“北漂”。他着眼于这座城市里更新的行业和更新的人，并刻画出他们的内心生活。孙睿从小在北京长大，但他的小说并没有很明显的京腔京调。相应地，小说聚焦影视行业，却也与传统京味小说关注行当的作品读来大不相同。在他笔下，新的行业里的新“北漂生活”是复杂的，小说书写的是新北京人的生活样态。

——刘溁德

故国逢春一寂寥

杜　梨

密云人王芝芝拥有一头浓密的短发，眼睛细长，身材傲人，笑起来就止不住。可自从进了冬宫，她越来越臊眉耷眼。冬宫延时以后，她凌晨三点半就得起床。这个班儿是越上越不开心。她又非常能忍，内里的喜怒蒸腾到皮表，只转为一张半是嘻嘻哈哈，半是淡漠无痕的脸。这导致她内分泌失调，脸上的痘儿越起越多。

我们相识于第一次冬宫的集体培训，饭后坐在石狮子身边聊天儿。时至今天，我都在想，我们的相遇就像那顿午饭里的西红柿炒鸡蛋那么自然，一如秋夜的雨和霓虹灯的傍晚那样舒适。

她说以前在检察院做文书工作，上班走路十分钟，只因为没编制，便陪朋友来考事业编。两人怕彼此落榜，一个报冬宫，一个报紫澜苑，互相鼓励。谁不想来冬宫呢？乾隆见了都说好，还给它写了好多诗。

结果，芝芝上了岸，朋友却落了榜。刚安慰朋友没两天，她就得四点半起床赶车了。芝芝觉得这回血坑，还不如考不上。每个早晨，芝芝都能被十号线加热成汉堡里流淌的芝士，黏在一堆生菜和肉饼中一动不动。到站后，滚滚的人流即刻夹起她的小饭兜子，火速将她救下地铁，双脚无须沾地，即可完成线路换乘。这小饭兜子无疑是她的通勤利器。她黏在电梯扶手上，勉强给我弹几个字："我真服了！"

每当看见她甩着刘海，气喘吁吁地跑进教室，我便故作惊奇地给她发微信："来啦！"

"我今天很早吧！"她回复。

"挺牛的呀！"我对她能按时到表示惊讶。

"我五点半就出发了，我都敬佩自己。"

"怎么弄的？长城上飞过来的？"

"坐缆车，观夜景来的，我开心坏了。"

"一夜快车，硬座儿！"我笑嘻嘻地给她发，"当保洁你开心坏了。"

她回我一块砖头的表情包——"以德服人"，砖头上写着"德"字。

综合培训后不久，我和芝芝就被分到了不同的组。我和考古专业硕士小商、数学天才扈漠漠、刑事书记员小灿一组。芝芝和张望他们一组，他俩都当过辅导班的老师。虽然都在冬宫里，但一入宫门深似海，我们每见一面都得几个月。

第一站，芝芝和张望那组集体去了文物展陈的紫微馆，而我们组像被击溃的台球，散落在帝后起居临政看戏的各个殿堂。漠漠在冬宫的正门冬瓜门，小灿和小越在仁政殿，小秦和小茄子在乐乐堂，小夏在德乐园，小商和小周在碧霄殿，而我独守在碧霄殿之上的香香阁，全冬宫最显眼的地方。

最神奇的是，漠漠的祖上是扈尔哈特氏，给大清守了一辈子陵墓。孙殿英的军队盗清东陵的时候，其先辈听见了动静，不得已苦挨了一夜。待那些土匪退去，他立刻骑着小毛驴进京告溥仪去了。

如今的漠漠坐拥一屋子宫廷服饰，默默为大清看着大门。一百多年后，命运再次光临。下大雪的时候，我有时会看见她默默地站在红伞下，若有所思地查着健康码。

上大殿前，小夏传来消息："听红叶山说，殿堂管理就是每天看门，墩地和擦桌子。"

起初大家都觉得是天方夜谭，后来每天不拿鸡毛掸子都不舒服，仿佛一叉腰就能变成什么总管。一般来说，干部不太喜欢干工勤岗，觉得掉价儿。好在这活儿不用动脑子，经过社会压榨的我们，反倒开心坏了。

进了冬瓜门就是仁政殿，百日维新的序幕在此拉开。如今殿里光线凋敝，案前的十二盏鹤灯，头顶的六盏意大利五色玻璃插蜡吊灯从没亮过，三千六百个工匠手工雕龙、比利时进口的穿衣镜阴阴地立在两侧，左右各有一百只血红蝙蝠捧着两个巨大的"寿"字，精致的紫檀木龙椅上铺着20世纪80年代出产的皇家坐垫儿。小灿和小越一边掸灰一边想，也许只有帝王才能驾驭此座儿吧！

后来他俩才得知，只有慈禧才能坐这儿，光绪每次都是临时排座儿，小灿不由得感叹："慈禧太后是大拿。"

而在慈禧的寝宫乐乐堂，小秦她俩在一屋子珍奇异宝中走来走去，比利时的玻璃屏风，两个盛水果的青龙烧大瓷盘，四个铜制九桃大香炉，各种珊瑚象牙瓷器摆件，内心泛不起任何涟漪。整日面对老佛爷的凤榻，即使站得累了，也不会往上坐。这不是规矩的原因，而是她们嫌那床上灰太多，怎么扫也扫不干净。乐乐堂是唯一坐北朝南的殿堂，室内能见到阳光，还有点热乎气儿，我们很羡慕。

小商第一天去碧霄殿上班，经过乐乐堂，看见小茄子站在门口，刚兴奋地挥一下手，就被乐乐堂的掌门训了："上班儿期间不许串岗！"

小商一声都不敢吱，缩起脖子灰溜溜地走了。

德乐园拥有现存的清代三大戏楼中最完整的一座大戏楼，花费了北洋水师一座铁甲舰。慈禧最爱来这儿听戏，一共来过二百六十二天次，有一年来听了四十天。每次光绪都得坐在临时座儿上，和皇亲国戚、文武百官一起，无可奈何地陪着。冬宫志里有十三年，整面整面都写着同一句话：慈禧在德乐园听戏。

刚去的时候，院里正摆着慈禧坐过的奔驰车，确实气派。老员工故意逗小夏，说晚上有人在大戏楼里唱歌儿，钢琴会叮咚叮咚弹起来，一排宫女托着瓷器走过，小夏吓得嗷嗷叫。

香香阁的历史最为传奇，造价也最为高昂。然而和其他殿堂比，香香阁内部可以算得上是佛门净地，空空如也。第一层除了观世音菩萨、铜鹤、铜瓶和香炉外，几乎全是仿制品。鲜红的长案几上，几尊香炉法器上的铭文用金粉涂得歪歪扭扭，油彩绘制的缂丝图上还有余墨结块。我最初不知是仿制品，还在纳闷这字儿涂成这样，慈禧没砍掉他们的头简直是奇迹。

每个周一，我举着鸡毛掸子登上香香阁高层，俯瞰整片山川河流，千佛琉璃海离我如此之近，北风掂走香香阁的灰，散向广阔的知春湖，小蜘蛛们也乘着风去远行了。

为了防火等问题，我们组所在的古建殿堂一律不许有空调暖气等设施，一切只能靠人体物理保暖，靠着单位发的大红棉袄、黑羽绒裤、厚底靴和小热水袋过活。有同事甚至同时穿两层齐膝羽绒服，两层毛裤，戴两层帽子和棉手套。寒潮过境那些天，我们站在窗口，睫毛都会结冰。为此，大家只能躲在窗后，来回走动，勉强顶顶风。

一年后，我才知道，大殿的下方地板里有专门取暖的机关，可以让太监宫女续上木炭供暖。大殿里铺上大清高科技地暖，再加上鼎炉里的檀香、龙抱柱中的藏香、铜龙铜凤和香鼎炉里的檀香，再加上七宝烧里堆的苹果山，本应是又香又暖的。

当然，我们苏拉是不能跟太后比的——过去大清管内廷机构里的杂役叫苏拉，苏拉没有姓名，成堆儿出现，除非是逃跑、打架、砍人或是犯了事儿，史书上才会出现他们的名字。现在文明了，苏拉变成了职工。

我在山上大阁里转圈儿时，小商正在山下的碧霄殿里转圈儿。一个在山上，一个在山下，两人走出一个莫比乌斯环的量子缠绕。广阔的湖面结了冰，北风吹起冰上的白雾，直冲碧霄门。小商站在风口处，退无可退，还有大爷揪住她，要跟她探讨夏商周。

“这连个遮挡也没有，每天吹得我冻死，我只能疯狂绕着院子走大圈儿，根本停不下来。梨，你们山上应该更冷吧!”一起开会时，她薄薄的嘴唇嘟起来，机灵又体贴。

小商是学考古的，起初我总记错她的研究方向，每天故意笑嘻嘻对她打招呼:“夏商周！青铜器!”

她立刻反驳:“梨！你又记错了！是新石器!”

之所以硕士会选择新石器时代，是因为小商觉得历史文献很复杂，青铜器上的铭文也很复杂。但新石器时代没有文字，晚期才有一些符号，构不成完整的体系，也许会简单一些。

不料读了研，她才发现新石器时代专门研究器物，要做各种类型学研究，依旧很费脑子，她后悔不已。毕业时赶上疫情不能拍毕业照，她把自己的脸P在了大学校门前:“当然，脸也是P过的。”

小商生得丰满可爱，一头黑发如盛夏的乌云，睫毛如西班牙小扇，黑眼珠活泼泼的，好似酒神的葡萄，在夜光杯中摇曳。哪怕万千金戈铁马，皆与她的沉醉无关。平时她就算义正词严，也能把我们笑死，有些人天生就快乐。

作为考古人，小商怀揣着学习修复文物美好的心愿进来，然后逐渐发现自己离梦想越来越远——在碧霄殿门口吆喝卖票、擦玻璃栏杆板凳、穿着大红棉袄站在殿堂、每个下雪天都会赶上扫雪铲冰、下了班推着小板车去拉年货，小商的生活是意想不到的丰富多彩。

面对这些任务，小商从不偷懒，这可能与她多年来艰苦朴素的追星有关。

上学时为了赚追星的钱，她去路边发传单，一天八十块。有一次同学心血来潮，拉她去做双十一分拣员，说几小时就能赚几百块。干了一天后，她俩落荒而逃，分拣实在太累，她们再也没去过。

我们的香香阁依山而建，而他们的紫微馆远在平原，中间隔着半个湖，我们两组之间山高水远，道阻且长。芝芝在微信那头假模假式地抒情："想你的时候，我就看一眼香香阁。休息时间短，我根本过不去。"

我只有下班时才会路过紫微馆，可每当我说下山去看她，她都会一口回绝："我不等你了，你过来时间太久，我走了。"

我很生气，这是个假朋友，即使我从山上紧赶慢赶下来，也是十五分钟后了，那时芝芝早就坐上地铁跑了。再加上张望那组很爱张罗聚餐，经常下班就在紫微馆集合，等人一凑齐立刻出去烧烤。他们几乎吃遍了冬宫周围所有的馆子，而我们组碍于距离和排班时间不同，两年内只聚过三次，大多数时间都是微信狂舞。

乾隆再怎么吹冬宫，我们也是一下班就跑，苏拉的生活真的太无聊了，甚至下班只要听见冬宫两个字，都会汗毛倒竖。时间久了，我终于明白，为什么一百多年前，那么多太监冒着哪怕被抓回来，送给披甲人为奴的巨大风险，也要一次又一次地从冬宫逃跑了。有个姓柴的太监，竟然冒死逃过三次。虽然他三次都被抓了回来，但依旧是我的英雄。

那个冬天，寒潮来了好几回，我在香香阁差点抱柱而死，冬宫真是名副其实。

“我这儿挺好，就是天天棉袄棉裤太土了。”我对芝芝说。

“在这儿就不要有啥美的想法了。”芝芝穿着西服衬衫，趴在休息室慵懒地回复。

芝芝他们所在的紫微馆类似博物馆，虽然工作时间漫长，但里面有暖气，不用太挨冻。只不过各个空调冷热不均，有的地方像夏天，有的地方像秋天。芝芝站在馆里，负责看护诸多精妙的文物，各式珐琅器具、雕刻、瓷器、珊瑚、仙船、仙树等有趣的玩意儿。

张望守着大雅斋，有游客经过，问这瓷器真的假的，值多少钱，好像自己要买下来一样。

然而，馆里的文物越精妙，其管理就愈加严格。除了抄写规则、背讲解词和好好站岗，日常还要注意言行举止。第一天上岗，芝芝他们站在光线暧昧的馆里，一前一后地聊着天儿。

紫微馆的小掌门走过来：“知道自己是来干什么的吗？不许聊天儿！”

一旦两人凑得近了，则会被掌门说：“分开点儿！两人不能站一起。”

再之后，他们又下达严苛的命令，不让任何人看手机，一经发现，手机一律没收。同时还会有游客借宣冬宫圣名，偷拍上报。

我们不由得笑了：“不让拿书，也不让看手机。淡季又没人，那岗上只能数砖了。”

为此，芝芝掌握了正确的聊天地点和音量，躲在柱子后看玻璃反射，或是隔着柱子，寻找某个角度偷偷看书，她想考回密云。

有的新员工上岗时认真观摩文物，记下每一头瑞兽的名字或是每一种花瓶的纹样。芝芝在一边劝人家上班别太积极，老员工听了露出神秘的微笑，说芝芝耽误人进步。

一次宫内的常识答题考试，紫微馆提前模考好多次，反复强调不要给集体拖后腿。芝芝抱着一贯消极的态度，老员工说不动她，只得让她自求多福。最后，他们全员几乎以满分通过，紫微馆自是傲立群雄。只有健身比赛芝芝最积极，她以为自己平板支撑四分钟已是人上人，结果只得了倒数第二。正数第一竟撑了十六分钟，紫微馆里所有人都卷得像大懒龙，冬宫里面真乃藏龙卧虎。

待芝芝终于能离开紫微馆的那天，她给我发消息："我只想告诉后来人，自求多福。"

我笑得翻来滚去。

她继续说："反正我老贪心了，我不想晒太阳，我不想墩地，不想老站着，不想干机关，我觉得我没地儿去了。"

我说："你要坚持你的梦想，然后就回密云了。"

很快，芝芝的密云下了好大的雪，她拍给我看漫天雪舞："密云下雪了，北京也下雪了吗？"其实我知道，她更想留在北京。你们北京，碗们（密云方言，我们）密云。无疑密云也属于北京，但老密云都爱这么叫北京，好多远郊区县的人都爱把自家和北京分开叫。每次一说来城里，他们脸上都会燃起快乐，挥挥手："碗上北京啦！"

但无论是在城里的辅导机构教地理，还是在城里的事业单位来回跑，通勤时间过长，买不起城里的房，也舍不得租房，仅凭这几项，芝芝都绝无可能留下来。

除非，芝芝能找一个北京城里的男朋友。

我们几个再次相见，是在卖年票的寒冬。

每年最冷的那一个月，是市里统一集中发售景点年票的日子，一些地方会临时设立年票先遣站。香香阁的风掌门为了照顾我不受冻，特派我去支援卖年票。卖票的小屋里确实不冷，只是空调呜呜吹，脸干得像牛皮纸。

卖票对我们这些社恐而言是个苦差事，每天直面大量人群，要解释的话实在太多。这一年多以来，我大概回复了两千遍同样的话。同时，我们还要学会算账、数钱和辨认假钞，亏了就得自己赔钱，即使休息多几天，也没多少人愿意去。因此每年都是老员工抓一拨新人才能开张。我和小商在一百元充值，芝芝和张望在两百元新办卡，给人贴照片和压卡，像小作坊。

我从香香阁下山，拉上碧霄殿的小商。我们沿着湖走了很远，经过太上老君的镇水青牛，终于来到了延旭宫门外的小院子里。到了现场，壮丁们都是俩眼一抹黑。大家都是学文史哲的，数钱都得摊在桌子上数，就连做过书记员的小灿也不例外。

其实，卖年票最应该派漠漠来，她就是人形计算器，我们各大购物节的唯一希望。可惜，这几年卖年票都与她无缘，她依旧守着祖训，决绝地守着冬瓜门。

我们像临时起意的黄牛团伙，站成一小圈接受培训，负责人站在中间：“咱们延旭宫门是所有门区里条件最艰苦的啊！年票也是每年最重要的一个任务，拜托大家辛苦这一个月了啊！”

在那个由洗车场改造的小平房里，墙上的瓷砖白亮地龇着牙，颇有20世纪90年代的装修风格。三条拼成的白桌子摆成对联的形状，偶尔随着卖票的激烈程度，集体开火车歪向一边，像幼年过家家时，我们垒起的红砖头。

游客一掀帘进来，右手边是保安大福，正对面墙上就是两块猪肝色的小方告示牌，上面有醒目的白字：一百元充值。告示牌下，坐着穿工服的我、小商和大姐们。

保安大福坐在门边的小白桌子后，负责每天查顾客的健康码、维持秩序、打中午的饭、搬矿泉水或烧开水，和我们隔空瞎聊。他真名很雅致，但执意让我们叫他大福。他一米八几，胖胖的，寒潮来临就戴起雷锋帽，两条帽绳飞着，敞口穿着棉军大衣。鼓鼓的脸蛋儿上总有红晕，眼睛眯起来，笑嘻嘻的。他才十九岁，充满了少年的乐观，也可能是家阔带来的底气。大福家在坝上草原，家里有三百多只羊，可以说是地主家的儿子。

初中毕业后，大福不想学习，泡在网吧里打了三年游戏，砸了十几万进去。

于是家人让他找活干，他也不想放羊，只能跟着亲戚来到大城市当保安。

一百元年票是年票充值的主力军，我和小商不幸被分到了这组。届时，单个售票员每天要招待上千人，摸上千张冰冻的卡。碰上节假日，卖一百元年票的队伍可以从桌前排到延旭宫门边。经过简单的培训，我们学会了用POS机、数钱和记账。后来的客流量导致我去饭店一看见POS机就害怕。

卖的票多了，人总会出现幻觉。我会发现这世界的虚假性，我眼前的每个景象都能抽出线头。我们处在一个沙盘游戏中，每天随机出现在我们面前的这些人，也都是可以被归类的相似数据。

比如，夏天穿着军绿马甲，冬天换上橄榄绿冲锋衣，皱着眉粗嗓门儿的大爷。“怎么这么多人！”

烫着波浪小卷儿，扎着玫红色围巾，穿着各色羽绒服，拿着三脚架的墨镜大妈。“蜡梅开了吗？”

扎着中长马尾，戴着丝框眼镜，眼角长着鱼尾纹，口罩裹得很严，不发一言的中年女子。

把车临停在街口，脸色异常焦急，穿着冲锋衣和大黄靴的中年男子。“我专门为了充值来的，麻烦您快点儿，别到时候罚我啊！”

还有为数不多的几对学生情侣，戴着眼镜，大多南方口音。大概受了文艺电影的蛊惑，想多来逛逛：“葱好了四吧（谐音，充好了是吧），谢谢。”

在我眼里，他们像游戏里那些会重复出现，手持既定需求的客人。在他们眼中，我是游戏里那个在杂货铺卖装备的NPC，而背景音乐是不断循环的“请出示健康码，感谢您的支持与配合”，以至于下班回家做梦都能听见“请出示健康码，感谢您的支持与配合”。

“您好，微信、支付宝都可以，也收现金，收付款二维码，这儿，扣一下。您别着急，我说扣再扣。充好了，发票在那边。谢谢，再见。”人少时我们还能说完整的话，忙时只剩“您好”，接卡，指机器，点头，撕小票，消毒，招手，“谢谢，下一位”，宛如《摩登时代》的卓别林。

其实我至今都想知道，大爷们为什么爱军绿，而大妈们为什么爱玫红，还有延旭宫门距离喜农轩有两公里，我们怎么能知道那儿的花开没开。

卖年票期间，芝芝会时不时带着密云特产，坐两个多小时的车，给我带过来沉沉一兜。

芝芝需要贴年票，但她的手有特发性震颤，做精细动作的时候总是对不上焦。我送她一个模型，她半天也安不好一个零件，急得只能捶桌子。后来那个模型还是漠漠和我拼好，送给她做留念的。

有时候我满手都是东西，她好心帮我插个充电宝，充电头半天也捅不到插口里。我总想，神探夏洛克就是通过一个人的手机插孔边的擦痕累累，判定那人经常饮酒过度，以至于总插不准充电头。

不知为何，这么多年来，那个手机插孔的分镜头一直盘旋在我的脑海里。我和芝芝经常处于分离状态，时间久了，记忆里就只剩下了她的那双手。那双手打过检察院的各种材料，而今它在贴年票，动作更加精细，比小时候我们拍年画儿还让人紧张。

芝芝弯下身，脸凑近桌子，光滑的短发泻下来，又不爱戴眼镜，只能眯着眼睛，给游客贴着卡膜。有时贴得稍微歪一点，对方可能会不高兴。她便利用没人的时间，贴出更多卡来备用。每次给人贴照片，似乎都用了她毕生功力。

有一次我刚好忙完一拨，拿手机去给她拍小视频玩儿。我摁下录像键，看她贴完卡，潇洒地甩甩头发，给卡充值。我笑嘻嘻解说："由密云人为您带来的年票充值。"

她把桌斗一推，头发甩甩，眼睛弯弯："来自远郊区县的诚意。"

刚卖票没两天，由于配合失利，我和同事就少收了游客三块钱，比我们更惨的是张望。

第一天上班排大队，张望的POS机显示一直在转圈，对方没有输支付密码，但骗他付过了。张望怕排队的人等得着急，本着对大家负责的态度，就给对方充了值让他走了。

那天他损失了二百零三块，日工资也就一百块。

大姐们说起以前充值，有两人赔了几百块。新人的心在滴血，问如何才能弥补损失。

大姐答："除非你能收了人家钱，不给人充值。但那依旧是不可能的，认了吧。"

从此我跟小商发誓，一定把零头看准，绝对不赔一分钱。什么新石器考古专业的硕士、生态农学的硕士、留洋回来的英文硕士和文博硕士，学啥都没有赔钱重要，数钱比给论文加注释还要认真。

第一天之后，张望又遇到过相似的事。两位中年男子一起过来办理两百元年票，付款时需要输入支付密码后，张望再给他充值。

在这个过程中，负责支付的游客A只重复一句话：“你先给我办。”另一位游客B一直问他各种各样的问题，一会儿问他多出来的三块钱是怎么回事，一会儿问他两百元年票都能去哪里。

与此同时，张望发现对方一直未能支付成功：“没有充上，您再看一眼手机。”

B继续问他各种各样的问题，比如冬宫的开关门时间，樱花潭能否滑冰，其他景点年票办理是不是没有时间限制。

此时，拿着手机的A仍在重复一句话：“你先给我充上钱，先开卡再说。”

张望忽然觉得有些不对劲，他停下手中动作，一字一句地说：“请您先支付，我这里才能给您充卡。”

他与A四目相对，A不敢看他。对方二人倒是很有默契，不说一句，掉头就走。

他们不知道的是，张望在第一天已经亏了二百零三元。他永远记得，一定要先收钱。

卖票多了，我头都抬不起来，脑中一片空白。

这时，一位大爷过来充值，顺口问了很多事。待他的声音消失于大厅，抽屉里的钱红成一片，我才发现我不知道收没收他钱。于是，按照规则和程序，我摆出“暂停服务”的小牌子，立刻追出去，可门外还哪儿有那位大爷的影子？

我垂头丧气地回到小桌子，对面前的另一个大爷说：“不好意思，我这儿需要点一下账，您先去我旁边充值吧，同事空出来了。”

小商就在我旁边坐着，她面前已经没有游客了。

大爷瞬间如原子弹爆炸，头顶腾起冲天的蘑菇云，氤氲多年的烟嗓成为绝佳的共鸣腔：“他妈的排这么半天，告诉我不收了！那你他妈早说啊！”我只好连连道歉，之后他继续骂，我保持沉默。在很多时刻，钱都比尊严重要，这就是很多一线工作能够维持下去的原因。

好在做过加减乘除后，我发现刚好能对上POS机和抽屉里一堆零钱的账。这才长舒一口气，立刻支起卖票的小摊儿。

小商把愤怒的大爷招了过去，冲我摆摆手让我别难过。

那天，一位大爷问小商：“为什么第一年开卡收过三块钱工本费，第二年还要再收三块钱？”

“因为您这张卡是新办的，政策规定新办的年卡有六块钱工本费，分两年收，每年收三块。收够两年，第三年就不收了。年票背面也有关于六块钱卡费分两年收的说明。”小商按要求详细解释了一遍。

人们大多不看说明和告示，这就需要我们一遍又一遍地解释，大多数人都是理解和支持的。

可无论小商怎么解释，大爷都沉浸在自己的世界里，扶着桌子对她疯狂输出十多分钟：“你们凭什么这么收，哪条规定的？跟谁说了？”

小商一边手里的活儿不停，一边对他解释。旁边的大妈实在看不下去了，帮她说了几句话。然而大爷不依不饶，最后主管来解释才罢休。

还有一次，小商照常向游客解释关于电子支付的问题。队伍里一位拿着现金的大爷着急了："你们不收现金可是犯法的啊！"

她赶紧大声澄清："谁说我们不收现金的？我们收现金！不收现金是违法的，您别误会！"

节假日的一天，有位文博专业的同事连续解释了二十遍"为啥要再收三块钱"以后，突然情绪崩溃，抹起了眼泪。有人来替了她，她出去散了散心。

隔天，一位大爷看排队人数过多，不想排队，便大发脾气，挥起孔武有力的胳膊，大步流星地走来走去。"你们这儿到底有没有人来维持秩序！"据我多年观察，一线岗位的女性更容易被人欺负，男女之间有着力量的悬殊和内在攻击性的差异。有的男性气不过会反抗，但年轻的女性怕被投诉，大多有一颗恒久的忍耐之心。

出于害怕和自保，小商想出了一条妙计。"我不管，只要他一碰我，我就倒地。"

我和大福笑死在地。"你倒地上还不行，你还得拉住人家。要不对方跑了，你上哪儿找人家去？"

我们一直提心吊胆，好在到最后，我和小商也没有挨过打。

卖票时唯一的喘息便是吃饭之时，那时我们铁青的脸才能回点暖。

从小，小商就喜欢看科教频道的考古纪录片。高考报志愿，家里人觉得考古出来不好找工作，就让她选了除了文博和考古之外的所有其他专业。谁知分数出来，小商阴差阳错地被分到了文物与博物馆专业，她妈妈心都凉了。上大学后，小商发现自己的生日和世界博物馆日恰好在同一天，她觉得这是冥冥中自有天意。

大三暑假，她跟着领队老师在南方某个城市的周边发掘文物，主要发掘的是汉代的瓦片、陶范、玉器装饰品和人体骨骼等。一日，两位作家要来工地考察，他们想为自己的新书寻找灵感。而领队老师以为他们是来免费宣传历史文化的，十分热情地接待了对方，并拉上了学生们一起吃饭。

在那个远离都市的小县城里，作家开着一辆炫酷拉风的经典款跑车驶进了他们的工地。

学生们看呆了。

席间，作家很客气，以茶代酒，频频举杯，他们聊了聊彼此的工作。

老师问学生们认不认识他们，他们笑笑："可能不是一个时代的，不太认识。"小商他们上网搜了搜，发现对方写的小说是宇宙风流邪神系列，还很有名，只是他们都不好意思念出来。

待在卖年票的屋子里，接触大量的人以后，人会抑郁。我经常拉着小商一起买星星咖啡，凑满减，每天一杯。咖啡因促进多巴胺分泌，我们能快乐一些。

小商有时候会拒绝。"一天就挣这么点儿钱还都买咖啡了，你是拉我犯罪。”我一点冷萃，她又对天发誓。“星星咖啡的冷萃，我这辈子不会喝第二次。”

硕士时，她在余姚的田螺山遗址干了半年。田螺山遗址属于河姆渡文化，小商是她导师的最后一个研究生，因此村里的工地上只有她一个学生。小商、导师和技工师傅们都住在遗址边拆了一半的废弃厂房里，她独享一间小屋。

每天早晨，专门给工地做饭的奶奶会站在楼下，用中气十足的余姚话喊她：“小姑娘，起床吃早饭了!”这让她一次懒觉也没睡过。

田螺山发掘了十几年，奶奶就在工地做了十几年的饭。小商听不懂奶奶的南方口音，每天只能对奶奶尴尬地微笑。奶奶爱喝白酒，每天都要从塑料大桶里舀白酒喝。

吃完饭就去工地，抄起锄头铁锹是为了发掘到文化层，一层层地揭开地层。拿起小铲小刷是为了清除出土文物周边的泥土，相对比较精细。遇到遗迹现象，小商就圈出遗迹范围，判断好叠压打破关系后，进行二分之一发掘。之后，她清理相关文物，进行拍照或测绘工作。她发掘的新石器时代文物，基本是破碎的陶片，也有部分相对完整的小型石器。

工地老师给她买了一顶向日葵图案的小花布帽子，她架在头顶上，防雨透气。有时挖水塘能看见很多小蛤蟆，她就拿玉米棒把小蛤蟆赶到挖出来的探方里。有时还能挖出好多小龙虾，当地的村民便带回家烧了吃。

下大雨的天气不能挖土，小商便独自在库房整理文物。一次，她刚拿起一个陶罐，陶罐底儿就突然掉了，她气血翻涌，几乎吓晕过去。

老师当时正在市里开会，她做了很久的思想斗争，还是决定给他打电话。

老师在电话那头很稳："不要慌，那个陶罐底儿本来就是掉的。下午我来教你怎么进行修复。"

为了将器物修得平滑完整，需要好多步骤。有些首先要去污，再用化学试剂粘到一起，缺少的部分还要制作石膏补配。修复的工序相当复杂，她只学会了比较粗糙的文物修复。但就在那天下午，小商对文物修复产生了兴趣。

村里没有什么特别的娱乐，小商只能吃过晚饭后去村里走一走，看看田螺山和田野间盛开的油菜花。春天的绵热慢慢下去，清风带着奇妙的甜味拂过脸颊。她经常去村头的小卖部转转，买点儿零食吃。小卖部是每个乡村孩子的美好心愿，也是驻扎在工地的小商最常光顾的场所。

五一到了，老师给她放了假。她立刻收拾东西，搭上了去往高铁站的公交。两个多小时后，她终于从余姚的小村庄来到了梦寐以求的大城市——杭州。

高铁到站后，小商走进星星咖啡想品味一下久违的城市滋味，恰好看见店里新出了一款石榴冷萃。她兴奋地买下来，拍完照一尝，立刻放下杯子，推门就走了。小商就是如此拿得起放得下。

"我在工地上待了几个月，好不容易坐车进城喝一口咖啡，居然这么难喝！"星星的冷萃从此上了她的黑名单，过几年想起来，小商还是心有余悸。

她在杭州待了几天，约朋友吃饭，过了生日，去西湖玩，逛博物馆，还去了浙江省文物考古研究所。之后她坐车去了绍兴，住进古琴主题酒店，吃了黄酒棒冰。饭馆里，有一只小狸花猫坐在她对面，陪她一起吃排骨饭，这才稍稍平息了她的冷萃之痛。

6月初，小商继续去海宁达泽庙遗址挖掘。她满怀期待地拍了一张厂房照发到朋友圈："新的工地，新的开始。"然而，自7月开始，小商就需要四点多起床，五点上工，中午十二点下，只能上半天班。因为一旦到了中午，田野气温高达四十多摄氏度，人体难以承受。小葵花帽子已经不管用了，小商戴着面罩、帽子，穿着防晒衣。衣服反复被汗水打透，防晒霜糊了好几层，一出汗马上流干，一下工地就去洗衣服。

很快，她在朋友圈更新了一张热到崩溃的悲伤蛙表情包。"夏天的考古工地，非人类所能承受之热。"施工结束后，她晒黑了好几度，鼓鼓的脸蛋，黑里透着红，如熟透的西瓜。她独自站在地里，挥舞着铲子，驱赶着跳进地里的蛙。

研究生毕业后，小商去深圳应聘中学教师岗位，但那些中学都收了师范院校的毕业生，拒绝了她。之后，小商又去了苏州、杭州、郑州、广州和厦门，有的是笔试没过，有的是疫情在家网上交简历，面试了好几轮还是失败。她去南方几个城市都玩儿了一圈，只当旅游。

小商回到北方，又考了几个单位，都是能解决优秀人才户口的。冬宫首先给小商打了电话，小商便放弃了家乡的公务员面试，来了冬宫。

小商说完这些，又哈哈笑起来。她说自己短时间内不想重新考试，主要还是因为懒。

当然，小商卖票也很卖力，碰上高峰期，她自己一个人就能收七八万。有一天下班对账，小商有一笔钱对不上，机器出了故障，她一边哭一边趴在桌子上，算了二十多分钟。

我和小商一边收钱一边讨论学术问题。我看文献上的魏晋风骨和啥子现代性分析，小商说她的心很累，再也不想学习，只想回家刷剧逛街。

看到我们卖票这么较真儿，每天玩游戏的大福也有了新想法："我想回老家学门技术或手艺，以后好找个工作。你们说计算机怎么样？我去报个程序班。"我们举双手赞成："好啊好啊，你还这么年轻，干什么不行！"

我问小商："去过那么多考古工地，你现在有什么想法吗？"

"挺好的，工作以后都用不上。"小商一本正经。

我笑得不行："感觉起伏大吗？"

她拍拍我胳膊："能有啥起伏。咱服务行业就这样，想开了就好。"

我又问："那你还有什么梦想吗？"

她愣了愣，歪歪头："我还梦想有一天能去学文物修复。"

西伯利亚来的大风快撕掉大门的那一天，我从停车场走到延旭宫门，一千米的距离，风刀刮着我的面皮，差点把我腮帮子给削掉。职工们泼水到井边，一秒成冰，麻雀们扑过来啄冰饮水。我想起庄子说："今吾朝受命而夕饮冰，我其内热与?”

我捏了中午剩下的米饭，撒给铁门内的小麻雀。等我再次经过，发现米饭被寒潮冻成了冰粒儿，麻雀们奋力地啄着那些冰粒儿，不时聊着天。我回去取了热水，向地面泼过去。米饭软了，麻雀们惊散开。但就在麻雀重新聚拢的一刹那，米饭又迅速地冻成冰粒。

我守在门缝下，一遍一遍地泼水，麻雀们一遍一遍还复来。

张望说，每天中午都会有个穿着破棉袄的老太太来收集剩饭，她细心分装好，去喂家周围的流浪狗。她不拿辣的饭菜，因为小狗吃不了辣的。

经历了那么多冲他嚷嚷的老头老太，张望总觉得，希望是在孩子们身上的。孩子们永远戴着口罩，给他递卡都是双手递上，说话非常有礼貌。有的还会主动问他：“您方便找零钱吗？不方便的话我可以给您微信支付。”

我们一起蹲在地上看麻雀，做点泼水的小事，是为数不多的快乐了。

年票季结束后，我们又像台球一样四散而去。

春天终于到了，宫里开始举办高级讲解培训班，每个新人小组都必须派出三人参加。小夏和小周嚷嚷着，把报导游的三人推了出去。于是这次的人选变成了小灿、漠漠和我。那一夜，我们三个人彻夜无眠。

检票和站殿虽然辛苦，但心情自由，更不累脑子。但讲解培训需要背词和上台表演，要求极为严格，更是没有老员工愿意去，只能从新职工里拉壮丁。曾经，香香阁一个姐姐去参加比赛，同事故意在台下逗她，姐姐讲解中忽然笑场，一下台大家都认识了她。

小灿作为组长，一直不停给我俩道歉：“梨姐，漠漠，真对不住了！让你俩去参加这个，我是真不好意思……”

不幸的是，芝芝和张望也来了，这冬宫里的选秀，一场都没放过他们。唯一庆幸的是，好歹我们还能聚在一块，下课时聊聊天儿。有时我没饭吃，芝芝还负责在地铁口帮我带早餐，啪地冲进门，把三明治拍在我桌子上，很像校园剧。

经历了几天枯燥的课程之后，我们终于迎来了一位传奇老师，人称“石狮桥之王”。

石狮桥之王德高望重，职业生涯获得无数殊荣，培养出了几个优秀人才，经常受邀前来讲课。第一次给我们上课，他便因为早高峰迟到了半个多小时。

老先生被人搀两把上台，小眼睛在镜片后发射着精光，开口抱怨路远又逢早高峰，见满座无人理他，突然提高声调：“你们都是一帮文盲！凭什么让我起这么早来讲课？路上堵了半天车，你们就以这种精神状态来面对我吗？”

台下的壮丁们垂死病中惊坐起，全都精神了。

老师随即开始痛陈他的革命家史，说自己早年间是北京知青，去陕北插队，后来靠着写材料杀回北京，走上了人生巅峰。若干年后，他地位提升，资历颇深，去过八次日本，四次卢浮宫。他说，如果他当年有我们的条件，一定是清华北大的栋梁之材。

老先生每次开口，必说自己认识路遥，说路遥当初不讲卫生，脸也不洗，牙也不刷。

当时从北京去延川县的北京知青有两千多人，也不知道路遥认不认识他。

到了回城的日子，这位老先生因为没背景和没关系，是那几十个北京娃娃里最后一位回京的。待他历尽风霜归来，看别人都觉得对方是关系户。在他眼里，北京人都是啃老族，爸给买房子，妈给买车，得天独厚的地理条件让他们不知上进。

说白了，你能进来肯定不是靠自己，你奶奶肯定是动物园里喂大象的。

之后他大喊一声："都给我站起来！挨个儿读一遍这段话！一个一个念！"

自然，我们刚念完就被他痛骂一顿，需要立刻去考普通话谢罪。

"为什么外地孩子都比你们强？因为北京孩子不知道上进！大浪淘沙啊同志们！没有志气！"老师又说起他的光辉历史，"我凭什么要留在石狮桥啊？我们家在中瓜村啊！后来我为什么留下来了呢？"

"噢！因为当年，他们说如果我留下来，就给我分房子！"

老师的念白，正宗西皮腔，抑扬顿挫，豪情万丈。

他介绍完自己意犹未尽，还挨个问每个新人家住何方，学历如何，是否重点，若是海淀，就详细问到高中，颇有点儿《送东阳马生序》的意思。

当他问到张望家住哪儿时，张望站起来，说："我家在石狮桥。"

我们哄堂大笑。这是南城人最后的坚守。

老头儿倒也面不改色："哦，对对，你们拆迁的地方就是我们分房的地方。"

为了督促我们开口练声，石狮桥之王以南城人说话有口音为例，让所有人都练好普通话，每个人都去给他考一级甲等证书。

大部分时间里，石狮桥之王都在进行自我演讲，将福柯的自我技术表现得炉火纯青。我们就像捉气泡似的，在那慷慨激昂的空气中，捕捉并闪躲着那些带刺的话语，抓住它们并哈哈大笑。

"你们可比我们级别低半级呢，我们正的，你们副的，你们单位就是大锅饭！"

"你们都招的什么人？一个个歪瓜裂枣的样子！"

"你凭什么敢在我面前打磕巴儿？"

"软咕唧唧的！"

"就你这样当什么讲解员？念的什么玩意儿！"

"明天定稿，你不睡觉也得拿下！"

"太不满意了，根本不成，绝对不成。"

"没选上？好中有优啊！"

"反思！写日记！"

"什么？本科毕业？感谢冬宫吧，还能给你们一口饭吃。在我们那儿，你们都是社会化，没有编制的。我们那儿现在都是研究生起步。”

“什么？研究生毕业？你有什么唱歌跳舞的爱好吗？学播音主持最好，声音优美，气质优雅。我们去年获奖的第一名，是播音主持专业的。”不知道的，还以为大内又选秀女了。

石狮桥之王的威严不可小觑，第一节课上完，一个同事立刻把头发从绿色染回了黑色。

与此同时，重点大学毕业的漠漠紧张万分，好学生都不愿意丢人。漠漠脑瓜极灵，高考数学只错了一个步骤和一道选择，离满分只差七分。跨方向考研那年，漠漠觉得现当代文学太无聊，翻了两下书就合上了。考试那天，她在考场上睡了一觉，醒来后把所有题背了下来。

疫情一来，她所任职的旅行社倒闭了，只好入了宫。

每天早晨，漠漠都在地铁里夹着书包跟人左摇右撞，每天一进教室，把包往桌上一推，痛苦地抱住头：“我说，这个培训不是谁想来就来吗？为啥一定让我们来？我真的是不懂了。”小灿又赶紧赔罪：“把你们俩都拽过来，真是对不起……”

在石狮桥之王的鞭策下，漠漠不得不利用上下班地铁的通勤时间疯狂背诵。到家之后，进门背一遍，洗手背一遍，吃饭背一遍，饭后背一遍，洗澡还背一遍。

家里人以为她疯了，她爸还笑她，说：“你心理承受能力太差。”

到了舞台上，漠漠穿着白衬衫、黑裤子和小皮鞋，两臂夹着身子，略低着头，不断输出连贯的句子。

老师评价："你这不像讲解，像背诵。"

"原来背得太熟了也是一种罪过，我昨天睡觉前为什么还要再背那一遍！"漠漠走下台，对着我们噘嘴抱怨。

入宫前，我已经自由职业两年了，不喜欢出去社交，更不喜欢站在舞台上被人观赏。况且那百年前宫里的规矩，我实在无法奉承。当我终于把词儿背下来，被迫登上台后，我一边发抖，一边忍不住笑场。只能钉在原地半佝着背，好不容易掐着腿念完了词。

老师评价我们组，舞台表演太紧张，太不行了。

芝芝在微信里表扬我："反正我觉得你特别好！"

我觉得她是私我也。他们组确实不同，张望和芝芝收放自如，气势如虹，不愧是当过辅导老师，经常出去聚餐的人。芝芝上台前，还特意叮嘱我们："拜托你们一定要跟我对视，如果我找不到目光，我一定会笑场的。"

上台以后，一看芝芝那强作正经的样子，我们都像商场门口那些充气的欢迎光临，趴桌子上笑得地动山摇。芝芝勉强绷住笑意，在舞台上一边走一边抑扬顿挫。"那就是一顿冰凉的烧饼夹肉啊！"

老师评价她走位太多，太过放松，但表演不错。

正式比赛之前，大家必须进行实地考察，我们一群人从外务府进宫，一边逛游一边背词。

"咱宫里是挺好哈，这么多人来，我算是知道了。"芝芝在我身边，看亭台楼阁，看春花烂漫，锦鲤团簇，忽然就悟了。

"但凡不是来上班儿的，看什么都好。"我甩着手里的讲解词。

到了指定地点，过于紧张的漠漠又当着大家的面把讲解词背了一遍。

而我远远地坐在花藤架子下，和另一位养松鼠的同事聊了好久的松鼠。聊起心爱的松鼠，我们变得眉飞色舞。没想到在工作单位，还能遇见一个货真价实的鼠友，我万分激动。

漠漠背完回过头，无助地看向满眼发光的我们："我刚才背词，听见你们一直在聊松鼠，差点背串。"

最后一天考核，张望得了第一，芝芝得了第二，漠漠倒数第五，小灿倒数第四，我倒数第三。我们组大大松了一口气，欢呼雀跃。

张望拥有多年的讲课经验，口才台风俱佳，是当之无愧的第一。然而因为他长年把头推成圆寸，身材适中，留着小山羊胡子，被评为头秃，形象欠佳，不适合舞台。这伤透了张望的心。

从那天起，他发誓绝对不再讲解，没有背景的他，宁可去冬瓜门检票——那是宫里最辛苦的地方。

结束后，大家穿着西服、衬衫、小皮鞋，挂着工牌在门口拍了一张大合照，看上去像冬宫保险天团。随后，我们一起去云海肴吃饭，频频举杯相庆，仿佛灵魂都用消毒液搓了一遍。其间，我嘲笑了无数次芝芝的"烧饼夹肉"，说她在台上不像个讲解员，像是个卖烧饼的老板娘。

吃完这顿饭，大家又散了。这次谁都没有恐慌，空气中充满了快活。

夏天到了，我们迎来了下一次的岗位轮换。我们组去蟠龙门检票，芝芝他们组被分到了冬瓜门检票。冬瓜门是旺季来临时，全冬宫游人最集中的地方。

平日，冬瓜门至多开四五个检票小口，而在疫情前的“十一”，由于人流量暴增，冬瓜门会将所有门全部打开，其时盛况举世无双。曾经专供大臣们行走的左右两侧罩门全部用作入口，而悬挂着最高规格的九龙金匾，曾经只有帝后、皇亲国戚和后宫女眷们才能进出的三扇门全部敞开，用作游人的出口。

百年沧桑波诡云谲，现代社会还是不错，人们都能享受到皇室的待遇。

到了旺季，即使下大雨，冬瓜门作为冬宫正门，也会有举起伞来拥入的旅游团，撑起的伞延成一片连绵的山脉。而那些大晴天，尤其是暴雨后的晴天，每天可接待几万人。

张望和芝芝站在各自狭小的玻璃岗亭中，像一帧一帧拦截人流的堤坝。“走，走，走。”

他们各伸出一只胳膊，搭在各自的岗亭边缘，垂下戴着蓝胶手套的手，预备给游客刷卡，屏幕上映出花花绿绿的红外人像造影，眼神交会，不发一言。很多冲击是本地小市民冲一线女职工来的，有偷拍的、耍浑的、破口大骂的，甚至言语威胁的。好在冬瓜门男性较多，扛得住大部分针对一线的冲击。

旺季来临后，票常常一扫而空。买到票的人会嫌人多，而买不到票的人则会说："买不到票是你们的责任，是你们让我买不到票，你们票那么少，怎么不多放点儿？"

没票的人便堵在闸机处，说他们从偏远地方来就想看一眼。被拒绝后，多会按照黑导游的指示，装作听不懂检票员说话。如果检票员不让进，对方会开始骂人和堵门，相同的场景便会在这个旺季进入循环。

还有买了上午票结果下午三点来的人，到了门口刷不进去，说是门口堵车，责怪他们干吗吃的。张望也不明白，怎么堵车在门口能堵三个小时。

一次，一位游客说不会买票，想让检票员帮忙买。他们同意了，那人便递上了自己的手机和七八张身份证。

张望说："您输入一下信息。"

对方说："我不认识字。"

有大妈说自己忘带年票，想空手进大门："你查你们的系统。"

张望只能解释他们没有这种系统，也无法查询信息。

"那是你们的问题，跟我没关系，查不到你们自己想办法。"他坚持原则，大妈便指着他的鼻子骂了起来。她堵在入口处慷慨陈词，身后响起一片此起彼伏的抱怨声："赶紧的吧！我们都等了半天了！"

张望一声不吭，因为一旦说话便有了态度问题，可能会招致投诉。他只能用电话叫来小掌门。小掌门来了，也一样被骂。然后大妈去买了票，回来继续骂。

张望默默听着，机械地给后来人刷着卡，睫毛耷拉下来，咬住嘴唇。在那些漫长又恐怖的词句里，他似乎觉得，真的是他错了，是因为他遵守规则，造成的错误。

还有另一些佝偻着站在广场上的人，衣衫褴褛，有的是因为实在没钱买票，有的是因为票卖完了或是不知怎么买票，只会站在远处，畏畏缩缩地看着大门。

每当那时，芝芝心里都会泛起小小波澜。她想，你们来吧，你来跟我说一声，我就让你进。

但那些人往往看一会儿就走了。

当然，外地的旅游团一旦多了，持老年卡的本地人准得把这一天的气给撒了——“怎么这么多人！”“快点儿行不行啊！”此举倒是奏效，倒逼门区给他们开放了一个老年卡或年票口。人一多，他们就怒哼一声，迈着轻快的步伐刷了进来。别看脸色不好看，心情还是美丽而优越的。

当然，还有从家属院过来的“天龙人”，拖家带口地过来，直接报门牌号就想往里进。当然，他们家既没有在这里工作的，也没有退休的老家属，仅仅认为这是他们联名的后花园，便可来去自如。皇亲国戚，也是如此吗？

乾隆年间，果郡王永瑹（他的爷爷是果亲王允礼、爸爸是果郡王弘瞻）受了府里苏拉六达子对冬宫美景的蛊惑，在没有圣旨的情况下，私游藻绘堂和如春湖，前后一共悄悄溜进来六次，除了摆出王爷的威严，每次都给掌事的仆役和撑船的一些银子绸缎贿赂一下。

后事情败露，乾隆罚他：永瑹不必在内廷行走，罚王俸十年，只给禄米。他的年俸是六千两银子，罚十年是六万两银子，因此被誉为史上最贵游览门票。此案所有牵连人等一律被重罚，涉案的太监均被内务府慎刑司处罚，果郡王府苏拉六达子因为撑船送果郡王入禁苑，被罚戴上几十斤的枷号站两个月，期满后再打一百鞭，这是相当重的刑罚，基本上人就废了。

嘉庆继位后，免除了对永璘的惩罚，说他虽然只站班先散，陪皇帝祭祀时自己先回家，私游冬宫，少年好游偷安习气，又不是犯法，不至于严惩。永璘还剩的那三万四百七十余两白银，全部恩免。然而此时距离永璘去世，已过了十年。

现在是人民的冬宫了，我们却从未想过，事情会走向另一个方向。

疫情期间，检票员还要轮流站在广场门口查游客的健康码。因为健康码的限制与要求，在其上做文章的人们，常常是八仙过海，各显神通。

“天天来天天查，你看出什么来了？”“要真有病谁还上你这儿来？”

有人还会逗两句：“你是大夫吗？看健康码会瞧病是怎么着？”

有试图靠强健的身躯冲过去的，有说自己没带手机的，有把手机塞进腋下闯进门的，有造假录屏，绿色的健康码一闪一闪，一查发现对方十多天没做核酸的，有的问核酸不是绿色的吗，为什么弹窗不能进？有闯进广场哭骂，随处吐痰，控诉员工不是人的。

有时我在现场，有时我在远方，目睹这一切，胃里像泡了七天七夜的酸豆角。尽职尽责是本分，但有时尽了责任和义务，反倒会被倒打一耙，被人辱骂甚至殴打。

做了一切该做的，我们只能沉默。

我们的饮用水常年恒定在一百摄氏度，夏天没法直接喝。有时忘了带水，蟠龙门这里没有小卖店，我和小秦只能去冬瓜门的便利店买矿泉水。

蟠龙门距离冬瓜门有二点六公里，甩开西服摆尾，骑上那烫屁股的车，我和小秦一路向北，公交车从我们身边呜呜驶过，盛夏的感觉那么强烈。到了冬瓜门的石狮子前，我立刻打电话给张望或芝芝，希望能见上一面。

这一面就好似夕阳透着琉璃，流转出一片藻绘呈瑞。

芝芝戴着N95口罩，垂着眼帘，机械地刷着一张张票，看见我，微抬几下下巴。她每天都跟我说很累，累得不行，虽然如此，她也没迟到过。

张望那时总是摇头，真的，在这里待久了整个人都会变得暴躁，整个人都高度紧张。

他说："我真的觉得在这儿一点东西也学不到，不如去当讲解员。"

但人们告诉他，你可以好好写稿子，但讲解不需要你这种长相的人。

这让张望再次明白，这是个看脸的世界，至少在他的选择半径里是这样的。他感到所有的努力都会被外貌所否定，这是他无法去弥补的。这是大内的传统。

大学时，他热爱音乐，便去研究架子鼓，学吉他，看着视频扒谱子。对于自己能力不够的事，他的第一反应是还能做些什么弥补。就像他在那次培训中，每次下班回家都对着镜子练习。但是这些都没用了。他长得不够漂亮，不合规矩。

张望一边说话一边摇头，浑圆的脸上小山羊胡摇摇摆摆，有些像看穿了晚清运势的算卦人。

我们安慰了几句，给自己买了乌龙茶和矿泉水，给他们买了冰激凌，便骑车回去了。

这三年复习求学，遇到诸多人，发生诸多事，付之一炬也很好。

至少，还是在那个6月，我带大了一只北京雨燕的雏鸟，并将它送回了天空。北京雨燕是世界上飞得最快的鸟之一，一生几乎从不落地，人工育雏很难，但是我们一家做到了。

雨燕黑麦从北京出发，去往中亚和南非，次年再穿越这漫长的航线回归，我的希望在这遥远的迁徙线上振翅疾飞。相信未来，我告诉自己。

8月，一个茂密又多雨的月份，水汽丰沛，烟波浩渺，北京变得像南方了。一下雨，冬宫不得已会关门，我们坐在昏黄的票房里，面对着风雨如晦的窗外，守着地动山摇的知春湖。那沸腾的湖水，震天的雷鸣，让我无时无刻不惦记着那只飞走的雨燕。

就在那个雨季，我赶忙连上一周，攒了个双休，打算和芝芝去密云玩。我开车去冬瓜门接上芝芝，我们买了炸鸡和咖啡，一路高速都很顺畅，我说我很开心，她说她也很开心。那是我们第一次一起出游。

雨差不多停了，我们驱车去密云水库。经过某座古老的桥，我看见桥洞墙壁的旧红标语，方正的新魏体：“要像爱护我们的眼睛一样爱护密云水库。”

我念出来：“又是被老密云笑到的一天。”

芝芝认真起来：“是呀，密云人为水库付出了太多。”

若干年前，给撑船的村民一些钱，他们就可以把你带去水库中的小岛，在上面野炊烧烤，还有人会溜进去钓鱼。密云水库也好，怀柔水库也好，都拥有北京城里见不到的深阔，哪怕是冬宫的知春湖也不能比。更何况，知春湖中的水，正是从密云水库里买的。

午后起了大雾，两侧矮小的青山进退两难，水面静得可怕，站在不见天际的雾中，一种阔大的空旷冲入体内，猛然感觉腹背受敌，只求抓住水中的枯枝，求一叶稳定。

天色已晚，我们先去放行李。她订的高档农家乐，长得像苏州园林，有只可爱的小黄狗在转来转去。一进门，这美丽的房间便臭味扑鼻。我捂住鼻子表示抗议：“王芝芝，怎么回事儿，你订的农家乐这么贵还有臭味儿！咱们挣那俩钱容易吗？”

她埋在枕头里笑嘻嘻：“哎，你第一次来密云，我想给你留一个好印象来的！没想到啊！”

那时我才知道，无论多高级的农家乐，因为排水的问题，房间里都弥漫着一股臭味儿。芝芝让我将就点，说这儿就是老农村，别看挺高级，屋里都这味儿。

半晌，枕头那边飘来一句话：“哎，我跟你说了吗？我很快就要走了。”

我吃了一惊：“你什么时候，要去哪儿？”

这才得知她考上了乡镇公务员，在等政审的消息，很快就要回密云了。新单位虽然离家也远，但有班车接送，再也不必像以前那样披星戴月，坐无线列车。

我虽然为她高兴，但没想到这天会来得这么快，也没有做好思想准备。从此，这宫里再也没有人是我的老密云靠山了。

我们步行去云蒙山边的板面面馆，是附近唯一一家小面馆，吃了两碗热面，我俩很是满足。我穿着海魂衫，她穿着花衬衫，走在将暮的云蒙山下，一切呈现出迷人的蓝，空气难得湿润，大概是靠着水库的缘故。周围空无一人，偶尔有大货车呼啸而过，过后是清脆的蛐蛐儿叫。

隔天，张望从城里过来，我们一起吃了超咸的铁锅炖鱼和玉米贴饼。饭后路过老板养的小鹅小鸡和丝瓜藤架，准备去爬云蒙山。山里水雾迷蒙，绿得像丝绒，似乎咬一口这座山，都是软糯香甜的植物香。我们去的时候是工作日，一路几乎没什么游人，隐没在树梢的山雀都有些吵。我们拍了很多照片，可惜下午时间不够，我们最终没能登顶。我说我下周还来，芝芝高兴地答应了。

随后北京立刻进入了暴雨季，云蒙山不是预警，就是关门。就这样，又一年过去，我终究是没有再去。

实习结束开总结座谈，新员工都得发言。

我说起之前差点被游客威胁殴打的事情：“咱们怎么干活

都可以，但我觉得咱不能受欺负，最起码的尊重得有吧。”

小商则说：“咱们能不能把这三块钱的问题给反映反映。卖年票的时候一天说八百遍，真的到哪里我都要谈这个问题。”

新人们埋着脸，笑倒一片。

今年春天，小商熬过了一年多的站殿，终于去了她梦想的地方，跟着老师傅去学修复。而我结了婚，放弃所有的考试，开始自己的新生活。

张望和漠漠定岗去了冬瓜门，虽然辛苦，但奖金会多一点。现在的冬瓜门，气氛非常好，张望在岗下敲鼓唱歌，他们组了一支小小的乐队。他说：“我拿了这份工资，就肯定得好好干。”

只是，张望一直管自己叫“大秃望”和“张秃子”，他到处跟人这样介绍自己，很光彩似的。

我让他别这么说，真的很烦。他垂下眼睛，叹口气，脚尖在地上移着。

半晌他又说：“冬瓜门，这个名字我很喜欢，听着跟我的头发似的。”

于是每次聚会，小灿还是会说：“上次让你俩去那个培训，真是不好意思。”大家都在寻求一种方式，治疗那些诡异的小事，反复诉说，去解构词句，进行体内排毒。

芝芝回了密云，找了老密云男朋友，去密虹公园约会，在乡镇办公室工作。山里信号不好，她经常需要值班。疫情一封，她不能再回北京了。到了冬天，大雪封山，他们就要拿着吹雪机去扫雪了。原来兜兜转转，她只是换个地方继续扫雪。

我又想起那句逗她的话："当保洁你开心坏了。"

然后我们哈哈大笑，眼睛都眯成了月牙儿。

大福早就回了老家，我们再也没见过他。去年冬天，我停在延旭宫门的十字路口等红绿灯，看见他穿着军大衣，抱着两个橙箱子去送饭。

我摇下窗户使劲喊他，可我无论怎么喊，他都没听见。

杜梨的《故国逢春一寂寥》发表于《花城》2023年第1期，收录于2023年出版的文集《春祺夏安》。作为土生土长的北京人，杜梨在颐和园工作三年的经历，为她书写北京的新鲜风景打开了新的面向。这篇小说以杜梨在颐和园工作的基层经验为原型，既回溯着冬宫背后的清代历史文化知识，也书写了"我"和王芝芝、扈漠漠等工作人员在冬宫的温馨日常与相处的时光，是当代青年人与古典皇家园林的一次亲切可感的精神相遇。

——易彦妮

莫兰迪展

马　亿

早上九点五十七分，陈衡终于赶到写字楼下，手机连上公司的Wi-Fi，自动打上了卡。在一楼星巴克等咖啡的空隙，孙晓琪发来几条微信，表面上只是单纯地问好，没有其他更亲密的字眼。他心里暗笑，这是孙晓琪内心的那一点儿小骄傲，昨晚大概又梦见了他。孙晓琪说，需要他首先表现出亲密，她才会有相应的反应，这是一个原则性问题。

陈衡打开他常用的那个App，木木美术馆这次乔治·莫兰迪的展览活动被置顶了。他自己是做所谓的互联网运营工作，每次碰到类似的事情，心里都会有一丝不舒服，像是心底隐秘的想法被某些人或者技术偷窥了，更可怕的是，所有人似乎已经很接受这种现象了，搜索过的东西、关注过的商品，甚至是在私人聊天软件里提到的某些内容，总是在“不经意”间出现在另外一款App的页面上。肯定是有什么东西被窃取了，陈衡想。

咖啡好了。他提着咖啡，带着一点侥幸，忍不住点进了这条“不经意”的广告，周日的票仍旧显示的是“售罄”两个字，冰冷冷的。他还不死心，连灰扑扑的“售罄”两个字也要伸手去戳一下，当然是没有任何反应的。他有点儿没来由的气，犹豫着是否删掉昨天发的求票帖。每周就这么宝贵的一天休息时间，连睡觉都不够，何苦还自己求着大老远出门。他看了一下展览信息下五花八门的留言，又觉得纯粹是在浪费时间，大多数时候，他都对App上大量存在的附庸风雅的用户感到失望，很多电影、书籍、演出都被不辨目的地“控评”，跟前几年相比，现在几乎已经不可能从评论里面找到有价值有启发的思考了，更多的时候，他只会参考自己信任的那几个“好友”的评分。陈衡终究没有删掉帖子。

第一次知道“莫兰迪”这个名字也是出自“莫兰迪色”，所谓的“高级灰”和“性冷淡风”，正好契合了当下的流行趋势，甚至连清宫剧里面的配色都跟“莫兰迪”扯上了关系。陈衡第一眼看到莫兰迪色卡的时候就被触动了，那些颜色被命名为杏白、鹅黄、酒红、雾霾蓝、石英粉、橄榄绿、丁香紫、焦糖棕……全都带有一点儿石灰的亚光质感，确实会在第一眼即给人特别的感觉。后来他看了介绍资料才知道，莫兰迪是在他的画中加入了“灰”和“白”两色去调和，让浓厚艳丽的颜色变成低饱和度的“高级灰”。跟达·芬奇、莫奈、凡·高和高更这些天才画家相比，莫兰迪要小众得多，真正吸引陈衡的，与其说是莫兰迪独特的色彩，倒不如说是他的生平，跟那些有很多奇闻逸事可以讲述的艺术家相比，莫兰迪完全可以说是平平无奇，一生几乎都没有离开过家乡的小镇，唯一一次出国就是去苏黎世参观塞尚的画展。在图册上见到莫兰迪画的那些瓶瓶罐罐的时候，陈衡自己都不知道为什么会冒出那个很无厘头的念头，莫兰迪要么是同性恋，要么就是阳痿，反正没有男女之间性生活的那种，甚至连手淫的念头都有可能被他给断绝了。陈衡还特地去查过资料，莫兰迪孤单一生，从未结过婚，似乎也没有任何爱情的痕迹留存，他更像是一位生活在欧洲的中国苦行僧。他甚至还真的找到了莫兰迪生前好友对他的评论，“莫兰迪的绘画别有境界，在观念上同中国艺术一致，他不满足于表现看到的世界，而是借题发挥，抒发自己的感情”。陈衡当然不具有专业艺术家的眼光，但是他看着莫兰迪的瓶瓶罐罐，真的从心底里泛出了一些被他自己称为“温柔的慰藉”这样的东西。关于作品的形式问题，莫兰迪有这样的论述：“我记得伽利略的话：‘真正的哲学之书、自然之书的文字跟我们自己的字母表相去甚远，它们的文字是三角形、正方形、圆形、球体、棱锥体、圆锥体以及其他的几何形。’伽利略的思想支持着我长期持有的一个信念，这个可见世界是一个形式的世界，要用词语去表达支撑着这个世界的那些感觉和图像是极其困难的，甚至可以说是不可能的。归根到底它们是感觉，是与日常物体和事件没有关联的感觉，或者可以说与它们只有一个间接的关联，这些事物是由形式、色彩、空间和光线来精确地决定的。”作为一名严肃的（虽然陈衡从未对外如此介绍，但是在心底，他已经把自己归入此类）青年作家，陈衡在莫兰迪的身上找到了一种“榜样的力量”，莫兰迪的艺术和生活，似乎就是他想象中的理想生活，不结婚、不生孩子，像自愿囚禁在少林寺里的扫地僧那样，年复一年去追求某种艺术，不计后果。

木木美术馆的这次展览是莫兰迪在国内的首次美术馆个展，展览的时间不长，要是错过了，不知道下次得等到什么时候，有没有缘分再见都是问题。

一整个上午，陈衡虽然坐在会议室里开会，心却一直吊在莫兰迪的展览上，时不时从裤袋里摸出手机看看，到中午收到私信的时候，他几乎已经对展览死了心。一个叫“云衣花影”的人给陈衡发来私信，说手里有票，两张。陈衡愣了一下，他的脑袋里闪过一个人的影子。两张？他在帖子里求的只是一张票，要是拿到两张票，似乎不邀请这个人是说不过去的。这是完全没有来由的念头！他为自己的想法感到可怕。陈衡常年出没于电影资料馆、小剧场和798，都是孤身一人，他从未起过邀请身边女孩儿的念头，他扪心自问，是觉得她们都太肤浅看不懂这些东西吗？好像也不是，就是一种无形中的习惯，这些来来去去的女孩儿实在是太多了，她们就像小鱼儿一样在他的身边转圈儿，都没有给予他需要用心去做一些准备的机会，就已经主动走近了自己。陈衡不会为女孩儿去浪费自己宝贵的精力。

陈衡说，只要一张。

对方说，可以的，付一张票的钱就行，另外一张送。

“云衣花影”的头像是一只原始森林里的某种野猫。陈衡点击野猫，进入她的主页，页面最上方“我和云衣花影共同的喜好”一栏显示超过了五百，这是所有他遇到的人里面，跟他契合度最高的。这个世界上的书、电影、游戏、音乐、舞台剧的数量已经是一个天文数字了，而他们至少做了五百多次共同的选择。

陈衡说，票我要了。他犹豫了一秒钟，附上了自己的微信号。消息发过去后，陈衡添了一句，加微信发快递信息。

那个奇怪的念头在陈衡脑海里乱窜，“两张票”怎么就跟“孙晓琪”产生了自然而然的条件反射？他感觉事情的内部在发生着一些变化，但是他无法形容出来，孙晓琪和之前那些有亲密关系的女孩儿有什么不一样吗？是性格更体贴、颜值更高、身材更好，还是床上的技巧更加纯熟？似乎都没有。如果拿这些标准来衡量的话，孙晓琪在他所遇到的女孩儿里面只能排到中下等，她有点儿不爱打扮，还为此而理直气壮到有些骄傲，在床上的时候甚至还有些羞涩。但是她身上，怎么说呢，有一种在健全的家庭成长起来的不自觉的健康的气味儿，跟她在一起的时候，陈衡时时都觉得自己被这种迷人的气味儿所笼罩。不知不觉地，陈衡已经把之前定下的最重要的“原则”给破坏了，每个女孩儿至少间隔三周才见一次，而他和孙晓琪已经连续三周都见了面。他越想越觉得有些不妥，用以前那个善于理性剖析自我的陈衡来看，他已经在失控之中了，他讨厌这种状态。下班前，他终于做了决定，跟之前遇到的那些“小麻烦”一样，把孙晓琪所有的联系方式都加进黑名单。

多数时候，陈衡都能真切地感觉到“人生如戏”，他对现实世界提不起来真正的兴趣，该吃饭的时候吃饭，该上班的时候上班，该写作的时候写作，他自己也明白，这种“空心人”的状态是有害的，但是周围的一切又真的是飘浮在舞台上的，最可怕的是同时有两个自己，一个就在舞台上，一个袖手旁观，在底下看戏。陈衡一边对着洗手间的镜子仔细修理着胡须，一边在神游，他看了看窗外的路灯，周三晚上，已经零点了。他很少在这个点儿出门。某个时期过后，他自觉调整作息过上了一种“养生”的规律生活，即使和朋友们一起出去玩儿，最多也不会超过一点钟。他跟身边那些信奉“857”（指晚上八点出门去酒吧蹦迪，玩到凌晨五点回家，并且一个星期去七次）的朋友已经很疏远了。

陈衡有点儿恍惚，跟“云衣花影”的聊天是怎么进展到这一步的，他还是第一次对着手机就产生了“情不自禁”的感觉，另外的那个自己表现得很直接。不知道是谁先提出来的，可以当面交易，聊着聊着，就变成了现在就交易。这就是他们即将见面的理由，去凌晨一点的酒吧接头，企图达成一单转让二手莫兰迪展览门票的交易。

坐在去酒吧的网约车上，熟悉的感觉又回来了，他已经不受控制地在幻想着“云衣花影”或者是叫“林欣怡”的脸、嘴巴和身材，这是他一向的习惯，从不要求女生提前把照片发过来，这就像是在玩一场隐秘的游戏，因为是未知的，所以更有神秘感和吸引力，这种吸引力至少可以保持到见面之前，这也是他众多的“原则”之一。

陈衡先到，点了一杯威士忌酸等她。不对，是等她的两张票。

男女之间的事情就像火车，一旦启动，总会在某个站台停住，林欣怡脱内衣的时候，顺手将床头的壁灯拧熄了。陈衡站在地上脱衣服，又轻轻地将粉色壁灯拧开了一点儿，他贴近她的耳朵说，他想看她。她没有再拒绝。他今晚的状态出奇地好，好到超出他自己的预期，可能是床的原因，灯光的原因，对方身体状态的原因。到后来，陈衡已经无法感觉到自己的身体，他像一条摆脱阻力的大鱼，进入了一种无我的真空状态，宁静而遥远，耳边似有若无的呻吟声里有一种空寂感。就在这时，陈衡的身体被挪动了，他的脑袋被一股强大的力量所控制，贴近了一块柔软之地。他含住了它，她的身子似乎痉挛了几下。脑袋被压得更紧了，他不自觉地吸了一口，他感觉自己被打了一闷棍，他尝到了一种梦里的味道，差一点儿就要昏倒过去，那味道变成一股力量从他的牙齿缝儿传导到舌尖、食道、胃里，他更使劲地吸了一口，又是狠狠地一下。他像是从高处突然掉落下来，身子先是一紧，然后完全松弛了下来。他抱紧眼前的身体，将自己的脑袋埋得更深，他能感觉得到，自己的眼睛已经完全湿透了。她轻轻抚摸着他的后背。就像是一个电刺激信号，他的身体一下子又有了感觉，他猛地将她按下去，膝盖卡住她的两边肩膀，找到了她的嘴。

她有点儿措手不及，但是嘴巴还是不自觉地张开了。他感觉到了她的牙齿，很温暖很湿润，也很安全。他感觉自己的嘴巴不自觉喊了一些什么，但是他自己无法听清，伴随着这声音，他到了。他从栏杆上收回双手，紧紧地抱住她。

不一会儿，她听到了啜泣声。

这种感觉，陈衡多次在不同的文学作品里读到过，他其实也不太确定，母亲的怀抱究竟是不是这种感觉，毕竟间隔的时间太遥远了。他俩就这么静静地躺在床上，享受着贤者时间。

她说，你刚才是不是喊了妈妈？

他说，什么？

她说，你刚才好像喊了几声妈妈。

他从梦境里回过神来，看着头顶艳俗的粉色水晶吊灯，这是一间不算便宜的情趣酒店，他忘了是什么主题的。他说，没有吧，你听错了。他说话的语气很平静，跟他内心的波澜完全没有对应上，他其实被她说出的话吓了一跳，原来那个时候自己耳边出现的声音不是幻听，他感觉自己的脸颊起了一点儿微微的变化，好像做了一件独属于小孩子的坏事，新鲜又奇怪的感觉。

她松开紧抱着的手臂，说，那一下你吓到我了，我以为你会生气。

他转向她的方向，笑着问，哪一下？

她说，你亲我胸的那一下，我感觉有东西从里面流出来了。她犹豫了一下，接着说，有孩子后，你是第一个亲它的男人。

他的脑袋快速地运转着，她目前究竟是在出轨还是已经离婚了的状态，难道是在怀孕期间就不再同居了的？他说，孩子多大了？

她说，下个月一岁。

两人陷入了一阵沉默。之后，他觉得有必要尽快结束今晚的事情，他不想再进一步聊下去。他起床去烧水，顺便在洗手间刷起了牙。不一会儿，她进来上厕所。

不好意思，我习惯一个人睡觉，旁边有人我睡不着。他说。

没事，那我先回去，也该给孩子喂奶了。她说。

他的心动了一下。

他洗完脸回到床边的时候，她已经穿戴整齐了，在整理手包。他看着她从手包里拿出两张票，放在床头的电视遥控器旁边。

票给你放这儿了。她笑着说。

他有点儿想再吻她一次，想想又算了。他给她开门，看着她的背影离开。她走后，他将床脚的两个枕头也抱过来，拥在怀里。他想大哭一场，但是没有声音，也没有流泪，他想摆脱刚才反复出现在脑海里的记忆，那个黝黑的男人在床上狠狠压住母亲白皙的双腿，他在窗外清晰地看到母亲脸上的表情，羞愧，但是又如此迷人。他把枕头紧紧地按在自己的脸上，窒息让他的头脑变得一片空白。

早上醒来后，在离开酒店的电梯里，陈衡将孙晓琪移出了微信黑名单，页面上什么都没有变化，两人之前的聊天记录都还在，他好像只是开了一整晚的长会，没空回她的微信。他问她周日有没有时间一起去看莫兰迪的展览，在文字的后面还加上了一个粉红色的小桃心。在此之前，他从不使用微信表情。他将“云衣花影”和“林欣怡”都拉入了黑名单。

陈衡走出酒店，一股久违的清新冲进胸腔里，潮润润的，昨晚应该下过雨。他看着身边熟悉的城市景观，充满了一种奇怪的力量。

马亿的《莫兰迪展》发表于《北京文学》2023年第9期。马亿的写作别具当下感，他捕捉到当代都市生活里新近流行的文艺资讯，也观察各类消息何以拨动当代人内心世界的情感波澜。小说以即将开幕的莫兰迪艺术展门票售罄为契机，穿行在沉闷的日常生活秩序与艺术灵光的遐想之间，书写了年轻男子陈衡与一位哺乳期女人在夜晚相遇的故事。当暗涌的激情、身份的掩映与社交平台标识的个人消费趣味彼此交织，故事里的人们在一次次选择中隐秘地折叠起自我的情感历程，这是属于新北京人的情感生活图景。

——易彦妮

出版说明

《小说中的北京》(全3册)所收录的多是一代大家书写北京的经典作品，本次编辑工作秉承尊重作家的写作习惯和遣词用字风格、尊重语言文字自身发展流变规律的原则，对于已经经典化的作品不进行现代汉语的规范处理，力求最大程度保存作品的本来面貌，为读者提供一个可靠的版本。在编辑出版过程中，我们得到了作者或作者亲属的大力支持与帮助，在此一并致谢。

北京十月文艺出版社

2024年8月27日

图书在版编目 (CIP) 数据

小说中的北京．新北京人 / 张莉主编． -- 北京 ：北京十月文艺出版社，2024．9． -- ISBN 978-7-5302-2426-7

Ⅰ．I247.7

中国国家版本馆CIP数据核字第20246FJ883号

小说中的北京　新北京人
XIAOSHUO ZHONG DE BEIJING　XIN BEIJING REN
张莉　主编

出　　版　北 京 出 版 集 团
　　　　　北京十月文艺出版社
地　　址　北京北三环中路 6 号
邮　　编　100120
网　　址　www.bph.com.cn
发　　行　新经典发行有限公司
　　　　　电话 010-68423599
经　　销　新华书店
印　　刷　北京盛通印刷股份有限公司
版　　次　2024 年 9 月第 1 版
印　　次　2024 年 9 月第 1 次印刷
开　　本　850 毫米 × 1168 毫米　1/32
印　　张　17.5
字　　数　340 千字
书　　号　ISBN 978-7-5302-2426-7
定　　价　59.00 元
如有印装质量问题，由本社负责调换
质量监督电话　010-58572393